西渡 编

戈麦全集 上卷

漓江出版社
·桂林·

图书在版编目（CIP）数据

戈麦全集：上下卷 / 西渡编. -- 桂林：漓江出版社, 2024.3
　　ISBN 978-7-5407-9681-5

　　Ⅰ.①戈… Ⅱ.①西… Ⅲ.①中国文学 - 当代文学 - 作品综合集 Ⅳ.①I217.2

中国国家版本馆CIP数据核字(2024)第002518号

Ge Mai Quanji

戈麦全集（上下卷）

西渡　编

出 版 人　刘迪才
策划编辑　张　谦
责任编辑　胡子博
封面设计　曾　意
封面肖像　贺洪志
责任监印　杨　东

出版发行　漓江出版社有限公司
社　　址　广西桂林市南环路22号
邮　　编　541002
发行电话　010-85891290　0773-2582200
邮购热线　0773-2582200
网　　址　www.lijiangbooks.com
微信公众号　lijiangpress

印　　制　北京中科印刷有限公司
开　　本　880mm×1230mm　1/32
印　　张　31.75
字　　数　755千字
版　　次　2024年3月第1版
印　　次　2024年3月第1次印刷
书　　号　ISBN 978-7-5407-9681-5
定　　价　148.00元（全二卷）

戈　麦

（贺洪志　绘）

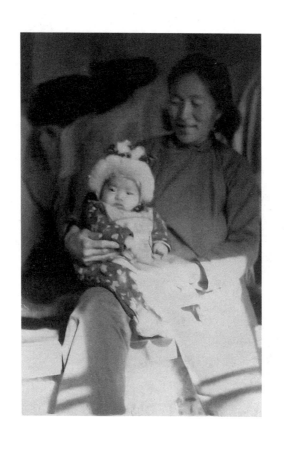

戈麦在母亲怀中，1967 年末或 1968 年初

全家福，戈麦称为"我们家蒸蒸日上的一张合影"，约 1975 年
（关宏庆　摄）

上 戈麦与二姐、三姐一起练琴，1973 年初
下 戈麦与二姐、三姐练琴，背后是父亲手植的糖槭树，戈麦常
  在树下练琴

右上　幼年戈麦
右下　戈麦 12 岁
左中　戈麦 13 岁

上 宝泉岭农场 24 队小学五年
级学生与老师合影（后排
右二为戈麦），约 1979 年
下 戈麦高中时使用的借书证

目　录

第二辑　我的邪恶，我的苍白 (1989)

第三辑　献给黄昏的星 (1990.1—1990.6)

第四辑　通往神明的路 (1990.6—1990.12)

第五辑　眺望时光消逝 (1991)

代序：智性想象、词的繁育术和幻象工程学
——戈麦诗歌方法论

西　渡

一　加速的天才现象

1997年的时候有人问我："随着时光的流逝，你还坚持对戈麦的高度评价吗？"我当时回答说："我现在对他的诗歌品质有了更深的认识，我比过去更热爱他的诗歌。"时间又过去了二十多年，下个月戈麦去世就满三十年了，现在我可以更坚定地重复一遍我二十多年前的回答：我比过去更热爱戈麦的诗歌。实际上，戈麦去世以后的三十年，诗人、批评家、读者一直在进行戈麦的辨认工作，我自己也是如此。直到今年编辑《戈麦全集》，我自认我的工作才逐渐接近完成。虽然三十年并不是一个可以彻底水落石出的时间，但可以确定无疑的是，戈麦绝对是新诗史上才华、成就最突出的极少数几个诗人之一。

戈麦的写作生涯从1987年夏天尝试诗歌写作开始，终止于1991年秋天。在短短四年的写作生涯里，他写下了300多首诗（《戈麦全集》收入281首，其余轶失），小说3篇，散文3篇，文论十多篇。戈麦的写作呈现了一种令人目眩的加速的天才现象。他的诗歌写作几乎每半年就完成一次蜕变，四年中完成了其他诗

人几十年的成熟过程。当然，这种加速成熟的现象也是1980年代以来整个中国当代诗歌迅速成熟的过程在一个天才诗人身上的体现，同时也密切关联于戈麦的母校——北京大学新时期以来辉煌的诗歌小传统。骆一禾、海子、西川、臧棣这些身边学长、友人的创作在不同时期起到过鼓励、激发、推动、催化其诗歌演变的作用。

就短诗而言，戈麦优秀之作的数量和质量并不亚于海子。戈麦的诗作具有巨大的感染力，不仅显示了饱满的激情、卓越的风格和杰出的诗艺，而且突出表现了诗人对生命和诗歌的虔诚，对心灵自由和高贵的维护，对终极价值的关怀和追问。在这个意义上，戈麦的探索与骆一禾、海子位于同一方向。在他们的诗中，有一种共同的风骨，也可以说，正是他们为新诗贡献了骨头。戈麦的诗因此而具有与这一心灵一致的崇高和庄严风格。与海子相比，戈麦在保持激情的强度不降的前提下，发明了一种更加非个人化的诗艺，有人称之为"浓质抒情"（诗人晓归语），有人称为"戈麦体"。这种非个人化的倾向成为1990年代以后当代诗发展的主流。很多优秀的年轻诗人都坦承受到戈麦诗歌的感召和影响。诗人胡续冬说："戈麦的很多'写作性格'被当时的我们当作'遗训'草草继承了起来……在我看来，戈麦的诗歌正是一粒不死的种子，它在汉语的土壤里和所有其他怀着伟大的诗歌理想的汉语诗人所留下的未竟事业一道，在后来者写作行为的深层驱动空间释放着隐秘的力量，这力量终将促使迟到的现代汉语诗歌以复仇者的身份向古典、向世界诗歌索取它应有的成熟。"[1] 和海子一样，戈麦的诗也对当代诗歌产生了深刻影响。海子的诗雅俗共赏，读者众多，对1990年代初的诗坛影响巨大；戈麦的诗实验性

---

[1]　胡续冬《戈麦，或不死的种子》，载《科学时报》2001年10月11日 B3 版。

突出，受众相对较少，对1990年代中期以后的诗人群体产生了持续、深刻的影响。可以说，戈麦代表了海子之后中国当代诗歌写作一个新的高度。

戈麦去世三十年来，热爱戈麦诗歌的人一直在不断增加。他的诗集被许多人珍藏，视为心灵教育的秘籍；他的诗歌技艺被摹仿，被研究，被传承；他的《献给黄昏的星》《最后一日》等作已经成为新诗中被朗诵得最多、传播最广的名篇，可与徐志摩的《再别康桥》，戴望舒的《雨巷》，海子的《面朝大海，春暖花开》等作并列。对于他的一些忠实读者来说，戈麦的分量可能比任何其他诗人都要更重——因为他是诗艺、人格和生活最为统一的诗人，兼具缜密的理性和丰沛的现代感性，堪为多方面的楷模。实际上，一种远大的诗歌前景必然建立在诗艺、人格和生活的统一上，因此戈麦尤其值得正在寻找道路的年轻诗人纪念。在编纂戈麦创作、评论年表过程中，我深深感到，三十年来戈麦从未缺席我们的生活。这事实确证了诗人的死只是其另一段生命旅程的开始。就此而言，戈麦的旅程才刚刚开始。

戈麦对当代诗歌最重要的贡献体现在他突出的创新能力上。他说："我痛恨重复。"他不但不允许自己重复以前的大师，也不允许重复自己。在最后的一年半中，他几度改变风格和写法。在他离世前20天，他还告诉桑克："我要改变写法了。"每次变换写法的时候，他告诉我："我并不是写不下去。"用"日日新"来形容他对创新的追求似乎还不够，因为有时一日之内他就尝试用不同的方法写作。在《厌世者》和《铁与砂》时期，他有时一天写四五首。戈麦这个时期的写作确是一种罕见的天才现象。在此过程中，戈麦在诗歌情感、主题、技艺、方法上都有引人注目的发明，尤以方法的创新最为突出。事实上，除了刚开始写作的第一年，戈麦在几个主要的写作阶段都有方法上的重要创新，《厌世者》时期是"智性想象",《铁与砂》时期是"词的繁育术"(同时大量吸收超现实主义方法和技巧),最后阶段是"幻象工程学"。下面我们就按戈麦诗歌写作的进展,对其诗歌方法论上的创新展开分析。

二 智性想象

戈麦1989年以前的作品主要受朦胧诗影响,但已显出个人特色,尤其是一种混合着严肃、深思、自嘲和反讽的声音,在1980年代的当代诗歌中相当罕见。这个时期戈麦用过江雪、白宫、松夏等笔名,"江雪"仅见于《平原》一首,白宫、松夏则代表了他早期写作的两个阶段。"白宫"时期练笔、习作性质更显,但其想象已显出深曲、含蓄的特色,如"那美人鱼的传说/使你把夜晚想象成一堆渔火/凭栏相望/而烟里对面的面孔/给你的陌生/如河"(《歌手》),"梦把两片拥抱的影子/埋于绿影婆娑的长河/百年后的勘探者/挖出一幅湘西漆画"(《假日》)。前例中,夜晚与渔火之间的联想,因美人鱼的传说而建立,曲折有致,也显示其感受力的敏锐;后例中,梦、影子、湘西漆画之间的转换,显示了想象在虚实之间穿梭的功夫。出色的想象力也表现在以下诗句中:"叶子像无数肥硕的星星""浪涛的皮癣滋养了他的一生""雨夜栖于树冠的影子/醒来纷纷死于树下"(《梦游》),"赶车的老人/赶着五十年冬天血红的饥饿""五十多个直立的梦想/被寒冷封堵在一间雪屋里""雪夜的天空如一件崭新的羊皮大衣""北方是一条紧紧关闭的/白色睡袋"(《隆重的时刻》),"想象是一只空背的野牛"(《已故诗人》),"数以万计的囚徒/如亿万棵颓老的病树"(《刑场》)。敏锐的观察力体现在对细节的准确刻画:"母亲苍凉的白发/在红柿子地里飘扬""路灯如一群灰黄的向日葵／低垂着脑袋"（《十七岁》）。在"护城河的浓荫不可上涨"（《经历》）这样的句子中，语言某种程度上被当作准咒语使用，其暗藏的力量已经被一位初试身手的年轻诗人悄悄把握到。下列诗句则相当准确地捕捉到了情调、语调和节奏的关系："童年／是一幅冰冷的中国画／寒风旖旎的江上／河流凝动了／载着孤零的乌帆／／我们坐在船里／想着航行的事／雪狸们默默地立在河上／凿开一个又一个春天／免于幻想"（《流年》）。"寒风旖旎""河流凝动"是诗人创造性运用语言意识的表现。

这些诗在主题上也显出与一般少作很不相同的特征。一种与少年意气不相称的迟暮沧桑之感可见于《青楼》《流年》《假日》等诗中。一种深深的失败感也时有流露："使我们刷洗一尽的铅华／星星点点／盛在这只失败的瓶子底下"（《杯子》），"多少个春天了／我还是不能相信失败／雨就这样打在路上／雪流成了河"（《遗址》），"从一扇门到另一扇门／有这么多的星宿／这么多的失败者"（《逃亡者的十七首》），"人，是靶子，是无数次失败"（《叫喊》），"我现在接受全部的失败"（《誓言》）。此一主题也为后来的诗所延续。在《通往神明的路》里，他说："那些目光为存在所折断的行者／……／守住失败的灰土。"诗人不但自认为失败者，而且认同失败，把失败当作自我和人的属性，甚至认为失败是一种挽救的行为，文明的弱者才"匍匐在成功的旗下"，而胜利是耻辱［"我品尝过胜利的耻辱"（《新生》）］。这些看法可与海子的想法相映证。海子认为，诗的胜利以生活的失败为前提，在诗歌上胜利的民族将付出整个民族惨灭的代价。[①] 正是这种失败信仰把戈麦导向对生命底里、生存深渊的追问，继而向幻象—原型诗歌快速推进。衰老、死亡的主题在这些早年诗作中也有透露。"晚

[①]　海子《诗学：一份提纲》，见《海子诗全编》，上海三联书店1997年版，第904页。

一个季节／也走向秋天／焕发从未有过的／令我敬慕的衰老"（《乐章第333号》），"等待我成年的人／在我成年之后／等待着我的衰老"（《哥哥》）。《七月》里写到"停尸场白花花的尸体灿烂着"，《金色》写到"我长眠的遗像"，《门》写到"尸体们悻悻走了出去"。《衷曲》《悼师》《刑场》《已故诗人》都以死亡为主题。《衷曲》描绘了一种奇幻诡异而令人脊背发凉的死："为最后的祝愿／在酒器中浸泡了你的青春／如无数个他人死去／你的愿望散发剧烈的香醇／／趁今夜星光／我们拥入海底／海蛇尾随着我的背影／我的喜悦你细细地凝视"。酒器中浸泡青春的尸体，在死亡中散发剧烈的香醇，尸体相拥而入海底，彼此相视而嬉，背后海蛇尾随。这是波德莱尔式的"恶之花"，而比波德莱尔更诡魅。1989年《在春天的怀抱里去逝的人》，题材上与海子《自杀者之歌》相同，但海子把自杀写得美丽无比，戈麦却沉迷于对腐尸可怕情状的细致描绘。一个青春的诗人却沉醉于这类死亡的想象，确实令人骇然。实际上，厌世的情绪、死亡的书写一直贯穿戈麦的写作。1988年的《我的告别》已流露自戕倾向："谁走路谁就得再活一生／……／我愿从此杳无音信"。在1989年的《打麦场》中，他"高喊：生命太长"。1990年的《远景》描绘了海上、草原、雪山三个远景，但戈麦在其中看到的都是毁灭：海上折断的帆布和桅杆，草原上死去的鸟儿垂直落入戈壁，雪山上死者留下的滑雪板在阳光下静静呼吸。生活对于他，似乎只是"死神来临以前一切必要的前提"（《劝诫》），甚至"诗也是一种死亡"（《海子》）。在诗与死亡之间划上等号，可能与他重视行动的信念有关。他说："我不是一个嗜好语言的人"［《岁末十四行（二）》］，"没有人会崇拜椅子／在房子里静坐一生"（《逃亡者的十七首》），"写作对我们并不适合"（《写作》）。这应该是他1987年之前抗拒诗歌的原因。到最后，他仍然认为自己是"误入了文字生涯"（《想法》），认为"我的一生被诗歌蒙蔽"(《当我老了》)。可见，戈麦对文字生涯始终有一种不甘心。1989年以后，他写下了一系列死亡主题的名作，集中而猛烈地表现了其想象力中阴暗的一面:《游泳》《家》《死亡诗章》《未来某一时刻自我的画像》《死后看不见阳光的人》《金缕玉衣》《深渊》。[①] 在绝命之作《关于死亡的札记》中，他说"死亡就是陪伴我们行走 / 以及睡在我们床上的那个影子"。他接着写道"死亡在最终的形象上展现给我们的 / 是一只曲颈瓶上的开口，它的深度无限"。戈麦一直试图探测死亡的深度，而经验无法企及这一深度，梦看起来是一个入口，但携回的信息仍不能满足诗人探测的渴望，这促使他直接采取自杀的行动，只有行动才能弥合我们与死亡的间隔，进入死亡这只曲颈瓶的内部，进入它的无限深度。

到"松夏"时期，戈麦写出了《七点钟的火焰》《克莱的叙述（给塞林格）》《太阳雨》《秋天的呼唤》《坏天气》《徊想》等具有明显个人风格的作品。《秋天的呼唤》连续使用通感将"呼喊"不断强化，写出了诗人对生活、对绝对之物的强烈渴望，是戈麦的第一首杰作。给人印象最深的是这些诗中独特的语调，它们不仅是个性化的，而且是创造性的。与这种语调配合的一种意味丰富的冷幽默，成为这个阶段戈麦风格上最显著的标志:"这不曾预期的降临 / 像一瓶药酒让我怀疑 / 歌子太长静得有声 / 以至于消失"(《七点钟的火焰》)，"纽约的黄昏是一位老人 / 那里佛塔小得像一只甲虫 / 瑜伽少女喷吐花白的头发 // 她，吹来过春天—— / 这寒冷的灰尘 / 维也纳也有人吃过"(《克莱的叙述》)，"没有雨的节日 / 他人去园林植树 / 我怀念雨季 // 西方的诗人说话 / 食物打湿而腐烂 / 我

---

① 与死亡主题相邻，戈麦在当代诗歌中发明了一个关于少的主题。在《九月诗章》（1989）中，他说:"少一些，再少一些""我不是祖辈 / 是多年的梦里减掉的光"。《金缕玉衣》(1990)中说:"不会在地狱的王位上怀抱上千的儿女"。这些诗表现了一种中断生命，让生命之流不再延续的决心。

从不相信"(《太阳雨》)，"我走入往日的壁橱 / 搜寻随嫁衣裳 / 玻璃的缝隙草一样生长 / 牙齿落地生辉 // 道路如同目光 / 我被熟知 / 历史青春期的扉页 / 一页煎炒过后的鱼 / 书写死亡""几只长脖子野鹤 / 在沼泽地里高声叫卖 / 惊走狼的孤独 // 猎人们忘记举枪 / 皮货占有了市场"(《星期日》)。这类诗句颇多自嘲，表面少见激愤，也可以说，它用一种冷静的疏离感化解了少年的激愤，转化为一种自我解嘲的、怀疑的笑。但如果你懂得这笑的内涵，你也许会明白激愤正是它的底里。

这个阶段的诗作还表现出一种对罪的敏感和探测："唇被封堵 / 品尝是一种罪过"(《星期日》)，"谁若去衔接心灵和心灵的秘密 / 谁就会成为自己的罪人"(《设身处地》)，"我的心盛满了罪恶 / 像毛玻璃里的酒 / 模糊成罪恶的一滩"(《杯子》)。第一例表现了对欲望的压抑和回避；第二例表现了对人与人之间难以沟通的失望；第三例是对自我的失望乃至嫌恶（自我不洁感），这种情绪直接引向《厌世者》时期的《我们背上的污点》。1989年9月，戈麦写了一首题为《罪》的诗。此诗一共三节，三节结束的诗句分别是："砸碎的鸡骨没有罪""呆立的柱子没有罪""空白的废纸没有罪"。三个"没有罪"，与标题的"罪"构成对抗。此诗的主题是罪与罚的不对等：鸡骨无罪被砸碎；柱子无罪遭火焚；孩子无罪而不免忍饥。在人间的法庭上，无罪被罚，小罪大罚，大罪逍遥，是常态。无罪而罚，使人绝望于人间公义，而天上的法庭也不可靠："一切罪恶横陈于天堂"(《骑马在乡村的道上》)。这种对罪的敏感和思虑，使戈麦的诗一开始就拥有一种伦理的关怀和深度，但也让诗人在对心灵的不断拷问中陷入自我折磨。他说："仿佛长久的怀疑 我的眼睛 / 染上了一层鳞质的病痛"(《逃亡者的十七首》)；他说："在风中 我回想着 / 并且歌颂 / 我的邪恶 / 我的苍白"(《风》)，并将自己的一个自选集命名为"我的邪恶，我的苍白"；他自称为"不愿生活的人"（《深夜》）。戈麦的弃世多少与这种过分严厉的对自我、对身体的自疑、自责、自罪倾向有关。

这些诗作的缺点是声音、意义、形象的配合尚未臻于完美，它们的整体性仅依赖上述个性化语调的凝聚。因而戈麦这一时期（也包括短暂的"白宫"时期）的作品多难于索解，甚至不可解。这种不可解也是诗人对自我、世界的认知尚处于混沌的一个标志。1989年10月，他在《自学》杂志发表散文《北方冬夜》，首次采用"戈麦"做笔名，写作也进入一个新的阶段。以《打麦场》《渡口》《夜晚，栅栏》《白天》《疯狂》《我知道，我会……》《开始或结局》《圣马丁广场水中的鸽子》《游泳》《家》《二十二》《誓言》《岁末十四行（一、二、三）》《死亡诗章》等一批诗作为标志，戈麦进入了第一个"完成"的阶段。这一"完成"，从诗的内部看，就是声音、意义、形象的一致，一首诗是三者统一的一个整体。这个阶段，他的诗一下子好懂了。当然，好懂并不意味着这些诗可以被概念化的语言清楚地解释，而是说它们具有一个可以被清楚感知的稳定的内核——它在形象、声音、意义之内，就像灵魂在身体之内，果核在果肉之内。从功夫在诗外的角度看，它是诗人的美学和他的认识论、人格、生活的统一。在此之前，诗人身上的这几个部分经历了各自发展的阶段，彼此并不完全和谐，有时候甚至是冲突的。在这个阶段，戈麦在个人生命体验基础上完成了对世界、对自我的个体认知，并影响及于其诗歌美学、生活实践。这个统一的过程，既显示了时代的特殊症候，也与个人症候密切相关。这个阶段可以称为戈麦的前《厌世者》时期。

1990年4月开始、止于6月中旬的《厌世者》时期，是戈麦在精神和诗艺上实现飞跃并开始独立飞翔的阶段。这个时期从时间上说，为期不足三个月，但在这段时间内，戈麦写了48首短诗

（47首刊于《厌世者》，《新一代》收入《铁与砂》）、28首2—4行的超短诗（全部刊于《厌世者》），数量占到戈麦存世作品近四分之一，质量也迥出前期，几乎篇篇都是精粹之作。这是戈麦的诗歌天才开始进入燃烧的时期，堪比郭沫若的《女神》时期，海子1987年前后的《太阳》时期。事实上，戈麦对当代诗歌的若干重要贡献都始于这个阶段。在《厌世者》第3期的《短诗一束》中有一首题为《诗歌》的三行短诗："朋友们渐渐离我远去 / 我逃避抒情 / 终将会被时代抛弃"。"逃避抒情"正是戈麦诗歌观念中的一个重要方面。抒情是1980年代诗歌的显著特征之一，尤其是北大诗歌传统中的主流，也是海子、骆一禾的重要诗歌遗产。戈麦这时候说"我逃避抒情"，意味着要跟这个传统告别，前一行说"朋友们渐渐离我远去"是和朋友分手，后一行说"终将会被时代抛弃"是和时代分道扬镳。

戈麦所说的"逃避抒情"到底是什么意思呢？我认为"逃避抒情"的第一层意思就是告别主观主义。逃避主观、反对沉迷自我和自我暴露是戈麦个人品性中让人印象深刻的一个方面，它体现在诗歌品质上就是对抒情、对自我表现的警惕。对于戈麦来说，"逃避个性"恰是其天性的体现，而无待于艾略特的教诲。戈麦说"我逃避抒情"，其实他逃避的是那种私人的情绪和情感，尤其是对这种情绪和情感的自我迷恋、自我膜拜，但他并不回避表现人类情感的状态，或者这种普遍的情感状态正是他追求的目标。第二层是对日常、已知和常识的超越，而抒情恰恰停留于日常和已知的范畴，因而难以让戈麦这样对诗有更高期待的诗人满足。他在自述中说："他反对抒情诗歌的创作，他认为那东西可以用歌曲和日记代替。"[1]《厌世者》第2期刊出了一首标题也叫"厌世者"

---

[1] 戈麦《戈麦自述》，见《彗星——戈麦诗集》，漓江出版社1993年版，第2页。

的诗，在这首诗中戈麦把"发现奇迹"当作诗的根本目标。在更早的一首诗里，他说："贫困的日子里／石头也向往奇迹"（《总统轶事》）。而抒情作为一种自我表现的手段，显然无法满足"发现奇迹"的需要。1989年11月24日他在给兄长的信中说："很多期待奇迹的人忍受不了现实的漫长而中途自尽。"这些期待奇迹的人包括海子，也包括戈麦自己。"现实的漫长"，现实因为庸常和已知而显得漫长。超越的办法就是去探索、发现、揭示未知，展示人所未见、未闻、未知。

戈麦参与创办的《发现》创刊号的发刊词说："发现。对，就是这个词，就是这个意思，它总结了我们劳作的本质。"[①] 这个发刊词出自臧棣的手笔，但也是包括戈麦在内的北大诗歌同仁共同的诗歌信念。正是这一信念，把戈麦导向了一种可能的诗歌。臧棣说戈麦"始终运用一种可能性意味浓郁的汉语来写作"，"炫人眼目地纠缠语言的可能性"。[②] 可能的诗歌，从根本上讲，就是致力于语言可能的探索："发现是人类和语言唯一的汇合点。作为一个持续的精神动作，发现最终统一了人类和语言的分歧：使人成为语言的一部分，也使语言有可能传达人类的呼声。"[③] 这一探索对戈麦来说首先是从朦胧诗优美、崇高乃至凝练的意象化语言中解放出来，从它已经模式化的象征体系中解放出来。这个目标与第三代诗人有相当的一致性，但戈麦断然拒绝了第三代诗歌对日常语言的迷信。戈麦这个时期所使用的词语冷静、准确、克制、渲染、铺陈、密集以至堆积，而最大限度地剔除了多余的情感和现成的意义，与古典象征主义、朦胧诗拉开了距离。这种距离就

① 《主持人如是说》，载《发现》第1期，1990年12月。
② 臧棣《犀利的汉语之光——论戈麦及其诗歌精神》，载《发现》第3期（1992年12月），第20页。以下简称《犀利的汉语之光》。
③ 《主持人如是说》，载《发现》第1期，1990年12月。

像印象派与古典绘画在设色，罗丹与米开朗琪罗在手法上的距离一样昭然。对这样的描述，读者或许会产生疑问，冷静、克制、准确可以与渲染、铺陈、堆积并存吗？这里需要解释一下。这里所说的"冷静""克制"，是就戈麦的语言与情感的关系而言。戈麦这个时期的语言决然剔除了那种自我表演化、戏剧化的情感，显示了其冷静、克制、内敛的品质；"准确"则是就感觉的传达而言，而不是外部世界客观呈现的程度，不厌其烦地铺陈、堆积是为了同样的目标——富有强度的感觉的传达。也就是说，这个"准确"是印象派意义上的，而不是古典主义意义上的——印象派正是善于通过色彩的堆积来传达准确的主观印象。这个时期的戈麦，或可以称为"语言的印象主义者"。戈麦说"我逃避抒情"，也应该在上述意义上理解。实际上，戈麦的抒情性、其激情的强度并不亚于任何以抒情著称的当代诗人，譬如海子、骆一禾。诗人晓归（吴浩）把戈麦的这种抒情性称之为"浓质抒情"，而陈均认为戈麦是骆一禾和海子合而为一。[1] 但戈麦这种"浓质"的激情在表现上是克制而内敛的。他极少使用感叹号（现存全部诗作中仅用到10次感叹号），极力抵制伤感和自我怜悯。就像我们在《梵·高自画像》这样的诗中看到的，汪洋恣肆的激情被动作化、细节化，流动的被转为凝固的。而在后期的《北风》《浮云》《天象》等诗中，情感的运动被转化为意象的运动。较此更重要的是，戈麦在他的抒情中有意识地置换了当代诗歌抒情的内核，清洗了当代诗歌的抒情主题——爱情，友谊，幸福，日常生活，文化与反文化，崇高与反崇高，而代之以个人化的存在主题：青春，时间，死亡，孤寂，绝望，罪与拯救，语言与存在……

---

[1] 西渡等《"不能在辽阔的大地上空度一生"——戈麦诗歌研讨会录音整理》，载《诗探索》2013年第4辑。

戈麦在语言上的抱负之一是尽可能地激发一种新的、丰盈的现代感性，为此他把一种惹人注目的分析性带进了当代诗歌。这是戈麦向语言的可能性掘进的技术途径。这种分析性曾经在高峰期的艾青、穆旦身上短暂地现身，随后告于沉寂。戈麦重新激发了它，而且在强度上有过之而无不及。就此，臧棣曾对戈麦的《梵·高自画像》《我们日趋渐老的年龄》作过精细的分析。同类的典型之作还有《未来某一时刻自我的画像》《孩子身后的阴影》《凌晨，一列火车停在郊外》《雨幕后的声响》《黄昏时刻的播种者》《查理二世》《我们背上的污点》等。艾青的分析性结合于视觉形象，穆旦的分析性结合于经验，两人各自完成了其带有强烈的社会批判性或文化批判性的诗歌；戈麦的分析性则结合于想象，其诗歌理想是一种自律的、体验型的诗歌。戈麦的诗当然也有其批判性，甚至更加尖锐而急迫，但其矛头所指，并不是具体的社会事实、文化事实，也不是历史处境中的人类经验，而是生命的、精神的、灵魂的、存在的事实，并在准宗教意义的拯救主题中得到升华。由此，戈麦也刷新了新诗想象力的品质。

　　分析性和想象力的胶合，是戈麦激发语言可能性的方法论，也可以说是戈麦的语言战略。这种特殊的方法论，臧棣称之为"想象的理性"（见臧棣《犀利的汉语之光》），就想象的性质而言，我们可以称为"智性想象"或"分析性想象"。其典范之作如《如果种子不死》《没有人看见草生长》《眺望时间消逝》《妄想时光倒流》等。在这些诗作中，无羁的、自由的想象为严格的理性所操控，其运作井然有序、层次分明、一丝不苟，具有严格的秩序和结构感。理性与感性、神秘与逻辑、分析与想象、理智与激情在这些诗中扭结在一起，难解难分。如果说激情是这些文本的外部驱力，想象是它们的内部驱力，而一种基于语言良知的敏锐的现实感则是其动力总枢纽。这种悖论式的结合，其效果令人耳目一新。戈麦的这一方法论，在其后的《铁与砂》时期及最后阶段的写作中有更让人振奋的发挥，以至让诗和工程学发生联系。

想象在早期的新诗中是一种罕见的品质，稍后郭沫若贡献了一种情感的想象，李金发、卞之琳发挥了一种感觉的想象，新诗才有了诗意的发现。以后，艾青把视觉艺术的观察力引入新诗的想象；穆旦的想象结合智力和分析，但其分析性和想象有时发生内讧；冯至在新诗中引入了某种智性，但其想象和感性都嫌单薄。所以，这种智性的想象几乎是戈麦的独门利器。另外，艾青观察性的想象，在戈麦的《梵·高自画像》《未来某一时刻自我的画像》《孩子身后的阴影》《凌晨，一列火车停在郊外》《雨幕后的声响》《黄昏时刻的播种者》《南极的马》《查理二世》等作中也有出色的表现。这与戈麦早年的绘画训练不无关系。

这样一种智性的想象，其美学的、诗学的意义何在？对此，臧棣曾精辟地指出，戈麦这种方法的提出源于"他对汉语所迫切需要的某些元素的敏感"，"只有对汉语的良知、汉语的道德、汉语的洞察力、汉语的表现力怀有卓异的抱负的人，才会像他那样写作"。[①] 也就是说，戈麦是要借此刷新新诗乃至汉语的品质，赋予它所匮乏的良知、道德、洞察力和表现力。因此，这一方法的意义不止是美学的、诗学的，它同时也是伦理学的。对伦理的关心，在戈麦的诗歌中是隐含的，它并非戈麦写作关注的焦点，也非他工作的首要目标，但戈麦天性中对伦理的异常敏感——这种敏感给熟悉戈麦的亲友无不留下了极为深刻的印象，往往成为他们回忆的中心——时时在一种加速的写作中被携入或卷入到原本以美学自律为目标的文本中，由此产生了戈麦诗歌与时代的悖论关系。

---

① 臧棣《犀利的汉语之光》，载《发现》第3期（1992年12月），第25页。

臧棣在《犀利的汉语之光》中曾说:"从戈麦和海子的诗歌中,我们可以看到许多新的理想的因素进入了汉语的躯体;其中最惹眼的是汉语诗歌首次集中显露了一种超越时代的欲望","戈麦和海子这两位诗人短暂一生所做的主要的工作是避免诗歌和所谓的'时代的悲剧'产生密切的联系"。[①] 就两位诗人的诗歌主题和题材而言,臧棣的观察无疑是正确的。海子尤其是戈麦的诗歌都最大限度地专注于普遍的主题,在诗歌的题材和素材上也对所谓时代的经验漠然置之。但是,当时过境迁,我们回头来看1980年代末、1990年代初转型期诗与时代的关系,我们却惊讶地发现,戈麦的诗恰恰成了这个转型时代最出色的文学表现,也最恰切地表现了这个时代中国知识分子的内在生命状态。上世纪八九十年代之交无疑是中国当代史上最富于张力的时刻。这一时代的张力既体现在《献给黄昏的星》《黑夜我在罗德角,静候一个人》所呈现的客体性意象体系中,也体现在《梵·高自画像》《未来某一时刻的自画像》《空望人间》《我们背上的污点》这类诗作所呈现的心理性意象体系中,还体现在《北风》《浮云》《沧海》《大风》《佛光》《眺望时光消逝》等诗作所呈现的幻象世界中。在最后的那些诗作中,借胡戈·弗里德里希评价波德莱尔的话说,戈麦"'灼热的精神性'燃烧得最为激烈,这种精神性要挣脱一切现实"。[②] 它实现了这样一种最高意义上的自由:"我们钢铁一样的思想 / 在笼子一样禁锢的空气里 / 扶摇直上九霄"(《通往神明的路》)。但令人惊奇的是,这个一心挣脱现实的精神在与现实的对抗中,却与现实彼此深深嵌入,最终让诗人成了现实的肉身。在戈麦最无羁、最自由的想象和最高的虚构中,正有着这个时代最高的现实。是

---

① 臧棣《犀利的汉语之光》,载《发现》第3期(1992年12月),第21页。
② 胡戈·弗里德里希《现代诗歌的结构》,李双志译,译林出版社2010年版,第40页。

戈麦，而不是别的诗人、作家，成了这个时代的肉身。这个事实确实令人惊异。在我与张桃洲、姜涛、冷霜的对谈中，我说过这样一段话："戈麦的诗不是纯诗，它和世界、和现实有非常深刻的纠缠。戈麦的诗有批判性，有见证性，但你很难说它是见证的诗。因为它在见证和批判的同时，却仍然保持了一种奇怪的而充分的自足。或者说，它不是从外部见证时代和现实，而是让时代和现实在诗的内部发生，而诗人自己则成为了时代的肉身，成为时代的痛苦本身。"

戈麦诗歌与时代关系的这一悖论，颠覆了批评界一直以来甚嚣尘上的一种偏见：诗人应该去拥抱时代，努力成为时代的代言人。显然，时代的意志并不像某些自作多情的批评家设想的那么单纯，相反，拥抱时代的念头多数时候都是剃头挑子一头热。更可悲的是，你拼命讨好、追求的女神很可能并非时代本尊，而不过是她用来检验追求者智商、情商和品质的无数幻影中的一个。时代选择它的诗人，正如明智的恋人选择她的追求者，并非以他们脸上表演的热情，或者舌头上吐露的巧语花言，而以其内在的品质。从这个意义上讲，戈麦正是被时代选中的诗人。这一选中的意义，在时过三十年之后，我们终于可以看得较为清楚，但若要看得更加清楚，也许需要更长的时间。这一事实给予诗人和批评家的教训是，一个诗人首先需要忠于他自己，其次是他的缪斯。无论如何，忠于自己的艺术个性、艺术良知，保全自己的人格、尊严，比追求时代的青睐更重要。

帕斯曾经说："现实是最遥远的，它是一个需要我们经过艰苦的努力才能抵达的东西。"有不同的现实，也有不同的现实感。利益的现实用鼻子就可以闻到，但精神的现实却需要最敏锐而深沉的心灵才能发现。后者依赖于一种穿透性的心灵领悟能力，它不仅能够看到现在的现在性，也能看到现在的过去性，最重要的，它能看到现在的未来性。归根结底，真正的现实感是一种对未来的预感。当然，对未来的预感也需要基于过去和现在，尤其需要一种超越势利的敏锐良知。也就是说，它首先需要克服利益的鼻子无所不在的干扰。在这点上，戈麦充分显示了其心灵、人格、修养和诗才的优势。时至今日，戈麦的诗业已向读者充分证明了它的预见性和未来性。三十年来，我们越来越清楚地看到，它们锐意探索的那些主题正是我们今天面临的心灵难题。而那些自以为可以驱遣现实的批评家，时间证明，其所谓现实不过是用鼻子闻到的利益的气息，与真正的现实有"最遥远的距离"，其执迷的主题在今天也日益显出空洞、陈腐的面目。

　　这是两种不同的现实感，它们朝向不同的现实，也朝向不同的时间。寄身利益的现实感朝向短暂的现在时间，它最害怕过气，却随时过气，所以它总是倾向于即时兑换；投身于精神的时间，朝向未来，同时朝向永恒的时间，在自身之内培育着永恒。这个永恒，即使已经被现代性侵蚀了其神学的内核，也仍然保留了准宗教的性质，它是始于人类学而终于宇宙学的时间。戈麦的时代感、现实感，按照臧棣的说法，它并非来自他与时代接触的经验，而是来自他对时代语言和写作的体悟："虽然他感到艺术上的孤独，但他仍然有着十分强烈而又独特的时代感。他多少认识到我们时代语言的堕落在本质上表现为语言的贫乏，甚至连精神生活异常丰富的人都难以完全避免语言的贫乏的侵害。在他最受非议的时候，他仍然是一位意识到我们时代语言的弱点并竭力创造新的语言元素来加以矫正的诗人。""他既对我们时代的诗歌所缺少的品质敏感，又对我们时代的汉语所匮乏的元素敏感；更主要的，他还对我们时代的写作本身非常敏感"。[1] 这种从写作本

---

[1]　臧棣《犀利的汉语之光》，载《发现》第3期（1992年12月），第20页、25页。

身，尤其是写作的材料——语言——中升华的时代感正是一种朝向人类学时间和永恒的时代感，它倾心并投身于未来和宇宙学的时间，而让戈麦的诗艺具有昭然的永恒性。

三　词的繁育术·超现实主义

《厌世者》停刊之后，戈麦即投入了《铁与砂》的写作。这个诗集包含40首诗，除了《新一代》作于4月，《火》作于6月，《陌生的主》《海子》两首作于12月外，其余36首均作于7月和8月，继续维持了《厌世者》时期的写作强度。1990年底打印。封面左上有"诗集"两字，标题"铁与砂"下有副题"献给孤寂的岁月"，诗后有1990年11月3日凌晨写的简短后记。后记写道："当我写完最后一首诗，我首先想到的是停顿。我痛恨重复。面对身旁的大师和烈士，我必须停顿。走异路，寻异道，洗心革面，独自飞翔。必须诚实。时十一月，托善良的人印装成册。敬期批评。"看得出，戈麦是把这个集子当作一个完整的诗集来写的。戈麦生前对外的投稿多出自这个集子，显然他对发表这些诗抱有相当的期待。1991年8月，他把这个集子送给河北诗人何香久的时候说过："真想挣点钱，把它印出来。"[①] 这也是戈麦最后一本自编诗集。

《铁与砂》包含明显不同的两个系列：一个系列是所谓的元素诗，包括《火》《石头》《铁》《沙子》《镜子》《月光》《黄金》《大海》《老虎》《黄昏》《刀刃》《谜》《事物》《哭》等14首；另外26首都可归入广义的抒情诗。从数量上说，抒情诗占这个集子的多数，主题涉及青春、爱情、自然、故乡、死亡、拯救等。这些诗既包括戈麦一生最优美乃至最明亮的抒情诗，如《昨日黄花》《青

---

① 何香久《一苇渡江·自序》（1991年10月）。

年十诫》《劝诫》《工蜂》《麦子熟了》《故乡·河水》《粮食》《骑马在乡村的道上》《红果园》《往日的姑娘》《蝴蝶》《绵羊》《秋天》《最后一日》《银币上的女王》《和一个魔女度过的一个夜晚》，也包括一些最严峻、最阴暗的诗篇，如《黄昏》《献给黄昏》《通往神明的路》《陌生的主》《金缕玉衣》《死后看不见阳光的人》《海子》等。整本诗集抒情性、实验性并存，经验与梦幻并存，乐观、坚定与悲观、颓废并存，清晰和晦涩并存，同时又非常有整体性。实际上，戈麦最受欢迎的诗篇很多出自这本诗集。总体来说，那些基于经验的诗篇纵使悲伤，仍倾向于温暖、明亮，诗意也明白；而梦幻成分较重的那部分诗作，悲观的色彩也浓，诗风也倾向于晦涩。前一部分诗作最接近海子，其整体的抒情质地，温暖、明亮、悲伤的诗情，自然和乡村的题材、意象，不断重现的死亡主题，都非常近于后期的海子。某种程度上，这些诗可以看作一个有某种共同命运感的天才诗人对另一个天才诗人的致敬。而整本诗集恰好以一首《海子》结束，这种安排恐怕不会是全然无意的。不过，即使在这些抒情诗中，戈麦也仍然保持了某种非个人性，诗中的说话者与作者本人依然有明显的距离，不同于海子诗中两者几乎合一的情况。但这些抒情诗确实比戈麦其他诗作更多地透露了诗人的心灵秘密：他的未能如愿的爱情，他对故乡、人间的爱和眷恋，他的愿望，他的抱负，他的绝望……

《铁与砂》中的某些诗似乎提前透露了诗人赴死的决心。《献给黄昏》说："马粪中的牲口，瞪大了眼睛 / 折断僵立瘦骨 / 是狼，它奔突于四野 / 吐出一个声音：/ 让该逝去的不再回来"；《绵羊》说："你的道路还将众多 / 我的生活已步入决断"；《陌生的主》说："今日，我终于顺从那冥冥中神的召唤 / 俯视并裁决我的生命之线的 / 那无形和未知的命运的神的召唤 / …… / 窥视我，让我接近生命的极限"；《金缕玉衣》说："我将故去 / 退踞到世间最黑暗的年代 /

故步自封，举目无望／我将沉入最深的海底／……／我将成为众尸之中最年轻的一个"。《最后一日》像是提前一年写好的告别词："我把黑夜托付给黑夜／我把黎明托付给黎明／让不应占有的不再占有／让应当归还的尽早归还／／眷恋于我的／还能再看一看／看这房屋空无一物／看这温暖空无一人／／那始终惦念着的／你还能再度遥想／一个远离天涯的谷穗／今日已长大成人／／但是也只能再看一看／但是也只能再想一想／我把肉体还给肉体／我把灵魂还给灵魂"。1990年五一假期，我去他借住的小旅店看他，谈话中他忽然说："我今天差点自杀了。"也许在这之前发生了一些重要的事，让他有了告别尘世的念头。《红果园》说："心灵的创伤连成一片"。但这心灵的创伤到底是什么，将是永远的秘密了。《铁与砂》印好后，戈麦并没有送给身边的朋友，或许也与此有关。我第一次见到这本集子，也是在戈麦弃世之后。这些诗让我震惊。

《铁与砂》中的元素诗继续了《厌世者》时期对智性想象的探索而更有挑战性。《厌世者》时期的智性想象，出发点是富有动作性和包孕性的场景，就像"如果种子不死""没有人看见草生长""眺望时间消逝""妄想时光倒流""雨幕后的声响""未来某一时刻自我的画像"这些标题所表明的，而《铁与砂》里的元素诗，其出发点是一个词及其所指的物，如"火""石头""铁""沙子""镜子""月光""黄金""大海""老虎""黄昏""刀刃""哭""寒冷"等。通过对词语的感发、联想、想象、沉思完成一首诗——对词的沉思和想象，当然也包括了对词所指称的对象及其所承载的人类经验的沉思和想象——这种方法可以称为"词的繁育术"。它产生于戈麦的词语激情，对词的创造力和可能性的信任。他说："在词与词的交汇、融合、分解、对抗的创造中，一定会显现出犀利夺目的语言之光照亮人的生存。"(《关于诗歌》)他说："忘却词汇，是不可能的。"(《界限》)《厌世者》时期的《三劫连环》《送友人去教堂的路上》《幻象》就已经以词语逻辑作为诗意的推进器，形成了这种写法的雏形。这种写法是词的冒险，包含了更加彻底的非个人性乃至非人性，是对现代汉语作为诗歌语言的可能性和繁殖力的最具野心和信心的探索。

"词的繁育术"改变了通常的写作程序，也改变了内容和形式的关系。在传统的理解中，写作就是以语言去表达某种（既有的）东西，内容的产生先于形式，也先于语言。但在"词的繁育术"中，词语才是写作的起点，内容（形象、情感、主题）伴随写作的过程产生，并伴随形式的完成而完成。因此，"词的繁育术"必然面临批评的严厉指责：形式主义，为文造情，无病呻吟。废名在1930年代讨论新诗，就特别强调新诗必须先有诗的内容，把为文造情视为新诗的大忌。显然，"词的繁育术"是反废名的，不过，它也是反旧诗的。旧诗先有形式，它的为文造情是围绕这个先在的形式的。"词的繁育术"的起点却是词语，是无。它没有一个预定的形式，它的形式与内容一样，也是由词语的推进一点点召唤出来的。这是真正的无中生有，是创造。这样的无中生有能创造出诗吗？不能——如果你的语言贫乏，如果你缺少对语言的敏感和洞察，缺少想象力，缺少必要的技艺。能——如果你拥有这些，而且凑巧你所使用的语言作为诗的语言成熟饱满。很幸运，戈麦从事写作的时间，正好是现代汉语作为诗的语言迅速成熟的时期，而他的才华、他对语言的谦卑和虔信使他能够敏锐地捕捉到语言在自我推进的过程中对诗意的发现。

"词的繁育术"召唤可能的诗歌。它建立于这样一种信念：每个词都渴望成为诗，语言为了诗而诞生或诞生于诗。词的命名并非任意的指称，它服从人类学的原则，也即诗的原则。语言有自己的情感，自己的意愿，自己的想象，自己的记忆，自己的洞察，自己的感性，自己的理智，自己的音乐，也有自己的历史……诗人既不是诗的父亲，也不是诗的母亲，而是诗的助产士，就是以语言的情感、语言的意愿、语言的想象、语言的记忆、语言的洞察、语言的感性、语言的理性、语言的音乐帮助语言实现它成为诗的愿望。

那么这样的诗意义何在？它帮助人发现自己、发现世界、发现历史，对自己、对世界、对历史获得新的洞察。因为语言是人类的集体记忆，它比诗人懂得更多。我们的知识，尤其是可交流的知识，绝大部分都是语言的知识。因此，学习语言，并向语言学习，是诗人终生的任务。戈麦说："写东西占用不了太多时间，但读书却需要很多精力。"[①] 而学习的对象不只是本民族的语言成果，而是全人类的语言成果。他在给兄长的信中说："基本上时间被学习占去了，很少写作。对于读书，我有一系列的想法，想系统研究一下历史上所有的文学，越古越要重视，比如《圣经》、各民族史诗、神话。金字塔需要一个宽广的底座，正确的航线源于丰厚的学识。"[②] 戈麦对待知识的态度就是基于上述认知。克利说：我多想谦卑下跪，可是跪在谁的面前呢？臧棣曾在他的一本自印诗集的题献页引过这句话。其实，戈麦和臧棣心里都很清楚，他们真正需要的是跪在语言的面前。

语言比诗人懂得更多。"词语的繁育术"试图召唤出语言懂得，而我们还不懂得，或者已经被遗忘的知识。在成功的情况下，它将召唤出我们最深层的愿望（原型），最深刻的洞察，最普遍的情感……那些构成我们情感和理智底层结构的所有一切。失败了？它什么也不是。这是写作上的走钢丝，要么成为真正的创造，要么成为完全的废品。戈麦意识到，这样的探索必然只能在孤寂中

---

① 戈麦《戈麦自述》，见《彗星——戈麦诗集》，漓江出版社1993年版，第2页。
② 戈麦1990年11月5日致褚福运信，见《戈麦全集》第五编。

进行，所以，他把这本诗集献给了这样的创造时刻：最孤寂的岁月。

《火》是诗集的第一首诗，写于1990年6月24日，也是第一首整体采用上述"词的繁育术"写成的诗。我们来看一下这首诗的第一节：

> 极易在其中梦见死亡的
> 是女王的流苏
> 我在其中梦见战场的火焰
> 年轻武士的心，洁白的火
> 火在其中梦见
> 血污中的酋长和一座空空的城

"极易在其中梦见死亡的／是女王的流苏"：头两行构成一个完整的陈述句。第一行中，分量最重的词"死亡"出现在这行的末尾。前面的词就像一路下坠的球，最后落到谷底：死亡。这是诗人用这个陈述句告诉我们的基本事实：在女王的流苏中，诗人梦见死亡。这个事实在诗里是突兀地呈现的，似乎完全建立在直觉之上。但它实际上经过了一个理智的过程。首先和"死亡"发生联系的是"火"。这种联系依靠联想建立，是一种基于经验和知识的理性判断。其次是"火"和"女王的流苏"依靠想象建立的隐喻关系。"女王的流苏"和"死亡"的联系是一个大跨度的想象，但联系的基础却是历史经验和基于这经验的洞察。在这里，自由的想象和理智的能力再次结合在一起。

从整个第一节，我们会发现推动诗行前进，并在其中起结构性作用的关键词是"梦见"。三个"梦见"构成了一种准排比的关系：诗人在女王的流苏中，梦见战场的火焰，梦见死亡和年轻武士的心；这武士的心——为女王而燃烧的洁白的火——梦见血污中的酋长和一座空空的城。"梦"是一种非理性的力量，为诗行间的大跨度跳跃提供了动力，但我们也看到诗人笔下的梦仍然受到理性的牵制（或支持）和语法、修辞的支持（或约束）。第四行中，"年轻武士的心""洁白的火"在语法上属于同位关系，这一同位关系为下一行"火在其中梦见"提供了语法上的支持；"洁白的火"与下一行开头的"火"，则构成一种修辞上的顶针关系。进一步也可以说，"战场的火焰""年轻武士的心""洁白的火"，三者作为"我……梦见"的宾语构成了一个三位一体的同位关系，由此在三者之间建立了一种超现实的隐喻关系。到这一节结束的时候，我们发现，女王的流苏、战场的火焰、年轻武士的心、洁白的火、血污中的酋长、一座空空的城，所有这些统统成了"火"的化身。这些就是诗人在"火"这个词语中发现的超现实事实；然而，这一超现实也是对历史和人性的洞察。我们再看诗的第二节：

> 雪开在内心的原野
> 我拂过一支火焰的边缘
> 一支火焰，坚硬无比
> 像地质年代坚硬的石头
> 石头，精神的猎犬
> 包围了高原公路上雪白的森林

这一节从梦中燃烧的超现实回到了心理上冰冻的现实，其间的差别首先体现为巨大的温差：超现实的火焰在现实中被冻结了，成了鲁迅笔下的"火的冰"（鲁迅《野草·死火》）。这一节里共有三次变形。在"雪开在内心的原野"一句中，"年轻武士的心""洁白的火"变成了冰冷的雪，这是第一次变形。在"我拂过一支火焰的边缘 / 一支火焰，坚硬无比 / 像地质年代坚硬的石头"三行中，冻结的火焰变身石头，这是第二次变形。在最后两行中，石头变成精神的猎犬，这是第三次变形。这是词的变形记，同时也是历史的浓缩，是个体生命从生到死的过程，也是民族、国家、朝代、文明兴灭，继而从死亡、死灭中再生的过程。最后一行，精神的猎犬包围高原公路上雪白的森林，诗的意象回到了这一节的开头（"雪开在内心的原野"），完成了一个终始的循环。

这一词语的变形记在后面三节中继续：从黄铜内部惨烈的火焰，到镜子里的戒指、白银的耳环，再到一面飘动的旗子、一条突出空虚的纽带（第三节）；从水中被冷却成铁皮的火焰到石头，再到种子（第四节）；从烽烟到谷仓，再到希望（第五节）。每一节都突出了火的一种性质。第三节突出了"它中心的黑暗"；第四节突出了它和时间的关系，作为"种子"和"石头"不断"往返的旅程"；最后一节突出了它的复苏，以及死灰复燃中可怜地波动的"诸多种希望"。

通过这首诗的分析，我们可以看到，在戈麦的"词的繁育术"中发挥作用的除了词语的繁殖力之外，理智、想象、语法、修辞都承担了各自的角色，诗人借此达到的目标也不仅是呈现词语的能量、修辞的技巧、超现实的神秘感性，还有生命的启示、历史的洞察。可见，其手段、目标、效果都不是单一的。

《哭》的写法更大胆。这首诗完全出自对"哭"这一个汉字的凝视和想象。离开了这个汉字的字形和意义，这首诗就无法存在。这样的诗是拒绝翻译的。第二行的"在夜里"是整首诗的背景，也是诗人为超现实的、普遍的"哭"确立的精神质地。"哭"字上部的两个"口"先被想象为"两扇从不点灯的窗户 / 在夜里，守望着月光下雾霭般的原野"，继而被想象为"银鸟跟从一对布

衣僧侣 / 经过栖息乌头鸦的树林 / 黑暗中白亮的河汉在远处汇入云朵"。要注意，在第二个比喻中，喻体是"（一对）银鸟"，而不是"一对布衣的僧侣"。在这样的想象中，"哭"字的上下结构也在想象的场景结构中得到了巧妙的呼应。接下去是对哭声的一串比喻，"哭声四起，像浅草中衰败的麻雀 / 淋过热雨的铁皮 / 像玉米叶子，瞎子嚼着光明 / 烟缕一样的手安慰着 / 像一大片麦秸的铃铛"。这一连串博喻都是从远取譬的佳例，分别抓住形态、神态、性质、感觉上的相似，营造出奇妙的效果。在此，感觉是喻体和本体之间的强力胶。最后三行："哭，一望无尽的幸福 / 夜深了，没有人起身点灯 / 在树上，是猫头鹰橘红色的眼睛"。这里的"哭"和"一望无尽的幸福"不是动宾关系，也不是同位关系，而是一种对比关系。在哭和幸福的对比中，幸福也许不会增殖，但哭肯定是成十倍、百倍地增殖了。最后仍回到对"哭"上两个"口"的凝视，这回它们成了"猫头鹰橘红色的眼睛"。从开头的"在夜里"到结尾的"夜深了"，从开头的"从不点灯"到结尾的"没有人起身点灯"，结构上是回复，诗意上则是推进。从这首诗可以看出诗人突出的想象力、敏锐的感性，以及结构的技巧，但它并非单纯的炫技。对一个"哭"字的凝视，实则饱含诗人对普遍的人类命运的深切感受和同情。

在《石头》一诗中，所有词语的变形记终结于石头：阳光是石头，波浪是石头，血液是石头，尸体的心脏是石头，粮食是石头，眼泪是石头，人类是石头，鸟类的眼睛是石头，天空是石头，空白是石头，未成年的土地是石头。看起来似乎像是一场随意的命名游戏，一种无厘头的强指。实际上当然不是如此。我们注意到，在这些似乎无理的判断句之前，诗人一一为它们设定了条件，这些条件让其后的判断具有了某种合理性。"阳光是石头"的前提是"荒凉的原野"，"波浪是石头"的前提是"没有人来到的海面"，"血液是石头"的前提是"处女小小的巢穴"……而最终为这些蛮横的判断提供支撑的是一种叔本华式的悲观哲学，这一哲学相信痛苦、虚无是生命的本质，一切人类行为都是徒劳。个体的最终命运是死亡：石头；文明的最终命运是毁灭：石头。正如戈麦在另一首诗《想法》中说的："关于结局，无非是岩石，无非是尘渣"。石头，在这里就成为了虚无的象征。这首诗由于从头到尾采用了相同或稍有变化的语法结构，节奏感十分鲜明，且有一种不断加快的趋势，感染力很强。用同样的方法写成的还有《沙子》。《沙子》中被一再重复的"沙子"，即是《石头》中的"石头"，即是《想法》中的"岩石""尘渣"。实际上，"石头""沙子"反复出现在戈麦的诗中，同是理解戈麦精神世界的关键词。

《铁》是一首不可解的诗，它所呈现的事物之间的联系明显违反常识。它的前四行："冰。众鸟之王。/ 元素中最轻的一个。/ 一个沉闷不堪的箱子。/ 一条灰色的花的托盘。"这些并列的事物，在感觉和意义层面都很难和铁发生关联，或者它只发生一种违反常识的关联。它的最后六行——"囚牢的妓女。/ 轮回。法官胃中空洞的质量。/ 网状的雾。猩红的地衣。/ 遗产。嘴。一百年。/ 加上余下的月份。/ 是历史朝代中的五个相同阶段。"——具体名词和抽象名词毫无逻辑地并列，相互之间既缺乏联系，它们和铁之间的联系更让人摸不着头脑。这首诗的方法是超现实主义的，诗的驱动依靠一种非理性的、主观感觉上的联系。而这种感觉的联系又是个人的，很难为他人所分享。

戈麦很早就关注到超现实主义。在1987年后所用的一个笔记本上，他抄录过一段出自爱德华·B. 杰曼《超现实主义诗歌概论》的论述："超现实主义精神已经变成了现代诗歌的精神：它主要包括寻求新奇；力图打破主观和客观、意愿和现实之间的界限；认为必须创造一种比无比丑陋的现代文明更高的意境。超现实主义永远坚持使语言充满活力，这样，过去大家所知道的一切范畴都会瓦解，人的意愿将显露出那些范畴所不能显露的美。诗人们相信这种美。"① 这段话抄在洛尔迦、聂鲁达、布勒东、罗伯特·勃莱名字的下方——这几位都是超现实主义诗人或深受超现实主义影响的现代诗人——并在每人名字左上方画了圈。这提示我们，戈麦对这些诗人可能都有比较深入的阅读。戈麦1988年的《异端的火焰——北岛研究》曾专门讨论北岛诗中的超现实主义组合方式和梦的表现。在1989年5月起用的一个笔记本里，戈麦还抄录了法国超现实主义理论要点，及布勒东、艾吕雅、阿拉贡的超现实主义诗作，超现实主义渊源，美国的深层意象派（理论要点和诗），未来主义（理论要点）。柔刚翻译的《西方超现实主义诗选》（海峡文艺出版社，1988）也被列入诗人的"蓬斋书目"，是其看重的藏书之一。可见，从尝试写作伊始，戈麦就对超现实主义的理论和作品给予了充分关注。实际上，戈麦很早就在创作中吸收超现实主义的手法，1988年的诗作《克莱的叙述》《太阳雨》《艺术》《秋天的呼唤》《坏天气》《未完成诗章》中便可见其身影，到1989年的《在春天的怀抱里去逝的人》《游泳》《打麦场》《白天》《疯狂》《家》，这种身影更为招摇。在《厌世者》时期，戈麦写了不少典型的超现实主义诗作，像《爱情十四行》《儿童十四行》《欢乐十四行》《十四行：存在》以及收入《铁与砂》的《新一代》。但这些诗仍然是有中心的，那些貌似胡乱堆砌的词语、意象其实都是从那中心的一点放射出来的。这个中心就是一种否定的激情。

但《铁》这样的诗，似乎连最基本的情绪、感觉把握起来也

---

① 这段话出自爱德华·B.杰曼《超现实主义诗歌概论》（黄雨石译）的最后一段，见《外国诗2》，外国文学出版社1984年版，第233页。此文为杰曼为其所编《英美超现实主义诗选》所写的序言。参照戈麦的笔记可知，诗人后来按照此文提供的线索对英美、拉美超现实主义诗歌做了较为广泛的阅读。

很困难。它是更典型的超现实主义，其目标似乎就是超现实主义的"神奇""奇特"的艺术效果，其方法则近乎超现实主义的自动写作："自动地'记录思想，摒弃理智的一切控制，排除一切美学和道德的考虑'"，"把梦幻和一刹那间的潜意识记录下来，而不考虑文字之间的联系和美学效果"。① 然而，对于戈麦这样对理性有高度信念的诗人，完全的自动写作是不可能的，他至多把控制的意志交托给了对语言的敏感，以试验其效果。实际上，在戈麦全部的诗作中，《铁》这样的作品也属孤例。

戈麦对超现实主义产生关注的重要原因之一是对"震惊"效果的追求，实现这一效果的方法包括自由想象，梦幻，通感，奇喻，自动写作（潜意识的激发），经济联络（浓缩、省略），词语碰撞（依赖潜意识或感觉联系，类似绘画中的拼贴、粘合法），悖论和自否。我们看到，这些手段和技巧在戈麦的诗中有广泛使用。早在1987年关于象征主义的一则笔记中，通感、经济联络就被习诗不久的戈麦视为诗的语言的两条出路。② 戈麦1989年后的诗作中，自由想象、梦幻、自动写作、词语碰撞等手段应用越来越多。可以说，从最初的习作，一直到其弃世前最后的一批杰作，超现实主义始终对戈麦写作有重要影响。但戈麦从来不是纯粹的超现

---

① 郑克鲁《超现实主义》，见袁可嘉、董衡巽、郑克鲁选编《外国现代派作品选》第二册，上海文艺出版社1981年版，第277~278页。戈麦笔记中抄录了这一段。实际上，到1934年，超现实主义者，至少布勒东，已经"不再满足于……信笔直书的写作，对梦境的重述，即席演说，自然流露的诗歌、绘画和行动"。其后的《什么是超现实主义》一书进一步解释，超现实主义今后将把上述种种仅看作是一些素材，利用它们去寻求一种统一的表现方法，以表现有意识世界和无意识世界中事件的连续性（参见爱德华·B.杰曼《超现实主义诗歌概述》，黄雨石译，载《外国诗2》，外国文学出版社1984年版，第219页），甚至有意"把无意识的力量交给清醒的头脑去处理"（同上，第223页）。但在正统的超现实主义者那里，上述目标并没有很好的实现，而另一些受超现实主义运动影响的诗人如佩斯、埃里蒂斯、聂鲁达等，显然从这一目标受益甚多。
② 见《戈麦全集》第四编《文论集》。

实主义者，后者所反对的构思、推敲、修改，自始至终是戈麦的诗歌写作中的关键工序，也是其写作区别于许多第三代诗人的所在；同时，诗人保留了对诗作美学效果的判断和控制的权力。在戈麦看来，这事关写作和写作者的尊严。像《铁》还有《厌世者》时期的几首十四行，这类整体依赖超现实方法的诗作在戈麦的全部写作中占比极少——但却相当醒目。更多的时候，这种影响被限制在意象、句子和节的层面，在理性、逻辑的整体而严格的控制下，有意楔入具有超现实色彩的意象、场景、幻景，营造出特别的艺术效果。在方法和效果上，戈麦更接近美国的新超现实主义（深层意象派）。和深层意象派一样，戈麦所关注的并非"无意识世界"或"梦幻领域"的混乱、无秩序、非理性、不可理喻的一面，而是通过对潜意识或无意识的挖掘，指向更深层的集体经验和人类记忆，并把它们和意识世界联系起来，也把内在的领域和外在的世界联系起来。[1] 这种经验和记忆纵然难以解释，甚至难以理解，但并非完全无理可据。可以说，超现实主义者呈现的是潜意识和无意识隔绝的一面（超现实主义者理论上也追求潜意识和意识的沟通，实际上却很少做到），而深层意象派呈现的是潜意识和无意识联系的一面，前者是一种抽掉梯子的行为，而后者是一种铺设桥梁的行为。在讨论北岛《白日梦》一诗的超现实梦幻手法时，戈麦说："强烈的理智也始终贯穿全诗，或隐匿于超现实手法的背后，表现为全诗结构的序列安排，或用理念、概

---

[1] 勃莱认为，人类思维受三种脑支配。第一种为爬行类脑，主司求生本能；第二种为哺乳动物脑，主司人类的基本感情；第三种为新脑，主司冥想。深层意象派的诗为新脑所创造，但亦受前两种脑的影响，触及所有感官。诗人在心灵的史前逻辑和原始层次上，体验到一切事物的相互依存性和转换性，并让读者也体验及此。参见张子清《美国深层意象派诗简论》，载《外国文学》1989年第5期，第90页。戈麦在笔记里摘录了张子清此文的要点及全部举例的诗作。后来又自己动手翻译了勃莱的5首诗。

念直接加入意象的撞击。……北岛对于潜意识的探索显然没有流于一味地为展现而展现的极端；其诗句的规则和梦呓的节制也使自身的风格同传统超现实主义梦呓的泛滥形成对比。……北岛在诗艺的变嬗中，始终保持着艺术家的鲜明个性和吸收、探索诗学奥妙的独立、非被动状态。"① 这些话也差不多适用于戈麦自己和超现实主义的关系。就是说，戈麦的超现实意象、场景更多地是有意识的创造，无意识、梦幻仅是手段。实际上，戈麦对待知识的态度始终不同于超现实主义者。他有一首题为"造纸术"的三行短诗："上帝从未来得及思考 / 一车落叶的消失 / 会引起一桩截断时间的事故"。在戈麦看来，知识（造纸术）的发明是与上帝创造世界相埒的事件，它改变了上帝的世界，而此一事件的意义，上帝也许未能充分理解。在戈麦看来，知识拯救理智的贫困，就像梦幻拯救感觉的贫困，两者都是我们通往自由的方式。在这点上，戈麦也把自己与非非的原始主义区分开来。

超现实主义手法在戈麦诗作应用的例子，在《铁与砂》一集中很多，下面略作分析（为了说明问题，少部分诗例取自《铁与砂》之外）：

首先是一种奇异的、非正常的词语和意象组合。例如："挖开颅骨下黄昏的河床"（《沙子》），"锌杆上两朵白得透明的乳房""羊骨上摇动着通红的新娘"（《夜歌》），"秋天来到猫的产房"（《秋天》），"巨石一样的哀嚎"（《深渊》），"我白雪一样的睡眠之上，/ 屹立着一棵纤细的青草。/……/ 一支注满牛奶的草茎，如果放在 / 蜗牛的体内，很可能就是 / 一窝发臭的蜜蜂"[《目的论者之歌（青草）》]。这些都是罕见而奇特的连接。最极端的是《铁》，还有《厌世者》时期那几首奇特的十四行。这种组合造成的碰撞产生了新

---

① 戈麦《异端的火焰——北岛研究》，载《新诗评论》2017年总第21辑，第143页。

异而奇妙的效果。

自由想象的例子见于下列诗句："我握住黑夜，犹如打碎一盏明灯 / 灯下一张麻脸 / 像另一座城市里幽暗的神殿"（《镜子》）；"家乡，火红的云端 / 一团烈焰将光滑的兽皮洗染 // 炉火中烧煅的大铜 / 如今它熠熠生辉 / …… / 这是烧红的夜晚 / 夜晚，发亮的血癌 / 红野鸡嗓子在火光中溅出烈焰"（《红果园》）。前者由黑夜而灯而麻脸而幽暗的神殿，完成了诗歌形象的三级跳，后者围绕红果园之"红"，创造了一系列生动的隐喻形象。实际上，奇喻经常是诗人营造超现实氛围的重要手段。"这粮仓与耕种已纷飞得像一场风"［《大雪（二）》］，粮仓既不能飞，耕种不是物，更不能飞，但这个比喻在表现大雪纷扰的场景时，却非常有效，也能直观地被读者所感受和领会。

戈麦还用到过一种把喻体和本体、主体和客体合一的隐喻。"我感到我腑内的震吼 / 已高过往日 / 高过黄金的震吼，骨头的震吼 / 巨石、山洪的震吼 // 我感到我邪恶的豹皮 / 就要在今夜起死回生"（《老虎》），即写人，即写虎；"你轻轻托起我绒线一样的毛羽"［《大雪（一）》］，"我白糖一样的羽毛散落在何方"［《大雪（二）》］，即写雪，即写人。第二例中，诗人对大雪的专注凝视竟使自己长出了"绒线一样的毛羽""白糖一样的羽毛"，达到人雪合一。"我会临这大雪的原野 / 这天上的阳光在原野上沉睡 / 那是我的肉体剥落了的精灵 / 那是我的羽毛，它沉睡了多久"［《冬日的阳光（一）》］，"大雪"变为"阳光"，"阳光"变为"剥落了的精灵"，最后变为"我的羽毛"，主客体趋向合一。就整首诗而言，"阳光"和"大雪"实际上也是二而一的。《大雪（二）》中，又引进了母鹅、松鼠的形象，变成了阳光、大雪、母鹅、松鼠四合一。以上三例都有一箭双雕、一箭多雕之效。

还有以喻体直接代本体的例子："一百次，我啜饮烈马的鲜血 /

我饮过一百个流血的村庄""我梦见，故乡黝黑而衰老的乳房/从云朵上被暖风撕掉"（《故乡·河水》）；"一个远离天涯的谷穗/如今已长大成人"（《最后一日》）；"还会有鲜花没有出现/还会有钢叉披满衣裳"（《秋天》）；"那些在道路上梦见粪便的黑羊"（《死后看不见阳光的人》）；"我目睹我的南方的耳朵/紧紧贴附在一根聪慧的稗草之上"[《南方的耳朵（二）》]。这些诗句里，鲜血是河水之喻，谷穗是游子之喻，钢叉是枯树之喻，衣裳是花叶之喻，黑羊是诗中的文字之喻，聪慧的稗草是女子的身体之喻，但诗里本体隐匿，只出现喻体；乳房是云朵之喻，但喻体先行独立出现，本体到下一行才出现。上面举作奇异组合的例子，"锌杆上两朵白得透明的乳房""羊骨上摇动着通红的新娘"，从修辞方法上讲也是省去本体："锌杆"是女性身体的喻体，"通红的新娘"是旭日的喻体。

类似的还有以部分喻（代）整体，或以整体喻（代）部分，也有超现实的效果。例如："衰老的面孔为我流泪"（《故乡·河水》），"南方的耳朵/雨水中诞生的儿子/或是雨水中失去的姑娘"[《南方的耳朵（一）》]。前例用"面孔"代人，有类似特写的效果，使形象更加突出；后例用儿子或姑娘比喻耳朵，赋予器官以人格，产生奇妙的效果。这一比喻在《南方的耳朵（二）》中，被改写为"南方的耳朵/雨水中诞生的船只/雨水中失去的箱子"，成了性质有所不同的奇喻。但两稿都保留了"诞生"和"失去"这两个关键词，表现了一种萍水相逢、再见难望的深沉感慨。

幻象的例子突出见于下列诗句："三个蜂状的人翻开一本空白辞典/他的身后，是无尽的镜孔/镜孔中又有无尽的蜂状的人/每一个又能够看到后面的一个"（《镜子》）；"数万个球体掘穿双眼/在空地上，围抱着死亡和死亡的福音"（《黄昏》）；"我将成为众尸之中最年轻的一个/但不会是众尸之王/不会在地狱的王位上怀抱上千的儿女／我将成为地狱的火山／回忆着短暂的一生和漫长的遗憾"（《金缕玉衣》）；"死后看不见阳光的人，是不幸的人／他们是一队白袍的天使被摘光了脑袋／悒郁地在修道院的小径上来回走动／并小声合唱，这种声音能够抵达／塔檐下乌鸦们针眼大小袖珍的耳朵"（《死后看不见阳光的人》）。这些都是奇异的幻象，一见之下即令人目眩。还有一种幻象，表面看来似乎在表现经验，实际上写的却是不可能之事。例如《老虎》："在这个古中国的城市，我想起你／千万颗主星照耀下的梦境／在这个迦太基的庭院，我想起你／教徒们心中恐怖的神坛"。诗中的"我"一会出现在当前，一会出现在古中国，一会出现在迦太基的庭院，实为不可能之事。这是通过主体的分裂将不同时空整合于瞬息和尺幅之内，也属于幻象的一种。

浓缩、并置的例子更多。例如："黄昏，我触摸着守夜人惊悸的心脏／一抹凶恶的夕阳"（《黄昏》）；"像一片绿色的影子／滑过刀锋时一个窃贼闪亮的庄稼"（《刀刃》）；"我手捧一把痛楚，一把山楂"（《红果园》）。第一例、第三例中，"守夜人惊悸的心脏"和"一抹凶恶的夕阳"，"一把痛楚"和"一把山楂"，是喻体和本体的关系，但中间的连接词、喻词被省略了，而将两者强行并置，以产生特殊效果。第二例意思是一片绿色的影子滑过刀锋，就像一个窃贼滑过闪亮的庄稼，但诗人从这个比喻中提炼出"窃贼"和"闪亮的庄稼"两个名词，强行并置，以达到陌生而强烈的效果。《献给黄昏》中的"母牛张开鲜红的血皮／一把亮闪闪的钢叉／切开大地甜美的果皮"则以省略法写幻象。前一句省略了本体和喻词，完整的表达应该是：黄昏的天空像母牛张开鲜红的血皮；后一句将喻体（甜美的果皮）和本体（大地）并置，省略了喻词，营造出强烈的幻象气氛。

浓缩的另一种特殊形式是非完全句，句子在语法上残缺、不完整，却能造成一种特别效果。"百姓捣毁肮脏的杯子／盛囤空胃、麸糠"（《粮食》）："肮脏的杯子"指杯子形状的粮棒（稷棒、玉米棒），但在句中只出现喻体，省略了本体；"盛囤空胃、麸糠"是说以粮食、麸糠盛囤空胃，"盛囤空胃"是主谓倒置，承前省略了宾语，"麸糠"只出现宾语，省略了主语和谓语。再如《目的论者之歌（青草）》第二节："我从一只蜗牛的花纹里，／一只雄蜂在它的背上。"第一句未完，就跳接第二句，使得蜗牛、雄蜂两个形象快速并接并得到突出。这样的省略法为求表达的效果或语调的一气，违背了一般语法，有时不免造成理解的歧义和障碍。

通感在戈麦早期诗作中就有出色的运用，如"呼喊／如一条灰红的带子／从我苍白的喉咙里缓缓伸出""我呼喊／带着一座宅子的气味""我用模糊的面部／向你呼喊""呼喊长满皮肤"（《秋天的呼唤》），"怀念如傍晚的窗外／雨水浸泡的模糊的树影／……／感情的哭声隐隐传来／湿润了马厩里残存的／优越的好时光"（《坏天气》）。第一例中，连续把"呼喊"（声音）视觉化、嗅觉化、空间化、身体化，写出了诗人对真正的生活的渴望，给人留下极为深刻的印象。《铁与砂》中通感的例子也不少："我十指的痛楚／如十根锋利的麦芒""幸福，幸福，过往的车辆"（《麦子熟了》）。前一句把身体上的痛感转化为视觉形象；第二句把心理的感受视觉化，同时也用到了省略。《铁与砂》之后的诗作中例子也不少。"一声鸣叫像一粒喙尖上的石子"（《沧海》）以视觉形象呈现听觉的感受，是突出的例子。如果说比喻是在不同事物之间建立联系，建立外部世界的统一；通感则是在不同感觉之间建立联系，建立内部世界的统一。也就是说，这两种修辞的手段都关系诗的本质，具有超越修辞的意义。

自否、矛盾修辞表现了真理的相对，事实、经验的复杂，同时也是通往奇异形象和神秘体验的途径，有时则表现为一种冷幽默，成为对世界、自我的冷嘲。它们很早就出现在戈麦的笔下，如"最为寒冷的温暖深处"（《冬天的对话》），"飞翔静止不动"（《结论》），"歌子太长静得有声""失明之后我看到了真实"（《七点钟的火焰》），"瑜伽少女喷吐花白的头发"（《克莱的叙述》），"呼救如幽远的祝福""一件简陋的铝制品 / 因为重量在水上漂浮"（《星期日》），"吊唁令人兴奋不已"（《总统轶事》）。这些例子都带有浓厚的反讽情调。《铁与砂》中自否修辞的例子更密集："幸福酿成苦果 / 痛苦化作食粮"（《故乡·河水》）；"一年的空虚，一年的收成""生活多美好 / 乌鸦纷纷扬扬"（《粮食》）；"一切遥想近在天边 / 一切罪恶横陈于天堂"（《骑马在乡村的道上》）；"杀人者必胜 / 幸存者遭殃"（《秋天》）；"死蝴蝶，像我春天的塔下的一只形象的豹子 / 她幼小的暴力在爱人的心中徐徐开绽"（《蝴蝶》）；"相信灾难挽救下的双手""相信诺言，相信背弃"（《劝诫》）；"我们钢铁一样的思想 / 在笼子一样禁锢的空气里 / 扶摇直上九霄""最邪恶的路是通往神明的路"（《通往神明的路》）；"我将成为鹿，或指鹿为马 / 将谎话重复千遍，变作真理"（《金缕玉衣》）；"一切源于谬误，而谬误是成就"（《海子》）；"一条真理很可能就是一个谬误"（《和一个魔女度过的一个夜晚》）。《铁与砂》中这类自否、矛盾修辞表现了一种认知、心理和情绪的分裂，是严峻的，而不是反讽的。

还有一种不对称性比喻——喻体和本体在大小、性质上形成巨大反差——也可归入这类。例如，《我们日趋渐老的年龄》中把皱纹比作大海的波浪："要是我们能用年轻的巨布蒙住这匹 / 日夜奔向大海的马的眼睛，它一定会 / 安详地跃入这片无声无息的海洋 / 我们密致的皱纹是大海激起的波浪"。将皱纹比作大海的波浪，这是大小的不对称。同一首诗中另一个精妙的比喻："要是我们可以将我们渺小的躯体投入 / 更为广阔的空间，年龄就会从我们的体内／斜飞出去，像一个沉重的铅球／和投掷者一起沿弧线向外奔去"。说年龄像铅球从我们的身体飞出去，喻体和本体性质上完全不对称，近乎无理，但前面的假设从句"将我们渺小的躯体投入／更为广阔的空间"为它提供了前提。从意义上讲，这个比喻的意义与"不知老之将至"相近，但通过一个性质上严重不对称的比喻，这层意思被说得非常别致，具有典型的现代比喻的特征。

戈麦对超现实主义的吸收，其目标不止于营造一种新奇的效果，他也力图借此"打破主观和客观、意愿和现实之间的界限"[1]，并抵达"事物的本质"，达到"对自我的完全意识"，以及"人的灵魂和世界的内在秘密"[2]。我们在这个时期的诗作中，确然也发现了某种与超现实有关的深邃内涵。譬如，在对刀刃的凝视中，诗人发现了脉管中隐身的"那同行的伙伴""两个持刀行凶的家伙"，连同他们隐秘的弑主的渴望："两个持刀行凶的家伙／是哪一个，最先向主动手／刀子，就是福灵；刀子，就是危险"（《刀刃》）。在《事物》中，这种内涵体现为对万物之间隐秘联系的揭示："河岸上那些病倒的树木／曾经是爬上陆地的人群／在不名的夜晚／他们走进了小林神的妖身／／水滩上那些浑圆的石头／曾经是狂吠过的野猪的头颅／它们面朝夜空／用心模仿着云中的河蚌／／而那些天空中滑翔的飞鸟／曾经是流矢射中的刀枪／它们在不安的尸体内剧烈地跳着／曾试图挽回愚蠢的过失而卑劣的命运"。这首诗确乎达到了美国新超现实主义为诗歌设立的目标："在心灵的史前逻辑和原始层次上，体验到一切事物的相互依存

---

① 爱德华·B. 杰曼《超现实主义诗歌概论》，见《外国诗2》，外国文学出版社1984年版，第233页。戈麦笔记引述这一段。
② 郑克鲁《超现实主义》，见袁可嘉、董衡巽、郑克鲁选编《外国现代派作品选》第二册，上海文艺出版社1981年版，第276页。

性和转换性。"①在《献给黄昏》中，则是为了抒发极端的情感："马粪中的牲口，瞪大了眼睛／折断僵立瘦骨／是狼，它奔突于四野／吐出一个声音：／让该逝去的不再回来。"在《陌生的主》中，是为了传达一种神秘的启示："我望见了你，那金黄的阴云／两条无身之足在阴云之上踩着灵光／我望见你，寂静中的永动／从黑云之中泛着洪亮的声音／／……／／我是怀着怎样一种恐惧呀／却望不到你的头，你的头深埋在云里／为大海之上默默的云所环绕／你神体的下端，像一炬烛光／／……／／你是谁？为什么在众生之中选择了我／这个不能体味广大生活的人／为什么隐藏在大水之上的云端／窥视我，让我接近生命的极限"。悖论、矛盾和自否的使用也是为了在一种浓缩的事实中揭示现实的含混、暧昧、混沌、冲突，呈现生活、生命的真实、真相。《目的论者之歌（青草）》的每一节都以"但它不是"结束，通过否定之前描绘的超现实情景，让诗意变得更加扑朔迷离。《目的论者之歌（青草）》实际上是反目的论的。

在《铁与砂》之后，到1991年元月，戈麦还写了不少元素诗。这些诗的定稿，在戈麦弃世之际被毁弃。目前的存稿系从已经严重污损的手稿抄录，同时参照后来找到的若干草稿校订。这些诗保持了《铁与砂》时期元素诗的基本写法，但也增加了一些新的元素。《牡丹》《玫瑰》《鲸鱼》《狄多》《盲诗人》《新生》等诗作中回响着博尔赫斯时间、经验、记忆、命运、历史的主题，也有对未来的期待；《风》《雪》表现了关于语言和存在、幻境和实存的思考；《彗星》《风烛》《深渊》《高处》《明景》《大雪》《天马》则有时不再来、命运来临的紧迫感，充满幻象，与《铁与砂》时期的《黄昏》《最后一日》《陌生的主》《金缕玉衣》等有呼应关系。但

---

① 张子清《美国深层意象派诗简论》，载《外国文学》1989年第5期，第90页。

这批诗作，除了《玫瑰》《牡丹》《彗星》《鲸鱼》《狄多》《大雪（二）》等，其他诗作某种程度上还停留于草稿阶段。这些诗以歌唱和化入事物为目标，但过长的诗行和残存的散文成分使其仍停留于叙述的层次——这一目标的实现还要等到下一年那批杰作的问世。从《风烛》《明景》《天马》等诗还可以看到骆一禾的痕迹。

戈麦的元素诗大致有两个来源。一个是骆一禾、海子的元素论。骆一禾在《海子生涯》中对海子和他本人的元素做过解释："'元素'，一种普洛提诺式的变幻无常的物质与莱布尼茨式的没有窗户的、短暂的单子合成的突体，然而它又是'使生长'的基因，含有使天体爆发出来的推动力。"[①] 骆一禾的元素是两种特征的统一：作为物质，它具有变幻无常的特征；作为基因，它具有"使生长的力量"，并含有"使天体爆发出来的推动力"。对于骆一禾，最重要的元素是血、是水，其载体是太阳、大海、河流、无可替代的肉身；对海子，最重要的元素是土和火，他说："四季就是火在土中生存、呼吸和血液循环、生殖化为灰烬和再生的节奏。"[②] 其载体是太阳、大地和身体。骆一禾从血和水中提炼出孤独、恐惧、斗争、牺牲、爱和新生的主题，最后完成于"生命结构"——一种"深层构造的统摄和大全"、博大生命。海子从土和火中提炼出的主题是欲望、虚无、宿命、原始母亲、诗歌和天才。显然，骆一禾和海子的元素诗都有一种内在的结构力量，依赖这一力量把不同的元素和主题构造为一个整体。戈麦的元素诗在《铁与砂》的阶段，这种力量还处于形成期，因此它们还是一首一首的诗，而不是一个号令统一的诗歌军团。

戈麦元素诗的另一个来源是里尔克的咏物诗。里尔克是戈麦

---

① 骆一禾《海子生涯》，见《骆一禾诗全编》，上海三联书店1997年版，第872页。
② 海子《诗学：一份提纲》，见《海子诗全编》，上海三联书店1997年版，第889页。

着力研究的诗人之一，他几乎手抄了里尔克的翻译成中文的全部重要诗作，留下了三个完整的里尔克诗抄本，此外其他笔记本里也抄录了不少里尔克诗作。在一个标为《美国现代诗》的笔记本的最后一页，戈麦从霍尔特胡森的《里尔克》抄录了霍氏关于里尔克咏物诗的论述："（里尔克）在一封致萨洛美的信中提出了自己的纲领：'创造物（来），不是塑成的、写就的物——源自手艺的物。'现在，'咏物诗'形式实现了这一纲领。……促使里尔克赋诗抒怀的不再是'生命'及标志上帝、爱情和死亡引起的那种普遍的、全面铺开的激动心情，而是界划清楚、各自为营的东西：艺术品、动物、植物、历史人物和圣经人物、旅游观感和城市印象，还有静态的、形象而安宁的场面和气氛画——在这些场面的图画中，被感受的世界的一部像一件具体物品一样呈现出来，没有喟叹和呼喊。"[①]里尔克从"心情"中挣脱出来的努力显然得到戈麦极大的同情，这些元素诗则是戈麦同一努力的见证，其中一部分作品，如《鲸鱼》《事物》《老虎》《刀刃》，可以说达到了里尔克咏物诗的水准，但多数的诗仍不免受到心情的扰动，也未能达到与里尔克同样的真实——显然，戈麦所依赖的超现实主义方法须对此负一部分的责任。戈麦真正伟大的元素诗，还有待下一个阶段完成。

四 幻象工程学

戈麦1990年的诗歌写作结束于《新生》《深渊》《高处》《盲诗人》等作，这些诗都流露出跟过去的生活告别之意。在《新生》里，戈麦对过去的生活作了清算，认为它充满辛酸与徒劳，但它仍然

---

① 霍尔特胡森《里尔克》，魏育青译，三联书店1988年版，第133~134页。

是美丽的，自己也在其中获得了成长："这是我逝去了的二十三年美好的时光 / 它们簇集成一个灿烂的星系，从诞生到成长"。他也在其中对未来的生活作了展望："许多事物还不曾梦见，许多事物还有待找寻 / …… / 我摒弃了所有的痛苦和忧虑，写下我漫长而宁静的新的生活"。在《高处》中，他写道"我不能继续在辽阔的大地上空度一生"，其中还罕见地出现了"幸福"一词："我只想回到你温暖如春的家园 / 我只想做一个圣书上的人，守望花园的人 / 一个寻常的人，幸福的人"。数月前，他说："我已远离了世间所有的幸福"（《帕米尔高原》），"幸福酿成苦果"（《故乡·河水》）。现在他说：我要做一个寻常的人，幸福的人。这是心态上的重要调整。这个时候，应该说戈麦对未来的创作和生活都充满期待，并决心开始一种同时追求尘世幸福和诗歌修远的新生活。他说："至善需要耐心，旷远依赖于时间的丈量""我考虑着玫瑰、云影和钟声，我的案头浮现异国的风光"（《新生》）。从写作上讲，1991年的戈麦确实再次迎来了诗艺上的更新，一跃达到了其创作的顶峰——虽然，这一年的作品数量在其四年的创作生涯中并不算多。

1991年1月下旬，农历正月，戈麦到上海访问施蛰存。这是戈麦首次南方之行。2月戈麦写了一批南方题材的诗歌，写了小说《地铁车站》《猛犸》《游戏》、随笔《文字生涯》，还有施蛰存访问记《狮子座流星——记作家施蛰存》。这个2月是戈麦写作上的又一个丰收期。但就诗歌写作而言，这个阶段可以算是他的"换气期"，那些在戈麦诗歌中相当另类也别具魅力，错杂于元素诗之间的南方诗歌——其中《南方的耳朵》《冬日的阳光》《目的论者之歌（青草）》等篇可归入戈麦最优美的抒情诗之列，特别是《目的论者之歌（青草）》一篇神思莫测，变化多端，无理可据，无迹可寻，又浑然一体，可谓神来之作——只是戈麦这次南方之行的一个副产品，并不在戈麦的写作计划之内。①

　　戈麦真正属意并着力的还是他的元素诗。2月，戈麦写了《雪（一、二）》《大雪（一、二）》《风（一、二）》。这些诗延续了上一年底元素诗的特征，显示了一种深入到事物内部的努力。《风（一、二）》触及语言与事物互相转化的主题。《风（一）》说："意念的出现往往先于概念／当我说到风／我的胸口上涌现一层薄薄的云／只需伸出一片苇叶／风就从苇叶下面一掀而过"。在《风（二）》中，这一节被改为："形象的出现往往先于意念／当我说到风／我的心头涌起一层淡淡的云／我的话语像一片苇叶／风从苇叶的下面一掀而过"。概念、意念、形象都是语言表意功能的体现，而依次接近事物本身。最接近事物的是那种创造的语言：当我说到风，我的胸口上涌现一层薄薄的云。它虽然不能像上帝的语言说到光，光就有了，但它是对事物的召唤，和事物彼此推动，就像苇叶和风之互相响应。如果语言的这种召唤没有触及和唤醒事物，那就意味着语言和事物仍处于分离状态，需要进一步深入事物的内部——"当我感觉不到的时候／我会去事物的更深一层寻找／一片有着罕见之美的植被／在你镇定的寂静之中／是隐藏着一阵风的呀"——直到事物自身的风被召唤出来。在《大雪（一、二）》中，大雪的舞蹈应语言的呼唤而来，就像"长久的积愿从天而降"。进入这舞蹈，意味着人向事物进入，而事物也向人交出自己，人和事物彼此拥有，朝向彼此而盛开（"为什么我的渺小仍然得到盛开"），甚至互换身体——这是比变性术更伟大的诗学的发明。在戈麦笔下，天马从"我"的生命、"我"的幻想汲取它的存在，而天马的形象一旦生成，它就不再属于"我"梦想的头

---

① 戈麦首次南方之旅前就写过关于南方的诗歌："一尊伤风的旧亭子／在细雪中迎风啜泣／……可江南女子的青春／只是一只苦涩的蒲英／苦难过去了　倦容依旧"（《失望》）。诗写于1987年12月16日。

颅，而必乘云腾去，翱翔天宇，乃至"捣碎我的天灵盖上的神灯"[《天马（二）》]。实际上，戈麦成功的元素诗都具有这样的意味。"一定有风存在于语言之上／像波浪翻过来时水面下的空隙"[《风（二）》]，这是诗人对语言力量的古老信仰——它可以追溯到最古老的咒语——也是诗人身份的前提。同时，语言也必须依仗诗人特殊的敏感性。除了诗人，什么人会发现波浪翻过来的水面下的空隙，乃至微小的空隙间穿行的风？语言把它的力量借给诗人，诗人则把他的感受力赋予语言，语言和诗人就这样彼此成全。而语言的力量甚至可以超越事物自身："在沙漠中心的风眼／那些刮倒树木的并不是风／而是像风一样杳无踪迹的言语"[《风（二）》]。这样的语言意识和语言态度是戈麦元素诗写作的前提，同时赋予戈麦在语言中孤身挺进的动力，还有勇气。

3月，戈麦写出了《北风》和《梦见美》。这是两首期待已久的杰作，表明戈麦的元素诗上了一个新的台阶。接下来的几个月，戈麦没有继续写元素诗，只零星写了一点计划外的即兴诗（这个较长时期的停顿，在戈麦的写作史上相当醒目，或别有原因），然后到了8月，他一下写了另外6首可与《北风》《梦见美》相媲美的元素诗：《浮云》《沧海》《大风》《天象》《佛光》《眺望时光消逝》。戈麦之前的元素诗是以语言去描摹、接近、进入事物，而在这批新的杰作中，语言在描摹、接近、进入事物的过程中，先变成了对事物的召唤，接着变成了事物本身，一种淋漓的元生之气把语言和事物一起携进了一场恢宏磅礴的舞蹈。在《北风》《大风》中，语言赶上了风的速度，变成了风，从上帝中山装的四只口袋里，"像四只黑色的豹子闪电一样飞出"；在《沧海》中，语言拥有了水的腰身，随水而漂浮而摆动，在沧海上拓展出银线环绕的航路，并为我们"一直领航"；在《天象》中，滔滔奔涌的语言如云图闪亮，召唤时辰，瞻望永恒，带来启示；在《梦见美》

中，事物身上深藏不露的美在语言的梦中揭开面纱，汇入语言，最终达到语言和美的合一；在《浮云》中，语言追随浮云在天空漫游，出入浮云的众多幻相，在虎、象、荷花、麦垛、池水、光的十字、老虎额头上的王字、大脑、王位、圣杯……众多形象之间不断变幻，也有浮云的速度；在《眺望时光消逝》中，语言作为神器是最后消失的事物，被一只大鱼驮走……在这些诗中，是事物本身在说话，语言和事物变成了同一个东西。或者说，语言真正作为构成性的力量，参与了世界的创造。这是造物的语言。早在《逃亡者的十七首》（1989）中，戈麦就表达了"渴望成为另一种语言"的愿望。现在，这种语言终于诞生了。臧棣说："在他写得接近完美的时候，他身上的这一特点暴露无遗：他不使用个人的语言，也不使用民族的语言，甚至不使用宇宙的语言，而仅仅是朴素地驾驭语言的语言。"[1] 在这样的语言创造中，主体也挣脱了自身，进入了与语言、事物合一的运动。这种主体、语言、事物的合一，用骆一禾的诗学概念来说就是"语言中生命的自明"。在这个三位一体的运动中，词语奋身挣脱它的静态和固有词义，"像被祝颂的咒语一样彰显出来，成为光明的述说""显示其躯骸"。[2] 在此前后，戈麦曾与笔者讨论奥尔森的"放射诗"。在一个标为"美国现代诗"的笔记本里，戈麦摘抄了奥尔森关于放射诗的论述："诗的每一部分都是高度的能量结构，也应是能量发射器。……一种感觉立即而且直接地引向另一种感觉，它所言即所指。"[3] 前一句可用来定性地描述戈麦晚期幻象诗的艺术效果，后一句则准确地捕捉到了这些诗的推进机制。从这些信息可以推

---

[1] 臧棣《犀利的汉语之光》，载《发现》第3期（1992年12月），第34页。

[2] 骆一禾《美神》，见骆一禾《世界的血》，春风文艺出版社1990年11月版，第14页。

[3] 奥尔森的话见于赵毅衡《美国现代诗选》的序言，外国文学出版社1985年版，第18~19页。戈麦可能就是从赵文摘抄的。

断，奥尔森的诗歌理想或许曾引发了戈麦对自己诗歌的未来的向往。在这些诗作里，戈麦已彻底背弃了现代诗包括他自己身上的否定精神，而转向了诗歌更为久远的"祝颂"传统。这就是骆一禾所呼唤的那种创世的诗歌："诗歌使创世行为与创作行为相遇，它乃是创世的'是'字。"①

戈麦晚期诗歌呈现的不是普通的人类生存经验，而是幻象。戈麦的诗歌写作也由此进入了辉煌的幻象时期。事实上，幻象正是《铁与砂》之后戈麦诗学的核心关切。在《铁与砂》的最后一首《海子》的最后一节中，戈麦说："而我也是一个疯人，在时光的推动下 / 写下行行黑雪的文字，与你不同 / 我是在误解着你呀，像众多的诗人 / 一切都源于谬误 / 而谬误是成就，是一场影响深远的幻景"。戈麦把海子的诗歌成就归结为幻景，认为海子的诗指向幻象而非经验。这首诗同时也表明，戈麦将把幻象作为自己诗歌写作的主要目标。此诗的写作时间是1990年12月2日。在同时或稍后的诗作中，诗人一再表明了其倾心幻象的书写意志。他说"现实源于梦幻"（《牡丹》）；他说"幻象是一种启示"（《南方的耳朵》）；他说"除了梦幻，我的诗歌已不存在"（《天鹅》）。幻象呈现不可能之境，让从未发生的发生，现实也由此获得赎身的机会。在可能性的意义上，幻象高于现实，也比现实更丰赡，乃至更真实；在生存的意义上，幻象比现实更深刻。在此意义上，戈麦不无自豪地宣布："我已经能够看见不曾有过的时间 /……// 我已经能够看见另一种人类"（《黄昏》）。他说："一切都是虚幻的梦境"（《高处》），"这一场巨大的幻景 / 笼罩我们的生存"[《雪（一）》]。诗人认为，幻象参与并构建了我们的生活和生存，为之提供启示，并赋予其意义。实际上，幻象就是"生存的深邃之处"

---

① 骆一禾《火光》，见《骆一禾诗全编》，上海三联书店1997年版，第853页。

（《高处》）。诗作为幻象而存在，但诗人并不是作为幻象的主人，而是作为幻象的发生器、占卜者与之发生关系。诗人因幻象的召唤而来，诗人的再生也是为幻象的再生："在这片被称作幻想之境的王国 / 为了一驾燃烧的车马，我乐于再生"[《天马（一）》]。因而，诗人几乎毫不犹豫地放弃"明哲保身"，而选择了"一梦到底"（《月光》）。

从这些表述不难看出，幻象正是这个阶段戈麦全心凝注的对象。但与海子以幻象拒绝经验不同，戈麦是以幻象对抗经验。在《厌世者》时期，戈麦说"我要顶住世人的咒骂"；而在《海子》中，戈麦说"一切都源于谬误"。"你们的咒骂像是我来到这个世界的 / 第一扇灰蒙蒙的窗子和最后一道街衢。/ 像空气围包着一望无际的天宇，/ 而我活在其中，被训导，被领教，/ 那么现在，我绝不将一毫米的状况持续。"（《我要顶住世人的咒骂》）"你们的咒骂"是戈麦所面对的经验世界，它是诗人每日的现实，是空气，是"我"来到这个世界的第一扇窗子，也是"我"离开这个世界的"最后一道街衢"，"我"不得不在其中"被训导，被领教"。这个就是戈麦所面对的现实，他后来近乎自赎的死则是对这个现实最激烈的否决，而海子并未进入这样的现实，也可以说海子以自己的死成功地拒绝了这样的现实。这是戈麦与海子心性上的分别，也是时代的分别。海子的自我形象是"擦亮灯火的第一位诗歌皇帝"，而戈麦的自我形象是疯人，是癫狂者；海子的灵魂"因为无处可挂，就形成肉体"，戈麦则说"灵魂是野兽""通往人间的路，是灵魂痛苦的爬行"；海子理想的诗"与真理合一"，戈麦却把诗看作"行行黑雪的文字"，以寄身于可能性的"谬误"对抗白纸的"正确"现实，并且从一开始就预言了其结局："我走入文字的黑暗"（《星期日》）。戈麦所说的"谬误"就是他所谓"面对每一桩行走的事业，/ 去制造另一个用意"的"用意"，也是他以之"反对每一穗麦子"的"反对"。所以，戈麦对海子说："我是在误解着你……"戈麦生前也对笔者说过，"如果海子活着，与我们也没有什么共同之处"。戈麦一方面热爱海子，另一方面也对自己与海子的区别了然于心。可见，同样是幻象，戈麦与海子之间仍存在重大的分别。

如果从更长的时期考察，我们不难发现，戈麦从写作的最初阶段就特别关注梦和幻想。戈麦现存诗作中用到"梦"字超过200次。这意味着戈麦每三首诗就几乎有两首写到"梦"。在《秋天的呼唤》中，戈麦以全部生命的热情呼唤生活、自由和爱，而当这一切死去，甚至梦也被刺杀，梦仍然是最后被期待和等待的事物："我注视着银制器皿中/乳白色的梦/守候它的降临"。在《劝诫》中，他说"相信梦"；在《粮食》中，他说"与其盼望，不如梦想"。在他的绝命之作中，他说："但它（死亡）却能用一根教鞭反复讲述/梦是怎样存在于一个奇妙的三角形的中央"(《关于死亡的札记》)。在诗人看来，即使在几何学严密的逻辑架构（严酷的生存法则与此类似）中，梦也有它的存身之地，这是死亡作为经验无法穿透的秘密教导于人的，或者说，死亡召唤梦想。死亡、彼岸同是超越经验的事物。经验对于认识死亡的深度无能为力，只有梦想才能对其作出某种猜测，并构成"诋咒死亡的意象"，作为一面旗飞舞于黑暗之上。这是梦和梦想的特别意义。对梦的一往情深也与戈麦把诗视为发现奇迹的诗学信念有关，他期望诗歌能够"让不可能的成为可能"(《戈麦自述》)，"让从未发生的发生"（未完成诗题）。他说："我再也飞不出去"(《三劫连环》)，"死是不可能的"(《界限》)。但他杀死了自己，飞出去了，这是以行动把"不可能"转变为"可能"。是的，从"死是不可能的"这个说法中，我们听到了相反的意愿。

1988年在《异端的火焰——北岛研究》中，戈麦分析了北岛的超现实主义梦象，并引用了布洛东（布勒东）《超现实主义宣言》中的名言："超现实主义建立在对于一向被忽略的某种联想形式的超现实的信仰上，建筑在对于梦幻的无限力量的信仰上，和对于为思想而思想的作用的信仰上。"[①] 这是戈麦关注梦象的认识论基础。戈麦把北岛的超现实主义分为两个层次：第一个层次表现为一种超乎现实的组合形式，以"摆脱社会生活强加给我们的羁绊，从而切中梦的真实"，这个阶段留给我们的是一种纯视觉化的梦象，可以看作通感的一种特殊形式；第二个层次是直接书写或编制梦境，以梦象作为诗的材料。戈麦对梦象的利用也走过了类似的两个阶段，最后进入了北岛所未进入的第三阶段：一种启示录式的原型幻象。在考察戈麦晚期幻象的意义之前，我们不妨对戈麦各阶段的幻象形态略作考察。

戈麦早期的诗作中，《衷曲》（1987）"趁今夜星光 / 我们拥入海底 / 海蛇尾随着我的背影 / 我的喜悦你细细地凝视"，《二月》（1988）"地铁涌至街上"，《孤独》（1989）"无言的石头 / 一颗颗绛紫色的心脏 / 从我千年的死火山中 / 喷吐出来 仿佛冷郁的火"，《不是爱》（1989）"河上那滚滚的坟 / 在肮脏的梦里 / 狂奔"，这些诗描绘的景象都有明显的幻象色彩。这些早期幻象在诗中多以片断的形式呈现，勾连于一种阴暗的心理或死亡想象。《在春天的怀抱里去逝的人》（1989）描绘了一幅与历史经验有关的阴森可怖的死亡图景，幻象第一次构成了诗的主体：

这一天　阳光也结成蛛网

我们来到深渊边缘的桥上

山谷中轰隆而过的野猪

---

① 戈麦《异端的火焰——北岛研究》，载《新诗评论》2017年总第21辑，第140页。

是人们在过去各个年代的身影

这一天按照它早已预谋妥当的方式

出现在堆满死胎的阴沟

披散着头发　铅灰色的草

惨白的骨屑横飞的地方　他的脸

标明一种屠杀的梦

没有肉面对颤栗者的心瓣

却恣意地笑着　嘴上挂满了唾液

沉沦的躯体　这个想要飞跃的人

直勾勾地盯着骨质燃起的火

……

《疯狂》(1989)则以幻象为"疯狂"勾勒了一幅可怖的肖像:

我的背后,一场大火

烧坏的破旧的墙垣上　飞动着

一条疯狂的影子　仿佛

老祖母临死时看到的开阔地

疯狂,她踩着圆圆的圈

抖动着松弛的皮肤,跳着绳!

《死亡诗章》(1990)写母亲去世带来的心理冲击,幻象叠生:"从死亡到死亡 / 一只鼬鼠和一列小火车相撞 //……// 一团水中的火焰 / 在夜色中被点燃 / 急猴似的掠过白碱一样的海面 //……/ 在洁白的被单上轻唱着 //……// 氧气在燃烧 / 一张张干枯的脸 / 搅进灰白色的漩涡 // 有人在空中打分 / 石灰石的牌位 / 爬起又跌倒 // 一颗颗奸淫的火星 / 从未亡人的脸上飞过 / 尖叫着:'一辈子!' // 从死亡到死亡／一道雪白的弯路／行走着一小队雪白的兔子／／一支灵魂的小乐队／用白布缠裹着脚／从死者婴孩般的躯体中／露出尖尖的头"。这里的幻象都联系着一种私人的心理体验，带有自白的性质，成为戈麦诗里罕见的例子。①

到《厌世者》时期，幻象在性质上有很大改变，不再表现着一种私人的负面体验（《查理二世》是个例外），而是敏感的良知与时代经验纠缠与对峙的产物。这种纠缠"就像我逃不开／内心的恐惧，世界逃不开我可怕的咒语"（《三劫连环》），彼此难解难分而处于"岁月最危险的前沿"："这个景象就像在最孤寂的夜晚／指尖上的上帝直接面对两只操刀的蚂蚁／的质问，一条驯良的狗／垂着刺刀一样的舌，带来爱情"（《谨慎的人从来不去引诱命运》）。接下来，戈麦动用了两个幻象性质的比喻，解释了这种对峙的性质："像一个法官的儿子，从采石场的坑中／一锹一锹，铲掉石子表皮的灰尘／像一辆无用的马车驮来一筐筐无用的果壳"。两个比喻都强调了这种对峙的无益、无用。它所依赖的工具是无用的（"无用的马车"）、不合用的（"锹"无法铲掉"灰尘"），结果则是徒劳的，不但是徒劳的，甚而走向意愿的反面。事实上，在石子表面铲灰的行为不但无法达到目的，还产生一种极其尖锐刺耳的声音。这正如良知与经验的纠缠，只会使心灵日夜受到围困而趋于疯狂，却难以对经验的现实有半分撼动。面对这种"无用"，"我"只能选择做一个谨慎的人，采取一种防卫性的退守姿态："守在我所度过的岁月最危险的前沿"。这个"无用"属于幻象，属于与时代对峙中的良知，也属于诗。这种徒劳的幻象演练延续于这个时期的下列诗作中："黑夜像一片沉默的沙子填满了高悬海面

---

① 戈麦曾对普拉斯的诗下过一番研读的功夫，在其《美国现代诗1》抄诗本中手抄了普拉斯诗13首及若干摘句。

的岸 / 成千上万的克里特人曾经攻打一座孤独的城 / 现在，成千上万的沙子围困一颗破碎的心 // …… / 我就是这最后一个夜晚最后一盏黑暗的灯 / 是最后一个夜晚水面上爱情阴沉的旗帜 / 在黑暗中鞭打着一颗干渴的心沿着先知的梯子上下爬行"（《黑夜我在罗德角，静候一个人》）；"天空，我只看到你性感的脑勺 / 而你的脑子被烈火烧着 / 并插着一把刀柄撕裂的肉体"（《癫狂者言》）；"九十九座红色天堂飞驰在夜的上空 / 九十九架红色的梯子垂悬在胸口之上 / …… / 一间高悬半空的舞厅，人迹跳动 / 我要攀登那九十九座火红的山峰 / 一万人的灯光球场 / 人间，数万把椅子望着我"（《空望人间》）。

《铁与砂》时期的幻象更多地关联一种想象性的死亡体验。这类诗作最早可追溯到1987年的《衷曲》。《厌世者》时期，《未来某一时刻自我的画像》《查理二世》《我感到一切都已迟了》也呈现了一系列阴森可怖的死亡幻象。而《铁与砂》的死亡幻象却被赋予了一种诡异的幻美，阴暗的地狱图景被一道强光所照亮："我将成为众尸之中最年轻的一个 / 但不会是众尸之王 / 不会在地狱的王位上怀抱上千的儿女 / 我将成为地狱的火山 / 回忆着短暂的一生和漫长的遗憾"（《金缕玉衣》）；"死后看不见阳光的人，是不幸的人 / 他们是一队白袍的天使被摘光了脑袋 / 悒郁地在修道院的小径上来回走动"（《死后看不见阳光的人》）；"数万个球体掘穿双眼 / 在空地上，围抱着死亡和死亡的福音"（《黄昏》）。这类死亡幻象，与这个时期直接的死亡预感和宣示形成呼应："一切都气数已尽"（《月光》）；"是狼，它奔突于四野 / 吐出一个声音：/ 让该逝去的不再回来"（《献给黄昏》）；"我把黑夜托付给黑夜 / 我把黎明托付给黎明 / 让不应占有的不再占有 / 让应当归还的尽早归还 // …… / 我把肉体还给肉体 / 我把灵魂还给灵魂"（《最后一日》）。另外一类幻象则关联着一种超验体验："白衣人，风暴即将过去 / 我主迢遥的航道在天边展开／那逝去的时日，我们停泊的船头／海妖飞舞，鹬子飞上天空"（《通往神明的路》）；"我望见了你，那金黄的阴云／两条无身之足在阴云之上踩着灵光／我望见你，寂静中的永动／从黑云之中泛着洪亮的声音"（《陌生的主》）。其中隐约有一种拯救的力量现身。这类拯救幻象与死亡幻象构成了一片联动的风景。随后是一个向晚期八首过渡的时期，体现在《风烛》《深渊》《命运》《明景》《高处》《新生》诸作中。这些作品的创作时间都是1990年底，表现了一种由元素向原型突破的努力。

如何分别经验和幻象？幻象是纯粹语言的创造，是现实中不可能有之事、之物、之场景、之动作，经验则是现实中所有或可有之事。按此，语言与幻象实为一体，而对于经验来说，语言仅是表现的工具。骆一禾和海子都对幻象有过论述。骆一禾认为，幻象是"生命火焰的聚焦点"，"对应于辽阔土地上的实体流和内心前意识的流动，并作为最高整体"开放的原型。[1] 海子认为，幻象是有关"彻底"的直观，其典范是印度和犹太的宗教、艺术、建筑、经典，是以印度幻象和犹太幻想为始源、根柢和材料生长出来的，区别于古希腊经验的生存和经验的诗歌。经验的生存是个体的，关注此时此刻，并停留于此时此刻，而幻象所滋养、所生长的"彻底"直观直指人类生存的本质——欲望、虚无及其拯救。幻象诗歌是死亡沙漠上"短暂的雨季的景色语言"，是伟大的集体回忆，是众人的事业，无人称的四季循环的景色，为短暂的生存所滋养。幻象之国位于无路、无人去过、无法可去、无人求过、无法可求的寂境的边缘。海子说："从深渊里浮起一根黄昏的柱子，虚无之柱。根柢之柱予'虚无'闪烁生存之岸，包括涌流浇灌的欲望果园，填充以果实以马和花。这就是可能与幻象的

---

① 骆一禾《美神》，见骆一禾《世界的血》，春风文艺出版社1990年11月版，第16页。

诗。""幻象是人生为我们的死亡惨灭的秋天保留的最后一个果实，除了失败，谁也不能触动它。人类经验与人类幻象的斗争，就是土地与沙漠与死亡逼近的斗争。幻象则真实地意味着虚无、自由与失败。""幻象并不提高生活中的真理和真实，而只是提高生存的深度与生存的深刻，生存深渊的可能。"① 戈麦这一批晚期的杰作恰是进入了这样的原型、幻象的境界，成为非个人、非主体的背景诗歌，其中恣肆着集体的、普遍的记忆之涌流，生存元素循环的滚滚洪涛，是欲望的运动、运动的欲望及其失败、死灭和重来。就这些诗所表现的生存的深度、生存的深刻程度而言，可谓新诗中的绝世之作。有人把穆旦的《诗八首》誉为新诗的《秋兴八首》，其实从题材的广度、主题的宏大与技艺的完美而言，《诗八首》都嫌稚弱，戈麦这八首庶几近之。

戈麦熟悉骆一禾、海子有关的论述，而且很可能正是两位诗人的诗论和诗歌实践点燃了戈麦写作元素诗，并向原型、幻象迈进的愿想。1990年之后戈麦用过的多个笔记本都跟他对幻象的关注有关：一个封面题"古诗源"，前半是法国诗和英美诗摘抄，后半从金克木所译《印度古代诗选》摘录了具有幻象意味的片断；另一个封面题"圣经·神曲"，里面分别摘录"圣经幻象"与"神曲幻象"；还有一个题"希腊·罗马"，是希腊神话、悲剧的摘句；还有一个《罗摩衍那笔记》。戈麦（完成的和未完成的）元素诗的很多题目、题材与上述笔记有关，已完成的这批杰作的一些意象也与这些笔记有紧密联系。例如《北风（二）》中，"三只轮子滚下山冈"的形象与《古诗源》中摘录的金斯利《青年和老年》"所有的车轮滚下山去"有关；马的形象，"灰色的精灵撕下了温暖的蓑衣，灼烧的鼻翼 / 碰到了一起，迎北风而立"，与《希腊·罗

---

① 海子《诗学：一份提纲》，载《倾向》第2期，1990年春，第9~11页。

马》笔记中摘抄的"四只有翼的马匹嘶鸣着，空气因它们的灼热的呼吸而燃烧"有关；三匹面朝北方、屹立山冈的马与艾吕雅《完全的歌》（"三匹马都是烈性／除了那面面朝北方的／三条路都已迷失／除了那通向黎明的"）有关；《浮云》中"遗忘之声落落寡欢，背着两只大脑／一只是爱琴海的阳光，一只是犹太的王"，指向希腊和犹太的幻象，恒河之水、白象、荷花等形象均来自印度和佛教意象；《佛光》用到更多来源于印度和佛教的形象：因陀罗的席子、佛的手掌、光辉的释、白鹤、慧雨、牟尼的头……也有的形象来自戈麦自己早前的诗歌。如《眺望时光消逝（二）》中"这些弓起而相背的脸呀／是光，从最大处消失"这一形象就来自《结论》（1988）中的"闪现的弓起的背影／不知去向"，而后者显然来源于戈麦北方农场的生活经验。但这些来源众多的形象在戈麦的诗里已经弥散于整体，成为整体的有机和不可分割的部分，其原有的意义在新的结构中完全消散，新的意义则循这一结构而诞生。

这些诗没有一首关切人类的经验，而以人类生存的幻象、生存的原型为主题（以经验的眼光看，都是典型的无主题诗），欲望和信仰、生存和毁灭、语言和幻象、速度和消逝作为形式、作为底层的结构显现给我们。它们是原始的生命的舞蹈，狂放、不羁的歌唱，热烈的生之行动、一去无回的死亡，无限痛苦、无限绝望，也无限沉醉、无限欢乐。它们"用成千上万人和几十万人的声音在讲话"（荣格语）[1]，展示了一种超乎人类生活的奥秘的"宇宙生活"（海子语）。[2] 按海子的看法，此一宇宙生活既包括人类生活，也包括与人类生活相平行、相契合的别的灵性的生活，甚

---

[1] 转引自《超现实主义诗歌概论》，黄雨石译，见《外国诗2》，外国文学出版社1984年版，第209页。
[2] 参见海子《诗学：一份提纲》，载《海子诗全编》，上海三联书店1997年版，第909页。

至也包括了没有灵性但有物理有实体的其他事物的秘密生活。在这些诗中，音乐的原则代替了意义、逻辑的原则，成为诗歌推进的机制和诗歌结构的基础。穆木天在1926年曾向新诗要求"一种诗的思维术，诗的逻辑学"①，在这些诗里得到了实现。这是一种飞翔的语言，完全脱离了日常语言实用、功利的出身，变成了音符，又高于音符（其意义仍然在音乐中有不可忽视的作用），变成了纯粹的精神，又执着于人类的集体记忆。这种原型幻象非常接近于《圣经》启示录的幻象。诗人提前宣布的"我已经能够看见不曾有过的时间""我已经能够看见另一种人类"（《黄昏》），在这些诗里以怵目的幻象震惊我们的心眼。这些诗的境界与骆一禾写得最好的时候可以互通。对这种境界，张玞有极好的描绘，而我不能有更好的表述，就在这里抄下张玞的话作为向两位诗人的致意："他总是……以洪水和波浪的方式与速度一泻千里，雄伟而壮观"，"在语言上，它连续出现的意象，并不仅是字面意义的派生结合，更是因为一个意象需要同另一个同样精美，强烈程度的意象并立。这样虽然它们并没有在意义和形象上相类似，但正为意象的似乎并不是自己，而仅仅以一种无谓的语词方式穿梭流动，就形成了一种逃离自己的自由，因而流动彰示了时间的跨度；全诗的多重交响，意象的忽生忽灭，就体现了这一点，这是有巨大的运行的活力的"，"这已经不是一个诗歌打破语言规则的简单问题，而是语言脱离了字面而自我表现，这是借助于情境（的）一种极度超越"。② 这是语言在最高意义上的创造。

比较戈麦上述晚期八首与之前诗作中的幻象，我们不难发现它们在性质上的差异。首先是局部与整体的差异。1990年底之前，

---

① 穆木天《谭诗——寄沫若的一封信》，见杨匡汉、刘福春编《中国现代诗论（上编）》，花城出版社1985年版，第101页。
② 张玞《大生命——论〈屋宇〉和〈飞行〉》，载《倾向》第2期（1990春），第133页。

代序 ｜ 055

戈麦的诗中虽然也一再出现幻象，但这种幻象（下称"早期幻象"）在诗里多是局部的，服务于全诗整体的想象逻辑和结构逻辑。但晚期八首的幻象（下称"晚期幻象"）是整体的，它本身既是诗的动机，又是诗的结构力量。从其自身来说是全息的，对接受者来说是全感的。其次是静态与动态的差别。早期幻象是智性想象的产物，即使描绘动态的图景，也受制于一种智性想象的逻辑，意象多表现为一种静态的画面；后期幻象则处于一种整体的运动中，意象表现为一种动态的图景，而这图景本身又处于永动中。再次是语言与音乐的差异。早期幻象以语言摹写幻想，是语言功能的体现，仍服从于散文基本的功能和结构逻辑，后期幻象完全音乐化了，散文已彻底退出。最后是主题和原型的差异。早期幻象为主题服务，是派生性的，晚期幻象以原型为目标，是原生的。在这批晚期之作中，语言深入原型和背景，最终成为原型本身，主题不再是一个约束性的结构力量，超现实主义的奇异幻象被精神活动的能量所席卷，成为原型呈现自身的高能、高速运动。这种动态的、音乐的幻象，以更强大的精神能量呼唤创造和创造力本身的显形。最后是情感程度的差异。戈麦说"双倍的激情是不可能的"（《界限》），但这些晚期诗作正有着"双倍的激情"。

然而，戈麦创造幻象的方法却迥异于海子，也不同于骆一禾。这两位诗人都曾发愿要把自己写糊涂，进入某种忘我的、失去自控的状态。但戈麦却难以置信地用一种近乎苛刻的理性工作方式创造了这些神妙难测的幻象，比《厌世者》时期的智性想象更严格，更极端。清晰的意图和莫测的幻象，严格的理性和无羁的想象，刻板的程序和难驯的音乐，在这些诗里浑然交接。他说："一个诗人在写下每一首诗的时候，理应看到自己诗歌的未来。"[1] 戈

---

① 戈麦《戈麦自述》，见《彗星——戈麦诗集》，漓江出版社1993年版，第2页。

麦心中有宏伟的基于"修远"的文学蓝图，并按这个蓝图制定了庞大的阅读和写作的计划。戈麦这个时期的主要工作都是按计划进行的。不但诗的题目预先拟定，每首诗的题材、主题、意象、节数，每节的构想，也都提前规划，形成基本构思，然后写出第一稿，再在第一稿基础上精心雕琢，完成终稿（这种写作方法在本年的南方系列中已开始采用）。戈麦的写作笔记中，留下了许多诗（包括上述全部八首）的构思情况。这里不妨略举《北风》《梦见美》《佛光》《浮云》几首的构思情况，以见一斑：

○关于《北风》

①不同于其他诗，抒情重于启示（抒情实际上是歌唱——深沉悠远的）

②体现"北"的感觉

③体现"风"中的感觉

※ 一定要有"北风身边那个最可怕的孩子"的句子

○关于《梦见美》

①序节：黑夜—闪光的石子（星）—如苞开放的果实—黎明前的一朵小云—我由我进入非我

②奇异的美

③邪恶的美：雪亮的剃刀走进巢穴—树杈中间长出的猴头——张乖戾的脸被缩小到脚趾大小—北欧少女锁进去的形状

④神秘的美：流星横穿牙齿—植物在舞蹈—一个遥远的声音抵达子夜不眠的人——个卫生球高挂着

⑤灿烂的美：沁人的花—安慰的棉朵—子弹爆裂出的籽粒—血滴里的乳房—花圈的世界

〇关于《佛光》

基本设想：

屋脊—众山浩渺—云海—佛光

基本线索（每一节都要有光）：

①寒冷—松柏—极顶—谛视众山（一节）

②近处的云：平薄的云，托起脚踵—掠过头顶的云—穿梭在身边的云（二节）

③云海：极目远望—航路清晰—千万朵云朵铺作云海—厚重的云海悬浮于渊海之上（三节）

④佛光出现：暖黄色的光染遍了厚重的云海—盛大的节日晚宴—佛的手掌平铺成天路—让我们会见最光辉的牟尼（四节）

⑤向上—更高的云海—云海无形—光环—最大的光—最大的光环—向四周放射（五节）

〇关于《浮云》

方式一：

基本构想：

△麦垛下眺望云朵。有形、单纯、理想（一节）

△有关浮云。流动、悬浮、游荡（三节）

△霞光的世界、佛光。恢宏、博大、幻境（二节）

方式二：

基本想象：恒河的水；河岸上漫步的白象—自由自在的耳朵—驮着莲花的背；谷仓—稻米之仓；遗忘的神，失恋的王子丢弃的大脑；故乡

基本线索：

①仰望晴空，麦垛的晴空，一只十字在天空漫游，五月的晴空，虎的额头向大地闪亮，额头上的王字向大地闪亮

②恒河之水漂在天上，一只吞食圆木的大象，白得像一朵莲花，莲花在天空漫游

③遗忘之神背着两只大脑，遗忘之脑，落落寡欢的大脑，良知之手托着失恋的王子的大脑，王、王位、银杯在森林中游荡

④心愿的故乡，法官抖动着长袍，一只牧羊犬虔诚地投诉着，泪水的故乡、妄想的故乡

⑤佛光①

在戈麦的写作清单中，《大风》《天象》《佛光》《浮云》《沧海》《眺望时光消逝》六首只是其整个庞大写作计划一个极小的部分，是其笔记中标为"几组相近的作品"中的一组。上述晚期八首中，除了《浮云》《沧海》《大风》，其余五首都留下了两稿。第一稿和第二稿的关系近似模型或效果图与建筑实体的关系，其间最重要的差别是语言音乐化的程度。例外的大概只有《梦见美》两稿。《梦见美》的第一稿已是终稿，第二稿则是意犹未尽的产物。在全部八首中，这首诗的速度也偏慢，带有一种试探性。比较这些诗的两稿，可以发现第一稿是对构思的初步落实，词语、意象仍保持了某种凝固的性质，没有充分音乐化，没有飞起来，似乎音乐刚起，舞蹈的人们还有些犹豫，还不能完全忘情，还在旁观；到了第二稿，词语、意象已完全液化而流动，进而气化而飞翔，全体舞蹈者忘情地投入到舞蹈中，再难区分舞蹈和舞蹈者。我们不妨稍微解剖几个修改案例，来验视一下戈麦特殊的工作方式。

① 戈麦《诗歌写作笔记》，见《戈麦全集》第四编。

《北风》一稿的第一节如下:

> 面向北方,三匹马在山冈上鸣叫
> 猎猎的旗帜在飘,那马的血
> 昂起的头颅,火焰的喷射处
> 三条背驰而来的道路找到了方向

这一节诗在第二稿中发展成为两节:

> 面向北方,三匹马在原野上鸣叫
> 青色的鬃毛在雾霭中拂动,猎猎的旗帜在飘
> 炽热的血充沛了马的头颅
> 三匹白色的马屹立在山冈,喷射着火焰,朝向北方
>
> 三条道路迎面而来,三只轮子滚下山冈
> 从黎明的故乡,从赤道,从夕阳
> 从青稞的高原,从霏雨的稻田
> 三条背驰而来的道路找到了方向

与一稿相比,二稿增加或充实了不少一稿所没有的描写,形象大为丰满。对马的描写,第一稿"那马的血/昂起的头颅"到第二稿变成了"炽热的血充沛了马的头颅",从静态的变为动态的,更能表现马昂扬的姿态;"火焰的喷射处"变成"三匹白色的马屹立在山冈,喷射着火焰,朝向北方",通过空间、方向和动作的烘托,有力地活化了马的形象;而"青色的鬃毛在雾霭中拂动"是一稿所没有的,让马的形象更为鲜明具体。第二稿中,马的位置体现了从原野到山冈,从远景向近景的移动,暗示了运动的轨

迹，也是第一稿所没有的。第一稿第四行，在第二稿中发展出了整整一节的篇幅，其中"三只轮子滚下山冈"的动态描写，五个"从"带领的表示方位的介宾短语所表现的运动状态，都是一稿所没有的，从整体上丰富了诗的形象。

最大的改变在音乐化的程度上。第一稿的声音效果整体上还比较黏涩，词语仍搁浅在自己的位置，没有投入诗的运动。这一特征与其跨行处理有关。第一稿中，二、三两行都不是完整的句子，而在短语或句子中间强行转行，造成语意上的不连贯，也造成声音上的阻滞。第二稿改变了第一稿的跨行处理，让每一行都成为语意上完整的句子，使得语流在一行之内贯通无阻，破除了声音上的滞碍。为此，诗行被抻长了。一般来说，长行的节奏比短行慢，并不适于表现运动，也难以突出速度。但诗人在长行内部做了处理，以标点将一个长行割断为两个或三个部分（除了较短的第三行、第八行），这样也就加快了语流的速度。但这还不是主要的手段，最重要的是重复和平行句的使用。第一稿中，"三匹马""三条背驰而来的道路"已经用到重复，而在第二稿中"三"被重复了五次："三匹马""三匹白色的马""三条道路""三条背驰而来的道路""三只轮子"。"三"的重复同时带来了"马"和"道路"的重复。第二节的五个介宾短语，"从黎明的故乡，从赤道，从夕阳""从青稞的高原，从霏雨的稻田"，从字的使用角度看，也是重复；从句式的角度看，则是重复中变化摇曳的平行句。这种句式是惠特曼的发明，对惠特曼诗歌的音乐性有很大的贡献。新诗人中，郭沫若、艾青均有大面积使用。戈麦并没有大量使用这种句法（易导致单调），但此处的使用相当有效。重复和平行句式带来运动，加快了节奏，诗的声音效果与第一稿判然有别。"三条道路迎面而来，三只轮子滚下山冈"，又在行内用到准对仗的技巧，也有凿通语流，加快节奏的作用。当然，语言的声音与意义不可分割。诗中的运动和速度也是语意作用的结果。二稿中大量使用的动词、动词短语，"鸣叫""拂动""飘""充沛""屹立""喷射""迎面而来""滚下山冈""背驰而来"在带动节奏上同样有非常重要的作用。一些名词，"马""北方""道路""方向"也唤起读者运动和节奏的感觉；像"猎猎"这样的形容词也有这样的效果。实际上，诗的声音效果是一首诗全部词语、句子、句法、结构及其意义的总和，每一个词的声音与意义都与最终的声音效果有关。实际上，语言追上事物（这里是北风）的速度，不是单一的方法、技术所能达到，而取决于多种因素的综合作用。要让这些众多的因素发挥作用需要综合的技艺，其中理性的作用、艰苦而耐心的工作都是不可忽略的，并不是非理性的自动写作或灵感所能一劳永逸地解决。戈麦后期诗作一、二稿的这种变化，充分体现了理性、工作和手艺在诗歌创造中的作用。

下面再来看一下《眺望时光消逝》前两节的修改。此诗一稿的前两节如下：

> 箭羽飞逝得很远，停留在这里的仍是影子
> 马的背影留下了风声，什么旷宇能留住风头
> 天空中那只大箫掣曳回离散多久的声籁
> 这足以使一切变得像乌云，像海兽沉伏的项背
>
> 为迎接那永恒之光，因而黑夜可以是白昼
> 天堂之光垩白而真实，它大而无形
> 群星寂灭，它们赢得了丧失，却变得亏空
> 从单数到复数，造物主收回了妄想，却赢得虚空

二稿的前两节如下：

箭羽飞逝的声音还在鸣响，停留的是光的影子
马的背影留下的只有风声，风头已汇入旷宇
只有天空中一只大箫，用雷声挽留住匣中的天籁
一切变得像刚刚叠起的乌云，海兽沉伏的项背

多少个钟点，光终于走完一把利刃的形状
斩断天堂的钢索，垩白而真实，它大而无形
群星寂灭，理性的组合舱变得亏空
由一个单数到复数，造物主的精神像雪迹一样污黑

　　稍作检视，可以发现两稿的基本意象并无太多变化，但是第二稿
的形象比第一稿丰满而准确，第一稿一些稍显凌乱的意象排列，
在第二稿里得到了整理，被嵌合在一个更严密的结构里，意义层
面也更加清晰，音乐性上则有质的变化（意义的清晰也帮助音乐
澄清自己）。第一稿第一句"箭羽飞逝得很远，停留在这里的仍
是影子"，第二稿改为"箭羽飞逝的声音还在鸣响，停留的是光
的影子"。第一稿只写出视觉形象，第二稿兼有视觉和听觉形象；
"飞逝得很远"还残留了说明的口吻，也不符合汉语表达习惯，
声音上也不够响亮，"箭羽飞逝的声音还在鸣响"，非常有表现力，
情景如在目前，声音也动听响亮。"停留在这里的仍是影子"改
为"停留的是光的影子"，箭羽的影子变为光的影子，前者来源
于经验，后者是幻想，无经验的依据，但却符合"时光消逝"这
一幻景的前提，神奇而贴切。一稿"马的背影留下了风声，什么
旷宇能留住风头"，二稿改为"马的背影留下的只有风声，风头
已汇入旷宇"，形象上变化不大，但句子结构改变了。从"什么
旷宇能留住风头"到"风头已汇入旷宇"，从疑问语式改为陈述

语式，更简洁，形象表现力更强。二稿前后分句意义上是递进关系，声音上是准对仗关系，意义联系更紧密，声音更加和谐。一稿第三行"天空中那只大箫掣曳回离散多久的声籁"，二稿改为"只有天空中一只大箫，用雷声挽留住匣中的天籁"。二稿中增加了雷声和匣的形象，"用雷声挽留住匣中的天籁"，想象神奇。从声音上讲，一稿"掣曳回""声籁"都不是现代汉语常见的表达，加之句子太长，读起来气息蹇涩，二稿用"挽留住""天籁"代替，并用逗号把长句分为两半，气息通畅了，念起来也响亮了。一稿第四行"这足以使一切变得像乌云，像海兽沉伏的项背"，二稿改为"一切变得像刚刚叠起的乌云，海兽沉伏的项背"。一稿"这足以使……"是散文句式，"这足以使"四个字缺少形象表现力，在诗中显得多余，二稿删去，全句在力量上得以增强；删去"海兽沉伏的项背"前的"像"字，也有类似的作用。"刚刚叠起的乌云"是又一神奇的想象，可谓写幻境如真。

第二节一稿头两行"为迎接那永恒之光，因而黑夜可以是白昼 / 天堂之光垩白而真实，它大而无形"，二稿改为"多少个钟点，光终于走完一把利刃的形状 / 斩断天堂的钢索，垩白而真实，它大而无形"。第一稿第一行与"眺望时光消逝"这一幻境缺少内在联系，两行之间也没有意义上的关联，第二稿舍去了第一行的意思，而把第二行的意思发展为两行，"光终于走完一把利刃的形状"是一个新创的形象，并用这"利刃"斩断"天堂的钢索"，对接了"时光消逝"这一幻境，可谓绝妙。第二节第三行"群星寂灭，它们赢得了丧失，却变得亏空"，二稿改为"群星寂灭，理性的组合舱变得亏空"。一稿中"赢得丧失""变得亏空"的主语都是"群星"，与前半句"群星寂灭"在意义上缺少推进，"赢得丧失"还违背语言习惯。改稿把"亏空"的主语变为"理性的组合舱"，意义上丰富了。联系"时光消逝"这一整体幻境，"理性亏空"是更合理而奇妙的想象。第二节最后一行"从单数到复数，造物主收回了妄想，却赢得虚空"，二稿改为"由一个单数到复数，造物主的精神像雪迹一样污黑"。第一稿全句的表达都比较抽象，缺少可感性，第二稿把造物主失败的精神形象化了。

从以上比较可知，这些诗两稿之间差别很大，其修改体现在形象、意义、声音、语法、句式、结构各个方面，最终达到的效果近乎霄壤之别，由此也可见这一工作的艰巨和重大。因此，那个使我们得以追踪诗人如何工作的机缘是值得感谢的。换个角度，我们还可以从1987年的《末日》、1990年的《眺望时间消逝》《妄想时光倒流》和《眺望时光消逝（一、二）》（1991）这一组题材上相关联的诗，探寻戈麦诗艺进展的轨迹。《末日》一首不乏对末日情景具体而有趣的想象，如"末日路上行人稀少／丁香叶滋卷着头发／作坊上空的太阳微弱""方圆中的休眠没有止境"等，但这种想象仍基于观察或依赖知识，因而并没有呈现真正的末日场景，这个"末日"实际上还停留在经验的领域。整首诗基本上未脱朦胧诗的象征和结构方式。全诗四节分别呈现了四个独立的情景，其间的关系是平行的。也就是说，诗意在四节之间几乎没有推进。《眺望时间消逝》《妄想时光倒流》则以智性想象作为诗意推进的动力，主题和诗意的推进、想象的展开完全在理智的操控下。《眺望时光消逝》则异象纷呈，不知从何起，不知向何终；诗意以一种近乎纯音乐的方式推进，纷纭的意象应一种节拍的召唤从无名处来，又随这节拍向无名处消失。"一只钟表应着节拍，时辰从何而来"[《天象（二）》]，这句诗里有这些诗创造的核心秘密。节拍召唤出钟表，钟表召唤出时辰，时辰召唤出星辰万象。节拍起处，意象／异象纷来。这无中生有的过程，乃是最高的创造。但这是从效果看，从这些诗的工作方法看，又是完全理智的。很难想象，这样一种最自由的创造却是最严格的理性控制下就就业业工作的产物。其工作方法可以说是完美地体现了歌德的古典主义原则："在限制中才显出大师的本领，只有规律才能够给我们自由。"① 在这里，纪律与自由、古典与现代、理性与感性、语言与音乐、自由的想象与精密的计算，在最高的程度上统一于诗的原则。由此，我们不难发现那种以非理性的自动写作追求自由表现的方法，为什么差不多总是导致艺术上的瘫痪。对此，骆一禾曾有精当的说明："带有灵性敏悟的诗歌创作，是一个比极易说得无以复加的宣言更为缓慢的运作，在天分的一闪铸成律动浑然的艺术整体的过程中，它与整个精神质地有一种命定般的血色，创作是在一种比设想更艰巨的、缓慢的速度中进行的。"② 迅速的诗完成于缓慢的工作，纷纭的幻象来自精确的计算，这是诗歌创作中快与慢、音乐与数学的辩证法。

戈麦的这种工作方法，对于小说家也许并不陌生，但对于短诗写作无异于天方夜谭，肯定会令那些把偶然性、即兴性视为诗歌写作本质的当代诗人感到惊骇。而戈麦告诉我们，无论如何天才的杰作，都是严格的工作的成果。臧棣在《犀利的汉语之光》中称为"类似工程图纸设计的方法"，我们不妨将其命名为戈麦的"幻象工程学"。

从"智性想象"到"词的繁育术"到"幻象工程学"，戈麦的诗歌方法创新经历了从学习到创造、从局部到整体的过程。"智性想象"之前，是戈麦的学艺阶段，他从朦胧诗、象征主义、欧美现代主义特别是超现实主义汲取营养，很快形成自己的风格和声音。"智性想象"是他最早的方法创新，对当代诗歌方法学是一个重要的贡献，但还偏于局部的诗歌创造力元素（智性、想

---

① 歌德《自然与艺术》，见歌德《野蔷薇》，钱春绮译，人民文学出版社1988年版，第132页。
② 骆一禾《美神》，见《骆一禾诗全编》，上海三联书店1997年版，第840页。

象）的重新组合。"词的繁育术"表面上看仅集中于语言元素，但实际上是一种综合的创新，从多个层面刷新了我们对诗歌的认知——因为语言不但是诗歌创造力当中的核心元素，而且是综合的元素，对诗歌写作有纲举目张的作用。语言综合诗歌创造涉及的众多元素（语言学的、美学的、心理学的、伦理学的、哲学的、社会学的），对词的凝视、对语言的关注和倾听，总是有利于诗人不断激活自身的想象力、洞察力、语感、悟性等众多元素，从而助力于表现力的升华。可以说诗歌创造的复杂性体现于语言的复杂性。"幻象工程学"则是对"词的繁育术"和"智性想象"的综合，把智性、语言、想象进一步在诗学意义上加以熔铸，并落实在操作层面。"幻象工程学"所达到的"语言的自明"、幻象—原型的音乐化呈现，是"词的繁育术"所追求的最高境界；从写作的进程来说，是"词的繁育术"发展的顶点。

五　以死亡突破悖论

戈麦以四年的创作生涯写出众多的杰作，在诗歌方法上也多有发明，是新诗史上令人印象最深刻的天才诗人之一。在他离开的时候，其庞大的诗歌写作计划（包括已有篇名和构思的诗）只完成了一小部分，小说写作刚刚开头，许多可能性未及展开。在他的最后两年，他对诗和小说的兴趣已转向博尔赫斯，但在他已完成的诗歌中，博氏对他的影响还只有零星的影子——那是一个还在酝酿的新的领域、新的阶段。以才华和气质而言，戈麦可归入海子所说的诗歌王子之列，但他与这些浪漫主义诗歌王子有一重大的差别，就是他的诗从来不作个人的抒发。"逃避抒情"一直是戈麦诗歌写作的一条铁律。从北岛、波德莱尔、里尔克、超现实主义出发，戈麦很快突入幻象—原型领域，写出了一种个性鲜明而又非个人化的诗歌。事实上，这种非个人性既是他的艺术性格，也是他的生活性格。在这类浪漫型天才中，与戈麦最接近的是画家梵·高。绘画材料的客观性纠正了浪漫诗人梵·高的主观性，而戈麦对浪漫主观性的纠正完全依赖天性，他几乎本能地嫌恶那种自我膨胀的抒发。《诗歌报月刊》1991年第4期发表了陈东东的文章《像巴赫那样》。在这篇文章里，陈东东讨论了诗人和作品之间的三种关系：第一种，诗人消失在诗歌后面；第二种，诗人置身在诗歌之中；第三种，诗歌消失在诗人后面。在第三种关系中，诗人几乎敌对于诗歌。第二类诗人以个人体验和幻想为核心抒写诗篇，是天才的情境诗人；第一类诗人并不以自己的名字和个性说话，而以神圣说话，以一种普遍的、本质的、庄严的声音说话，是圣徒式的永恒的诗人。陈东东认为，海子、骆一禾是汉语新诗界努力于从第二类诗人升向第一类诗人的先驱和英雄。[1]戈麦在他标为"诗学笔记"的笔记本中，抄录了陈东东文章的主要内容。显然，陈东东的观点获得了他的赞许。从气质上讲，戈麦比海子及其倾心的诗歌王子们更接近第一类诗人，其原生的声音就是普遍的、本质的、庄严的、圣徒式的。但从完成的作品看，戈麦的诗和小说都只有短制，而没有第一类诗人倾心的纪念碑式的作品。这是由他短暂的写作生涯决定的。戈麦的写作实际上刚刚开始，他的文学金字塔仍处于打地基的阶段。而这也是我们至今深为痛惜的原因——我们永远无缘得见他的文学金字塔的尖顶了。

戈麦身上另一个显著特点是其强烈的矛盾性。他自己说："在戈麦的方方面面，充满了难以述描的矛盾。"[2]他以青春年华不断往返于肯定与否定、思辨与感性、诅咒与赞颂、希望与绝望、救

---

[1] 参见陈东东《像巴赫那样》，载《诗歌报月刊》，1991年第4期，第42~43页。
[2] 戈麦《戈麦自述》，见《彗星——戈麦诗集》，漓江出版社1993年版，第3页。

赎与沉沦、生与死之间。他是太阳王子，也是黑暗王子；他热爱生命，也热爱死亡；他最坚强，也最脆弱；他热爱生命，却拒绝了欲望，摒弃了经验；他是谦逊的暴君，是向生活挥舞拳头的爱人；他是法官，也是被审判者；他是行刑者，也是受刑者；他目标坚定，把奋斗当作自己的使命，却在青春焕发之际自戕；他渴望超越时代，写作普遍的诗篇，最终却成了时代的痛苦肉身；他对诗有着最虔敬的信念，弃世前却毁弃了大部分手稿；在临近生命结束的日子，他写出了恢宏壮丽、如祝颂般的幻象诗篇，转身又写下最冷静理智、彻骨悲观的《关于死亡的札记》；他的《劝诫》是抒写信念最动人的诗篇，远比食指的《相信未来》更有感染力（也更普遍），然而同时他写下了《献给黄昏》等最绝望的诗篇；他说"不能在辽阔的大地上空度一生""不能说生活是妄想"，转头又写下"让该逝去的不再回来""我将成为众尸之中最年轻的一个"这些阴森的句子……这种矛盾性是戈麦诗歌的丰富性和深度的表现，也是戈麦作为人的丰富性和深度的表现，但更是人作为灵性生命的悖论处境的表现。生与死（有与无）、善与恶、灵与肉、爱与恨这些二元命题交集于人之一身，构成了生命最大的悖论。在一个"中国文学出版社建社35周年"褐皮纪念本中，戈麦从萨特《存在与虚无》转抄了黑格尔的论断："精神是否定之物。"①这个细节表明，戈麦对精神的否定性、自反性有深切的理解。在萨特的语境中，这种否定性同时联系着人的自由。悖论构成人的困局，也构成自由的困局。死孕于生，有怀着无，人人的一生灵肉相搏，爱恨交织。里尔克说："我们每个人的死都一直裹藏在我们自己的身体里，就像是一粒水果里面包裹着它的果核一样。儿

---

① 萨特原文为"黑格尔在精神是间接性——即否定物——的意义下肯定了精神的自由。见萨特《存在与虚无》，陈宣良等译，三联书店1987年版，第56页。

童的身体里面有一个小小的死，老人们则有一个大的死。"①生命带着自己的反题出生，并随时走向自己的反面："路边的树匆忙得使人／不能相信枝头的花朵"(《逃亡者的十七首》)。对于诗人来说，还有一个重要的悖论就是语言的悖论，是表达的可能与不可能的悖论。语言为表达而生，也自带表达之不可能的胎记。"一个人生活在自己的语言里／一个人生活在自己的水中"(《一个人》)，语言之于人，就像水之于鱼。人的生活依赖两种空气，空气是肉身存在的前提，语言则是精神生活的空气。戈麦一方面极端信任语言，他说"诗歌应当是语言的利斧，它能够剖开心灵的冰河。在词与词的交汇、融合、分解、对抗的创造中，一定会显现出犀利夺目的语言之光照亮人的生存"②，另一方面又深深意识到语言表达的限度，真理和绝对之物都在"语言不能到达的地方"，属于不可言说之物；表达某种程度上就是画地为牢，就是对不可分割的整体的强行分割。所以，他说"坚硬的是语言""我忍受喧嚣"(《星期日》)。在这个意义上，他说"我不是一个嗜好语言的人"[《岁末十四行(二)》]。但戈麦始终渴望"让不可能的成为可能"(《戈麦自述》)，"让从未发生的发生"(未完成诗题)。所以他对语言终归抱有期待，而"渴望成为另一种语言"(《逃亡者的十七首》)。可见，戈麦对语言的态度中同样存在信任与怀疑、热爱与嫌恶的悖论。还有真理与谬误的悖论["一条真理很可能就是一个谬误"(《和一个魔女度过的一个夜晚》)]，理智、知识、逻辑与超验、无意识、梦幻的悖论，事实、表象与幻象、本质的悖论(正如雷纳·玛格利特著名的"烟斗"悖论所揭示的)。前文曾讨论矛盾、自否作为一种修辞手段在戈麦诗歌中的重要

---

① 里尔克《布里格随笔》，曹元勇译，上海文艺出版社2007年版，第13页。
② 戈麦《关于诗歌》，载《诗歌报月刊》1991年第6期，第7页。

性，但这一修辞手段的根源则是诗人对人的悖论处境的深刻体验和洞察。依凭他的诚实、良知、敏感和勇气，还有才华，戈麦对人的这种悖论处境做了冷峻、深刻的揭示——这种揭示从《克莱的叙述》《太阳雨》《星期日》《逃亡者的十七首》就大量出现了。这是戈麦对当代诗歌主题学的重要贡献。

人是什么？也许戈麦会说，人就是在悖论的刀刃上度日的生物："刀子，就是福灵；刀子，就是危险"（《刀刃》）。悖论甚至体现在戈麦笔下的海身上："海，想把沙滩上的石子 / 和白色的小海螺，分开 / 而翻卷的细浪 / 将石子和螺母推得更远""一大朵云从海面飘过 / 海把云的形象印入怀中 / 而海底深处的风 / 很快将云朵和礁石冲散"（《海滨怅想》）。海被自己身上的自反力量拖入一种悖论处境，戈麦用充满同情的口吻说："海很难"。生活，某种意义上就是在悖论中受难。戈麦说这是"一场逃离不掉的劫难"（《镜子》）。在《打麦场》中，戈麦用一个生动的比喻揭示了人的这一受难处境："一根空空的麦秆中 / 一只被捕获的蚊子梦见 / 徒步走向麦垄的人 / 高喊：生命太长"。在这里，悖论就是那根空空的麦秆，人就是那只被捕获的蚊子。悖论以它的空捕获了我们，而它的空同时也是它无法战胜的原因。这个空消解了生命的意义，让生命显出苍白、冗长的本色。人的反抗只是绝望地高呼：生命太长。面对这样的处境，诗人说，痛苦是黄金［"那些闪光的麦芒 / 反射着麦种痛苦的黄金"（《打麦场》）］和食粮［"痛苦化作食粮"（《故乡·河水》）］，是荣光［"无限的痛苦，是无限的荣光 / 痛苦是荣光"（《献给黄昏》）］。事实上，正是在痛苦里有着人之存在的根据。痛苦虽然不是拯救，却是通往拯救的桥梁，它让我们清醒地面对悖论，以寻求超越之道，呼唤绝对之物的现身，并在悖论面前维护人的尊严。如果这一悖论的处境永远无法消除，诗人说，就让我们"重新把痛苦的煤库 / 摞紧一层"（《夜晚》）。

这是人最后的倔强和自尊。

知识/理智（知识的能力）是悖论的肇始，而诗歌是人类总体知识体系的一部分。这可能是戈麦最后毁弃诗歌的动机吗？在悖论的刀刃上，戈麦说人的命运"像急待拯救的奴隶"。在戈麦的生命史上，它很早就成为迫切的危机。他说："什么事情能够弥救癌病的痛苦/什么事情能够治愈心灵的创伤"[《上帝（断片）》]，"呼喊/如一条灰红的带子/从我苍白的喉咙里缓缓伸出""我呼喊/带着一座宅子的气味"（《秋天的呼唤》）。诗人多年来如此急切地呼喊拯救，呼喊绝对之物的现身，但并没有等到拯救，绝对之物也仍然隐身不见，正如这首题为"上帝"的诗并没有完成。在戈麦的一些诗里，绝对之物曾有某种程度的现身。在《雨后树林中的半张脸》，戈麦说"在这个时辰，我听从了神祇的召唤/从事物的核心翻到栅栏的外面"，这意味着从悖论中心逸出，沉溺于事物的表象似乎是一种可能的救赎之道。其时，他的四周还有神灵走动（《三劫连环》）。在《通往神明的路》中，他写道："我主迢遥的航道在天边展开"。在这首诗里，戈麦似乎相信一种波德莱尔式的颓废主义，把颓废或地狱当作绝对之物，当作拯救之路（又一个悖论）："警醒吧，你们是颓废的继承者/是最艳丽的花，充满危险的广场/因为，最邪恶的路是通往神明的路"。在《陌生的主》中，诗人"终于顺从那冥冥中神的召唤""来到你的岸边，大海的身旁"。但是，来到神的身边的诗人只能看见召唤者金黄阴云中的"两条无身之足"，而无法看见他的全身："我是怀着怎样一种恐惧呀/却望不到你的头，你的头深埋在云里/为大海之上默默的云所环绕/你神体的下端，像一炬烛光"。这里有某种启示，但这个启示是不完全的。而一个不完全的启示令人恐惧，它指示我们亟待拯救的危险，却不给出拯救的方案："我是怎样被召唤而来，却不能离去/抛弃了全部的生活，草原和牧场"。被召唤者被危险照亮而处于更加危急的状态，以致"双目空眩，寒气如注"，而"神在它们的体内日复一日培养的心机／终将在一场久久酝酿的危险中化为泡影"（《如果种子不死》）。接近绝对之物，接近拯救却被中途抛下，就像那些从希望的飞机上垂直掉下的逃亡者。实际上，戈麦最终无法在自己身上培养出一种绝对的信仰。他说："幕的后面，神在打牌"（《悲剧的诞生》）；"没有人看过神／神将我们的悲剧安放得更多"（《生命中有很多时刻》）。甚至神本身也需要拯救："在我之前，那些不幸的神祇，都已面目全非／纠缠着，挥动着帽子一样的头颅"（《深渊》）；"没有异想能够安慰神的不安"［《朝霞（断片）》］。这就是生命悲剧的根本缘由。戈麦在与其兄长的通信中一再提到，中国缺少宗教传统，致使绝对之物无从谈论。① 在《异端的火焰——北岛研究》一文中，戈麦引用了尤内斯库对荒诞的解释："荒诞是指缺乏意义……人与自己的宗教的、形而上的、先验的根基隔绝了，不知所措；他的一切行为显得无意义、荒诞、无用。"戈麦认为，北岛借以反抗荒诞的是走向虚无，但北岛"不愿相信一个隐含的命题：个体生命——'我'也是毫无意义的，或者说北岛此时并没有明确意识到这一命题"②。戈麦所揭示的北岛的心路历程，某种程度上就是他自己的心路历程，而且他比北岛走得更远，走向了对个体生命意义的否定。最终，他也否定了由苦难通往拯救的道路，因为每一个体生命及其经历都不可替代，故而"没有事物能弥补事物的缺口"［《朝霞（断片）》］。而且戈麦比北岛更执着于理念——世俗的、诗以外的北岛可以说"仍匍匐在成功的旗下"，

---

① 戈麦1988年4月9日致褚福运信中说："在中国，没有宗教，向谁倾诉。任何人都不可能作为倾诉的可信任的对象，把自己的全部生命交给别人去'理解'、裁判，这是不公平的""在中国，没有宗教，我绝不诉说"。
② 戈麦《异端的火焰——北岛研究》，载《新诗评论》2017年总第21期，第127页。

这构成了一种世俗的救济，把诗人的肉身挽留在人间——也更有行动力。戈麦的虔敬让他无法止步于理念的虚无。布勒东在《超现实主义第一次宣言》结束处说："无论是生活，还是放弃生活，这都是想象中的解决之道。生活在别处。"[1] 但戈麦并不认为生活在别处，他也不会让观念仅仅停留于想象，他要让想象和行动、意愿和现实合并。对戈麦来说，语言的道德也是伦理的道德。上帝已死，悖论长在。既然诗无法消除悖论，那么，就让诗人以行动证实和结束它吧："这样，生命就要受到结算"（《未来某一时刻自我的画像》）。结算什么？就结算这个生命的悖论。悖论揭示了生命的不完美、不自足，这是悖论的本质。所以，悖论不是纯粹思辨的，而是肉身的。或者说，随着悖论在语言和心灵中的不断强化，它最终把自己肉身化了，像一种病深入膏肓。用戈麦的诗歌语言说，它就是"我们脊背上的污点"：

> 我们脊背上的污点，永远无法去除
> 无法把它们当作渣滓和泥土
> 在适当的时机，将法官去除
> 从此卸下这些仇视灵魂的微小颗粒
>
> 它们攀附在我们年轻的背上，像无数颗
> 腐烂的牙齿被塞进一张美丽的口中
> 阳光下，一个麻脸的孩子
> 鼻翼两侧现出白天精神病的光芒

---

[1] 布勒东《超现实主义宣言（1924）》，见布勒东《超现实主义宣言》，袁俊生译，重庆大学出版社2010年版，第26页。

我们从世人的目光里看到我们脊背后的景象

一粒粒火一样的种子种进了我们优秀的脑子

像一大群污水中发臭的鱼子，在强暴者的

注目下，灌进了一名未婚处女的河床

主啊，还要等到什么时辰

我们屈辱的生存才能拯救，还要等到

什么时日，才能洗却世人眼中的尘土

洗却剧目中我们小丑一样的恶运

为了消除这个我们够不上、挠不着的污点，戈麦不惜毁弃肉身。[①]
这似乎是消除悖论的终极办法。事实上，戈麦很早就对肉身有一种
憎恨——这种憎恨源于肉身对精神的专断。一种毁灭的冲动在他的
诗中很早就多有表露；他期待肉身的解体，以从中解放出精神。他
说："我要抛开我的肉体所有的家 / 让手腕脱离滑润的臼口 /……/ 让
骨头逃走"（《家》）；"我的肉体被大水冲散""骨骼从肌体里滑出 /
游出我所控制的领地"（《游泳》）；"我已经可以完成一次重要的分
裂 /……/……把我的零也给废除掉"（《誓言》）；"草秆上悬挂的腰被
火焰一劈两半 / 两只眼睛，一只飞在天上，一只掉进洞里"（《未来
某一时刻自我的画像》）。他说："今天，这罪恶深重的时刻，我期
望着它的粉碎。"[②]1991年9月24日深夜，戈麦终于以他决绝的、毁

---

① 对这首诗的分析可参见严力《脊背上的污点》一文。严力说："我选他的（这首）诗
正是因为他对人性本能的无奈……我是从人类的角度理解这首诗，也理解戈麦追
求人性之完美的信仰和理想。我们背上的污点与生俱有，这也是我多年写诗以来
仇恨我自己仇恨诗的原因，也因为此仇恨因爱而产生，强烈的爱又引起强烈的恨，
此爱无退路此恨也无退路。"载《彗星——戈麦诗集》，漓江出版社1993年版，第
245～246页。
② 戈麦1989年11月24日致兄长褚福运信。

弃一切的死跨越了悖论——观念的和诗学的双重困境——而我们这些活着的人仍不得不面对这种悖论。[①]这是一种拯救，然而是太悲凉的拯救。戈麦诗歌对于我们的意义之一就是为我们生活、生命中的这种悖论处境提供见证和启示。因为戈麦已死，而我们还活着，对于诗，对于生命的秘密，他比我们有更透彻的认知。为此，我们今天仍然需要请教于他。王东东说："戈麦的天才就是试图以悖论来超越谬误。"[②]但戈麦说的是，"一切源于谬误"，"而谬误是成就"。那么，戈麦所说的谬误也许就是悖论本身，它源于知识，因而也无法被知识所超越。正如他在《三劫连环》中所写的：

> 在我焦虑的内心呵，是一所矮小的房子
> 在我之前去世的人们呵，生活在那里
> 他们曾试图逃离过这一片巨大的默许
> 但我内心的另一片湖沼，又等候在那里
> 他们逃不开我，就像我逃不开
> 内心的恐惧，世界逃不开我可怕的咒语

——人永远逃不开灵性生命自孕、内含的悖论。面对悖论，戈麦最大的勇气是：孤身深入谬误，绝不回头。他的诗正是这孤绝的勇气所成就。

2021 年 7—8 月

---

① 加缪说他从未见过为本体论原因而去死的人。总的来说，加缪是对的。任何自杀都不是纯粹观念的结果。戈麦的自杀也有具体的原因，1989 年底母亲的去世，1991 年最后一次及其之前的恋爱的失败，贫困，1990 年代初特殊的文化和知识环境，他工作和生活小环境中遭遇的种种，所有这一切构成的合力，与不可解脱的观念困境一起，导致了最后不可挽回的结局。但对戈麦而言，观念的因素显然有很大的作用。或者说，生活的困境和观念的困境在戈麦这里有一种互相加强的作用，合力铸造了戈麦的死亡镣铐。
② 西渡等《"不能在辽阔的大地上空度一生"》，载《诗探索·理论卷》2013 年第 4 辑，第 163 页。

编辑说明

　　编辑《戈麦全集》是我多年未了的心愿。戈麦作品的第一次结集为漓江出版社1993年出版的《彗星——戈麦诗集》。其后，上海三联书店1999年出版了《戈麦诗全编》，人民文学出版社2012年出版了《戈麦的诗》，太白文艺出版社2019年出版了《戈麦诗选》。囿于编辑体例，这几种戈麦作品集，除《戈麦诗全编》收入译诗和少量诗论，都只收诗歌作品。实际上，戈麦是一个具有多方面才能的作家，除诗歌以外，他还兼擅各种文体，在小说、散文、文学批评领域都有开拓性的探索。这些作品多数没有入集，致使读者难以窥见戈麦创作的全貌，也给戈麦研究的深入带来不便。其小说、文论虽然有的已经发表，但由于比较分散，收集也不易。戈麦上大学以后，与兄姐、同学、朋友书信往还颇多，这些书信迄今几乎没有发表过。这些未结集、未发表的小说、散文、文论、书信等文字，是戈麦整体写作的组成部分，对于研究戈麦具有重要意义。今年初，在漓江出版社支持和催促下，我终于下决心开始全集编辑工作。但原计划在寒假期间结束的工作竟经历了整整一个寒暑。2021年暑假眼看要结束了，我的工作终于可以收尾，心中一块石头总算落地。

　　这本全集收入目前能够收集到的戈麦全部诗歌、小说、文论、散文、书信作品。由于戈麦生前只发表过极少量的作品，加之弃世前毁弃了大量手稿，部分作品已永久轶失；书信也因年深月久，收集困难，轶失颇多；戈麦写残雪的本科论文这次也没有找到。这些都是遗憾的事，希望以后有机会继续完善，也希望继续得到戈麦生前亲朋的支持。

下面交待一下全集的具体编辑工作：

全集以上海三联书店1999年版《戈麦诗全编》为底本，在此本基础上增补、校订而成，作品顺序也略有调整。与《戈麦诗全编》相比，全集增收诗作34首（总计281首），小说3篇，文论12篇，散文1篇，书信27封。全书分为五编：第一编《诗集》，第二编《译诗集》，第三编《小说集》，第四编《文论集》，第五编《散文、书信集》。《戈麦诗全编》第一辑误收伊蕾《野餐》《女性年龄》《你在隔壁房间》《桌上的野菊花》《杯子》《台阶》《影子》《金黄的落叶》《流动的河》《那扇门》等10首（95—104页），经赵思运先生指出讹误，现删去。特此向赵思运先生致谢。伊蕾女士不幸于2018年去世。笔者在伊蕾生前曾电话致歉。在此也对这位出色的女诗人表示敬意和怀念。

第一编《诗集》共六辑。《戈麦诗全编》将诗歌创作部分分为五辑，这次将早期诗作单列一辑，放在其他各辑之后，是为第六辑。第一辑《秋天的呼唤》收1988年3月至12月作品，以《秋天的呼唤》打头，《戈麦诗全编》第一辑中更早的作品（从《末日》到《结论》等29首）归入第六辑《早期诗作》。第二辑《我的邪恶，我的苍白》收1989年作品。第三辑《献给黄昏的星》收1990年1月至1990年6月中旬作品，主体为《厌世者》时期的作品。第四辑《通往神明的路》收1990年6月下旬至1990年12月作品，主体为《铁与砂》时期的作品。第五辑《眺望时光消逝》收1991年作品。第六辑《早期诗作》收1987年6月至1988年3月的作品，是戈麦开始诗歌写作还不满一年的第一批习作。本辑最后十八首据褚福运抄稿《戈麦诗草若干》补入。这些诗作的底稿均未署写作时间，也没有收入戈麦自编的任何诗集。推测当为戈麦早期诗作，其写作时间不晚于1987年，或为戈麦最早的一批作品。因无法确定具体的写作时间，置于本辑最后。除此外，各辑之内均按写作时间排序。《铁》收入《戈麦诗全编》时，写作时间误署为1990年6月2日，按编年置于第三辑；这次查明其写作时间实为1990年6月24日，由第三辑移入第四辑。这次增收的诗作包括第一辑《瞬间》《选择之门》《永恒》《B城》《设身处地》《透明的沉默》等6首，第二辑《残句》1首，第六辑《虚假的归宿》《远航》《金山旧梦（一、二）》《红狐狸》《游森》《黄豆》《门》《秋天没有什么》《仕途狂想曲》《爱之梦》《歧路无为》《布壳、蛋饼和汇款》《湖畔奏鸣》《梦吟》《愈》《抉择》《野三坡》《熟人》《四月》《北方的冬夜》《黑龙江的愿望》《过期》《五点钟去学二》《断痕》《无题》等26首。

第二编《译诗集》所收篇目，与《戈麦诗全编》第六辑《译诗抄》相同。第三编《小说集》收入《地铁车站》《游戏》《猛犸》3篇小说。第四编《文论集》保留了《戈麦诗全编》第七辑《诗论》中的《起风和起风之后》《〈核心〉序》《关于诗歌》3篇，补入《关于象征派》《象征的定义》《异端的火焰——北岛研究》《推荐海子》《中国当代新潮小说》《三位现代女作家》《〈铁与砂〉后记》《狮子座流星——记作家施蛰存》《漂泊者的黄昏——关于艾芜〈南行记〉》《诗学札记》《诗歌写作笔记》《小说写作笔记》等12篇，而将《戈麦自述》《文字生涯》两篇调到第五编《散文、书信集》的散文部分。这些文论有的系据戈麦笔记整理，并非独立文章，相关情况在题下说明。第五编散文部分除从《戈麦诗全编》第七辑《诗论》移入《戈麦自述》和《文字生涯》两篇，补入《北方冬夜》一篇；书信部分收入戈麦家信和致友人书信27封。

原书的两个代序和两个附录，因已发表，也收入了吴昊编辑、即将于近期出版的《拯救的诗歌——戈麦研究集》，本书不再重复收入。这次新增附录四篇：戈麦兄长褚福运的回忆散文《不灭的记忆——我与戈麦》；日本汉学家是永骏为其所译《戈麦诗集》所写的译后记；西渡、张桃洲、姜涛、冷霜2017年12月10日的对谈《今天为什么还要谈戈麦》；《戈麦创作、评论年表》。戈麦兄长褚福运的回忆提供了戈麦出生、成长、学习、生活、创作以及后事处理的很多珍贵细节，特别值得珍视。是永骏先生的文章首次译成中文，为我们观察戈麦的诗提供了一个域外的视角。《今天为什么还要谈戈麦》包含几位朋友对戈麦诗歌的精到看法，因未公开发表，这次一并收入，以利保存。《戈麦创作、评论年表》在《彗星——戈麦诗集》(漓江出版社1993年8月出版)所附《戈麦生平年表》基础上扩充而成，除了反映戈麦生活、创作的情况，也力求较为全面地反映戈麦生前、身后(截至2021年8月)作品的发表、出版、评论、传播情况，并订正了原年表中的若干误记，同时也把当代诗坛的重要事件作为背景记入年表。年表所记，挂一漏万，希望知情者继续补充、完善。戈麦生前曾自编多种诗集(手抄、打印)，还与编者一起编印过五期《厌世者》，这些自编诗集除《铁与砂》外，均未刊印，《厌世者》五期印数极少，也近乎绝迹，一般读者、研究者极难见到，年表一一列出了这些自编诗集和发表在《厌世者》上的诗作篇目。戈麦生前用过多个抄诗本、笔记本，年表也反映了其基本情况。希望这些资料对读者、研究者有所裨益。

由于漓江版《彗星——戈麦诗集》、上海三联版《戈麦诗全编》都据手稿排印，难免有误植和失校的地方，而手稿由于辗转誊录，本身也有误写的地方。特别是《核心》的抄稿，由于原稿污损，误读误断在所难免。这次编辑，诗集部分以《戈麦诗全编》为底本，参照戈麦各个时期的手抄诗集、打印诗集、存留的零星手稿、油印刊物和正式刊物发表稿，身后亲友的抄稿、发表稿和公开出版的诗集做了校订，以尽量减少编校错误，以期能为读者提供一个忠实可信的版本。除了明显的错别字，诗集正文遵从手稿、生前打印稿、去世后友人的抄稿、去世以后出版的印刷本的顺序采纳，若有多种手稿，则一般以后出为准；各本异文在注释中作出说明。也有个别地方编者参酌己意加以修订，凡这种地方都做了说明。需要提请读者注意的是，戈麦一个时期有自创词的做法，如"帆薮""臻露""骏聚"之类，凡这类地方，为保持作品原貌，编者均未擅自改动，对其意思则尽可能在注释中加以说明。《戈麦诗全编》中1989年以前的多首诗作写作日期后有"集录稍改""集录删改""集录修改"的说明，应该是1989年戈麦自编诗集《核心》的时候所加。也就是说，《核心》的稿本晚于《金山旧梦》《乌篷行旅》《松夏十首》。《戈麦诗全编》所据的正是《核心》抄稿，也就是1989年前作品的定稿。

本书诗集部分校订所用主要资料如下：

《在流放地——燕园86、87文学作品选》（贺照田编，1987年冬，正文称"《在流放地》"）

《乌篷行旅》（1987年底，戈麦自编，手稿，署名松夏，正文称"《乌篷行旅》"）[①]

《金山旧梦》（1988年初，戈麦自编，手稿，署名松夏，正文称"《金山旧梦》"）

《松夏十首》（1988年戈麦手抄，今存褚福运抄稿，正文称"《松夏十首》"）

《戈麦诗草若干》（褚福运抄稿，正文称"《戈麦诗草若干》"）

北京大学中文系《启明星》（17—19期）

---

① 戈麦手稿"乌篷"误写为"乌蓬"。今改正。正文不再一一注明。

《核心》(1989年，手稿，残，存22首，正文称"《核心》手稿")

《核心》(陈朝阳、西渡1991年抄稿，残，存81首，正文称"《核心》抄稿")

《我的邪恶，我的苍白》(1991年1月，手稿，残，存13首，正文称"《我的邪恶，我的苍白》")

1989年誊录于笔记本中的一组，包括《徊想》《残酒》(即《杯子》)《望见大海》《愿望》《人群》《根部》《石头》(即《孤独》)《从沉默的纱布中》《美妇人》《迎着早晨的路》《安外》等11首(正文称"1989年抄稿")

《厌世者》(1—5期)(1990年4月—6月)

《发现》(1—3期)(1990、1991、1992)

《北京大学校刊》(1989年1月6日；1992年10月25日)

打印诗集《铁与砂》(1990年12月，正文称"《铁与砂》")

戈麦自编诗集《彗星》(1990年12月，手稿，正文称"戈麦自编《彗星》")

《戈麦1989年底存诗》(8首，陈朝阳、西渡1991年抄稿，正文称"《戈麦1989年底存诗》")

1990、1991年残存手稿(正文称"手稿")

《戈麦1990年底存诗》(12首，陈朝阳、西渡1991年抄稿，正文称"《戈麦1990年底存诗》")

《戈麦1991年存诗》(陈朝阳、西渡1991年抄稿，正文称"《戈麦1991年存诗》")

戈麦译诗存(西渡1991年抄稿)

戈麦作品历年发表稿

《太阳日记》(南海出版公司1991年版，正文称"《太阳日记》")

《彗星——戈麦诗集》(漓江出版社1993年版，正文称"漓江版《彗星》")

《戈麦的诗》(人民文学出版社2012年版，正文称"《戈麦的诗》")

三篇小说据《钟山》(1994年第5期)、《山花》(1994年第9期)发表稿录入，《地铁车站》《游戏》参照手稿做了校订，《猛犸》手稿轶失，以发表稿为准。译诗、《戈麦诗全编》已收文论以《戈麦诗全编》为底稿，参校抄稿、手稿。新增文论、书信均据手稿录入。散文《北方冬夜》据《自学》杂志1989年第10期发表稿录入。

虽然编者做了许多努力，但失误仍然在所难免。遗漏、错谬之处，希望得到方家指正。

全集编辑工作得到戈麦兄长褚福运的全力支持，诗歌增补部分、书信等绝大部分都由褚福运先生提供。如没有福运先生支持，此项工作断无可能完成。沈思远先生为全集翻译了是永骏先生《〈戈麦诗集〉译后记》。《戈麦诗全编》电子版由西安陈琪女士提供，译诗、诗论是陈琪女士这次专门为配合全集编辑工作录入的。戈麦小说的电子版由天津张斯彬先生提供，《地铁车站》也是他这次专门录入的。北京陈越先生、徐州徐志东先生提供了戈麦致四川友人一信的照片，戈麦致凌亚涛书信由凌亚涛先生提供。韩松先生向我介绍了陈琪女士和她的工作，使我得以联系上陈琪女士，并得到她的支持。年表撰写过程中，得到戈麦兄长褚福运，戈麦生前友好、同事、同学吴晓东、桑克、陈朝阳、野莽、李子亮、雷鸣、王池英、何香久、陈建祖、杨振清、王国山、侯杰、祁继顺等的支持。诗人陈东东、汪剑钊，俄罗斯汉学家李莎女士曾帮我解决疑难。对于以上朋友的无私帮助，在此谨表谢意。

我的同学张卫女士是戈麦诗集《铁与砂》的录入者，此本得存全赖张卫女士所保留的电子文件。陈朝阳先生是戈麦弃世以后和我一起抢救、誊录被严重污损的手稿的至交。上海徐如麒先生促成了《戈麦诗全编》的出版，颜炼军、王晓、王清平诸君促成了《戈麦的诗》的出版，人天集团邹天一女士促成了《戈麦诗选》的出版。戈麦第一本诗集《彗星》全赖漓江出版社张谦女士的努力。诗集于1993年8月出版，成为1990年代初出版的极为有限的几本先锋诗集之一。现在看来出本诗集并非难事，但要知道第一本《海子诗选》的问世还要等到数年之后，就知此事在当时有多不易。这次《戈麦全集》的编辑、出版工作也由张谦女士一手促成。将近三十年后，戈麦与漓江出版社再续前缘，可见沧海桑田，仍有不变的东西在，令人欣慰。

在此借用我在《戈麦的诗》编后记中的话，以表我的谢忱：因为你们曾以赤诚接待了流浪中途的诗神，诗的祝福必属于你们。

西渡

2021年8月

第一编

诗集

第一辑　秋天的呼唤（1988.3—1988.12）

秋天的呼唤 ①

是母亲

把我从篮子里

抱到船上 ②

木桶高过头顶

我抚摩着挂满弹孔的栏板 ③

向你张望

呼喊

如一条灰红的带子

从我苍白的喉咙里缓缓伸出 ④

我的身后

两匹瘦高的黑人

背部开裂

让我的呼喊绕过船头

① 曾发表于《一行》(纽约)总第16期(1992年4月)。
② "船上",《一行》作"床上"。
③ "抚摩",《核心》抄稿、《一行》作"抚摸"。
④ 《一行》无"缓缓"两字。

岸和海水之间
你的盼望染满了天空

红海潮是我的背影
随后我被陈列
像一顶礼帽

一样老练①
你的面容得以用蓝色保持
真正的海洋是

一块备受虐待的大幅红布 ②
我呼喊
带着一座宅子的气味

身着黑白相间的无期刑服
我们的厨房没有倒塌
酵母为我融化

流弹击中了牙齿 ③
我用模糊的面部
向你呼喊

呼喊长满皮肤

---

① "老练",《一行》作"古老"。
② 《核心》抄稿作"一块备受虐待的大块黄布",《一行》"虐待"误作"虚待"。
③ "了"字据《核心》抄稿、《一行》补。

当海面弯曲
甲板上反射着血迹的光亮

不相识的展览厅
黑洞　说出它吧
曲子被当场传诵 ①

那迟归的信笺
我无法打开
你的死发生在昨天

久久覆盖着我的桌面
落满灰尘　而我
总是把草地想象为白色

就像秋天那个迷人的假日
我们脚踩发烫的树叶
草地滚烫

我走进那间猩红的房子
淡黄色的地毯上
一把柔软的水果刀

从梦的左侧切入

---

① "当场"，《核心》抄稿、漓江版《彗星》、《戈麦诗全编》作"当卖"。系因誊抄底稿污损造成的误录。

安详　响起了钟声
震动瓦片

我注视着银制器皿中
乳白色的梦
守候它的降临

1988.3；1988.6^①

---

① 《戈麦诗全编》写作日期署"1988.3-6"，误。据《核心》抄稿改。

七点钟的火焰

七点钟的生活那时没有
任何预兆　听不到风声
钱币和副券打开
视野中弥漫着灼烫的空气

七点钟火焰给我距离
我从灰色中站起
沉默被火光照亮
鼓声跳动　响起了歌声

久久的回忆燃烧起来
忘却那些沾满水汽的贝壳
把它们想象成轻俏的竹叶
红白色的如你今晚的裙子

这不曾预期的降临
像一瓶药酒让我怀疑
歌子太长静得有声
以至于消失（我想会的）

七点钟我误入灯火

欢乐的菊子如同火焰
穿透挡板而盛开
失明之后我看到了真实

我俯视岁月的黑暗
相隔近在咫尺
出世以前的苹果结下 ①
很久的仰望它在歌中 ②

1988.4

---

① 《戈麦诗全编》此行作"出世以前在苹果结下"。据《核心》抄稿、漓江版《彗星》
  改。
② "很久的仰望",《戈麦诗全编》作"很久地仰望"。据《核心》抄稿、漓江版《彗星》
  改。

克莱的叙述（给塞林格）①

子夜时分我上街排队
在美国有位老人他还没死
衰老不是一种勇气

我排队
排二百七十七页纸的空白②
痕迹讳莫如深

人群的长相和叹息
像吹破的灯笼
在空中摇摆

纽约的黄昏是一位老人
那里佛塔小得像一只甲虫③
瑜伽少女喷吐花白的头发

---

① 曾与《瞬间》《克莱的叙述》一起刊于《启明星》第18期（1988年11月），题"松夏诗三首：曙光之后"。收入西渡编《太阳日记》（南海出版公司1991年版）。又发表于《一行》（纽约）总第16期（1992年4月）。
② "二百七十七"，《一行》作"三百七十七"。
③ 《启明星》第18期"那里"后有"的"字。

她，吹来过春天——①
这寒冷的灰尘
维也纳也有人吃过

多少年，多少风干的火腿②
夜总会如浪的笑声
酿造一个惨淡的结局

白色的房子亮处一闪③
门外有一片欢快的桦林④
我去问候他从不拒绝

在美国有位老人他还没死
有许多支那的竹笛，和⑤
一盘盘苍老的午餐牛肉

1988.4

---

① 漓江版《彗星》、《戈麦诗全编》"春天"后无破折号。据《太阳日记》加。《一行》
将此行及下一行排作一行，"春天"后有破折号。
② 《戈麦诗全编》行中逗号作顿号。据《核心》抄稿、《太阳日记》改。
③ "白色的房子"，《启明星》第18期作"孤独的房子"。
④ "桦林"，《启明星》第18期作"桦树"。
⑤ 《启明星》第18期此行及下一行作"是否有许多支那的竹笛 / 仿佛一盘盘苍老的午
餐牛肉"。

太阳雨

没有雨的节日
他人去园林植树
我怀念雨季

西方的诗人说话
食物打湿而腐烂
我从不相信

那时天空晴朗
也不见晾晒的衣服
况且曝光之后的画像
始终刺痛我的眼睛

许多人离城市很远
他们立在草垛前
相顾说了几句

天就开始下雨
白皙的皮肤渐渐蒸发

雨很快停下 ①

心像一面镜子
高大的影子结队而行

那个雨季有出世的果子
结实的屋宇人们不愿走入
倘若背下是一片麦地
金黄的泪水流尽
会省略绿色

1988.4

---

① 《戈麦诗全编》中此句下无空行。据《核心》抄稿、《启明星》第18期改。

星期日 ①

1. 我忍受喧嚣
   节日的飘带垂入我的胸口
   烟囱传递着空洞的风声

   我走入往日的壁橱
   搜寻随嫁衣裳
   玻璃的缝隙草一样生长
   牙齿落地生辉

   道路如同目光
   我被熟知
   历史青春期的扉页
   一页煎炒过后的鱼
   书写死亡

   飞絮每日愈起
   覆盖了我的门窗
   马岛两个人的战争

---

① 西渡编《太阳日记》(南海出版公司1991年版)收入此诗的第三、第六和第七组，
   题"节日颂歌"。

仍旧持续

2. 你随处可见
　　我却难以设想
　　烧焦的初夏组成虚构
　　回首出乎意料

　　飘移的鬼影　甬道中
　　疼痛最为真实①

　　等待是一首浮泛的情歌

　　而梦常常涂去赛跑
　　响声透过空气

　　你指定的界碑②
　　路标与路标相遇
　　相遇不在梦里

3. 我操纵灵魂的杠杆
　　伤口被刺
　　凶手沉默不语

---

① "疼痛"两字原稿残缺,以下缺数行。
② 《戈麦诗全编》、《核心》抄稿作"碑界"。编者酌改。

一碗鱼汤的重量
多余的房子承受下来
唇被封堵
品尝是一种罪过

人们从百色杂陈的铺店走过
聆听酒的训言
都是些充满膻气的故事

黑夜延迟而出
几只长脖子野鹤
在沼泽地里高声叫卖
惊走狼的孤独

猎人们忘记举枪
皮货占有了市场

4. 拜访不是理由
缺少茶具和杯子
气候干裂

雨伞的徒劳
只能打动秋天的叶子
初识充满动机

你的杯子盛满惊奇 ①
漂动着我的眼睛
天气不错
只是你我都还活着
怀念没有意义

庆幸的是你的出走
我手执金属
门扉缓缓拉开
你的鞋子贴在墙上
扫帚充满热情

5. 如果是在这里
手段在傍晚出动
路口的绿色如酒徒
不明来历
要挟我的步履

囚犯习惯了火红的鞭子
弹片的回忆暮色里飞出 ②
一次彗星的微笑
只贴附着风中的胶片

---

① "杯子",《戈麦诗全编》误作"怀子"。
② 《戈麦诗全编》"暮色"前有"从"字。据《核心》抄稿删。

坚硬的是语言
一期期运送出门
这样的傍晚风声鹤唳

百家的忍耐
男子的骨骼酥软
即使放弃生存
剑也从不避讳

6. 温暖的是天空
我端坐的台阶沉入水底
呼救如幽远的祝福

音符的谎言
湿润着久旱者的耳鼓
鸭子结队而过
加入下午的豪华

我们把酒杯举起
亮色微弱
唤不起东风的沉醉

我们思念过春的谣曲
季节需要踏青

有些游戏悬挂树间 ①

_____

① 《核心》抄稿、《太阳日记》"悬挂"后有"在"字。

供清脆的歌声摘采
傍晚的风车
插满院庭

7. 我拂去剧中相似的一幕 ^①
任烈酒从十二指肠烧过
朋友如猛烈的追问
击痛我的喉咙

是的　不能责怪手纸
佛语难译
神甫逃往村中

辉煌的宫殿把我展平
我走入文字的黑暗
一件简陋的铝制品 ^②
因为重量在水上漂浮

山羊从出事的地点经走
被水冲洗
牛奶喝下
我轻如鸿毛

1988.5.1—5.4

———————

① "剧中"，据《核心》抄稿、《太阳日记》补。
② "铝制品"，《戈麦诗全编》作"铅制品"。据《太阳日记》、《核心》抄稿改。

无　题

雪象低缓地涌入村落 [①]
十一月的天气
蒙面人扣响

一种陪伴是星期日的陪伴
影视的招牌散见其中
另一半房间空荡

情人们穿着面具和戏服
戏服不完整　剧场东侧
盲目的人将脚踵抬高

墙上有水
渗出历史中的泪
肩头黑黢黢的

末班电车飞驰而过
几捆稻草变得焦黄
建筑师手推货物

---

① "低缓地",《戈麦诗全编》作"低低地"。据《核心》抄稿改。

装载着七具熟睡的婴儿

夜手凌空劈下^①

如一把白亮的钢刀

七具无首而灿烂的钢像^②

1988.5.22

---

① "劈下",《戈麦诗全编》作"披下"。编者酌改。
② "钢像",《戈麦诗全编》作"铜像"。据《核心》抄稿改。

艺　术①

那些木板努力透出两种斑点
叫读者识字②
读者不读

器乐蕴含着溺死蜘蛛的梦想
四散的音符上升
听者不听

用一种魔术把酒点燃③
或随意抛撒种子④
星期四穿雨鞋一词出游⑤

我们带上镜子月亮
积木以及房屋，偶遇灯火⑥

---

① 曾发表于《滇池》1988年第12期"诗专号"，署名"松夏"。这是戈麦公开发表的第一首诗。又发表于《一行》(纽约)总第16期(1992年4月)。
② "叫"，《滇池》作"教"。
③ "魔术"，《滇池》误作"磨术"。
④ "抛撒"，《核心》抄稿、《滇池》、《一行》、漓江版《彗星》作"抛洒"。
⑤ "一词"，《滇池》作"一同"。
⑥ 《滇池》行中逗号作空格。

像斑马线一样穿过 ①

每一座宫殿的方程
网罗秋天躁动的麻雀
除此便别无可解 ②

拥有洁净的抽屉
拥有无数肥沃的靶场
静坐中看死亡从墙上飘过

1988.5

<hr>

① 《核心》抄稿、《戈麦诗全编》、漓江版《彗星》行首均无"像"字。系誊抄底稿缺漏。据《滇池》加。

② 《核心》抄稿、《戈麦诗全编》、漓江版《彗星》此行作"除此别无选择"。系誊抄底稿污损。据《滇池》改。

夏的印象

回声莫名其妙
从阳台上敷衍过来
打湿了地面
脚面随即变得很薄
如一页铂纸写满呓语

或蹲在透明的树下
风一样低吟
聋哑人从枝叶中飘落
牵动瓶子的笑声
影子的指向不甚明确
但很细腻　由于日子
谁还会观看天气
回首之间凉意迎面袭来
漂泊如去年的湖泊

手指的否定如烟
淡淡的矮于身材

1988.5

瞬　间^①

瞬间的丧失
可以改变暖水瓶的构造^②

比如说冰冷的意志^③
走上一些从未走上的格子
一束试探的阳光
从钦佩楼道的那个房间滑出
让你的行踪不会停留

比如说爽朗的音节
相互打中耳边的首饰　就像^④
偶发性灵的昆虫的幼子
栖息片刻便改变了情节
改变了夜与昼的命运

比如说年月的隔膜

---

① 本篇《戈麦诗全编》失收，据《启明星》第18期（1988年11月5日）增。《松夏十首》
（1988年夏）以此篇打头，失题。《戈麦诗草若干》题作"比如说"。此篇可能是下
一首《寄英伦三岛》的初稿。
② 《松夏十首》这两行作"因为瞬息／可以改变一个人的命运"。
③ 《松夏十首》这行作"比如说　你"。
④ 《松夏十首》"就像"排下一行。

让你猜测出现的姿式

经常是独钓寒雪或水中捞月

由此延伸到一杯龙井

在水晶的房子里等待回答^①

再比如说一个字的变故

携两地阴雨的天气

你试图漫过一切无形的手的遮拦

与种种道路会合^②

轨道和轮子无法诠释

                                                    1988.6.29

---

① "等待"，《松夏十首》作"等候"。
② 《松夏十首》"种种"后有"的"字。

寄英伦三岛

抵抗潮汐
你面部的光泽隆起
另一座城市的路灯不亮

许多行走的树木闭上眼睛
他们翻动古代的拓片
梳洗后去花坛散步

马车蜂也似的拥出城外
享受一次次的降雨
他们搬动简易的竹器

从地层的背面挖掘银子
银子的价格不变
你不会回来

他们只是用它铺床
照亮自己或撒在地上
穿一些怪异的木屐
一律背向旧地

你听到鸽子的翅膀
在水泥地上打印字迹
把它们磨成紫色的钥匙
镶嵌着身后钟楼上的指针

他们向你的钢勺吊唁
表示一种敬默与血液相反
玉米和小麦不够柔软
他们想到了水的感觉

你不会回来
即使乘船
我惧怕中午的长度
所有的寓所拒绝冷却的巉岩

他们各自走向各自的房间
糊各自的棚子
然后练习燃放风筝

你背负消瘦
开始各自的逡巡
这些列车你慢慢熟悉
却第一次充满劫难

当一种轰鸣在桥下传递
他们手中的白线颤抖
疏漏了成百次的心事

你没有任何图纸
更不去篡改建筑
只是用细碎的牙齿

让你猜测出现的姿式 ①
经常是独钓寒江雪或水中捞月
由此延伸出一杯龙井
灰尘般的房子里等待回答

再比如说一个字的变故 ②
携两地阴雨的天气
试图横过一次无形的手的遮拦
与种种道路汇合
轨道和轮子也无法诠释

1988.6.29

---

① 《戈麦诗全编》此行作"让你猜测出玩的知识"。据《启明星》第18期《瞬间》一
　诗改正。
② "再",《戈麦诗全编》作"用"。据《启明星》第18期《瞬间》一诗改正。

北 窗

少年乌亮的眼睛
闲置于傍晚的沙滩
审视太阳
在黄泥墙壁的反光中
彤烈多姿的巨型航船
温暖着一颗乌亮的眼睛

雨打芭蕉
我懂得了傍晚的长度
是一只蚊子的死亡
应和着淅沥的雨声
在北方春天的金雾中
闪烁着一只蚊子的翅膀
久久不会沉落

淙淙的沙地流走的
晚霞映照下细细的盒子
裸足　涉入雨后的草地
百合花的记忆
我懂得了蘑菇云的生成
从西部升起

惊走屋檐上候鸟的群居

还有鸽子的翱翔
带着眷属归宁的鸣叫……

1988.6

选择之门①

穿过黑色的走廊
在通向选择之门的路上
我听到了两种交织的力量
叩击着金属的门环

在选择之门的面前
没有面孔的人　要
耗费整整一个世纪的情感
确定门的方向

这时精彩世界的气流
撞击着走廊的墙壁
零散的骨骼拼凑起来
向里面展示另一个世界的光明

没有面孔的人
用钟表无法替代的方式
计算墙外面孔的数量
用静止计算时间

1988.7.22

---

① 本篇《戈麦诗全编》失收，据《松夏十首》增。

永 恒[①]

永远是水暗示的情感

永远是树渲染的斑驳

永远是诗歌炫耀的爱情

永远是船导致的停泊

永远是藤蔓掩映的窗口

永远是墙壁沟通的眼睛

永远是沉默引起的灾难

永远是黑色使心灵荒芜

永远是风

永远是风中一现的昙花

永远是梦

永远是梦中垂逝的风筝

永远是狭窄的桥面

永远是螺旋梯的爬行

永远是荒废的命运

永远是绞刑架和石头

---

① 本篇《戈麦诗全编》失收，据《松夏十首》增。《戈麦诗草若干》所录文句与《松夏十首》有出入，附录于此："永远是水暗示情感 / 永远是树渲染斑驳 / 永远是诗炫耀爱情 / 永远是船导致停泊 / 永远是藤遮掩的窗口 / 永远是墙壁沟通的眼睛 / 永远是沉默引起的灾难 / 永远是黑色使心灵荒芜 / 永远是梦 / 永远是梦中一现的昙花 / 永远是风 / 永远是风中垂逝的风筝 / 永远是狭窄的桥面 / 永远是螺旋梯的爬行 / 永远是一小撮的命运 / 永远是垃圾桶"。

永远是糟面

永远是垃圾桶

1988.7.22

门①

我的贫瘠是一片荒漠
一片曾经流逝激情的沙滩②
你来了
只能在沼泽中摄取
几只失望的鱼③

我用我的荒芜
埋葬希望
你来了
伸出生命的手④

我的全部疏漏⑤
只是一次面对手相的过错⑥

你来了

---

① 《松夏十首》题作"生命之门"。
② "沙滩",《松夏十首》作"荒漠"。
③ "失望的鱼",《松夏十首》作"失望之鱼"
④ "生命的手",《松夏十首》作"生命之手"。
⑤ "疏漏",《戈麦诗全编》作"疏陋"。据《松夏十首》改。
⑥ 《戈麦诗全编》与下面三行合为一节,据《核心》抄稿改。《松夏十首》下多两行"没有在你哀怨的梦中 / 留一朵盛开的玫瑰"。

闪映在树间①
像我的生命的门②

1988.7.27

---

①　"闪映"，《戈麦诗全编》作"间映"。据《松夏十首》改。
②　"生命的门"，《松夏十首》作"生命之门"。

拒绝之水 ①

晚归的渔人
携一碗无味的淡水 ②
拒绝网中的猎物 ③

整个傍晚他守着
这碗清澈的淡水 ④
没有嗅到村子里
逸散出的诱人的鱼香 ⑤

深夜那碗淡水 ⑥
结起一层冰晶
晚归的渔人梦见
几滴拒绝之水
演绎成熠熠的汪洋

---

① 《戈麦诗全编》题作"水"。现题据《戈麦诗草若干》，文句也据此本校订。
② 《戈麦诗全编》此行作"携一碗淡淡的水"。
③ 《戈麦诗全编》"猎物"误作"猎场"。
④ 《戈麦诗全编》无"淡"字。
⑤ 《戈麦诗全编》此行作"诱人而诗意的鱼香"。
⑥ 《戈麦诗全编》此节作"夜里晚钟结起一层薄薄的冰 / 晚归的渔人梦见 / 几滴拒绝的水 / 演绎成熠熠的汪洋"。

拒绝了船的航行
拒绝了有表情的游木
靠近温柔的岸 ①

1988.7.28

---

① "靠近",《戈麦诗全编》作"走近"。

B　城①

那些天 B 城的人都走了
只留下那么几个
B 城是个极小的城市
我想人走和人来对 B 城
没有多大影响

那些天的确无雪
天还是阴了
即使习惯了寒冷的人们②
也开始感觉到了傍晚的厚度
像一个不速之客
从檐下飞起的阴翼
笼罩了人们的思想

我开始在离散的人们留下的台灯中③
挑选一件漆色模糊的
帽子却异常地大
它照亮了整个案头

---

① 本篇《戈麦诗全编》失收，据《松夏十首》增。
② 《戈麦诗草若干》"寒冷"作"北方"。
③ 《戈麦诗草若干》"离散的人们"作"逃跑的人"。

有过一个时候也是这样的夜晚 ①
圆月亮照亮了许多恬静的门窗

这时一个矮子踱步进来 ②
警告我要注意室内卫生
我想他大概一直在门外
等着什么
直到夜光表敲响九下

几乎每一个夜晚
那两个人总要到这里视察一番 ③
告诉我路上车多人挤 ④
少带点东西　　世界观也很重要

我开始怀疑这盏台灯的来历 ⑤
B 城的人走光了
电话线又接不通
我用双脚感知天气的变化
台灯终于坏了

我燃起最后的火焰

---

① 《戈麦诗草若干》"夜晚"作"傍晚。
② 《戈麦诗草若干》无行首"这时"两字。
③ 《戈麦诗草若干》"视察"作"巡视"。
④ 《戈麦诗草若干》"车多人挤"作"人挤车多"。
⑤ 《戈麦诗草若干》此节及下一节作"我开始怀疑这盏台灯的来历 /B 城的人都走光
了 / 电话线又接不通 // 我用双脚在漆黑中蹚行 / 台灯终于坏了 / 我燃起了蜡烛 /
蜡烛燃烧的时候 / 样子很凶"。

蜡烛燃烧的时候
样子很凶

后来我离开了 B 城
发现 B 城的确很小
窗外的一座公园里 ①
我仍旧是一个客人

和往日相同的一个早晨
雪终于下了
下得很大也很可怜
我用手指在雪地上写信
写给他们
便觉得想家是一种罪过

1988.8.5

---

① 《戈麦诗草若干》此行及下一行作"我在外省的一座公园里 / 仍旧是个客人"。

设身处地 ^①

我愿意是杳无的音信
只要痛苦不会在水泥地面上滋生
一个时代所械备的杠杆 ^②
就会指向无由的深渊

航线上那座孤独的岛屿
悬挂着死人外衣般的风筝
谁若去衔接心灵和心灵的秘密
谁就会成为自己的罪人

血液中蛇体的绞动
临时成为又一个世纪的主题
海水和冰川之间

---

① 《戈麦诗全编》失收。据《戈麦诗草若干》增。《松夏十首》也录有此篇，文句与《戈麦诗草若干》颇多不同，似为初稿。附录于此："我愿意是杳无的音信 / 只要痛苦不会在水泥地板上滋生 / 一个时代戒备已久的杠杆 / 瞄准心脏 / 就会滑向毫无理由的深渊 / 航线上那座孤独的岛屿 / 悬挂起死人风筝般的白旗 / 心灵和心灵交接的地方 / 诞生了心灵的罪人 / 谁能扯断历史的脐带 / 集市上最为廉价的思想 / 它那低垂的脑袋 / 鹦鹉一般无耻地存在 // 生活怎么是一种追赶 / 哪里是人潮的顶端 / 干涸的古金字塔的宫穴里 / 飞出遮天蔽日的苍蝇 // 血液中蛇体的绞动 / 临时成为又一个世纪的主题 / 陆地和陆地之间 / 逃亡在选择命运 // 一个时代在自取灭亡 / 自由者的道路上 / 摇滚乐中的针管 / 烁烁生光"。
② "械备"，原文如此。

破冰船在选择命运

干涸的宫殿里
飞出黑魆魆的苍蛇
生活怎么是一种追赶
哪里是人潮的顶端

谁能扯断历史的脐带
市场中最为便宜的是
思想，它那低垂的脑袋
鹦鹉一般无耻地存在

谁喜欢去划分时代
一个时代在自取灭亡
自由者的道路上
针管烁烁生光[①]

1988.8.10

[①] 篇末有作者自注："要彻底修改"。

无　题

可憎的是八月
秋天，在未成熟的季节
接受检阅①

我立在飘晃的风中②
眼里充满红灯的暗示③
九点钟　精确的鸥群④
按时从钟声上飞起⑤

灰白的行人幽灵一样⑥
从四月的广场穿过⑦
世纪鸟的羽毛⑧
落满了汉白玉的底座⑨

────────

① 《松夏十首》下无空行。
② "飘晃"，《戈麦诗全编》作"漂晃"。据《松夏十首》改。"风中"，《松夏十首》作"空中"。
③ "眼里充满"，《松夏十首》作"眼睛里盛满"。
④ 《松夏十首》无行中空格。
⑤ "钟声"，《松夏十首》作"钟楼"。
⑥ "灰白"，《松夏十首》作"灰白色"。
⑦ 《松夏十首》此行作"穿过四月的广场"。
⑧ 《松夏十首》"世纪鸟"后有"血红"两字。
⑨ "落满"，《松夏十首》作"坠满"。

我打开那本发黄的相册 ①

恍若隔世的老板

打开了对面街上

唯一一扇肃穆寂寥的门 ②

石墨的瞳孔中泄出 ③

两行乳白色的目光

水中漂浮的苇絮

怎样从岸边延伸过去

1988.8.15

---

① 《戈麦诗全编》此行作"我想起一本发黄的相册"。据《松夏十首》改。

② "一扇",据《松夏十首》补。

③ 《戈麦诗全编》此行及下一行作"他的目光/像两条如泻的水银"。据《松夏十首》改。

透明的沉默 ①

盗窃者无意的目光
晃过窗内秀逸的发髻
狗的叫声是一种沉默

时装店的橱窗映出
丝绸品光艳的微笑
汽油和火焰是一种沉默

野鹤低头在塘中汲水
沙漠的夜色中
黑壶是一种沉默

紫黑色的墨镜悬吊在
死者遗像上
唇膏是一种沉默

---

① 本篇《戈麦诗全编》失收，据《松夏十首》增。另，《戈麦诗草若干》所录与《松夏十首》颇不同，似为初稿，附录于此："盗窃者的窗前／晃过秀逸的发髻／狗的叫声是一种沉默／／时装店的橱窗内映出／丝绸品光艳的微笑／火焰和汽油是一种沉默／／紫黑色墨镜悬挂在／死者的遗像上／唇膏是一种沉默／／宁静的夜色中／悦耳的汲水声／黑壶是一种沉默／／冬日的阳光经过树间／光秃秃的坟茔下面／隔年的叶子是一种沉默／／久别的墙壁上／瑟瑟倦意的影子／青春是一种沉默"。

铁窗把爱情割为两半
毛瑟枪瑟瑟的心声
年华是一种沉默

冬日的阳光掠过树间
光秃秃的坟茔下面
隔年的叶子是一种沉默

1988.8.16

坏天气①

我的影子印满了
泡桐树白色的叶子
这种滋味感染了四周

我祈求坏天气的来临②
在通往爱德蒙德的路上③
你湿热的泪水扑簌地

落在我粗糙的手上
我的气息便可以穿过④
一个暑期瀚海般的期待⑤

怀念如傍晚的窗外
雨水浸泡的模糊的树影
从遥远的中世纪的海岸

---

① 曾发表于1989年1月6日《北京大学校刊》。
② "来临",《戈麦诗全编》、《松夏十首》、《核心》抄稿作"降临"。据《北京大学校
　 刊》改。
③ 《北京大学校刊》无行首"在"字。
④ 《松夏十首》"可以"作"可"。
⑤ "瀚海般的",《松夏十首》作"瀚海一样的";"期待",《松夏十首》《北京大学校刊》
　 作"等待"。

感情的哭声隐隐传来
湿润了马厩里残存的
优越的好时光　只在 ^①

坏天气来临的时刻出现
你纤瘦的指尖敲击着 ^②
我浅蓝色脆弱的玻璃

1988.8.19

---

① 《松夏十首》无"只在"二字。
② "纤瘦",《北京大学校刊》作"瘦纤"。

总统轶事 ①

贫困的日子里
石头也向往奇迹

因而一个巴基斯坦总统的死亡
是幸福的
人们从那一日阳光的折射中
看到了恐怖主义者矫健的身影

吊唁令人兴奋不已
但从不属于桌上的杯
人们只是察觉
一颗火红的彗星
像一条长尾巴的狐狸
从低矮的房顶掠过

---

① 《松夏十首》所收与《戈麦诗全编》文句颇有出入，似为初稿。附录于此："在贫困
的日子里 / 人们向往奇迹 // 因而一个巴基斯坦总统的死亡 / 是幸福的 / 幸福得连
告别的宴会 / 未来得及举行 / 人们从那一日阳光的折射中 / 看到了恐怖主义者的身
形 // 吊唁是令人兴奋的 / 但从不属于平民百姓 / 人们只是看到 / 一条火红的彗星 /
像一条长尾巴的狐狸 / 掠过低矮的屋顶 // 就在总统和狐狸消失的一瞬 / 一只木碗
从水中鱼跃而出 / 击碎 / 这是一只小兴安岭的木碗 / 那里每月一次的地震 / 月经一
样频繁 // 正当北半球又一次面临水灾 / 巴基斯坦 / 一个让人们很容易忘记的 / 沙漠、
古堡和蒙面女人的国度 / 它的国王走了 /（徐志摩说 / 他轻轻地走了）"。

此时一只杯碗从水中

跃出　击碎

小兴安岭的木碗

每月一次的地壳的波动

月经一样频繁

正当北半球又一次面临水灾

巴基斯坦

一个让人们极易忘记的

沙漠、古堡和蒙面女人的国度

它的国王轻轻地走了

1988.8.22

颤抖的叶子

大雪残年
我的举止坐落在一年之中
昏暗的日子　最后的时刻
我梦见了许多烧尽的爱情
像一片片火红的叶子
如絮般斜斜地飞落
随即变为黑色

晚钟沉寂之后
我坐落在你的坟上
是一只冬天遗留的花朵

1988.9.28

这个日子

这个日子
意味着永远与冬天相失[1]
失去一场莫名的雪
给予我红色的手指
失去冬日温暖的阳台，火
炉子上烘烤的鱼片

没有人的时候
也会没有水
我注视着窗外的阳光里
凌乱地抖动的叶子
这是多少年前
你的姿式
我约略记得
我厌倦了

我厌倦了海上漂泊的生活[2]
这个日子

---

[1] "相失"，《戈麦诗全编》作"相关"。据《核心》抄稿、戈麦自编《彗星》改。
[2] "海上"，《戈麦诗全编》作"海水"。据戈麦自编《彗星》改。

需要一种根

种植在泥土、岩石和沙滩上

果子便不会顺水流走

这个日子

需要一朵燃放到空气中的

彩色气球　饱含我

对山川湖泊的向往①

这个日子

需要一次我的死去

我会死在那间

贮存我的意志我的梦想的黑房子里

没有人知道

我始终怀有那只

多情的花朵

这么多日夜

就像那朝向故居的山坡②

你的过去

那永恒的诱惑

残害了我多年

我会远离你

像你眼中久蕴的神秘

一样遥远

---

① 《戈麦诗全编》、戈麦自编《彗星》句首均有"和"字。编者酌删。
② "那"，《戈麦诗全编》作"那个"。据戈麦自编《彗星》改。

你端坐在桌子的尽头
是我在另一个世界里黑暗中
四季的美景

1988.10

鸽　子

那只鸽子
那只灰色的鸽子
在我漂亮的房子上
　　摇荡

她灰色的样子
盛满欢乐的花篮的样子
在果树园的秋千上
　　摇荡

那只灰色的鸽子
从金黄的玉米地
向我飞来①

飘摇在风车的手上
飘摇在稻草人的脸庞
那始终等待着我的
等待着我的骨殖回来的
　　灰色的精灵

---

① 《戈麦诗全编》下无空行。据戈麦自编《彗星》、《核心》抄稿改。

在冰冷的桥上
在乡野的路边
忧伤地踱着
踱着忧伤的步履
像一枚灰色的铅
扑楞楞在空中
　　　　摇荡

那只鸽子
那只灰色的鸽子
伫立在我漂亮的房子上

她那灰色的样子
让我知道
许多人已经老去
（许多人又要诞生）
她那灰色的样子
让我想起许多年前许多
　　　　灰色的影子
　　　　灰色的心灵

1988.11.11

一九八五年

几个冬天结在我的心中

一颗未能如愿的石子

耿耿于怀

我只能停止盼望

在北方荒凉的冻土层

听从风的判决

像一块滚落的石头

听从桥面上

被我有意错过的绿色列车

乖唳地叫喊

那个美好的动机——

毁了！一个阴暗的早晨

我最终选择了活着

像一只在白茫茫的大风天里

丢失的手套

1988.11.14

一九七五年的一只蛋糕

那个时节
雨水淋坏了大批的树木
粉红的墙上
斜挂着松弛的纸片
你在饥饿的街头找到我
一只金黄的奶油蛋糕

十几年我没有忘记
那块雨中的蛋糕
至今保存在我的窗格子里
泛着灰白的光
坚硬而且醺香
我难以咽下

1988.11.14

此时此刻

那种日子离现在很久
金属丝般的旋律
经常把我带回流泪的心田
小提琴　她哭泣的声音
像多年前我面对的整个夜晚
窗外倒映着室内恍惚的身形
我在一只深红的梦中
我不愿往返于时间的雾里

许多人走入夜晚
而我永远在空旷中漂泊
长久的黑暗　我们不能相识
为什么我们不能相识
冬季我在情人的眼里
是一片浮出水面的芦藻
摄影棚背后的彩照
我是挥发殆尽的余光

为泪水染红的落叶林
永远不能穿过
永远不能和去年的物件相遇

不能恣意感情的闸门
我总想摆脱音乐的桎梏
什么时候才能
不依傍于那根冰冷的石柱
不为华美的赝品而丢失了余生

伤心而坚韧的人沉睡在记忆深处
头脑里闪现着湖面的白光
季风又起　我没有方向
彻骨的阳光　仿佛
一种凭空的思想
逼迫我们返回家园　明天
还是一个不名的早晨[①]
它早已不把死去的人怀念

这烦恼的夜市
这猩红的灯光
在风中将不会有多久
不会有多久[②]
我也许会走入另一座城市
和另一群人朝夕为伴
一些人离开不愿回来
一些人终究被我忘记

1988.11.16

---

① "还是",《戈麦诗全编》作"只是"。据戈麦自编《彗星》改。
② 《戈麦诗全编》无此行。据戈麦自编《彗星》改。

我的告别

最后的时刻

乌木家具的房子里

我，不去歌唱苦难

不会为镜中的影子所击伤

不会去诅咒飞翔的纸鸢

诅咒为蚕虫蛀蚀的门的把手

在无知的风中左右摇摆

我不会去思念你

像白帽子的人朝拜几千年来嚼烂的栗子

不会因此而陷入沉默的沼①

热爱白亮而无耻的冬季

乌鸦在召唤

传递着久违不渝的热情

不会由此而逃入黄昏

与肩头沉重的人兀自相遇

我会与洁白的树枝寒暄

在钢板古怪多情的哈气中

寻找人类最先出生的种子②

---

① 疑有缺字。
② 《戈麦诗全编》作"寻找人类最早出生的样子"。据《核心》抄稿改。

告别广场，先辈们迎面的微笑
是岁月为我们留下的阴险花园
每一次更改都是一次巨大的兽形
谁走路谁就得再活一生
我不会在世上任何一个角落
期待时光的花瓣打在我空虚的壳上
死亡大厦的中央
你不必等我

我不会去看云
回想我们来世时轻飘的样子
我不会去看流水
忍受满腔鹅卵石的光黯然失泪
只有夜低挂在我的头上
仿佛海洋中一只泡沫的衰亡
不远处那衰老的窗口
像一面在战场被击败的旗子
夜半钟声　我的手
在灯下飞舞　一只老鸭
——这古老时代的吉祥物
伫立在我的木阁子上
四周的摆设又一次浮现
我不禁满面灰尘
停尸间这闪光的一幕
照亮了许多人全部的一生

我愿从此杳无音信 ^①

在城市每天鲜美的报纸上

搜寻电车上飞弛而过的扶手

我会从此面对阳光

在不锈钢的刀片上

顾影自怜　你不必等我

风雪茫茫的荒草地

1988.11－12

---

^①　"音信"，《戈麦诗全编》作"音讯"。据《核心》抄稿改。

徊 想

此后的日子注定如此黯淡
永远的，只要有我温存的光辉
无数次突然而至的风起我哪里知道^①
如此众多为我熄灭的面庞

此后的命运在一只蜡烛的火焰里
燃烧　花蕊中一只醉枣
在苦酒中泡大，此后我哪里知道^②
那受伤的鸽子在对岸已盼望多时^③

我来的时候，只有空气中最后的声响^④
只有在黄昏的光亮中捕捉白日的背影^⑤
这些命运的尾巴
我哪里知道他人已盼望多时

---

① 1989年抄稿原作"无数次的风起之后　我哪里知道"，划去"的风起之后"，改为"突然而至的风起"。
② 1989年抄稿原作"在苦酒里泡大　此后我哪里知道"，划去"里"，改为"中"。
③ 1989年抄稿原作"我的爱人在河的对岸已盼望多时"，划去"我的爱人"，改为"受伤的鸽子"；划去"河的"。
④ 1989年抄稿原作"我来的时候，只有鸽子最后的哨音"，划去"鸽子"，改为"空气"；划去"哨"，改为"响"。
⑤ 1989年抄稿中，"在"字被划去。

一个人，在如此宽敞的夜晚 ①
从此我将无比惧怕脚印
惧怕远方的山形　灰蒙蒙的星 ②
惧怕上个世纪的养鸡场 ③

追随秋日吧，一年里我仅有的生日 ④
在洒满青光的烛台上我终于学会
从过去的悲哀里　发现未来
未来不再是一场病

1988年末

---

① 1989年抄稿中，"在"字被划去。
② 1989年抄稿中，"山形"原作"山影"，划去"影"，改为"形"。
③ 1989年抄稿中，"惧怕"被划去，改为"还有"，又划去"还有"。
④ 1989年抄稿中，逗号为空格。

给今天（组诗）

1. 命运

命运给每个人只有一次
送出去便不再收回

谁能预卜天平上叮当的钟声
多少年的奔波就像残雪上的杯子
尝一口　再尝一口

2. 先声

误入绝症的人被阻隔在时间之外
保留着动乱年代的风采 ①

灰色的制服和倦曲的容态
一只眼
会有一个完整的未来

---

① "风采"，《戈麦诗全编》作"丰彩"。据《核心》抄稿改。

3. 光明

光明在记忆里　从天堂
被我们带回人间

4. 旧矿山

谁想改变脚下的土地
谁最先走出贫困的港湾
旧矿山　我温暖的家园

5. 过去

过去是一片可怕的湖泊
生活的剑将我们彼此分开

6. 白洋淀

在旧家具贫穷的曙色里
洁白的村落诞生了
你和你的书包
你的爱情，你的理想，你的疾病，你的强盗

7. 人

有的人陷入阴凉的回忆
有的人沉入痛苦的骨骼

有的人守坐在汉白玉的天井内
悲悯命运
有的人选入洁白的课本
成为祖国美丽的花朵

8. 电光

苍老的极地之夜
毕丘克山巅纷飞的电光
几个人的声音
总是如此的飘忽不定

1988.12.25

人　群

反光镜的眼里 ①
聚集为一簇蜡烛的白焰
真实的桌布上
圣诞节夜晚松散的眼睛

1988.12

---

① 1989年抄稿此行及下一行作："反光镜中 / 聚集为一簇的蜡烛的白焰"。

未完成诗章 ①

多少人　用空洞的眼光
谈及马匹　白骨里
我们　出生的痕迹

多少人　用枯瘦的手指
描绘草原　深谷里
我们　呕出的盐粒

1988.12

---

① 《戈麦诗全编》诗题作"未完成的诗章"。据《我的邪恶，我的苍白》、漓江版《彗星》改。

第二辑　我的邪恶，我的苍白（1989）

望见大海

潮湿低矮的房屋①
沿着门隙间低回的光线
我望见大海

暗蓝色的旧军袍②
几块发锈的夕阳
打碎我

仿佛另一种欢乐
被无数礁石的脊背阻隔
我望见大海

1989.1

---

① 1989年抄稿"房屋"作"木屋里"。
② 1989年抄稿"暗蓝色"作"暗蓝"。

根　部

丝绸品隐约显露的丰腴的瓷膏 [①]
手术台光线和形体的全部欲望

1989.1

---

① "瓷膏",《戈麦诗全编》作"唇膏"。据1989年抄稿和《核心》抄稿改。

愿　望

果子腐烂了
黑沉沉的天空 ①

1989.2

---

① 1989年抄稿"天空"作"夜空"。

杯　子①

最后的酒
洒在红漆地板上的碎末②
使我们刷洗一尽的铅华
星星点点
盛在这只失败的瓶子底下

多少次酒后的失态
我们都已化作污泥浊水
苍白的脸从视野的边缘逃散③
纯洁的土地上④
重新站起的人儿
不属于我

欢乐的杯子不属于我
流泪的吉他不属于我⑤

---

① 1989年抄稿题作"残酒"。
② "洒",《戈麦诗全编》作"撒"。据1989年抄稿改。
③ 1989年抄稿在"视野"前多"我们"两字。
④ 1989年抄稿行首多"那"字。
⑤ 《戈麦诗全编》此行作"这只流泪的吉他",据1989年抄稿改。1989年抄稿原作"这只流泪的吉他不属于我",后删去"这只"和"不属于我",又恢复"不属于我"。

园后的琴声在响①

洁白的蜡在室内发光

美好的歌声，不属于我

角落里洁白的大理石像②

低着阴郁的额角

清晰可辨的睫毛

火光后装饰一新——

哦，每个季节的迟归者③

饮过夜的雨水和兽的血液

而今天我无法把最后的赐予喝干④

我的心盛满了罪恶

像毛玻璃里的酒

模糊成罪恶的一滩⑤

                                        1989.2

①　"园后"，《戈麦诗全编》作"最后"。据1989年抄稿改。
②　《戈麦诗全编》"洁白"前有"那尊"，1989年抄稿删去。
③　"哦"，《戈麦诗全编》作"我"。据1989年抄稿改。
④　1989年抄稿作："而我却无法把最后的酒喝干"。
⑤　"一滩"，《戈麦诗全编》作"一摊"。据《核心》抄稿改。1989年抄稿此两行作："我
　　的心像一滩酒／滴得遍地都是"。

孤　独①

孤独因为月深年久
终于成为可怕的海洋
凄残的雾②
从我的眼睑中退去
我的周围布满恶狠狠的海洋
无言的石头
一颗颗绛紫色的心脏
从我千年的死火山中
喷吐出来　仿佛冷郁的火
从地核的深处③
（语言不能到达的地方）④
炽烫着寒冷的烙印
那块可悲的石头
那片永无回报的海水
让我永远面对敌意——
蓝天冷漠的天光⑤

1989.2

————————————

① 1989年抄稿标题作"石头"。
② 1989年抄稿作"凄惨的雾"。
③ "从地核"，《戈麦诗全编》作"在地河"。据1989年抄稿改。
④ 1989年抄稿作"从语言不能到达的地方"。
⑤ 1989年抄稿此行及上一行作"让我永远面对蓝天的敌意／蓝天地那冷漠的天光"。

从沉默的纱布中

从沉默的纱布中
我抬起头
昏暗的灯光抬起头
我走向海滨
若明若暗的篝火
日夜缱绻的身形①
漂零在纸窗的后面

从沉默的纱布中
我抬起头
淤积的伤口抬起头
我走向海滨
无数美丽的栏栅②
白色的瞭望塔
在海的对岸③

1989.2

---

① 1989年抄稿此行及下一行作："幽静的纸窗后面／我日夜缱绻的身影"。
② 1989年抄稿此行作"走过了无数美丽的栏栅"。
③ 1989年抄稿"海"作"河"。

美妇人

从我童年的竹帘后闪过的
美丽的妇人
水磨石后清澈的面孔
叹息沉沉的　横卧在
被凝望得破旧的晚霞中
我脚下的路　无比柔软

子夜的独居中 ①
一件没有血色的衣裳 ②
如果一个人仍旧能够向往停泊 ③
我就是那盏标致的 ④
挂满四壁的灯盏
在你鲜艳的疲乏中　肆意开绽 ⑤

夜的暖雨侵袭着你的沙滩 ⑥
你甘愿成为一朵枯萎的花

---

① "中",《戈麦诗全编》作"是"。据1989年抄稿改。
② "衣裳",1989年抄稿作"衣衫"。
③ "仍旧",1989年抄稿作"仍"。
④ 1989年抄稿行首多"那么"两字。
⑤ 1989年抄稿"肆意开绽"单排一行。
⑥ "暖雨",1989年抄稿作"温雨"。

端坐为一尊年轻的菩萨

遂使我在这个世界只能成为^①

一株槐柳　在你

浓烈的泪光沐浴下追逐天空

稀疏的钟声在你眼睑中的纹理

敲响　我就是那座沉醉的钟

一只不停地让你摇摆我的心脏^②

1989.2

---

① 1989年抄稿此行及以下两行分作四行："遂使我在这个世界里 / 只能成为一株槐柳 / 在你浓烈的泪光沐浴下 / 追逐天空"。

② "摇摆我",《戈麦诗全编》作"摇摆成"。参1989年抄稿改。1989年抄稿本节作:"稀疏的钟声敲响 / 你眼睑中的纹理敲响 / 我就是那座沉醉的钟 / 一生中不停地 / 被你摇摆我的心脏"。

迎着早晨的路

早晨的路
像一位失散多年的挚友
在晨光染湿了梦的时候 [①]
打开了我房屋的门 [②]

我终究能够像一个
漂泊多年的大地的儿子
又一次见到了出生的早晨
一只毛色松软的玩具小狗
舔着微曦中干枯的草
阳光下的雪在融化 [③]
冷漠的心在融化 [④]

这些年——我在哪里
不见早晨的林子　早晨的雾

1989.3.4

---

① 1989年抄稿删去行首"在"字。
② 《戈麦诗全编》"房屋"前无"我"字。据戈麦自编《彗星》、《核心》抄稿加。1989年抄稿此行作："打开了我的门扉"。
③ "融化"，《戈麦诗全编》作"溶化"。据1989年抄稿改。下行"融化"同。
④ 1989年抄稿最后三行作："冷漠的心在融化　这些年 // 我在哪里　不见 / 早晨的林子，早晨的雾"。

安 外

也有一个时候
我也在这褪色的墙边
紫藤萝蔓延到花亭的上缘

而今天我在一个陌路的地方 ①
一样的围墙　一样的路 ②
风一样的小 ③

1989.3.4

---

① 1989年抄稿此行作"今天在一个陌生的地方"，上面无空行。
② 1989年抄稿空格作逗号。
③ 1989年抄稿作"风儿一样的小"，下面多一行："一个人又能做什么"。

记　忆

很长时间我几乎忘记
手掌大小的一张　抽搐的脸
今天它又在那里微笑
释放着对我的摧残

很长时间没有单独
一个人走进树林
踩着金币般的叶子
把自己融化成一抔血水 ①
总是，慌忙地关起门窗
空气污秽不堪　很长时间
林子外高高的红墙上
几颗孤零零的钉子
保持着原来的位置
没有，一直没有
目光，和他们相遇

请交还我吧
一张通往夕阳的证件

---

① "一抔"，《戈麦诗全编》作"一杯"。据戈麦自编《彗星》、《核心》抄稿改。

只要我的青春在地下不死
只要我的未来不被剥夺
我不会忘的
这张色彩斑斓的畜皮^①

1989.4

---

① "畜皮",《戈麦诗全编》作"兽皮"。据戈麦自编《彗星》、《核心》抄稿改。

在春天的怀抱里去逝的人 [①]

这一天　阳光也结成蛛网
我们来到深渊边缘的桥上 [②]
山谷中轰隆而过的野猪
是人们在过去各个年代的身影
这一天按照它早已预谋妥当的方式
出现在堆满死胎的阴沟
披散着头发　铅灰色的草
惨白的骨屑横飞的地方　他的脸
标明一种屠杀的梦
没有肉面对颤栗者的心瓣
却恣意地笑着　嘴上挂满了唾液
沉沦的躯体　这个想要飞跃的人
直勾勾地盯着骨质燃起的火

当一种绵软的什物触摸着我的背部
这一天　来得这样的准
我收拾好冬天干洁的棉被
春天的痢疾就已在天边溢出

---

① "去逝"，《戈麦诗全编》作"去世"。据戈麦自编《彗星》、《核心》抄稿改。
② "边缘"，《戈麦诗全编》作"边上"。据戈麦自编《彗星》、《核心》抄稿改。

从土地干裂的脸上

我没有料及快乐如此狰狞

火焰的周围布满了干涸的眼

热爱舌头的人

走近明晃晃的钩子①

用乳房温暖着阴凉的梦乡

你就是那些乳房和钩子

渴望火　红色而冰凉的火

当脱离蚕蛹的飞蛾在春天绵软的

怀抱里拥抱着火焰

无数大肠杆菌沉睡的时候

我被一股墓板下的腐味

惊醒　狗群像云一样

逃进了天边的深渊

1989.4

---

① "走近"，《戈麦诗全编》作"走进"。据戈麦自编《彗星》改。

风

风打在领子上
领子　躲闪不及的温暖

秋天还没有到来
枯黄的叶子在风中打转

在风中　我回想着
并且歌颂
我的邪恶
我的苍白

1989.9.18

深　夜

深夜　我对着一只
沾满星光的盆

遥远的时间的岸上
白衣峨冠的道士
载渡着不愿生活的人

当我把手伸进夜空
雾就纷纷落下

我不能拯救
我的疑虑在空气中延伸

1989.9.18

无　题

有几次　我把
碗　扣在未成熟的栗子上
云彩就慢慢地横趄过来

谁热爱端坐者的梦
可果心里的橙子
总在疑惑深处
瞪着灯

我常常想起微笑
或许这样　就可以腾空
像　一罐异族人的火

唉！左右的砝码摆平时
心在嗷嗷地叫喊
有谁曾来到这间空荡的门
一团漆黑的火晃着

1989.9.20

遗　址

那个被哀悼的地方
虫和鱼还在疯狂地长
几具怪兽的形状中间
暗蓝的火还在跳

多少个春天了
我还是不能相信失败
雨就这样打在路上
雪流成了河

每当衰草一次又一次
从北方　寒冷的中心
成群地涌入谷地 ①
旧舍的地基又一次

坏了，我来到这里
同样不是黄昏
时间的船停在海上
沉闷又苍茫

1989.9.21

---

① "涌入"，《戈麦诗全编》作"涌进"。据戈麦自编《彗星》改。

生　活

生活制造了众多的厌世者
一代一代的　无休止的
敲打着饥饿的钟

我摊开双手
一边是板块僵硬的尊严
一边是不由自主的颤动

1989.9.25

方　向

星体均匀地在走
蛐蛐尖利地鸣叫

如果我是中心
恐惧是布满精神的房

一块石子
不能走向心的方向

昆虫的脸悬在线上
友谊和仇恨的桥梁

1989.9.25

罪

光束打在木茬耸动的案上
无数个尖嘴的兽拱着
白布后风吹起的球
砸碎的鸡骨没有罪

那些堆满棉垛的花园
放火烧荒的时候
呆立的柱子没有罪

目击者惊奇的目光
扫在挨饿着的儿童
幼小而荒凉的秤上
空白的废纸没有罪

1989.9

不是爱

埋在泥土下那枯萎的秧子
农夫粗犷强壮的手
向往着稻谷满仓的岸
不是爱
在雪白的冰雹天气里
狂奔

啊，母亲慈祥的手
抚摸着儿童痛苦忧伤的头①
不是泪
河上那滚滚的坟
在肮脏的梦里
狂奔

恋人们　生动的遗像
贴在黎明破碎的窗上
一个男人嘶哑的喉
不是恨
泪在铺满泥土的桌布上
　　　滚

1989.9

---

① "忧伤"，《戈麦诗全编》作"忧郁"。据《核心》抄稿改。

秋天来了^①

秋天来了　秋天挪着脚
我不在那一片烧过的白桦林
呵，其实草才刚刚长出来

我一直想欢快地奔走
在那一片闪动的金黄^②
又是秋天　野鹿

成群地从山冈上爬过去
像秋天的身影
不会这样快，不会吧？

秋天它挪着脚^③
典卖着大地上的废物
成群的野鸽飞了满天^④

1989.9

---

① 又题"不会这样快"。
② 《戈麦诗全编》此行作"那一片片闪动的金黄"。据戈麦自编《彗星》、《核心》抄
　稿改。
③ 《戈麦诗全编》"秋天"后无"它"字。据戈麦自编《彗星》、《核心》抄稿加。
④ "飞了"，《戈麦诗全编》作"飞"。据戈麦自编《彗星》、《核心》抄稿改。

九月诗章①

手和手　在血脉中了解
不能像梦一样
渺远，亲切

物，总是停留在岸上
像赌场上一枚
多情的母钱

秋天的雨下个不停
不停，带着刚刚结成的
刀子，撒下的花针

我又一次走在垄上
远处是收割后的麦场
我双目紧闭

想起枪　给过我无数次②
欢乐之夜的虹

---

① 曾与下一首《十月诗章》一起刊于《启明星》第19期（1989年12月18日），署名"戈麦"。
② 《戈麦诗全编》"我"作"秋天"。据《启明星》第19期、《核心》抄稿改。

我经常守着一捆苞谷①

我错了：里面不含有
实质的理念，比如植物的根
我错了，因而我惋惜

雨雪交加，在远方
一道道坚实的雾，路，
分割掉多余幸福的湖

眨着空洞的双眼
猴子，田野上飞动的鹰
每当我趋近一种

死亡境地时就会看到②
一张坚实的脸　倒映在水里③
一圈圈扩散　我不是祖辈

是多年的梦里减掉的光④
落在树上　看遍了季节
在针叶拥簇的缝间⑤

---

① "苞谷"，《戈麦诗全编》作"苍谷"。据《启明星》第19期改。
② "看到"，《戈麦诗全编》作"要求"。据《启明星》第19期改。
③ 《启明星》第19期行中空格作逗号。下行同。
④ "减掉"，《启明星》第19期作"剪掉"。
⑤ "拥簇"，《戈麦诗全编》作"簇拥"。据《启明星》、《核心》抄稿改。

看遍了大雪中复生的
牧羊人，羊群从这里经过
像草地深处白蚁的群落①

我不能失去树
那些土地曾深陷过我
还有岩石　疯狂的爱

我的宿命就刻在崭新的崖上②
有多少果实的生成③
就有多少岩石的坠落

野蔓生存在寺院深处
就像夜背着阳光
我自信，但却在睡梦中想

少一些，再少一些
落在教士背上的毒
少一些，再少一些

我谦卑地活着
不曾狂想　只是
正午圆镜外滚动的光束

---

① "深处"，《戈麦诗全编》作"伸出"。据《启明星》第19期改。
② "崖上"，《戈麦诗全编》作"壁上"。据《启明星》第19期改。
③ 此行及下一行，《启明星》第19期作"有多少果实的堕落 / 就有多少岩石的生成"。

光亮上浮着囚禁者飞动的衣裳

红色法衣的长老

指着深夜沉吟的琴说①

你就是月光②

肺会老的

并非总是烟炉……③

1989.9④

---

① 《启明星》第19期此行作"指着海底沉吟的琴源"。"源"疑误排。

② "月光",《戈麦诗全编》作"日光"。据《启明星》第19期改。

③ 省略号据《启明星》第19期加。

④ 《戈麦诗全编》此诗写作日期误作"1989.5"。据《核心》抄稿、《启明星》第19期更正。

十月诗章

在九月，我怀恋八月 ①
八月，装裹着河水的纪念
还在山花烂漫的时节

我背叛着诺言
红叶聚集着山冈
时光，该去了

带着久已淡忘的墓园
一把把废弃的锄
和装满絮纸的空空钱袋

我不想步入十月
十月多冷
有那么多严峻的山

那么多凌厉的爪子
和凋败过的花园
那么多醉倒后的梗

---

① 《启明星》第19期作"在九月里　我怀恋八月"。

十月，有谁在风中
唱　有谁在梦中哭
有谁珍藏着死者的衣服

多少次　我告诫自己
别站在风里
别把泪洒在粪上……

1989.9—10

生活有时就会消失

我想生活有时就会
消失　像秋末的田野上
几根干枯的草
这里　没有瘟疫
也没有弯曲的角斗场
可阳光打在冷霜的叶子上
红褐色的幼鼠在草丛里颤

有时，生活就会消失
像荒凉的山丘上
两根白色的杆
我刚刚把廉价的手掌伸出
大片的黑云就涌上伙伴们的头

生活消失了
于其他的事情并无妨碍
世界像两只可怜的鸟
我趴在高高的云上 ①
看着她们低低地哭

1989.9—10

---

① 《戈麦诗全编》"云"后衍"踩"字。据戈麦自编《彗星》改。

死亡者的爱情

也许　我就是死亡者的岛
一个访问者随行的夫人
像另外一个世纪里
被我疯狂爱过的情人
我不能容忍她健康地活着
像一件脱销的商品
赫然排列在杂志的窗口
招摇过市　轻艳的唇
和光洁的笑　都像是剑
使我重新倒向一排排
热望　我细心地埋葬过
火，着了，着着铅白色的灰①

1989.10.5

---

① "着着"，《戈麦诗全编》作"燃着"。据《我的邪恶，我的苍白》改。

冬天的热情

冬天的雪花撒向花园
凝冻着故事中两只僵硬的
鸽子：少年时代心灵的象征

想象的硫挥发在雾中
金属和金属相遇
记在心里的光已被带走

我默默记下经过窗下的人
采着满手鲜花的人
唱着旧爱尔兰歌曲的人

默默地采集着石头
用冷酷而残忍的景象
一遍遍塑着未来的时光

1989.10.6

一个人

一个人生活在自己的语言里
一个人生活在自己的水中

一个人生活在星星尖锐的光里
一个人生活在他人善良的心中

我把智慧的网铺平在亲人们的路上
当然可以收获廉价的食粮

可我把有甜味的碘酒染在衣袖上
远处传来有泪的海洋

1989.10.7

女 人

一只手挽起的母鸡细长的脖颈
放在地上
干净的床单上一堆讨厌的笑

1989.10.7

我知道，我会……

我知道，我会……在
那个翘起的早餐的边儿上
去……我知道，你不会
趁，夜空又一次合上眼皮

之前，把我偷走，我知道

石头里那两颗扭着身子的星
还在西西里亚的风中，可怜
而美丽的人，还在？风
刮着冰凉而温柔的鱼漂，还在

吗？黑黑的夹克皮内，还在

我知道，从我走后，你
分散为一片片相似的花叶
哪一个是，我喊，花叶一瓣
一瓣地消失，消失的血泥

1989.11.24

白 天

月光下沸腾的马圈

一匹匹赤裸的马

并排站着　相互瞪着眼

最远的一匹　听到

最近的一匹

　　　　　疯狂地打气

最近的一匹　闻到

最远的一匹

　　　　　滚烫的呼吸

1989.11

开始或结局 [①]

让我带着另一个人，以
另一张面孔，走进你
用另一块苦心，在另一个
半边风雨的天气，走进你

带着另一座星球的爱
我将重新刻一个人

刻上一缕缕胡须
一股白色的烟
一瞥有捌角的眼神 [②]
波浪翻滚的手，指尖 [③]
一阵阵清晰的晕眩

1989.11—12 [④]

[①] 标题据《我的邪恶，我的苍白》目录，正文中标题为"开始"。
[②] "捌角"，即"八角"，作者故意用"八"的大写。"八角的眼神"指眼神迷离，目光不聚焦。
[③] "指尖"，《戈麦诗全编》作"指头"。据《我的邪恶，我的苍白》改。
[④]《戈麦诗全编》写作时间署"1989.11.12"。据《我的邪恶，我的苍白》改。

弱音器

弱音器，我仔细翻阅
过去的书笺，在
一种甜甜的回味中咀嚼①
是的，我曾憎恨
怀抱着熟透了的瓜果
我曾憎恨天边的云

这种负疚的基因
排列成一朵好看的字母云
我不知怎样丈量一个直角　形象和实物
都像过去的一个梦　梦中的
长着雪白牙齿的仆人
在早上的楼梯上丢落的铜币

弱音器，我喉咙里的幸福
斗室中不散的烟幕
女演员鲜红的嘴
在夜幕中行走

1989

---

① "回味"，《核心》抄稿作"回音"。

记 忆①

我抚摸着颗颗静默的蜡像
渴望成为一尊石膏

很久的期待
我都在注视着石像
它反射出的洁白的光泽
让我想起传说中的白玉米

长着火红色长长的叶子
白玉米，你冰洁的身子
而我　却在现实中狂妄着
驯良得如一只转动的时针
准确而威严

1989

---

① 底稿标题污损，编者据现存目录所加。

游　泳①

连续几个开裂的夜晚

我在窗子的水汽上行走

台布上淡蓝的花瓶

咀嚼我馨馥的笑

我的意志平衡在空中

有时它翻转过来

像一只飘浮在黑暗中的环

而骨骼从肌体里滑出

游出我所控制的领地

连续几个晚上

我的肉体被大水冲散

我独自在空旷的水面上行走

一种骄傲灌输到花白的水上

种子从时间中逃走

像一把焚烧过的泥土

劫走整个夜晚暗红的火焰

---

① 曾收入《核心》《我的邪恶，我的苍白》，以及西渡编《太阳日记》(南海出版公司
　1991年版)。

我制造着——下一个春天
子宫中上升的形体
毒药一般，腐蚀着我
犹如骄傲
腐蚀着胜利者的神经

1989[①]

---

① 此诗现存抄稿均未署写作日期，漓江版《彗星》、《戈麦诗全编》署"1988"。根据风格和它在《核心》和《我的邪恶，我的苍白》中的位置，作1989年较为可靠。

美术馆 ①

生产阴谋的灌木丛
在阳光下变幻着嘴脸

1989

---

① 底稿标题污损，系编者据现存目录所加。

逃亡者的十七首（节选）①

1. 在北方　我第一次
   向往过一种火一样的生涯
   我渴望成为树
   渴望成为另一种语言
   背对楼群上空孩子的呼喊②
   聆听一千种笑

2. 桌上的灯摆在摇
   我不能去拉开它
   一种致命的光线刺穿我
   仿佛长久的怀疑　我的眼睛
   染上了一层鳞质的病痛
   友谊，这湿漉漉的药
   像一枚金子
   在我身后的转椅中
   露出狰狞的光

---

① 曾收入西渡编《太阳日记》(南海出版公司1991年版)。本篇全稿已轶失，现有七
节录自《太阳日记》。
② "背对"，《戈麦诗全编》作"背对着"。据《太阳日记》改。

3. 没有人会崇拜椅子①

　　在房子里静坐一生

　　椭圆形的桌子　成群的蛾

　　负离子在空气中漂浮

　　地板上的疟疾

　　干枯而肤浅

　　不危及我的生存

4. 夜的海藻鱼一样左右摆动

　　一个微小的数字

　　摄氏温度　在我骨髓的深处

　　滋长　你和我

　　屹立于梦中的盐碱地

　　仿佛世界最后的婴孩

　　石英的光　寒冷的星球

　　苍白而遥远

5. 冰雪夜，我灰白色的风衣

　　被许多人记住

　　从此他们永远寓住着我的房间

　　一块块铅质的秤砣

　　从一扇门到另一扇门

　　有这么多的星宿

　　这么多的失败者

---

① 漓江版《彗星》、《戈麦诗全编》"崇拜"前无"会"字，据《太阳日记》加。

6. 如此众多的石头
　　我尽可能仰视他们
　　一副副没有尊严的面孔
　　砂石围成的湖泊
　　里面堆满了猫的爪子
　　我想消耗它们
　　另一些则留到明天
　　一定的，也绝不放过

7. 我没有走进梦里
　　只是一转身
　　绿色这样快地
　　征服了所有懦弱的树
　　一种无法挽回的损失
　　射中我　这是四月
　　每个人在自惭形秽
　　路边的树匆忙得使人
　　不能相信枝头的花朵

1989

打麦场

悲伤的日子　和麦穗
一起　晒在一块崭新的打麦场
那些闪光的麦芒
反射着麦种痛苦的黄金

一根空空的麦秆中
一只被捕获的蚊子梦见
徒步走向麦垄的人
高喊：生命太长

啊，生命太长
面对一架嘹亮的打谷机
我曾问过
还会有几次

一排排欢快的金子跳着唱
"没有几次，没有几次
只要有阳光锋利的牙齿，同样
不能把一半——扔在路上。"

1989

叫　喊

那不属于我的
　　永远不会属于我
尽管有每一轮皎洁的月亮升起
　　血在不停地流
尽管有鸟儿站在高高的树上
　　说：你是人

能把一个人打倒的，很多
　　一枚法国邮票，一页账单
微笑在早晨醒来
　　戴着卖鱼人腥臭的草帽
在雨中，装成
　　温文尔雅，快乐的燕子

人，是靶子，是无数次失败
　　磨快的刀口，没有记性的雾
塑料，泥，无数次拿起
　　又放下，狂笑着的鸡毛掸子
脱产，半脱产，带着奶瓶子
　　走进技术学院的，半个丈夫

1989

渡　口

我想往回走
那些伫立着的石像
如今充满危险的树丛

我想往回走
冰一样的剑铺满狭小的路
时间的冰　冻结着石间的空地
空地沿着坚硬的光

在碱没有遮住的地方
只有睫毛的烟
抚养着梦幻的儿子
那是石器时代的摇篮

我想往回走
哪里有指引灵魂的路
岛，是幻灭了的建筑

我，又不是桥
不能载渡别人的一生①

1989

---

① "不能"，《我的邪恶，我的苍白》作"不可能"。

夜晚，栅栏

白昼将夜晚　分割成 ①
洁白的栏栅，夜晚
将栏栅，分割成歌女
碎裂的双眼
　　　　　我的欲望
停留在梦的前沿　一颗
闪动的烟头　丢在树下
点燃黎明惺忪的雾霭

1989

---

① 《戈麦诗全编》此行向左突出两字排版。现据《我的邪恶，我的苍白》调整。

疯 狂

空闲的梦　驶过一辆
空闲的独轮车，一群孩子
洗着一块空旷的广场
成群的云朵盘旋在磁带的上空
是疯狂，在正午的边缘
面向你们，举出僵直的手

我的背后，一场大火
烧坏的破旧的墙垣上　飞动着
一条疯狂的影子　仿佛
老祖母临死时看到的开阔地
疯狂，她踩着圆圆的圈
抖动着松弛的皮肤，跳着绳！

1989

圣马丁广场水中的鸽子 ^①

圣马丁广场我水中的居留地
在雨水和纸片的飞舞中
成群的鸽子哭泣地在飞
环绕着一个不可挽回的损失 ^②

圣马丁广场，你还能记得什么
在雨天里我留下了出生和死亡
在一个雨天里，成群的鸽子
撞进陌生人悒郁的怀里

那些迷漫到天边的水，码头和船只 ^③
不能游动的飞檐和柱子
在天边的水中，往何处去，往何处留
在湿漉漉的雨天里，我留下了出生和死亡

我不愿飞向曾经住过和去过的地方
或是被欢乐装满，或是把病痛抚平

---

① 曾收入西渡编《太阳日记》(南海出版公司1991年版)。
② 《太阳日记》作"飞舞，环绕着一个不可挽回的损失"。
③ "迷漫到"，《戈麦诗全编》作"迷漫在"。据戈麦自编《彗星》《太阳日记》改。

中午和下午已被一一数过，现在是
雨水扩充的夜晚，寂寞黄昏的时刻①

1989.12

---

① "寂寞黄昏的时刻"，戈麦自编《彗星》作"肃杀寂寥的黄昏"。

家①

　　我要抛开我的肉体所有的家
　　让手腕脱离滑润的臼口
　　让指甲聚集
　　聚集成一片闪亮的盔甲

　　我要抛开我的肉体所有的家
　　让毛孔变得结实
　　让一切善良的脂肪
　　在每一块白金上锈着瘦小的花②

　　我要抛开我的肉体所有的家
　　让骨头逃走，让字码丛生
　　让所有细胞的婚恋者慢慢成长
　　就像它们真正存在过那样

　　我要抛开我的肉体所有的家
　　重新回到一万人的天堂
　　在那里，摆上灵魂微小的木偶
　　摆上一颗颗粉红色蹩脚的象牙

1989年末

---

① 曾收入西渡编《太阳日记》(南海出版公司1991年版)。又发表于《一行》(纽约)
　 总第16期 (1992年4月)。
② "白金"，《一行》误作"巨金"。

二十二 ①

一把剪刀，很可能是一段绳子
或绳子上走动的结，像婚姻的蛇
悬挂在临时法律的线上
法律的围杆，忽近忽远

在我生命短暂的二十二年中
肯定有许多人恨我，恨得
像一盆水，像竹筒上的油渍
灰色的斑，沙土下的罐头盒

二十二颗秤杆上的银星，一边
压着空心的数量，一边猜测
二十二，很可能是一个命令的终点
我躺在床上反复考虑着它到底代表着什么

1989 年末

---

① 曾收入西渡编《太阳日记》(南海出版公司1991年版)。

誓　言①

好了。我现在接受全部的失败
全部的空酒瓶子和漏着小眼儿的鸡蛋
好了。我已经可以完成一次重要的分裂
仅仅一次，就可以干得异常完美

对于我们身上的补品，抽干的校样
爱情、行为、唾液和远大理想
我完全可以把它们全部煮进锅里
送给你，渴望我完全垮掉的人

但我对于我肢解后的那些零件
是给予优厚的希冀，还是颓丧的废弃
我送给你一颗米粒，好似忠告
是作为美好形成的句点还是丑恶的证明

所以，还要进行第二次分裂②
瞄准遗物中我堆砌的最软弱的部分③
判决——我不需要剩下的一切

---

① 曾发表于1992年10月25日《北京大学校刊》，后附西渡短文《关于戈麦》。
② "分裂"，《戈麦1989年底存诗》《北京大学校刊》作"判决"。
③ "部分"，《戈麦1989年底存诗》《北京大学校刊》作"部位"。

哪怕第三、第四、加法和乘法

全都扔给你。还有死鸟留下的衣裳^①
我同样不需要减法，以及除法
这些权利的姐妹，也同样送给你
用它们继续把我的零也给废除掉

1989年末

---

① "全"，《戈麦诗全编》作"全部"。据《北京大学校刊》改。

岁末十四行（一）①

一年中最刺人心肺的季节
我仍然在黑暗中将自己翻阅
那颗在寒冷的气流中发颤的头
是我，满含两眼的积雪，白光灿灿

我的目光就像一把零乱的铁丝
它零乱地难以聚拢到合适的位置
小巧的花椅上的座位早已空了②
在那里波动着，有时还有点儿坚硬

我的心凉了，像冬天的铧犁③
翻动着土地深处沉积的石块
在黑夜中掩饰住深深的不安

在每一个世纪即将结束的时候
总要有很多东西被打入过时的行列
我的心凉了，从里到外

1989.12

---

① 曾收入西渡编《太阳日记》(南海出版公司1991年版)。《诗刊》1989年第7期发表
　大仙《岁末十四行》(三首)，戈麦在一个笔记本中抄录了这三首诗。可能正是大仙
　的这组《岁末十四行》激发了戈麦写作本诗及以下两首诗的灵感。
② "已"，《太阳日记》作"已经"。
③ "铧犁"各本均误作"桦犁"。经褚福运先生指出并改正。

岁末十四行（二）

我被警告过，像那过去街市的栅栏
绵延到一定的时候，向右转
我那积存的行旅和破绽，都已长高①
可连结着骨架结合处的勇气，还是那样矮

爱情呵，还是那样遥远
像雪天中白茫茫的大幕后的风筝
有许多情节早已让许多人说过
锡箔所包裹的盒子再也不愿打开

世人眼神中的尘粒，不可能相比
比出这一段岁月中最黯淡的人
有许多言语别人早已讲过，长长的信
长久的孤独。我不是一个嗜好语言的人

也不想和年龄作战
一寸一寸，退向生活最后的山谷

1989.12

---

① "积存的行旅和破绽"，《戈麦诗全编》作"积存在行旅的破绽"。据戈麦自编《彗星》
改。

岁末十四行（三）

我的小天使走了，我的小木屋废了，
我的小炉子被岁月封了，我的青春没了。
我的小兄弟火了，我的小孔雀飞了，
我的可爱的光阴的衬衫在电杆后一闪。

我的痛苦的道路笑着，我的坎坷的
未来直着，我把我剩余的力量
抱着，我把它打开，盛砂的铁壶
漏着，发觉早散落了一半。

那个冷酷而无情的人在哪儿？
我的白昼的光和黑夜的寓所在哪儿？
那个闪光的形象在哪儿？
我的明媚的视觉和脑中的拳头在哪儿？

她背对着我，背对着我
装作一声不吱，一丝不知

1989.12

残　句①

一定会有这样一个时刻
绿衣覆盖了人迹所达的任何一个山冈
你手持一枝火红的天竺花
从风中反复地走来又飘去

---

① 见于1989年前后戈麦使用的一个笔记本（与"1989年抄稿"为同一个笔记本，但
这四行单独抄在笔记本倒数第2页上），写作时间不详，根据笔记本中抄录的其他
诗作，推测当作于1989年初。

第三辑　献给黄昏的星（1990.1—1990.6）

死亡诗章 [1]

从死亡到死亡
一只鼬鼠和一列小火车相撞 [2]

在这残酷的一瞬
你还能说什么——

一团水中的火焰
在夜色中被点燃
急猴似的掠过白碱一样的海面

在这火辣辣的一瞬
两片肿大的肺
在洁白的被单上轻唱着

你还能说什么——

从死亡到死亡
一生中所有的果实 [3]

---

[1]　曾发表于《一行》(纽约)总第16期(1992年4月)。
[2]　"鼬鼠",《一行》误作"鼹鼠"。
[3]　"果实",《一行》作"果子"。

被一只只邪恶的手
催化成熟

氧气在燃烧
一张张干枯的脸
搅进灰白色的漩涡

有人在空中打分
石灰石的牌位
爬起又跌倒

一颗颗奸淫的火星
从未亡人的脸上飞过 [①]
尖叫着："一辈子！"

从死亡到死亡
一道雪白的弯路
行走着一小队雪白的兔子

一支灵魂的小乐队
用白布缠裹着脚
从死者婴孩般的躯体中
露出尖尖的头

1990.1

---

① 《一行》"飞过"后衍"一"字。

谨慎的人从来不去引诱命运

谨慎的人从来不去引诱命运
经常把自己打扮成一堆细碎的髑髅
从头到尾，用一根锃亮的钢针
穿成一小圈直立的白灰一般的小人

这个景象就像在最孤寂的夜晚
指尖上的上帝直接面对两只操刀的蚂蚁
的质问，一条驯良的狗
垂着刺刀一样的舌，带来爱情

像一个法官的儿子，从采石场的坑中
一锹一锹，铲掉石子表皮的灰尘
像一辆无用的马车驮来一筐筐无用的果壳

今夜，我面对镜子中自身未来虚幻的景象
守在我所度过的岁月最危险的前沿
无需多问，我就像是一个谨慎的人

1990.4.10

黑夜我在罗德角，静候一个人

黑夜我在罗德角，静候一个人
黑夜像一片沉默的沙子填满了高悬海面的岸
成千上万的克里特人曾经攻打一座孤独的城
现在，成千上万的沙子围困一颗破碎的心

此时除了我，不会再有什么人在等候
我就是这最后一个夜晚最后一盏黑暗的灯
是最后一个夜晚水面上爱情阴沉的旗帜
在黑暗中鞭打着一颗干渴的心沿着先知的梯子上下爬行

我所等候的人一定不是感情冷漠的人
蒙着一团湿漉的衣服像沙漠上的一团炽烈的火
她所稔熟的艳枝早已向死者们奉献 ①

在罗德，星星斜着忧伤的尾巴挂在天空
我倚着空空的躺椅还在等候着什么
像山坡后一株草其实并没有静候掠过他的那一阵干燥的风

1990.4.10；4.15

---

① "稔熟"，《厌世者》第1期、戈麦自编《彗星》均作"稔就"。编者酌改。

雨后树林中的半张脸

雨后的树林一定有什么事物丢失
一连串砂砾一样的雨滴
像天空的肥叶挤出的汗渍

在这个时辰，我听从了神祇的召唤
从事物的核心翻到栅栏的外面
不带有丝毫苏醒的浑噩和惊奇 [1]

其实那只是一道断线的水珠和一圈阳光
一同照亮了一棵闪电的刀痕
我看到一丛树叶的后面半张隐藏着的脸 [2]

阴暗得透明，雨水像一层白布，把它
包裹得像尊蒙纱的神像 [3]
半边让水照着，半边让水吸着

其实，在我走进雷雨之前，也就是
在闪电划过窗玻璃之后
一直有一个白色的影子在林中晃动

1990.4.10

―――――――――

[1] "浑噩和惊奇"，《戈麦诗全编》作"浑噩与惊奇"。据《厌世者》第1期改。
[2] 《戈麦诗全编》"树叶"后无"的"字。据《厌世者》第1期加。
[3] "尊"，《戈麦诗全编》作"一尊"。据《厌世者》第1期改。

未来某一时刻自我的画像 ①

不能说：这时候的我就是现在的我
一块块火红的断砖在我的身后峭立着
而我像一根一阵风就会劈倒的细木 ②
也不能说：这时候的我就不是现在的我
一根放在厚厚的棉絮上的尺子
与棉絮被抽走后留下的长度，不同

累积病患者的需求像磁罐中的物品
不是被拿出，而是掷进后，如今准备了结
一枚枚幽魂般的硬币，在黑暗的光中
依次走出，每一次被隐藏得很深的顾虑
如今已被纷纷抖出，像魔术师
口袋中的鸽子，纸牌和鲜花，像魔鬼

像一笔坚硬的债，我要用全部生命偿还
我手中的筹码，由于气温过高
或自身的重量，飞了起来，云一样
像顶外星人的帽子，始终盛载着

---

① 曾发表于《一行》(纽约)总第15期(1991年10月)。
② "就会"，《戈麦诗全编》作"就能"。据《厌世者》第1期、戈麦自编《彗星》、《一行》改。

我在那里面藏匿的所有情感和欢乐

有时我能在夜极深的时刻听到里面不停的抱怨[①]

这些运动发生的时候，帽子中空无一物

我梦中的手，现实中的银行，空无一物

这样，生命就要受到结算

草秆上悬挂的腰被火焰一劈两半[②]

两只眼睛，一只飞在天上，一只掉进洞里

我是唯一的表演者，观众们在周围复仇似的歌唱

1990.4.10

---

① "不停的"，《戈麦诗全编》作"不停地"。据《厌世者》第1期、戈麦自编《彗星》改。

② "草秆"，各本均作"草杆"。编者酌改。

献给黄昏的星 ①

黄昏的星从大地的海洋升起
我站在黑夜的尽头
看到黄昏像一座雪白的裸体
我是天空中唯一　一颗发光的星星 ②

在这艰难的时刻 ③
我仿佛看到了另一种人类的昨天
三个相互残杀的事物被怼到了一起 ④
黄昏，是天空中唯一的发光体
星，是黑夜的女儿苦闷的床单
我，是我一生中无边的黑暗

在这最后的时刻，我竟能梦见
这荒芜的大地，最后一粒种子

---

① 曾发表于《一行》(纽约)总第12期(1990年12月)、总第13期(1991年4月),《尺度》
　创刊号(1991年1月);收入《超越世纪——当代先锋派诗人四十家》(山西高校联
　合出版社1992年版)。
② 戈麦自编《彗星》无行中空格。
③ 《一行》作"在这艰难时刻"。
④ "怼",《一行》总第12期作"掺"。"事物",《一行》总第13期误作"失误"。

这下垂的时间，最后一个声音

这个世界，最后一件事情，黄昏的星①

1990.4.11

---

① "最后"，《戈麦诗全编》、《厌世者》第1期、《一行》、《尺度》均作"最后的"。据
戈麦自编《彗星》改。

我在她心中的位置

我在她心中的位置
已经被涂抹成一团凌乱的墨迹
我在她心中，犹如别的女人
不小心落在一个鳏夫荒芜的头上

她曾推开我们之间年龄的栏杆
用抗老霜涂满丰满的胸脯
而她的手像一根长长的白线
不停地从我意识的深处抽进抽出

而我内心的轴啊，曾经疯了一样
不停地围绕着爱情的工厂，不停地转
我白天一样的幻象像一秒钟的光
照亮过工厂四处荒凉的墙

而我在她心中的位置
已被另一个形体的权利深深地覆盖
我只能重新回到充电的发电机的暗处
期望一个大雪天真实的景象重现

1990.4.11

爱情十四行

黑夜。苦水。照耀中的日子。
早晨的花。一个瞎子眼中的光明。
苍白的脚趾。苔藓。五行血的歌子。
死者喉中翻滚的话语。
不知名的牺牲者。残废的哑巴。
马背上的道路。城垣。荒凉的沟渠。
火把。稻种。拉紧的帆。
狂风。大雪。锋利的刀具。
阴暗人的谷仓。僧侣和寿命。
缺口。灵车。一堆野火的记忆。
背时的道德。屈从于失败的事业。
沙土下的鸡。欺骗命运的分歧。
环形的海岸。折断了的光。
希腊人的头颅。射向生活的箭羽。

1990.4.13

命　运

学不会的舞蹈。

礼品。

别人的姑娘。

1990.4.14

三劫连环

世界呵，我在你的体内已经千年
我的四周走动的神灵呵 ①
没有把我培养成一只迷幻的蛾子
我没有像你所想象的那样 ②
从死到生，或从生到死
也许，也许我再也飞不出去

在我的体内呵，是一片沉默的焦墟
沉默得像一场火灾之前的预兆
而这场灾难永远不会发生
我内心的烈火呵，是一把冰冻的壶
而这冷酷的器皿呵，永远不会安宁
因为我内心的苦闷呵，是那把开启壶嘴的钥匙 ③

在我焦虑的内心呵，是一所矮小的房子
在我之前去世的人们呵，生活在那里
他们曾试图逃离过这一片巨大的默许

---

① 《厌世者》第1期、戈麦自编《彗星》行末有逗号，第六行行末有句号。编者酌删。
② "所想象"，戈麦自编《彗星》无"所"字。
③ "内心的苦闷"，《戈麦诗全编》、《厌世者》第1期作"内心苦闷"。据戈麦自编《彗星》改。

但我内心的另一片湖沼，又等候在那里
他们逃不开我，就像我逃不开
内心的恐惧，世界逃不开我可怕的咒语

1990.4.14

癫狂者言 ①

里尔克：我驯养的一排疯癫的石头
在神龛上一个从另一个上面跳起
像一片精神的海洋

灵魂从来就是野兽
即使不受箭伤，灵魂是野兽
是独眼人今夜喝醉的酒

我们是任何一个时代的砖土
围绕着一根神明的圆柱
飞舞着，翅膀被铁链系住

天空，我只看到你性感的脑勺
而你的脑子被烈火烧着
并插着一把刀柄撕裂的肉体

1990.4.14

---

① 曾与《献给黄昏的星》一起刊于《尺度》创刊号（1991年1月），题"戈麦诗二首"。

眺望时间消逝

如果时间消逝了，一定是上帝的钟摆
被一个从天棚上滚落的小丑死死吊住 ①
我手中的沙漏漏掉了最可怕的一粒

这时，一只苍蝇，像一位伏案多年的修士
听到一种坍塌的声响，惊恐地
将布满蛛网的头从灰尘中缓缓抬起 ②

在时间消逝之前的那段时间
我一直梦见一个巨大的翅膀向我逼近
在我内心深处出现石子连续的敲击

一条夜间行走的蛇无意中撞见了自己的尾部
于是变得弯曲，像海洋的曲面
陆地在消逝过程中变成一枚致命的颗粒

1990.4.18

---

① "死死吊住"，《戈麦诗全编》作"死死地吊住"。戈麦在《厌世者》第2期打印稿
上手删"地"字。
② "缓缓抬起"，《戈麦诗全编》作"缓缓地抬起"。戈麦在《厌世者》第2期打印稿
上手删"地"字。

我要顶住世人的咒骂

我要顶住世人的咒骂。面对血，
走向武器。面对每一桩行走的事业，
去制造另一个用意。我要站在
所有列队者的面前，反对每一穗麦子，
每一张绷紧的弓，每一块发光的土地。

你们的咒骂像是我来到这个世界的
第一扇灰蒙蒙的窗子和最后一道街衢。
像空气围包着一望无际的天宇，①
而我活在其中，被训导，被领教，
那么现在，我绝不将一毫米的状况持续。

人类呵，我要彻底站到你的反面，②
像一块尖锐的顽石，大喊一千次，
不再理会活的东西。每一件史册中的业绩，③
每一条词，每一折扇，每一份生的诺许。
每一刻盲从的恶果，每一芥字据。

---

① "围包"，《戈麦诗全编》作"包围"。据《厌世者》第2期、戈麦自编《彗星》改。
② "站到"，《戈麦诗全编》作"站在"。据《厌世者》第2期、戈麦自编《彗星》改。
③ 《戈麦诗全编》行末为句号。据《厌世者》第2期改。

你们每一次向我伸出的无血的手呵，
我都彻底忘记。每一座辉煌的星辰，
都已成为昏暗的天气里发硬的雨滴。
每一寸埃土，每一根草棘，每一首乐曲，
都将变成我沉陷的路上必不可少的道具。

人呵，我为什么会是你们中的一个？
而不是一把滴血的刀，一条埋没人世的河流，
为什么我只是一具为言语击败的肌体？
而不是一排指向否定的未来的标记，
不是一盘装散了的沙子，一段危险的剧目。①

1990.4.28

---

① 《戈麦诗全编》、《厌世者》第 2 期此行作 "不是一组危险的剧幕，一盘装散了的沙
子"。据戈麦自编《彗星》改。"剧目"，各本均作 "剧幕"，编者酌改。

如果种子不死 ①

如果种子不死，就会在土壤中留下
许多以往的果子未完成的东西
这些地层下活着的物件，像某种
亘古既有的仇恨，缓缓地向一处聚集

这些种子在地下活着，像一根根
炼金术士在房厅里埋下的满藏子弹的柱子
而我们生活在大厅的上面
从来没有留意过脚下即将移动的痕迹

种子在地下，像骨头摆满了坟地的边沿
它们各自系着一条白带，威严地凝视着
像一些白蚁被外科大夫遗忘在一个巨人的脑子里 ②
它们挥动着细小的爪子用力地挠着

而大地上的果实即使在成熟的时候
也不会感到来自下方轻微的振动

---

① 曾发表于《一行》(纽约)总第12期(1990年12月)。收入《超越世纪——当代先锋派诗人四十家》(山西高校联合出版社1992年版)。
② "白蚁"，《戈麦诗全编》作"巨蚁"。《厌世者》第2期原为"巨蚁"，戈麦手改为"白蚁"。

神在它们的体内日复一日培养的心机
终将在一场久久酝酿的危险中化为泡影

1990.4.29

没有人看见草生长^①

没有人看见草生长
草生长的时候，我在林中沉睡
我最后梦见的是秤盘上的一根针
突然竖起，撑起一颗巨大的星球

我感到草在我心中生长
是在我看到一幅六世纪的作品的时候
一个男人旗杆一样的椎骨
狠狠地扎在一棵无比尖利的针上

可是没有人看见草生长，这就和
没有人站在草坪的塔影里观察一小队蚂蚁
它们从一根稗草的旁边经过时
草尖要高出蚂蚁微微隆起的背部多少，一样

但草还是在我的心中生长^②
像几世不见的恐慌，它长过了我心灵的高度

---

① 曾收入《超越世纪——当代先锋派诗人四十家》(山西高校联合出版社1992年版)。
② 《戈麦诗全编》此行作"但草不是在我心中生长"。据《厌世者》第2期、戈麦自编《彗星》改。

总有一天，当我又一次从睡梦中惊醒
我已经永远生活在一根巨草的心脏

1990.4.29

新一代

处女。晨钟。陌生的伴侣。

衣裳。鸽子。喂养世界的粮食。

洁白的琴键上滚动的阳光。

卫星。标志。银子一样的脸庞。

朗诵者。飞快的鲸鱼。

欢乐。涂满懊悔的第一个步子。

飞翔。海洋。婴儿和开始。

失败者停栖的机场。撕下背页的封皮。^①

时光中的指环。古罗马竞技。

占星术士的夜。迷宫上空飘动的旗帜。

沙滩。印记。不再毁灭的种子。

黑白相册的持有者。领袖和导师。

无所不能的事。钢铁的言辞。

数字。不再延续的永恒的终止。

1990.4.29

---

① "撕下",《戈麦诗全编》作"撒下"。据手稿改。

儿童十四行

——献给下一代

妓女。达利。狂放的小指。

一个乞丐的恩惠。面包师。

第一次丢落的鞋子。虱子。

麻木者。木筷。陌生的伴侣。

一次偶然的路遇。号码布。车。

黑暗的琴键上滚动的影子。

从来没有的事。佝偻和言辞。

失败者的餐巾。撕下背页的封皮。[①]

捌角。印记。死亡的杯子。

石块。雇员。古罗马斗士。

占星术士。迷宫上的旗帜。

怪物手中的棋子。羊袄上的文字。

沙漠上空的鹰。哥特式建筑的尖顶。

十字架。黄金。浮云的形态。

1990.4.29

---

① "撕下",《戈麦诗全编》作"撒下"。据《厌世者》第2期改。

我们日趋渐老的年龄 ①

要是我们能用年轻的巨布蒙住这匹 ②
日夜奔向大海的马的眼睛，它一定会
安详地跃入这片无声无息的海洋
我们密致的皱纹是大海激起的波浪

要是我们能把一生中所有的过失
都分割成一小段、一小段的电影片子
其中一定会有一条耀眼的线索，那就是我们的
年龄，它紧紧地系住了我们所有错误的开始

要是我们可以将我们渺小的躯体投入
更为广阔的空间，年龄就会从我们的体内
斜飞出去，像一个沉重的铅球
和投掷者一起沿弧线向外奔去

我们日趋渐老的年龄是一瓶阴暗的醋
岁月用它无形的勺子一勺一勺将我们扣除

---

① 《戈麦诗全编》、《厌世者》第2期标题后有省略号。据戈麦自编《彗星》删。
② "巨布"疑为"白布"之误。

而年龄就像是一个球体毛发的末端^①
我们生存在球里从未见过年龄一次

1990. 4.30

---

① "毛发的末端"，《戈麦诗全编》作"毛发和末端"。据戈麦自编《彗星》、漓江版《彗星》、《厌世者》第2期改。

我坐在黑暗中，看到……

我坐在黑暗中，看到黑暗的内部，是
一个少女闷燃得暗红的肉体

少女，一架被焚毁的直升飞机
在黑暗发烫的内部
剧烈地跳着，软弱无力……

1990.4.30

厌世者

两面三刀的使者

多血管的人

窥破窗纸梦见黎明的人

骑着一辆野牛似的卡车

向后疾速奔驰的人

结实的人

不怀好意的人

高举着胜歌在洪水中奔走的人

在世界这面巨大的镜子后面

发现奇迹的人

一个看到了自己所衷爱的女人松垮的阴部的人①

1990.5.1

---

① "衷爱",《戈麦诗全编》作"钟爱"。据《厌世者》第 2 期改。

界　限

发现我的，是一本书；是不可能的。

飞是不可能的。

居住在一家核桃的内部，是不可能的。

三根弦的吉它是不可能的。

让田野装满痛苦，是不可能的。

双倍的激情是不可能的。

忘却词汇，是不可能的。

留，是不可能的。

和上帝一起消夜，是不可能的。

死是不可能的。

1990.5.2

我是一根剔净的骨头

我是一根剔净的骨头
生活是再也编织不好的花篮
一根杵槌悬在我的上空
它纯洁的形象比得上一根细长的石头

无数格闪光的银圈在黑夜中
如此明亮，像枯井深处那些遥远
不见的星光。我的骨头像一把锥子
立在世上，比不上那根细长的石头

无数颗发白的纸鹞在弯曲的管道内打转
心中的教堂却已面向另一个地方
我感情中的存款已缩小到一个微小的数目
不知何时提取，不知何时投放

有一种经验我至今无法填补
有一种空缺我至今无法忘记①

1990.5.2

---

① 《厌世者》第2期，"无法"前有"仍"字。

我感到一切都已迟了

我感到一切都已经迟了，
夜晚的火车从伦敦桥上驶过，
远处，布宜诺斯艾利斯的钟声
在深冬的季节敲得很响；

我感到桥下的河水中尸体在漂，
我所仰慕的各个时代的伟大诗人
华兹华斯、瓦尔特·惠特曼……
在夜晚倾斜的河道上缓缓地流。

那些奥古斯丁王朝黑色的古堡
诺瓦利斯手中反复歌唱过的麦田
在子夜的钟声里和我一道
沉入我大脑中无尽的虚空。

豪尔赫，当你那整个身子埋入泥土，
我只能抓住你诡谲的一半，
但此刻我们所有的星光都已黯淡，
一切即将结束，唯有历史永存。

1990.5.9

浴缸中的草药水

浴缸中的草药水
从哪一个细致的管道里
流过了我心中的麦田 [①]

夜晚我看见三五个
长着尖角的男人扛着木棒
从朝圣者的麦加赶来

月光像一排整齐的骨头
在精神病患者的草棚内四处闲逛
浴池像一囤世界的谷仓

一个脱得精光的身体
在一堆白雪中苦苦地熬着
而又是谁从性殖民主义者手里

接过了火炬和接力棒
让最小的人泡在黏浊的草药水里
从黄昏走到天亮

1990.5.9

[①] "流过了",《戈麦诗全编》作"流过"。据《厌世者》第3期加。

那些是看不见的事物（给西渡）

那些是看不见的事物

闪光的额头、木材、大雪和谷仓，

抱着玉米熟睡的妇人，

以及她大腿内侧的光泽，

婴儿和鹿，雨水中的一座空城。

我已经成为一个盲人，

双眼被生活填满了黑暗。

可我还没有看见过那些未来的日子，

它们就像雪夜中被抽走的船板，

我踩在上面——

对于我，诗歌，是一场空！

1990.5.13[①]

---

① 《戈麦诗全编》写作时间署"1990.5.10"。据《厌世者》第3期改。

查理二世

我打开地狱的大门看到查理二世
在夜的第十九层，像一团污雪
四肢的经脉系在无数根齿轮的轴上
银灰的头发打着连续的索结

我惊异于他的存在。而他的身形
确已开始模糊，肋骨生在体外
像埃及魔女动荡的腰腹
右肩已经滑动，下面坠着小队的骑兵

查理，多年不见，你已如此颓丧
我的话语震破了寝床上的网帘
一枚萤火虫坠进他油滑的踝腕①
火光照亮查理腐烂的脸庞

我熄灭灯盏，夜还是同一个时辰
远方，黎明的铜镜中呈现一个澄净的脸庞

1990.5.12

---

① "踝腕"，《戈麦诗全编》误作"踝碗"。

孩子身后的阴影①

那个单纯的孩子透明得像一颗米粒②
他安静地伏在阳台的边上
看风景，阳光洒在他水一样的皮肤
像水银泻在被河流刨光的地上

孩子从很早就开始
眺望山谷的对面，除了他自己
没有人会知道除了风景还会有什么
我们只是看到山谷中间缓缓升起了烟③

孩子把深蓝色的烟看作真实的海洋
他预想着海上可能有的风暴④
海鸥，鲸鱼，白轮船，虾群的旗子
还会有一根无声中折毁的桅杆

我来到孩子的后面，不知道

---

① 曾发表于《海鸥》1991年5、6期合刊。
② 《戈麦诗全编》、《厌世者》第3期、《海鸥》此行作"那个单纯的孩子像一颗透明
　　的米粒"。据戈麦自编《彗星》改。
③ "只是"，戈麦自编《彗星》、《海鸥》作"只"。
④ "有"，《戈麦诗全编》作"出现"。据《厌世者》第3期、戈麦自编《彗星》、《海鸥》
　　改。

除了我还会有什么，我望着他在白纸上
微小的头颅，像一粒即将掐灭的烟火
不知道我的童年什么时候已经度过

1990.5.12

南极的马[1]

夜晚，当一片狭长的光染白了[2]
南半部天空，我看到一匹风烈的白马[3]
在浓雾中疾速地奔跑。
它昂着精灵一样的头颅和飘扬的长发，[4]
清澈的双目在迷雾中发出刺眼的光。

在南极这样一个冰雪的夜晚，
南十字星座垂在明亮的海岸。
世界，已滑到了最后一个狭谷的边缘。
在寒冷所凝结的大气层内，我听到了
一批海豚强行过海时细碎的破冰声。

一匹白色的马抖动着它快乐的蹄子
从我们眼睛的屏幕上掠过，像神话中的云，[5]
而在它的后面是一望无边的草地，

---

[1] 曾发表于《山东文学》1991年第12期。《山东文学》各行末均无标点。
[2] "光"，《戈麦诗全编》作"白光"。据戈麦自编《彗星》改。
[3] 《戈麦诗全编》行末有逗号。据《厌世者》第3期删。
[4] "飘扬"，《戈麦诗全编》、《厌世者》第3期、《山东文学》、漓江版《彗星》均作"飘荡"。据戈麦自编《彗星》改。
[5] "屏幕"，《厌世者》第3期、戈麦自编《彗星》均作"屏目"。据《戈麦诗全编》《山东文学》改。

一些羊齿植物和纺锤树像一把把巨伞，①
挡住了草原后面圣洁的蓝天。

1990.5.12

---

① "一把把"，《山东文学》作"一把"。

帕米尔高原

空旷的黑夜中有几颗发亮的星星
像几朵镭矿中的雪莲花在我眼中无边地扩大
我已经能够看到花朵的光芒，在它内部
一片更深的夜空向四周无边地扩大

在我的身旁有一堆堆沉默的石头
像一条条黑暗的火围住焦枯的十字架[①]
它们只是发问，不曾燃烧
一根根明晃晃的钩子钩住了我发暗的心脏

今夜，我已远离了世间所有的幸福[②]
像一具横挂在荒凉的城头的骷髅
我想遍了世上所能够存在的欢乐，内心空空[③]

帕米尔，你这人类的高地，冷火的冰川[④]

---

① "围住"，《戈麦诗全编》作"围在"。据《厌世者》第3期、戈麦自编《彗星》改。
② 戈麦自编《彗星》"幸福"作"欢乐"，下二行"欢乐"作"幸福"。
③ 《戈麦诗全编》"内心空空"前的逗号作空格。据《厌世者》第3期、戈麦自编《彗星》改。
④ 《戈麦诗全编》、《厌世者》第3期"这人类的高地"前无"你"字。据戈麦自编《彗星》加。

我在你的上面听到上帝赫赫的笑声①
魔鬼，他主宰着我，直到死亡

1990.5.12

---

① "赫赫"，据戈麦自编《彗星》加。

凌晨，一列火车停在郊外

凌晨，一列火车停在郊外
透过夜间的白雾，我只能看到
一块块被卸去玻璃的窗户
像一排漆黑无底的窟窿

它们一起望着前方，像战争过后
一队失去对手的老兵
并排坐在一片废墟的边上
眼中闪着一种说不尽的空洞

此时，原野上除了火车以外
没有任何事情，路基上的碎石
整齐得像是有人刚刚将它们码好①
破晓的风从山冈上迎面吹来

那些收割后的麦垛像大地的乳丘
上面栖满了成群的野鹊
天边，一条垂得很低的高压线
狗吠声沿着铁路传得很远②

1990.5.12

---

① "码好"，《戈麦诗全编》、《厌世者》第3期作"放好"。据戈麦自编《彗星》改。
② "狗吠声"，《戈麦诗全编》、《厌世者》第3期作"狗吠"。据戈麦自编《彗星》改。

短诗一束

写作

谦卑的人指给我
弯曲的航线
写作对我们并不适合

先哲

小学时代的镜子
夕阳沿着洛河的马道
距今已两千多年

莎士比亚

昌都斯公爵
一位表情刻板的译者
历史剧和全部诗歌

知识

我们每一次向书架伸出的手

总是翻到了相邻的一页

诗歌

朋友们渐渐离我远去
我逃避抒情
终将会被时代抛弃

造纸术

上帝从未来得及思考
一车落叶的消失
会引起一桩截断时间的事故

罗盘

风把商队
从一个不知名的地方
刮到另一个不知名的地方

卫生

空气，看不见的积雪；
纸，患病者洁白的内心；
守夜人从街角扫到房上

医学

古代波斯水手的回声
在梦回人间的路上
走到一半

猫

人类昨天脸的形象
狭小的下颌和印堂

政治

一百公斤的水泥和铁
椭圆形的拱架
我在夜晚失去平衡

战争

历史为了用笔书写
让一些人败得凄惨
让一些人胜得空虚

凯旋门

我是被和平留下
还是被战争抛弃

这的确是个问题

参考消息

透过世纪初的一张旧报纸
我梦见海洋
此时遥远的黎巴嫩
一名红军战士，在棉花地里穿行。

1990.5.9-13

欢乐十四行

雪茄。马裤。海的牙。

骑在树上的女人。野蜂毒过的花。

大厅里敞开的一切。拉紧的慌张。

鸽子的胸。野兽的乳房。

一次永远逝去的机会。一个人独自的病痛。

天才。缺陷。丝绸品表面的火光。

摩纳哥王子繁忙的一夜。

九头鸟。痰迹。艺术家痛苦的生涯。

爵士乐手。锁孔。洛尔迦。

空中的伦巴。忏悔中的洛丽塔。

挤压。拍打。向上的臂力。

积蓄。枯竭。水草下的回声。

谬种。喝彩声。悲欢者的睡梦。

皮鞭。钉子。刺刀的过程。

1990.5.12－14

四月的雪 ①

四月，爱人提灯走过草原
山坳里，绵软的羊圈
海洋里，白色的卤盐
在牧羊人的眼里
春天绽放着节日的花圈

四月，风从荒凉的山冈上吹过
一个半神，在河上漫游
一个爱情的失眠者
走遍村庄里每一个温暖的角落
所有的花只为一个人盛开

四月，裹不住的皮袄
冬日的雪从独木桥上滚过
一连串爱情的劫数
像一连串微弱的篝火 ②
洁白的旗帜沿河岸展开

---

① 曾发表于《诗刊》1991年第10期。
② "一连串"，《戈麦诗全编》、《厌世者》第4期、《诗刊》均作"一串"。据戈麦自编
《彗星》、赠李子亮手稿改。

四月，从风里走向风里
从桥上走回桥上
当阳光最后一次，向大地奉献
当新婚的人踏歌归来
最后一次，我已失去挽回的权力

1990.5.24

现实一种

我久久惧怕的预想
今天兑现了
一场风暴在内心的草原上升起
又在，内心的海洋上结束

人的一生，很可能就是
一棵树被一次惊慌的雷电击倒

背叛算什么
一分钱的硬币算什么
默默的日子算什么！
在海上反复给你算命的女人算什么

1990.5.24

尝试生活

现在，我将设法平息自己
让潮水从血液中退去
让白帆从河流上退去
让和平从枪口中退去
让灰白色的烟从头颅中退去

我平息自己不是为了什么
因为，一个小时的黑暗已经足够
一辆托马斯牌小汽车
从黄昏驶进夜晚
一个世界的贫困，已经足够

从这里：阿拉斯加的路标向西
白令海峡
多少个不眠的夜晚
停在那里，像急待拯救的奴隶
多少块巨石停在那里

残存的时间已经不多
我只想飞跃那里
忘掉冰雪，不再充当椅背后的画像

尝试第一次
折断做人的根据

在第一次的冰水里
我梦见载满阳光的小海豚
她从肌肉一般的海水里游向我
展开肥胖的手臂——
从死到生，仅一次距离

1990.5.25

空虚是雨 [1]

泪水打在地上
苍茫的人从不悲伤
秋天的叶子埋在我的阴冷灰上 [2]
驱不散云雾中闪光的形象

今夜，空虚是雨
我还能体会到发亮的水滴
当暴雨从天上倾盆降下 [3]
你仍然是我梦想中欢乐的精灵

今夜，雷雨声
越过小旅馆阴暗的屋顶
一个归家的浪子看见
漂泊的村庄里温暖的舷窗

今夜，我记得你是天边的雷声
今夜，我记得你是世界的新娘

---

[1] 曾发表于《诗刊》1991年第10期。
[2] "我的阴冷灰上"，《戈麦诗全编》作"我阴冷的灰上"。据《厌世者》第4期、《诗刊》
1991年第10期、赠李子亮手稿改。
[3] "天上"，《戈麦诗全编》、《厌世者》第4期作"上天"。据赠李子亮手稿、《诗刊》改。

你为我合闭的眼睛
是今晚水洼中黄铜的月亮

1990.5.25

梵·高自画像

直到最后，干燥还能作为一种色彩
被阳光镶在肉体里
被痛苦锈在田野上 [①]
像一只蒸发着热气的头颅
冒着细长而僵硬的触须，像海绵
被一种药水吸干，在那里皱着

一双翻白的斜眼凝视的地方
如果不是空荡荡的稻草人的衣裳
就是一排排葵花的根茬
其实所能看到的只是一只耳朵 [②]
在一条细细的河水上发颤
现在，我希望它能再跳一次

可是始终有一种力在脑子周围向外拉
即使扣紧冬天刺猬一样的帽子
力仍能从骨缝中向外渗透
脸，像荒年的野草一样长满胡茬

---

① "锈"，《戈麦诗全编》作"绣"。据戈麦自编《彗星》改。
② "所能看到"，现存各本均作"所以能看到"，"以"当为衍文。

一把刀锯从外向里，又从里向外
在脑髓和黏膜之间充满紧张 ①

我已经感觉到了光线的弯曲
它自上而下，压迫着我
像错掺的颜料一样落满双襟和前额
心脏，一位灰黄老人的巨眼
微小的手指偏向抖动的边沿
像，两个精神病中的，一个

这是在一辆马车从阿尔的大道上离开以后
一层漂浮的灰尘浮动在麦田的上空
一个久病初愈的人，和一只方形的烟斗
伴着烟缕，从黄昏到午后
像一面镜子上积存的秽物
我的一生已彻底干涸

1990.5.26

---

① 《戈麦诗全编》以下无空行，据其他各本改。

海上，一只漂流的瓶子

海上，一只漂流的瓶子
它寻找船只已经多时

我把它从海滩上拾起
瓶子里闪动着鱼虾的鳞光

海上，一只漂流的瓶子
古代水手临终的姿式

在红海，水面上遍布各国的旗帜
一只瓶子和网一起被拖运到海港的市上

我不能说出它铸造的年代
也不想开口向任何人表白

在许多文明业已灭绝的世上
一只空洞的瓶子把我送归海洋

海上，一只漂流的瓶子
我不知它在海里漂到何时

1990.5.26

短诗一束

历史

山林中野火出没
一头野猪
砍伐着大批的竹子

经典著作

我们摸到世界的骨架
盲目者从中感知光明

运动

理智的旗帜在飘
心灵的激情奔跑

死亡

幼年时天边直立的意象
今天已轮到我们自身

白血病

认识你的时候
我已决心做一个纯洁的人

外国语

流亡者的行李
翻开了一层
又一层

冷漠

宗教
三百年的憾事
我对不住的恋人

友谊

两支烛火
映出各自一方的阴影

婚姻

三枚发臭的柚子，其中
一只，梦见另外的两只
与习惯和死亡相同

夜晚

重新把痛苦的煤库
摞紧一层

午后

房屋里没有人
一只茶杯盖子
不停地旋转

节日

寒冷
我们在信中
共同感到的孤独

张思德

你把火焰般的精神
埋进地层
为了让后世的人们
珍惜平静的生活 ①

1990.5.22-27

---

① "平静的生活",《戈麦诗全编》作"平静生活"。《厌世者》第4期原作"平静生活",
戈麦手添"的"字。

十四行：存在

黎明时分。金色的小号。

公元前。沉默着的数学家。

洞穴。人影。行走的方向。

杂种。早市。尖顶的佛塔。

穿越长夜或返归梦里。^①

把绳索捆在身上。把肉体晾在案上。

航海者的一切。土著居民。

采掘钻石的工具。殖民地。

圣徒。耶稣。化学原理。

产业。制度。和权力。

产婆的手。司阍者。小酒吧。

绞刑。阴影。孤独的步伐。

毒药。刀子。两个轮流覆盖的波浪。

拒绝。反抗。赤道正午的思想。

1990.5.27

---

① "返归",《厌世者》第4期、戈麦自编《彗星》均作"反归"。

送友人去教堂的路上

有三种生活你没有经过
有三只燕子你在房内捕捉
有三种信念你铭刻树上
有三条河流你的脚只伸出一只

有三种仪式在你身边栖落
有三种时间在你梦中穿梭
有三盏明灯在你房内被风吹灭
有三扇窗户在你命里自动开合

三百种光线，通向神明的道路
三千颗石子，是人子不见的花朵①
三万根利箭，标明死亡的方向
三亿艘航船，在出生的日子相继沉没

所谓爱情不过是幸福
所谓痛苦不过是过错

1990.5.28

---

① "人子不见的花朵"，《戈麦诗全编》作"人看不见的花朵"。据《厌世者》第4期改。

生命中有很多时刻

生命中有很多时刻我们空缺
就像婚礼上
一位默默的缺席者

缺席，在下午，还有全部夜晚
将要错过

没有人看过神
神将我们的悲剧安放得更多

一架埋掉的船只，一小块旧广场
风在集合 ①

生命中有很多时刻，我们无法填补
我们望着一串串的流火
一生在梦境中度过

1990.5.30

---

① 《戈麦诗全编》此行作"风要集合"。据《厌世者》第4期、戈麦自编《彗星》改。

雨幕后的声响

雷雨在傍晚到来，一件白天的行李
被关在了门的外面，像时间，极易被人忘记
而闪电，像一盏盏极易被现实击碎的信号
在黑色天鹅绒的舞台上迅疾滑行

此刻，雨水像一层厚厚的帷幕
厚到看不见的程度，遮蔽一切事物的光亮
我坐在窗前，被暴风雨中的寂静紧紧包着
是一次漫长的夜中唯一的一点亮光

我听到雨幕之中有什么东西在响
好像是，一小队士兵在麦地里奔跑
一位夏季女人立在房头簸筛沙子
一条巨蛇在一片草丛中爬动

有时它变得很轻，变得几乎没有
像一件死去的物体，低头私语①
或是，一头丢失了多年的牛在夜里回到
梦的栏厩，悄悄翻动着阁楼上的木箱

---

① "私语"，《戈麦诗全编》、《厌世者》终刊号均作"丝语"，当为"私语"之误。

像一个人，在夜里偷吃圣筵
两个瘦小的启坟者丢下半截的锹
或者是在一小片月光映照下的煤场
一群衣衫褴褛的人在夜里偷偷运煤

一大群鸟在集合，它们站在雨水里
听从队列前一只秃鹰发号施令 ①
一大群疯子围困在一块空闲的军用机场
一只睡梦中的老虎伪装成林中的一株树

我不敢走进雨幕的中央，它们一层一层地
拉紧，密集得像一堵透不过风的墙
我不能走进雨幕的中央就像不能走近一只
在黄昏，在废墟的墙上，默默地背诵诗歌的猫一样

这一系列声音始终在窗外的黑暗中鸣响
像一千把提琴停放在距这里很远的地方
它们在无人演奏时发出一种单调的旋律
偶尔还插入一小段阴沉的独白和一群瞎子的合唱

1990.6.3

---

① "施令"，《厌世者》终刊号作"命令"。

妄想时光倒流 ①

时光倒流，夕阳从海上升起
往世的人从肮脏的街道爬出
即便在一个清晰的早晨
一个人和他早年时期的形象相遇
　　　　　　相互沉默无语

同样在黄昏时刻，有许多窗子打开
里面陈放着我们认识不清的物品
树叶上的叶子在风中鸣响
映照的是同一种光，是病人眼中算差的时辰

时光倒流，你会遇到很多过去的东西
一封信，让你困惑多时
一本书，从后向前翻起 ②
一瓶白酒自下而上流入杯中

不同时代的列车在岔路口相持
鸟儿在水中游荡

---

① 曾发表于《花城》1991年第6期。
② 此行《厌世者》终刊号、《花城》、漓江版《彗星》、《戈麦诗全编》均作"一本书页从后向前翻起"。戈麦自编《彗星》作"一本书，页从后向前翻起"。编者酌改。

演算代数的狮子在大地上摆满事物的结局
王在沉思，是天堂还是地狱 ①

时光倒流，一颗头颅跑回审判台上
野火从废墟的石头上燃起
幸存的人们重新向火灾深处走去
海水重新返回大地
松散的阳光流入一片广阔的空虚

1990.6.3

---

① 《戈麦诗全编》以下无空行。据其他各本改。

远　景

从这里，能望到白色的海面
指纹一样涌起的天边
一艘缓缓航行的油船
折断了帆布和桅杆

从这里，能看到荒凉的草原
一个猎人在高高的苇丛中行走
一只鸟在天上飞行
垂直落入远处的戈壁

从这里，能望见高耸的雪山
几只秃鹫登临八千米雪线
一双不锈钢的滑雪板
在尖利的阳光下静静地呼吸

1990.6.3

空望人间

九十九座红色天堂飞驰在夜的上空
九十九架红色的梯子垂悬在胸口之上
过去一无所有
现实从未存在
通往人间的路，是灵魂痛苦的爬行
牧羊人，赶过洁白的幸福
胜利者，怀抱世界的粮食
一间高悬半空的舞厅，人迹跳动
我要攀登那九十九座火红的山峰
一万人的灯光球场
人间，数万把椅子望着我
我是谁
在黑暗中，看到了什么
一摊污血
我曾经在那里伫立过
还没有死
没有咽下世界最后的果实

1990.6.3

黄昏时刻的播种者①

黄昏，一行槐树在田野里漫步
落日用它铁锈一样的箔光
染红褐色土壤，我从逆光的方向
看到一行槐树阴暗的身影，凌乱的枝杈②
在铅灰色的稀薄的空气中浮游

此时，田野已到秋耕的季节③
泥土散发着一年中残剩的滚烫的气息④
秋后的土地，用荒凉回报着作物的丰饴
哪怕一根遗留的草根，一捆过冬的麦禾
你看不到一点收割后的痕迹

而此刻我看到一群沉默的播种者
零散地排列成不规则的一行
他们的身躯弯曲着，像更年期的树桩
夕阳把余辉洒在泥土一样的背上

---

① 曾发表于《山东文学》1991年第12期。
② "看到"，《厌世者》终刊号、戈麦自编《彗星》、漓江版《彗星》作"看"。
③ "此时"，《山东文学》作"此刻"。
④ 现存各本"泥土"后均有"中"字，编者酌删。"滚烫的气息"，《戈麦诗全编》作"滚烫气息"。据《厌世者》终刊号、戈麦自编《彗星》改。

一排粗壮的躯体像版画上的墨迹缓缓移动①

我看到他们不断地将手臂扬起
向大地一片褐色的金黄撒播种子②
黄昏时刻的播种者，你们居住在
什么样的村落，在秋末最为辉煌的时节③
在黄昏，梦一样的时刻，你们撒播着什么

我始终没有看清楚那些被抛甩出的物件④
有时我紧紧盯住他们张开的手臂
并没有察觉到宁静的空气中掺进了什么⑤
直到黑夜俯瞰大地，那些苦难中的播种者⑥
缓缓地将身形无限扩大一直贴向沉默的天空⑦

1990.6.4

---

① "一排"，漓江版《彗星》、《戈麦诗全编》作"一排排"，据《厌世者》终刊号、戈麦自编《彗星》、《山东文学》改；"版画"，《戈麦诗全编》作"版面"，据《厌世者》终刊号、戈麦自编《彗星》、漓江版《彗星》、《山东文学》改。
② 此行及下三行"撒播"，《厌世者》终刊号、戈麦自编《彗星》、漓江版《彗星》、《山东文学》作"散播"。
③ "时节"，《戈麦诗全编》、戈麦自编《彗星》、漓江版《彗星》作"时刻"。据《厌世者》终刊号戈麦手迹、《山东文学》改。
④ "抛甩"，《戈麦诗全编》、漓江版《彗星》作"甩"。据《厌世者》终刊号、戈麦自编《彗星》、《山东文学》改。
⑤ "空气中"，《戈麦诗全编》作"空气"。据《厌世者》终刊号、戈麦自编《彗星》、《山东文学》改。
⑥ "苦难中"，《山东文学》作"劳作中。"
⑦ "身形"，《山东文学》作"身影"。

海滨怅想

海，想把沙滩上的石子
和白色的小海螺，分开
而翻卷的细浪
将石子和螺母推得更远

海很难

一大朵云从海面飘过
海把云的形象印入怀中
而海底深处的风
很快将云朵和礁石冲散

海很难

海啊，无人和你对话时
天空很难

1990.6.5

悲剧的诞生

阿芙洛狄忒从海上升起
荷叶与花朵在水上迟迟开绽
一千名希腊使者在黎明
将目光投向远方

十二只乌鸦背对燃烧的旷野 ①
十二个雅典人的后裔怀抱水獭
等待我们的是时间——巨大的网
黄昏，在森林和锯木场展开

而悲剧是饥饿的哺乳器
一个苍白的孩子学会奔跑
一只幼鼠，整整一个上午
在广场的空气中触摸着光明

帷幕的两侧，莺在歌舞
幕的后面，神在打牌
而台下，一个伟大的奠基人
沉睡在通往墓地的路上

---

① "背对"，《戈麦诗全编》作"背对着"。据《厌世者》终刊号、戈麦自编《彗星》改。

生命中有很多时刻不需要长久等待
凌晨当我们在梦中被呼救声惊醒
窗帘上垂下一只发红的白炽灯
呈现出一种缓缓破裂的倾向

1990.6.5

幻　象

一大堆青菜，栽往田垄
一大堆萝卜，摆在我的手上
母亲，你出现在我的房内
为何一声不响

一万袋收获的麦子
装满秋天的马车
一万捆枯朽的稻禾
伏倒在冻直的路上
一亿杆步枪拆光了子弹
一亿只鸵鸟啄空了记忆的谷仓

母亲，你的去世至今已有十年
我面对未来，还是一片空想

1990.6.14

难以想象的是

难以想象的是海底的鲸
是云，羽毛
是掠过心头的鹰的翅膀

难以想象的是云朵后的天空
是灯，光明
是落日的熔金内一只火红的山羊

难以想象的是眼睛
是夜，蜉蝣
是内心深处不灭的星光

难以想象的是袖筒里的风
是旗，恶习
是大雪降临的广场

难以想象的是昨夜飞临的彗星
是雪，石头
是灾难之中采摘豆子的姑娘

1990.6.14

我们背上的污点^①

我们脊背上的污点，永远无法去除
无法把它们当作渣滓和泥土
在适当的时机，将法官去除
从此卸下这些仇视灵魂的微小颗粒^②

它们攀附在我们年轻的背上，像无数颗^③
腐烂的牙齿被塞进一张美丽的口中
阳光下，一个麻脸的孩子
鼻翼两侧现出白天精神病的光芒

我们从世人的目光里看到我们脊背后的景象
一粒粒火一样的种子种进了我们优秀的脑子
像一大群污水中发臭的鱼子，在强暴者的
注目下，灌进了一名未婚处女的河床

主啊，还要等到什么时辰
我们屈辱的生存才能拯救，还要等到

---

① 曾发表于《一行》(纽约)总第13期(1991年4月)。收入《超越世纪——当代先锋派诗人四十家》(山西高校联合出版社1992年版)。
② "仇视"，《一行》作"仇恨"。
③ "颗"，《一行》误作"棵"。

什么时日，才能洗却世人眼中的尘土
洗却剧目中我们小丑一样的恶运

1990.6.14①

---

① 此诗写作日期在《厌世者》终刊号上署"6.14"，戈麦自编《彗星》署"90.6"，推测为1990年6月14日。另一张手稿上署"89.秋"，当系误记。

第四辑　通往神明的路（1990.6—1990.12）

火^①

极易在其中梦见死亡的^②

是女王的流苏

我在其中梦见战场的火焰

年轻武士的心，洁白的火

火在其中梦见

血污中的酋长和一座空空的城

雪开在内心的原野

我拂过一支火焰的边缘

一支火焰，坚硬无比

像地质年代坚硬的石头

石头，精神的猎犬

包围了高原公路上雪白的森林

难以捉摸的是黄铜内部惨烈的火焰^③

是在镜子里常常能够见到的那一种

一轮戒指和一枚白银的耳环

---

① 曾发表于《诗歌报月刊》1991年第6期、《湖南文学》1996年第8期。

② 除《诗歌报月刊》外，各本行末都有逗号。

③ "捉摸"，《戈麦诗全编》作"抚摩"，《铁与砂》《诗歌报月刊》《湖南文学》作"抚摸"，戈麦自编《彗星》作"琢磨"。编者酌改。

火，围绕着它中心的黑暗

在时间的表盘上，一面飘动的旗子[①]

一条突出空虚的纽带[②]

在水中被冷却成铁皮的火焰[③]

在水中反复歌唱着时间和石头

上万年的时间，火的种子

播种着往返的路程

钟摆的下垂，往和返

反复歌唱着一次毁灭的成熟

火终将在烽烟中复苏

它观望着大地上苦难的生灵

火是谷仓[④]

只有身临悬崖的高空

才能看到诸多种希望在[⑤]

                    可怜地波动

                                        1990.6.24[⑥]

---

① "一面"，《湖南文学》作"上面"。

② 《戈麦诗全编》下无空行。据《铁与砂》改。

③ "冷却成"，戈麦自编《彗星》作"冷却的"。

④ "火"，《戈麦诗全编》误作"为"。据《铁与砂》《诗歌报月刊》改。

⑤ 《湖南文学》此行与下一行并作一行。

⑥ 《戈麦诗全编》写作时间署"1990.6.2"。据《铁与砂》、戈麦自编《彗星》改。

石　头

荒凉的原野

阳光是石头

没有人来到的海面

波浪是石头

处女小小的巢穴

血液是石头

千年的墓葬

尸体的心脏是石头

饥饿的胃口

粮食是石头

石头也是石头

石头的石头，是石头

我手捧一个活的球体

看你冷冷的观望①

人类的眼泪是石头

人类是石头

一场风暴的剧目中②

---

① 《戈麦诗全编》作"你冷冷地观望"；《铁与砂》作"你冷冷的观望"。据戈麦自编《彗星》改。

② "剧目"，各本均作"剧幕"。编者酌改。《戈麦诗全编》无行末"中"字，据戈麦自编《彗星》加。

鸟类的眼睛是石头
天空是石头
空白的空白是石头
石头的内部
未成年的土地是石头

1990.7

铁

冰。众鸟之王。

元素中最轻的一个。

一个沉闷不堪的箱子。

一条灰色的花的托盘。

层层击碎的旧世界，

我仍然能够看见你。

一个梦的子弹和枪膛。①

性别。土壤。

青色的光。白垩纪。

猫眼儿，淬火术。

毕丘克山上的硝石。白矮星。

过去和营地。行政总署。

闪光的姓名。不同于弱者的反响。

比一杯水还要深，

比一位复数还要长的，

囚牢的妓女。

轮回。法官胃中空洞的质量。

网状的雾。猩红的地衣。

遗产。嘴。一百年。

---

① "和"，《戈麦诗全编》误作"的"。据《铁与砂》、戈麦自编《彗星》改。

加上余下的月份。

是历史朝代中的五个相同阶段。^①

1990.7

夜　歌

返回黑夜，我不会去想白天的事情
鲜血，梅花，阳光的痛楚
锌杆上两朵白得透明的乳房

白日，一万个夏季牧场
我会想起你，在黑夜消陨的地方
羊骨上摇动着通红的新娘

白发人曾许诺宽广的赤道
牧马人手拎铜舌的木铎
老马，老马，大地昏暗无光

在黑夜，素食者昂起飘扬的衣冠
富贵者卷起肉体的力量①
牲畜，牲畜，请把夜晚的灯光擦亮

1990.7.10

---

① "肉体的力量"，《铁与砂》作"肉体和力量"。

和一个魔女度过的一个夜晚

床帘后挽到的一只手臂，是你①
滑腻得像风一样的女人
从一条微悬的琴弦上拨动的
是你，像树干一样宽阔有力

朱莉娅，一个轻盈和沉着的形体②
我紧紧拉住水上急逝的索练③
水上急逝而去的紫罗兰的绣衣
我紧紧握住我奉献给你的一条真理

魔女，一条真理很可能就是一个谬误
但仍要爱着它，就像猎手
面对大雪，仰面痛哭

魔女，一条真理它实在得不可言说
当你失去作为肉体的最后一个声响
一头公牛咆哮着已穿过倒伏的庄稼

1990.7.11

---

① "挽到的"，《戈麦诗全编》无"的"字。据《铁与砂》改。
② "朱莉娅"，《戈麦诗全编》作"朱莉亚"。据《铁与砂》改。
③ "索练"，《戈麦诗全编》作"锁链"。据《铁与砂》改。

青年十诫

不要走向宽广的事业

不要向恶的势力低头

不要向世界索求赐与

不要给后世带来光明

不要让生命成为欲望的毒品

不要叫得太响

不要在死亡的方向上茁壮成长

不要睡梦直到天亮

要为生存而斗争

让青春战胜肉体，战胜死亡

1990.7.12

死后看不见阳光的人 ①

死后看不见阳光的人，是不幸的人
他们是一队白袍的天使被摘光了脑袋
悒郁地在修道院的小径上来回走动
并小声合唱，这种声音能够抵达
塔檐下乌鸦们针眼大小袖珍的耳朵

那些在道路上梦见粪便的黑羊
能够看见发丛般浓密的白杨，而我作为
一条丑恶的鞭子
抽打着这些诋咒死亡的意象
那便是一面旗，它作为黑暗而飞舞

死后，谁还能再看见阳光，生命
作为庄严的替代物，它已等候很久
明眸填满了褐色羊毛
可以成为一片夜晚的星光
我们在死后看不到熔岩内溅出的火光

---

① 曾收入《超越世纪——当代先锋派诗人四十家》(山西高校联合出版社1992年版)。

死后我们还能够梦见梦见诗歌的人 ①
这仿佛是一个魔瓶乖巧的入口
飞旋的昆虫和对半裂开的种子
都能够使我们梦见诗歌，而诗歌中
晦暗的文字，就是死后看不见阳光的人 ②

1990.7.12

---

① "还能够"，《戈麦诗全编》作"不能够"。据《铁与砂》、戈麦自编《彗星》改。
② "人"，《戈麦诗全编》《铁与砂》作"人们"。据戈麦自编《彗星》改。

往日的姑娘

往日的姑娘
请把涨满的乳汁涂满村寨
远方的候鸟啄回一叶空帆
白篷帐搭满橡胶、果园
我瘦小的心哟，已不似往日鲜艳

大水冲干铁锈的峡谷
牛羊还要再赶上山
往日的姑娘
夏日的火焰点燃草原
石头已将满山红遍

1990.7.13

沙　子①

空心的雨，打在

空心的梧桐树

叶子箔片般在响

时光是沙

有人站在黄橙橙的麦垛后面②

空气中有细长弯曲的水柱

一年一年的收成是沙

医士们手中的铝片是沙③

挖开颅骨下黄昏的河床

记忆是沙④

风雨过后一些淋湿的海鸥

落满港口的桅帆

它们微冷的喉管里

细微的声音是沙

那些漫天飞舞的燕子

一点一点翻录着天空的思想

---

① 曾发表于《湖南文学》1996年第8期。
② "黄橙橙"，《戈麦诗全编》误作"黄澄澄"。据《铁与砂》、戈麦自编《彗星》改。
③ 《戈麦诗全编》、漓江版《彗星》无此行。据《发现》第2期、《铁与砂》、戈麦自编《彗星》、《湖南文学》增。戈麦自编《彗星》，"医士"作"医生"。
④ 《戈麦诗全编》此行作"忘记是沙"。据《发现》第2期、《铁与砂》、戈麦自编《彗星》改。

无尽的生活是沙

我数尽了陆地上一切闪亮的名字

灯火全灭

狂风被吸进每一粒空隙

一粒，其实，就是一万粒[①]

1990.7.13

---

① 《湖南文学》行末有句号。

镜　子

我在一面镜子里
看到一座硝烟中的古城
一场逃离不掉的劫难
一名法师手执另一面虚幻的镜
这绝对是一个圈套，离逃亡的灾民不远

在一面镜子的敌视下
我感到世界已握在七指怪人的手中
我握住黑夜，犹如打碎一盏明灯 ①
灯下一张麻脸
像另一座城市里幽暗的神殿

可有一次我把镜子当作了一片影子
我看到窥视着镜子的一方和另一方
一个哑巴对着一张白纸说话
从他的手里，幻化出第三面镜子
镜子的正面是一连串闭着眼睛的骷髅

而它的反面是一场临时组成的寂静

---

① "犹如"，《戈麦诗全编》误作"尤如"。

三个蜂状的人翻开一本空白辞典
他的身后，是无尽的镜孔
镜孔中又有无尽的蜂状的人
每一个又能够看到后面的一个

1990.7.13

献给黄昏

无限的痛苦，是无限的荣光
痛苦是荣光
母牛张开鲜红的血皮
一把亮闪闪的钢叉
切开大地甜美的果皮

沙灰里的水寻找着爱情的热量
黄昏，你这所有白昼温暖的梦乡
多少只粗壮无比的手臂
搂抱住麦田里的姑娘
一笔丰厚的感性资源，一个秘密

而黑夜将不再降临人世
马粪中的牲口，瞪大了眼睛
折断僵立瘦骨 ①
是狼，它奔突于四野
吐出一个声音：
让该逝去的不再回来

1990.7.17

---

① 戈麦自编《彗星》"僵立"后多"的"字。

黄　昏

什么事物从此将不再喧响
黄昏，我触摸着守夜人惊悸的心脏
一抹凶恶的夕阳
被抛在一面陈旧的窗内，一抹邪恶的光辉

我已经能够看见不曾有过的时间
像毁灭过后那些夜晚的家园[①]
空白的积石垒积万丈[②]
万物却不曾生长

我已经能够看见另一种人类
向我们高挥阴暗的双手
一面巨大的灰色封皮
掩埋了时光，灰土，笨重的道路

熄灭了的，永远是信仰和窗口
落日将绕过最初的乐园

---

① "过后"，《戈麦诗全编》作"后"。据《铁与砂》、《发现》第2期、戈麦自编《彗星》改。
② "垒积"，《戈麦诗全编》作"累积"。据《铁与砂》、《发现》第2期、戈麦自编《彗星》改。

从万事万物的内部无声地
点亮一场无形的火光 ①

在另一座人类的峰顶 ②
没有人能撕破谜语一样的空气
数万个球体掘穿双眼
在空地上，围抱着死亡和死亡的福音

1990.7.18

---

① 《戈麦诗全编》下无空行。据《铁与砂》、《发现》第 2 期、戈麦自编《彗星》改。
② "峰顶"，戈麦自编《彗星》作"顶峰"。

麦子熟了

麦子熟了
铅皮之内灼热滚烫
少女身背金黄的麦穗
在麦地深处躲藏

麦子熟了
荒野一片光亮
我十指的痛楚
如十根锋利的麦芒

麦子熟了
高远的天空更加凄凉
麦粒坚实的内核漆黑似铁
幸福，幸福，过往的车辆

1990.7.20

昨日黄花 ①

昨日黄花

在原野之外，在天空之外

是阴雨天云层里一只大鸟

和大鸟的翅膀

是沙漠上一场不为人知的风暴

它捏在陌生人手里

像我梦中飘扬的雪花

魔鬼呀，你颈项的瓶子

和锡封的盖子

都属于昨日

花，在夜晚，疯言疯语——

过去的日子呀

还能不隐去——

昨日黄花

在梦里，开遍美好的现实

开遍我的床上，床下

1990.7.20

---

① 改成语"明日黄花"以抒己意，非误用。

月　光①

黛安娜，我又望见你圆润的面庞
在那夜的终点我遇见的是你
数万公顷的尘土和时间的沙子
黛安娜，我在另一座空场内
不曾看见你，那时
我是作为世界的光亮
属于安第斯山系的矿藏
满满一海岬银子一样的月光散落一地
黛安娜，羊角上又一个简约的符饰
我在第一公尺的铅雨中
梦见你，满手碎片一样的镜子和镜子的碎片
星辰回转，而野牛的头却
出现在日曦将阑的山巅
我从每一条光线的方向上
走到过这个世界每一处边缘
黛安娜，一切都气数已尽
我是明哲保身，还是一梦到底

1990.7.21

---

① 曾发表于《诗歌报月刊》1991年第6期。

刀　刃

我凝视着一把刀的边缘

美洲豹，丝绸一样光滑的毛皮

像一片绿色的影子

滑过刀锋时一个窃贼闪亮的庄稼

此刻，夜色将残

我脉管中那同行的伙伴已抵达天边 ①

弑血的刀子，透过豹子的双眼

眺望着波光秀丽的河床

在这昏暗的腹地

两个持刀行凶的家伙

是哪一个，最先向主动手

刀子，就是福灵；刀子，就是危险

1990.7.21

---

① "天边"，戈麦自编《彗星》作"无限"。

黄　金①

我不能在众多的元素中排斥的，是你
你这唯一的一个，黄昏时天边的锦绣
是麦子，是古树参天，大地的母亲
猿类颈项上那颗火红的星辰

唯一的，但又是敲不醒的山峦，山峦的锤子
当落日敛尽所有的恩典
我在冥界的蒲垫上苦想冥思
黄金使天女的裙幅飘扬漫天

亚马逊平原，黄金铁一样的月光
流满这昂贵而青色的河流
阿斯特克人灰白的废墟
远处，大森林，虎豹的怒吼一浪高过一浪

你这桑切斯国王的魔杖
和所有殆尽的荣华，留在庙堂
一吨吨大质量的原子
使世界沉沦，又让万物回响

1990.7.22

---

① 曾发表于《诗歌报月刊》1991年第6期。

大　海^①

我没有阅读过大海的书稿

在梦里，我翻看着海洋各朝代晦暗的笔记

我没有遇见过大海的时辰

海水的星星掩着面孔从睡梦中飞过

我没有探听过的那一个国度里的业绩

当心灵的潮水汹涌汇集，明月当空

夜晚走回恋人的身旁

在你神秘的岸边徐步逡巡

大海，我没有谛听过的你的洪亮的涛声

那飞跃万代的红铜

我没有见过你丝绸般浩淼的面孔

山一样耸立的波浪^②

可是，当我生命的晦冥时刻到来的时候

我来到你的近旁

---

① 曾发表于《诗歌报月刊》1991年第6期、《诗刊》1991年第10期。
② 《发现》第1期"耸立"后无"的"字。

黄沙掠走阳光，乌云滚过大地

那是我不明不暗的前生，它早已到达 ①

1990.7.24

---

① "那是"，《戈麦诗全编》作"那里"，其余各本均作"那是"。

故乡·河水

一百次，我啜饮烈马的鲜血

我饮过一百个流血的村庄

一百次，在豹子花纹明鲜的皮下

血肉晶莹如花

无数颗故乡圆润的面影

纯洁得像鲜血痛苦的盐粒

一百次，故乡

衰老的面孔为我流泪

我梦见，故乡黝黑而衰老的乳房

从云朵上被暖风撕掉

河水，我饮过苍凉

满眼望不到，你，麦地和谷仓

我衰老的父亲

和一百多个空中垂吊的瓶子

飞奔于北风呼啸的山冈

故乡，泥石补不过窗棂①

岁月补不过眺望

每一张风干而鼓涨的牛皮

欲望结成硕果

---

① "窗棂"，《戈麦诗全编》《铁与砂》作"窗棱"。据戈麦自编《彗星》改。

碎骨养成肥料
每一面衰老的臀丘
幸福酿成苦果
痛苦化作食粮

1990.7.28

有朝一日

有朝一日，我会赢得整个世界

有朝一日，我将挽回我的损失

有朝一日，我将不停地将过去捶打

珍视我的人，你没有伪装

我将把血肉做成黄金，做成粮食

献给你们庄重与博大

爱我的人呵，我没有叫你失望

你们的等待，虽然灰冷而渺茫

但有朝一日，真相将大白于天下

辛酸所凝铸的汗水

将——得到补偿

1990.7.28

通往神明的路

白衣人，风暴即将过去
我主逍遥的航道在天边展开 ①
那逝去的时日，我们停泊的船头
海妖飞舞，鹞子飞上天空
庆幸吧，我们未来的明灯
没有在风雨中落泣
庆幸吧，我们钢铁一样的思想
在笼子一样禁锢的空气里
扶摇直上九霄
那些文明的弱者，在迷梦里
仍匍匐在成功的旗下
那些目光为存在所折断的行者
将自身投向了深渊一样的泥塘 ②
守住失败的灰土
敲响午夜的钟声
警醒吧，你们是颓废的继承者

---

① "逍遥"，《戈麦诗全编》作"招摇"，《铁与砂》、戈麦自编《彗星》作"招遥"。
编者酌改。
② 戈麦自编《彗星》将此行与上一行合为一行："那些目光为存在所折断的泥塘"。疑
似漏写。

是最艳丽的花，充满危险的广场
因为，最邪恶的路是通往神明的路

1990.7.28

劝 诫

相信雾，相信星空
相信灾难挽救下的双手
哪怕它们的形体已不合时宜
我也相信

相信诺言，相信背弃
相信奔放的双眼
哪怕在我的内心已激不起一点波澜
我也相信

相信石头，相信慈悲
相信雨，相信善良
哪怕它们隐藏在罪恶的深处
我也相信

相信世上的寒冷
相信秋高气爽
相信梦，也相信神灵
相信母亲临终的话语
哪怕它已被贴上终止的封条
我也相信

人们呵，请相信吧
相信尘世的变更，相信宿命

哪怕一切都被埋葬

一切都业已变得虚假

请相信吧

相信死神来临以前一切必要的前提 ①

1990.7.29

---

① 戈麦自编《彗星》，"死神"之前加了"这些"两字。

工　蜂

忘却性格，忘却性别
忘却公蜂与蜂王，忘却痛苦的恋爱
忘记河流，忘记岁月
忘记死去之后不能再来
工蜂，工蜂
热爱盲目，热爱事业
我手操一架崭新的竖琴
镂空弦管，妄图将你歌唱

1990.8.13

银币上的女王

银币上的女王

我思念你，像一个诚实的王子

思念一名乡野的嫁娘

我思念你的时候

你豆子一样茁壮的儿子已挤满厅堂

你只占有成群的儿子而没有女儿

我思念你，像思念一个愚蠢的幻象

银币上的女王

我思念你，像一百条光棍

思念一枝迷人的乳房 ①

而一百个秋天已经过去

我的病痛仍然发源于那匹你乘坐过的马的心脏

而上百匹像你一样的战马已经逝去

我擂击着春天的肋鼓，轰轰作响

银币上的女王

我思念你，像一只红蚂蚁

在一块岩石下冥思苦想

一只蚂蚁，就是一个美的事物

我记住了，并不忘记

---

① "一枝"，《戈麦诗全编》作"一只"。据《铁与砂》改。

在傍晚，一切从平野上逝去
一枚凶猛的银币凶猛地将我煅造

1990.8.13

金缕玉衣 ①

今日，看到你不灭的青光，我浊泪涟涟
夏日如烧，秋日如醉
而我将故去
退踞到世间最黑暗的年代 ②
固步自封，举目无望
我将沉入那最深的海底
波涛阵阵，秋风送爽

我将成为众尸之中最年轻的一个
但不会是众尸之王
不会在地狱的王位上怀抱上千的儿女
我将成为地狱的火山
回忆着短暂的一生和漫长的遗憾
我将成为鹿，或指鹿为马
将谎话重复千遍，变作真理
我将成为树木，直插苍穹

而你将怀抱我光辉的骨骸

---

① 曾收入《超越世纪——当代先锋派诗人四十家》(山西高校联合出版社1992年版)。
② 《戈麦诗全编》行首有"将"字。戈麦自编《彗星》时删去。

像大海怀抱熟睡的婴孩
花朵怀抱村庄
是春天，沧浪之水，是夙愿
是我的风烛残年

1990.8.13

事　物

河岸上那些病倒的树木
曾经是爬上陆地的人群
在不名的夜晚
他们走进了小林神的妖身

水滩上那些浑圆的石头
曾经是狂吠过的野猪的头颅
它们面朝夜空
用心模仿过云中的河蚌

而那些天空中滑翔的飞鸟
曾经是流矢射中的刀枪
它们在不安的尸体内剧烈地跳着
曾试图挽回愚蠢的过失而卑劣的命运

1990.8.13

谜

徒步山冈，回首星辰
乌云刮过山崖
从远方，井字形的面庞
我谛听着你，夜晚，三角的蚊香
从远方，羊角弓似月弦
一张鸟皮，一架肉体
从远方，一柄命运的纺锤
将一条真理书写于九层天外

高原，骆驼载走商队
我仔细端详一个三只蹄的印记
从远方，应当能够看到风中的海马①
像沙漠中喝干的皮水袋，一缕灰烬
让人回想起干旱的种籽和纪念
从远方，最末一座乡村客栈
巴掌一样大小的海湾，航海人
手执闪电，驱走牛皮纸上的商船

一只蜘蛛，是一盏发光的脸庞

---

① 戈麦自编《彗星》"应当"作"应该"。

一枝箭镞，是一个幽魂的姓名
胜利的沙子，你们等着！
落日的光辉王者的火发
熊熊烧毁，秘密的金黄泛着波浪
夜晚我枕下慢旋的罗盘
是一只雨燕的气息飞入一轮明月
照亮我的骨骼和神的沙窝

1990.8.13

蝴　蝶

死蝴蝶，佩在爱人胸前的

是死蝴蝶

一朵黑玫瑰盛开于醉酒的天涯

死蝴蝶，一切并没有源于爱情

源于生命，源于万般无奈

死蝴蝶，像我春天的塔下的一只形象的豹子

她幼小的暴力在爱人的心中徐徐开绽

死蝴蝶，未知有生，焉知有死

落叶飘零，坠满长安

一缕阳光斜穿我悲伤的腑脏 [1]

1990.8.14

---

[1] 《戈麦诗全编》此行作"一缕阳光斜穿过悲伤的腑脏"。据戈麦自编《彗星》改。

骑马在乡村的道上

骑马在乡村的道上
回想起，一次革命
一次求爱的路上一尾疲倦的白羊
岁月倒在路上
鲜血在白灰上流淌
一个牧神出现在山冈
像云柱上的寒光

骑马在乡村的道上
一派生机，一派金黄
收了，收了，炎热过后一派凄凉
回想远方的姑娘
永远生活在世俗围砌的边疆
一切遥想近在天边
一切罪恶横陈于天堂

1990.8.14

哭

两扇从不点灯的窗户

在夜里，守望着月光下雾霭般的原野

银鸟跟从一对布衣僧侣

经过栖息乌头鸦的树林

黑暗中白亮的河汉在远处汇入云朵

哭声四起，像浅草中衰败的麻雀

淋过热雨的铁皮

像玉米叶子，瞎子噙着光明

烟缕一样的手安慰着

像一大片麦秸的铃铛

哭，一往无尽的幸福

夜深了，没有人起身点灯

在树上，是猫头鹰橘红色的眼睛

1990.8.14

寒 冷

树叶上的水一点一滴

摇动了水洼中的月影①

夜间的雨，很冷

晚归的行人

带走了街头一天的奔忙

并肩的路，很冷

那些涌动不止的狐皮帽子

散发着一阵阵原野的气味

秋天的雾很冷

然而，更加寒冷的是

手指一样苍白的霜

一道尖利的寒光透过夜之明镜

枭鸟，那阴凉的瞳孔

在不停地颤抖

1990.8.15

---

① "月影"，《铁与砂》作"月形"。

红果园

家乡的红果园
心灵的创伤连成一片
从哪里来，又到哪里去
家乡，火红的云端
一团烈焰将光滑的兽皮洗染

炉火中烧煅的大铜
如今它熠熠生辉
我手捧一把痛楚，一把山楂
把一切献给广阔的家园
献给燃烧中灼热的胸怀

收殓着苍白的遗骨
家乡，家乡，大河照常奔流
这是烧红的夜晚
夜晚，发亮的血癌
红野鸡嗓子在火光中溅出烈焰

1990.8.16

粮　食

一年的空虚，一年的收成
火红的朝霞，火红的稷棒
百姓捣毁肮脏的杯子
盛囤空胃、麸糠
血如流水，汗似盐糖
饥饿化作粮仓
黄金在煤脏中闪光

与其盼望，不如梦想
劳作生产，一碗碱浆
生活多美好
乌鸦纷纷扬扬

1990.8.16

秋　天

秋天来到猫的产房
秋天太大，也太广
一床空旷的被子
一片辽阔的汪洋

秋天从何处诞生
砍掉哺乳的麦苗
谷物的生味景况空前
杀人者必胜
幸存者遭殃

我在病床
摆好秋天的广场
还会有鲜花没有出现
还会有钢叉披满衣裳
咽下食物，整顿行装
秋天，你的火眼乍亮

1990.8.16

绵　羊

你来到我的身旁
为何这般模样
日头已涨得很高
我为何停趾彷徨 ①

绵羊，你的道路还将众多
我的生活已步入决断
从早到晚，太阳升起
从晚到早，太阳坠落

从山峦到平川
从过去到现在
我走过的是草原和平地
我饮过的是失望和源泉

1990.8.16

---

① "停趾彷徨"，《戈麦诗全编》误作"停止彷徨"。据《铁与砂》、戈麦自编《彗星》改。

老　虎^①

我感到我腑内的震吼
已高过往日
高过黄金的震吼，骨头的震吼
巨石、山洪的震吼

我感到我邪恶的豹皮
就要在今夜起死回生
在这红日高卧的黑夜^②
老虎，你复生于一座恒河的谷地

在这个古中国的城市，我想起你
千万颗主星照耀下的梦境
在这个迦太基的庭院，我想起你
教徒们心中恐怖的神坛

你的光辉将覆盖整个印度
也同样覆盖喜马拉雅山脉以北的文明

---

① 曾发表于山东《作家报》（1991 年 11 月 21 日）。
② "红日"，戈麦自编《彗星》作"太阳"。

丰收的是你，是口中狂吐的巨石
是南印度文化倾圮中不灭的金子

1990.8.16

最后一日 ①

我把心灵打开
我把幸福留下
我把信仰升至空中
我把空旷当作关怀

屋宇宽敞洁净
穹寰熠熠生辉
劳作的人安于田上
行旅的人四处奔忙

我把黑夜托付给黑夜
我把黎明托付给黎明
让不应占有的不再占有
让应当归还的尽早归还

眷恋于我的
还能再看一看
看这房屋空无一物
看这温暖空无一人

---

① 曾收入《超越世纪——当代先锋派诗人四十家》(山西高校联合出版社1992年版)。

那始终惦念着的
你还能再度遥想
一个远离天涯的谷穗
今日已长大成人

但是也只能再看一看
但是也只能再想一想
我把肉体还给肉体
我把灵魂还给灵魂

1990.8.16

玫　瑰

我只想讲述那另一种玫瑰，在月轮之下
琥珀的马、人形和神的玫瑰
那不为人怀念的早晨和夜晚星宿的玫瑰
有着云的身影和少女一样身段的
我的目光所及数十里方圆之内
草丛之上，尘土和泪水，野兽口中阴沉的玫瑰

这是雪地上五朵梦中的白鹿
所留下的印迹，在月光之中①
像夜晚晦暗的阴谋，应着梦中的节拍
合二为一，又一分为二
或是历史书中一个久久不现的鬼魂
在遥远的空地上吐着鲜红的嘴唇

这些紫红色的星群，绚丽的镜像
曾在不多的几个人的一生中闪耀
魏尔伦的黄昏和一个叫坡的欧洲人
在偏僻的康帕斯草原迷惑着花蕊的芳香

---

① "月光之中"，《戈麦诗全编》作"月光之下"。据《发现》第1期、戈麦自编《彗星》
　改。

像是寒冷的空气中微小而发抖的殉难者
以及他们梦想中直通天庭的矮小的回廊①

总会有许多事物将被留下，像海面上
泡沫的灯盏，昆虫一样蔽日的船舰
一百年的贵族之战，死亡用红笔
注销着我，我的姓氏和爵位②
那就是我：一个梦想篡夺大英王位的大臣③
在玫瑰色的早晨，命运给我佩戴了红色的花蕾

一定有许多只眼睛目睹过这全部的失败过程④
是玫瑰，在原野的胸骨上祷告上苍
像黄昏之中消逝的花园
野马驰过天空，草木如灰
我聆听着迷雾之中花神轻微的合唱⑤
摧毁我的是那过度的奢望和玫瑰中的月轮

1990.11.12

---

① 《戈麦诗全编》下无空行。据其他各本改。
② "我的姓氏和爵位"，《发现》第1期作"我的姓氏和我的爵位"。
③ "那就是我"，《发现》第1期作"这就是我"；"梦想"，戈麦自编《彗星》、《发现》
　 第1期作"想"。
④ 《发现》第1期此行作"一定有许多眼睛，观望过这全部的失败"。
⑤ 《发现》第1期无"轻微"两字。

风　烛①

黑暗之水上漂来的风烛

你从地狱中上升②

与空气平行，与大地平行

在无形的恶的吹送下

乘黑暗的皮筏漂移而来

伴着风雨之中一长串的哭喊

非人的哭喊，雷声、暴雨和鬼魂的哭喊

你漂移而来

与时间平行，与我的目光平行

你的周围是惨白的砺石，砺石的火焰

是黑暗的极端，寒冷的极端

黑暗深处是灼亮的惨白

寒冷深处是死去的冰冻之水的火焰

你的光芒十倍于四周的光明

也十倍于四周的黑暗

---

① 曾收入"文学新星系列文学丛书"《中国青春潮·诗歌卷》（北岳文艺出版社1992年版）。下简称《青春潮》。

② 《青春潮》作"你从地狱之中上升"。

强劲的光，光的力受挫于微弱的黑暗[1]
你微弱的寒冷十倍于四周的黑暗
也十倍于四周的寒冷

风中之烛，你这黑夜的伙伴
你知道我，是谁？
是黑暗的附属还是黑暗的渊源[2]
为什么我在风的浪尖上看见你
飘摇不定，沿着莫名的道路
沿着鲜血的意志，沿着不明的道路匍匐而来
像一只孤零零的物质的根子[3]
在圣书之前，在有生之前，在神之前
撞入这一派空无的满是头颅的血，血的漩涡

你的头颅充满了茫茫黑夜
你的头颅一派空无
一朵柔软的刀锋，一把火苗
一种升腾之力和升腾的妄想
引导着一个盲目的躯体
此火为小，而躯体为大
一支火苗无力牵引着巨大的身躯[4]
无力上升哟，无力前行

---

① 本行和下行"微弱"，《戈麦诗全编》、漓江版《彗星》误作"徽羽"。下行"十倍"，
《戈麦诗全编》误作"十部"。据手稿改。
② "渊源"，《青春潮》作"深渊"。
③ 此行《青春潮》作"像一只孤零零的物质，物质的根子"。
④ "一支"，《戈麦诗全编》作"一只"。据手稿改。

像一种力的悔悟与力的谬误

向上的诱惑，也是行进的诱惑
和停止的诱惑，是平行的终止，平行和终止
虚弱无力的火的状态，是一次喘息
是永恒的喘息，喘息的终止
火焰停止歌唱，停止反响
以及反响之词，那黑暗的背部
在黑暗的核心，力的消亡地带
运动停止了呼唤，走入了血的深渊
血的窟窿，那沉沦与阴晦的时日，无光的时日 [①]

我看见刀的形状，火的形状与石的形状
一把利剑滚作一只火的石头
两支火苗从血肉模糊的头颅中燃烧
火的双眼，火的声音和火的道路
一团血亮的火焰劈开躯体的声音
毁灭与开始，毁灭，还是开始？
力的嘶哑破空而来
返归，返归，不愿再来！
两柄浑圆的剑的头颅抱作一团，横穿火焰的躯干

呵，风中之烛，我风中的烛光
在我之前，在上帝之前，在风烛诞生之前
一派欢乐的景象

---

① 《戈麦诗全编》下无空行。据手稿改。

寒冷是灰尘，灰尘是宿命

开始是结束，结束是开始

结束是结束，是结束，是，结束

这一切的讴唱仅仅是一次诞生

仅仅是一次诞生之前的所有道路

是道路——黑暗之中存在的，道路

1990.11

天　鹅

我面对一面烟波浩淼的景象 ①
一面镜子可以称作是一位多年忠实的友人 ②
我梦见他在梦中向我讲述 ③
我的天蝎座上一只伏卧的天鹅 ④

他的梦境被我诗歌的真理照亮而趋于灭亡 ⑤
因而那些景象同样也适合于我的梦境
我在梦中竟也梦见我的诗歌
我亲手写下的文字之中棉朵一样的天鹅 ⑥

一只天鹅漂浮在光滑无波的水面
闪光的毛羽，那黑夜中光明的字句
我的诗歌一点点布满典籍应有的灰尘
它华丽的外表将被后世的人轻声颂唱

---

① "景象"，一份手稿作"镜像"，另一份较早的手稿作"镜子"。
② 在较早的手稿中，此行作"一面镜子是追随我多年的忠诚的友人"。
③ "讲述"，在较早的手稿中作"诉说"。
④ 在较早的手稿中，此行作"我的星座之中一只凌空腾飞的天鹅"。
⑤ "我诗歌的真理"，《戈麦诗全编》作"我的诗歌的真理"。据手稿改。这一节及以
　下各节在较早的手稿中文字颇不相同，但因字迹潦草难以辨认，无法一一注出。
⑥ "棉朵"，较早的手稿曾改为"棉帛"。

当我朗声地读过并且大胆说出 ①
这只天鹅振动神仙般的翅膀扶摇直上 ②
我的诗歌仅剩下消匿之后的痕迹
一行行隐去，透彻但不清晰

梦中的诗歌，你向我讲述了什么 ③
它曾在我的脑海中彗星一样一闪而过
永恒不适于展示，神恩不适合述说 ④
我诗歌的天鹅振翮飞往遥旷的深渊 ⑤

除了梦幻，我的诗歌已不存在
有关天鹅也属于上一代人没有实现的梦想 ⑥
我们日夜于语言之中寻找的并非天鹅的本质
它只是作为片断的华彩从我的梦中一晃而过 ⑦

1990.11

---

① "当"字在一份手稿中被删去。
② "这只"，《戈麦诗全编》、戈麦自编《彗星》作"那只"。据另一份手稿改。
③ "梦中"，《戈麦诗全编》作"梦见"。据戈麦自编《彗星》改。
④ "神恩"，《戈麦诗全编》作"神思"。据戈麦自编《彗星》改。
⑤ "遥旷"在一份手稿中作"未知"。
⑥ "上一代人"在一份手稿中作"逝去的人们"。
⑦ "片断的华彩"在一份较早的手稿中作"华彩的片断"。初稿这一节下面另起段还
　有一行："认出了天鹅也就认出了我的诗歌"。

牡　丹

无数个朝代已经逝去，如今 ①
你已成为一座富有的都城，以及 ②
城池下丰腴的帝后，神采盎然
无数个夜晚你面对幽暗的蓝天
幻想着不同于月亮的星和不同于太阳的月环
不是为了爱恋，为了云头阴沉的山巅

所有的日子诞生在傍晚，所有的日子
是黄昏，是漫长的黎明之前
大自然，你这浑厚的色调，你这万物的主宰
所有的日子为你而去，所有的日子
像沙漠之中追逐蓬蒿的牧人
所有的岁月都是现实，现实源于梦幻

如今我看到那些过去的游客 ③
破旧密麻的布鞋踏碎百花的花瓣 ④
一苑皇花是一苑恋人

---

① "逝去"，《戈麦诗全编》、《发现》第1期、戈麦自编《彗星》作"过去"。据手稿改。
② "成为"，《发现》第1期作"成长为"。
③ 《发现》第1期此行作"如今，我只能看到那过去的游客"。
④ 《发现》第1期无"密麻"两字。

寺院的帆薮遮蔽了海上的旌旗和浪尖 ①
我在你的身旁看见那些时间的流水
流水之中匆匆的盔影像是恺撒的时代 ②

我那黄昏般的心灵之中娇艳的妇人
你的名字是洛阳，你的命运是黄昏
在我们风雨晦暗的祖国 ③
哀鸿遍野，落英坠满山峦
一阵秋风像一座幻景之中的都城
一轮夕阳漫步于荒凉的平川

1990.11

---

① "帆薮"，戈麦自创词，意谓"帆的渊薮"。
② 《戈麦诗全编》下无空行。据戈麦自编《彗星》、《发现》第1期改。
③ "祖国"，《发现》第1期作"古老中原"。手稿又作"家园"。

陌生的主

今日，我终于顺从那冥冥中神的召唤
俯视并裁决我的生命之线的
那无形和未知的命运的神的召唤
我来到你的岸边，大海的身旁

我望见了你，那金黄的阴云
两条无身之足在阴云之上踩着灵光
我望见你，寂静中的永动
从黑云之中泛着洪亮的声音

我是在独自的生活中听到了你
你的洪音震动着明瓦和庄稼
从那样的黑夜，那样的迷雾
我走上归程，那命运的航路①

我是怀着怎样一种恐惧呀
却望不到你的头，你的头深埋在云里
为大海之上默默的云所环绕

———————————

① 各本"走上"后均有"的"字，编者酌删。

你神体的下端，像一炬烛光 ①

我是怎样被召唤而来，却不能离去
抛弃了全部的生活，草原和牧场
畏惧着你，你的脚下的波浪、群山
双目空眩，寒气如注

你是谁？为什么在众生之中选择了我
这个不能体味广大生活的人
为什么隐藏在大水之上的云端
窥视我，让我接近生命的极限

1990.12.2

---

① 《戈麦诗全编》下无空行。据其他各本改。

海 子

对于一个半神和早逝的天才 ①
我不能有更多的怀念
死了，就是死了，正如未生的一切
从未有人谈论过起始与终止
我心如死灰，没有一丝波澜

和死亡类似，诗也是一种死亡
它适合于盲人与哑巴
因而适合于凶手烈士
适合于面对屠弑狂舞
面对灵柩高歌的疯人

而我也是一个疯人，在时光的推动下
写下行行黑雪的文字，与你不同
我是在误解着你呀，像众多的诗人
一切都缘于谬误
而谬误是成就，是一场影响深远的幻景

1990.12.2

---

① 《戈麦诗全编》《铁与砂》行末均有逗号。编者酌删。

深　渊

我是为你而低下了这沉重的头呵，望到了生活的深渊
黑夜沉沉地扑倒在我的脚上
在我之上，已没有黑夜、白日和星辰
在这深渊的表面，无光之水幽魂一样波动

我是为你而低下了这豹子一样的头颅 ①
它健康而沉痛，满目黑红的血污
在你的威慑之下，我一步步走入深渊
我是怎样地活着呀，面对忘河之水 ②

我望着这深渊内悲惨的影像
听到来自万恶之源的巨石一样的哀嚎
在我之前，那些不幸的神祇，都已面目全非
纠缠着，挥动着帽子一样的头颅

这全部的时间的深渊，它属于我
罪恶的鹰隼啜食着我的肝脏
我是怎样被你列入这愆罪的行列

---

① "低下了"，《戈麦诗全编》作"低下"。据手稿改。
② "忘河"，《戈麦诗全编》作"妄河"。据手稿改。

一生走在磷光的波浪上，我不得而知

我的一生将在这无边的黑暗中悄然度过
我不能想见我过去的信仰和来世的曙光
我已失去了未来的光景，不能再梦见什么
一切都是命运，是你手中掌握定数的轮子

1990.12.6

命 运

我们诞生时的月晕，我们睡梦时的薄雪
我们黎明深处的梦境，我们想象中的草鞋
我们脑髓中生长的植物，我们青春的祭血①

我们在洁白的纸上写下鲜血和记忆
我们在长夜里浪费了良辰和美景
我们在雨中手扶岁月和灰尘

这一切肯定与你有关②
你不要沉默不语
你掩口微笑的日子已经够多

你究竟幽居在哪一座星宿③
为何远踞天空的暗处
精心构置着我们尘世的生活

1990.12.6；12.9

---

① 《戈麦诗全编》、戈麦手编《彗星》此行作"肯定与你有关"。据《发现》第2期、
手稿改。
② 《戈麦诗全编》、戈麦手编《彗星》此行作"也一定与你有关"。据《发现》第2期、
手稿改。
③ 《戈麦诗全编》、戈麦手编《彗星》无"究竟"二字。据《发现》第2期、手稿改。

鲸　鱼

我只望见你浪头后隆起的尾部
手掌一样翻起的水面像一片片涌起的屏风
而你的尾部像一座消逝在深海中的礁石①
我的目眸稍有疲惫，就在那一瞬间我失去了你

你这海上不平凡的事物
未来人们不可捉摸的海上奇谈②
你滑过这一片绿草一样的水面③
像一卷落帆，用不上一个崭新的理念

从闪现到消逝，这个过程缓慢得有一个钟点
我等待它重新从水面露出
我的内心从微热滑到冰凉④
像一个慵倦的人遇见一个慵倦的形象

---

① "深海"，《戈麦诗全编》作"海"，据《发现》第2期、戈麦自编《彗星》改。"礁石"，
　《戈麦诗全编》作"山"，据《发现》第2期改。
② "不可捉摸"，《发现》第2期作"不可琢磨"。
③ "绿草一样的水面"，《戈麦诗全编》作"绿色一样的水面"，《发现》第2期、《戈
　麦1990年底存诗》作"草绿色的水面"。据戈麦自编《彗星》改。
④ 《发现》第2期、《戈麦1990年底存诗》此行作"我的内心从微热到冰凉，从波动
　到平缓"。

你水晶一样的黑洞和头部柔缓的曲线 ^①
无边的身躯与黝黑的皮肤，我从未遇见
你属于我们时代正在消逝的事物 ^②
我幻想着，耗尽每一个平凡的夜晚

1990.12.7

---

① "黑洞"，《发现》第2期、《戈麦1990年底存诗》作"小洞"。
② "你属于"，《发现》第2期作"这正是"。

盲诗人

为了卷册上惨白的烛光，为了未来到以往 [①]
我已失去了美丽的双目，窗棂紧闭
我阔别了生活多年的阳光，也同样在幻界中前行
但这些都已成为我告别过的事物，它们珍贵而闪亮 [②]

可是我还能看见，在我内心的旷野上出现了短暂的景象
它们既不洒脱，也不空灵；不属于梦境，也不属于心灵
美好的东西是在人生之后，遗忘和遥想
我已走过了那与天一日的高梦，回到现实的空房

一切仍没有结束，而是在另外一次生活的中途
它们一直追随我度过以往的时日，但现已苏醒
我仍然能够望见，窗前那一次次凌空而起的排浪
在黑色的浪头上面，我望得见白色的浮花寒冷的光芒

我仍能遥望，那如茵的草地，少女和羔羊
白浪翻滚的溪流，我依稀可见 [③]

---

① "为了未来到以往"，一份手稿作"为了从将来到以往"。
② "事物"，《戈麦诗全编》作"事情"。据戈麦自编《彗星》改。
③ 据戈麦自编《彗星》。此行手稿初写为"裙幅、美发和溪流，白浪滔天，我依稀可见"，后改为"白浪翻滚的溪流中少女的美发，我依稀可见"。

知交多年的杰士和僧侣，我过去的庭院
你们乘坐过的秋风和车马，可与云高

我仍然能够望见那世上的树木、欢乐的花园①
飘然而落的白日，俊美清朗的星辰
你们属于我所度过的生平，我盲目之中的现在
在我宽敞的房间我手扶一缕轻烟仍然将你梦想

1990.12.9

---

① "我仍然能够望见"，戈麦自编《彗星》作"我依然能够看见"。

新　生

许多事物不能在时过境迁时回首追忆
它们被挽留，就像一种文明在风化的岩石上流下的砂土
那样严酷。我的生活也是这样
它曾沐浴在一种未知世界的诱惑中，充满辛酸与徒劳

当我在这里程的中途蓦然直面大海的责备
星宿骤然亮而倾斜，我的天平荒凉而空虚
我倍感失望。这是我逝去了的二十三年美好的时光
它们簇集成一个灿烂的星系，从诞生到成长

许多事物还不曾梦见，许多事物还有待找寻
而许多事物我已寻到，却不能如愿以偿
至善需要耐心，旷远依赖于时间的丈量[①]
但更来自于神启，不能够随心愿向往

我知道这种思想陈旧得有如高原上露天的煤藏
日晒风吹，已黯淡无光
但我如此珍惜，像珍惜一件过时的衣裳[②]

---

① "时间"，一份手稿作"心血"。
② "过时的衣裳"，戈麦自编《彗星》作"过时衣裳"。

不附和于时俗，不附合于同代人微薄的理想①

我还将在同样的宿命指引下耗尽不长的余生
同样的古城楼阁，同样的海角天涯
已经获取的荣誉不易丧失，未曾得到的幸福无缘分享
同样的屋宇，同样的烛光，同样一个写作者，写作直到天亮

我品尝过胜利的耻辱和争斗的荣耀
爱过一个鹿一样骏美的女人和一个病弱典雅的知识分子②
我度过的是青春，我面对的是衰老
我考虑着玫瑰、云影和钟声，我的案头浮现异国的风光

一切还不能称其为教训，但其中的悔悟已经足够
今夜，疏星朗照，太白星横过中天
我，一个中原和北方的漂泊者，亨利·威廉斯，远东的戈麦
在这里，我摒弃了所有的痛苦和忧虑，写下我漫长而宁静的
　　新的生活③

1990.12.9

---

① "理想"，《戈麦诗全编》作"思想"。据戈麦自编《彗星》改。
② "骏美"，《戈麦诗全编》作"俊美"。据戈麦自编《彗星》改。"知识分子"在一份
　　手稿中作"女史箴员"。
③ "宁静"，一份手稿作"悠远"。

明　景

我的肢体烫晒于朝霞
我的血，我雪亮的肝脏
这鲜红的血瘤为我所知、所想
我的蜕变，我的活化

鲜血和晴日，一同迈上发光的癌塬
火炽的冰原为我伏下
白象伏下，血流挫击着大脑
愿望和心血相互扶持，迈上了山峦[1]

那马的胸栈，鹰的双眼
那双眼的血瘤，血的窟窿
水鸟与卤水兀立于惨白的椎头[2]
那是谁的肩头
远方和不祥之物平摊在颅骨的路上[3]

血红的诗平铺在路上
纯质的诗，灼目的胸怀

---

[1]　"山峦"，《戈麦诗全编》误作"山恋"。
[2]　"水鸟"，一份手稿作"火鸟"。
[3]　"不祥之物"，一份手稿作"不详之路"。

诗歌的盘平铺在路上
那天空的盘，吞吐不尽的盘
兀立着珊瑚、星宿和马卵
这诞生不远

一个人斩断的食指，在道中吟唱
一个人来到了道中
那人拔掉了骨殖中的脊髓
看见了食指
心灵暗淡，血液生辉

这人来到了他心灵的灾顶
望到了光秃的血塬
黑血压低了马群
马头上挂满了闪光的佩饰
这黑夜的马头
吐出无光的光明
鲜血的树木结满果实
这树木着实，这果实清脆
肌肉的纹理明晰可辨
这光明不可仰视，不可感知
它贯注长空，一派澄净

我来到了这天空以上的高原一往无前
这么多的肉体围聚在圣筵的周围
无主的圣筵，欢乐的圣筵
我的冰川之马，我的血流之马

愿望之马立如群山

马的空虚，马的旺盛^①

马的颓败，马的修炼

---

① 末两行一份手稿中也作"马的空虚，马的修炼／马的颓败，马的旺盛"。

彗　星

你又莅临这生长人番的汪洋
几千日一个轮转，你为何不能遗忘①
这指针一样精确的记忆
抛进大海它只是一颗瘦小的盐粒②

千万颗灰尘，你用其中的一个
印刻了我们这个默默无闻的球体
当故国的河山又一次印章一样在下界闪现
你空茫的内核为之一颤

万人都已入睡，只有我一人
瞥见你，在不眠之夜
神秘之光，箭羽之光
砂纸一样灼烧，我侧耳倾听③

今夜过后，你是燃毁于云层
还是穿越环形的大地，这可怕的意念

---

① "几千日一个轮转"，戈麦自编《彗星》作"几千年一个轮转"，《戈麦1990年底存诗》
　作"几千年一轮转"。
② "一颗"，《戈麦诗全编》、漓江版《彗星》作"一颗颗"。据戈麦自编《彗星》改。
③ 《戈麦诗全编》、漓江版《彗星》"一样"后面有"地"字。据戈麦自编《彗星》改。

在茫茫的寰宇之中我触及了
你一年一度的隐痛和焦虑

人迹罕至，惊人的景象已不多见
在沉酣如梦的世上，今夜 ①
这星球之上，只有一双尘世的眼睛，望着你 ②
你寒冷的光芒已渐趋消弱

多年之后，你运行在海王星的外围
在那椭圆的轨迹最疾速易逝的弧段
你的内心为遥远的一束波光刺痛
那唯一的目击者熬不过今夜，他合上了双眼

1990.12

---

① "世上"，《戈麦诗全编》作"世人"。据戈麦自编《彗星》、漓江版《彗星》改。
② "眼睛"，《戈麦诗全编》、戈麦自编《彗星》、漓江版《彗星》作"双眼"。据《戈麦1990年底存诗》改。

高 处

从今日起，我不再攀登诗歌的顶峰
不再渴望在心中建筑通天巨塔
我不再祈望永恒
一切都是虚幻的梦境，是生存的深邃之处
我不能继续在辽阔的大地上空度一生

那些太阳城的巨子，诗国的天王
他们赢得了洁白的卷册和后世的仰望
但我是知道的呀，我是从他们中间走来①
在那统治万物的高度
一切皆因超拔而虚脱，光明近于黯淡

黛安娜，从今日起，我只想
攀登你神圣的光环
我只想回到你温暖如春的家园
我只想做一个圣书上的人，守望花园的人
一个寻常的人，幸福的人

我的命相之星，今夜我遇见了你

---

① "他们"，《戈麦诗全编》作"你们"。据手稿改。

终年的劳累轰然倒地，我无限惭愧
我知道我的光辉将不来自于神圣
将不来自于全景和万物，它来自于灵魂
来自于光外之物，你的脸庞和超度我生的目光

看那故乡的麦子，它只向上生长，向着阳光
这一生命的本原现象启悟了我
黛安娜，我不能失去你
我的灵魂可以转世，但幸福犹如悬于弦上
失去你就失去一个永世不可再得的梦想

我的一生刚刚开始，鲜花在水上流淌
还会有道路伸向远方
但它已命定不会长久，末日或沉伏于明朝
黛安娜，愿我的灵魂能直达你的心灵
就像你的目光，通夜把我照亮

1990.12

第五辑　眺望时光消逝（1991）

想法（致非默）

A.雪急剧地降落到这条凹陷得很深的路上
　足足有一只靴子那么高
　这种重荷压得信札后传出友人窸窣的吼声
　我蒙上双眼，但并不意味着
　我能够将记忆的虹膜上一丝细致的刀痕抹掉

B.一个事物的丑态，哪怕你把它端放到祭台上
　也不能变得更加美好，何况是在火上
　苍蝇的屎不会变得更加干净，锈着花纹的钢丝不会使肉体
　　更加舒畅
　那个法兰西男人，他站在典籍的深处呕吐已久
　如果我能面对现实，这种态度也适用于我

C.航海不过是偷生，真理美丽得有如谎言
　生存肯定是一只被缚得紧紧的翅膀
　无论是在密封的格窗，还是在野外飞翔
　那些解放者的业绩，一寸一寸演变成囚兽的铁牢
　环行者的路径绕过了河川，绕过了山梁

D.没有人能看清历史，正如没有人看见草生长
　对命运的理解，使我们误入了文字生涯

瞎子依傍点杖徒步抚过草原

树木被砍伐，犹如它们仍然悬挂在天上

对于我来说，白昼犹如夜晚，尘世犹如禁忌

E. 一切都出于传统，包括冷峻和愤怒

人习惯于梦想和追求，刺刀习惯于鲜血与屠杀

云朵习惯于装成白象和麋鹿

局外人习惯于棋盘上黑白子的争斗

这和上帝把他的儿子捏出来再赶出去没什么两样

F. 意志的骨头早已在我的绝望中化为灰烬

我们来到世上，正是为了把偶然的角色扮得更加荒唐

人类绝对是一堆废物，不必惋惜

一种生物的灭绝，另一种生物还会生长

关于结局，无非是岩石，无非是尘渣

1991.1.6

狄 多①

我已走完了命运限定给我的短暂的旅途
在这最后一个夜晚，我遥望着柴堆和祭坛
赫卡特，三位一体的爱恋女神②
你处女一样洁净的一生让我无比羞愧

我已远离了文明的世界，在亚非利加洲的北岸
万念皆空，堆砌着这座倾覆的城
面对雅尔巴赫健壮的双腿③
我把怀念砌进石头，我把情欲砌入城邦

在梦幻一样的清晨，那个特洛亚的青年
在梦中的海滩，他狂野地追逐了我
从此我走上了覆灭的命运之网，爱情的深渊
当我第二次背叛理智的星光，便被这网上的绳索牵向了死
　　亡④

---

① 曾发表于《诗林》1993年第2期（夏季号）。诗后有戈麦自注："狄多，古代迦太基
　女王。"狄多原为腓尼基公主，丈夫被兄所害，率追随者出海到非洲建迦太基城。
② 赫卡特：通译赫卡忒，希腊神话中前奥林匹斯的一个提坦女神，同时拥有三种形
　态。赫卡忒总是和夜晚、鬼魂、地狱、魔力、巫术和妖术联系在一起，也是极少
　的未婚女神之一。在罗马神话中，赫卡忒是月亮女神狄安娜（黛安娜）的别名之一。
③ 雅尔巴赫：非洲酋长，追求狄多被拒。
④ 《戈麦诗全编》在逗号处转行。据《发现》第2期、《戈麦1991年存诗》、《诗林》改。

而那个抛弃了我的女神的儿子，他是如此懂得人世的无常
宽阔的海面上白蚁一样的船只载走了意大利的未来
你们即将迎来烜赫的武功和法律的天堂①
而我在这堕落的另一面，看见真理在他手中永远闪光

亲爱的法玛，愿你从此走遍整个利比亚
向那后世的人们播种我临死时渺茫的希望
那个多少世纪以后才能出现的后裔，你万可不必为我流动复
　　仇的血液②
世界从属于物质，仇恨和情欲同出于人的臆想

我仍要感谢那些暗示过我的幻象，漆黑的圣水、移动的白杯
但我是有意放过。我就要在烈火中化为灰烬
现在我用迷惘的目光寻求高天的光明
我找到了，长长地叹出了最后一声③

1991.1.13

---

① "烜赫"，《发现》第2期、《诗林》作"炫赫"。
② 《戈麦诗全编》"那个"后有"在我"两字，《发现》第2期、《诗林》有"我在"两字。
编者酌删。
③ "最后"，手稿、《发现》第2期、《诗林》作"最后的"。

浪尖人物

我在中国西部的火车上兜售过羊皮
这场弥漫全球的洪流把我推向了运动的浪尖
而今我离开了联合大会彩绘的座位
底特律的修配厂，哈佛入学前的英语课堂
在这世界的一隅，我有福后半个生涯[①]

我的名字将被更多的变更所替代
对于女人我已无过多的激情
对于书本我已无至上的兴趣
我反复回忆那些日夜里一场一幕
穷究有什么样的人操纵着我现在的贫困和落魄[②]

1991.1.13

---

① 《戈麦诗全编》将下一行归入第一节。据手稿改。
② "落魄"，手稿作"落破"。

朝霞（断片）

夕阳的火，在铜镜的背面
我又能看到朝霞
那堆砌不尽的血块，冷却的铅水
在我的脑髓中沉浮
什么事物能够带来心灵的重压
朝霞，一个神子出现在麦垛的云端

没有人能够仰望河流
没有事物能弥补事物的缺口
没有异想能够安慰神的不安
在……

1991年初

上帝（断片）

什么事情能够弥救癌病的痛苦
什么事情能够治愈心灵的创伤①

什么声音能够抵达秋之子夜
什么声音能够穿透深冬的骨骼
……

1991年初

---

① "事情"，《戈麦诗全编》作"事物"。据手稿改。

眺望南方（一）

我在这巴西的高原，高原的南端
眺望南方
天宇被东和西的两岬云峦
从宽阔的北方挤得越来越窄
在那曙光微冷的气色中
潘帕斯草原
你的茂盛有一种灰冷的味道
在这两块大洋，它佛手一样的浪花
拍击之下
你像高原上流淌下的铁
两三只高瘦的灰马
在天空映照下
使草原变得更加辽旷
而草原之外的冷陌的高原
像巴西的兄弟，巴塔哥尼亚
你在那汇入汪洋的一角
面朝大洋上的西风
哦，西风
送掉了世间的宽广
巴塔哥尼亚
我要走到你遥远的海涯

走到一些冻土上蓝色的植物
像大海抛在岸头的星星①
旷古的寒冷拍打着岸上的足迹
呵，我的巴塔哥尼亚
多少个世纪了
阳光没有回转，星斗遥挂北极
在这天地辽阔的世界的末端②
岩头和海水冻结为无限的冰雪
在这无尽的冰海雪地之中
我看到的是无数颗陨落的星星

1991.2.3

眺望南方（二）

我在这古堡的砖垛上
眺望南方
在曙光微冷的气色里
潘帕斯草原
你的茂盛有一种灰冷的味道
在两块大洋之间
佛手一样拍击的海浪
你像高原上两匹瘦高的灰马 ①
在天空之下
使草原变得更加辽旷
在草原之外
巴塔哥尼亚，冷陌的高原
我巴西的兄弟
面朝凛冽的大海，面朝西风
哦，西风
吹走了世间的宽广

巴塔哥尼亚
我要走到你剑鞘一样的海岬

---

① "瘦高"，《戈麦诗全编》作"瘦长"。据手稿改。

冻土上天蓝色的植物
像潮水遗落的星辰
旷古的海风
拍打着岸上的足迹
哦，我的巴塔哥尼亚

多少个世纪了
阳光仍没有回转，星斗拦挂荒原
这岩头与海水冻结而成的末端①
在无垠的冰海之上
我遥望着南半天雨水一样陨落的星辰

1991.2.3；2.13

---

① 《戈麦诗全编》无行首"这"字。据手稿增。

南方（一）

那是前一个晚上遗落的微雨
我脚踩薄绿的青苔
我的脚印深深地印在水里
一直延伸到小巷的深处

这是一个不曾破解过的夜晚[①]
我从早晨到达的车站来到这一爿屋檐[②]
浅陋、迷濛，没有更多的认识
因而第一个傍晚
我仍然徘徊于灯火萧索的街头
耳畔是另一个国度的音乐，另一种语言[③]

那种柔软的舌音像某些滑润的手指
它在我心头抚起一层不名的陌生
我是来到梦里
还是被世界驱赶到经验的乐园
从此的生活是要从一种温暖的感觉开始[④]

---

① "破解"，《戈麦诗全编》作"破译"。据手稿改。
② 此行手稿作"我的经历从早晨到达的车站到这一爿屋檐"。
③ 末两字"语言"，《戈麦诗全编》作"音乐"。据手稿改。
④ 《戈麦诗全编》下空一行。据手稿改。

还是永远关闭了走回过去的径巷

南方，从更高的地方不可能望到你的全貌
在那雾一样的空气下层
是亭台楼阁和越女的清唱①
我还能记得这漫长的古国
它后来的几百年衰微的年代中
那种欲哭欲诉的情调

但我只能在狭窄的木阁子里
静静地倾听世外的聊籁②
一缕孤愁从此永恒地诞生③
它曾深深埋藏在一个北国人坚实的肺腑
今日我抑不住心中的迷茫
我在微雨中摸索，从一种陌生到另一种陌生

1991.2.3

---

① "亭台楼阁"，《戈麦诗全编》作"亭台的楼阁"。据手稿改。
② "聊籁"，《戈麦诗全编》作"聊赖"。据手稿改。"聊籁"系诗人生造，揣其意，当指谈话的声音。
③ "永恒地"，《戈麦诗全编》作"永恒的"。据手稿改。

南方（二）

像是从前某个夜晚遗落的微雨
我来到南方的小站
檐下那只翠绿的雌鸟
我来到你妊娠着李花的故乡

我在北方的书籍中想象过你的音容
四处是亭台的摆设和越女的清唱
漫长的中古，南方的衰微
一只杜鹃委婉地走在清晨

我的耳畔是另一个国度，另一个东方
我抓住它，那是我想要寻找的语言
我就要离开那哺育过我的原野
在寂寥的夜晚，徘徊于灯火陌生的街头

此后的生活就要从一家落雨的客栈开始
一爿门扉挡不住青苔上低旋的寒风
我是误入了不可返归的浮华的想象
还是来到了不可饶恕的经验乐园

1991.2.3；2.13

南方的耳朵（一）

我目睹南方的耳朵

晶莹得像一片闪亮的珍珠

那小巧的光泽里

透露着含蓄的典雅和丝绸一样的财富

南方的耳朵

雨水中诞生的儿子

或是雨水中失去的姑娘

它贴近着明净的双鬓，秀丽的脸颊

我在一个迷梦一样的早晨①

目睹了南方的耳朵

开在我的窗前

像两朵雨水中闪亮的贝壳

或是两朵清晨的梦中出生的兰花

这一景致并非寻常的幻象

幻象是一种启示

这一景致也并非寻常的梦境

梦境是一种宫怨

但它不是

南方的耳朵已深深镌刻在我的灵魂的碑文之上

---

① "迷梦"，《戈麦诗全编》作"迷雾"。据手稿改。

我看到我的南方的耳朵

紧紧贴在一根聪慧的稗草之上

这是我此生此世难以接近的纯洁

此生此世我的碑文再难以晶莹如花

1991.2.3

南方的耳朵(二)

我目睹南方的耳朵
晶莹得像一片闪亮的珍珠
像雨水中闪亮的贝壳
它贴在青葱的双鬓
贴在陌生人的面颊

我目睹南方的耳朵
开放在我洁净的窗前
开在水边
像两朵梦中出生的花瓣
像清晨,像菩雨,像丝绸的波光

这种景致并非寻常的幻象①
幻象是一种启示
这种景致也并非寻常的梦境②
梦境是一种构想
但它不是

---

① 《戈麦诗全编》无此行。据手稿增。
② 《戈麦诗全编》少"的梦境"三字。据手稿增。

南方的耳朵

雨水中诞生的船只

雨水中失去的箱子

南方的耳朵

已经深深镌刻在我的碑文之上

我目睹我的南方的耳朵

紧紧贴附在一根聪慧的稗草之上

像一个短暂的姓名

这是我此生此世难以接近的纯洁

这是我此生此世难以遇到的晶莹之花

1991.2.3；2.13

雪（一）

向内收缩，光线紧张地弯曲

水的最低点

光芒从黑暗的深处被压迫而出

一道刺破肉眼的强劲的弦

天堂里坠落的灰尘

纯洁的灰尘

在茫茫的大气层中

编织着寒冷，气体一样翻转回旋

锐利的锋缘在顽固地溶化

留下了冰块和金属

刺痛阳光的是顽固的雪

这一场巨大的幻景

笼罩我们的生存

它们点缀了冬天

也点缀了我们对待事物的认识

刺痛阳光的是上帝的雪

1991.2.6

雪（二）

向内收缩，光线紧张地向内弯曲
水的最低点
光芒从黑暗内部被挤压而出
锋利的核，无质的内核
在内核与内核之间
一道强烈的弓弦刺破肉眼

天堂里坠落的思想的鳞片
天使眼中纯洁的灰尘
在茫茫的气宇之中
元生之气迷茫而翻卷
那些聚集成花朵的针镞里
融化之中金属顽固的锋缘

这一场巨大的幻景
笼罩着我们薄雪一样的生存
它们染白了冬天
染白了我们对待事物的认识
上帝的血刺痛了阳光
我们在其中发现一种亘古未有的顽固

1991.2.6；.2.17

风（一）

意念的出现往往先于概念
当我说到风
我的胸口上涌现一层薄薄的云
只须伸出一片苇叶①
风就从苇叶下面一掀而过

我伸出两根指尖
风呵，你要小心地从中吹过
我的感觉异常完美
它不容得一丝偏离②
飘忽得像雨水下的一阵风③

当我感觉不到的时候
我会去事物的更深一层寻找
一片有着罕见之美的植被
在你镇定的寂静之中
是隐藏着一阵风的呀

---

① "只须"，《戈麦诗全编》作"只需"。据手稿改。
② "不容得"，《戈麦诗全编》作"容不得"。据手稿改。
③ "雨水下"，《戈麦诗全编》作"雨下"。据手稿改。

一定会有另一类风
存在于高原之上
或是沙漠上一汪清水的水面上的波痕
而那些刮倒树木的反倒并不是风
是像风一样无影无踪的言语

1991.2.7

风（二）

形象的出现往往先于意念①
当我说到风
我的心头涌起一层淡淡的云
我的话语像一片苇叶
风从苇叶的下面一掀而过

我伸出比芦苇还要细的指尖
风呵，你要小心翼翼地从中吹过
我的感觉异常完美
不容得一丝偏差
它飘逝得像两只雨水之间的一阵风②

一定有风存在于语言之上
像波浪翻过来时水面下的空隙③
在沙漠中心的风眼
那些刮倒树木的并不是风
而是像风一样杳无踪迹的言语

---

① 手稿前四行都有旁注："待改"。
② "它"，《戈麦诗全编》作"你"；"两只"，《戈麦诗全编》作"两滴"。据手稿改。
③ "翻过来时"，《戈麦诗全编》作"翻过来的"。据手稿改。

当我感觉不出一棵植物的表面的含义
我会去事物更深的一层寻找
一棵植物的内部有着罕见之美
在你镇定的寂静内部
是隐藏着一阵生长着的风的呀

1991.2.7；2.13

大雪（一）

这是第一次，我迷失了森林
一场梦中的小雨
残酷得像满世界的霜
苍白的星和从中心辐射而出的热量
小原子围绕着清一色的家园

大雪大雪，这是我的舞蹈
两个步子之间
石头和鲜血
你在比我更高的世界
你的舞蹈是否已可称作一次性的完成

长久的积愿从天而降
我发现不出你的开合
这道路森林已为你所有
这粮仓和耕种已飞逝得像一场风
和一场风暴，风暴中群落的大鸟

大哉，灿兮
你轻轻托起我绒线一样的毛羽
大哉，灿兮

我在这绵毛的白糖中看到了什么
大哉，灿兮

从一片雪花出发
我将在广大的世界中梦见什么
十里湖开，八里浩海
雪降之上仍是雪降
我像一片最大的雪花
为什么我的渺小仍然得到盛开

1991.2.7

大雪（二）①

这是第一次，我迷失了森林
一场梦中的小雨
残酷得像满世界的霜
苍白的星和从中心辐射而出的热量②
小原子围绕着清色的家园

大雪，大雪，呼唤中的舞蹈
两个步子之间
石头和鲜血
在比额头高出一个天地的世界
你的舞蹈是否已可称作一次性的完成

哦，长久的积愿从天而降
我发现你眼睑上的开合③
这道路森林已为你所有
这粮仓与耕种已纷飞得像一场风

---

① 曾发表于山东《作家报》(1991年11月21日)、《诗林》1993年第2期(夏季号)。
② 《作家报》"辐射"后无"而出"两字。
③ 各本"发现"后均有"出"字。编者酌改。

和一场风暴，风暴中群落的大鸟 [①]

大哉，灿兮——[②]
我在这绵毛的白霜中看到了
大雪之中复生的蔗林
这雪厚的蔗林
我白糖一样的羽毛散落在何方

从一片雪花出发
我将在广大的世界中梦见什么
十里湖开，八里浩海
雪降之上还是雪降
大雪之上是最大的雪花
为什么我的渺小仍然得到盛开

1991.2.7；2.17

---

① 《戈麦诗全编》第一个"风暴"误为"风景"。据手稿、《发现》第2期、《作家报》、
《诗林》改。
② 《戈麦诗全编》无破折号。据手稿、《发现》第2期、《作家报》、漓江版《彗星》加。

冬日的阳光（一）

我的骨骼之中冰凉的血液已有多久 ①
我对人类温馨的气息已远离多久
在这大气日暖的三月
我又遇见冬日的阳光

三月的阳光
我期待会有鸟类和煦的胸怀
我成熟的躯体就像这温暖的村庄
会临三月，被这温暖的土地捧入春天

我会临这大雪的原野
这天上的阳光在原野上沉睡
那是我的肉体剥落了的精灵
那是我的羽毛，它沉睡了多久

我的三月，羽毛一样的钢针
刺穿着你的胸怀
我还将在这赤道以北的大地上生活多久
怀着温暖的冬日，身处大雪之中

1991.2.10

---

① "骨骼"，《戈麦诗全编》误作"骨胳"。据手稿改。

冬日的阳光（二）

我对田野上温暖的气息已远离多久
我的骨骼之中那一对相爱的母鹅已远离多久 [①]
在这天气日暖的三月
我又遇见冬日的阳光

两只松鼠和两只母鹅
冬日的松鼠，三月的松鼠
两只松鼠，两只母鹅
冬日的母鹅，三月的母鹅

我会临这大雪的原野
这天上的阳光已经不多
松鼠的肉体在地里沉睡
两只松鼠，它沉睡了多久

三月的阳光照进温暖的鹅圈
我期望会有鸟类和煦的胸怀
我成熟的肉体就像这温暖的村庄
会临三月，被母鹅的毛羽捧入春天

---

① "骨骼"，《戈麦诗全编》误作"骨胳"。据《戈麦1991年存诗》改。

母鹅的三月，你拍打绿波的翅膀
像我前世的一个行动
我还将在这赤道以北的大地上生活多久
怀着温暖的冬日，身处大雪之中

1991.2.10；2.17

天马（一）

我从一片无形之水中看到你
你生成于我的大脑虬隆的山峦
我的生命的岩浆从那里迸溅
它灌注了你皮肤光洁的骨腔和肌群

你不再属于一个梦想的头颅
铁青色的天宇，那里迸溅过理想和朝霞
一个青春之血的儿子，一个不死的永恒
实心的拳头践踏着我血肉横飞的天灵盖骨①

妄想之穴，晴朗之穴，天意和窟窿②
我手扶这沥血的窗户
全身为这神祇的后裔麻醉，我看到了航程

从中心到中心，广阔的空气，广阔的海洋
在这片被称作幻想之境的王国
为了一驾燃烧的车马，我乐于再生

1991.2.13

---

① "横飞"，《戈麦诗全编》、《戈麦1991年存诗》作"飞舞"。手稿在"横飞"后衍一
"舞"字。
② "天意"，《戈麦诗全编》误为"无意"。据《戈麦1991年存诗》改。

天马（二）

我从一片无光之水中看到你
你生成于我的大脑皮层的谷地
大雪的岩浆在那里迸溅
灌注了你的皮肤，骨腔和肌群 ①

从中心到中心，广阔的气宇，广阔的沙漠
你拳头一样的蹄子捣碎我的天灵盖上的神灯
在这片被称作幻想之境的王国
一驾燃毁的战车从一颗灼烫的火星上踏过 ②

妄想之穴，晴朗之穴，天意与窟窿
我梦想中的穹庐四处洞开
燃烧的白发像大火中的幻影
我手扶这沥血的窗户，看到了航程

从此这头颅怎能再属于一个梦想的头颅
铁青色的天宇，血管和泉浆

---

① "和"，《戈麦诗全编》作"与"。据手稿改。
② "踏过"，《戈麦诗全编》作"跳过"。据手稿改。

从这里迸溅着复生的理想和复生的朝霞
一个青春血的儿子，不死的永恒

1991.2.13

1991.2.17

目的论者之歌（青草）①

我白雪一样的睡眠之上，
屹立着一棵纤细的青草。
一棵青草，如果放到更远的地方，
很可能就是一个薄弱的信念，
但它不是。

我从一只蜗牛的花纹里，
一只雄蜂在它的背上。
一支注满牛奶的草茎，如果放在 ②
蜗牛的体内，很可能就是
一窝发臭的蜜蜂，但它不是。

我从羊的身上取毛。
最令我感动的不是大衣内的温度，
而是羊的眼睛，如果把它放在
一口很深的井里，很可能就是
一颗闪亮的露水，但它不是。

---

① 手稿中有"一稿"字样，但未见二稿文本。
② "草茎"，《戈麦诗全编》作"草荏"。据手稿改。

这株青草屹立在我的睡眠之上，
它究竟意味着什么？
在我的睡眠之中，一定
有一只手摄取了
一根理想的柱子，但它不是。

1991.2.17

北风（一）

面向北方，三匹马在山冈上鸣叫
猎猎的旗帜在飘，那马的血
昂起的头颅，火焰的喷射处
三条背驰而来的道路找到了方向

原野上的雪映照着马肚下的灰白①
一片青光，一片迷雾
花斑马撕下了走遍世界的蓑衣
燃烧的鼻翼碰到了一起

在一只马的喉音里
所有的方向归结到远方
三条彩色的飘带在天边飞舞
哦，极光；极光闪过

风从马的嘶鸣中彻空而来
那是上帝的手帕在民众的脑子里
熄灭了烛火，所有的哨子在吹
所有的光聚集在寒冷的极地

---

① "灰白"，《戈麦诗全编》误作"灰马"。据手稿改。

一切在风中消逝，轮胎在消逝
三角裤在消逝，帆船在消逝
医生的眼镜在消逝，巫术在消逝
庄园主脸上的柿饼，生殖的器具在消逝①

可怕的寂静，沉入下去便是寂静的深潭②
三只白色的猎犬向北方狂吠
一只不可逆转的镊子
伸进了天空的百慕大，笼罩一切的虚空

那个孩子，那个在北风身边
最可怕的孩子，他瞪大了双眼③

1991.3.15；3.20

---

① 戈麦旁注："加一段"。
② "沉入"，《戈麦诗全编》误作"沾入"。据手稿改。
③ 文后有戈麦自注："需扩充"。

北风（二）①

面向北方，三匹马在原野上鸣叫
青色的鬃毛在雾霭中拂动，猎猎的旗帜在飘②
炽热的血充沛了马的头颅
三匹白色的马屹立在山冈，喷射着火焰，朝向北方

三条道路迎面而来，三只轮子滚下山冈
从黎明的故乡，从赤道，从夕阳
从青稞的高原，从霏雨的稻田
三条背驰而来的道路找到了方向

一片青光，一片迷雾，这是原野上的雪光
映照着马肚下的灰白，在背景中
灰色的精灵撕下了温暖的蓑衣，灼烧的鼻翼
碰到了一起，迎北风而立，方向的曙光

在一只马的喉音里，所有的方向归结到远方

---

① 曾发表于《花城》1991年第6期、《诗林》1993年第2期（夏季号）。收入"文学新
　星系列文学丛书"《中国青春潮·诗歌卷》（北岳文艺出版社1992年版）。以下简称《青
　春潮》。
② "雾霭"，《戈麦诗全编》作"雪霭"。据手稿、《发现》第2期、《花城》、《诗林》改。

所有的时光滑向命运的狭谷，黑暗的长河①
三条彩色的飘带在天边飞舞，三支猎枪
这是宇宙的闪电，哦，极光；极光闪过

神的手帕在民众的脑子里熄灭了烛火
所有的元素聚集在寒冷的极地，所有的哨子在吹
风，从马的嘶鸣中破空而来
震动着岩石、心脏，血的雕塑，雪的迷宫②

北风从夜的山冈吹过，吹倒了森林和五谷
千万只猛兽从牧游人的提袋中放逐③
逆纬度而行，逆方向而行，马蹄轧碎铁钉④
这是血的清明与神的失败，不死的精灵

一切在风中消逝，原野在消逝
轮胎在消逝，农妇的大脚在消逝，帆船在消逝⑤
医生的眼镜在消逝，巫术在消逝
庄园主脸上的柿饼在消逝，生殖的器具在消逝⑥

在北风中，三只拳头谛听着极地的寒冷⑦

---

① "狭谷"，《发现》第2期、《诗林》作"峡谷"。
② "岩石、心脏"，《花城》作"岩石的心脏"。"雪的迷宫"，漓江版《彗星》、《戈麦诗全编》作"血的迷宫"。据手稿、《厌世者》第2期、《诗林》改。
③ 《青春潮》行末多"了"字。
④ 《青春潮》此行作"逆纬度、逆方向而行，马蹄轧碎铁钉"。
⑤ 《花城》《青春潮》作："轮胎在消逝，帆船在消逝，农妇的大脚在消逝"。
⑥ 手稿、《发现》第2期、《花城》、《诗林》、《青春潮》"柿饼"后无"在消逝"三字。
⑦ 漓江版《彗星》、《戈麦诗全编》无"极地的"三字。据手稿、《发现》第2期、《花城》、《诗林》、《青春潮》加。

北方，看不见的星光，喑哑的铃铛

稷黍向北方颔首，陨石挖掘树根

在马的骨腔内，热带的骨灰，一颗恒星的热量

幻想升入明镜，信念滑下血泊

三只白色的猎犬向北方狂吠

这凝望的寂静需要多久，一只不可逆转的镊子

伸进了天空的百慕大，魔鬼的船窟

那个孩子，那个在北风中肃立的果核

上帝的幼子，手扼双肩

当冰核的火星在雪峰之上最终闪现

在北风身边，那个最可怕的孩子，他睁破了双眼

1991.3.15；3.20；3.29；3.30

梦见美（一）①

在一颗星星的肉体里，我梦见美
发亮的植物菌攀附住皓白的岩面
它们微小的胃和发甜的口腔
食物的鼓乐此起彼伏，这是岩浆的美

在一枚野杏的果仁中，我梦见美
所有的小风在秋千上摇晃
雌雄同株或雌雄异株
花的基因也是蜂的基因，这是植物的美

在一只蜗牛的体内，我梦见美
一小杯淡红色的有机物盛放着
嘴偏向一侧的帽沿一直垂到体内②
像细得不能再细的鹅管，这是基因的美

在一只公蜂的舌尖上，我梦见美
含羞的顶端用蜜液洗刷着异性的腹部③
透明的子宫，那厚厚的墙哟

---

① 曾收入《超越世纪——当代先锋派诗人四十家》（山西高校联合出版社1992年版）。
② "帽沿"，《戈麦诗全编》作"帽檐"。据《发现》第2期、《戈麦1991年存诗》、漓
江版《彗星》、手稿改。
③ "洗刷"，《戈麦诗全编》作"刷"。据《发现》第2期、《戈麦1991年存诗》、手稿改。

更小的蜂在那里漫游，这是生命的美

在一把匕首的刀刃上，我梦见美
一滴血像一个蛛网上挣扎着的肚子
刚刚有手枪一样的嫉妒瞄准过肚脐上
十环中核心的位置，这是性别的美

在一小块荒芜的石子上，我梦见美
一只高倍望远镜斜架在日光的炉子上
像是在洞穴中，息栖的白蛾窥见了 ①
一秒钟内钵上绘出的图影，这是艺术的美

恋人呀，在你精心雕琢的指尖上，我梦见美
那是神在我们日常生活中留下的陀螺
总是有两个不倦的身体在二十个纹涡内不停地游 ②
一个对另一个的记忆印在了身体的其他部位，这是时光的美 ③

瓦尔特·惠特曼，你说你在梦里梦见 ④
我在这世上回避了什么
还能够再梦见什么
在那些深藏不露的事物上，美是怎样复生的？

1991.3.28

---

① "息栖"，《戈麦诗全编》作"栖息"。据《发现》第2期、《戈麦1991年存诗》、手稿改。
手稿原作"栖息"，后改为"息栖"。
② "纹涡"，《戈麦诗全编》作"纹蜗"。据《发现》第2期、手稿改。
③ 《戈麦诗全编》下无空行，"这是时光的美"另行排。据《发现》第2期、《戈麦
1991年存诗》、手稿改。
④ 手稿以下三行作："你呀，你这个老瓦尔特·惠特曼 / 你说你在梦里梦见…… / 我在
这世上回避了什么，又梦见了什么"。

扣 门

三个黄昏扑打着我的房门
三个流浪回家的饿魔
三只行凶杀人的影子
　　　　扑打着我的房门

啊，三个黄昏
在门外喊叫
三个黄昏从窗外伸进头来
　　　　三个饿鬼！

这是在夜晚来临之前
黄昏在屋外加紧扣门
三只黑色的翅膀
　　　　拍打着我的门窗

1991.3.28

当我老了

当我老了，在一块高大的岩石下
最后看一眼房屋后海上的黄昏
请让我望一望日出前的树林
当我老了，再直不起腰身

在我的身旁，一只衰老的知更鸟
一株白杨正在成长
我座下的仍是那把青年时代的椅子
当我老了，再也直不起腰身

许多枫叶在我脚下安睡
枫叶下面是秋天的泥土
这种气味一直伴随着我
我诞生在秋天，从未走进过乐园

一只老马在草地上安睡，一只老马
它走遍了中国西部的草原
我不是那匹好马，一生中我多次回头
想看看自己，看看自己留下的黄沙

我一直未流露过内心最深处的惶恐 ①
关于生命，关于博爱
我至今仍然披挂着破旧的僧衣
当我老了，窗前的河水平流

这是哪一座人家的少年
一个少年手执书本，面色红润
你看你，多像我，脸上没有皱纹
但我老了，再也直不起腰身

我的一生被诗歌蒙蔽
我制造了这么多的情侣，这么多的鬼魂
你看这天空，多像一个盖子
当我老了，再也见不到黄昏

当我老了，就要告别全部的欢乐
你还能记得我吗？在遥远的法兰西
在波涛滚滚的太平洋的彼岸
我狱中的友人和梦中的情人

1991.3.28

---

① 《戈麦诗全编》"流露"后无"过"字，"惶恐"作"恐惧"。据手稿改。

盲目主义之歌

我懂得太多
噢，我懂得太少
我想得太多
噢，我想得太少
一个盲人走在路上
噢，一个盲人，噢，在路上

这是第一个夜晚我刺破双眼
我曾用目光将一个人伤害
众鸟低飞，众鸟低飞
一只蝙蝠，伤害了我的头颅
噢，一只蝙蝠
噢，一只蝙蝠

我知道得太晚
噢，我知道得太早
一颗美好的心灵再三劝告
从一数到三，从二数到九
一颗美好的心灵再三劝告
噢，再三劝告

1991.5.14

父　亲

父亲，你在耀眼的夜晚
看到远方走来了疲倦的儿子
父亲，你应该大笑

父亲，你在晚年的光景里
看到远方寄来滴血的书简
父亲，你应该大笑

父亲，你在黎明的火光里
看到水上漂来的一把手枪和半个头颅
呵，父亲，你应该大笑

　　　　　　　　身后的镜子里
父亲，你在燃起烈焰的荆棘丛中
看到了远方的儿子比你还要衰老
呵，父亲，你应该大笑

1991.5.14

春 天

春天，两只老虎
坐在水上

两只老虎
怀抱胸前的白雪
在水上行走

半截的身子
半截的命
半截的头
在水上行走

1991.5.14

梦见美(二)

黑夜中的一株小树，是星
闪光的石子，如苞开放的果实
黑夜中的一尊石像，是笛子
歌声，黎明时分的一片小云

这寂静中的美，谁能懂得
宝石的尖端，码头的小岸
剥去核桃外层的薄壳
一粒蜜饯打中了果仁的绳索

在树杈中生长的，是猴头
一队雪亮的剃刀走进小鸟的穴巢
一张乖戾的脸缩小到脚趾大小
早熟的少女走进了士兵的营帐

美是流星，横过睡眠人的头顶
海藻在吹奏，芦管在舞蹈
一个遥远的声音抵住黑夜的耳朵
指针上有萘，一个卫生球高吊着

沁人的蜂香安慰着晶莹的棉朵

子弹爆烈出的火花更能让人懂得
乳房中的血滴，血滴中的小河
就像针尖上有花圈，花圈里有汪洋

1991.6.8

浮 云

仰望晴空，五月的晴空，麦垛的晴空
天空中光的十字，白虎在天空漫游
宗教在天空漫游，虎的额头向大地闪亮
额头上的王字向大地闪亮

恒河之水在天上漂，沙粒臻露锋芒^①
黑色的披风，黑色的星，圆木沉实而雄壮
一只白象迎面而来，像南亚的荷花
荷叶围困池水，池水行在天上

遗忘之声落落寡欢，背着两只大脑
一只是爱琴海的阳光，一只是犹太的王
良知的手紧紧托住一只废黜的大脑
失恋的脑，王位与圣杯在森林中游荡

云朵是一群群走过啊，向西，向海洋
在主公的坟头，在死者的鼻梁
一名法官安坐其上，他的胡须安坐其上
一只牧羊犬悔恨地投诉着泪水的故乡

---

① "臻露"，戈麦自创词，意谓达到而显露。

泪水的故乡，泪水之乡也是心愿之乡
心愿在河上摆渡，不能说生活是妄想
遗忘的摇篮，遗忘的谷仓
一个秃头的儿子伫立河上，秃头闪闪发亮

1991.8

沧 海

拒绝死亡，就是拒绝岸上的沉砂
事物的内部，铀被方向和地理抽空
那岸上的芦苇在微风中摆动
时光在摆动，摆动岸边的叶子，摆动灯塔

遥远的绿呀，遥远的七弦琴，翡翠色的盔甲 ①
这绝对和沉寂被嵌在一颗不名的星球
像偶然的一块羊皮，羊皮被标记打中
偶然的绿呀，偶然的风，汇往平明之镜

黑夜里的一叶孤舟，一片指甲
一叶孤舟悄然泅渡，黑夜谛视源头
一粒银粟漂浮不定，跃上船梢
细密的波纹呀，通向远方的航路为银线环绕

这是在远方，什么人在宇宙的窗口瞭望
一只鸟，一只蓝尾鸟在黑夜登上枝头
鸟呵，疲倦的鸟，大水上被风暴洗刷的眼睛

---

① 《戈麦诗全编》第二个"遥远"误作"遥运"。

一声鸣叫像一粒喙尖上的石子，石子上有光亮^①

一只鸟在·滴水上站着，它站了好久
这是海面上悬起的一滴水，它的质量直指
星球的核心。一只鸟在水上看了好久
一只蓝色的影子在窗口像死一样绝望

风一直在领航，指引的是海上的波浪
波浪一直在荡，海面上延伸的钟磬一直在响
谁在千尺之下栽种了槐桑
谁提着琥珀的桶，谁是人，谁是物种

1991.8

---

① "喙尖上"，《发现》第2期、漓江版《彗星》作"啄尖中"。

大　风①

晴日降下黑雨，大雨降下宿命
军团的云，枫叶的云，一座高楼危然高耸
原野上羊群盘卷成一个漩涡②
地上的风，天上的风，一个大鳖在山上哀号

在云涡中抖动的是一颗发绿的心
在一朵黑云上张望的是一个灵魂的空壳
大风横过秋日的旷野，只露胸围
一团乌云，在那生长阳光的地方

一个人满身秋天的肃杀，伫立在河上
神经的人，落魄的人，不食烟火的人③
他在心中遇见黑夜，遇见时间
遇见蛛网上咯血的鹿，遇见一个宽广的胸怀

一个人伫立在风中，他在心中裂为两瓣
裂为两半，一半在河岸，另一半在河岸
旷世的风像一场黑夜中降临的大雪，他在心中

---

① 曾收入《超越世纪——当代先锋派诗人四十家》(山西高校联合出版社1992年版)。
② "漩涡"，《发现》第3期、《戈麦1991年存诗》作"游涡"。
③ "落魄"，《发现》第3期、《戈麦1991年存诗》作"落破"。

看见一个人在大雪中，从另一个身上盘过

哦，上帝的中山装，从你那四只口袋里
风像四只黑色的豹子闪电一样飞出
啃食玉米的房屋，啃食庄园丰盛的雪骨
劫掠着树木，劫掠着大地的牙齿，劫掠着采石场

两个黑夜结伴而来，一个骑着另一个
一个大雪中昏聩的瘫子在空中撕扯着天空的胃
那里存积着胃，存积着栗子和火，盔甲之下
一颗最大的头颅，它已登上疯狂的顶峰

1991.8

眺望时光消逝（一）

箭羽飞逝得很远，停留在这里的仍是影子
马的背影留下了风声，什么旷宇能留住风头
天空中那只大箫挈曳回离散多久的声籁
这足以使一切变得像乌云，像海兽沉伏的项背

为迎接那永恒之光，因而黑夜可以是白昼
天堂之光垩白而真实，它大而无形①
群星寂灭，它们赢得了丧失，却变得亏空
从单数到复数，造物主收回了妄想，却赢得虚空②

这乐园和静土为大岩所有，这是树木上生成的岩石
莹白的光，又怎能说是与天空同出一人之手
盛开的大丽，自主而无边，这是冷漠的花的海洋
一艘大鱼在光面下游动，载走一箱箱的言语

"V"的字样在天际闪现，像被摘成倒刺的闪电
向地缘处的深渊扎着，或是不断地跳起
这是时间倒立而出的脚，不可挽回的脚

---

① "垩白"，手稿作"恶白"，前有逗号。
② "复数"，《戈麦诗全编》误作"得数"；"虚空"，《戈麦诗全编》作"空虚"。据手稿改。

444 | 戈麦全集·上卷

显现给世界最后一类物质，带着尖利的欢叫

不断有隆起的身影向上漂浮，不断有
一排排拱起的身影向我们表达最终的问候
这身影从最大处消失，不断有更小的身影浮现
拱起变大，像有罪的天使，漂浮而又消失^①

1991.8.22

---

① 手稿在此节下有句"利刃斩断太阳的钢索，钟点越来越长"，似为下节首行；写作
日期被划去，可见此为未完稿。

眺望时光消逝（二）

箭羽飞逝的声音还在鸣响，停留的是光的影子
马的背影留下的只有风声，风头已汇入旷宇
只有天空中一只大箫，用雷声挽留住匣中的天籁
一切变得像刚刚叠起的乌云，海兽沉伏的项背 ①

多少个钟点，光终于走完一把利刃的形状
斩断天堂的钢索，垩白而真实，它大而无形 ②
群星寂灭，理性的组合舱变得亏空
由一个单数到复数，造物主的精神像雪迹一样污黑

岩石在大地上迟滞，像是树木的纹理上生长的岩石
白垩的光，白垩的表面像是自生自灭的晶体
盛开的大丽，自主而无边，冷漠的花的海洋
一只大鱼驮走神器，驮走一箱箱的言语 ③

还会有异象在天际闪现，像被摘成倒刺的闪电
"V"字形密得像暴雨，向地缘处的深渊扎着

---

① 《戈麦诗全编》在"像"字后衍一"你"字。据手稿改。
② "垩白"，手稿作"恶白"。
③ "一箱箱的言语"，手稿初写为"一箱一箱的言语"，后删去第二个"一箱"。《发现》
第3期、漓江版《彗星》、《戈麦诗全编》均作"一箱箱的言语"。

是时间倒立而出的脚，不可复得的脚
显现给世界最后一种物质，它带着一声尖叫

不断有隆起的身影向上漂浮，由最小处上升
向我们表达最终的问候，这些弓起而相背的脸呀 ①
是光，从最大处消失，像有罪的天使
不能原谅，伴随着时光，恒星离我们远去

1991.8.22

---

① "相背"，手稿作"背相"。

天象（一）

玄学之书，信仰之书，也是金火之书
拖曳着甜蜜的松鼠和美好的云团
物质的主呵，散落在书页后的棋局
腥红的线在黑暗中连缀着，引导光芒

九星之中两个虚设的零点，仪器的轴
星官的起始，黄道和赤道，支撑着重负
这名称的妄想从何而来，莫测的漩涡
热的漩涡，雨的漩涡，也是寒冷的漩涡

这定数引诱着一颗星体，那蔚蓝色的眼哟
从古代和北方，人们都能仰望
仙女和拂尘从轩辕座上滑翔得如此悠缓 ①
它带来七颗星的启示和羽林军的荣光

一个崭新的纪元能够在这漩涡中歌唱
星象如此晦暗，也如此辉煌
那些直指心灵的是约伯，疑窦，毁灭，和假象 ②

---

① "拂尘"，《戈麦诗全编》误作"佛尘"。据手稿改。
② "毁灭，和假象"，《戈麦诗全编》作"毁灭和假象"。据手稿改。

那些闪耀在镜端的是元素，质责，回音和梦想^①

陨落的巨石打中日坛上的头颅，一颗头颅
一座空旷的骨架，一张星云的形象告慰着
我们想象天开，气流中雨落斗笠、长枪
一颗青春的胸怀已将宽广的命运容纳

1991.8.23

---

① "质责"，《戈麦诗全编》作"质素"。据手稿改。

天象（二）①

草木遇见羊群，蚂蚁途遇星光，夜的云图
在天上闪亮。瞻望永恒的梦抵达以太之上
以太之上，大质量的烟，大质量的柱子，棋局
缜密而清晰，什么样的数学，什么样的对弈者

小红马驰过天庭，四个礼拜日，四个乘法
十二宫，十二个荷马，抱琴而眠
什么意志推迟了王冕，铸造成鹏鸟的形状
一只空瓶安座于内，像大熊的胃，大熊的脚掌

信仰之书，玄学之书，安放于暗蓝色的盘面
蜜样的鼠拖拽着一只龟和一只大眼的蟾蜍②
星和星，α 和 β，物质的主呵，腥红的胆
散落于星座之上，相同的蒙古，相同的可汗

九星图上仪器的轴是两个空洞的支点
星官的起始从何而来，向内，向外
天鹅绒上的勋章，神奇的蘑菇，莹绿的小凫

---

① 曾收入《超越世纪——当代先锋派诗人四十家》(山西高校联合出版社1992年版)。
② "蟾蜍"，《戈麦1991年存诗》、《戈麦诗全编》、漓江版《彗星》均为"蟾虫九"。"虫九"疑为笔误。据《发现》第3期改。

一只钟表应着节拍，时辰从何而来

这定数引诱着每一颗星辰，那蔚蓝色的眼哟
古代、神迹和北方，人人都能仰望
一只镇定的豹子在轩辕座上如此悠缓
它带来启示，七颗星，羽林军的荣光

星象如此晦暗，如此辉煌①
一个崭新的纪元在飞旋的星云中歌唱
那些直指心灵的是约伯、祈祷和假象
那些兀立在镜上的是元素、责备和梦想

陨石击中观象仪的头颅，一颗头颅就是
一座莹绿的骨架，一张云图告慰着
大雨落下斗笠与刀枪，这是抖动中玉的耳朵
一颗青春的胸怀已将宽广的命运容纳

1991.8

---

① "辉煌"，《戈麦诗全编》作"悠缓"。据《戈麦1991年存诗》改。

佛光（一）

扶正良知，信仰像一支光的影子拉长
航路如此清晰，尘世的珍珠和少女
像一朵朵光的乳房，堆积在半个天上
厚重的云海，因陀罗的席子在渊壑之上悬浮

云像一只锋利的舌头，托起神龟的脚踵①
白鹤静得像一阵风，掠过石像的头
还会有表情庄重的云穿梭在柏树的椎骨
树皮开合得像一扇门，透露出经卷上文字的光芒

稀世的寒冷已维持了多久，沿着石阶
松柏苍翠得仿佛要拔地而出
会临极顶，举目眺望，这观望的僧侣
已坚持了多久，雪山之上阳光普照

橘子的光，乳鹅胸部的光，贵胄的光
强大的烛火汇聚着节日盛大的午宴
佛的手掌，它平铺成一条天路

---

① 《戈麦诗全编》这一节和下一节的顺序相反；"脚踵"，《戈麦诗全编》作"脚趾"。
据手稿改。

天路之上，众生仰望光辉的达摩，光辉的释

云海之下慧雨空濛，云海之上万里晴空
那是晴朗的云海，一万里的光
最大的光，在云海之上，最大的光环
像牟尼的头颅，像它的美，它的丰仪

1991.8

佛光（二）

扶正良知，信仰像一支光的影子拉长
尘世、珍珠和少女堆在半个天上
像一座光的乳房。航路已如此清晰
因陀罗的席子悬浮于渊海之上

云像一只锋利的舌头，托住神龟的脚趾
白鹤的翅静得像一阵风，擦过有耳的岩石
另一种云是柏树中的云，在河蚌的腰部穿梭
那些薄壳之间的牙缝透出经卷上文字的光芒

一座多孔的象牙塔，它的基座维持了多久
风在拾级而上，松柏苍翠得仿佛拔地而出
世界的屋脊能有多宽，小得像脑子里的胎记
一个僧侣坚持了多久，阳光普照雪山之上

橘子的光，鸽子胸脯的光，贵胄的光
强大的烛火在幔纱后节日的舞宴上聚集 ①
佛的手掌，它平铺成一条天路
天路之上，众生仰望光辉的释

---

① "舞宴"，《戈麦1991年存诗》作"午宴"。

云海之下慧雨空濛，云海之上万里晴空
那是晴朗的云海，一万里的光
最大的光，在云海之上，最大的光环
像牟尼的头，像它的美，它的丰仪

1991.8

关于死亡的札记 ①

1. 如果说医生是仆人，生活是情妇
   那么死亡就是陪伴我们行走
   以及睡在我们床上的那个影子
   一只豹子漂过庞培古城的废墟

   黎明时分的夜寒冷得像一块磁铁
   它吸引着白天的读者翻得很慢
   一本黑夜的小说无法将词句加热
   它吸引着瞌睡虫子，白天的读者翻得很慢

2. 时光寒冷得像一块磁铁
   它吸引着单腿的瞌睡和圆规
   清晨日光将树影推向远方
   一本黑夜的小说，白天的读者翻得很慢

3. 给死亡打气，就像被扒得赤裸的轮胎
   由一把钳子的嘴叼着，在沸水里煮
   当一个厨师展现给我们最后一道小菜
   他会指着上升中的泡沫说："瞧，他在感恩"

_____

① 本篇据残稿整理，序号为编者所加。

4. 我们不能使用名词，形容词也不行
   动词的每一个词根上附着牙齿
   这种说法作为一个动作它已完成
   如果用来形容死亡，情况刚好相反

   因而一个伟大的沉沦往往用不上祭奠
   我们在墓地上向死者致敬
   这已经被拿在手里的帽子耻笑
   死者在叹息说："瞧，它笑得多欢"

5. 上帝用最卑微的造物摧毁了马丽亚的生活
   这时候一个小时是短暂的
   它得用人类所有的痛苦来衡量
   就像一秒钟内我们要跑遍所有的坟场

6. 总会有这样一个时候，全部的疑问
   由几何学来回答
   逻辑哲学中关于一个函数存在于几何学
   的结论可以为后人提供一个生活的样板

   实证哲学和逻辑数学由此产生
   关于一个函数和一个子集
   存在于几何图形中的结论 ①
   可能为后人提供了这样一个生活的样板

---

① "图形"，《戈麦诗全编》作"圆形"。据《戈麦1991年存诗》改。

7. 向死亡开刀，手术的过程会进行得很慢
   仿佛病人在开会，而医生在屋外扣门
   这时候某个穴位会提醒传道者
   "喂，朝这里说，你就会说到点子上"

8. 正如石头从外部剥落，衰老却从内心开始
   这古老的谜语曾经哄骗过众多
   今天让我在一间斗室遇见，但却不能开释
   阳光是这样突然将光圈印刻在一只山羊的脸上

   所以我不能相信零，零太充实
   它使人类所有的想法都小于一

9. 死亡在最终的形象上展现给我们的
   是一只曲颈瓶上的开口，它的深度无限
   但它却能用一根教鞭反复讲述
   梦是怎样存在于一个奇妙的三角形的中央

10. 我们不能过问一件事情背后的景况
    当死亡的答案如果能够由一支红笔勾出
    是生命在交白卷，树木在谛听
    同样的露水不能滋养两个不同的灵魂

11. 当我们胸口上的勇气数到这个隐晦的数字
    时钟上的指针刚好停在某个半秒
    这个时候很适合于我们让恶梦醒来

但不能停得过久，否则就会触犯人性

12. 环伏的时间绷得像一根钢索
　　不断有人从这条小径上跑回
　　如果支出一枚硬币能够将一口水井的深度测量
　　那么终点一定出现在某一个不存在的位置

13. 勋章上的星像泪水锈出的牛痘
　　他仅仅给正义带来耻辱
　　那个在蹄子下面挤奶的女人呀
　　几亿颗颤动的头颅在农场的背影中浮动

14. 把灵魂送给魔鬼，这如同说将一颗钻石
　　留给上帝，而票据上的价格无人问津
　　因而不能说一根围成一圈的绳子
　　能够做前面十几个蚂蚁也能完成

1991.9

第六辑　早期诗作（1987.6—1988.3）

平　原①

平原选择平展

在　很久以前

瞥眼　细细的雾

画出地平线

洪水流过今天何处

曾经幽默息壤一片

平原有时呻吟

没有山

麦田绿了黄黄了白

反复多年

狐尾　一串

扫过黄色的忧患

狼爪　星星点点

如树落烛光

---

① 此篇刊于《启明星》第15期，署名"江雪"，未署写作日期。"江雪"当是戈麦最早使用的笔名。在林同华著《宗白华美学思想研究》(辽宁人民出版社1987年版)宗白华手迹页，有戈麦1987年8月10日签名："北京大学松下江雪"。这个时间与该期《启明星》出版时间大致吻合。《启明星》扉页载，本期出版时间为1987年6月17日。但据戈麦1987年12月22日致褚福运信，1987年暑假他曾忙于该期编辑工作，则刊物实际出版日期当晚于扉页所载。这个日期或只是截稿日期。那么，戈麦此诗写作日期不会晚于1987年6月。这也是戈麦现存诗作中写作日期可推的最早一首。

平原有时呻吟
没有河——

平原不管许多
平原滑动着冷漠
平原不管荒草变成什么
花开花落的季节
滑向海岸外深深的脉搏

平原没有妻子
平原胸　没有人抚慰
平原是一个年长的哑巴
唱一首
悠长的牧歌

1987.6（？）

虚假的归宿 ①

海的那边
第一次
女人遥远的口气
米黄色笑着
两双晶莹的眸子
杨花柳絮般纤弱

海的这边
太湖石在宽大的手里
埋葬掉葡萄的日子
仅一瞬凄婉
沉船的事忘了
故人的笑平常得可惜

1987.7.28，宝（泉岭）

① 本篇《戈麦诗全编》失收，据《金山旧梦》增。

末　日^①

末日路上行人稀少
丁香叶滋卷着头发^②
作坊上空的太阳微弱

倒影如一团葱郁的云^③
方圆中的休眠没有止境
年初的向往翻到最后

书榻中佛门语注
振臂一呼剑道的飞腾
静卧不安的蝴蝶缠身

隔室的陌路逍然离去^④
洁净的包裹藏存三年细软的时光^⑤
窗外天空尽致淋漓^⑥

1987.7黑宝，11京；1988.2京^⑦

---

① 《戈麦诗全编》收入第一辑。
② "滋卷着"，《乌篷行旅》作"滋卷"。
③ "一团"，《乌篷行旅》、《核心》手稿作"一潭"。
④ "逍然"，《戈麦诗全编》作"悄然"。据《乌篷行旅》、《核心》手稿改。
⑤ "细软的"，《乌篷行旅》作"细软"。
⑥ "窗外"，《乌篷行旅》作"窗外的"。
⑦ 写作日期据《乌篷行旅》，《戈麦诗全编》、《核心》手稿和抄稿写作日期署"1987年7月、11月，1988年2月"。

衷　曲^①

为最后的祝愿
在酒器中浸泡了你的青春
如无数个他人死去
你的愿望散发剧烈的香醇^②

趁今夜星光
我们拥入海底^③
海蛇尾随着我的背影
我的喜悦你细细地凝视

1987.7；1987.11.23^④

---

① 《戈麦诗全编》收入第一辑。
② "剧烈"，《乌蓬行旅》、《核心》手稿和抄稿作"剧热"。
③ 《乌蓬行旅》删去"我们"。
④ 写作日期据《乌蓬行旅》。《戈麦诗全编》、《核心》手稿和抄稿写作日期署"1987.7，
　 1987.11"。

悼　师 ①

时常你
铜黄色的躯体
像尊凝视的雕像
屹立在不分朝暮的明暗中

野兽般的乳房
反射出一轮青色的光
一条脊背悠长的
美丽的雌狮

两朵空心的月亮
照亮着经常感伤你的
许多流亡的人，他们从而
得知死去的就要复活

1987.7，黑宝；1987.11，京 ②

---

① 《戈麦诗全编》收入第一辑。
② 写作日期据《乌篷行旅》。《戈麦诗全编》、《核心》手稿和抄稿写作日期署"1987.7，1987.11"。

情　绪^①

白日里轮换着几本永恒的本子
仿佛夜间几经敲碎的梦

1987.7，黑；1987.11，京 ^②

---

① 《戈麦诗全编》收入第一辑。
② 写作日期据《乌蓬行旅》。《戈麦诗全编》、《核心》手稿和抄稿写作日期署"1987.7，
　　1987.11"。

假　日 ①

最为毒辣的季节
在明朗的镜子里
胡乱地涂抹女人的名字 ②
尽是透明的蝉翼

暴风雨中的一块墨石
来客颤动的手指 ③
依然不可穿透视线
在不可触及的暝色中 ④

温雅致敏的妇人
身着淡绿色的便装
美丽的手的几珠雀斑 ⑤
从你额边如饰划过 ⑥

梦把两片拥抱的影子

---

① 《戈麦诗全编》收入第一辑。
② 《乌篷行旅》"胡乱地"作"胡乱"。
③ 《乌篷行旅》"颤动"作"颤抖"。
④ 《乌篷行旅》行首有"在"字，《核心》手稿无。
⑤ 《乌篷行旅》此行作"美丽的手染着几株斑褐"。
⑥ "饰"，《乌篷行旅》作"装饰"。

埋于绿影婆娑的长河
百年后的勘探者①
挖出一幅湘西漆画②

1987.8.6，京③

---

① "百年"，《乌蓬行旅》作"几百年"。
② "湘西"，《戈麦诗全编》、《核心》手稿和抄稿作"湘陇的"。据《乌蓬行旅》改。
③ 写作日期据《乌蓬行旅》。《戈麦诗全编》、《核心》手稿和抄稿写作日期署"1987.8"。

乐章第333号 ^①

再次见面时
有美丽的陌生

自信一双弱足
踩倒一池的叶子
落入水中变得顺从

晚一个季节
也走向秋天
焕发从未有过的
令我敬慕的衰老

正午的杆影和黄豆 ^②
点亮了陋居昏黄的灯
而音信发自烟火尽处
竟如一个秋天一样漫长 ^③

---

① 《戈麦诗全编》收入第一辑。
② "杆影和黄豆"，《戈麦诗全编》作"竿影如黄豆"。据《乌蓬行旅》、《核心》手稿
和抄稿改。
③ "秋天"，《乌蓬行旅》作"世纪"。

因为面孔　天空是一块
狭长的镜子　船队搁浅
群雁无声流过①

1987.8.9，京②

---

① 《乌篷行旅》后面还有两行："两三头母羊 / 消遁在最后的云"。
② 写作日期据《乌篷行旅》。《戈麦诗全编》、《核心》手稿和抄稿写作日期署"1987.8"。

青　楼①

何时抽动那

曾经生意盎然的锁

今日多了几分锈色

孤独的来访者

敲响每一扇门窗②

天空是一碗浑圆的月亮③

深夜孤独的房客④

想起白昼的拖布⑤

和街头游荡的身影⑥

痴痴地盯着门钮⑦

---

① 《戈麦诗全编》收入第一辑。
② "门窗"，《乌篷行旅》作"门板"。
③ 《乌篷行旅》作两行："吃饭的时候 / 天空是一碗月亮"。
④ "深夜"，《乌篷行旅》作"深夜里"。
⑤ 《乌篷行旅》此行作："想起白昼走廊中的拖布"。
⑥ "和"，《乌篷行旅》作"还有"。
⑦ 《乌篷行旅》此节作："痴痴盯着门钮 / 只怕听到了敲门人的回声 / 天花板与地板相
　视而笑 / 干裂的尸具只在无人的时候"。

天花板和地板相视而笑

只怕听到了敲门人的回声

1987.8.15^①

---

① 写作日期据《乌蓬行旅》。《戈麦诗全编》、《核心》手稿和抄稿写作日期署"1987.8
集录删改"。

颜　色^①

成年是生前的一种烦恼
黄色的太湖石雕像
遂使阳台上平视的手
低垂罗曼的开端

只有凌晨杜撰的故事^②
同荷花一起
后湖的雾中渺然开绽
垂柳风化得半明半昧了

唯有越发紧闭的唇^③
浓烈地攀在垛口
目光的沉重
拉长了许多

1987.8.22^④

---

① 《戈麦诗全编》收入第一辑。
② "故事"，《乌篷行旅》作"事"。
③ 《戈麦诗全编》作"唯有我愈发紧闭的唇"。据《乌篷行旅》、《核心》手稿和抄稿改。
④ 写作日期据《乌篷行旅》。《戈麦诗全编》、《核心》手稿和抄稿写作日期署"1987.8"。

远　航①

水手难忘的梦
同摇橹一同烂掉
走过的
飘着油汁的航程

那一个红色的港湾
那一个迷人的仲夏夜
妻子温玉的手
吻逝离别的杯

而梦无情地烂掉了
白鲈鱼可怜的肚皮
翻现在船尾②
浮着永恒的遗笑

锡兰岛那不可到达的梦境③
电视机的屏幕上
水手白亮的面孔惊愕着

1987.8

---

① 本篇《戈麦诗全编》失收，据《金山旧梦》增。
② 《戈麦诗草若干》作"翻现在你的船尾"。
③ 《戈麦诗草若干》作"锡兰岛成为不可能到达的梦境"。

歌　手①

那美人鱼的传说

使你把夜晚想象成一堆渔火

凭栏相望

而烟里对面的面孔②

给你的陌生

如河

1987.9.14③

---

① 《戈麦诗全编》收入第一辑。

② "面孔"，《戈麦诗全编》作"脸孔"。据《乌篷行旅》、《核心》手稿和抄稿改。

③ 写作日期据《乌篷行旅》。《戈麦诗全编》、《核心》手稿和抄稿写作日期署"1987.9"。

流　年①

童年
是一幅冰冷的中国画
寒风旖旎的江上
河流凝动了
载着孤零的乌帆

我们坐在船里
想着航行的事②
雪狸们默默地立在河上
凿开一个又一个春天
免于幻想③

日蚀的时候
昏暗的白夜中
我赶制精美的邮票④
塞进邮筒，原野上

---

① 《戈麦诗全编》收入第一辑。
② "航行"，《乌蓬行旅》作"航海"。
③ 《乌蓬行旅》"免于"前有"都"字。
④ 《乌蓬行旅》此行作"赶制好多邮票"。

村落仍旧稀少 ①

在冬末的窗前
等待着时光流尽 ②
泪水模糊的雪地
黑天使默然走过
看不清他们的面孔

1987.9.24 ③

① "仍旧",《戈麦诗全编》作"依旧"。据《乌篷行旅》、《核心》手稿和抄稿改。
② 《乌篷行旅》此行作"等时间流尽"。
③ 写作日期据《乌篷行旅》。《戈麦诗全编》、《核心》手稿和抄稿写作日期署"1987.9"。

经　历①

独自一个人走过
三千里销魂的冬夜
三十个年头②
没有一个响亮的早晨

让我不得埋葬的③
小田园几处石凳下
死死命定的冰冷
指甲已染为绿色

终日固守银河
期待群星以河的形式流下
护城河的浓荫不可上涨
仔鱼沉静地死在濛濛的夜④

1987.9

---

① 《戈麦诗全编》收入第一辑。
② "三十个年头"，戈麦1987年12月22日致兄褚福运信作"二十个年头"。
③ 《乌篷行旅》此行作"让我埋葬不得的"。
④ 《乌篷行旅》此行作"仔鱼静静地死在深夜"，《核心》手稿和抄稿作"仔鱼沉静地
死去濛濛的夜"。"死在"，《戈麦诗全编》原作"死去"，参《乌篷行旅》改。

十七岁①

十七岁的田野走过秋天
母亲苍凉的白发
在红柿子地里飘扬
叶子残存扑簌的泪水②

十七岁的飘零③
度过最后一个晚秋
飞鸟的影子遗留在暮霭里
芦笛碧血凝化
遗失在红透的高粱地④

十七岁待小镇的灯火全部熄灭⑤
你希望每一棵柳树⑥
垂下一条长长的女蛇⑦

---

① 《戈麦诗全编》收入第一辑。
② "残存",《乌篷行旅》作"残存在"。
③ 《乌篷行旅》此行作"十七岁的漂零中"。
④ "红透",《戈麦诗全编》、《核心》手稿和抄稿作"透红"。据《乌篷行旅》改。"高粱地",《乌篷行旅》、《核心》手稿和抄稿作"高粱"。
⑤ "灯火",《乌篷行旅》作"灯光"。
⑥ "柳树",《戈麦诗全编》、《核心》手稿和抄稿作"檀树"。据《乌篷行旅》改。
⑦ 《乌篷行旅》行首有"都"字。

流放地宽阔的街衢 ①
路灯如一群灰黄的向日葵
低垂着脑袋

1987.10

---

① "街衢"，《乌篷行旅》作"街道"。

七　月^①

在七月　我们步入城市
相互迷失在蓝色底片中^②

七月一盆地窖里浓密的墨^③
由美人纤小的手泻在苍白的脸上
五十多个硕大的蝴蝶迅猛飞去

七月抹尽黑森林里所有的野兽^④
酒徒沉悒在最后的酒缸中^⑤
腥红的嘴唇涂抹白炽的天空

七月漂浮着一个血淋淋的家族的希望^⑥
母鱼驮起息弱多时的煤气灯^⑦
绿莹的火从多伦燃至西部中国

---

① 《戈麦诗全编》收入第一辑。曾与《金山旧梦》一起收入《在流放地》，署名"白宫"。
② 《戈麦诗全编》无题辞。据《在流放地》加。
③ "地窖"，《金山旧梦》《在流放地》误为"地客"。"浓密的"，《在流放地》作"浓浓的"。《金山旧梦》"一盆"用校对符号勾画到"地窖里"之后。
④ 《在流放地》此行作"七月抹黑森林里所有的野兽"。
⑤ "酒缸"，《在流放地》作"酒桶"。
⑥ 《在流放地》此行作"七月漂浮着一个开膛的家族"。
⑦ 《在流放地》此行作"马哈驮着一盏息弱的煤油灯"。

七月的城市天空张贴着一轮菱形的黑太阳①
停尸场白花花的尸体灿烂着②
街衢中流动着凶年的食客③

1987.10

① 《金山旧梦》"张贴"后无"着"字。《在流放地》此行作"七月的城市贴着一轮菱形的黑太阳"。
② 《在流放地》此行作"停尸场奔跪着白花花的尸体"。"跪"疑为"跑"误排。
③ 《金山旧梦》"凶年"后"的"字被删去。《在流放地》此行作"街道是流动的凶年食客"。

梦　游^①

梦游者，在女人的废墟上 ^②
搭起一座拱门
无数颗橘黄的彤云
拥抱在一起的太阳

旷野里潦潦的秋水
叶子像无数肥硕的星星
风雪中的天空
一只苍狐在鸣叫 ^③
她那妖媚的眼睛
一场风雪吹不散的眼睛 ^④

吹不散林中的紫红
夜间便承接了两片迷人的忧郁
一具枯石般的骷髅 ^⑤
寻找另外一条航程 ^⑥

---

① 《戈麦诗全编》收入第一辑。
② 《金山旧梦》"梦游者"后无逗号。
③ "一只"，《金山旧梦》作"有只"。
④ "风雪"，《金山旧梦》作"风也"。
⑤ "枯石"，《金山旧梦》作"玉石"。
⑥ "寻找"，《金山旧梦》作"寻求"。

带着蝙蝠的美丽

寻找绿蛇环绕的山房

褐色的、位于海边的

注定不会生育的渔翁^①

汛期过后听取蛙鸣

浪涛的皮癣滋养了他的一生

暮年最美最美的波斯王后

而收尸者如千年石像

玫瑰丛中珊珊走来

雨夜栖于树冠的影子

醒来纷纷死于树下

1987.10

---

① "注定",《金山旧梦》作"住着"。

金　色^①

印在绿匣子里的大片森林
秋天布满金币

热岛的腊月
大理石和松坨后面
太阳没有记忆似的
爬起　疯狂的冬日
像一件破旧的衣衫
金色意外地从袖中
伸出手掌，悄然

没有月光的夜
梦和贝壳一同劫空

---

① 《戈麦诗全编》收入第一辑。本篇《金山旧梦》与《戈麦诗全编》所收文句出入颇
大。《金山旧梦》文如下："曾经印在绿匣子里的许多片森林 / 在秋天里布满金币 /
曾经铜币般富有 // 热岛的腊月 / 通常是大理石和松坨后面 / 太阳没有记性似的 /
爬起　疯狂的冬日 / 像一件破旧的衣衫 / 金色意外从袖中 / 伸出手掌，悄然 // 没
有月光的夜里 / 梦和贝壳一同抢劫一空 / 把这秋天的整饰 / 装入将我长眠的遗像 /
仅仅照亮隐晦的归途 / 也许金色只是一杯偶然 / 他来访我时 / 咖啡很淡"。1987年
12月22日所引四行也略有出入："大理石和松坨的后面 / 太阳没有记性似的爬起 /
疯狂的冬日像一件破旧的衣裳 / 金色从袖子里伸出手掌，悄然"。

这秋天的整饰
照亮我长眠的遗像

1987.11.2，京①

---

① 写作日期据《金山旧梦》。《戈麦诗全编》、《核心》手稿和抄稿写作日期署"1987.11
集录稍改"。

零　度①

翻阅几种黄历
查一个雨雪纷飞的日子②

探访几所房东
择一扇斜阳暖照的窗子

有人从江边走来③
浓发飘动着深夜的风声

1987.11.3，11.4；1988.2.3④

---

① 《戈麦诗全编》收入第一辑。
② "纷飞"，《乌篷行旅》作"轻柔"。
③ 《乌篷行旅》此行及下一行作"歌声从江边传来／浓发飘动深夜的琴丝"。
④ 写作日期据《乌篷行旅》。《戈麦诗全编》、《核心》手稿和抄稿写作日期署
　　"1987.11"。

金山旧梦（一）①

初冬的晚餐中

升起一个凹凸不平的上午

彻夜低语的门扣响了

问灯下人：金山在否

那时，金山悄悄立在身后

身后在洗脸盆中

一串女人的足音

泡在水里　　一群

蓝色的珊瑚漂到岸上

金山在传说中

一条美丽的无底洞

祭日的五时三刻

皇室的柔纱衬衣飞走了

秃鹫们离开村落

水一样均匀的民族

没有看够七颗星星

洪水从旧河溢出

---

① 曾收入《在流放地》。《戈麦诗全编》失收。与下一首同题诗文句颇多出入。现作
两稿收入。

白鲤鱼柳条般柔弱

第一个皇帝的坟冢
穿一条碧绿的褶裙
黝亮的马鞍后面
尼姑的队伍仓皇逃散
昨日曾经响亮的头像
立于路旁　砖垛共有八个
相继的作息继以鼻涕
雨天三个疯嬷到来

在海滨原想作着泥质的梦
梦灭以后长城外的原野
红鼠日夜奔走
几艘游艇在内河咆哮
大俄罗斯的烟尘龙骨生腾
盗墓的人携家带口无暇南顾
躲入开着贫穷的榛树丛中
中山狼逃离枪口
三个月时间死了大批学生
不知江底松涛沉落

祖先便是那弯曲的篱笆
我们挎着文字
从河西走到河东
早年的渡口淤塞了旧矿
早年的清晨藏于门洞

只是暮色中黑黑的尸群

从雪的城市涌来

洗掉星然斑发

游泳池下午四点钟

金山旧梦（二）①

金山　在传说中 ②
一条美丽的无底洞
祭日的五时三刻
皇室的柔纱飞走
秃鹫离开村落
水一样均匀的民族
没有看够七颗星星
洪水从旧河道涌出
白鲤鱼柳条般柔弱

第一个皇帝的坟冢
穿一条碧绿的褶袖衫
黝亮的马鞍后面
尼姑的队伍仓皇逃散
昨日曾经响亮的头像
立于路旁　砖垛共有八个
相继的作息继以鼻涕
雨天的疯嬷奔走 ③

---

① 本篇《戈麦诗全编》失收，据《金山旧梦》增。
② 《戈麦诗草若干》无空格。
③ "奔走"，《戈麦诗草若干》作"飞奔而至"。

在海滨有我泥质的梦

梦长城以北 ①

红鼠骏逸 ②

内河咆哮几艘游艇 ③

盗墓者无暇

回顾自己的园地 ④

大俄罗斯的烟尘为我生成

龙骨雾中翘首天外 ⑤

中山狼躲入没有叶子的榛丛

逃离枪口

让安寝的安寝的依然是圣歌

三个月时间死了大批学生

不知江底松涛沉落

船歌悠扬 ⑥

金山是初冬阴暗的晚餐中

一个凹凸不平的上午

彻夜低语的门扣响了

问灯下人金山在否

那时金山悄悄立在身后

① 《戈麦诗草若干》作"梦灭以外的长城以北"。

② 《戈麦诗草若干》作"红鼠骏逸　日夜为我奔走"。

③ 《戈麦诗草若干》作"几艘游艇在内河咆哮"。

④ 《戈麦诗草若干》"回顾"排上一行。

⑤ 《戈麦诗草若干》"龙骨"后多"在"字。

⑥ 《戈麦诗草若干》作"船歌依旧悠扬"。

而身后在洗脸盆中

一串女人的足音①

泡在水里

一群蓝色的珊瑚②

漂到岸上

祖先便是那弯曲的篱笆

人们挎着沉重的文字

从河西走到河东

早年的渡口中淤满旧矿

早年的清晨躲进床头③

只是暮色时时从城市涌来

美丽的玻璃片深深埋藏④

在那片生满映山红的原野上

有棵繁茂的苹果树⑤

金山永远让我在黑夜流连⑥

洗去星然斑发⑦

1987.11.4，京

---

① 《戈麦诗草若干》行首多"是"字。
② 《戈麦诗草若干》行首多"是"字。
③ 《戈麦诗草若干》下多一行"早年的床头只存于深黑的门洞"。
④ 《戈麦诗草若干》作"有一片美丽的玻璃深深埋藏"。
⑤ "有棵"，《戈麦诗草若干》作"那棵"。
⑥ 《戈麦诗草若干》"金山"后有"便"字。
⑦ 《戈麦诗草若干》作"洗去星然斑发的梦"。

MALCOLM 的启示 ①

让我凝望冬天里的长云吧
在飞翔的鸽子的世界里祷拜 ②
靠近红坡的那个夜晚
河谷中栖息着明亮的窗子

一月忽如柔密的雾
木庐外水车轰响
野山羊的眼睛露出窗外
棕红的手垂躺在岸上

浓霜过后的苇丛 ③
气候是令人醉倒的
藏蓝色的河载着西域酒器
电索在风中悠扬

我献上约瑟夫对岸
异国的荷亥俄奶糖

---

① 《戈麦诗全编》收入第一辑。
② 《乌篷行旅》中，"飞翔的"三字被划去。
③ "过后"，《戈麦诗全编》《核心》手稿和抄稿作"淡抹"。《乌篷行旅》中初写为"淡抹"，后易为"过后"。

去购买你的童年

奥秘不是青蛙坐过的地方

1987.11.5，京 [①]

---

① 写作日期据《乌篷行旅》。《戈麦诗全编》、《核心》手稿和抄稿写作时间署
"1987.11"。

红狐狸 ①

让冬天飘满白纱的少年
离去　丢下一筐筐残损的月亮

那一年从红岩出走
火光中山花烂漫
你走过的河流
尽头是充满情欲的大海
你站在海上
有如一棵透明的桂树
期待着一天 ②
桃花雨接连地下着
苔丝真正地长高了
当你涉入的鱼塘干枯以后
揭开一组奇秘的面孔 ③

第二张云图是一个谜
所有的窗子都黑着
主人们躲避一场战争

---

① 本篇《戈麦诗全编》失收，据《金山旧梦》增。
② 《戈麦诗草若干》作"期待着有一天"。
③ 《戈麦诗草若干》作"有如揭开一组奇秘"。

流亡于琼岛仍未归还

东方的垂柳在水边摇晃

东方的游客寻找寓所

茅草的棚顶舌头一样腐落

满满一池夜色漫过

走时的天空举手可得

走时带着情人们最后的背影

和临别中阴冷的天气

红岩的繁华都已成为废墟

你走在想象的街市里

蹚涉一段古旧的流水帐子

那块最大最美的红山崖

每天盘踞在往事中

看太阳如何从海中升起①

如何在山后隐没　深夜②

一个部落的海豹偷偷渡河

一个部落的舌头血红血红

患着冬天常有的风湿病

少女穿着红衣裳③

1987.11.6，京

---

① "升起"，《戈麦诗草若干》作"跃起"。
② 《戈麦诗草若干》行首多"看冷月"三字，"深夜"排下一行。
③ 《戈麦诗草若干》作"你想海的那边／少女该穿红衣裳"，单为一节。

黄太平①

我站在海岸

海豚追逐着远去的冰山

爱情带着眼镜

消逝在医院白色走廊的尽头

傍晚的天空下

太阳披散着头发

厨娘用她红肿的手②

揉搓夏天　黑非洲③

原始版画式婴儿的睡意

长着绒小的尾巴

一个古旧家族的一个古旧的梦

宣告诞生了④

刚生下的孩子

---

① 《戈麦诗全编》收入第一辑。"黄太平",东北地区一种早熟的小苹果,汤圆大小,原产苏联,也叫黄沙果。

② 《金山旧梦》"她"后有"那"字。

③ 此行及下一行,《金山旧梦》作三行:"揉搓夏天 / 揉搓着黑非洲原始版画式 / 婴儿的睡意"。

④ "诞生了",《金山旧梦》作"萌发了"。

爱你的人剥去你细粉的肉①

把你刻着微缩文字的皮肤②

制成一本精致的游记

放诸水边白塔

山神隽长的拂袖③

成为背景

而无数个远道而来的今天

拉长了同样松软的年华

雌山羊默默伫立着④

长者的高傲悬在山崖⑤

季节的常春藤垂吊在额边⑥

你爬进铅灰色的长云⑦

迷失的远山、微垂的双眼⑧

仿佛矮小的椅背上短小的泥鳅

---

① 《戈麦诗全编》无第二个"你"字,下空一行。据《金山旧梦》改。
② "微缩"二字,据《金山旧梦》加。
③ "拂袖",《金山旧梦》作"长袖"。
④ "雌山羊",《戈麦诗全编》作"唯山羊"。据《核心》手稿和抄稿、《金山旧梦》改。
⑤ "悬在",《金山旧梦》作"悬于"。
⑥ 《金山旧梦》上多一行"你寻找季节的长春藤",本行作"常春藤垂吊你的额边"。
⑦ "爬进",《金山旧梦》作"爬入","长云"后有"里"字。
⑧ 此行及下一行,《金山旧梦》作四行:"你用微睡的眼 / 企求上苍也闭上眼睛 / 躺在矮小的竹椅上 / 睡作一段泥鳅"。

你去过那荒凉的戈壁①

向晚的风里守着破旧的航船

流浪的狼群囤居山窝

孤寡的人环抱着菜园

不会再有彗星

从树梢拂过　　直到十二月的

硬雪填塞了喉咙

歌声，在河的东侧

筑起一座青色的城堡

为此，我站在海岸

海豚们从远方回来

1987.11.21②

---

①　此节及下一节《金山旧梦》与《戈麦诗全编》出入颇大。《金山旧梦》文如下："你去过那荒凉的戈壁 / 向晚的风里守着那条破旧航船 / 星座都漂移在湖水里 / 流浪的狼群囤居山窝 / 孤寡的人环抱着菜园 / 不会再有彗星从树梢拂过 / 直到十二月的硬雪填塞了你的喉咙 / 所有的歌声在河的东侧 / 筑起一座青色的城堡 / 喧流的桦树林中 / 你变成一棵美丽的椴木 // 为此 / 我站在海岸 / 看着海豚们从远方回来 / 爱情戴着白色口罩 / 面容憔悴从身边走过 / 颔首迟缓"。

②　写作日期据《金山旧梦》。《戈麦诗全编》、《核心》手稿和抄稿写作日期署"1987.11 集录稍改"。

隆重的时刻 ①

鱼肚翻出水面的早晨
我见到了开白花的梨树
紫色的雾中的一双小巧的红靴
蓝花儿已经开放

故乡清脆的马拉雪道上
车上装着半车石头
赶车的老人
赶着五十年冬天血红的饥饿

就是在那个彻骨的寒夜
五十多个直立的梦想
被寒冷封堵在一间雪屋里
任白蛾扇打纱门

雪夜的天空如一件崭新的羊皮大衣 ②
沉默的守灵人坐在白茫的江上
行旅们瘦长的歌子

---

① 《戈麦诗全编》收入第一辑。《核心》手稿标题作"隆重的石刻"。《乌蓬行旅》作"隆重时刻"。"石刻"当为"时刻"之误。
② 《乌蓬行旅》"雪夜"后无"的"字。

遗失在子夜的风中①

就是这样的早晨②
红肿的手指
敲在冰片似的窗上
相互问好

而北方是一条紧紧关闭的③
白色睡袋
人们不舍昼夜地
作着各自五彩的梦④

而北方是一道死门
归来的燕子像一块冬云
从冰冷的台阶上⑤
缓缓升起

日子便大片大片剥落
邮箱内落满被寒冷
焚过的痕迹
无人提起

1987.11，京

----

① 《戈麦诗全编》此行作"迷失在子夜风中"。《乌篷行旅》作"遗失在子夜的北风中"。
据《核心》手稿改。
② 《乌篷行旅》无行首"就是"两字。
③ "关闭的"，《乌篷行旅》作"关闭着的"。
④ 《乌篷行旅》作"各自作着五彩的梦"。
⑤ "冰冷"，《乌篷行旅》、《核心》手稿作"冰凉"。

游　森①

睡在床一样大小的树叶上
蛇的故乡在东南方
丛莽中隐匿着白光的天堂

过客一只虔诚的海蚌
门狡黠地开合
缕缕的头发青烟升起

恒星从陆下浮出水面
木鱼的僵直和着水声
白树藤上长发的天灵

白骨累累的石洞宛如龙的故乡②
多少父亲的箴言和锄柄留下
蛇王的财富一天天增长

1987.12.6

---

① 本篇《戈麦诗全编》失收，据《乌篷行旅》增。
② "累累"，《乌篷行旅》作"垒垒"。编者酌改。

黄　豆①

珠玉滚落的季节
索居的盆景花泫然落泪
童年城南碧凝的瓜地
拥有一口恬淡的古井
木辘轳崭新的年轮剥去
损耗半条淡青色的街

白蚁的日子引起联想
雨的精灵
流泻傍晚的槐树
石隙间濛濛的蝉语②
黄油油的翡翠莹绿
弥留这昏睡的藤蔓

应有惊雷无人问津
滚过黑鸟熙攘的天宇
骏聚的杉林闭倒③
冷风攀援北坡④

---

① 本篇《戈麦诗全编》失收，据《金山旧梦》增。
② 《戈麦诗草若干》行首多"流泻"两字。
③ 《戈麦诗草若干》行首有"华盖"两字，《金山旧梦》删。"骏聚"，戈麦自创词，"骏"形容山林的姿态，"聚"形容山林的密集。
④ 《戈麦诗草若干》"攀援"后有"着"字。

笔直的仍是爬行者的欲望
碑文从不改悔①

你愿作那无数棵浑圆的乌首
怔怔地从老墙外立起
人们像每天早晨敬仰太阳一样
静视着你秃龙般的额头
宣读荒凉
向河滩外的世界张望②

弥漫的阳光中
花粉是唯一得以点缀的辉芒
在游子思乡的地板上
有单调平板的夜　和
黏滞的风
径自穿堂而过

山地将早日盛开
盛开的碗中
盛开着烙饼、惊恐和石头
沉陷的是尖利的女声部合唱
歌声从水中传扬出来
爱每一声圆润的蛙音吧
爱每一圈黑色的长虹

当夜色不再降临

---

① 《戈麦诗草若干》作"从不改悔的碑文"。
② 《戈麦诗草若干》作"河滩外的世界向你张望"。

请留下你灰白的须毛
留与击鼓而来的迟到者
乘那只小小的鼠皮船①
踏一首古堡边缘的歌子②
游历在阴郁的太阳里

只为不去目睹
陈腐的暖色重新流溢
只为鞋子里的柳阴
在光熠的银杏树上重新焕起
红红绿绿在往事中消融③
梦如巨石般隆起④

你隐埋了所拥有的墨绿的窗子⑤
往事也都淡泊⑥
白色的曲芽生在脑后
粗大的女佣走出宅院⑦
夜半的情致中
苍狗吟叫⑧

1987.12.8，京

---

① "那只"，《戈麦诗草若干》作"一只"。
② "歌子"，《戈麦诗草若干》作"歌"。
③ 《戈麦诗草若干》作"红红绿绿的往事消融了"。
④ 《戈麦诗草若干》作"梦吧如几多硕大的石头隆起"。
⑤ 《戈麦诗草若干》"拥有的"后多"一双"两字。
⑥ 《戈麦诗草若干》行首多"许多"两字。
⑦ "走出宅院"，《戈麦诗草若干》作"向你走来"，下多一行"是你的母亲"。
⑧ 《戈麦诗草若干》行首多"我听到"三字。

门^①

呼吸时鼻翼足够美丽
升起青青的袅袅沉雾

把所有的门关上
我们宁肯坐在这里疲倦

不去等待骄阳以及夜色
不去欣赏芭蕉以及雪景

让时间后悔去
死后的日子没有烟火

尸体们悻悻走了出去
多少个太阳不会改变颜色

1987.12.23

---

① 本篇《戈麦诗全编》失收，据手稿增。

铁 屋[①]

你知道第一场雪已经下过
第二场雪也不遥远

在那灰暗的木床上
摞满了日夜不眠的影子[②]

泪水飘流着咸咸的日子
仔细培植的青菊一朵朵凋落

野兽似的帘外飞舞着铜目
沉沉的床有如一头沙哑的钟

启明星彻夜铮铮地亮着
手臂不意撞响休眠的记忆

你的痛苦不意飞至街头
如一页暗黄的书笺

任行人的双脚任性撕扯
涂抹他人的文字

---

① 《戈麦诗全编》收入第一辑。本篇与上一首《门》正反面抄录于同一张32开稿纸上，
　　写作时间或接近，故系于《门》之后。
② "摞满"，《戈麦诗全编》作"摆满"。据手稿改。

井①

东方一个雪的城市
一月的猛兽从街上
呼啸着鼓歌而行

寒冷死死地扎进深黑的井口②
躲避银光③
双足如残板断条④

寻梦的人⑤
从梦中惊醒
伏着白亮的床单

1987.12 集录修改

---

① 《戈麦诗全编》收入第一辑。
② 《乌蓬行旅》"死死"后无"地"字。
③ "银光",《乌蓬行旅》作"银色"。
④ "残板断条",《乌蓬行旅》作"一根残枝断条"。
⑤ 《乌蓬行旅》此节作"寻梦的人从梦中惊醒／伏着白亮的世界／忘记曾经附加的颜色"。

刑　场^①

从寒冷的尸谷走来
墨黑的冰河上
漂浮着天主教堂
沉沉的钟声

数以万计的囚徒^②
如亿万棵颓老的病树
从冰层深处
沉郁地呼唤着回声

枪声尚未响起
青色的狼嗥着南国的歌声

1987.12集录时修改

---

① 《戈麦诗全编》收入第一辑。
② 此节及下一节《乌蓬行旅》作："冰层深处低声的呼唤 / 数以万计的囚徒 / 如一棵颓老的病树 / 沉郁地等待萌发 // 青色的狼嗥流着鲜血 / 荒凉的吟唱带归南国 / 枪声尚未响起 / 此时的雕像不能喘息"。

憾　事[①]

仅仅用两条河的名字

年轻的妻子[②]

拒于三岛的彼岸[③]

樱花染洗着她的旧发[④]

清晨犹如青长的衬衫[⑤]

北方小而结实的松塔[⑥]

任星星的早雪掩埋更迭[⑦]

陌生的雨淋湿了椅子[⑧]

那困顿的游船

彻夜的冰水中[⑨]

---

① 《乌蓬行旅》标题作"遗憾"。1987年12月22日戈麦致兄褚福运信曾引此诗的部
　分内容，标题作"中国诗人——致 M.R."，词句也不同："陌生的雨淋湿了海边 /
　困顿的船 /……/ 你不愿曾住过的小屋 / 坍陷之后沉重的骨架 / 压在所有的女人肩
　上……"
② "年轻"，《乌蓬行旅》作"年青"。
③ "拒"，《戈麦诗全编》作"抱"。据《乌蓬行旅》改。
④ "她"，《戈麦诗全编》作"它"。据《乌蓬行旅》改。"旧发"，《乌蓬行旅》作"白发"。
⑤ "衬衫"，《戈麦诗全编》作"衣袖"。《乌蓬行旅》作"旧衫"。据《核心》抄稿改。
⑥ "结实"，《乌蓬行旅》作"圆润"。
⑦ 《乌蓬行旅》作两行："任早至的初雪 / 掩埋更迭"。
⑧ 《乌蓬行旅》"淋湿"后无"了"字。
⑨ 《乌蓬行旅》行首有"在"字。

寻找草绿色的帽子 ①

你不愿曾居住的木屋沉陷
零乱的骨架倾倒
萧索的肩也无力承担 ②

1987.12.7 ③

---

① 《乌篷行旅》"草绿色"后无"的"字。
② 《乌篷行旅》作两行："能够得知的肩索 / 无力承负。"后面还有一节："一夜的轻舟
  吹散 / 多年盘曲的雾 吹散 / 踯躅过另外一个少年的 / 白草依依的沙洲"。
③ 写作日期据《乌篷行旅》。《戈麦诗全编》、《核心》抄稿写作日期署"1987.12"。

已故诗人 ①

第一次读你指给我
让我相信的奇迹
我们同时走过这里
其后全部的孤独由你承当

第二次回到你死的位置 ②
破烂的旧铜已被收起
想象是一只空背的野牛
天空归还了
却买不到你闪光的姓名

第三次相遇未曾发生
另一个人的墓前我拾起诗稿
衰亡的字迹
没有见到的总无法代替

1987.12.15 ③

---

① 《戈麦诗全编》收入第一辑。《乌篷行旅》标题作"已故",文字也颇不同。附录于此:
"第一次读你指给我 / 让我相信奇迹 / 我们同时走过这里 / 以后全部的孤独由你承
当 // 第二次回到你死的位置 / 破烂的旧铜收起 / 想象是一只弓背的野牛 / 天空归
还了 / 买不到你的名字 // 第三次相遇未曾发生 / 在另一个人的地方捡起诗稿 / 衰
亡的字迹和我对话 / 没有见到的总无法代替"。
② "第二次"、下一节"第三次",《戈麦诗全编》均作"第一次"。参《乌篷行旅》改。
这个错误可能产生于抄录底稿的残损。
③ 写作日期据《乌篷行旅》。《戈麦诗全编》、《核心》抄稿写作日期署"1987.12"。

失　望^①

我去过最南最南的海岬^②
密林深处的雨
不会有诗人的足迹

一尊伤风的旧亭子^③
在细雪中迎风啜泣^④
那里的少女^⑤
曾幻想过多少
信步楚楚的今天

可江南女子的青春^⑥
只是一只苦涩的蒲英^⑦
苦难过去了　倦容依旧^⑧

1987.12.16^⑨

---

① 《戈麦诗全编》收入第一辑。
② 《乌篷行旅》本节作："最南的海岬上 / 不会有诗人的足迹 / 密林深处的雨 / 从未停过"。
③ "旧亭子"，《乌篷行旅》作"旧亭"。
④ 《乌篷行旅》行首无"在"字。
⑤ "少女"，《乌篷行旅》作"女人们"。
⑥ "可"，《乌篷行旅》作"而"。
⑦ "蒲英"，《乌篷行旅》作"蒲公"。
⑧ 《乌篷行旅》从空格处分两行排。
⑨ 写作日期据《乌篷行旅》。《戈麦诗全编》、《核心》抄稿写作日期署"1987.12"。

哥　哥①

等待我成年的人
在我成年之后
等待着我的衰老

1987

① 《戈麦诗全编》收入第一辑。

寄 ①

离我而去的
不是今天

一行行浅浅的印迹
向我展示
远方的影子

离我而去的
不是今天

天风之后
清亮的人
在里面歌唱

离我而去的
不是今天

没有生命的土地上
精致的草屋

---

① 《戈麦诗全编》收入第一辑。

在雪河中流淌

离我而去的
不是今天

白昼间昏黄的雾
为我祈祷的人
能否听到

离我而去的
不是今天

萧条的城市边缘
编很冷很冷的故事
谁能珍藏①

1988.1.14，京②

---

① 《金山旧梦》作"谁人珍藏"。
② 写作日期据《金山旧梦》。《戈麦诗全编》、《核心》抄稿写作日期署"1988.1"。

冬天的对话 ①

一

想起冬末我们
在故乡的酒店中
躲避风寒

潮湿的窗外
冬天向远方消逝成规则的布景

想起雪水里那些白色的静兽
黑色的绸带默默无息
季节停止流动

想起我们共同完成的雕像
早已化为乌有

明静的阳光中
任何预期

---

① 《戈麦诗全编》收入第一辑。本篇与下面两首《二月》《结论》曾一起刊于《启明星》第17期（1988年4月），题"冬天的对话（三首）"，署名"松夏"。

都没有发生

最后一滴冬意
从唇边滴落杯中

二

想起行人们依旧像从前的那个早晨
从这里奔向集市
脊背如云

黑色的山脉
遮挡颤抖的视线

想起黄色的浮冰①
远离喧哗的海岸
从早潮中无声退去②

异域高贵的官邸③
锁住往昔邪恶的④
白色面容

想起对你的问候

---

① 《启明星》第17期"黄色"后无"的"字。
② "退去",《启明星》第17期作"退走"。
③ 《启明星》第17期无"官邸"二字。
④ "锁住",《戈麦诗全编》作"停住"。据《启明星》第17期改。

仍停在四月
无人过问的车站

那些冷绿的太阳
从不曾预期的位置
向你走来

三

想起分别时分
我们得到的礼品
只是那盏即将熄灭的灯①

所有关于冬天的醉意②
埋葬在最为寒冷的温暖深处

你能否在那片空白
留下一颗
即便无色的水滴

想起脸色如白梅花似的老妪③
等待清晨　你
从她身边走过

.

---

① "灯",《启明星》第17期作"灯光"。
② "所有",《启明星》第17期作"所有的"。
③ "脸色",《启明星》第17期作"脸形"。

她所清扫的悲哀
你是否携带

然而冬天已经过去
我们轻轻的歌喉流落他乡

那铺满冰霜的石板路
铺满夜的丧服

1988.2

二　月

二月　晴朗的画布
迷失的消息
从灰色的墙面溢出
地铁涌至街上
华丽的行人开始流动

记忆远归　海堤
在中断处弥合
冬天便从此喧哗
向远方发出凝固的
雪的字句①

蓝色的太阳门
铭记我的时刻
梦的房间不再笼罩
支撑坚实的华冠
烦热的淤泥属于秋季

二月　你是黑色之后

---

① "雪",《启明星》第17期作"血"。疑系误排。

发亮的河流　是敲碎
链条和瓦罐的暂时的寂静
开化的痛创
成为偶像

1988.1－2

结　论

大地重新运载
开辟的马道为碎片覆盖

山峰　铁面高耸①
闪现的弓起的背影
不知去向

飞翔静止不动
黄昏的帘幕高高升起

在这有限的蓝色世界
每一根不可终日的竹子
都一般短长②

夏天栖集在河底
如同圣人的圆梦
被我遗弃③

---

① "山峰"，《戈麦诗全编》作"山风"。据《启明星》第17期改。
② "短长"，《启明星》第17期作"长短"。
③ "遗弃"，《戈麦诗全编》作"遗忘"。据《核心》抄稿、《启明星》第17期改。

结论从血染的海滩上
踉跄爬出　衣裳褴褛

只有夜鸟偶尔飞过
并预示气候

当心河枯干 ①
无数没有伤口的树桩
浮现

1988.3

---

① "枯干"，《启明星》第17期作"干枯"。

秋天没有什么①

我降生在

秋风狂啸过后的

一片金色的田野

枯枝残叶和我一同躺在

没有颜色的土地上

哥哥出生在春天

他随春天离去了

姐姐出生在夏季

她随夏日离去

留下我和黄叶

幼小的心灵

种下无边的寂寞

---

① 此诗及以下17首诗《戈麦诗全编》失收，据《戈麦诗草若干》增。这些诗底稿均
未署写作时间，也没有收入戈麦自编的任何诗集。推测当为戈麦早期诗作，其写
作时间不晚于1987年，或为戈麦最早的一批作品。

仕途狂想曲

那年冬天以后
我学会了不再继续
四两饭只吃四分之三
一个梦只做一半
去动物园只走到白石桥
以后的一切
给我带来过
哽咽
    梦魇
       扫兴
我不知道我能活多久
也就不能作死亡的打算
只好小心翼翼地
一天一天地摸

爱之梦

给我一座桥
我去寻找浓郁的绿
沙滩上再也不会
留下我踽踽的足迹
因为是一片枯叶
便没有爱的权利

歧路无为

漆黑的夜晚
街上没有路灯
我的车顺着
白线在向前滑行
把喧嚣扔在
老远老远的后头

漆黑的夜晚
街上没有路灯
我走进了一片
陌生的森林
街市顿时化为乌有
森林没有尽头

漆黑的夜晚
街上没有街灯
我只知道
回过头来没有用
让林中的大雨点
把我浑身浇透

布壳、蛋饼和汇款

小时候妈妈每年都把大大小小的碎布
一片片连在一处，贴在裹上报纸的木板上
干了过后小心翼翼地把它揭下来
裁剪一番用它给我做过一双一双的布壳胜似布鞋

太阳偷偷地从里面看我的眼睛
我看到了填满红红绿绿正方长方的抽象画
就像门前菜园一样一块黄花一块绿葱

上中学我每天早晨先看到妈妈那双烟熏出泪的眼睛
正方绿色的书包后面有一碗白白的牛奶
长长的筷子上面架起一张好大的金黄鸡蛋饼

星期天的下午暖洋洋的太阳下面
妈妈第一次问我是否有好多字认也认不完
有一次我感冒没上学也没吃下去那张鸡蛋饼
妈妈的眼睛没有被烟熏里面充满更多更多的泪

远离家去京师学堂妈妈说小孩子家出门过日子不容易
给母亲写第一封信话语像一个饺子卡在喉咙里
母亲回信告诉我去绿房子里取些黑花白边的纸片片

好多好多黑黑白白颜色几多单调无聊
倒不如横横竖竖方方正正长长短短彩布拼壳
倒不如酥酥软软厚厚薄薄黄灿灿的香蛋饼
母亲告诉我这黑白纸片属于我自己

湖畔奏鸣

走吧
空气太闷
额间要一瓢凉水
走吧
无处可以藏身
就去卵石上露宿

走吧
声带已经枯萎
还不曾见过杜鹃
走吧
去找一个沉睡的峡谷
做上永远没有的梦

子夜时分
总想多看一眼
街上血红的路灯
她默默地哭着
玻璃窗上一片模糊的眼泪

夏天

我们把冬天
扔在宿舍楼里
把自己搁在湖边
冰凉的石板上

冬天
我们把夏天
扔在湖心岛上
把自己藏进
孤傲的火柴盒内

走吧
鄂毕河畔　有一片
淡淡的草原

梦 吟

我时常怀疑
是否每一个女人
都在思恋着
每一个男人
就像每一个男人
思恋着每一个女人一样

我时常怀疑
是否每一个女人
都拥有自己完整的世界
就像那个高鼻白脸的姑娘
谁也不理

我时常怀疑
是否世上的男人
都患了疫病
进入了一个误区
就像在发烧

我怀疑
男人是

被削平了乳房的女人
我怀疑女人
是被重新塑造了
的男人

我怀疑是该
男人追求女人
还是女人追求男人

愈

出院后
竖起我的西服领
走在黄色的马路上
微笑着
双手插在两肋
不要露出来

向朋友问好
或不问
向行人点头
或不点
向老者微笑
或不笑
向世界致敬
或不致
有人和我说话
可不回答
有人招呼我
可以不去
有人议论我
可以不听

有人骂我
可以不理

竖起我的西服领
再去买顶太阳帽
换上一双厚底拖鞋
走在黄色的马路上
回家要问妈妈好

岸边一个老爷爷
饶有兴致地
把硬币掷
向湖里
别去打扰他

抉　择

如果
我们俩爱上了
同一个女人
如果
同一个女人
被我们俩爱上了
就让她的红唇
化作一朵淡淡的彤云

如果
我同时爱上了
两个女人
两个女人
同时爱上了我
就让我死掉吧
爱的灵魂化作一缕轻烟

野三坡

在绝壁脚下
一条波动的凝绿
趟过去
完成一次生命

"我过不去"
绝望迸溅在崖壁上
仿佛雷声

大山
你要作一位
娇小的少女
从此
不再耸立
从而
不再有
我的绝望

熟　人

因为来往
我们成为熟人
因为是熟人
我们便不来往

我们用爱的目光
让我们知道
我们是朋友
我们用恨的双剑
让我们知道
我们是熟人

你说
让我们分开吧
可能相会
在没有绿洲的沙漠上

四 月

有一天
我突然发现
就我们两人
走在两条
幽僻的
石板路上

两个缓缓行进的存在
正通过一片莽莽无尽的
柳影栅栏之中
这是两条怎样的路呀
永不相交
消失在看不见的地方

有时候
我走得太累
便想起另外一条路
转过头来
你正凝视着我
柳枝就要垂到水面

我们——

默默无语

就继续走了下去

北方的冬夜

北方的冬夜
没有星星
孩子们倚在冰凉的墙上
偷听着
狂啸的北风
拍打着窗缝上的破板纸

北方的冬夜
没有星星
孩子们闭上眼睛
他们知道
天上只有浓重的冬云

北方的冬夜
没有星星
孩子们不再等待
母亲的归来
梦中
他们还是没有变成
一颗闪烁的星星

黑龙江的愿望

因为有长城
这里被叫做关外
于是我们成了孤儿
被母亲拒之门外
我们有着无垠的沃土
然而我们没有梦中的故乡

倾斜的太阳
小小的
只在南半天画一小小的弧线
——我们不稀罕
两千年的积雪
把我们惆怅的褶皱
碾展得平而又平
刀子削平了我们的脸
我们欢笑着
"好大的西北风"

我们没有神话
我们也不需要宗教
因而我们也不知道

被拒之门外的那一天

是的
我们有我们的四季
春的梧桐
勃发生机而不是柔嫩细腻
骄阳浓绿而非阴雨连绵
秋的气度
金黄浓重而非肃杀凄凉
冬的精神
震撼心灵蒸升伟力
而非荒凉寂寞

黑龙江
我的乡亲们儿
谁说我们是批落魄者
我们拥有独自的信念
欢快的时候
我们出去狂跑
悲哀的时候
我们求助于酒缸
痛苦的压抑中
我们学会了忍耐
冷泪一次次咽下
忘我的兴奋中
我们学会了避免膨胀
那是害怕破碎

我们知道爱惜自己
因为我们没有家

黑龙江
一条绿色的河
缓缓地流在兴安岭外
一冬一春
结冰则伫立
开化则向前
默默地流向
苍凉的辽阔的日本海

过　期

妈妈来信说
她等我回家
妈妈！
我回不去
桌上只有一张
过期的车票

过期的车票
就在昨夜二十四点钟
他的精灵
已经奔向了广漠的荒野
他的躯壳
在桌子上呆滞地伫立
沮丧的神情中
有着无尽的惋惜

妈妈
我只有一张过期的车票
它就像一座枯朽的断桥
把我生命的小舟
搁浅在河的这边

幸福的河湍然奔向大海的怀抱
似乎没有看见我
撇下我
让我的脚印
在海滩上
向上游流去

妈妈
我回不去了
但这不怨我
因为，二月份没有二十九

五点钟去学二

第一次
在去学二的路上
重新获得了阳光下的静穆
路
笔直向西
好像又回到了梦中的故乡
下午的太阳啊
十几年来
你躲在何处
记得我们分手之前
你穿着一身绯红的长裙

小屋的玻璃窗里飘动着
一双透明透亮的眼睛
在这难得的一刻
请留下你静穆的下午
西天中的太阳
只是绯红的彩霞被遗忘在心灵的深处

断　痕

黎明的背影在散去
小草等来了一片灼人的阳光
不要让它便宜地跑掉
抓住那个刀刺
是我的手
把它狠狠抛向
西伯利亚的地层下面

欢乐的时候为什么总挂着自怜的冷泪
悲哀过后总忘不了嘲笑别人一番
是我制造了我的生命
还是生命驱动着小小的我
多少次失败已变得麻木
多少次成功没有欢喜
生命很糊涂
原来一碗馄饨

寂寞的压抑是漫长的史前期
有人说我有这么坚强
打起精神唱出几声嘶哑的流行歌曲
有人说我太懦弱

去，讨厌死了
就像儿子叫我爸爸
走，我们去远足

脚下的路在走
童年进去
出来时后面是坟墓
天山
找不到
一株美丽的雪莲
寒冷的冰水艰难地
托住一块北冰洋上的冰块
在沉寂的汪洋中
我微弱地喘息
北，在四周

连绵的梅雨浇灌着我的伤口
那里绽开一朵凄苦的黄疤
纤细而刚健的少男的手指
被分作两半
这边是手
那边也是手
大夫说你不再回来
伤口不再愈合

无　题

跟往常一样
幸福需要长久的等待
青春不减风尘
胭脂沾满了灰

西渡
编

戈麦全集

下卷

漓江出版社
·桂林·

戈麦

（刊登于《诗歌报月刊》1991年第6期上的戈麦照片）

戈麦与父母、兄嫂、姐姐在家门前留影，1978 年初

上　戈麦初入北大在未名湖留影
下　戈麦初入北大在颐和园留影

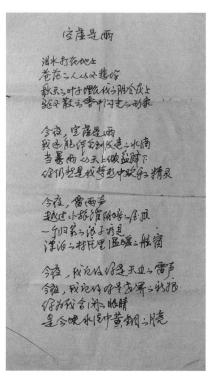

左 戈麦工作后的留影，约 1990 年

右 戈麦手稿《空虚是雨》，诗歌创作于 1990 年，1991 年春
夏之交抄赠李子亮

上　戈麦外文局图书馆借书证

下　《彗星——戈麦诗集》书影（西渡编，漓江出版社1993年版）

上　《戈麦诗全编》书影（西渡编，上海三联书店 1999 年版）

下　日译本《戈麦诗集》书影（是永骏译，书肆山田 2000 年版）

目　录

第三编　小说集

第四编　文论集

第二编

译诗集

勃莱^① 诗五首

跟我来

请与我一同进入那些长久地摒弃了绝望的事物

那些带着可怕的孤独的叫喊、移动了的车轮

在煤灰中躺在他们的背上，像人们在啜饮，光着身子

夜间从一座小山摇晃着下来，最后淹没在池塘中

那些被遗弃在街衢边缘破碎的内部通道

污黑而垮掉的尸体，尝试着又胀裂了

统统被丢到了后边

卷曲的钢铁摇曳着，散布在汽车间长凳周围

有时当我们握着它们像砂砾一样温暖

什么人已经认输，责备着政府的每一件事

那些南帕科塔的道路，触摸着四周的黑暗

---

① 罗伯特·勃莱（Robert Bly，1926—2021），男，美国著名诗人，力图摆脱理性和学院派传统的钳制，通过引进中国古典诗歌、拉美诗歌和欧洲超现实主义诗歌以给美国诗坛带来新的活力。他是美国20世纪六七十年代"新超现实主义"（又称为"深度意象诗派"）的主要推动者和代表性诗人。其诗在对自然和内心世界的深入开掘和呈现中别开生面、富有灵性。1958年，他创办《五十年代》杂志（后来依次改为《六十年代》《七十年代》《八十年代》），在美国诗歌界有相当大的影响。评论家称他的诗为"奔流在中西部大平原下层深部的、突然长出来的树干和鲜花"。一生出版有十多部诗集，三十多部译诗集。其中，诗集《身体周围的光》曾获"美国国家图书奖"。

从鱼类进化

鱼的孙子在他的肚子里存积了
十万颗细小的黑色石子。
蜗牛的甥侄，六寸长，赤身躲在床上
和一个微笑的女人一起，他的头部释放着光
在大理石下，他朝着自己的一生移动
像软皮兽，在行走。而当严寒来临的时节，他就是软皮兽，
　猛犸象
沿着丝绒的光泽，经过这个女人的卧室
他向着这只动物移动，动物有毛皮的头

多么有趣！闻着一个新生婴孩的肌肉！
像新鲜的草地！一个高个子男人和一个女学生
咖啡的杯盏；她苍白的腰，精神围绕着他们转动，
转动，将一只巨大的尾巴拖入黑暗
在黑暗中我们燃烧起来，并且画着
多刺的鱼，我们抛掉白色的石子！
巨蛇螺旋状地从海底升起
一个人走进一颗宝石，沉睡不醒，不要
放下我的手！让我举起他们
一团火焰燃烧着穿过我双脚的鞋底

当哑者说话

有一个欢乐的夜晚我们丢掉了

所有的东西，像

一根小萝卜一样漂荡

上升或下降，海洋

最后把我们抛入海洋

在水上我们沉没

好似在黑暗上漂浮

这个躯体狂怒着

驱赶自己，消失在烟雾里

深夜去大城市散步

或在基督教科学的橱窗里阅读圣经

或者阅读巴根维尔岛的历史①

那么影像就会出现

死的影像

墓穴中抖动着的尸体的影像

还有灌满海水的坟

海洋中的火焰

像尸体一样闷燃的尸体

荒废的生活的影像

---

① 巴根维尔岛，通译"布干维尔岛"，位于太平洋所罗门群岛。

生活失去了，想象毁坏了
房屋倾圮了
金杖折断了
那时饶舌者将要沉默 ①
而哑者将开口说话

① 原译稿遗失，末两行为编者补译。

蚂蚁观察下的约翰逊的小房屋

1

这是森林深处的空地：垂悬的树枝
形成一个低矮的地方，在这里我们白日里熟识的市民，
大臣，机关的首脑
好像变成了：大钢铁公司的公债持有人
小木鞋中：将军们打扮成了嬉戏的羔羊

2

今晚他们烧掉了供给的稻米；明天
他们在撒利尔讲课；今晚他们围着树木走动，
明天他们从自己的衣服上摘取细枝
今晚他们投掷炸弹，明天
他们朗诵《独立宣言》；明天他们在教堂

3

一群蚂蚁在一株老树下集合。
它们一起合唱，砾石般刺耳的声响，
古伊特拉斯坎人粗暴的旧歌子。

左右的蛤蟆轻拍着它们的小手，加入

这火一般的歌声，它们五根长长的脚趾在潮湿的泥土中

打颤。

抱　怨

她去了。是我的爱，我的月亮
她赶走了小鸡，打扫地板
筵席后倒空了骨头和坚果的硬壳
拍打小孩。他像动物似的跳跃着
现在生病的男孩已经成长，度过了危险的青春期
女孩子们把针脚露在外面，一件接着一件
让一些骑在空地上时髦的身体自由
构成新一代儿童迷惑的脸
还有，当模糊的私生子，唾弃他们的假发
缓行中纠缠风和粗糙的女孩
什么手臂将打扫这间房屋，什么手掌将
新雪覆盖在牛奶上面保持假象
而谁将投掉小鸡头去吊饿狗的胃口？
不是我丢掉的女妖，默默地挖掘着疼痛
孩子的生日与午夜的兰棹和雨
新雪落在她的脸上和他挖掘着的手上
现在躺下吧，她是我的月亮或爱人

博尔赫斯^①诗十首

天赋之歌

不要让人们感觉到我用泪水和屈辱制造光明
从而表明一种来自于上帝的
统治，他，用杰出的反语
即时给予我书籍和夜晚。

在这书的城邦他创造了眼睛
这看不见的统治者，他只能阅读
那些每一个崭新的黎明奉献给
被唤醒的关怀空洞的段落。

在梦境中的图书馆。日子徒劳地
浪费在它无穷无尽的书上
像那些在亚历山大港
烂掉的模糊不清的手迹一样艰难。

---

① 豪尔赫·路易斯·博尔赫斯(Jorge Luis Borges, 1899—1986)，男，著名的阿根廷诗人、小说家、散文家兼翻译家。生前曾任阿根廷国家图书馆馆长，晚年为眼疾所困扰几近失明。其文学成就主要体现在诗歌、散文和短篇小说，创作风格深邃、博学，独树一帜，尤以融现实于虚构而臻于神秘的迷宫式构思著称，在世界范围内具有广泛影响。

一个古希腊的传说记载着一位国王是怎样死于
饥饿和干渴，尽管被供与足够的泉浆和水果；
我迷失了方向，艰难地从高耸
而长久封闭的图书馆的一侧走到另一侧。

围墙存在着，却毫无用处
大百科全书，地图册，远东和
西洋，所有的世纪，朝代，
象征符号，宇宙，宇宙的起源。

在我的黑暗中缓慢地，我用
我迟疑的手杖勘测空洞的黑暗
我，总是在这样一个图书馆的幌子下
想象天堂。

一定有什么事情，不能仅仅叫作
机会，一定统治着这些事物；
在许多书籍和黑暗的另一些日子中，
另一些人已经见到了死亡。

当我走在这漫漫的长廊
渐渐地，以一种圣洁的恐惧我意识到
我就是那另外的一个，我就是死亡，
我的脚步也是他的脚步。

我们两个中的哪一个正写下这些诗句
关于一个复数的我和一个单数的黑暗？

如果这是不可分割的同一过程，
至于我的名字是哪一个字又有什么关系？

格娄塞克或博尔赫斯，我凝视着这个被热爱的
世界，渐渐变得无形，而它的光
沉入一围栅栏，无常的灰尘
好像是睡眠和夜晚的遗忘。

沙　漏

如果时光可以度量，该有多好
用夏季之网中一根圆柱耀眼的影子
或是用赫拉克利特在那里观望着我们的蠢行的
那条河里的水。

因为时光和命运
两者如此相像：不可称量的时间
阴影，水流循着自身道路的
这样一个无法挽回的过程。

这的确不错，但沙漠里的时间
发现了另外一种物质，平滑而沉重
似乎可以想象着用它来
丈量死去的人的时间。

因而有了词典的说明
这样一个比喻式的工具
将要由那个灰色的文物收藏家
交付给人类幻灭的世界。

不成对的象的世界，毫无防备的

刀的世界，模糊的望远镜的世界
被鸦片腐蚀的白檀的世界
灰尘的世界，骰子的世界，虚无的世界。

什么人在严密而阴暗的器具面前
踌躇不前，跟随着
上帝右手中的长柄镰
谁的轮廓被丢勒刻下？

从开露的顶端，那翻转的锥形物
让时间的沙子漏下
渐渐地，黄金变得松弛，然后注入
这小小的宇宙的凹面水晶。

观察那些隐秘的沙子流走或溢出
一定有一种快乐
在漏口处，沙子像是由
一个迫不及待的人堆起。

每一周圈的沙子相同
而沙子的历史，无限；
因而，在你欢乐和痛苦的深处
那不能弯卷的永恒仍是深渊。

在这种坠落中永远没有休止。
是我漏掉了血液，而不是玻璃。
沙子流掉的仪式永远进行着

伴随着沙粒，生活离我们远去。

我相信，在沙子的分秒中
我感知到广大无边的时间；历史
记忆锁在它的镜子里
或是遗忘之神已经融化。

烟的柱子和火的柱子
迦太基与罗马以及它们毁灭性的战争
西蒙·马格斯，尘世的七只脚
萨克逊人把它们奉献给挪威王。

不可数计的沙子连成细微而从不间断的线
统统沦于丧失
我不能拯救我自己，一个时间中
偶然的一次机会，一个正在消亡的事物。

象　棋

1

在他们坟墓的角落，棋手们
调动迟缓的棋子。而棋盘
扣留了他们直到那严密的地域上
初露曙光，那里两种颜色相互憎恨。

从这种形式中释放出一种神奇的
力量：荷马的堡垒，以及灵敏的
马，一个战斗中的女王，一个落后的王，
一只在斜线上行走的象，和一些入侵的卒子。

当棋手们业已离去，当
时间已将他们彻底耗光
这仪式将不会结束

那战争最初在东方发生
那里的竞技场就像眼前的格局。
像其他游戏一样，这种游戏无始无终。

2

顾长的王，歪斜的象，还有一个嗜杀成性的
女王；笔直的塔，狡黠的士兵——
越过他们黑白相间的小径
他们在掠杀，发动着武装战斗。

他们不知道，正是这只棋手狡诈的手
支配着他们的命运
他们不知道，一种坚实的严密
遏制了他们自由的愿望和距离。

但棋手同样也是一名囚犯
属于死亡的黑夜和白昼
（这是欧玛尔的箴言），从另一个角度说 ^①

是上帝移动着棋手和他，棋子。
可又是什么样的神在上帝背后创造了这一系列阴谋
尘世的阴谋，时间的阴谋，梦和痛苦中挣扎的阴谋

---

① 欧玛尔（1048—1122），阿拉伯诗人、数学家、天文学家。学识渊博，思想深刻，他
所注意的问题是宇宙的本质、时间的推移、人与真主的关系等永恒性问题。——戈
麦原注

埃尔维拉·德·艾尔维亚

所有的事物为她所有，慢慢地
所有的事物离她而去。我们曾经看见
她身着美丽的饰物。清晨
和紧张的正午在她的头顶
展现给她，尘世那壮丽的
王国。整个下午他们变得暗淡。
友谊的星辰（无限而无所不在
的缘由之网）授予她
富有的权利，消除所有的距离
像张魔毯，产生占有
和欲望；一种诗歌的技艺
把我们现实的悲哀
转化为一首乐曲，一则传闻，和一个记号；
被准予的热情，她鲜血之中
艾提兹艾戈的战斗和声望的重负；
以及在寻找时间的河流（河流和迷宫）时
在无数个下午缓慢的色调中
迷失自身的欢乐。
所有的事物离她而去，所有的
仅剩其一。她高贵的优雅
伴随她走向旅途的尽头，

在销魂之余，在消匿以后
可以说这一切就像天使的一切。关于埃尔维拉
我见到的第一件事（那么多年以前）
是她的微笑，而这也是最后的一次。

苏珊娜·索卡

怀着冷漠的爱她看着下午
散乱的色调。心醉神迷
遗失自身在错杂的乐曲
或是诗节中稀奇古怪的生活之中。
不是元色的红，而是灰
纺织着她纤弱的命运，
在摇晃而混杂的色调中
试图辨识并演练着。
并非是冒险而走进困顿的迷宫，
她没有以事物的外形
观察它们的骚动和进程，
正像镜子中另一位妇人。
寓住于遥远的过去那祈祷中的神灵
把她丢弃给老虎，火焰。

月　亮

以往的历史告诉我们在过去的时代里
当所有的事物诞生，真实的
虚构的，将信将疑的，一个人
是怎样构想着一个——

制作一个宇宙节本那骇人的蓝图
在独一无二的书中，用无限的热情
他树立起他的样板，高尚而
激昂，提炼着，说出最后的诗行

想要把感激之情献与未来
他抬起双眼，看到空气中
一轮锃亮的圆盘，大惊失色
是什么缘故，竟使他遗忘掉这一轮月亮

我所讲到的事，尽管是一个传说
可是它阐示了当我们将生活
改变成词汇时，我们中
许多人使用过的那惑人的咒符

事物的本质总会遗失。这是一条

关于神启的每一个词的法则。
而我对我与月神长久的交往
所作的概述也一定避免不了这一点

我不能说出我是在什么地方第一次见到它，
如果是在一个比希腊的学说还要久远的
天国，或是在它跃过了庭院中
水井或无花果树而抵达的夜晚。

我们都知道，这种无常的生活，
在众多的事情中，是如此美妙
因为它带来了某个下午，同她一起
或然性凝望着你，呵，变幻的月亮。

但更多的夜晚月亮我会用
诗行将他们记住：像那民谣中
如此恐怖而迷醉的龙的月亮，
像科瓦多和他的滴血的月亮。①

另一轮鲜血和腥红色的月亮
约翰在他的一本关于那个残忍的怪物
和他们的狂宴的书里提到过；
另一些清月带着一圈银子的光辉。

毕达哥拉斯（传说上这样讲）

---

① 科瓦多（1580—1645），西班牙诗人，散文作家。

在一块透视的玻璃上写下血的字句
而人们用裸眼即可读到
又映照在天空中的那一面镜子上。

一座钢铁的森林，那里潜伏着
一只巨大的狼，他的命运
就是当最后一个黎明染红整个海洋
击碎这轮月亮，把它送还死亡。

（预言家的猱斯意识到 ①
那一天横穿世界的广阔海洋
将怎样由死去的人们的指甲
制成船只，从当中划破。）

在日内瓦或苏黎世，命运决意
让我成为一名诗人
我暗暗地承受，像一个诗人那样，
阐释月神的职责落到了我的肩上。

带着一种勤奋的痛楚
我历经谦恭的变化，
伴随着一种卢贡内斯在制作他自身的 ②
琥珀和沙子时的强烈的恐惧。

---

① "猱斯"可能是 "North" 的音译。林之木此行译文为："预警的北极星斗对此知之
　　甚详"。
② 卢贡内斯（1874—1938），阿根廷诗人。

遥远的乳白色的，烟雾，雪的
寒冷，是月亮照耀
我的诗行，而这些诗行自然不适合
去获得排版付梓的殊荣。

我所想象的诗人是那样一个人
他，就像天堂中的红亚当，
规定着那些具有严密而正当
未曾得知名字的每一个事物。

阿里奥斯托告诉我在那漂移的月亮中 ①
是梦，是丢掉了的无法理解的
时间，是可能的
和不可能的，是同一种事物。

阿波罗多罗斯让我望见 ②
三位一体的黛安娜神奇的外形
而雨果给我一把金镰
一个爱尔兰人，他悲惨而昏暗的月亮。

从而，当我探测着神话里的月亮上
矿藏的深度，就在这里
在一个角落的拐角，我能够望见
每一日天上的那轮月亮。

---

① 阿里奥斯托（1474—1533），意大利诗人。
② 阿波罗多罗斯（活动时期公元前140年左右），希腊学者。

在我所认知的词汇中，有一个
足以用来记述和描绘。
而秘密，我知道，在于怀着谦卑的目的
简明地使用这个词。月亮。

现在，我绝不敢用一个无用的形象
玷污它完美而纯粹的面目；
我每日看到，却难以辨认
它超出了我的学识力所能及的界限。

我知道，月亮或作为词汇的月亮
仅仅是一封信函，被创作出来
在我们所在的那个稀有的合作著作中
共同使用，是众多，也是一个。

它是命运和机遇给予人的众多
象征符号中的一个，总有一天
他会用它写下他自己的真实的姓名，
在荣耀和痛苦中高高举起。

给一个老诗人

你漫步在卡斯特勒的乡间
似乎几乎望不到那里的一切。
一行约翰狡黠的诗你略微挂念，
几乎没有意识到太阳西沉在

一派昏黄的光芒。光线四散，颤抖，
在东方的边陲，那里传播着
一轮仿造的月亮，酷似
复仇之神的镜子，一轮猩红的月亮。

你抬起双眼观瞧。似乎见到
一个属于你自身，花蕾一样的东西
裂为两半，而后消失。你低下苍白无力的头

悲哀地走自己的路——片刻的逃遁——
从而，不再想起，你曾写下的：
为他的墓志铭，一轮滴血的月亮。

一个克伦威尔军上尉的画像

玛尔斯的城垛不再让给 ①

他，这个被合唱着的天使所激励的人。

从另一种光和寿命的总和中，

那些眼睛向下观看着一览无余的战场。

你的手按住剑的金属。

横穿碧绿的州郡，战争大步走在路上；

他们等候在黑暗之上，有着英格兰的寂静，

你的山峦，你的边境，你主的荣光。

上尉，你热切的关怀都是欺骗，

空虚是你的盔甲，人们执拗的愿望

是多么空虚，他们的限期只是一个短暂的日子；

时间赢得了胜利，人却只有失败。

弑杀你的铁沦为锈土；

而你（我们也将会）变成灰尘。

---

① 玛尔斯，罗马神话中的战神。

盲会众

远离大海，远离美好的战场
情人们拖曳在他的身后，而现在杳无踪影
又老又瞎的海上冒险家正吃力地走在
英吉利乡间布满泥块的路上。

为农舍的恶狗嘶咬，
为村庄的青年嘲笑，
在疾病和破碎的睡眠中他拨弄着
路边沟渠内污黑的垃圾。

他知道，金色的海滩在远方
为他藏匿着他自己的宝藏未显于世，
如此糟糕的命运真不值得活着；

你也同样在遥远的海滩
为你自身保存着拒腐不蚀的宝藏
浓雾迷漫，栖满了众多的死亡。

弗朗西斯科·博尔赫斯上校之死

骑着他的坐骑我离开他，这阴郁
昏暗的时辰，他用决战的死亡牢牢系住；
在构成他极富人性的一生中所有的时辰中
这一时辰最终而漫长，虽然是辛酸而得胜。
他的马匹和披巾洁白的影子跃过
平原向前奔去。凝视着
从从空洞的步枪，死亡在枪盖中潜伏。
弗朗西斯科·博尔赫斯悲哀地走过旷野。
来复枪的震吼，环绕在他的四周，
无边的大草原，他尽收眼底，
景色和声响，是他的一生。
他日常的生活在这里，在战斗中
我让他独自高傲地守着他庄严的世界
就好像并没有抽取什么留在了我的诗中。

第三编

小说集

地铁车站 ①

1

　　远立在窗前，眺望着澄净的天空上几只飞临A市上空的海鸥。A市是座靠海的城市，每天上午九点三刻总会有几只灰白色的海鸥从海滨飞向城市的上空。远所寓居的房间离海滨很远，远望到的海鸥像米粒那样小，它们飞动着，有时好像停留在宽敞的天幕上。远所面临的窗在这座高层建筑的第十九层。窗是A市常见的大型的有三扇玻璃的大落地窗。窗的两侧，白色的丝织窗帘被拉到了窗的两边，一直垂到地板上。地板是那种本色的木板方块拼接而成的，在靠近落地窗下沿的边缘，有两只拖鞋。这是远站立的地方。远穿着拖鞋，从后面望去，远清瘦的身体被一件垂地的睡衣遮住，上面只留下一只留着寸头的脑袋，头的两侧，是两只耳朵的背影。远的每一个暂短的上午就这样打发过去。有时是躺在一把竹制的躺椅之上。远现在是站着，看着窗玻璃上那几只飞临A市的渺小的海鸥，现在是九点三刻，远刚刚起床。

　　远立在第十九层的一面落地窗前。从窗内望去，相邻的几座高层建筑白色的外形让远想象到远所居住的这座公寓的模样。十九层是这一群公寓的较高的一层，远能直接从窗内欣赏每一个上午空远的城市上空。现在，几只微小的海鸥正从中间的一扇玻

---

① 发表于《钟山》1994年第5期。

璃上逝去。中间的一扇玻璃窗棂是固定住的，两边稍窄的两扇可以打开。远的目光仍停留在中间的这扇玻璃上面。远看到几只微小的昆虫已经移动到他的视线上。其中一只沿着玻璃的中线由下向上爬，另外的两只，一只由上向下滑出一道规则的弧线，另外一只停着不动。在那只不动的飞虫和由下向上爬动的飞虫之间，恰好是两座高层建筑之间的空隙。远沿着这片空隙向远处望去。一座白塔恰好出现在两座公寓之间，那是一座有水的公园，公园的中央，就是那座湖水环绕的白塔，但远只能看到塔尖，塔的下部让一座比这两座公寓稍小的另一建筑挡住了。远望到了塔尖，塔尖的后面是一座高层的旅游饭店，饭店顶端的名字及英文字母已看不清楚，在这座建筑的上面，露出更远的一架电视台的铁塔的顶尖。远感到一丝疲倦。现在三只飞虫已分散到两边的玻璃上去了，有两只在左侧的玻璃上停着不动，另外的一只在右侧的那扇玻璃上由左上方向右下方移动。

　　远向房间的右侧走去。远的面前是一幅海边的图景，几只水鸟惊悸地望着眼前的海面。海面只是通过两三排低缓的波浪暗示出来，再往下，就是这幅画下缘的白边。再往下是一张简易的文件桌，桌子由两条弯曲的镀光钢管和一张胶合板的桌面构成，钢管的下端弯曲成一段直线，和地板贴在一起。远走到桌前，右手从睡衣的右侧口袋里抽出，伸向桌子前面一把镀光的五足转椅，座垫和靠背是较薄的黑皮海绵垫。

　　远已坐到了转椅上，抬头看了看迎面墙上的那幅海滨图景。水鸟的后面是遥远的城市背景，从建筑的格调上看，远认出是 A 市。一条白色的栏杆从画的右侧中部向画的中部延伸，然后向下回转，转弯的地方，恰好是几只水鸟栖留的地方，这是一艘游轮的沿船边的扶手，游轮被排除在画面之外。

　　这时，远听到桌子右前方那只白色电话发出一个曲子的开始的几个音节。桌子的左前角放着一盏塑料台灯，除此之外，仅有两张办公用纸放在桌上。现在，那几个音节已反复过三遍，远拿起电话，里面传来 B 像蚊虫一样微弱的声音，这种含混的声音给远一种虚无缥缈的感觉。远仿佛听到烟去世的事情，之后，电话里就传出嗡嗡的声音。远放好电话。B 的声音仍回绕在房厅的空气之中，远反复品味这萦绕不去的声音，从 B 平淡生疏的语气中感觉到 B 含混不清的声音后隐藏着一丝巨大的痛苦。远的眼前一片空白。

往日，远总是在欣赏完桌子上方那幅海滨的油画之后，想到烟，和烟那无数次亲密的交往。远现在回想起她，已经把握不住想象中烟的轮廓。远在这个上午是在电话鸣响之后重新背靠在转椅上才又想起了烟。远感到此时身体里有一种滴水的声音。远缓缓地从转椅上站起，重新走到刚才在窗前站立过的地方，但这次他面向和上一次相反的方向。远是一位苍白的男人，宽松的睡衣内显示出远单薄的骨架。远的目光停留在房厅中央那把竹椅上。远隐约记得过去的某一段时间内，烟曾经坐在竹椅上面，远的眼睛立刻让一层雾遮住。

直到远听到远远的钟声。钟声从落地窗前望不到的另一个方向传来。这种声音在寂静的城市上空听起来格外清晰。当远数到十二下的时候，远感到不可持续的寂静。这是十二点整。A 市的钟楼，只是在每日正午时分向城市上空传出一天中唯一一次报时。远一般是在钟声鸣起的一刹，完成对烟不算长久的回忆。现在，远从一种雾一样的空白中苏醒过来。

远就是在这样一个中午，走出了 A 市距海较远的一座公寓。远苍白的身躯在楼群之中显得格外渺小。从楼区到街上，远要通过一段长长的路程。远的身影迎着正午的阳光，一直走到了这段楼区一条人行道拐弯的地方。

2

从 A 市到 B 的城市，坐公共汽车八十分钟，坐地铁半个小时。远未加选择就走向了街道一侧的地铁入口。此刻，A 市的街道进入了高峰期之后的平静。街道两旁疏朗的银杏树和法国梧桐的阴翳下，行人异常稀少。远望见地铁入口处低矮的宽沿盖子，向着他来的方向翘起前缘。远已踏在向下的水磨石阶梯上，远的鞋跟和地面一同发出很响的声音。远感到一股凉意。

现在，远已经跺步在地铁车站宽敞的站台上。站台实际是两条相向的铁道之间的较宽而很长的地段。地铁车站就像一间细长的厅房，成簇成团的吊灯将大厅映照得如同地上的世界。那些吊灯的影子在淡紫色水磨石方板的地面上映得一清二楚。在地面和吊灯上面微曲的顶盖之间，两大排高大的方形水泥支柱从远的一方直向大厅的另一方排开去，支柱一律是青灰色的。每排立柱再向外约一公尺半，就是地铁的通道，铁轨低于站台约一公尺。远站在这里，有一种立在岸上的感觉。而对岸，自然就是大厅的侧壁，侧壁之外自然是大地的泥土。两面的侧壁上从头到尾是大幅的瓷质壁画。两幅长卷由亿万块几寸见方的瓷片拼贴而成，上面绘满了古代神话传说的人物、活动场面。远的目光停留在一个腾飞着的裸体女人身上，那女人拿着星星一样的五彩砾石，正将它们一颗颗缀到天上，裸体女人的长发，一直飘洒到她飞起的双足之后的另一个场面里的人物的一侧。那个人物正拿着一把斧子向四周围的寰宇砍劈着，似乎也是一个巨人。

远坐上了一节车厢中间一个位置上。列车开动时，远最后望了一下地铁车站上寂寥的行人。在远刚才站立过的地方，有一个穿淡灰色上衣的中年男人，正向一个立柱的后面走去，这时，一个花枝招展的妇女领着一个不及她的腰部高的男孩向那个中年男人的后方走去，两个人行走的方向正好相反。

远迅速扫视了一下空空的车厢，车厢内只有零星几个乘客。地铁的座位一律是长条的简易沙发，橘黄色的人造革绷面，沿着车厢的两侧排得很长。远的左面较远的地方，与远同一条椅子上，坐着一个疲倦的男人，再远一点，对面的椅子上是一位面容不清的中年人。远的右手的那个方向，离远的位置稍近的对面一侧，挨坐着几个乡下少女，粗笨的大手平放在粗壮的腿上。在车厢的末尾，一对学生模样的情侣搂抱在一块。男学生的舌尖反复在女学生细长的脖子上上下滑动。远将目光收拢回来，远的对面是一个与远年纪相仿的男人。现在，列车是由远的右手方向开向远的左手方向。对面的男人一直用右手捂着他的右眼。远注意到这个男人的手指细长，手掌宽大，手的皮肤白且细腻，皮肤下面的骨骼因缺少过多的肌肉而显得锐利。五根手指由右颊向额头的方向舒展着，有些僵硬。这样，那根无名指恰好越过了细窄的鼻梁，指尖刚好和男人的左眼相逢。远这时才仔细端详了男人的左眼，男人的眼白布满了血丝，眼白之中的虹膜不是通常的黑色，而是金黄色，男人的瞳孔阴凉，里面射出的目光向下。男人的胸部下陷，仿佛是俯着上身，陷入了回忆。

列车在隧道中向前方运行。远将目光再次投放到车厢的末尾。男学生的舌尖已经抵在了女学生的颈后，并向女学生宽松的背部滑去。远现在终于重新又想到烟。在远的头脑中，A 市和 B 电话里不清晰的声音再也没有出现过。

3

烟与远彼此相识在一个城市的黄昏。

远独自一个人漫无边际地走在这个城市市郊的一条宽大的街道上。远的眼前是空中飘落的漫天黄叶。远的心中被一种不名的空旷所占据。远感觉到这是一种永远把捉不住的忧郁。远放开凌乱的步幅走在街道的中央，这是该市休假的季节，街道上没有行人，更没有车辆。漫天的黄叶从生长多年的无尽的银杏树上飘落下来，银杏树的树冠一片温和的金黄，绵延数十里。在银杏的外侧是一层更高的冷杉，像一层铅灰的云黛，像秋季的天空。远知道，再向外，是广阔的原野。远透过那些穿过银杏树叶的落日的光线，心中浮现许多模糊不清的往事，那时远的记忆中还不曾有烟。远的心绪和回忆都漫无目的，远已经感觉到他再也不能理出个头绪，那实际上是一片一片的空白。

　　这时，远遇到了烟。

　　烟从街道的另一个方向走来，和远走在路的同一侧。远实际上在漫无边际的踽行途中已经感觉到烟的到来，这种感觉使忧郁之中的远更加忧郁。烟的方向正好与夕阳的方向相同，这使烟的形象笼罩在一圈昏黄的余晖之中。远再一次从纠缠不清的空白之中抬起头，于是他看到了由远及近的烟。烟在夕阳的映衬下，像平常的天气里的一阵风，远感到烟像一只梦中的鸟一样缓缓地走了过来。远久已预感的心境涌起一阵失望，但远的失望在他看到烟业已成熟的姿容后烟消云散。透过夕阳下雾状的光线和漫天的黄叶，远看清了烟的脸颊。烟的脸散发着一种成熟女人独具的光亮。烟的粉红色的风衣掩盖着烟已经有一定春秋的优美的躯体，髋部以下的曲线在烟悠缓而摇曳的风衣下摆内生动无比。当远望见烟的脸上那一片阴影之上诱人魂魄的光芒时，隐隐感觉到烟在他今后的生活中将占据着极为重要的地位。

　　和远的相遇，在烟三十余年的个人生活中，并不是一件不寻常的事情。当远的目光投向烟的时候，烟从那两道微弱的光线中捕捉到一丝慰藉。凭着烟多年的阅历，远的形象因平常而变得有些陌生，烟随后感到一阵来自血液深处的冰冷。远的苍白的面孔，让烟感到不安，在她无比丰厚的记忆长河内，竟找不到另一张面孔与之对应。烟看到行走中的远目光中渐渐拨亮的灰烬，但对一种油然而生的预感并没有十分的把握。相反，烟从远瘦长的手指骨节上想到的是稍瞬即逝的途遇中的冷漠。无穷无尽的过去，无数次的绝望，已经让烟不再对未来的一切有任何丝毫的准备。但这种倦怠的培养与此刻烟的步态和面色毫无关联。远在生活的困顿之中遇见烟的时候，烟作为女人的一切在远的眼里无比光辉灿烂。远忧郁的心境中激起的亮光有如失望一样灰冷而渺茫。

4

远和烟并排走在一座公园的人行道上。这座公园位于一条空无人迹的大街一旁，面积很大，望不到边。远处，仿佛有一大片茂密的森林。公园里遍布着浓荫的草坪，草坪用低矮的白色栏杆围成各式各样的几何图形，中间是人行通道。远的左臂挽着烟的右臂，远挽着烟的时候有一种挽着风的感觉。远的左腿偶尔碰到烟的粉红色风衣和风衣下露出的裙子，左侧飘来烟化妆品淡淡的香气，远感到一生都要在这个城市度过。烟的手柔软得像一缕穿过丝绸的水，有点冰凉。远将目光投向近处的草坪。浅草中点缀着很多白色的球状花。远这时才注意到整个公园都点缀着这种白色的小花，空气中四处弥散着清雅的芬芳。烟的身体右侧和头部一同靠在远的身体左侧，两人以同一的节奏行走着。远的周围弥漫着烟身上散发出的清爽怡人的茉莉花香。远的目光落在不远处的一段栅栏上。远的右手向烟的左肩拢过来。现在，远和烟相对站着。烟的双手揽在远的腰际，指尖不停地挪动。远看到烟的双眼像雾一样掩在长长的睫毛下，凝视着远，充满难言的忧怨。远的左手从烟的右肩上搭过去，从烟的肩头一直往下滑至烟的腰部。烟的身体像柳树一样有轻微的摆动。远感觉到烟的面颊上散发出诱人魂魄的气息。烟的双唇半启半合。远的右手从烟的左臂上落到风衣的下摆。烟的上衣内淡黄的羊毛衫在胸前的地方微微隆起，涨满了诱惑。远的右手从羊毛衫的腰腹处滑进羊毛衫的内部，远到达了烟的衬衫的左乳下缘，然后向烟的腋下，接下来是烟柔软的背部。

这座公园位于这座城市的近郊，高大的冷杉一直沿着林荫道排向远处。两排冷杉的内侧，又排列了两行落叶飘零的银杏树，夕阳通过冷杉洒在空气中飞舞的叶片上。公园四处闪现着低矮的白色栏杆的影子，茉莉花在离草尖半尺高的白色铁栏所围成的花圃中尽情地开放。花圃之间，刻有方纹的水泥方板铺出了摆动着柔美曲线的交叉小径。远和烟并排走在弯弯曲曲的水泥板铺就的通道上。

远的左手紧紧握着烟纤柔如水的手指，手臂的内侧紧紧贴在烟的手臂内侧。远和烟沉浸在初识所带来的类似于陌生的安慰之中。远的目光从不远的栏杆移到即将到达的路面。远和烟的影子随着向前移动。远看清了烟的影子，影子的上部是烟飘垂的长发。这种印象和远在漫无目的的漫游中与烟相遇时，逆光之中见到烟明媚的面颊时的感觉同样明晰。

5

在 A 市漫长寂寞的生活中，与烟的相遇改变了远对生活的认识。烟在淡红的灯光下艳丽的双乳以及夜晚落地窗橙黄色窗帷映照下窈窕的背影重新唤起了远对生活的信心。远放弃了多年之前幽居的构想。也就是从那时起，远真正懂得了遗忘。

远坐在地铁车厢中间一个位置。车厢内仅有七八个人。远的对面坐着一位捂住左眼的男人，这个男人与远的相貌极为相近。

和烟共同度过的生活像仿绸的窗帷一样柔软。远将这种如梦的幻觉归咎于茉莉花的香味和烟微弱而轻佻的笑声。在远的记忆中，这种柔软的笑是一种气体。烟使远改变了对于女人和生活的认识。远第一次闻到这种沁人心肺的笑是在远和烟相遇的那个黄昏。远在无尽的漫游中感到黄昏的来临，远的目光移向黄昏，于是远看到烟在黄昏渲染下美妙的身影。远首先望到的是一片有女人味道的阳光下的雾，之后是烟的粉红色风衣，烟的裙摆，烟的脚。烟的脸始终掩映在一团背光的阴影之中。当烟的目光从两片飞舞的银杏树叶后闪现的一刹那，远闻到了一种沉郁的茉莉花香。烟的粉红色风衣在晚风中向两面飘动，而烟的上衣和面孔在远的眼里一直很不清晰。这时烟走到了远的身旁。也就是在远的手轻轻捏住烟稍瞬即逝的指尖时，远听到了烟轻灵如烟的笑声。远的生活从此发生了变化。

烟的轻佻和远对生活的失望，使远和烟在白栏杆的公园度过了一个使远在那之后无数个上午常常回忆的黄昏。当远伫立在夜晚的窗帷后眺望 A 市上空萤虫一样的灯火时，远一直在感谢那个黄昏明亮的街景。这时，烟的身影蜷伏在暗红色的灯光之中，美丽的长发在闪着银光的锦缎的床单上漂浮。

烟对待男人的方式改变了远对许多事情的经验和想法。烟是一个善解人意的女人，并能不断启发人的灵感。和烟共同度过的夜晚，使远感觉到能够生活多次，并不断发现更为广泛的领域。烟的左腹有一颗暗红色的痣，每当远触及痣迹的时候，烟表现出不同于其他时刻的快乐。无数种方式之中，竟有一个痣迹显示出烟最为敏感的情势，这使远大惑不解。但每及此刻，烟总是将缓旋的水推进一个又一个波浪，使远在第二天的记忆之中几乎搜寻不到曾有过的那一瞬惊奇。

这样，远在起床之后的那一段宁静的时光中得以用一种纯粹观赏的心境再一次谛视着烟睡梦中的姿态。烟睡梦中的双乳和腿部裸露在睡裙之外，只有腹部一带透露出一片丝绸的光泽。

6

对烟的回忆，始终萦绕在远的想象世界之中，这使远没有意识到列车已行驶过无数个车站，这些车站站台大厅内明亮的灯光在远的感觉中都仿佛是那个绚丽的黄昏中灿烂的夕阳。远感觉到对面的男人已站起身，并向远的右侧的一扇车门走去。远这时才发现车厢内仅剩下四个人，远、站在远的右侧一扇车门前的对面那个男人、车厢尽头那一对情侣。男学生的右手已经放到女学生的左侧，女学生让他搂得很近，男学生的嘴不停地动着，像是在无穷无尽地诉说着。远对面那个男人坐过的地方，是车壁上的一面窗子，现在窗子显露出来，进入远的视线的是一个向后移动的车站大厅。列车已经驶进了 A 市和 B 的城市之间的某个车站。远如梦方醒。

远看到那个男人从自动分开的两扇车门的中间走到了站台上，那个男人左右顾盼了一阵，而后向前走去，右面那只眼睛依然用手捂着。列车所停靠的这间大厅给远一种新鲜之感。大厅展示出远前所未见的色调。同样的宽敞与明亮，远从对面车窗只能看见近处的一根高大油黑的立柱，立柱是四方的。远从这扇车窗两侧诸多个车窗内能看到更多的四方油黑的高大立柱。远将这些立柱连成两条直线，两排立柱一定是延伸到车站大厅的两端向上的阶梯口附近，阶梯的上端，一定是两尊玻璃方亭，那里有表情漠然的服务员，远这样想。远注意到大厅的地板白得像冬日的原野，这种强烈的对比并没有让远感到格外振奋，但远还是怀着一丝兴趣继续守望着，远感到他是在等候列车继续行驶。

这时，一辆相同的地铁从另一个方向驶进对面的停站通道，草绿色绵长的身躯一直向前缓慢地行驶着，然后慢慢停了下来。远向刚才那个男人的方向观望了一下，没有再次看见他。这时远感觉到对面的站台上涌动着无数乘客的身影，这些乘客刚刚从对面那列地铁上涌出来，他们在对面那一排黑色立柱之间缓缓地流动。远的心中升起一线荒凉和孤独。现在，远的车厢之内仅剩下三个人，远，和车厢尾部的那一对情人。男学生已经坐到了女学生的对面，两个人疲倦地对望着，或是各自在想自己的心事。车厢的三扇对开车门是开着的，就是从中间的那一扇，对面那个疲倦的男人溜掉了，远这样想。大厅内涌动着越来越多的乘客，人流向某一个地下入口流动着，但没有人走近远的这列地铁，对开的车门静静地敞开着。人流越来越密，人越来越多，大厅的对面那一半空间仿佛在向下倾陷。远的眼睛被人群的白色衬衫和裙幅弄得有些凌乱。远看到对面那辆地铁正在缓缓地起动，从拥挤的人群后，远能够隐约觉察到那辆重新起动的车上已空无一人。列车隐去的地方露出了对面隧道墙壁上的长幅背景装饰，这卷长幅完全由黑白两色的瓷片拼成。首先映入远的眼睛的是一头像人一样行走的狮子，那狮子手捧一颗心状的东西向一个眼窝镂空的人走去，那人的背后是另一个场面，远只能看到一个肃立着的人的背景。

这时，远看到了 B。B 瘦高而微偻的身躯出现在那个行走着的狮子的下方，B 的脑袋正好顶着壁画上的狮子的脚；远一开始以为 B 头戴了一顶高高的帽子，像古代埃及国王的头饰。远觉察到大厅中涌动的人群已变得稀疏；余下的人缓慢地向地下入口处走去，其中有 B。

远感到地铁在这一站停留得过久，远的列车仿佛出了事故，或者是操作列车的工作人员下车后一直没有回来。车厢尾部的那对情人仍分坐在两边的座位上，相互望着，目光相接处有丝冰冷，仿佛是仇恨所放射出的光芒。

7

远和 B 的最初相识，也就在他和烟相遇的那个黄昏。B 在一天的劳累之后，终于走上了近郊的林荫大道。B 看到自己早衰的身影像一张弓平铺在眼前的水泥路上，B 觉得这和头顶上参天的冷杉形成极鲜明的对照。B 在一种充满愧疚的心绪下走进了路旁的白栏杆公园，在漫天黄叶的秋天，这座茉莉飘香的公园是一片洁净的空地。

B 恍惚看到远处人行通道上一对恋人的背影。那个男人身着一身灰白色高尔夫夹克服，裤线很分明。男人的衬衫白领在夹克衫领子上露出浅浅的一圈，男人的头理得很短，肩很平。男人穿了一双橙色老板鞋，和灰白色的水泥石板路色调相宜。男人的左手正挽着那个女人，女人的面颊在夕阳下熠熠闪光，那种艳红的光泽往往需要良好的质地。B 隐约感到与这位女士似曾相识，但不能记起，或许是一连几天的沉痛使 B 发生了幻觉。B 对这一点早有提防，因而断定似曾相识的印象不过是个幻觉。这时，这一对恋人距 B 已经越来越近了。

远在茉莉花的芳香的影响下，感到烟像水一样的手指不停地在他的掌心内波动着。远和烟在这样一种无声的交流和漫步中，感到了周围的世界似水流逝，烟的眼眶有些湿润。烟感到了无尽的等待终于有了一个暂时的停顿。烟从紧握着她的右臂的远的手上感到了一种类似于疲劳之后的幸福的力量，但却是虚弱的。远的心中对于未来，与他们在街上相逢的时候一样，一片茫然，直到一段弓一样的影子停在了他前面的有花纹的水泥板路面上。这时，远第一次见到 B。B 恰好挡住了正在沦落的夕阳。远从 B 因极度劳累而晦暗不清的身体上方看到了刀刻一般阴冷的目光。这种感觉此后一直伴随着远的一生。远感到 B 是穿越了很远很远的路径而最终抵达了这片郊外的公园。B 的目光含混不清，远一直在尽力捕捉，发现 B 的目光已从远的肩头滑落，现在到了烟的风衣下摆。然后，一寸一寸向上移动。烟在对待和远相遇这件事情的感喟之中，已经预感到 B 的来临。所以，当 B 弓一样的影子抵住了远的身体的时候，烟异常镇定，并慢慢地抬起头来，茫然注视着 B。B 此刻充满了感激。

在 B 的心目中，这次相逢完全是平常的路遇。随着 B 后来阅历的加深，那日傍晚在 A 市近郊的白栏杆公园的印象已烟消云散。B 在那之前个人生活中的一次事件之后，染上了恍恍惚惚的习气，并从此不改，且对某一时刻一些清醒的意念深表怀疑。这种信念使 B 在那个黄昏以后的经历充满了雾一样的神秘。B 朦胧之中对自己往后的命运产生了一种不可知的恐惧，他借着对命定中可能会发生的某种突变的信心，开始了自己的漫游，希望以此弥补心灵的创伤，并一直走向了未来那个 A 市和另外一个城市之间不名小镇的道路。

8

和烟相处的日日夜夜，远在一种宁静平和的心境之下经常回忆起过去生活中发生的一次惊心动魄的事情。远始终对以后的生活没有任何把握。每当夕阳又一次从高大的落地窗外眷顾这间洁净清爽的房间，远总能想起一次路遇之中的一个眼神，但远已经回忆不起任何细节。很多的时候，远能够摆脱这种困扰。远清如流水的目光向另外几座高层建筑之后广阔的天宇眺望，那里往往可以看见几只飞临城市上空的海鸟。这时，远总能感觉到背后洒满了烟如泣如诉的目光。烟静静地躺卧在床上，粉红色的胸衣将床上的一切辉耀得像一池摇动的荷叶，烟的双臂垂在两侧的靠枕下缘，双腿格外舒展。

已经有很多日子了，远害怕注视烟像黑宝石一样的眸子，在那潭水一样的黑色深处，远仿佛看到了另外一些人的影子，这些影子令远感到不安，而远心里清楚，正是这潭水一样的神秘和激情，使远在烟的身边陷得这样深。有时远在夜极深的时候从梦中被一丝温暖拂醒，远看到烟穿着宽大睡衣在房间内走动。这时的烟有一种其他时候无法窥见的美丽。烟瘦削的双肩裸露在宽大的丝质睡衣的外面，在星光辉映下，泛着美玉一样的光泽，远往往被这种美景炫照得陷入昏迷，重新又沉入梦中。对于夜晚的情境，两个人从未提起。

烟的一举一动都给远带来了不可言状的幸福，也带来了一层淡淡的隐忧。远在和烟的共同生活中，明了了许多过去不甚明了的事情。远已经学会从女人的眸光和夜游之中谛视她们雅致的心灵和她们忧郁的含义。这种了悟时光的直感往往随着烟白色的睡衣在黑暗中的晃动而忘掉，直到 B 又一次在黄叶纷飞的黄昏单独找到了远。

9

远所乘坐的地铁在绘有一只人形狮子捧着一颗心形的什物走向一个人形的黑白色地铁车站停留得过久，而使远在众多的白衬衫之中很容易地辨别出一个熟悉的身影。B身穿一件洗得泛灰的黑色衬衫，他弓一样瘦高的身体在陌生人的海洋之中格外显眼。远的双手钳子一样又一次感到一丝潮湿。

远与B相隔一段距离——这段距离是远反复考虑之后的慎重选择——在远和B之间行走着另外一些人影。从地下入口到另外一个出口要走很长的一段时间，远看到B慢悠悠地走着，和B并排还有另外一些人的影子。远的心中如此矛盾，不知道下一步将意味着什么。远看到B一直眼盯着前方，这和平常的行人略有不同。远沿着B的目光的方向瞅去，在B前面的那些人形的背部搜寻着B的目光的落点。一个挂单拐的少年一斜一歪地在B的左前方，他背后的牛仔包的褡带一直垂到残疾的右腿腿弯处，包内露出几本相册的边儿。残疾少年再往右，稍靠前，走着一位侃侃的中年妇女，头发盘在脑勺后挽成一个髻，从侧后方向看，她的下颌泛着中年妇女保养得很好的细鳞一样闪亮的皮肤。再往右是一个乡下老人（他的后背背了个面袋，左手提着一个竹篾编织的篮子）和一个军人，那军人的双肩下斜，像是一个高级军医的下手，或一位不得意的长官的副官。远在这些人身上找不到B的目光，远有些失望。远向后望去，隧道墙壁上微弱的灯光有点类似烛火，远想这可能是因为自己的眼睛累了。在B的后面，除了远，已没有另外的乘客。这时远疲惫的双眼一亮，在刚才注意到的那几个人的前面，B的目光落在了一位成熟女性的身上，远隐约感到那女人似曾相识。远看到B的目光紧紧钉在了猎物曲线优美的背上，远的胸中涌起一阵紧张的热流。远终于得知B来到这里的缘由，同时期望着更多的事实的到来。

远看到那女人不停地向后张望着，那目光越过军人下斜的肩头，越过乡下人的面袋，越过单拐者的头发，越过中年妇女的发髻。那女人回望的时候，双腿交错前行，像踩着一种南美洲的舞步。回望的目光落在远的身后。远心中一惊。

在远的身后，始终行走着另一个人。在此之前，远毫无察觉。那人行走时脚下没有声音，远有意放慢了脚步，从侧面观察这位遁后者。现在，那人与远并行，远只能看到这个人的左侧。远的目光平视过去，恰好是那人的头顶，头顶已开始凋零，露出红红的一片。那人的鼻尖有如鹰隼的利喙，下巴几乎短到嘴唇的位置，远只能看到那人的左眼。那人的左眼正接受着很远的地方那个女人的回望。

所有这一切，B似乎毫无察觉，B专注于前方那个窈窕的背影，脊背微微向后隆起，更加重了B的沉默。当远又一次侧过头观察并肩行走的男人时，男人的左眼已落到了B的背部。

10

远是在和烟结束了为期半年的南方旅行，在回A市的途中，再次在这小镇的地铁下车的。自那次事件之后，远第一次回到这座小镇，重新见到了含义不明的壁画和黑白两色分明的地铁大厅，一种重温过去的渴望油然而生。

远走到那幅长卷的跟前，远与长卷之间是四米宽的地铁通道，地铁铁轨在两面消逝的地方，红色指示灯亮着。远从长幅的一端向另一端走去，一边走一边欣赏瓷片拼贴的各种场面。一开头是一只巨大的圆盘形象，圆盘的边沿写着一些规则的汉字，远注意到其中的"东""寅""斜"等字样；圆盘的中间是一个瓷制的汤匙的形象，汤匙的把儿正对着一个汉字，远仔细看了看，那是个"北"字。接下去是一艘古代商船的形象，雕龙画凤的船舷之上是几层楼阁，一群达官贵人正手扶栏杆向海上瞭望。甲板上聚集了许多队列的士兵，还有一些船员在船舷附近操作着各种器械。船楼之上，远看到三面涨得很紧的帆。远注意到画面并非仅仅用了黑白两色的瓷片。接下去是一片田垄上的场景，几个古人正用草绳扎捆麦禾。再往下是作坊的几个手工劳动者，有几个围着一个水槽，手执杠棍在捣碎什么，还有几个围着一个巨大的蒸锅。再往下是另一个作坊的场景，几个工人从一个柜形木格中卷着一些薄薄的膜状物，另外几个将一些膜状物晾在平台上。接下来是几个读书和写字的场面。

在远一边行走一边欣赏壁画的时候，烟也在观看着壁画。烟的肩头挂了一只带子长长的坤包。烟身着米黄色毛料西装，高高的鞋跟撑起修长的双腿。远停止了仰面的动作，转向烟，仿佛在叙说着什么。烟微笑着，左右摇着头说，不，我没有来过这儿，这是我平生第一次。烟继续沿站台的边沿欣赏着左侧墙壁上的大型壁画。远有些慌乱，他环顾大厅四周，另一面墙壁上绘着同样的内容。大厅内有一种肃穆的气氛。两排油黑的方形立柱沿着两面的站台边沿向大厅的两侧排开去。大厅的地面用纯白的大理石铺成。远感到故地重游的陌生。

烟从一只凌空飞起的纸鸟看起，鸟的脖子上系了一个圆圆的小球。随后是古战场上两军对垒的场景，有一些拙朴的火炮，在战马的旁边显得有些笨拙。再往下，又是些作坊的场面，还有一幅是关于汉字方块的场面，一个古代书生伏在汉字块的上方，仔细地干着什么。远走回到烟的身旁，烟回头看远。远作了些手势，急切地向烟诉说着什么，烟不时地摇着头。远好像有些心灰意冷，无可奈何地四处瞧着，最后指了指大厅正中的地下入口处（出口处）。烟又摇了摇头。远手挽着烟的左臂向入口处走去，那里是地下隧道。

在远此刻的现实中，再也难以找到昔日那头人形的狮子，手捧一颗心状的东西，向另一个人形走去。远在进入地下隧道的那一刹，最后回望了一眼大厅上的壁图。一尊狮子正手捧一件东西走向某个方向，远无比惊骇。

11

那个男人渐渐地超过了远。远的脚步放得很慢，远对即将发生的一切毫无把握。B 的前面已经空无一人，只听见昏暗的壁灯洒在隧道的地面上不规则的光线和黑暗的灰尘相撞击的微弱的响声。B 的影子向后拉得很长，越过了那个人微微弯曲的双腿，延伸到远的身后，远的身后又一次空无一人。隧道深处响着三个人不和谐的脚步声。一种是绵软的布鞋底和水泥地面磨擦的沙沙的声音，有点沉重，远想那是 B 的声音。另一种是中跟皮鞋踏出的动静，声音较大，像木槌敲击木板那样清脆，远想这是那个男人的脚步声。还有一种声响是软皮或塑料泡沫鞋底踏在地面发出的响动。远又一次看了看身后，身后是三个人从前方倒过来的影子。B 走在最前的位置，仍然默默地行进，仿佛没有察觉后面的两个人。远想，B 可能是睡着了，行走的只是 B 的肉体，只须用指头一点，B 就会应声倒地，停止漫游。那个男人的目光紧紧盯着 B 的颈部，透露着刺刀一样的寒意。远看不到那个男人的眼睛，但从 B 的颈部，远能感到那冰冷得像雪一样的光点在移动。光点有时分作两个，分别绕着 B 的颈项向前头的喉结处汇合，又往回，汇合成一点光亮。

B 走进了一间隧道修理工的仓房。仓房位于隧道某处拐弯的凹陷部位，门半合半闭。B 低头闪了进去。远看到那个男人也向仓房门口处走去，然后站在黑洞洞的门前，像是在思索着什么，有些犹豫。远在隧道内的时间已经很长，远不知道余下的路还会有多长，远太累了，转身向回走。远走出几步的时候，听到身后那扇小屋的门"呀——"的一声，远回头望去，那个男人仍站在原处，门已经被关上了，门是向里开的，关的时候一定是从内向外关的。那个男人双手背在身后，默默注视着那扇漆黑的门。远继续向回走，离那个站立的男人越来越远。远走到很远的地方，仿佛听到墙壁之内有人言语，远停住脚步。那声音好像是两个人在说话。其中一个问另一个："你为什么总躲着我？""从那个下午往后，到现在，我从没有躲过什么，你是谁？"远听出这第二个声音是B。远紧贴在隧道的石墙上，两个人的声音已听不清了，但仍在墙壁的那个位置争执着。其中一个声调有些嘶哑，另一个将声音放得很低，但无论如何，远还是听不到两个人在争论什么。远回过身来，向那扇小门走去。仓房的小门离远约有三四百米的路途，远远远地看见那个男人仍立在门前，嘴角不停地抽搐，像是对着那扇小门自言自语。那个男人没有注意远的重新返回。远注意到那个男人的双手合握着一团空气，十只手指围成一个圆柱形，圆柱的直径越来越小，男人的双臂抖动着，像是用着十二分的力气。远又一次向回走，沉浸在一片莫名的哀愁之中，这时，他又来到三四百米开外的那片墙壁跟前，里面又一次响起什么人的声音。那声音如丝如缕，像一个人被扼住了喉咙。远的嗓子一阵干渴，他加快步伐往回走。

远又回到那个黑白两色的地铁大厅，大厅内空空荡荡，远的那辆地铁仍停在一面的通道内，远望不到最后一节车厢。远走回自己的座位，车厢内弥漫着雾一样的烟尘，远的右手按住双眼，向两边揉动着，车厢内的景象才渐渐清晰起来。在车厢的尾部，那一对情侣已经恢复到最初的样子，男学生将女学生挤在车厢内最靠后的一个座位，用力俯在情人的脸上。远掏出左边衣袋内的手帕，拭了拭手，又将手帕放回左边的衣袋。

远抬头望去，对面那个男人目光有些沮丧。这是左眼的目光，右眼仍用手用力地捂着。远看到一丝鲜血从指缝间渗了出来。

12

远所乘坐的列车终于离开了 A 市和另外一座城市之间某个小镇的车站。远感到全身力气全无，双手酸痛。十根手指像是刚刚烤过一样通红。远看到车厢内只剩下自己一个人，稍稍松懈了一下紧张的心情。

远回忆起 B 找到远的那个下午。

和烟相处的那段日子，远总是在下午走出那所公寓。远穿过繁华拥挤的市中心，向城市的另一方作一次步行。两个小时后，远来到 A 市近郊的一座公园，正是落叶时节，漫天飞舞的黄叶拍打着他瘦弱的身体，远又一次体验到生活的劳累。这时，远看到不远的地方，一个有着弓形瘦高身躯的男人向远这面望着。远走到一把铁制长椅的一头，坐下。

B 行走在银杏树叶飘零的宽阔的街道上，心中回忆着这么长时间辛酸的漂泊，旅途的劳顿已使他的大脑习惯于空白状态。B 感到无穷无尽的行旅就要在 A 市结束，此后的一切在 B 的心中并不明朗。B 只感到眼前出现了一大片公园，B 想休息一下。

B 找到一个铁制的公园长椅，想在上面停留片刻。B 坐在长椅坚硬的座位上，抬头观赏着空中流逝的云朵。又是秋天，野云在高高的蓝天上徜徉。B 想到从此之后，不再像那片高空的云片飘移无定，心中稍稍有些宽慰。

这时远走到 B 的身前，B 清楚地看到这是一位保养得很好的中年男人，长年不受风雨侵袭，额头和面颊闪着白净的光泽。远在说话了："你找我？" B 仿佛听到一缕风在一片苇叶下的声音。B

回头环视了一下公园。公园很大，随处是低矮的白色栏杆围成的草坪。远的脸又一次出现在 B 的视线中，B 看到远挺直的脊背微微向前探着，像是期待着一个准确无误的回答。

B 先是摇了摇头，然后侧过头，看见右面的几块草坪上的白花已经谢了，B 有些轻微的感伤。远随着 B 的目光看到公园内一派秋日的明景。远预感到要接受一次考验。这时 B 回过头来，茫然地注视着远："是的，可以说是这样，也可以说不是。"远感到一丝滑稽，B 在说话的时候，眼里积满了灰土。

远重新走回自己的长椅，和 B 遥遥相望。远和 B 相隔一个草坪，草坪上的草像是被人踩过，有些地方还有大面积伏倒。远在这座公园里停留已有很长的时间，太阳已斜落在西半天的三十度左右的方位。远站起身来，向 B 走去。

13

远的地铁在远离开公寓半个小时之后，到达了 B 的城市。连接着无数节车厢的列车载着远一个人缓缓驶进了 B 的城市的地铁车站。B 的城市同样也靠近海边，是一座浮华的旅游城市。

远在列车停稳后，站起身，向车门处走去。这时远感到列车猛地向后一倒，车厢又恢复了平静。远看到车门向两侧闪开，稍稍等了一下，然后走了出去。门立即关合，列车又开动了。远站在原地想了想，确定了没有什么东西忘在车上。远是空手从公寓的第十九层住房内走出，现在远到达了 B 的城市。

B 的城市的这座地铁车站的大厅与 A 市那一座地铁车站的大厅格调相同。华丽的组合吊灯，青灰色的方形立柱，淡紫色的地面，高大微曲的穹顶。两侧狭长的墙壁上绘满了各式各样的商业广告，有麦氏咖啡的，有斯莉康高级化妆品的，有美菱 - 阿里斯顿双缸洗衣机的，还有万宝路的巨大的香烟广告。烟的形象出现在万宝路的一根香烟的下面，正向远表现出火一样的热情，随即向远伸开翅膀一样的手臂。

远感到烟像一只巨大的花色蝴蝶，向他飞驰过来。远感到瘦弱的身体被烟柔软而有力的手臂紧紧地抱住。

烟抬起涂了蓝色眼影的大眼，噘起玫瑰红的薄唇，远听到烟的牙齿后响起一连串的音节："不是说昨天这个时候到吗？"远的内心一阵紧张的悸动。远推开烟洋溢着浓郁的化妆品香气的身体，把手从烟的胸前移开，看了看周围的人。大厅里站着很多去 A 市的乘客，他们静静地站在站台那条白线的后边，没有谁注意他。远无意中看了一下自己的双手，掌心的纹路有些紊乱，其中的性命之线较短。

远被烟拽出了地铁出口。烟一面搀着远瘦弱的身体，一面怜惜地说："你真是太累了。"远和烟走在 B 的城市的一条两旁植满了银杏树的大街上，大街上空无一人。烟轻微地打了个寒噤："B 死了，就在昨天。"远无动于衷。

远的心头浮现 A 市和另一座城市中间的某个平常的小镇。幽静得像隧道的小巷，破旧的门窗，小仓房。小巷两旁低矮的房屋，房屋内听不太清楚的响声。远感到他的一生都要在 B 的身旁度过。远无限劳累。

1991.2，北京西郊

游　戏①

　　那是十几年前，中原一带经济大萧条时期，我和一个叫古格拉的一同辞去了花旗商行的职务。那时，从城市到乡村，人们全都忙于收集贵重物品，变卖家资。我和古格拉利用过期车票游历了这一带的名山大川。后来，我们来到了靠近边塞的一个偏僻的村落，找到一间废弃的院舍。我们住下来，和别的居民不大来往。

　　我们的院舍只有两间木板房，中间由一堵开有小门的墙隔开。我住在里院的一间，古格拉住进了外面的一间。那段时间里，我日夜沉迷于花旗商行由盛及衰的始末，并渐渐接触了写作。说是写作，其实就是静坐在窗前，摊开几张稿纸，沉思片刻，便在上面胡乱涂鸦，有时是画窗外的野花，有时写几个仿宋体字，有时记几段花旗商行的奇闻轶事。当然，更多的时间是在怀旧和无所事事中度过。

　　在无尽的追往抚今的漫漫日夜中，我渐渐养成了很好的生活习惯，往日的浮躁和悸动已荡然无存。有时还可以达到一种恍惚的忘我境界。那段时间里我足不出户，把自己关在屋里，偶尔吃一点炒熟的麦粉、干菜，喝点淡水。我几乎把住在另一间房子内的古格拉完全忘掉。

　　我们刚刚住进院落的那几天，古格拉一直过不惯这种隐士生

---

① 与《猛犸》一篇同时发表于《山花》1994年第9期，题"游戏·猛犸"。两篇同时收入陈思和主编的《逼近世纪末小说选·卷二·1994》(上海文艺出版社1995年版)。

活，时不时跑出村落，不断抱怨当地的水土，吃不惯炒麦和干菜。古格拉天性快活，我们知交多年，相互了解，并能肝胆相照。我随他去了。只是偶尔听到他回到院子里的声音，哼着刚刚从外面听来的歌曲。后来，随着我写作和静思的癖好日益严重，我几乎记不起这个院子里还生活着另外一个人。

住进这间房子的第一天，我就发现墙壁的夹层内存有无穷无尽的纸张。这给我的写作带来了不寻常的便利。我游历各地的时候，始终带在身边的花旗商行上班时用的那支箭牌钢笔，这时候派上了用场。墨水则来源于室内角落里一个破旧瓦罐里的碳素。有时我觉得这些现成的纸墨仿佛天赐，也许别有深意，但这种想法仅仅一闪而过。我向来对世间的一切偶然并不多想。

我的写作异常顺利，很快越过了最初的片断式练习和试写的阶段，进入了那种大师们所说的正式的创作生涯。我写了许多妄想的故事，并着手杜撰一部有关人的精神历程、希望与毁灭的著作。当然，这些文字材料也可以看作是一部有关农业、性心理以及财产制度的专著，或其中一方面的精深的探讨。因为，世上的万物真是难以确定它的唯一特性。

我的精神漫游也进入了一个较高的阶段，再不似初始时似睡非睡的遐想冥思，而进入了一部可进可出、自由删选增录的灵魂大辞典。我能用几个思路同时进行工作，它们各有游刃有余、自由宽广的世界，各有各的情节，各有各的哲理。它们有时在我意念的控制之下，相互汇合，复生出更为生动的场面。我可以任意剪断其中一个路径，并责令它返回，而其余的不受影响，继续操练；或任意将某一路段的情节涂改，甚至于消灭，也可以让一个路径派生出更多的小路径。我做这些漫游的时候，静静地坐着，大脑皮层和脑电波同时陷入了飞快而紧张的运行，毫无痛楚之感。

就这样，通过写作和神游，我创造出非人间的各种想象不到的事情，有些场景和事件以及非宇宙的粒子和电波，很难用有限的语言转述。我将其中的许多成果用文字记录下来，整理成卷册，又放回墙壁的夹层。即使那些难以用汉字记录的东西，也永远不会从大脑中消逝。我相信它们迟早有一天能走进我的著述。对于某些来不及书录笔端的事情，我相信它们不曾消失，它很可能暂时藏到大脑中的某一条小径上去了，必要的时刻肯定会回来的。因而，墙壁夹层内卷帙浩繁的书籍其实就是我的大脑的另一种形式，我在这偏僻的边塞终于获得了永生。

　　有一次，我正忙于探究某些星辰与人体某类微分子的通道，这时我写出了"古格拉"三个字。我知道那是一块不生人烟的星球，位于南半天。但从那大脑的小径中跑过来的并非我所预期的星体，而是古格拉——我的邻居。我这才如梦方醒。看到我已完成了计划之中的绝大部分著作，我长久地凝视着这些人类精神史上罕见的巨著，如释重负。很可能因为我的灵魂深处受到了友谊这类良心因素的谴责，或是过去的生活唤醒了我，我登时有一种剧烈的焦渴，要到隔壁去看一看那个不知是不是真正和我生活在同一个院落中的人。

　　时隔多年，我现在还能记得，那是一个夏日的黄昏。庭院中的蒿草长得齐胸高。内外院之间的那扇小门已被蒿草严严地封住。往日那条延伸出来的小径早已无影无踪。我开始尝试着一种可以叫作走的姿势，双腿陷在一尺多厚的草灰之中。我才恍然感觉到时光的无情。多少岁月过去了，古格拉是否已埋进荒冢。正当我拨开小门内的蒿草向院外谛听的时候，我听到了古格拉快意的笑声。

　　我连忙跨出小门，一眼望见了古格拉的背影。天色已暗，古格拉在青灰色的天幕掩映下，身穿花旗商行的制服，头发向后拢起，额角黝黑，颧骨锃亮。我看见他正仰面大笑。我发现他在笑他面前的一只笼子。笼子是铁的，里面好像有什么东西。我高声厉吓："古格拉!"

古格拉转过身来——他还是那么年轻，连微笑时嘴角的表情都没有变。古格拉收敛起大笑后的得意，问道："书写得怎么样了?"我一片茫然。这种情景竟与多年前的一天类似。那一天，古格拉从河对岸的城堡中回来，手里拎了一大把单钳的河蟹，进门冲我问候："书写得怎么样了?"究竟是我历尽了苍老，还是古格拉永葆了青春。

古格拉正像多年前的一个傍晚，从外面游荡回来，向我又一次大谈外面的世界。"我找到了一种珍奇的动物，蛮驯良，蛮有趣。"他用手向笼子一指。

我走近那架铁笼，铁条疏稀，似乎是用手粗劣地拗成。笼子里关着一个毛乎乎的躯体。尖尖的嘴，小小的眼睛，宽大的下巴，狭小的额头，耳朵立在头顶，呈树权状两向分开，脖子短短的，再往下是毛乎乎的一团。

"这是什么东西?"

"一种游戏动物! 嘿嘿，游戏动物。"古格拉答道，"我给你示范一次。简单地说，你和它站原地，你随便对它背一段文字，书上的，或是你自己的某种想法。你会看到它随着你的音调跟着你走，形态可掬。但只要你转过身来，马上就会有一种强劲的力将它拍进笼子。笼子的锁自动锁上，你还会看到它在里面做出一种令人留恋的表情。"古格拉一边说，一边去开笼子。我感到毛骨悚然。

古格拉叨念着一种咒符，笼子自动打开。借着夜晚的月光，我看到那头杂种一步一颠地跑了出来，在外院的空地上奔驰。这动物属四蹄动物，前足上举，后足短小而敏捷。从后足根部到短粗的脖子，是一堆松垮的皮肉，毛发黄而银亮。古格拉背诵了一首古代长诗，只见那怪物时而左腿离地，时而右腿离地，跳起了一种奇怪的舞蹈，上举的前足左右舞着，嘴里冒出一种怪叫。只见古格拉沿着外院的围墙，一面背诗，一面回头看看怪物。此刻，月亮已经升起，围墙外面高大的山毛榉向院内摇动着毛茸茸的头发。古格拉神情激昂，那怪物亦步亦趋地边舞边行。古格拉长啸一声，回过头来，那怪物仿佛被疾风击捶一般，"咔——"的一声撞进了笼子。古格拉爆发出一阵大笑。怪物死死地被笼子按在里面，纹丝不动，毛皮在傍晚的风中抖动着。在它尖尖的嘴和小小的眼睛之间不大的脸上，我看到了一副媚笑。

我不得不离开古格拉的院子。那萧瑟的山毛榉树下惊人的场面使我坐在床上浑身不停地抖动。对于时间的变更，我愈加困惑。我环视了我书房的四壁，那里塞满了我的著作。

此后，在每一个夜晚月亮升起的时候，我都会被古格拉在另一个院子里的笑声从神游的工作中拉回寂静的山庄。最初几天，我仍不停地发抖。后来，我能够重新走回那扇狭小的门边，观望着古格拉夜晚的游戏。有时，古格拉向后披起的长发垂到额角，多少引起我心中的一丝苍凉。古格拉重新进入了我每天的生活，他每天热衷于骇人心魄的游戏，不再像过去那样永久地消失。

随着时间的推移，我渐渐感觉到余下的时间已经不多，我希望能够完成那批浩繁的著作。我的心绪，在那一夜受惊之后，随着古格拉响亮的笑声已日趋平和。这使我能够顺利地继续潜心著述，完成余下的任务。只是在每天月亮升起的时候，我放下钢笔，等候古格拉快乐的笑声响起，有时还连续几次。当我确信他的游戏在一天之内暂告一段落时，我便继续伏案工作。古格拉的笑声到后来已有了一种纯熟的韵味，像燕子滑过水面一样轻灵，像大海一样洪亮。古格拉在另一个院子里进行游戏的时候，我便仰望夜空，这使我获得一种宁静。我的著作也只剩下最后的一部，叫作《毕达格拉斯与古格拉线性定理》，它将是一本讨论数学和数学的边缘学科游戏数学的著作，在我庞大的精神世界中将起到极其重要的作用。

我宁心静气，考虑着先建立一个能够和先验世界相对抗的场，然后再分几个方程小径进行探寻。我正准备投入最后一次崇高的精神操作，这时月亮升起。紧接着，隔壁院内爆发出古格拉响亮的笑声。笑声有一些撕心裂肺，不似他近日益趋附的成熟，有点像海底的蛙声。更令人奇怪的是这笑声经久不息。持续的时间过久了，我实在忍耐不住，冲下床榻，破门而出，几步跨进外面的那个院子。只见那头动物高举着前足，挪动短小的后腿，在院子里欢快地飞跑着，一圈又一圈，尖尖的嘴张到最大的程度。那振聋发聩的怪笑，竟出自这张丑陋的口中。动物自颈项以下松垮的皮肉随着奔跑和笑声不停地颤着，腹部的长毛迎风横着飘动着，像一圈飞动的绸子，像几层裙子。而可怜的古格拉被牢牢锁进了笼子，盖子和门愈压愈紧。怪物终于停在了庭院的中央，双足斜插腰间，学着古格拉往日的样子，仰天大笑。随后抖动着两只后足，扬长而去。

1991.2

猛　犸 [1]

　　叶和几个朋友一年一度的盛大晚宴又在叶的家里举行了。叶的妻子是一个刚刚入境的西伯利亚女郎。叶的妻子叫西尔维亚。西尔维亚的出现，给叶的几位好友增添了不同以往的新的兴致。西尔维亚有一对灰蓝色的眸子，一头漂亮的金发，柔软的白色羊毛衫和绷得很紧的牛仔裤显露出动人的腰肢。每当西尔维亚双手举着丰盛的酒菜，重新走进客厅时，叶的几个朋友都不禁感到一阵强烈的嫉妒。叶的几个狐朋狗友都是堕落多年的青年，叶和他们在大学时代相识，后来一直保持着密切的关系。他们每年的除夕在叶的寓所相聚，所谈论的仍是书籍、汽车、女人这些陈旧的主题。叶一直过着神秘的单身生活，而江和林早已娶妻生子，茗是个一败涂地的浪人，刚刚在秋天和一位海誓山盟的高级女知识分子分手。茗和江、林三人这一次重见故人，深深感到叶已经离他们很远很远了。

　　在叶的酒柜中陈列着各式各样的中外名酒，茗提议只喝张裕的"金奖"。茗到过世界上许多地方，但每一个地方都没有给他留下很深的印象。茗自幼苦读诸子，二十四史如数家珍，大学时代广泛研究了外国文艺，行为放荡，被称为流氓夫子。叶显得格外热情，频频向三位祝酒。西尔维亚在酒菜齐全之后再也没有

---

① 本篇手稿遗失，这次根据《山花》1994年第9期发表稿校订。发表稿篇末未署写作时间。推测应该与《地铁车站》《游戏》写于同一时期。曾收入"文学新星系列文学丛书"《中国青春潮·小说卷》(北岳文艺出版社1992年版)。

出现。

　　"我最近读到一本《第四纪冰史》，从它字里行间的论述中，我发现有关猛犸象已经灭绝的结论证据不足。考古学家认为历史上最后一群猛犸象深入北美北部的森林，并被北美的远古猎人歼灭。"茗在酒过三巡之后，滔滔不绝地讲起了这桩考古疑案。江和林都隐入了各自对茗这些年流浪生活的回忆。叶的内心浮现出以往许多个夜晚有过的梦境。眼盯着窗外皑皑的白雪，茗谈兴正浓："可是，你不能否认在那场古老民族对一群邪恶物种的围歼过程中，个别猛犸又一次跃过白令海峡，回到欧亚大陆的可能。我的一个日本朋友对我说，他去年在贝加尔湖以北的冻土上看到了一个形貌极似猛犸的动物，他跟踪了三个晚上。"茗说到这儿，又一次拿起酒杯，大饮了一口，长叹了一口气说："谁知道有一天，猛犸会不会走进我们每个人的院子。"叶心中一悸。

　　叶在茗心目中一直是一位博学多才的兄长。茗在国外漫游的时候，始终与叶保持着频繁的通信，有时一写就是厚厚的一沓。每年岁末，茗回到叶的城市，像是漂泊很久又回到了精神的故乡。"猛犸象恐怕确实没有消失，我在许多次梦中，都梦见过。"叶终于说出了压抑了很久的心病，江和林吃惊地望着叶，仿佛不敢相信。叶的话在茗的预料之中，茗和叶始终未谈及猛犸，但这些年来茗对叶的精神状态已经摸得很透。几个朋友一时都沉默了。

　　江不得不打破晚宴的沉闷，絮絮叨叨讲了很多官场的笑话，林不时地开些玩笑，客厅里的钟敲响第十一下，江和林起身告辞。

　　叶在把茗送上汽车回来的路上遇见了西尔维亚。西尔维亚神色慌张："我刚刚去了别内尔家里，家里有事让我回去。"她两眼噙满了泪水，深情地望着叶。叶此时心如刀绞，他感到事情已无法挽回。西尔维亚的身影隐没在茫茫雪地之中。

　　在失去西尔维亚的第一个夜晚，叶睡得很迟。他梦见自己又一次走在京都近郊的废园小径上。从"月上林梢"的小桥过去是一片古堡的残垣，爬过雕有花纹和兽像的断石，叶来到几棵柏树下。很多回梦中他都在那里坐过。很远的地方，出现了一个巨大的月影，铺在地上，像是月亮映照在水上被放大了一样。一个黑影出现在月影中央。

春节休假的几天，茗每天晚上拉响叶的门铃。茗每次都要谈起那部考古学巨著。"猛犸第一次渡过白令海峡是在第四纪冰期之前，那时欧亚大陆和北美已经分离，猛犸是怎样过去的呢？或许存在两种不同属种的猛犸，即亚洲种和美洲种，那样就不存在第一次渡过白令海峡的事。可是，在白令海峡的个别岛屿上已经发现了猛犸化石。"叶的兴趣根本不在考古发现上："猛犸这种生物很可能有自己的泅渡方式，比如说蹼足，或者它的棕红色皮毛极为宽松，长长的兽毛有浮水的功能。""不可能。"茗不假思索地说，"在寒带任何一个地区挖掘出的猛犸化石从不存于水底，可见猛犸不可能只身泅渡。"

在这个夜晚，叶又一次梦见自己走在京郊的废园小径上。在那一小片月形的光圈上，出现了一个白衣女人。女人长长的头发在月光下泛着棕红色的光。叶安坐在一棵柏树下面，看到那个白衣女人跪在地上，脸庞仰着，正对着这几棵柏树上面的月亮。

茗神色焕发，左腿翘在右腿上面，大谈了这几天在一个日本朋友家的巧遇："我刚刚认识了一个俄国少妇，这是我这么多年来见到的最有趣、最漂亮的女人。"叶感到异常疲倦，任凭茗手舞足蹈地说来说去。叶在西尔维亚离开后第一次想起了她。

叶在这个夜晚，又一次梦见自己走在不知名的地方。"这是哪儿呀？"叶仿佛走在一个大雪堆积的古堡，双腿在一尺多厚的雪上踩下去又拔出来。无穷无尽的雪，叶的双腿像铅袋一样沉重。

茗的造访变得稀少，叶察觉出茗在完成一件重大的事情。

一日傍晚，茗又来了，叶感到茗似乎带来了什么重大的消息。茗说："我结婚了。"叶沉默不语。现在是傍晚六时，天又下起了雪。叶走到窗台拨弄着几盆仙人掌的针刺。叶不知道茗是什么时候走的，胃里有一种饥饿的感觉。叶感到这次茗到京都大谈那一部考古学巨著，有他一定的心理背景。

接下来的一段时间里，叶的睡眠极好，没有再做梦。白天，叶始终在不停地抽烟、喝酒。下午的光阴最难度过，这个时候叶常常想到西尔维亚。和西尔维亚的相识，也是一个大雪天，叶在京郊的一座废园里散步。除此之外，叶基本上想不起更多的事情。叶抬眼看着窗外冬日的夕阳在树林上坠落的情景，想着一天又要过去，心情格外沉重。这时夜幕完全降临。

叶吃了一点面包，这是他一天中唯一的食物。挂钟敲响七下。窗玻璃有被叩响的声音，像是一个雪团打在一块木板上。叶静静地等，又是一下，接下来一声紧似一声。叶转身走出卧室，打开房门，月光白白地倾斜在雪地上。叶转到那扇窗的前面。一排巨大的脚印从一个方向延伸到窗前，又向另一个方向延伸过去。这些脚印有的是三趾的，有的是四趾的。叶感觉到一阵彻骨的寒意。他摸了摸刚刚被叩响的那扇窗子，转身往回走。这时，在两个大脚印的雪窝里，叶看到两只呢绒女士手套。

叶一夜未眠，早晨六点三十分的时候，他打开了收音机。"昨天夜里，一只从外蒙古流窜到本市的猛犸象，掠过××街向本市南方奔去。有关方面正在组织人力缉捕。这只猛犸象的出现，可能会给古生物研究带来一次革命性的冲击。"播音员纯正的口音在叶的客厅内萦绕不散。

第四编

文论集

关于象征派 [①]

孙玉石在评论象征派李金发时的判断标准还是"健康""固执""生硬""幼稚"的民本主义者、自然主义者政治社会人道主义者的标准，可恶。他欣赏李金发的时候是在说到其景物描写给人的"美好情思"、反封建的爱情色彩和后期对心外世界的凝视。

把自己的主观世界的感受和内在情感的波动，通过富于象征意义的形象烘托出来。这形象既是事物本身，又不是事物本身，因而就产生了象征形象的内涵的二重性或多义性。

诗的想象和比喻与习惯的想象和比喻，拉开了较大的距离，却又不能不迫使你去扩展自己想象的天地。"远取譬而不近取譬"，这类的想象和比喻的过分追求和应用，便是李金发象征诗晦涩难懂的原因之一。

自然和其他外在事物，都是艺术世界的外化，一切东西都是"象征的森林"。

"一点一点把对象暗示出来，用以表现一种心灵状态。"——马拉美

诗的语言的出路：1.通感。2.经济联络。

---

① 本篇选自戈麦的一个抄诗本，写于李金发、王独清、穆木天、冯乃超名字下。写作时间应当在1987年对诗歌重新产生兴趣之后。

象征的定义 ①

象征即：使我们躲避和否认的景象化为记载我们自己和历史的符号。而此本中没有。

---

① 以下数语手写于《启明星》第16期（1987年11月出刊）扉页，署名"白宫"。标题为编者所加。"此本中没有"应该是戈麦对此期所刊同仁诗作的评价。

异端的火焰①
——北岛研究

序 言

> 我有三年未到过那片树林
> 我走到那里在起风以后
>
> ——西川

　　十年过去了，十年后的十年也过去了。"消失的钟声／结成蛛网，在裂缝的柱子里／扩散成一圈圈年轮"（《古寺》）。我们似乎依稀记得二十年前，一批时代的宠儿被列车抛在告之以真相的旷野上，他们在那里学会期待和沉默，并反复品味着青紫色的命运。他们把诗歌当作仅剩的生存方式和灵魂的寄托，"作好了几十年的准备，就这样封闭地写下去"（北岛语）②。然而，夜幕缓缓地拉开，"新的转机和闪闪的星斗／正在缀满没有遮拦的天空"（《回答》），久久压抑的声音从"年轮"和"蛛网"的掩盖下散发出来。一位诗人踉踉跄跄地爬上生活的海滩，转身望着海面上漂浮着的

---

① 写于1988年三四月间，同年获北京大学五四科学论文奖二等奖。
② 转引自牛波《置身其中：北岛》，载《中国》，1986年第6期，第79页。

船骸，凝视片刻，一甩乱发，发出如此般的抗争①："我来到这个世界上／只带着纸、绳索和身影／为了在审判之前／宣读那被判决的声音。"（《回答》）十年后的今天，我们似乎真正懂得了这个"判决"的意味——与生俱来的命运对生命的盘剥。时间的沉默淹没了曾经喧嚣一时的"打倒北岛"的叫喊，"很多年过去了，云母／在泥沙里闪着光芒"（《同谋》）。正如诗人一如既往地对待现实的一切一样，我们也该冷静地观视那一步一步在历史的狭缝中跋涉过来留在沙滩上的足印了。

一、北岛出现的文化背景

> 我被世界不断地抛弃
>
> 太阳向西方走去我被抛弃
>
> ——江河

　　北岛原名赵振开，北京人，1949年生，与伟大的人民共和国同龄。共和国青春的太阳在这一代人心中冉冉升起，向往着一个无限美好的乌托邦的天空。这一代人生长在刚刚开始启蒙和发展的土壤上，他们带着极强烈的理性认知欲望和理想追求精神正步入宗教式的虔诚的朝圣者之路。对于他们来说，理想珍如生命。他们"这一代人的童年是由一种特定的环境培养出来的，是一种在理想主义之上建立起来的美好信念，它使人从小就意识到自己对描绘的未来社会的责任。这种教育几乎每个同时代人都真诚地

---

① "一位诗人踉踉跄跄地爬上生活的海滩，转身望着海面上漂浮着的船骸，凝视片刻，一甩乱发，发出如此般的抗争"一句原有引号，尾注说出自牛波《置身其中：北岛》，载《中国》1986年第6期。查该期牛波文，并无此句。注释应该属于上面北岛那句引文。

接受过，也都是他们的精神支柱。"① 然而天空崩裂，"理性的大厦／正无声地陷落"（《语言》），以往所坚持、信奉的价值体系轰地全部瓦解，"文革"的噩梦全面覆压过来，社会秩序混乱、人际倾轧。在这样一个"礼"崩"乐"坏的废墟上，越是对理想信念深深执着的人越是感到理性的屡弱、信念的虚假，越是对未来的建设持饱满热情的人越是感到人类自然发展过程中的绝望。这不能不让我们想到西方20世纪现代主义文学的产生，虽然土壤不同，具体境遇也不同，社会动荡的性质更是不同，但却具有惊人的人的情感观念的相同变化，那就是：以往所恪守的道德规范与共同追求的社会模式统统被现实的魔爪撕碎破坏。

西方的两次大战是在信仰基督教的各国之间展开的。基督教和与它相联系的"正义"、"博爱"、人与人之间的"信任"等价值观念，几百年来一直是西方社会和人们的精神支柱。而正是这些作为支柱的信念被用来号召人们互相杀戮，战争结束了，人们得到的只是彻底的幻灭。中国的内乱本身也同样是对其所发生的社会所遵循的价值观念的讽刺性的否定，"仁"爱的背后是权欲横流。在美妙的灵魂净化的宗教狂热背后，演出了多少兽性和民族劣根性明晃晃的暴露。正如战后西方知识分子陷入信仰的危机一样，"北岛很早就在迷惘和混乱中发现自己已陷入了这样一种困境：早年所培养的革命英雄主义精神已无法支配他除了这种精神之外的任何实际的行动和生活准则了"②。

然而与两次大战疯狂的残杀有所不同的是，"这场看来似乎是失去理性的疯狂'革命运动'，却并非完全是非理性的产物……其主体仍然是以普遍理知为基础的，即它是以一整套'持之有

---

① 牛波《置身其中：北岛》，载《中国》，1986年第6期，第79页。
② 牛波《置身其中：北岛》，载《中国》，1986年第6期，第79页。

故，言之成理'的道德理论即关于公私利义、集体个体、关于
共产主义理想和两个阶级两条道路的斗争等等为依据的……仍然
是一种理性的信仰……所以对情感和人性的扭曲也是通过理知
来进行的。正是这样，造成精神上的极大痛苦和心理上的无比
折磨。……在这种'理性'的主宰摧残下，人们付出了极为高昂
的情感代价……，造成了多少的人格分裂、精神创伤和人间惨
剧。"① 理性对情感、人性的扭曲使得中国知识分子对非常世态的
体验带有更真切的痛楚和懊悔；而理性的欺骗加深了部分知识者
对世界荒谬的理解。个性的丧失和人的异化在十年中更是赤裸裸
地展露在北岛面前。人头在绿色的海洋中簇动，为了一个泯灭自
我的理想，在追逐那超脱人性的虚幻的政治口号的时候，人可以
成为手榴弹、炸药包，成为没有感情的机器，甚至永远卷入飞速
旋转的"潮流"，身不由己。当北岛回顾自身的经历时，他没有
尼采那种哲学家式的"上帝死了"所携带的快意，而是不无仇恨
地喊道："我弓起了脊背／自以为找到了表达真理的／唯一方式，
如同／烘烤着的鱼梦见海洋／万岁！我只他妈喊了一声／胡子就
长出来了／纠缠着，像无数个世纪。"（《履历》）在自虐的语气里，
我们听到了一代人受到历史、世界愚弄的苦难。

　　十年的梦魇给了北岛一笔丰厚的财富，给处在前现代社会的
敏感的诗人带来了只有现代社会艺术家的梦中才能见到的世界的
真相。对荒诞不经的世态的认识、对主体把握世界的信念的动
摇，是导致北岛诗歌悲剧的美学风格的主要原因。一般说来，艺
术家青少年时代的体验和经历对其一生的创作和美学风格具有决
定性的作用。在这个时期，生命个体处于把整个生命倾注于对外
部世界的感知上面，一旦留下烙印，便会久久地潜入血液，变为

---

① 李泽厚《中国现代思想史论》，东方出版社，1987年，第197—198页。

潜意识，时时在诗人笔端溢出。

　　促成北岛诗歌中的现代主义的因素还不只这些。北京是个古老的城市，现代以来，虽不及上海、广州商业化强烈，但亦不愧为一个现代化的都市。对都市现代生活的体验，可能从北岛幼年就开始了。都市，永远处于盲目的运行之中，城市人的窒息与压抑，北京人未尝体味不到。作为本意的异化，不只存在于巴黎、纽约、伦敦。况且北京又是灰冷格调，给人以荒凉、冰冷之感，也适于滋生冥想。

　　我们绝不否认在"黑暗"中"寻找光明"的一代人能够从狭窄的文化流通缝隙中得到西方现代思想和诗学的启迪。但北岛作为新诗潮的重要诗人，为我们最早拿出了蕴含着浓烈的现代意识的诗作，仅仅用对西方现代诗歌的借鉴来解释是不够的。诗人在十年中"通过各种途径找到一些没有被焚烧的五十年代内部出版的'黄皮书'（这是当时供批判之用的），或者是作为共产党员身份出现的阿拉贡的政治抒情诗"，那里"被一点点挖掘出来"的现代手法毕竟有限①，更何况形式即内容，任何一种诗艺上的认同都饱含着认同者长期独特而深刻的体验。北岛的一代是理想覆灭的一代，在这种"世纪末"式的痛苦的蜕变中，他们始终保持着一种强劲的理性探索精神。北岛对诗歌艺术同样抱着这种探求态度，他曾慨叹道："诗歌面临着形式的危机，许多陈旧的表现手法已经远不够用了。"②

---

① 牛波《置身其中：北岛》，载《中国》，1986年第6期，第81页。
② 北岛《谈诗》，载《上海文学》，1981年第5期，第90页。

二、北岛的心态历程

> 绝望是最完美的期待
> 期待是最漫长的绝望
>
> ——杨炼

对诗人的研究，不能只停留在其精神探索所及与现代西方哲学的简单联通上，更重要的是把握诗人对世界的感知及与外界的交感中所达到的情感境界。这些心灵的步履早已化为一行行排列在诗篇中的那些富有质感的句子。

当我们把北岛从1970年代到1986年的作品按时间顺序看过一遍后，诗人所走过的历程中前后的心态变化依稀可见。从美丽的《微笑·雪花·星星》到令人震惊的《诱惑》《触电》《同谋》，从充满自信的《走吧》到弥漫着虚无的《空间》，从气宇轩昂的《回答》到绝望忍痛的《别问我们的年龄》，从幻想中那明亮的《太阳城札记》到现实而苍老的《白日梦》，我们看到了诗人怎样一步一步地否定自己，并逐步接近、确立、超越个体主体性，同时切近诗的本质。

为了简明起见，暂且把北岛的心态历程划分为三个阶段。

(一) 港口的梦

> 也许泪水流尽
> 土壤更加肥沃
>
> ——舒婷

北岛曾经是一个"红卫兵"积极分子，带着狂热的理想从童年、少年步入火热的青春。但是，诗人的敏锐马上使刚刚具备成年意识的他意识到这场运动不是通往理想的广场的道路，诗人发现"吝啬的夜／给乞丐洒下星星的银币／寂静也衰老了／不再禁止孩子们的梦呓"（《冷酷的希望》），从而萌发了独立地观察世界的主体意识。慢慢地诗人看出了什么，"太阳向深渊陨落／牛顿死了"（《冷酷的希望》），一颗跳动着的寻找真理的青年的心随着太阳的沉落而渐渐熄灭。长期以来负载在肩上的重担忽地卸掉，撕裂了皮肤，痛苦之后，难忍的飘忽顿然而起。红色的风暴过后，"山谷里，没有人烟"（《你好，百花山》），表达了理想丧失之后的暂时的空白感。曾经骚动过的生命，如今被推至"深渊的边缘"（《五色花》），渴望停泊，但已不可能找到灵魂的栖所，甚至"没有船票"（《船票》）。目睹自然界的萧瑟景象，诗人发出无边的感慨："落叶吹进深谷／歌声却没有归宿。"（《走吧》）

告别少年，也失去了外界可以依傍的尺度，诗人第一次感到不名的孤独，一边"守护我每一个孤独的梦"（《五色花》），一边无力地询问："泪水是咸的／呵，哪里是生活的海洋"（《冷酷的希望》）。幼时受到的"生活充满阳光"的绚丽的教育，只留给了他们一些水面破碎的泡沫。诗人第一次看到了"生"的荒凉。在这没有温情的现实中，生活被这样表达："你是鸿沟，是池沼／是正在下陷的深渊／你是栅栏，是墙垣／是盾牌上永久的图案"（《一束》）；"报时的钟声／……／使我相信了死亡"（《冷酷的希望》）。

所有这些最初的真实感受仅仅停留在情感层次，在诗人的理智中，理想作为泛泛的信念仍没有泯灭。诗人把希望埋在心里，希冀一个人道的正义的世界将会来临。北岛初期的诗作中，诗的结尾总会出现一种那个时代哪怕是在最阴暗的情调中也必然会有的一抹亮色，如《黄昏：丁家滩》中"等待上升的黎明"的"眼睛"，《是的，昨天》中"在召唤失去的声音"的"琴"，《在我透明的忧伤中》那"照亮了道路"的"一颗金色的月亮"。

　　这一阶段，诗人对世界的体察仍受到"黑暗"与"光明"、"正义"与"邪恶"等对抗性情绪因素的影响，没有也不可能对"人""生""死"作出特别深刻的省悟。面对暴力的现实，出于对人生的执着和对世界的炽爱，北岛希望"黑暗即将过去，曙光就要来临"。当然，这里不乏中国传统士大夫匡时济世的心理，或者说是对世界的英雄式的理解方式。这样，北岛在《候鸟之歌》中开场便讲："我们是一群候鸟／飞进了冬天的牢笼／在绿色的拂晓／去天涯海角远征"。诗人对诗的理解仍停留在前现代主义阶段，多少带有道德主义色彩，强调诗歌的社会功利的一面，他说："诗人应该通过作品建立一个自己的世界，这是一个真诚的世界、正直的世界、正义和人性的世界。"[①]但也正是北岛等人这个时期对人性、正义的关注，新时期文学首先挑起"寻找失去的'人'"的旗帜，在历史的废墟上扶正被异己的外界扭曲了的人性。诗人对未来的希望多半寄托在"自由"的重新获得上，例如，《一束》中，诗人这样说："在我和世界之间／你是画框，是窗口／是开满野花的田园／你是呼吸，是床头／是陪伴星星的夜晚"，热切感人，又让人感到距离的沉重。

　　在苦难的岁月里，女性的温柔成了北岛精神的归宿。"只要心在跳动，就有血的潮汐／而你的微笑将印在红色的月亮上／每晚升起在我的小窗前／唤醒记忆"（《雨夜》）。爱情成为一个疲于奔命的斗士的避难所和停泊地，成为最为可贵的自由。"即使明天早上／枪口和血淋淋的太阳／让我交出自由、青春和笔／我也决不会交出这个夜晚"（《雨夜》）。显示出男性的人格美。在诗人的愿望中，有一天"橘子熟了"，"让我走进你的心里／带着沉甸甸

---

① 北岛《谈诗》，载《上海文学》，1981年第5期，第90页。

的爱"，"找回自己那破碎的梦"（《橘子熟了》）。渴求人与人之间的理解与沟通，又仅仅是希望，不灭的希望。

这个时期，诗人对"人"的理解还停留在大写的"人"上，即作为抽象的、种族的、普遍意义的"人"上，行动中价值的取舍依凭正义、人道的尺度。于是，个人的死是为了"决不跪在地上 / 以显出刽子手们的高大 / 好阻挡自由的风"（《宣告》）。英雄主义的殉道意识中，死的意义在于"为了每当太阳升起 / 让沉重的影子像道路 / 穿过整个国土"（《结局或开始》），希望"从星星的弹孔中 / 将流出血红的黎明"（《宣告》）。

（二）走向冬天

> 由于渴望
> 我常常走向社会的边缘
>
> ——顾城

长夜过去了，英雄的价值看来是兑现了，诗人终于到达了（或曰寻回了）一个可以重新开始的起点。寻找之路多么幽远、曲折，"我找到了你 / 那深不可测的眼睛"（《迷途》），诗人有了一种卸下英雄的沉重的包袱的轻松。"生来就不是水手 / 但我把心挂在船舷 / 像锚一样 / 和伙伴们出航"（《港口的梦》），萌生起对新的生活的渴望，诗人"我要到对岸去"的反复申诉，和当年的"他没有船票"一样真切。然而我们在诗人的自言自语中隐隐约约感到另一种艰难，在"河水涂改着天空的颜色 / 也涂改着我"（《界限》）的新的文化天空下，"我的影子站在岸边，像一棵被雷电烧焦的树"。对岸在哪儿，又怎样过去，"生"的意义仍然迷茫。《和弦》中的"风""安全岛""野猫""梦"等孤零零的景象中，诗人统统地想到了"海很遥远"。北岛的意象往往自成体系，有一些意象有一种永恒的指向，比如"海"往往象征个体生命自由和个体价值的实现，具有诗人所幻想的理想气候的境地。而这里，诗人说"海很遥远"，我们可以想象得出此时北岛心灵的搁浅状态。天空归还了，而"哪里是生活的海洋"的疑问，又多大程度上得到了回答呢。

这种迷茫，我们在不同心态背景下的《橘子熟了》中已然隐约可见了。《橘子熟了》仿佛是北岛诗歌道路上略显端倪的一首。诗中北岛反复叨念的"橘子熟了"的声音之中，我们仿佛感觉到诗人在极力用平和的语调熨平褶皱的忧伤，眼神闪烁不定，有些"顾左右而言他"的味道。

理性主义的精神力量使北岛不可能沉迷于忧郁，走向感伤。

那么，回头审视一下自己走过的道路吧。《履历》一首，淤积了诗人对那个狂热的年代的凝重的思考。"一夜之间，我赌输了／腰带，又赤条条地回到世上。"最后，北岛又一次把自身的经历和对世界的观照归结到了一点——无目的性。然后向世界宣布"我们生下来不是为了／一个神圣的预言"（《走向冬天》），继而对过去一直在诗中闪着光彩的"希望"和一直保持在内心深处的所谓"信条"给予否定。

真正的诗人往往把自己对世界的独特的感知作为对世界进行把握的起点，把自身的生命历程的回顾深化为对社会、历史等存在的哲学反思。艾青的《光的赞歌》《古罗马的大斗技场》把个人的遭遇扩大为人类普遍的历史概括，受到一定的赞评。昌耀把二十年的人生体验融入了一个民族的历史，为西部大高原引入一个古老而新鲜的命题。北岛的这种对"生"的怀疑，到了这一阶段，已经不仅仅只是对过去、对现状自我生存的观照。请看他的《一切》吧："一切都是命运／一切都是烟云"，"一切希望都带着

注释 / 一切信仰都带着呻吟"。

这便构成了对世界的"世纪末"式的看法，诗人真正把自己推到了悬崖的边缘。然而这种虚无的生存状态简直令理性主义者不可忍受。长期形成的"主体性"极强的认知习惯和对世界透彻而悲观的认识使北岛已不可忍受对现时存在状态的认可了。他不习惯已经"习惯了"的"敲击的火石灼烫着"的"我习惯了的黑暗"（《习惯》）。诗人于是视现时的生存方式为"绿色的淫荡"（《走向冬天》），它充满了"关于春天的谎言"（《红帆船》）。对现时的超越欲望导致了对现实的抗争，抗争的不是别的，正是诸多安然矗立的客观实在。他呼吁人们"走向冬天 / 不在绿色的淫荡中 / 堕落，随遇而安"。现实的存在何以竟导致了北岛如此强烈的反感？笔者认为这完全取决于北岛昔时对理想的信仰转变为对历史现时悲观的看法之后仍旧遗存的一种思维惯性，即一定会有一个新的价值体系等待诗人步入，一定会有一所安详的住址收留流浪多时的现代灵魂。而现时的存在并没有满足诗人的预期，那么它便与过去一样，不可能再成为个体的载体了。而过去的备遭扭曲的人性经历又一次出现在北岛的记忆中："在正午的监视下 / 像囚犯一样从街上走过。"诗人对现时和去时的仇恨相去无几，"躲进帷幕后面 / 口吃地背诵着死者的话 / 表演着被虐待狂的欢乐"。这种强烈的对抗心理同时也表明，北岛已然在世界的表象面前持有一种清醒的人生态度，而且越来越坚定地表现出对世界"无目的性"的确认。他告诉人们不要对生活抱什么希望，那"来自热带的太阳鸟 / 并没有落在我们的树上 / 而背后的森林之火 / 不过是尘土飞扬的黄昏"（《红帆船》）。

"难以想象的 / 并不是黑暗，而是早晨 / 灯光将怎样延续下去"（《彗星》），道出了北岛面临的两重矛盾：理智与现实、存在与虚无。无法选择，无法选择！这是20世纪末叶中国部分富有强烈理性精神和自审态度的知识分子面临的困境。"回来，或永远走开"：回来意味着对现时生存状态的认可，本身受着悲观情绪的否定，"重建家园"，又何尝可能，那么就只有"永远走开，像彗星那样／灿烂而冷若冰霜"（《彗星》）。这是一个清醒的人生过客的高傲。

由于精神探索者本性的制约，北岛的悲观没有走向隐匿主体的可能性的虚无，反之，走向了形而上的全然的否定。这里的否定作为一个由诗的感知所导致的理念系统的机制而成为诗人的精神的破冰船。这与隐匿主体的可能性的虚无状态的区别就在于不否定主体进行"否定"的这一过程而继续探知表象的背后。北岛把这种动作性的抉择看作意向的承受者和完成者，行为本身就在于它的行动。"否定"即归宿。

第一声否定从《古寺》开始，"消失的钟声""扩散成一圈圈年轮／没有记忆"，如同"石头，没有记忆"，表达出对历史的虚无态度。"不去重复雷电的咒语／让思想省略成一串串雨滴"（《走向冬天》），是对理性世界的否定。"谁醒了，谁就会知道／梦将降临大地／沉淀成早上的寒霜"是对生活以及梦和幻想的否定，乃至对一切的一切的抛弃，"走过驼背的老人搭成的拱门／把钥匙留下／走过鬼影幢幢的大殿／把梦魇留下／留下一切多余的东西／我们不欠什么／甚至卖掉衣服，鞋／和最后一份口粮／把叮当作响的小钱留下"（《走向冬天》）。

北岛以一个孤独者的刚强和悲凉走向那杳无人烟、白茫茫的冬天。冬天，一无所有；冬天否定一切；冬天割断历史；冬天是我们的未来，我们——这个世界的警醒者，再也不相信什么夏天和秋天，"在失去诱惑的季节里／酿不成酒的果实／也不会变成酸味的水"（《走向冬天》）。我们只相信冬天，冬天真实而又真实，不存在"阳光下的谎言"，不存在"狗一样紧紧跟着"的乌云的谦卑和虚假。

按尤内斯库的解释，"荒诞是指缺乏意义……人与自己的宗教的、形而上的、先验的根基隔绝了，不知所措；他的一切行为显得无意义、荒诞、无用。"①

北岛这时已经全然发现了人生的荒诞。然而他在反抗荒诞，以强劲的个性走向虚无。诗人对这种义无反顾的旅程的热衷，就是一个理性主义者悲观之后的情感寄托；是对"荒诞"的逃避，反抗式的逃避，极力以坚定的愤怒逃避"荒诞"（作为理念的）。他不愿相信一个隐含的命题：个体生命——"我"也是毫无意义的，或者说北岛此时并没有明确意识到这一命题。

"走向冬天"的"走"和"走吧，落叶吹进深谷"的"走"含意已然不同。后者是满怀希望地将失落感安置起来去寻找"生命的湖"，前者却是满怀悲观执拗地走向一个情感的终极。

如果说《无题》中"把手伸给我 / 让我那肩头挡住的世界 / 不再打搅你"，表现的是极度的悲观（"谁也不知道明天 / 明天从另一个早晨开始 / 那时我们将沉沉睡去"）之后对悲剧的价值的肯定（"即使只有最后一棵白杨 / 像没有铭刻的墓碑 / 在路的尽头耸立 / 落叶也会说话"），那么《走向冬天》表达的是极度悲观之后的超脱、桀骜（中国传统士大夫的一个侧面，屈原、鲁迅莫不有之）和对冬天这个令灵魂得以新生、洗涤的境界的宗教式的向往（"在江河冻结的地方 / 道路开始流动 / 乌鸦在河滩的鹅卵石上 / 孵化出一个个月亮"），充满蜕变的期待和升华的欲望。

---

① 转引自朱虹《荒诞派戏剧集·前言》，上海译文出版社，1980年，第7页。

（三）夜的太阳
——对内心真实的挖掘和荒诞的品味

> 旅行者的牙刷
>
> 日复一日
>
> 表现他的不朽
>
> ——孟浪

"走向冬天"的愿望被峡谷的绝壁折射回来，那是一堵必须直视的墙，任何超越的欲望都必须走近它，直接面对着它。北岛终于躲不开"荒诞"的捕捉，"我"的力量动摇了。"你走不出这峡谷，因为／被送葬的是你"（《回声》）。"走"的意念从此停止，当他再次谈及"明天"等关涉某种行为延续性的观念时，诗人一反"走向""寻找"等能动的意念，告诉我们："明天，不／明天不在夜的那边／谁期待，谁就是罪人"（《明天，不》）。"期待"被嘲讽地看作人的罪孽，对自己的生命的存在犯下的欺骗。

北岛摆脱了精神探索者的悲哀，平淡地摊出作为一个诗人对荒诞的全部感受，仿佛又回到了一个重新认知世界的起点。然而，此时的北岛已没有"昔日的短笛"，一种弃儿意识悄然滋生，而它并非指一个时代对人的抛弃，而是荒原感笼罩之下的被无名的力量（抽象的生和创造人的上帝）抛弃的感受。驾驭世界的力量丧失了，连"那棵梧桐树上的乌鸦"也不想数清。北岛宁愿如此永远地面对永恒的不可知、神秘，也不愿继续理性主义者本能所厌恶的认识世界时那种用愿望包裹着的虚假。

不但理想丧失殆尽，理性和语言——过去人类曾赖以发展和自豪的理性和语言也是多么苍白和虚弱。"理性的大厦／正无声地陷落／竹篾般单薄的思想／编成的篮子／盛满盲目的毒蘑"（《语言》），对理性、未来的依赖，"是一种诱惑／亘古不变／使多少水手丧生"，如同"毒蘑"一样吞噬着生命。

再也没有什么寄寓的寒冷中，诗人反思历史，"黎明"是"颤栗"的，现实是"一片苍茫的岸"（《随想》），历史是多么可怜与渺小，只是"从岸边出发／砍伐了大片竹林／在不朽的简册上写下"的"有限的文字"。人类一直在用"生"作为赌注，不断地走向悲剧，我们"早已和镜子中的历史成为／同谋，等待着那一天／在火山岩浆里沉积下来"，不断地"重见黑暗"（《同谋》）。

"死"，咄咄逼人，最为现实，值得骄傲的"小麦""青铜""黄金"都进行着各种不同的死亡（《随想》）。"生"只是"穿过漫长的死亡地带"的"道路"。只有"死"才是慰藉，当我们不断地"出发之时"，"让我们尝到苦果"的慰藉。"拱桥自建成之日，就已经衰老"，我们盲目地活着，不用费尽心机去探究什么，"在箭猪般丛生的年代里／谁又能看清地平线"，也不用谛听什么"祖先的语言"，去负担什么历史责任，因为所谓历史的愿望只是"历史课本中"那种"搬动石头"的愚蠢的动机（以上引自《关于传统》）。那么，我们就如同一颗巨大的石头吧，滚向天际的深渊。

"海底的石钟敲响／敲响，掀起了波浪"，《八月的梦游者》终于把一个窖藏已久的哲学命题——"荒谬"用石钟般响亮的诗句发布出来。"高耸的是八月／八月的苹果滚下山岗"，面对荒谬北岛所表现出来的欢咍使我们想起加缪在描述西西福斯"朝平原走下去"时那种极平淡极轻松极为随便的口吻。一个时代一去不复返了，一个时代留下的疑问也一去不复返，所有加在那个从艰难的草地上跋涉过来的探索者头上的枷锁统统拆卸下来。谈什么探索，压根儿就不希冀收获！"在大地画上果实的人／注定要忍受饥饿"。也不要笃信什么友谊，"栖身于朋友中的人／注定要孤独"（《雨中纪事》）。也不去热衷什么生存，"死亡仅相隔一步"，

"衰老仅相隔一步"（《这一步》）。一切都让人感到可疑，甚至"可疑的是我们的爱情"（《可疑之处》）。一切都是空白，甚至"自由是一片空白"（《空白》）。

于是，诗人的眼中开始布满一些不可理喻的非理性的、可怕而丑恶怪诞的梦一样的景象："那些发情的河 / 把无数生锈的弹片冲向城市 / 从阴沟里长出凶险的灌木 / 在市场上，女人抢购着春天"（《峭壁上的窗户》）。"只有山羊在夜深人静 / 成群地涌进城市 / 被霓虹灯染得花花绿绿"（《地铁车站》），构筑了超人意料的幻境，同样是对荒诞的真实感受。"海水爬上台阶 / 砰然涌进了门窗 / 追逐着梦见海的人"（《诱惑》），则表现了不可摆脱的惊愕。

这一切景象被推至读者的眼帘，你无法拒绝，有如对荒诞的认识，无法拒绝，如同那"八月的苹果滚下山岗"一样无法抗拒。人在悲剧性的命运面前无法抗拒，哪里有什么"冬天"可以走向。"不幸的成熟或死亡 / 都无法拒绝，在你的瞳孔里 / 夜色多么温柔，谁 / 又能阻止两辆雾中对开的列车 / 在此刻相撞"（《祝酒》）。愤怒如同逃避愤怒的出走和进入困境的更年期的山的解脱一样，无济于事，"他们的愤怒只能点燃 / 一支男人手中的烟"（《另一种传说》）。

"一切都是命运"（《一切》），晚霞也"呈现劫数"（《雨中纪事》）。诗人想到佛，想到"哺育尘世的痛苦 / 使它们成长"的菩萨。现代人对佛教的兴趣已不是从"来世"与"超度"着眼，而是感通于其强调"悟"性的思维方式。荒谬性来自生本身，佛是拯救不了的，就像"守灵的僧人只面对 / 不曾发生的事情"（《守灵之夜》）一样，诗人只能面对神秘，领悟"神秘"赋予人的关于存在的启示。神秘被现代诗人看作灵魂之外的一种自为的力量，和梦相同，真实而未可知。青年诗人西川在一首叫《在哈尔盖仰望星空》的诗中说道："有一种神秘你无法驾驭 / 你只能充当旁观者的角色／听凭那神秘的力量／从遥远的地方发出信号。"

北岛就是这样，在对人生的探索和世界的认知与诗艺的追求的交叉中，终于抓住了诗的本质性的东西。在自身心态的历史性蜕变过程中，开始和感知对象拉开距离。从"桥上的灵车驰过／一个个季节"(《很多年》)、"碑文给石头以生命／以无痛的呻吟／百年的记忆布下蚁群"(《守灵之夜》)这样的诗句中，我们可以读到经历了生与死的断裂之后智者对时间、宇宙的沉思。在《空间》一诗中，北岛游离于人生之外，给人一种恍惚隔世之感，"孩子们围坐在／环形的山谷上／不知道下面是什么"，"我们围坐在／熄灭的火炉旁／不知道上面是什么"。人类似乎沉入了外人不知其内、内人不解其外的罐子。

当北岛获得了骚动不安之后的安宁，在质问神秘的同时，渐渐发现了更为奇秘的内心世界。荒诞的磷火烧到了"人"的牌位上，诗的题材通向日常琐碎的生活，北岛的诗歌内容再次拓宽。有表现平淡寡味的《艺术家的生活》，也有泄露反判型文化心理的《青年诗人的肖像》。《单人房间》书写肮脏与丑陋的生活环境和状态，《无题》的"对于世界／我永远是个陌生人"表达了诗人对冷漠的世界的感受和自身的冷漠。《孤儿》对个体的存在作了具象的描述："我们是两个孤儿／组成家庭／会留下另一个孤儿。"《可疑之处》让我们品味到类似卡夫卡的视觉效应。《寓言》一首则抒写了现代人不可摆脱的樊篱感。《触电》极为精彩地把都市生活的人际感受准确地表达出来。《挽歌》透露出北岛寻求归复生命本质因素的愿望。

三、北岛诗艺研究

秋天不是深谷，也没有空荡的房间

你僵立在空气里

那些字句不是冰冷的伴侣，不是

——贝岭

随着诗人的心灵从对特异的环境的感受转向对人类、个体生存的关注，北岛诗歌在以下几个方面发生了变化：

由对逆境的咀嚼而发出"泪水是咸的 / 呵，哪里是生活的海洋"，转向对梦一般神秘的残酷的真相以及内心隐微感受的探试；由对恶势力的极力抗争，争取"人"的高扬，转入对生命个体、群体在"历史静默"的注视下的河流流动状态的开凿，北岛诗歌的审美对象发生了转移。前期多以自然的意象衬示、暗喻内心激荡、惆怅的情感，"鸟""落叶""海""星星""黎明""船""帆""河流""春天""秋天""冬天""树""风""太阳""翅膀""天空""道路""眼睛""黄昏""头发""月亮""窗""云""灯光""花""沙滩""草地"等清新透明的意象是北岛所常用到的；后期诗中采用的大部分是生活中熟悉的都市场景，从这些几乎不为人察觉的物象深化与提炼出北岛所独有的象征，"广场""栏栅""门""炮台""楼梯""房间""车站""胡同""市场""博物馆""广告牌""玻璃""电影院""街道""桥""钥匙""电线杆""霓虹灯""雕像""镜子"等意象纷纷出现，甚至还有"钉子""手套""厕所"等物象。这些物象有的有确指的象征意义，如"钉子"暗示令人无可奈何、不可知的荒诞的存在和神秘，而更多的则主要是叙述性的陈列的需要，构成一种气氛，是诗人蒙太奇手法下被摄取的剧照。

北岛前期诗歌具有很浓烈的英雄主义色彩。英雄主义的情绪内涵的基础是对理想、信念的遵奉依赖，常常表现出对情绪亮色的执着追求。在这种心理支配下，诗人的冲动包含着主体力量膨胀的幻象，这些幻象甚至便可成为理想的化身、符号。在《岸》中，"岸"被叙述为"守护着每一个波浪／守护着迷人的泡沫和星星／当呜咽的月亮／吹起古老的船歌／多么忧伤"。这个"岸"是诗人对象化的产物，它负担着众多"守护"的任务。诗人甚至直接表白："我是岸／我是渔港／我伸展着手臂／等待穷孩子的小船／载回一盏盏灯光"。"岸"和"灯光"，是这一代人追逐执信的"正义"和"人道"的象征，承载着救世者的苦难。英雄主义者对死的看法我们已经分析过了，但北岛在诗中实际表达的是英雄的年代里最后一个英雄的殉道的悲凉。"走向海""走向落日"，并非热恋着"死"。诗人自己说道："不，渴望燃烧／就是渴望化为灰烬／而我们只求静静地航行"（《红帆船》），驶向生、驶向希望。后期诗歌已不见这种"拔山盖世"的味道了。《北岛诗选》中有两首诗尤为引人注目：《传说的继续》和《另一种传说》。这两首诗恰恰能够说明北岛诗歌情绪内涵的变化。《传说的继续》这样表白："火会在风中熄灭／山峰也会在黎明倒塌／融进殡葬夜色的河／爱的苦果／将在成熟时坠落。"一个铮铮汉子倒入血泊时仍默念着虔诚的誓词。到了《另一种传说》中，这种"痴情"已荡然无存。随着新的时代的到来，火药味渐渐远去，荒诞的世界的本质逐渐现露，英雄便显得苍白无力。这种转变本身也足以令北岛的内心隐隐作痛，他审视自己，却看到了如此陌生的景象："他们时常在夜间出没／突然被孤灯照亮／却难以辨认／如同紧贴在毛玻璃上的／脸。"

北岛的诗歌愈往后，浪漫主义因素愈加速减退，现代主义氛围愈浓。那首逃避现实的《微笑·雪花·星星》代表浪漫主义把现实的失落寄托在自然的怀抱中的传统，其叙述语言也很地道地表现了浪漫主义直抒胸臆，与自然对话的方式，如："蓝幽幽的雪花呀／你们在喳喳地诉说什么？／回答我／星星永远是星星吗？"到了《和弦》，象征性大大加强，然仍透出淡淡的忧伤。"雨一滴一滴／滑过忧伤的脸颊"（《冷酷的希望》）和"路呵路／飘满红罂粟"（《走吧》）更为明显。这些句子容易使我们想到三十年代现代派（中国）的作品，同样是由浪漫主义向现代主义过渡或融合的产儿。

在向现代主义的转变中，北岛诗的情绪逐渐淡化，趋于冷漠和钙化（详见下文有关《白日梦》的论述）。主体切入状态由体验转为静观，由置身其中转到置身其外，意象由行动性转为对梦中静物的临摹，标明北岛作为一个现代主义诗人日臻成熟。这一过程由直接抒发理念的《一切》到不言而喻的《空间》的一系列诗作完成。可以断定，北岛近期诗作的主体趋于符号化，直接受到诗人的世界观的转变的影响。"我"在《你好，百花山》里大声向大自然问好，在《候鸟之歌》里以鸟的身份"去天涯海角远征"，而到了《白日梦》中，"我"中已没有任何情感的渗入，也不再是对世界观照的视点了，而是被观照的物象之一，如同"椅子""苹果""石头"等等。这个时候，说"我，形迹可疑"（《白日梦·1》），如同说"乌鸦，形迹可疑"，没什么可以区别的情感幅度。

北岛在新诗潮中出场之际，"哲理味强"曾是公众对他的特点的评价之一。那么，到了后期，笔者认为北岛诗歌这种智化审美也日趋深入，表现出对世界理解的深刻化。"卑鄙是卑鄙者的通行证，高尚是高尚者的墓志铭"（《回答》），"还基本停留在表面化的阶段"[1]，被新一代诗人认为是"道德箴言"。到了《白日梦》中，"新的思想呼啸而过／击中时代的背影／一滴苍蝇的血让我震惊"（《白日梦·13》），"生存永远是一种集体冒险"，"永远是和

---

[1] 牛波《置身其中：北岛》，载《中国》，1986年第6期，第80页。

春天／在进行战争"（《白日梦·16》）等句子凝聚着诗人全部的思想和感受，丝毫没有空浮之意。同时，北岛后期注重理念表述的可感性，如"绿色的履带碾过／阴郁的文明"（《白日梦·16》）和"医生举起白色的床单／站在病树上疾呼／是自由，没有免疫的自由／毒害了你们"（《白日梦·9》）。许多梦境的展示，都使诗意与理念准确无误地从文字后面凸现出来。

1．北岛诗歌的思维特点

（1）知性习惯和表现主义的冲动

北岛诗歌给我们的第一印象莫过于始终贯穿着一种知性习惯，诗人主体始终以一种积极的姿态投入到对客观世界（包括内心世界）的体察中以揭示人的复杂情感（包括志向、信念）和人／物之间、物／物之间的内在机理。这一点足以把北岛的诗歌同主张"情绪哲学""意识还原、感觉还原""生命的躁动"等中国当代其他诗歌区分开来。在表现"知性"方面，北岛前期较为忽略感知过程，往往把意念直接叙述出来，后期对神秘的兴趣越来越浓，诗歌本身能够涵盖感知的全部过程，又不乏主观感受中奇异、独到之处。笔者认为北岛的这种知性习惯是与表现主义相通的。至少表现在以下两点：其一，在表象与本质的关系上，突破了表象，直接表现本质。其二，在个别与一般的关系上，不注重个人的特征，而注重全人类的普遍的东西。

（2）悖论式思维

北岛对世界悖论式的思考，是作为一种知性习惯带来的感知结果呈现在诗中的，而非表现为思维过程；是诗人以直觉捕捉到的对外部世界的感受，而非逻辑推导。北岛诗中悖论式思考可分为两种，一种是对某种目的性行为进程的具有悲剧意味的陈述，浸透着绝望的情绪。"一切欢乐都没有微笑／一切苦难都没有泪痕""一切爱情都在心里""一切希望都带着注释""一切信仰都带着呻吟"(《一切》)，"在大地画上果实的人／注定要忍受饥饿／栖身于朋友中的人／注定要孤独"(《雨中纪事》)。另一种是对现实荒诞的直描，用"名实""表里"等的反差表现非逻辑、非理性，如"高耸的是八月／八月的苹果滚下山岗""敲响的是八月／八月的正午没有太阳""照亮的是八月／八月的集市又临霜降""八月的梦游者，看见过夜里的太阳"(《八月的梦游者》)。在这一系列理念的反差下面一起一伏地造成了令人惊惑的心理反差效应，使两类悖论式思维都具有了相当浓厚的情感色彩。悖论的表现直接源于对荒诞的发现。是人本身，导致了如此周流的旋涡。"你走不出这峡谷，因为／被送葬的是你。"(《回声》)悖论"不再是一个简单的故事／在这个故事里／有我和你，还有很多人"(《爱情故事》)。

北岛诗中除类似明显的悖论式诗句外，还处处充斥着否定式的思维判断，可以称为准悖论式思维。这种准悖论式有时表现出砸碎统治一个时代的僵固的价值体系的畅快，如"我不相信天是蓝的／我不相信雷的回声"；有时表现出对禁锢自身的命运执拗的反抗，如"明天，不／明天不在夜的那边"；既有走向冬天的高傲，也有失去自信之后的"我不再走向你／寒冷也让我失望"(《很多年》)。《空白》是一首典型地运用了否定式准悖论思维方式的诗作，把一切"概念"，有形式有内容、有色彩有情感因素的，统统同"空白"联接起来。

（3）蒙太奇手法的大量使用

由于诗意表现和象征的需要，北岛诗中经常出现蒙太奇景象的变幻。这种倾向与北岛对诗歌直觉真实的追求是一致的。我把他这种由感觉记录的需要而运用的诗歌构建方式也看作其诗歌思维的特色之一。北岛讲："我试图把电影蒙太奇的手法引入自己的诗中，造成意象的撞击和迅速转换，激发人们的想象力来填补大幅度跳跃留下的空白"。① 的确，北岛意象更迭、转换、选用的突变性、奇异性，达到了中西诗歌史上空前的熟练。"回忆如伤疤／我一生在你脚下／这流动的沙丘／凝聚在你的手上／成为一颗眩目的钻石"（《白日梦·15》)，五个意象递转自然、流畅，又不乏新奇感。除此之外，蒙太奇更易于诗人"捕捉潜意识和瞬间感受"②。《夜：主题与变奏》中展示了十二个镜头，北岛在镜头的转换之中对万籁俱寂、嘈噪和各种神秘的景象有了多感觉层次的把握，诗人称之为"主题与变奏"。

2．北岛诗歌的叙述特点

（1）断句陌生化

现代派诗歌一反现实主义、浪漫主义、古典主义的传统，企图在情绪、意象、样式等方面给读者一种陌生感，启迪诗意。断句的陌生化，就是通过反常规的形式启迪人们发现排列背后的含义。北岛的断句给我们带来了这种陌生。

> 天冷得够呛，血
> 都黑了，夜晚
> 就像冻伤了的大脚指头
> 那样麻木，你
> 一瘸一拐地……
> ——《青年诗人的肖像》

把下一句的主词移至上一句，造就因阻塞带来的节奏感和沉重风格，又避免了蒙太奇手法带来的句子与句子之间可能的枯燥

---

① 北岛《谈诗》，载《上海文学》，1981年第5期，第90页。
② 北岛《谈诗》，载《上海文学》，1981年第5期，第90页。

单一的排列。被割断搁置在某一行前面的一句话的后一部分，往往是诗人想着重强调的，放置在后面的下一句话的前一部分则是向下一个重音节过渡的桥梁，意义也淡一些，过渡就不至于突然（虽然意象的转换追求"远亲联姻"）。遵循这样的原则，诗歌的音乐性鲜明可感，这是象征派诗人从不放弃的追求。

> 消失的钟声
>
> 结成蛛网，在裂缝的柱子里
>
> 扩散成一圈圈年轮
>
> 没有记忆，石头
>
> 空濛的山谷里传播回声的
>
> 石头，没有记忆
>
> ——《古寺》

前面一个"石头"，只是从"钟声""年轮"向"石头没有记忆"的过渡性音节，真正携带含义的是后一句的"石头"，"石头，没有记忆"，出现在一个由众多修饰语组成的长句（缓节奏）之后，忽地冒了出来，"虚无感"砰地升起。

此外，陌生的断句可以促成诗句的歧义效应，增加多重意义和韵味。

（2）通过奇异的联想制造意象

运用象征手法的诗歌往往通过奇异的联想制造、生发大量意象，通过在形式上串为一体，在种种联想之间，在一个个没有逻辑联系的句子之间，获得一种整体上的凝铸感，从而配合内在的象征、寓意的阐发。

北岛的许多诗歌通过段落相同位置的复沓和某一个句子在诗中的多次出现，起到了这个作用。《走向冬天》三大段落的开头都以"走向冬天"的召唤作为起句。《橘子熟了》一节两行，奇数段的头一句皆为"橘子熟了"，偶数段的头一句都是"让我走进你的心里"。《在黎明的铜镜中》三段开头都以"在黎明的铜镜中／呈现的是黎明"作为导引，以表现"水手从绝望的耐心里／体验到石头的幸福"这样对痛苦的玩味。

利用诗中不断复现的词汇和短语，采用递进、顶针或句式的重复联结全文，是另一种方法。

> 涨满乳汁的三角帆
> 高耸在漂浮的尸体上
>
> 高耸的是八月
> 八月的苹果滚下山岗
>
> ——《八月的梦游者》
>
> 他活在他的寓言中
> 他不再是寓言的主人
> 这寓言已被转卖到
> 另一只肥胖的手中
>
> 他活在肥胖的手中
> ……
>
> ——《寓言》

另外，北岛往往把着意表现的某一概念（实质是情绪和感受的定型）当作全诗形式上系联的纽带，自始自终贯穿下来。《走吧》《一切》《空白》是典型的例子。

（3）高度凝练的语言表达

北岛的语言极为洗练，追求跳跃和奇异。诗人极力去掉各种没有质感、无表现力的虚词。

断句的陌生化成为获得凝练的一个极为经济的手段。

意象之间也采取"经济"系联法，把意象之间的过渡省去，直接在直觉基础上把它们连缀起来。据说《习惯》一诗的结尾在《今天》发表时是这样的："是的，我习惯了／你像火石敲击着各个角落／烫伤黑暗，点燃了我的心。"[①]两年之后，北岛把他修改为"是的，我习惯了／你敲击的火石灼烫着／我习惯了的黑暗"。省略了"角落"这个中介词，并把转换过程中的情感的累赘省略，直接表现为动作的呈示。

3. 北岛的象征

有人曾称北岛为中国当代的象征主义诗人，而舒婷是中国当代的浪漫主义诗人(新诗潮中)，有一定道理。但象征在北岛那里，正像在象征派以后的现代派诗人那里一样，只是诗歌表达的手段之一而已。由于北岛诗中的自白、直抒性（前期），对神秘的关注（后期），超现实手法的大量运用（愈演愈烈），使得北岛的诗与历史上中西象征主义诗人有很大的不同。而在新诗潮诸诗人中，北岛无疑是象征色彩最为强烈的。"北岛"，漂泊在冬的海洋上的孤岛，名字本身暗示了我们许多东西。

北岛诗中的意象的使用大体有以下几个特点：

（1）极其宽泛的抽象性

北岛思维方式的知性习惯导致他喜欢把现实繁茂的景象、事物抽象地归纳为某种物象。而西方象征主义侧重去构建意象交错复杂的结构间架或情感氛围。

---

① 参见牛波《置身其中：北岛》，载《中国》，1986年第6期，第82页。

北岛的这种抽象的物象所显示的寓意是极宽泛的，如《生活》一首，北岛仅用一个"网"字，便使读者顿然对生活的各个侧面产生试探性的理解。

（2）可感性

北岛给我们展现的诗歌画面向来是清晰的，既不像西方象征主义诗歌笼罩的那重宗教的神光，也不像中国20世纪20年代初期象征派穆木天、冯乃超的诗笼罩着中国古典诗歌由来已久的潮湿的字句重叠和悟性的雾气。

北岛的意象质感较强，即有透明度和雕塑感，这恐怕和他诗艺中超现实的运用增强了意象的可感性有关。

（3）单调性、什物性、平面性

后期，北岛吸收了现代派绘画的成就，梦境的想象简化为色彩单一、形状规则的具体什物，如"一个准备切开的苹果""一个碗""一把小匙""一片空旷的广场""一张纸币""一片剃刀""一只铁皮乌鸦""大理石的底座"。寂静、冷色调，充满预感。梦境的平面性恰恰又与现代派绘画的平面性追求一拍即合。

4．北岛诗歌的超现实主义色彩

布洛东1924年在《超现实主义宣言》中说："超现实主义建立在对于一向被忽略的某种联想形式的超现实的信仰上，建筑在对于梦幻的无限力量的信仰上，和对于为思想而思想的作用的信仰上。""超现实主义，阳性名词。纯粹的无意识的精神活动……不受理性的任何控制，没有任何美学或道德的偏见。"①

北岛对纯诗的探寻和对西方现代主义诗学的借鉴已经到达了超现实主义阶段，北岛这时的心态状况恰恰给超现实主义手法的

---

① 赵乐甡、车成安、王林主编《西方现代派文学与艺术》，时代文艺出版社，1987年1版2次，第278页。

运用打开了大门。"超现实主义者认为，没有一个领域比梦境更丰富，梦把人秘而不宣的东西完全剔露出来，既显示了过去和现在，也预知着未来。"[①]北岛心态变化的第三个阶段已完全摒弃理性与道德准则，诗艺的探索方面也自称要进行对无意识的开掘，其对世界主动性的认知惯性驱动他不断去揭开种种不可企及的真实。

北岛在超现实方面的努力，一是表现在某种超乎现实的组合形式上。在审美过程中摆脱社会生活强加给我们的羁绊，从而切中梦的真实。这种突破常规的努力，产生了令人意想不到的形象比喻和意象描写，例如"音乐释放的蓝色灵魂／在烟蒂上飘摇／出入门窗的裂缝"（《白日梦·2》）。其对内心幽暗和沉悒的表达，在方式上取得了突破性的进展。北岛诗中一些超现实主义的组合往往可以看作通感的一种形式，如"在被遗忘的土地上／岁月，和马轭上的铃铛纠缠／彻夜作响，路也在摇晃"（《十年之间》），只不过侧重把其他感觉视觉化这一种通感手法，因而容易使我们把它看作超现实主义的追求之一。实际上，梦留给我们的只是梦象，梦象是纯视觉化的符号。

二是直接书写或编制梦境。"梦"字很早就在北岛诗中出现了。"在深渊的边缘上／你守护我每一个孤独的梦"，"被理性肯定的梦境／是实在的，正如／被死亡肯定的爱情"（《见证》）。这些"梦"只是一般意义的意象，或表现某种寄托，或表现对真实的"肯定"。到了"噩梦依旧在阳光下泛滥／没过河床，在鹅卵石上爬行"（《噩梦》），则真正以梦象作为诗的材料，充满启示和预感。

《诗艺》可以看作北岛运用超现实主义的一个宣言，且用梦

---

① 赵乐甡、车成安、王林主编《西方现代派文学与艺术》，时代文艺出版社，1987年1版2次，第278页。

境组织而成："我所从属的那座巨大的房舍 / 只剩下桌子，周围 / 是无边的沼泽地 / 明月从不同角度照亮我 / 骨骼松脆的梦依旧立在 / 远方，如尚未拆除的脚手架"。

《白日梦》一诗里拥有大量的幻象描述，"光线 / 在房瓦的音阶上转换 / 一棵枣树的安宁 / 男人的喉咙成熟了"，这些诗句充分显示了北岛——一个现代诗人的才华。

5. 北岛与中国古代诗歌

现代诗歌艺术与中国古典诗歌的相通之处在这里不必重复，然而古典主义的沉静和中国传统"雾中看花""隔窗赏月"的审美习惯，还是足以作为标志，让我们分辨出（没有严格的界限）中国当代诗人的诗中表现出来的受到中国古代诗歌传统影响的程度。

北岛诗中所显露的古典诗歌的启示和印迹不会比舒婷所受古典诗歌的影响多，但在他早期有浪漫主义味道的作品中，"雨夜""晚霞"等意境时常出现，"红色的月亮""小窗""黄昏的云雾""布谷鸟的鸣叫"或衬托出宁静的气氛，或暗示一种感伤的情调，无不具有地道的"朦胧美"。

在这类意象里，北岛偏爱红色，除了"红色的月亮"外，还有"满树的红叶""红帆船"等，直到可见出现代审美趣味的"绽开了一朵朵 / 血红的嘴唇"出现时，红色依旧未褪。这与其黑色的冷峻和白色的冷漠迥异的红色，反映出北岛冷峻和冷漠的深处埋藏着热切真炽的对"爱"的笃信，对生活的向往、自由的渴望。"走向冬天"过后，红颜色就少见了。

和古今中国其他诗人相同，北岛用过许多"月亮"。

有关季节的描述，无不带有传统东方大陆性气候蕴育出的感时伤世的特色，季节与"失落""憧憬"不可分开。

四、《白日梦》浅析

> 我梦寐突破人间格局
>
> 到你的城郭里退化为一只寄居蟹
>
> ——宋琳

"梦，它不是空穴来风，不是毫无意义的，不是荒谬的，也不是一部分意识昏睡，而只有少部分乍睡少醒的产物。它完全是有意义的精神现象。实际上，是一种愿望的达成。它可以算是一种清醒状态精神活动的延续。它是由高度错杂的智慧活动所产生的。"①

弗洛伊德的学说对现代超现实主义大师们的启示就在于以白日梦作为创作的重要方式，即在非梦（生理）的状态下对潜意识的挖掘和半睡眠状态对潜意识的导引。

《白日梦》全诗长达二十三节，三百九十多行，直接取名"白日梦"，即意在通过梦境手段表达对审美客体的感受。象征手法仍居优势。

北岛在诗中以梦境的跳跃和对"你"的等待、对话、奔赴把各个单独的梦境联接起来。"你"在诗中有多重含义，可以理解为离异的情人，也可以指共同生存相依为命的爱人或另一个我，有时还可以看作一种愿望，或某种人类追求的超感觉的意义，甚至可以是一个无意义的符号。全诗把充满怪异的梦象同叙述者与"你"的对话（这一对话极富现实生活情景）穿插在一处，表达出若梦非梦的意识流效果。"你"的影子贯穿全诗，却终未明了，这是北岛的高明与成熟。

---

① 弗洛伊德《梦的解析》，作家出版社，1986年版，第37页。

与此同时，强烈的理智也始终贯穿全诗，或隐匿于超现实手法的背后，表现为全诗结构的序列安排，或用理念、概念直接加入意象的撞击。如："地衣居心叵测地蔓延 / 渺小，有如尘世的 / 计谋，钢筋支撑着权力 / 石头也会晕眩 / 这毕竟是一种可怕的 / 高度，白纸背面 / 孩子的手在玩影子游戏"（《白日梦·14》）。北岛对于潜意识的探索显然没有流于一味地为展现而展现的极端，其诗句的规则和梦呓的节制也使自身的风格同传统超现实主义梦呓的泛滥形成对比。这里，我们暂不去讨论其中的得失。不过有一点是应该明确的：北岛在诗艺的变嬗中，始终保持着艺术家的鲜明个性和吸收、探索诗学奥妙的独立、非被动状态。

由于对生活状态的厌倦和对人生、世界极为透彻的洞察，北岛诗歌一直具有"冷"的格调，回避柔情，也回避亮色的趋向日益明显，后期着意书写硬板、无色的物象，以衬托内心的真实。到了《白日梦》，这种追求更为剧烈。在主要抒写内心对世界的感受过程的前半部，北岛极力渲染情感的"钙化"状态。就让我们拿第一节来说："在秋天的暴行之后 / 这十一月被冰霜麻醉 / 展平在墙上 / 影子重重叠叠 / 那是骨骼石化的过程 / 你没有如期归来 / 我喉咙里的果核 / 变成了温暖的石头"。有文章批评《白日梦》时说："他再不是只为自我宣泄、自我完成而写诗了，而是缩在著名诗人的硬壳中，把真正的自我严严实实地封闭起来，只向读者献上一个经过精心梳妆的、整整齐齐、漂漂亮亮的'他我'。"（《再论新时期文学面临危机》，载《百家》，1998年第1期）我们先不谈此文一味主张文学只是所谓"本身生命""本能"的"宣泄"和"骚动"的体现这一提法的得失，我只想提醒两点：第一，其对超现实主义的主张及其文学形态的了解正像此文批评李陀对"意象""意向性"的"合璧"一样，是"一种最浮浅、庸俗、外在、廉价"的一窍不通。这篇文章中一方面反复唠叨"每个人""最起码的个性都难以得到发挥"，另一方面粗暴地扼杀北岛的个性。第二，什么叫"他我"？难道个体生命的体验只能诉诸"我我"而不能诉诸一个"自我"在作品中独立出来的符号？笔者倒认为北岛在诗歌美学上的突破恰恰就在这里，把叙述角度上升到脱离体验角度的层次上。当然，这并不标明什么"发展方向"，只是北岛个人的探索而已。"世界上有很多道理，其中不少是彼此对立的。应允许别人的道理存在，这是自己的道理得以存在的前提。"（北岛）[1]。

在《北岛的心态历程》一节中，我们之所以没有过多地涉及《白日梦》，就是因为《白日梦》是作为北岛对自己二十余年人生探求和诗歌道路的一个总结而出现的，不是某种情绪、感觉的记录。因而很难也不必将这首诗扯入"阶段"这个主观得出的划分中去，也不能当作新的心灵历程的标志。

北岛在《白日梦》中简述了生命个体探知世界的经历，同时一次推出对人生、世界的意义、个体的存在、人类的存在、命运、生活的全部思考。诗歌表现出幽远的长焦距感，仿佛是一个宇宙人在向我们诉说什么，包括对主客观两方面的深刻体察。

《白日梦》共二十三节，各节表现的内容大致如下：

1. 奠定全诗情绪基调，然后通过"摆动""奔走""敲打"等富有动感的外界行为意象与"一年的黑暗在杯中"的内心真实形成强烈的心理反差，暗示对世界的认知已给诗人带来了极度的超情感的孤独，含有自我毁灭的意念。

2. 对生存的"场"的阐述，单调、静态、"远离太阳"。"一个准备切开的苹果／——那里没有核儿"，"玻璃房子里生长的头发／如海藻"，远离生机。否定对客观世界作出任何真伪的判断，

---

[1]　北岛《谈诗》，载《上海文学》，1981年第5期，第90页。

因为我们处在"避开真实的风暴"的围困中，探讨本质毫无意义。人的存在只是这种必然的"迷失"状态的偶然产物。

3. "死"如同那"大理石的底座上／那永恒事物的焊接处／不会断裂"，组成了存在的一切。距离"我们在无知的森林中／和草地的飞毯上接近过天空"（《别问我们的年龄》）已如此久远，北岛陷入理智导入的忧郁，是那无情的"并不忧郁"的时间让北岛意识到人与死亡的媾合，而死让北岛超越了"时间"，看到"人们从石棺里醒来／和我坐在一起／我们生前与时代的合影／挂在长桌尽头"。内心深处所有关于"山林湖泊"的期待都像那些"喃喃梦吃的书"的吃语从不兑现事实。

4. 基本上从梦幻和象征中走出来，插入自白，仿佛与"你"对话。"如期归来"可以理解为没有达成的任何愿望。"一次爱的旅行／有时就像抽烟那样／简单""所有的文字四散／只留下一个数字／——我的座位号码"。人对"坏天气"的拒绝，不想"打开窗户"，在这里象征诗人对亮色的情感的冷遇。

5. 对人类原本状态的构想。"绳索打结""鱼群悬挂在高处"意味着时间停止，原始状态的记忆全被拉回，山"变得年轻"，与现时生存状态的衰老形成对比，这种新鲜的记忆使得北岛在对原初状态的设想中竟以为"没有人居住"。是的，"那自源头漂流而下的孩子"，不会是我们，那是"人类的孩子"，我们和历史、峭壁一道只能"静默"地"目送"。

6. 关于自由。"笼中的鸟需要散步／梦游者需要贫血的阳光"，但"占据广场的人说／这不可能"。人的自由受到庞大的社会管理机制的制约，人与人之间也"需要平等的对话"，然而"道路"经常"撞击在一起"，人际并不自由。"铀""剃刀""剧毒的杀虫剂"诞生了，象征暴力的出现。北岛这种叙述依旧是对人类发展过程的描述，具体说是对原初状态向现时状态演化的描述。

7. 与人类的发展过程相吻合，个体生命的成熟却以童年世界——那个拥有自由，生命力奔放的世界——的丧失为代价。"死的那年十岁 / 那抛向空中的球再也没 / 落到地上"，然后"被列入过期的提货单里"，供死亡阅读。下片，自然而然从"阅读"转入与"你"的诉说。"你"是什么呢？一张"热情"的"脸"，是冥冥中神秘的力量，生的呼唤。活着便永远处在"你所设计的阴影中"。

8. 生命在追求自由和解脱的历程中，留给我们一幕幕壮烈的记忆，"主人公"(悲剧)从火中逃亡，"白马展开了长长的绷带""木桩钉进了煤层 / 渗出殷红的血"，容易让读者想到北岛曾信奉的英雄观。但时非彼时，地非彼地。这时北岛看到的是"河流干涸"后"露出那隐秘的部分"的"空荡荡的博物馆"。清醒的荒诞感之下，人自身仿佛是展品。

9. "谎言般无畏的人们 / 从巨型收音机里走出来 / 赞美着灾难"是北岛对那个时代英雄主义的倡议和赞美的讽刺，并以"医生"的身份说："没有免疫的自由 / 毒害了你们"。那个时代的个体的膨胀导致了自由的彻底丧失，北岛对"自由"的不可能性，在这里从自由本身出发得到论证。存在只是"合法继承"了"繁殖"，"简单而细弱"，不是别的什么。

10. "手在喘息 / 流苏在呻吟"，个体生命痛苦地在生与死的地平线上日夜挣扎。"一支箭"有如"牛顿死了""上帝死了"的信号"敲响了大门"，结束了追逐梦想的年代。"噩梦"同信仰一同倒下，随后便迎来了"衰败"不堪的状态。人们发现了真实，又展示着真实，在疯狂的世态中，"疯狂"只"是一种例外"。

11. 自白：由于悲观走向枯死。"秋天"是"残废者的秋天"，"女人"的"手"，"干燥"，因而"我""远离海洋"，"心如枯井"，迷失的地点也毫无用处。

12. 集中表达价值的虚无。"白色的长袍飘向那 / 不存在的地方"，对"人的价值的追求""自我实现"给予否定。"心如夏夜里抽搐的水泵 / 无端地发泄"，对心灵的躁动和情绪宣泄的自渎态度。"蜉游在水上写诗 / 地平线的颂歌时断时续"，对诗、颂歌价值的否定，反文化的态度（主要表现在文化虚无主义情绪）。"谎言与悲哀不可分离 / 如果没有面具 / 所有钟表还有什么意义"，由对"谎言"的愤恨变为彻底的认可，"反讽"意味明显。"当灵魂在岩石上显出原形 / 只有鸟会认出它们"，嘲笑灵魂的伟大。

13. 接触新哲学的感受。"你们并非幸存者 / 你们永无归宿"的困惑借古人的口说了出来，"新的思想"（存在主义、尼采哲学）的出现与北岛的思路一拍即合，"击中时代的背影"。"苍蝇的血"也是反讽处境。

14. 审视人生、尘世的可怕和淤闷感。"九十九座红色山峰 / 上涨，空气稀薄 / 地衣居心叵测地蔓延 / 渺小，有如尘世的 / 计谋"。

15. 关于爱。"我的一生""凝聚在"爱情的"钻石上"，爱情独立于充满恐怖的"嘴巴"的世界的角落里。但这唯一的生命的维系，也没有获得，"你没有如期归来 / 我们共同啜引过的杯子 / 砰然碎裂"。

16. 关于人类生存。人类的生存永远是"黏合化石的工作"，是和美好的"春天"进行的战争，不断地"改变地貌"，破坏生态，是一种"冒险"，冒毁灭之险。而"黏合化石的工作"何其无为，"古生物的联盟解体了"，"黏合"掩盖不了生命原初状态的丧失。

17. 个体的困惑。"几个世纪过去了 / 一日尚未开始"，凝聚了等待的落空和希望的破灭，而"男人的喉咙"在"成熟"，时间继续，希望有如"枣""果核""石头"，光秃秃的。"我"像"动物园的困兽"，被置入生活的"城中之城"。

18. 个体的孤独和世态的冷漠。"罂粟花般芳香的少女 / 从超

级市场飘过 / 带着折刀般表情的人们 / 共饮冬日的寒光"。诗，也不能够作为心灵的寄托了，"就像阳台一样 / 无情地折磨我"。

19. 生活的黑暗和坦然的心境。北岛经过种种反思，终于获得了坦然的心境，面对"空旷"，他想到"笑容"（虽然笑容也"不真实"），面对"苦根""黑暗处的闪电"，他听见了水晶撞击的音乐。"冬天疯狂的马车"也能够缓缓地"穿过夏日的火焰""我们安然无恙"。

20. 对世界新的观察原则。不再以唯一的价值标准去统揽所有的事物，不再作什么单一的判断，不作判断，因为没有必要。北岛认为"文化是一种共生现象 / 包括羊的价值 / 狼的原则"。与此相反的态度是"放牧"，放牧是要有共同的羊的主人——牧羊人（共同尊奉的偶像），共同的鞭子（羊儿遵守的价值尺度），而现在北岛看到羊群因得了"热病"而膨胀上天了，死去了。北岛的这一哲学命题——"不去选择，没什么选择的，因毫无必要"——与当今风靡的存在主义不尽相同。存在主义强调行动，选择即自由。北岛的诗学给我们提供了一个以价值虚无为核心的新的哲学。他觉得"轴心"时代的人，那些"圣贤们"都"无限寂寞"，因为他们各自确立了一套学说，一套价值体系，并设想全天下的人都信奉他的学说。孔子影响了两千年，柏拉图、亚里士多德的影响仍在继续。这些圣贤取消了人类的其他可能性，他们本身多么寂寞，人类又多么寂寞。

21. 对人类生存状态中可能性的发展受到种种制约的具象描绘。"寻找激情的旅行者 / 穿过候鸟荒凉的栖息地""石膏像打开窗户 / 艺术家从背后 / 用工具狠狠地敲碎它们""一种颜色是一个孩子 / 诞生时的啼哭"（每个孩子的哭声皆相同，世界单调得表现为同一颜色）。而生活在单调性中的人们却"不愿看见白昼 / 只在黑暗里倾听"，仿佛一场巨大的悲剧因落幕而永远化为石像，根本无法改变了。此可谓"人类劣根性"了。

22.悲剧被上帝撒在生活的每一个细节上，悲剧如果还有什么意义的话，那就是"琐碎"。诗中又一次采取了蒙太奇手法，各种悲剧的零件散落在大街小巷，像瘫痪一样不可医治。"悲剧的伟大意义呀／日常生活的琐碎细节"，否认悲剧的意义，典型的以卑微代替崇高的美学观念。看似与后现代主义相近，但由于各基于不同思想背景，路途迥异，而终点毗邻。

23.对生命的质问。到了诗的结尾，我们领悟到所谓"白日梦"并非非理性主义指导下迷狂混浊的梦境，而是标明这样一个诗歌愿望：对生命的追问。这个线索像"你"一样贯穿始末，可见北岛工于构思的水平。"从死亡的山岗上／我居高临下／你是谁／要和我交换什么？"生命的赋予究竟给北岛、我们、地球上的高级动物带来了什么呢？"白鹤展开一张飘动的纸／上面写着你的回答／而我一无所知。"北岛运用了中国文化中表现缥缈无期的"白鹤"的形象，把生命的疑问和疑问的惆怅苦闷呈现无遗。结尾仍不忘记"你没有如期归来"的再度重复。

对诗的解析，使我对诗犯下了罪过。

五、北岛在中国诗坛·结束语

> 寡妇用细碎的泪水供奉着
> 偶像，等待哺乳的
> 是那群刚出世的饿狼
>
> ——北岛

据说，新诗潮的贡献在于使"诗"重新回到诗，不仅表现在诗人主体性的觉醒，更主要在于把诗作为把握世界的一种艺术方式，诗的复归衔接了"五四"以来的新诗传统，并与世界诗歌潮流产生契合。

北岛创办《今天》，揭开了新诗潮的序幕，但促使他成为新诗潮的代表人物的还是他的诗歌本身。毋庸讳言，新诗潮时期，北岛诗歌所展现的强烈的现代意识和全部的诗歌技巧的的确确超过了其他几个代表人物。

后新诗潮的崛起是以"pass 北岛""打倒北岛"为先声出现的。和历次艺术浪潮的更迭类似，年轻的一代瞄准了新诗潮的代表人物。后新诗潮的一些人对北岛的指责主要针对北岛前期诗歌。

他们反对北岛的"英雄意识"，主张"平民意识"，以"反讽"代替"崇高"，对生活状态进行白描。笔者认为这些追求已或同或稍异地暗含于北岛后期的创作中了。这是中国诗歌不断摆脱功利性（社会功利）的必然结果，也是北岛个人不断探索、颖悟所达到的境地。另外，以"平民意识"来反对审美主体对客体切入的深度，也容易导致诗感的钝化和中国诗坛的再度荒芜。

后新诗潮诗人反对意象的垒叠，主张"用地道的中国口语写作，朴素、有力，有一点孩子气的口语"[①]。这里有新诗潮兴起之后一些非"诗"人盲目组造诗句造成意象杂芜、堆砌的背景原因。除此之外，就只剩下不同诗人因对诗的形式的不同理解而导致的不同主张了。北岛没有放弃象征的财富，而一些青年诗人或由于文化构成层次较低，或由于受欧美后现代主义的影响，强调口语化。

显而易见，北岛的《单人房间》《青年诗人的肖像》《艺术家的生活》的反文化倾向已然可以同所谓第三次浪潮中的反文化派达到某种沟通，《白日梦》里"文化虚无"倾向可以看作是北岛在

---

① 王小龙《远帆》，载老木编《青年诗人谈诗》，北京大学五四文学社，1986年。

这方面思考的独到之处。北岛《白日梦》中对生命的追问正暗合了当代诗坛对生命意识的强调，而更富深刻性。北岛对生命原初状态的遥望或可能性（人类发展）的探讨不仅与当代诗坛"史诗派"的追求有趋近之意（仅指史诗派关于"人的文化创造中的那些未被发展的可能性"[①]的关注），而且更富有个体深刻的经验感受和超验体知的色彩，并且绝不会出现因为置身历史文化之中而导致被古文化同化的倾向。从北岛的"文化虚无"，我们自然又联系到非非主义的"超文化"追求。二者也许丝毫没有联系，但其中共同达到的诗学成熟的思考，足可以让我们有理由预期一个新的突破的到来。

　　我并不想把北岛的诗歌与其他流派的主张生拉硬扯凑到一块儿以证明北岛的"前卫"位置，只是想表明第三次浪潮的种种浮躁情绪和排他意识乃是当代诗歌状态病态的体现。这主要归咎于一些青年诗人的盲目无知和潜意识中对成就者严重的对抗性心理。而我们的评论家们往往人云亦云，捕风捉影也跟着大喊"浪潮"与"蜕变"，争相制造更新的"新生代"。

　　"对于年轻的挑战者，我要说，你已经告诉我们，你将要做什么？那么，让我们看看，你做了什么？"[②]北岛则做了许多。

　　最后我要提到的是这样一个提法："以北岛、江河、杨炼、顾城为代表"的"朦胧诗"，"艺术特征是单主题象征"；以廖亦武、欧阳江河等为代表的"生命寻根"和"文化寻根"派，"艺术特征是多主题象征"；"以'非非'诗派"等为代表的第三浪潮"艺术上强调对语义的偏离和语感还原"。[③]这样的归纳基本正确。有关三种艺术风格尤其是象征和语言方面的相异之处，它们之间的关

---

① 　张颐武《从超越的文化到文化的超越》，北京大学硕士学位论文（1987），第38页。
② 　舒婷《潮水已经漫到脚下》，载《当代文艺探索》，1987年第2期，第50页。
③ 　周伦佑《论第二诗界》，载《非非评论》（报）第1期，1986年8月20日。

系，还有待深入研究和阐释，由于篇幅所限，本文未及深入讨论，笔者将另文论述。

1988年4月12日完稿

起风和起风之后
——九叶诗派现象研究与中国新诗的回顾

现代文学三十年诗歌艺术发展的轨迹在西方文学史的映照下愈发显示出文化撞击过程中东方古典诗歌由困滞走向繁荣、由僵化走向松弛的蜕化演变的清晰历程。

中国诗歌摆脱传统艺术观念的束缚要从"五四"新诗运动开始。一些留洋的中国文人在接触了异域文学艺术的变迁史和切身感受到外国文学的处境氛围之后，回顾清末诗界革命时说："文学革命的运动，不论古今中外，大概都是从'文的形式'一方面下手，大概都是先要求语言文字文体等方面的大解放。""形式和内容有密切的关系。……若想有一种新内容和新精神，不能不先打破那些束缚精神的枷锁镣铐。"（胡适《谈新诗——八年来一件大事》）这既是对诗界革命失败的历史总结，也是新诗运动一贯的指导思想，它从本质上阐明了现代诗学的一个最本质的东西，那就是"形式即内容"。

胡适等人的白话诗实验只是诗体解放的一个突破口，它本身仍带有很浓重的旧体诗的格调。中国新诗却从此诞生。新诗人们一方面积极接受西方文学潮流的冲击，一方面潜心挖掘内心世界和古典文学的精华。20世纪上半叶，一股清新明冽的现代诗风在中国大地上卷起。

欧洲文学，尤其是法国文学，在古典主义之后先后兴起了浪漫主义、唯美主义、巴那斯派，然后是象征主义。与此对应，中国新诗在最终迈进现代诗歌的殿堂之前，也大体杂乱地走过了这么一个演变过程。这既有诗人主观上接受西诗先后的因素，又有中国新诗内部的发展规律。以郭沫若为代表的主观抒情诗拥有大胆而奇特的想象，创造雄奇壮丽的形象，以热烈奔放的情感和直抒胸臆的抒情方式，创造了诗的绝对自由，虽然获得了可贵的世界人、宇宙人意识，但"我"字大得惊人，情绪空泛。与郭沫若《女神》浪漫主义诗歌同时，出现了湖畔诗派带有历史青春期清新美丽的自然。这些诗往往流于直述，真切坦诚有余而诗意单一肤浅。从日本俳句和泰戈尔那里学来的小诗体，从外部客观世界的描绘转向内心感受、感觉的表现，往往故作纯朴晶莹秀丽姿态，缺乏生活的真实情感，只起一个过渡作用。

新月派是一个混血种，它兼有中西古典主义、法国巴那斯派、唯美主义、形式主义特色。他们努力寻求客观表现手段，不仅尽量避免主观成分和个人感伤，好些时候，抒情主人公也不尽是诗人自己。诗歌观念大体是传统的诗言志。讲究新的格律，把诗看成是一种时间艺术与空间艺术的统一。提出了新诗中的音步、音尺、停顿等问题，要使新诗具有语言的节奏美。提出建筑美，既有助于诗的语言节奏定型，也是要引起对新诗视觉形式美的注意。但我们不能说新月派的格律论是古典格律的重演，相反它来自一种对文学艺术的更新更美的理解，包含着现代意识对于诗的形式的再认识。郭沫若的《女神》之后，诗歌形式的松散杂乱成为亟待解决的问题，而作为一个文化社团的新月派，又恰恰主张"节制感情"的美学原则，一方面变"直抒胸臆"的抒情方式为主观情愫的客观对象化，另一方面对个人情感着意克制，努力在诗人自身与客观现实之间拉开距离。至此，中国新诗已经意识到了情感泛滥的弊端。

20 年代后期的诗坛怪杰李金发直接师法法国象征派，他的诗所表现的是复杂微妙的内心世界，或复杂微妙的情境，或某种感觉和情调。象征派诗人受一种非理性的神秘主义哲学影响，认为万物皆通，意象能够暗示神秘世界、幻想及人的生命本质性的东西。以李金发为代表的中国早期象征派诗人先于新月派跨越了巴那斯阶段。李诗中新奇的想象和比喻俯拾即是，拟人化手法也有助于建构新奇的意象。在他那里，写诗就是通过意象把心灵状态一点一点暗示出来。意象与象征、意蕴之间距离很大，有时甚至找不到其间的联系，观念联络奇特，有时借助于"通感"。

后期新月派诗在对感伤主义进行彻底的否定之后，开始有意接受象征主义，这充分体现了文学思潮流派演变过程中内在的规律性。到了30年代中叶，现代派进一步接受了象征主义诗艺，同时避免象征主义的缺点（神秘、晦涩），吸取20世纪美国意象派的诗学观点，并混合了浪漫主义、古典主义的营养，语言、境界方面变得具体、明朗了。笔者一直不能苟同国内一些研究者对30年代现代派的评论，他们认为"现代派"一方面充分体现了当时世界诗歌造诣的精华，另一方面又说30年代象征主义一直没有成为新诗的主流。这里包含了难以自圆其说的矛盾。的确，30年代现代派写出了许多佳篇名作，但这些人之间相互差别极大。领袖人物戴望舒、卞之琳不同于南星、曹葆华，前者现代意识较淡。就卞、戴之间比较，卞在诗艺造诣上还停留在咏物以寄托寂寞的水平上，而戴则较好，能够把错综而不颓废的思绪绝妙地组织起来。毕竟是东方人写意象诗，已基本上丧失了神的感召和呼唤，因而中国象征主义除前期李金发以外，皆显得透明而无力。

中国新诗在短短20年时间里走过了西方文学七八十年的路程，新老两代诗人历尽诗途探索中的风雨。风起云散，30年代现代派无意之中面临的困境正是世界诗歌需要重新选择的地方——即怎样从意象之中摆脱出来。对于中国诗人来讲还有一个副题——怎样从东方人肤浅的怡愉审美习惯中摆脱出来。这样，40年代末叶的九叶诗派，终于作出了尝试，他们出现在西方文艺思潮风卷中国大陆之后的时间里，受到了足够多、足够准确的诗学熏陶，又面临着风止之后广阔的可供选择的生存场所，他们是时代的宠儿。

进入 40 年代以后，中国诗坛受民族主义等社会思绪的影响，开始偏侧于现实主义的创作。这一时期中国诗歌会的创作可以说没有什么成绩，他们只停留在简单的口号和空喊上，许多诗中，只有狂躁的口号，没有一点诗意。一时间，"新诗向何处去"成为诗坛的中心议题，大多数人认为现实主义诗歌流派与新月派、现代派"这两支河流，也并不像长江、黄河一样，南北分流丝毫没有脉息相通的地方，而有着许多互相渗透、互相影响的交点"。（力扬《我们底收获与耕耘》）

在每一个历史的末期，在众多的风雨雷电之后的晴朗的天空下，总会展现出无垠开阔的草原式的宽容。毕竟，当人们经历数次艺术潮流的冲洗之后，重新在诸多的价值取向间抉择、比较时，他们发现，只有容纳各种诗学流派的技巧，只有采取打通内心与现实的区隔，用平实而深邃的语言着实反映新时期人们内心世界对现实的感应与对世界本质的思索，才是一个时代的应有的结局。他们接受了选择。

有人说 40 年代是中国诗歌进入艾青时代的十年，这种说法极偏颇。的确，艾青的出现打破了中国诗歌界举步维艰的尴尬局面。艾青的成功正是上述所言"历史的辩证"造成的，艾青作为中国诗歌会的成员，这一时期开始为扩大现实主义诗歌思想艺术容量自觉借鉴象征主义诗歌艺术，如象征主义对诗歌语言暗示性的追求，总体象征的抒情手法，都直接影响了艾青这一时期诗歌艺术的探索。艾青的诗在历史的积淀决定下，可以说达到了中国诗坛40年代所能达到的最高水准，但他往往偏重于对民族国家命运的思考，深沉得的确像雪夜中的暗红的火，但其偏颇之处在于很少抒写个人在大动乱年代里的喜怒哀乐，从现代人的观点看，多少有点作为个体的诗人的虚伪。

新一代诗人从学院的篱墙后走了出来。九叶派诗人出现在中国现代新诗发展30年的最后阶段，处于"新民主主义与社会主义两个伟大时代"交替的历史转折点。他们汲取了新诗30年发展中各个流派的历史经验，在一个更高的基础上进行综合。女诗人陈敬容在一篇题为《真诚的声音——略论郑敏、穆旦、杜运燮》的文章中把这种"综合"的要求概括为"现代诗"的基本特点，指出："现代是一个复杂的时代，无论在政治、文化，以及人们的生活上，思想上，和感情上。作为一个现代人，总不可怎么样单纯。"诗人认为，在中国现代新诗史上有"两个传统"："一个尽唱的是'梦呀，玫瑰呀，眼泪呀'，一个尽吼的是'愤怒呀，热血呀，光明呀'，结果前者走出了人生，后者走出了艺术。"这两个极端都不符合"现代"复杂意识的要求，现代诗人所需要的"这一切的综合"："得用复杂的情绪，多方面地（而也就更有力地）发挥诗的功能"，创造"多样的""只有各个成就差异，而无本质上高低之别"的美。诗歌观念的"综合"、多元化（复杂化），在九叶派诗歌创作的各个方面都打上了鲜明的印迹，构成了九叶派诗歌的"现代诗"的历史特征与独特价值。

九叶派诗人主张"要扎根在现实里，但又不要给现实绑住"，即是说，要有对现实、人生的"贴切之感"，以自己"对于现代诸般现象的深刻而实在的感受"（陈敬容《真诚的声音》），深入现实，另一方面又要有"不可或缺的透视或距离"，避免直接"粘于现实，而产生过度的现实写法"和直接地宣泄激情，追求"表现上的客观性和间接性"，进而提出了"新诗戏剧化"的课题（袁可嘉《新诗戏剧化》《谈戏剧主义》）。强调主观感受"深入"现实，这显然与七月诗派接近，而"表现上的客观性和间接性"，与新月派更是一脉相承。"新诗戏剧化"也为早期新月派大力提倡，闻一多在1940年代也提出了"采取小说戏剧的态度，利用小说戏剧的技巧"（闻一多《新诗的前途》）"把诗写得不像诗……而像小说与戏剧"（闻一多《文学的历史动向》）的主张。这里再一次显示了九叶派诗歌理论与实践的"综合"特色。艺术表现上，九叶派自觉地追求现实主义与现代派的结合，"追求一个现实、象征、玄学的综合传统"（袁可嘉《新诗现代化》），即把官能的感觉、抽象的哲学思考、炽热的情绪结合一体；适当运用象征与联想，把感觉、思想、情感都寄托于从视觉与听觉上能够具体感觉的意象，以达到"思想知觉化""知性与感性的溶合"；在意象的营造上，则强调大跨度的跳跃性，把极不相同的形象"用蛮劲硬拉"在一起，以产生陌生化效果。他们追求一种思想深刻、情味隽永、意象新颖奇特的艺术境界，这境界既是精确的、明晰的，又是模糊含蓄的，既是有限的，又是无限的，大大增加了诗歌艺术和思想的容量。

九叶派的诗内涵精深隽永，既有"金黄的稻束站在 / 割过的秋天的田里 / 我想起无数个疲倦的母亲"（郑敏《金黄的稻束》）的恬静的悒郁，又有"听，淫欲喧哗地从身上 / 践踏：你——肉体的挥霍者啊，罪恶的 / 黑夜，你笑得像一朵罂粟花"（唐祈《老妓女》）恶毒的憎恶；既有"何等崇高纯洁柔和的光啊 / 你充沛渗透泻注无所不在"（辛笛《月光》）宗教式的美丽的向往，又有"黑夜将要揭露 / 这世界的真面目 / 黄昏是它的序幕 / 这世界上有很多座桥 / 有很多人在这些桥上走过"（陈敬容《冬日黄昏桥上》）的对世界的阴暗概括。

穆旦的《在寒冷的腊月的夜里》使我们想起艾青的《雪落在

中国的土地上》，"在寒冷的腊月的夜里，风扫着北方的平原 / 北方的田野是枯干的，大麦和谷子已经推进了村庄 / 岁月尽竭了，牲口憩息了，村外的小河冻结了"，根除了艾青式的忧患，有的只是对内心世界里低回苦闷的情绪的暗示。

九叶诗派不仅仅依靠于意象的拼凑营造，而是通过极富语感效应的语言（口语化）打通意象的象征暗示和情绪宣泄之间的界石，他们显然已经超越了象征主义→艾略特→意象派→威廉斯口语派等近现代诗歌的成就和局限。诗歌完全变成生命意识、自我意识的流露，并不栖寄于以往任何门派所依托的诸如思想、意象、白话、通感等标签化的东西。一切仅仅成为手段。诗歌在形式上由于各种诗歌技巧和观念有机的融合，变得软化，极易感知、理解和接受了。我们仍拿穆旦的诗为例。《控诉》一首的开始是这样的："冬天的寒冷聚集在这里，朋友，/ 对于孩子是一个忧伤的季节，/ 因为他还笑着春天的笑容——/ 当叛逆者穿过落叶之中 // 瑟缩，变小，骄傲于自己的血；/ 为什么世界剥落在遗忘里，/ 去了，去了，是彼此的招呼，/ 和那充满了浓郁信仰的空气。"极富语感的口语将极有表现力的意象和暗示情绪、思想的一些概念贯穿起来，读者仿佛面对的是一个低着头、含着泪、蓄积着愤怒而又平淡刚强的男子的自述。

九叶诗派最重要的贡献是对内心世界的挖掘。也正因为此，九叶派写出了20世纪40年代中国文化环境内真正的现代人心理状态。他们既不像早期象征派那样连情感的追求也极力效仿法国文人，也不像现代派戴、卞等人装出一副现代贵族的气质（殊不知后面拖了一条长长的辫子）。郑敏、穆旦、唐祈的成功正在这里。而杜运燮的逊色也正在这里，他不像郑、穆等人着意于情感世界的挖掘，只停留在以视觉为主的感官体察方面。郑敏、穆旦的富有哲味（实际上就是富有力度的诗味）的作品直接影响到下一个诗歌高潮——80年代的新诗潮。

1988.9.20

（限于篇幅和仓促的时间，只好暂且草草了之，本该对《九叶集》作系统透彻的分析，只好期冀于另作了。）

《核心》序[①]

诗作为世界的豁口和我们生活的契机，摆在我面前，是很早开始的。在漫长的、不经意的、星星点点的阅读过程中，由于时代的原因和生活的环境，1985年之前的记忆长廊里，我能指出的篇章大概只有普希金的《叶夫根尼·奥涅金》，歌德的《浮士德》，裴多菲的抒情诗，拜伦、雪莱的少数篇章。

我从来没有想过，诗应当和我发生联系，少年时代偶尔为之的短小句子，在自己满意的目光中早已化作风中的碎片了。我在这方面的能力由于屡屡过多地向生活奢求其他的项目而始终没有变成呈现的光华，即使在1985年的秋天，当我第一次接触到《新诗潮》[②]上与过去的文学传统不同的泛现代主义篇章的时候。当我一页页地向一些年纪同样不大的朋友解释其中的词句的时候，这种强烈的理解力仍然没有令我兴奋地全面走向它。

直到1987年，应当说是生活自身的水强大地把我推向了创作。当我已经具备权衡一些彼此并列的道路的能力的时候，我认识到：不去写诗可能是一种损失。在这里，我强调的是道路的选择和选择的道路促使我走向创作，这里面丝毫没有其他心理动机。我想对了解我那几年的经历的朋友来说，我上述的累赘是极坦率的回顾。

---

① 《核心》为戈麦自编的第一个诗集，收入1987年秋至1989年秋的诗作共100首，现存81首，分别收入本书第一编第一、二、六辑中。
② 指老木编的《新诗潮诗集（上、下）》，1985年北京大学五四文学社刊印。

1987 年以后，我正式开始接触现代诗歌，并开始写了一些。伴随着生活的苦恼和欢乐，当两年的时光渐渐逝去的时候，我集录了这些岁月留下的篇章，并打算作为我的一段生活的结束。

对于这些烙着我的幻灭、希望、悲伤、喜悦、愤怒和微笑的诗行，我不想自我批评，就像爱惜一件衣柜中的旧礼服一样，我把它交给爱我的人以及那些陌生的善良的朋友。但无论如何我对诗的感激要高于对生活的留恋。如果没有诗歌，我想象不出现在的我是怎么样的。

在这个世界上，属于人自己的时间并不多，但当我思索着那些不属于自己的岁月究竟流向了哪里的时候，我发现诗歌同样以一个人获得自由的方式损耗着人的生活。我不断地怀疑着一种对待艺术的真诚。当我在烟雾中谈话的朋友和镜子中的自我的脸上同时看到一种真诚的尴尬时，我想寻找同路者的徒劳和现实氛围的铁板同时足以促使我走向诗歌艺术的反面了。

由于自身的原因和环境对人的要求，我终于想暂时放弃纸和笔：这两件拖累人的东西，但我相信我不是怯懦者和失败者，我只是肯于背叛自己的人。

※　　　※　　　※　　　※

诗是对人的生存和内心的省悟，是语言的冒险。

在今天，诗歌所毁灭的东西很多，建筑的东西也很多，但活动的从事者们始终感到的是毁灭，而不是建设。现世界的人生所感受到的始终是离散而不是聚合。

我崇拜那些精神的号召者，那些在精神世界中曾指引过几代人的巨星。我崇拜那些在语言的悬崖上重又给世人指划出路的人。

人只有接受先辈们所有的语言实验的成就，才能继续走下去，才能引出反对和破坏。

对于现代诗来讲，象征好比基座，而超现实是指引出路的航灯。智慧的机锋和淳厚的情感向度，永远也不会相矛盾。只有无知的人、缺乏力量的人才反对二者或其中的一个。

※　　　※　　　※　　　※

我把这些写下，作为一个阶段，时间中的一座坟墓。我不会忘记诗。

1989.10.8

关于诗歌 ①

　　诗歌应当是语言的利斧，它能够剖开心灵的冰河。在词与词的交汇、融合、分解、对抗的创造中，一定会显现出犀利夺目的语言之光照亮人的生存。诗歌直接从属于幻想，它能够拓展心灵与生存的空间，能够让不可能的成为可能。

---

① 《诗歌报》1991年第6期"探索诗之页"刊出戈麦组诗《火》(4首)。这段文字是戈麦应编辑之邀而写。

推荐海子 ①

没有人会否认，海子是年轻一代诗人中最优秀的一个。其诗作精炼、温暖，用一种超然大地的姿态抒发内心的痛苦、对美的感受。手法新颖而合理。

兹荐上适合本刊采用的《房屋》《七月不远》《给萨福》《我所能看见的少女》《秋天》《日光》《村庄》《风很美》等八首。望欣赏。

---

① 此段文字是戈麦为向《中国文学》杂志推荐海子诗作而作，写于一张中国文学社稿纸背面，未署时间。

中国当代新潮小说 ①

　　1970年代末以来，随着思想解放、文化开放的进行，文学创作日益回归到它本来应有的自身的轨道上来。作家们开始直接面对人的命运、人的生存状况、人性、异化等问题，并不断提出独到的见解；作品的形式也随着这种变化，出现了较有成效的革新（不论是出于需要还是作为目的）。1985年左右兴起的文学新潮把中国文学推入了一个新的历史时期。在此之前的中国当代文学或多或少承袭着西方19世纪的古典文学并且在这一文学的影响和笼罩之下发展过来。1985年文学新潮发生之后的中国当代新潮文学则显示了20世纪世界文学的种种特征。

　　在20世纪世界文学影响下发生的中国当代新潮文学，大致上呈三种流向作有序的展开。这三种流向同时又是三个审美层面：一个是文化寻根层面，一个是现代观念层面，一个是形式层面。这三个层面在逻辑上纵向排列成三个递进阶段：文化观念演变—生活观念演变—文学观念演变。这样一种在空间意义上的三个层面、在时间意义上的三个阶段，合成了一个完成的历史转折过程。对这一过程的论述，仅仅以新潮小说为对象是不全面的。新潮诗歌也在扮演着这样的历史角色，还有新潮戏剧、新潮电影乃至新潮文艺批评。然而，在整个这场新潮文艺运动中，新潮小说在实

---

① 本文未署写作时间。推测应该写于1989年10月编完诗集《核心》，决定暂停诗歌创作而转向小说的一段时间，也就是1989年10月到12月之间。

际成就、理论主张、社会影响等方面显得更加突出，从而构成了这场运动的主要方面。

一、文学寻根运动

1985年轰动当时整个中国文学界乃至思想文化界的文化寻根运动，尽管合乎某种历史的逻辑，但它的起因却是相当偶然和自发的。进入80年代的中国人面对以欧美大陆为中心的20世纪世界文学不由感到瞠目结舌；同时回看自己的民族文学，一种文学的贫困感和停滞感油然而生。在这样的心理背景下，拉美文学的震惊世界，给中国文学带来了某种代偿性的自信。一些青年作家发现拉美文学成功的一个重要原因是对本民族历史的观照。于是他们认定，文学有根，根植于民族传统文化的土壤。基于这样的认识所激发的小说创作，包括韩少功的《爸爸爸》，阿城的《棋王》，王安忆的《小鲍庄》，……《老井》，扎西达娃的《系在皮绳扣上的魂》《西藏，隐秘岁月》，贾平凹的"商州系列小说"，李杭育的"葛川江系列小说"，郑万隆的"异乡异闻系列小说"，等等。它们体现了一代青年作家面对传统文化的复杂心态和他们对寻根理论的不同理解，直接表明了寻根小说作为新潮文学所取得的文学进展。

在与历史和传统的联系上最为紧密的是……《老井》。这个小说在结构方式和叙事语言上并没有超出写实主义的传统模式。作者毫不矫饰地在小说中坦露出一颗赤诚的灵魂，通过对传统兼济意识的张扬，谱就一曲不屈不挠的悲歌。但主人公的悲剧性没有得到充分的展示，致使文学的传统和文化的传统一起在整体上笼罩了这部小说的审美意象。相对于《老井》的悲壮，《棋王》和《小鲍庄》似乎冷静得多。前者相当洒脱地勾勒出一派庄禅气氛，后者轻巧地呈现出一片儒家风貌。在文化寻根上，令人振聋发聩的是韩少功的《爸爸爸》。有人认为，这是一部堪与《阿 Q 正传》相比肩的当代名作。一个丙崽，几乎写尽了整个民族的历史悲哀，是文化的结晶和历史的缩影。另外一些寻根小说是对各自所发掘的地域文化的张扬。诸如，贾平凹"商州系列"之于秦地文化，李杭育"葛川江系列"之于吴越文化，郑万隆的"异乡异闻系列"之于东北土著文化，以及扎西达娃小说之于西藏文化，有的浑厚，有的粗犷，有的神秘……

寻根小说还留有大量的写实成分，但写意成分已经得到很大程度上的强调。《棋王》用飘飘洒洒的笔法，呈现出相当典范的写意性语言；与中国画一样，《棋王》留下了大量的艺术空白，诱使读者作参与性的阅读。《爸爸爸》下笔凝重，大量运用色彩相当浓厚的反讽笔调，小说中的人物由于过分的夸张而成了具有象征意味的物象，而故事也由于过度的抽象成了寓言，叙事方式明显受到拉美结构主义小说的影响，但由于同时糅合了象征主义和黑色幽默，形成了独特的美学风格。寻根小说除了扎西达娃的作品，观念性占主导地位。这种文化观念性，既构成了它们的特色，也造成了不足。

二、现代观念小说

比寻根小说稍晚崛起的，是一批现代观念小说。它们刚出现时，被人们不分青红皂白地称为"现代派"小说。这些所谓的"现代派"小说，主要体现了现代的生活观念和行为方式，在文学本体上所获取的进展并不比寻根小说突出。现代观念小说的首席代表自然当推刘索拉，其次是王朔、徐星，还有一批大学生作者。与寻根作家们带着传统的文化观念从事创作不同，这批作家是以反传统的身份进入文坛的。他们在年龄上并不比寻根作家小多少，但其观念的激进程度却使他们与寻根作家俨然像是另一代人。英雄主义的形象已经在他们心目中被遗弃了。新的形象准则是玩世不恭的。他们想要活得轻松点，写得轻松点。这成了他们的写作原则和人生样式。如果说寻根小说激发了文化批判的话，那么现代观念小说的历史效果是生存批判。反对常规的道德观念和传统价值观念，是现代观念小说的一个重要主题。

刘索拉的《你别无选择》可以看作是一纸宣言，向社会宣告一种生活方式和生活观念的确立。表演性是分析整个现代观念小说的一个重要关键。现代观念小说很大程度上是在演戏，努力将现代人的生活方式演给人们看，像时装模特不断展示新的流行款式一样。刘索拉的三个著名中篇——《你别无选择》《蓝天绿海》《寻找歌王》——中的表演，是绝对认真的。徐星的《无主题变奏》虽然不及刘索拉那些小说写得款款有致，但主人公作为一个普通人在社会面前保持的那种自尊，表现了中国底层社会的一个平民青年的自爱和自我选择，与于连·索黑尔式的自我夸张，也与《麦田里的守望者》里为中产阶级所有的玩世不恭，拉开了距离。主人公无视生活对人生位置预做的规定，把按照自己的意愿生活当作自己的理想和准则。这种自尊的勇气，激起了许多青年读者的强烈共鸣。这种现代观念倾向，可被称为现代平民意识。更加集中、更加出色地体现了现代平民意识的是王朔的小说。王朔是一个展示现代生活方式和观念的通俗作家，他千篇一律地用人们熟悉和习惯的写实方法编造种种故事，看重情节上的引人入胜，而在叙述语言上常常不修边幅。他的《空中小姐》《浮出海面》《一半是火焰，一半是海水》《橡皮人》《顽主》都很有影响，先后改编成电视、电影。小说主人公虽然都还年轻，但一个一个仿佛饱经风霜，熟谙世故。他们骨子里正直善良，但说话行事却玩世不恭；他们心地坦荡，但又故意表现出举止老练城府在胸的样子；他们一方面嫉恶如仇，仗义行侠，一方面又标榜自己看破红尘；他们一方面是成熟的男人，一方面又不屑于自己的成熟。王朔最近的一部长篇《千万别把我当人》，对现实的讽喻和抽象已经有一种通俗魔幻的味道，王朔很可能由此找到一种融合纯文学和通俗文学的文体风格。王朔认为，文学应当有两种功能，纯艺术的功能和流行的功能，他试图找一个中间的点。

现代观念小说给文学发展本身提供的东西并不多，它们在文本构成上所做的努力是很有限的。除了刘索拉在小说的语言节奏上有独到之处以外，其他作家对小说文本构成就几乎没有做出有独创性的贡献。文化寻根小说、现代观念小说以及形式主义小说几乎同时登上文坛，但在它们观念构成的层面上，人们可以看出一种逻辑的演进：从文化观念的变化，走向生存感念的变化，然后走向文学观念的变化。作家们在最后的变化阶段上，真正发现了文学，认识了文学。这是一种在共时性创作中体现出来的历时态。对文化寻根小说，人们争论过，但争论之后便是接受；对现代观念小说，人们也争论过，但争论之后也被接受了；对形式主义小说的争论还在继续……

三、莫言、残雪、史铁生的新潮小说创作

在莫言、残雪、史铁生的作品中，观念成分被溶解在风格各异的叙事里，而各自的文学个性上升为小说的主导因素。

莫言具有很不平凡的感觉，这些感觉大都来自他的童年记忆。他把他那儿童化的感觉成功地镶嵌在他的小说中，使之闪闪发光。比如晶莹透亮的红萝卜（《透明的红萝卜》），比如绚丽灿烂的红高粱（《红高粱》）。这种感觉是一种灵感曝光，即在某一

个瞬间突然抹去所有的物质，只剩下一片单纯的色彩，或者干脆一片空白。时间仿佛停止了活动，只有朦胧的空间（纯色或者空白）。莫言的小说一方面是透明的小说，一方面又是愤怒的小说。这两种色泽不同的感觉和情绪交织在一起，构成莫言小说的叙事结构和情绪力结构。除此之外，还有两个特点是应该论及的：一个是叙事者的恶作剧心理，另一个是奔涌在小说中的原欲力宣泄。

残雪的感觉不是童稚的，而是充满了一种女性因歇斯底里而来的尖刻。她对人生和人性的看法更接近20世纪世界现代主义文学思潮。她把人生和人性看作丑恶的，并用强化的艺术手段把它表现出来。她的小说画面是灰色的、荒诞的、变形的，带着一种生理上使人恶心和厌倦的刺激。她执拗地摁着人类的头去俯视自己身上的脓包。她没完没了地描绘屠弱、卑微、邪恶、自私的小市民的种种丑态。人与人的隔膜、猜疑、忌恨、陷害，似乎是残雪小说永恒的主题。残雪虽也以感觉见长，但她的小说却不是感觉小说，而是心理小说，或曰"仿梦小说"。这种小说的叙事方式呈现为一种梦幻性结构，叙事随意。无论是人物、故事，还是场景、对话，都是闪烁不定的。唯一比较固定和明晰的，是小说的线性叙述时间。她的代表作有《苍老的浮云》《黄泥街》。《天窗》和《两个身份不明的人》仿佛是描摹人类生存状态的寓言。不过，她近期的小说正在逐步从黑夜走向黎明，由污浊变得清脆，从1988年的《关于黄菊花的遐想》，读者已经可以看到晨雾般的诗意了。残雪之为残雪，乃因为她是永不妥协的人类的揭发者与诅咒者。她的固执使她的揭发和诅咒变成一把锲而不舍的锯子，慢慢地锯入了人类的理性大树。

史铁生是一个有佛性的作家。他从早期作品中表现出来的善良宽厚，一直修炼到近期作品中的大彻大悟。他不是把奇异的感觉或古怪的梦幻张扬到极致，而是用持久的努力把一颗平凡普通的心灵磨砺到晶莹剔透的境地。这在当代中国文坛是绝无仅有的。史铁生到达这一境界的标志是他那篇宗教小说《命若琴弦》。这篇小说的语言明净宛若《圣经》，而这语言所叙述的故事，也像《圣经》故事一样又简朴，又深远。他的后期创作是一种精神超度，在《原罪》和《宿命》中，他超度自己；在《插队的故事》，他超度了历史。

以上三位作家既不为某种概念的框框所囿，也不为某个风行的观念所苦。他们的创作直接指向创作者的生命本身，表现自身的人生体味、生命状态、创作个性和审美趣味。

四、马原的小说及其意义

正如莫言、残雪、史铁生以各自不同的风格和不同的方式体现了新潮小说的情绪力一样，马原以他独特的才具和执着的追求改变了中国小说传统的叙事结构。在中国这个以实用理性为构架，以食色为表象的文化—心理空间里，文学一贯作为一种手段、一种工具、一种有目的的操作行为，从而不断地实现着它的功用。以马原为主要代表的形式主义小说向传统的文学观念和审美习惯发起了强有力的挑战。小说形式与小说内容是不可切分的关联物，就像一张纸的两个面一样。形式即内容，不能说形式主义小说只是技巧性的东西。任何一句话，任何一个故事，并不因为是被说出来而成立的，而是由于被怎样说出来而成立的。马原以他过人的聪颖和才力将博尔赫斯小说中的意象构成、略萨结构主义小说的叙事方式、罗伯-格里耶新小说中的物象感和形式感融合贯通，找到了完全属于他自己的别具一格的小说语言和叙事结构。他的小说很难用某一名称概括。

《拉萨河女神》的叙事语言可谓纯线性语言。它不带有或尽量不带有情绪色彩，在写景状物上又往往注重物象的还原和物象的质感。与这种语言形式相应的，是拼板状的叙事结构。更成功地体现马原小说这种新的风貌的，是《冈底斯的诱惑》。在此之后，"诱惑"出了他的一大串故事，也"诱惑"出了其形形色色的故事讲述方式。在《叠纸鹞的三种方法》中，他从三个不同的叙事角度，以三种叙事方式，用三个不同的叙述者讲了三个藏族老太太的三个故事。《拉萨生活的三种时间》在时空交叠上花了很大的功夫，作者把过去、现在、未来（昨天、今天、明天）三种不同的故事时间纳入同一空间。这些不同时间维度上的故事在同一篇小说不可倒逆的线性叙述中被交会到一起，形成了一个奇幻的故事空间。故事是超验的。读者可以认定这是虚构的，但无法证明这是虚假的。小说的阅读也由对故事的阅读进入到了叙事方式的阅读。马原小说的第二个高潮是以《虚构》为标记的，小说的作者、叙述者、人物三位一体的叙事方式，通过一种不确定的确定，呈示出没有意味（自我相关）的意味（无穷联想）。在《虚构》以及之后的小说中，我们看到的是马原的种种独创了。第二次高潮中，以《大师》最富叙事效果。还要提一下他的《旧死》。《旧死》避免了长篇小说《上下都很平坦》的败笔，做了一次形而下的虚构，写了"三个男孩和两种对比性的结局"。偶然性是马原小说的一个基本范畴，也是马原小说的最高原则。一如马原的泛神论信仰一样，马原是一个宗教感极强的作家，也是一个睿智型的作家。马原小说给中国当代小说的发展预示了一个全新的前景。他用小说笔调写的诸如《被误解的快乐》和《哲学以外》之类的议论文，完全达到了哲学论文的高度。

如果说现代观念小说冲击了传统生存观念的表层结构，那么，马原的形式主义小说则冲击了传统生存观念的深层结构。他在根本上扬起了人们意识深处的那种必然性崇拜，从而把小说连同生活一起还原给偶然性，把真实交给读者。

五、后期新潮作家及其作品

对于后期新潮作家来说，观念的缠绕已经不成其创作动因了。他们所注重的是小说情绪力的深广和小说形式感的强烈。在小说语言和形式构造上比较有成效的作品，不仅有马原式的叙事方式（如洪峰的小说），而且还有非马原式的语言构造（如孙甘露的小说）和故事叙事方式（如格非的小说）。此外，后期新潮小说在吸收外来影响上就比较兼容并蓄了。他们已经没有在20世纪世界文学前面感到的压抑，更多地沉浸于驾轻就熟的营造快感。

洪峰在叙述方式上受过马原影响。事实上，洪峰的小说与生存方式的关联如此紧密，以至于他把小说如何写法直接归结为如何活法。他的每一篇小说都是他同一个生活哲学的不同表达。他的生活态度和生命状态不是作为一种观念而是作为某种意蕴在小说中得以体现。《奔丧》超越了现代观念小说，《瀚海》超越了文化寻根小说，《极地之侧》以一个个死亡故事铺垫了故事中的死亡，同时在另一条线索上又以一个实在的人物写出了一个虚拟的形象。这是新时期小说中第一次运用悬念性的情节写出形而上意味的事例。

余华最初着意表现现实的混乱和暴力。这些非理智所能把握的生活因素使他开始意识到了现实的虚幻性，进而着意建构虚幻的世界。他认为：对于任何个体来说，真实的存在只能是他的精神；无论是旧小说还是新小说都已成为传统，要为现在而写作。这种接近现在的努力体现在叙述方式、语言和结构、时间和人物的处理上，就是寻求最为真实的表现形式。《古典爱情》可以说是余华在反小说传统方面的代表作，作品在叙事过程中不断拆毁人们惯常的心理期待，语言不断破坏和消解意义，意义也在破坏和消解语言。《世事如烟》以流畅、怪诞而平实的话语呈现了一个潮湿而濒死的世界。在近作《此文献给少女杨柳》中，作者怀着极大的快乐尝试使用时间分裂、时间重叠、时间错位等方法。

在后期新潮作家中，有一批从新潮诗歌创作转向小说创作的年轻人，其中最有代表性的是孙甘露。他使用一整套虚幻的不再叙事而作反义陈述的表达方式，将故事、情节以及心理、情感等传统小说的基本线索作废。他完全无视以往小说作为参照体系的那个具象的可感世界，而沉溺于哲人般的理性思辨。《米酒之乡》《访问梦境》和《信使之函》似乎是为少数专门的研究者而写的，它们所期待的不是一般意义上的阅读，而是与之相应的文化联想。在1988年的《请女人猜谜》中，他煞有介事地讨论一本一本不存在的书《眺望时间消逝》。这是一个巧妙的能指游戏，一本虚构的小说却又虚构了一本小说，两本小说处于一种相互消解的关系。在马原、洪峰的作品中，这种双重虚构只是用来表现人物命运的荒谬性，表现人物在语言中的虚假性，表现人世的虚无感，但孙甘露却讨论用语言来虚构语言，用小说来虚构小说，进行的已不是能指和所指间的战争，而是能指之间的战争。

格非很善于制造梦幻气氛，并且喜欢运用梦幻性的语言，而且用得精致而飘忽，准确而朦胧，大胆而充满诗意，结实而色彩透明。《褐色鸟群》既是扑朔迷离的叙述，又是明显的故事营造。《没有人看见草生长》则更是用变化多端的叙述角度讲了一个非常精彩的故事。《迷舟》是在上述语言气氛笼罩下的一个情节性、悬念性很强的故事。近作《夜郎之行》中故事性减少了，代之而起的是对衰老颓丧等情绪因素的渲染。

后期新潮作家还有苏童、赵伯涛、北村、姚霜等人。

中国新潮小说家们，应该为自己的努力感到光荣和自豪。他们在一个没有形式本体意识的文学环境里树立了形式意识；他们在一个有着沉重的"文以载道"传统的国度里推出了自觉的，也是自主的文学，他们构造了具有强烈的形而上指向的小说文本。当代中国文学必须具备这样的创作精神和审美精神。

三位现代女作家 ①

　　20世纪初，中国社会发生了一些具有深远历史意义的巨大变革。1911年，辛亥革命推翻了中国历史上最后一个封建王朝，但并未能根除封建主义社会基础，内忧外患，交相煎迫。旧文化旧思想仍严重阻碍着民族意识的觉醒。因此，受进步思想影响的先进知识分子深感思想启蒙乃是当务之急。他们奔走呼号，向民众传播民主主义思想，抨击封建主义思想文化。这种广泛的思想启蒙逐渐发展为1910年代的新文化运动和五四运动。这些先进知识分子大力介绍自由平等学说、个性解放思想、社会进化论等，以此作为反对旧思想旧道德的武器，鼓励人们解放思想。对封建思想道德的进攻，很自然就转到对作为旧思想旧道德工具的旧文学的进攻。于是，一场以反对文言，提倡白话，反对旧文学，提倡新文学为内容的文学革命相应爆发了。运动的倡导者提出须以白话为文学表达的"工具"，强调作家须广泛接触社会生活，注重"实地的考察和个人的经验"，从而进一步提出"个人的文学"和"为人生的文学"的主张。现代白话小说的开山之作是鲁迅1918

---

①　此文由李国庆翻译，发表于《中国文学》1991年第2期（夏季号），是为配合当期杂志的三位女作家短篇小说专辑而作，署名 Chu Fujun。本书根据中文打印稿收入，打印稿后有戈麦手写署名：褚福军。打印稿后有杂志社稿件处理单，处理单上有戈麦签署的意见："已写成，请审阅。"日期为8月10日。推测此稿写于1990年七八月间，应该是戈麦上班后为本社杂志写的第一篇稿件。本文打印稿标题作"现代中国早期的三位女作家"，发表时英文译名为 *Three Modern Women Writers*。稿签上戈麦手写的标题作"20年代三位中国女作家"。此处采用的标题系从发表时的英文标题转译。

年的《狂人日记》。但直到1919年下半年，白话小说的创作才逐渐繁荣起来。

在中华民族数千年的文学史上，巨匠辈出，灿若繁星。但在这个巨匠的星群中，女性作家却寥寥无几。而新文学运动发生以后，中国文学的星图上出现了一批极富才华的女性作家。短短十年之间，小说家庐隐、冯沅君、凌叔华、苏雪林开始写诗和散文，后来写小说的石评梅，戏剧作者袁昌英、白薇，散文作者陈学昭，先后登上文坛。而出名最早、最有影响的是小说家、诗人、散文家冰心。女性文学在"五四"时期的崛起，是以彻底的反封建的时代精神、个性解放、妇女解放思潮为背景的。

本期刊出冰心、冯沅君、凌叔华三位女作家的短篇小说，从中可以略窥这一时代的风貌。

冰心（谢婉莹，1900—）和陈衡哲出现在"五四"前后启蒙思潮的高峰和转折时期。她们当时写的多是启蒙主义的"问题小说"。她们思考着人生、妇女、家庭等问题。作品追求哲理。这种哲理的内核是人道主义。"问题小说"的兴盛是在五四运动的二三年间，实际上是一股题材热。当时几乎所有的小说作者都写过"问题小说"。冰心首先发表了《两个家庭》（1919），用对照的写法否定了封建官僚家庭培育出来的游手好闲的女子，肯定了受资产阶级教育的贤妻良母，提出了作者自己对家庭、教育乃至人生问题的一些不成熟的看法。接着又发表了《斯人独憔悴》（1919）、《去国》（1919）等作品。前者直接以五四运动的一个生活侧面为题材，写一个被顽固的父辈所禁锢，而不能参加学生运动的青年的苦闷，反映了那个时代具有典型意义的父子冲突；后者写一个留洋归国的学生，满腹理想被冷酷的现实击碎，又不愿随波逐流，只好再次去国。引起热烈讨论并吸引过一些摹仿者的是她早期的代表作《超人》（1921）。这也是一篇"问题小说"。小说提出了"人生究竟是什么",支配人生的到底是"爱"还是"憎",这个当时一般青年心里所感到的极重大的问题。小说主人公何彬原来是一个超然人生、仇视人类社会的"超人",后来却为儿童与慈母的爱所感化,认识到世界上的人"都是相牵连,不是互相遗弃的"。由于小说及时地反映了"五四"以后一部分青年中的"精神危机",因此,立刻引起了社会巨大的反响。《超人》显示了冰心小说的某些特点,不事情节的铺排,而着力于揭示人物的内心,抒发对生活的感受,主观抒情性较强。这和传统小说注重情节很不相同。冰心以女性的温婉去触摸生活,感受常常比较独特、清新。

冰心以诗和散文名世。1921年发表散文《笑》,委婉地抒写了洋溢在心中的对于生活的爱,被认为是新文学运动初期一篇具有典范意义的"美文"。1922年发表《往事》。这组散文叙写了童年时代留下的一些深刻而清晰的印象。从1919年冬天起,她受泰戈尔《飞鸟集》的影响,不时将自己"零碎的思想"用三言两语记录下来,后来集为《繁星》《春水》。这三百首无标题的格言式自由体小诗,以自然和谐的音调,抒写了作者对自然景物的感受和人生哲理的思索,歌颂母爱、人类之爱和大自然,文笔清丽,意蕴隽永,显示了女作家特有的思想感情和审美意识,在"五四"新诗坛上别具一格,很有影响。以后冰心又写了《寄小读者》、《往事》(其二)、《山中杂记》等散文。这些散文以细腻温柔而又微带忧伤的感情,轻情灵活而又含蓄不露的笔调著称,语言清新隽丽,耐人寻味,朴素晓畅,简洁凝练,有较高的艺术表现力。

冰心的童年在山陬海隅的烟台度过。大海给冰心留下了深刻印象。她早期的作品常常亲切地写到大海。十三岁随家迁到北京,进入教会学校贝满女子中学。在这里学到了新知识,同时(冰心自己说)"因着基督教教义的影响,潜隐的形成了我自己的'爱'

的哲学"。这两件事恐怕对于读者理解冰心的作品会有帮助。30年代，冰心的小说已经与早期不同，开始较清醒地分析反映社会矛盾。1936年曾赴欧游历。抗日战争爆发后，先赴昆明，1940年底开始在重庆从事文化救亡活动。1949—1950年作为东京大学第一位女教授，在该校讲授中国文学。新中国成立后，冰心的创作不仅保持着她独具的艺术风格，更在富于时代气息的广阔背景上，展示了丰富多彩的生活画面，并多次获奖。冰心还翻译过泰戈尔的诗集、剧作和其他一些外国作家的作品。她致力于保卫世界和平、对外友好和文化交流事业，多次出国访问。曾当选为中国作家协会理事，中国文学艺术联合会委员、副主席。近年来仍不断有新作推出。中国文学出版社即将出版英文版的冰心诗文集《相片》。

冯沅君（1900—1974），原名淑兰。中国著名哲学家冯友兰之妹。冯沅君创作小说的时间大体为1923—1929年，以简洁清隽的文笔，记录了"五四"时代某些青年"毅然与传统战斗，而又怕敢和传统战斗"的真实心理，留下了一些反对旧势力的"精粹名文"。她的小说，与同时代的庐隐、石评梅的小说同样表现出浓郁的自叙传和主观抒情的色彩，多由自身或周遭人物的悲惨遭遇看出旧时代的冷酷与黑暗，从而产生感伤的社会反抗的情绪。冯沅君著有《卷葹》（1926）、《春痕》（1926）、《劫灰》（1928）三个小说集，其中多为浪漫抒情小说。她早年的文艺观也带有当时中国著名文学团体创造社的浪漫主义的深刻印痕。在创作上，赞同"创造"，强调"个性"，偏重"主观"，宣扬"兴会"。"捣麝成尘香不灭，拗莲作寸丝难绝"（温庭筠句），这种追求个性解放、婚姻自主的心香和情思正是《卷葹》中的《隔绝》《隔绝之后》《旅行》《慈母》等小说的主题。其中，《旅行》描写两位热恋的青年外出旅行时梦一样的生活。在一种纯洁的气氛中，小说绘尽了他们的苦闷与欢欣，顾忌与勇敢，是一曲纯洁爱情的颂歌。到了中篇小说《春痕》《卷葹》中集中展现的那种女性的青春火焰似乎已经燃尽，留下的是已接近中年的女性历经坎坷的苦涩情绪。《劫灰》一集收入八篇小说。其中，《潜悼》写一位尚未被道学家的酸腐气熏染的青年，对其族嫂虚无缥缈而又真挚纯洁的爱情，笔调细腻朦胧，颇具特色；《贞妇》趋于写实，以沉痛的笔调写一个被婆婆和丈夫虐待、休退的妇女，不改愚节痴情，终于成了人生悲剧的主角。

1929年，冯沅君与陆侃如结为夫妇，此后专心从事学术工作。1930年到北京大学国文系任教，1932年夫妇共赴巴黎大学，攻读博士学位。1935年回国。抗战期间曾先后在中山大学、武汉大学、东北大学任教。在动荡的流放岁月中，她陆续完成了《古优解》《孤本元明杂剧钞本题记》《古剧说汇》等戏曲研究著作。新中国成立后，与陆侃如先生合著《中国文学史简编》。另一部《中国文学史》曾由外文出版社译为英文、捷克文，发行国外。1962年担任山东大学副校长。1974年6月17日因病去世。

相较而言，凌叔华（1904—1990）和苏雪林的小说显得较为温和，既没有庐隐那种刻骨铭心的悲哀，也没有冯沅君那种无所顾忌的大胆描写，也缺乏石评梅那种器宇轩昂的豪情。她们较多地描写温饱而微愁的家庭生活。诗人徐志摩评价凌叔华的小说集《花之寺》时说它有"最恬静最耐人寻味的幽雅，一种七弦琴的余韵，一种素兰在黄昏人静时微透的清芬"。如果说冯沅君的作品是冻土上的草，经寒不凋，生气勃勃，那么凌叔华的作品则是温室里的幽兰，萧闲淡雅，清芬微微。凌叔华善以清淡秀逸的笔致，描绘高门巨族和中产人家温顺女性的枯寂和忧郁的灵魂，在五四时期的小说中别具一格。凌的笔触是现实主义的，观察细腻，落笔谨慎，才华和情感都蕴藉于内而不显露于外，不少作品都耐人寻味，疏朗秀逸处有若宋元的文人山水。凌叔华擅长心理描写，善于把女性的娇慵、困惑、迷信、虚荣的心理变化，通过人物言谈的语调、自然景物的情调透露出来。

《花之寺》中最为深婉而精粹的作品是《绣枕》和《中秋晚》。《绣枕》写一个深闺小姐，精心刺绣一对靠枕，送给白总长，以便在这位上层人物请客时，为众人赏识，而为自己招来说亲的人。但绣枕送去的当晚，便被喝醉的客人吐脏、践坏，终于送给家中的用人。当绣枕重新出现在小姐的面前时，她不由对自己的身世充满了难言的悲哀。绣枕作为全篇艺术焦点，象征着这位深闺小姐在婚姻上的沮丧遭遇和无法自主的命运。凌叔华的另一本集子《女人》，题材和主题不再一味地盘桓于闺房绣户，眼光渐渐移向下层社会。然而，凌叔华不满于社会污浊，却找不到一种符合社会进步要求的生活方式和生活出路，只好把目光转向自然、儿童和古代高士，她在这里寻求梦幻，寄托理想，陶冶心灵。《疯了的诗人》，充满了浪漫主义"皈依自然"的情调。凌叔华本人又是一位山水、花卉画家，她以画笔入小说，别具一番韵味。她画山、水、花、竹，讲究气韵生动，形神兼备；而小说的写景笔致，也讲究写意传神，于诗情画意相交融中，散发着萧然物外的情趣。

凌叔华1947年与丈夫陈西滢先生离开中国大陆，在英国伦敦定居，在海外生活了几十年，1953年在伦敦出版了英文自传小说《古歌集》。这是第二次世界大战结束后，最早在英国和欧洲大陆畅销的中国作家作品。1960年在新加坡出版散文集《爱山庐梦影》。凌女士交游遍及中西文坛及艺坛。绘画上，她属于中国"文人画"一派，借景、物表现自己的灵魂，笔下的山、水、花、竹等固然具有物的属性，而同时也属于思想。其中的境趣与空白，与线条所表现并无不同。1989年12月1日，凌女士于病重之际回到大陆。1990年5月22日病逝于北京石景山。

《铁与砂》后记

当我写完最后一首诗，我首先想到的是停顿。我痛恨重复。面对身旁的大师和烈士，我必须停顿。走异路，寻异道，洗心革面，独自飞翔。必须诚实。时十一月，托善良的人印装成册。敬期批评。

戈麦

1990.11.3. 凌晨

狮子座流星①
——记作家施蛰存

施蛰存1905年生于杭州，少年时代在今天的上海松江度过。施蛰存先生几十年来笔耕不辍，著作等身，教书育人，饮誉士林。作为小说家，其艺术生涯仅有十年（1928—1937），作有60来个短篇。但其光芒熠熠，犹如夜空中的一颗巨大流星，划过现代文学的中天，至今令人记忆犹新。

30年代初，施蛰存出版了他的第四本短篇小说集《善女人行品》，其中第一篇名"狮子座流星"，讲述了一个妇女懊恼自己错过某一夜飞临城市上空的一颗流星而未能受孕的故事。这流星的比喻也预示了施蛰存日后在中国文坛的地位和遭际。一些平常的词句，有时会成为神奇的谶语。

在当今编纂出版的中国现代文学史上，施先生的名字往往可以在二三十年代的新感觉派那一章找到。②但一位作家对于文学这件事的探寻和思索，仅从某一流派的概述中终是难见全貌的。本文将按时间顺序简要介绍施蛰存先生生活、创作与研究的主要历程，并对其作品做一些粗浅分析。

青年时代的施蛰存先后就读于杭州之江大学、上海大学、大

---

① 此文由陈海燕翻译，发表于《中国文学》1991年第4期（冬季号），署名 Ge Mai，英文标题 the Modern Writer Shi Zhecun。本书据中文打印稿收入。
② 新感觉派主要作家有刘呐鸥、施蛰存、穆时英、徐霞村、戴望舒，是在日本新感觉派小说影响下发展起来的。

同大学，1926年秋天转入震旦大学法文特别班。进入震旦，对于施蛰存是一件幸事，在这里短短的一年中，他得以和杜衡、戴望舒、刘呐鸥等同龄人相识，并一起走上了文学创作的道路，他们共同创办了一个刊物，叫《无轨列车》，后来又办了《新文艺》。也就是在这个时候，已修过英、法等外文的施蛰存在同仁特别是刘呐鸥的影响下，从《小说月报》等杂志读到了一些日本小说，并沿着有关线索，渐渐接触到欧美现代文学作品。施蛰存最早的小说集是自费印刷的《江干集》《娟子姑娘》《追》等三个集子。这三个集子共收小说二十余篇。日后施在回忆其小说创作的最早情形时，多不愿谈及这三本集子，认为这些作品幼稚，多属于模仿之作，仍是练笔的性质。1929年出版的《上元灯》被施蛰存称为"我正式的第一个短篇集"。

　　《上元灯》里的10篇作品，抒情气息较重。严家炎评论说：这些作品"不以人物形象刻画的饱满取胜，而以布置诗情、烘托气氛见长"，"大多以成年人怀旧的感情来回顾少年时代的某段经历、某次邂逅以及青梅竹马的情愫，抒发人生的感慨，带着淡淡的哀愁，犹如江上的暮霭，夜半的笛声。写得单纯，有诗的意趣，感情也比较纯洁"，其中《上元灯》"通过元宵节前扎灯、赏灯的活动，活泼、真切地写出了少男少女最初萌发的爱情"。[①] 吴福辉则认为，这些小说"一方面，提供了用中国白描写法绘出的秀色动人的江南人情风俗画，使每一个保留着少男少女生活回忆的人不禁怦然心动；另一方面，像《周夫人》《栗芋》这样的文学，在别致的心态描写之下，也升起了施蛰存长期亲历的松江、杭州、苏州城镇的生活之光"。"《周夫人》较早显露出施蛰存反传统的心理刻画的才能。十二岁的少年微官，被新寡的少妇看作自己丈

---

① 严家炎《中国现代小说流派史》，人民文学出版社1989年版，第134页。

夫的再现，惊奇而平静的少年心理，与热烈怀情的成年女子的心理，各自按照自己的逻辑在向前发展，如同一曲悱恻动人的二重唱。但是，这生活调子是属于江南的。"①

施蛰存最初的文学兴趣在诗歌。在传统唐诗宋词的熏陶下，施蛰存很早就产生了写诗的愿望。后来他读到一些欧美现代诗歌，翻译过一些作品，也写过一些并不算非常成功的意象抒情诗。戴望舒译诗集在1980年代的出版，也有他的功劳。在《上元灯》这个集子中，我们还能够看出唐诗宋词等古典文学的气韵对施蛰存的滋养。在此之前的那些习作，则多直接受到对田山花袋、爱伦·坡，以及俄国、东欧作家作品的阅读的影响。到了《上元灯》，施蛰存终于开始了以外域艺术手法结合自身生活积累的创作阶段，形成了独立风格。

施蛰存个性中有一种独立流俗、刻意求新的精神，他称自己"从小有妄想癖"。施对人类心理现象抱有极大的兴味，一心想在文学的王国里开辟出新的领域，沟通文学与心理学。二三十年代，正是精神分析学说在中国盛行的时刻。施直接阅读了不少精神分析学的外文原著。弗洛伊德、蔼理斯有关无意识、梦等人类精神活动、性心理的学说成为他主要的研究对象，写过《妄想与梦》《创造性作家与昼梦》《陀思妥耶夫斯基与弑父》等论文。日本的"新感觉派"作家横光利一、川端康成、中河与一、片冈铁兵的作品恰在此时引入中国，吸引了施蛰存及其同仁的注意。"新感觉派"主张"主客观合一"，强调从直觉、主观感觉出发等新小说技巧，与欧洲的精神分析学说、意识流作品有一致的地方。施蛰存的同仁，刘呐鸥与穆时英更多地汲取了横光利一等人的主

---

① 吴福辉《施蛰存：对西方心理分析小说的向往》，载曾逸主编《走向世界文学：中国现代作家与外国文学》，湖南文艺出版社1986年版，第282页。

张，施与他们不同，"他是直接从奥地利精神分析学派的创始者弗洛伊德和英国性心理学家蔼理斯那里，从现代派文学所依据的理论之一弗洛伊德主义那里，获得一种眼光，觅得一种人类心灵的探测器，从而彻底改造了自己的小说，为中国心理分析小说提供了活的标本的"①。

《将军底头》《梅雨之夕》《善女人行品》这几个集子里的作品就是施蛰存有意识地把精神分析学说运用于小说创作的成果。

《将军底头》收了四个中篇小说。除《阿鉴公主》外的三篇，都是用精神分析学说来写中国古代历史人物的。施蛰存在《梅雨之夕·自跋》谈到这些小说的主题，称《鸠摩罗什》是写"道和爱的冲突"，《将军底头》是写"种族和爱的冲突"，《石秀》"在描写一种性欲心理"。

更多地体现施蛰存心理小说特点的，是收在《梅雨之夕》《善女人行品》两集里描写现实生活的作品。短篇《梅雨之夕》细致地描写了一个下班回家的公司职员在雨雾蒙蒙的傍晚与一位少女一同下车又一起在车站避雨过程中的心理活动与感觉联想，格调清丽、柔美。《梅雨之夕》中的另一篇《魔道》写一位精神变态、神经衰弱的人疑神疑鬼的故事，写法扑朔迷离。作者为表现怪异的心理过程而有意走向极致，颇有些怪诞的味道。

在《善女人行品》一集中，施蛰存又"增加了较多讽刺的色彩"，"大多在日常题材的处理中，隐寓着反封建以至反资本主义的社会意义"。《雾》"写一个相当守旧的神父的女儿，二十八岁还没有找到理想的对象，有一次因为赶到上海去参加表妹的婚礼，在火车上碰到一位青年绅士，交谈之下颇为中意，对方也给

---

① 吴福辉《施蛰存：对西方心理分析小说的向往》，载曾逸主编《走向世界文学：中国现代作家与外国文学》，湖南文艺出版社1986年版，第284页。

她留下了名片准备以后通信联系。然而当表妹羡慕地告诉她，留下名片的男子原来是一位出名的电影明星时，这位神父的女儿竟'好像受了意外的袭击'，她觉得自己受了欺骗和侮辱，内心咒骂这个男子是'一个下贱的戏子'，她'不懂表妹为什么这样羡慕一个戏子'"①。

《善女人行品》之后，施蛰存感到心理分析的方式用到了尽头，再加上社会现实的冲击、文坛的论争和趋向，使他的最后一部小说集《小珍集》(1936)回到了现实主义。"《小珍集》所反映的社会生活内容比较开阔，揭露了上海附近区域里发生的形形色色的怪现象，思想意义比较鲜明。"②这种变化使新的作品扬弃了心理分析的某些不宜之处，也保留了其中的一些长处。《鸥》写一个银行低级职员困乏难熬的坐班生活和对窗外广阔鲜明的生活的向往，较多地保留了新感觉派小说的某些特点。《名片》写一位有收集名片癖好的书记员的一段故事，在写实的基础上，稍稍用了一些心理分析的手法。《塔的灵应》是《小珍集》里颇为独特的一篇作品，写某一寺院中一座塔倒塌前后的若干事情，写得机巧、轻灵，视角变换机智适度，显示了游刃有余的写作技法。

《黄心大师》是施蛰存的最后一篇小说，没有收入任何集子。

施蛰存还是一个重要的散文作者。主要散文集有《灯下集》和《待旦录》。《灯下集》收录1936年以前的作品，《待旦录》是作者于抗战爆发后辗转于内地期间写下的散文。施蛰存近期仍不断有散文新作问世。《新文学史料》上回忆沈从文的文章，是近作里他自己较为满意的。

施蛰存1937年到云南大学任教，从此开始了五十余年的执

---

① 严家炎《中国现代小说流派史》，人民文学出版社1989年版，第135页。
② 严家炎《中国现代小说流派史》，人民文学出版社1989年版，第136页。

教生涯，先后任教于厦门大学、暨南大学等院校。1949年以后一直在华东师范大学教授古典文学。究竟是时势的变迁，还是创作上的困惑，让施蛰存彻底中断了小说创作？答案似乎明了，却又难解。

翻译同样是施蛰存著述的重要部分。其译著主要完成于1951—1957年之间。施蛰存酷爱东欧、北欧和西亚一些作家的小说。这种趣味形成于其求学时期，受到鲁迅、茅盾等人的影响。这也决定了施蛰存后来翻译作品的选择方向。施蛰存较为重要的译著有苏联爱伦堡的《第九个浪头》，奥地利施尼茨勒的《妇心三部曲》，保加利亚伐佐夫《轭下》，波兰显克微支《战胜者巴尔代克》及其短篇小说集，丹麦尼克索《征服者贝莱》及其短篇小说集。

施蛰存在古典文学研究方面也颇有造诣。著有《唐诗百话》《词学名词释义》等。1981年创办词学界广有影响的《词学》丛刊，至今已出版八辑。施蛰存也写旧体诗词，借以抒发内心所思所感，造诣不凡。

施蛰存还精于金石碑刻的研究。他对古碑早有兴趣。1957年因为某种原因被迫停止了翻译工作，使他把主要精力集中到古碑研究上。他说，那时古碑极为便宜，每块只要两三块钱，他乘机搜罗购置了大批古碑，潜心钻研。写出了《水经注碑录》《北山集古录》《唐碑百选》《金石丛话》等著作。

不久前笔者在上海一家小邮局后面的二层住宅上见到了这位文坛耆宿。施先生已年逾八十六岁，举止悠缓，头发稀疏花白。施先生精神很好，戴着助听器和我一起回顾了他十年的小说创作生涯。将近一个世纪的风风雨雨一时间浮现在上海萧肃的冬雨中。几十年前，与施先生一同开辟中国心理小说写作风气的穆时英、刘呐鸥，由于不同的原因分别于1939、1940年被杀。那是一个混乱多变的时期，时代风云变幻莫测，个人的命运也丛生变故而难以自主。谈起这些往事，施先生并无一丝伤感。老年人对人生的了悟，已经使他对人生的变故看得很淡。我们谈到了几位现代文学史上的大家，施先生表现出对中国作家创造潜力的忧虑。施先生有时也读一些当代作家的小说，他埋怨小青年们写得太长。

施先生目前刚刚完成《中国近代文学大系·翻译文学集》三卷本的编选工作，正着手编辑《近代六十名家词》，拟收录清末至民国初年的作品。与人谈起古旧杂志、报纸上的一些隐逸资料时，老人往往流露出寻访旧时光的惬意与安慰。

1991.2.19

（本文的撰写得到严家炎教授与吴福辉教授的帮助，特此鸣谢。）

漂泊者的黄昏 [①]
——关于艾芜与《南行记》

　　盛夏的黄昏，我在成都市郊一座医院的病房中，见到了87岁的小说家艾芜。病室内光线昏暗，穿过病床和一张简易办公桌之间的空隙，迎面是通往阳台的小门。艾芜先生手扶阳台的栏杆，背对着我，看着阳台外一派浓绿的草坪。在夕阳残辉的映照下，艾芜先生转过身来。灰白色的病号服下，一副憔悴瘦弱的身躯，一个单拐夹在右腋下，向我颔首致意。老人面色苍白，花白的头发格外稀疏，消瘦的面颊，颧骨凸起。沉郁的目光打量着我。

　　中国的读者听到艾芜的名字，往往会立即想到《南行记》。1935年，艾芜以短篇小说集《南行记》一举成名。这些小说是他在青年时代漫游祖国西南边陲和缅甸、新加坡过程中和其后写下的。他也因此被人称为"漂泊者"。今天，我看到了一个"漂泊者"的黄昏。

　　本期刊载了艾芜先生早年的两篇小说，出自《南行记》的《山峡中》，和独立的中篇《芭蕉谷》。艾芜原名汤道耕。生于1904年，四川新繁县人。父亲是一个乡村知识分子，家境清寒。父亲在他不到十岁的时候就认真地要求艾芜作文了，因此艾芜在少年求学时期，写作能力就得到了很好的训练。父亲也培养了艾芜悒郁沉

----

① 　此文由雷鸣翻译，发表于《中国文学》1992年第2期（夏季号），署名 Ge Mai，英文标题 *A Profile of Ai Wu*。本书据中文打印稿收入。

静的性格。

1919年爆发五四运动，汹涌澎湃的新文化浪潮也波及到地处偏远的四川。在五四精神的感召下，艾芜对守旧的学校教育日益不满，同时也为了反抗包办婚姻，于1925年中断了在成都省立第一师范学校的学习，离家出走，寻找新的生活道路。

艾芜怀着"劳工神圣"的信念，孑然一身，流浪在云南边疆、缅甸、新加坡等地，做过杂役、马店伙计、僧人伙夫、报馆校对、小学教师等各种职业，以亲身经历获得了这些地区特异的生活素材。后来因为参加革命活动，被缅甸当局驱逐出境回国。艾芜1925年在昆明的《云波》半月刊发表新诗《流星》等，是他发表作品的开端。在国外期间，又给华侨主办的《仰光日报》副刊供稿。

回国后不久，艾芜加入中国左翼作家联盟，开始在左联的机关杂志《文学月报》上发表作品。在左翼文学运动的影响下，他发表了大量以早年流浪生活为背景的作品，逐渐形成自己的艺术风格。1935年出版第一本短篇小说集《南国之夜》，其中的作品或反映缅甸和中缅边境底层人民的生活，表现殖民地人民的苦难和自发斗争，或反映中国东北人民对日本帝国主义侵略的反抗。同年又出版《南行记》。

《南行记》一直被认为是艾芜最突出的短篇小说集。在这个集子里，艾芜以一个漂泊者的眼光观察并叙述边疆异国特殊的下层生活，刻画出各式各样具有特殊命运的流民形象，包括偷马贼、烟贩子、滑竿夫、强盗、流浪汉等等。这些人被抛出了正常的生活轨道，遂被迫采取各种奇特的谋生手段，表现出性格上的特异色彩。与另外一些描写下层人民生活的作家不同，艾芜笔下不回避劳动者身上被苦难生活扭曲的畸形性格和被统治者的思想毒化了的那一部分污垢，并没有人为地净化描写的对象。但由于艾芜个性中对人民的美和善的品格的特殊敏感，他总能在乖戾的言行中挖掘出下层人民的灵魂美，在渣滓堆里发现闪光的金子。《南行记》也是艾芜社会影响最大的作品。上海电影制片厂根据《南行记》改编拍摄了故事片《漂泊奇遇》（1983）；峨眉电影制片厂拍摄了故事片《南行记》（1990）。

《山峡中》被公认为艾芜早期的代表作品。小说写一群被生活逼迫铤而走险的流浪者的生活。他们走私，行窃，甚至杀人越货，心变得干硬，但不乏爱憎分明与憧憬美好生活之情。外号叫"夜猫子"的姑娘，在生活的压力下变得强悍不羁，她的机灵、泼辣与正直，给人很深的印象。而小黑子由懦弱走向死路的不幸命运，正是作者对旧世界的愤怒控诉。艾芜最早用边地人民特异的传奇生活为题材，开拓了现代文学反映现实的新领域，在左翼革命现实主义流派之内，发展出一种充满明丽清新的浪漫主义色调和感情的，主观抒情因素很强的小说。

这一时期，他还写有中篇小说《芭蕉谷》。小说书写蛮荒之地一位寡妇的悲惨命运，三次不幸的婚配经历使小说显得迷离曲折，情节跌宕起伏。

在三四十年代抗日战争和解放战争的艰苦条件下，艾芜除创作短篇小说外，还写了许多中篇和长篇小说，作品主要以普通农民、城市苦力、小知识分子的生活为题材，表现了他们的爱国热情、悲惨遭遇、反抗和追求。抗战前期创作的短篇小说《秋收》和《纺车复活的时候》，反映国民党统治区的军民关系和农村面貌的变化，在当时颇有影响。1942年前后，艾芜创作上有比较明显的变化，短篇小说《石青嫂子》（1947），长篇小说《丰饶的原野》（1946）、《故乡》（1947）、《山野》（1948），中篇小说《乡愁》（1948）、《一个女人的悲剧》（1949）等作品，显示出更加开阔的视野，反映的生活面更广，艺术表现手法也有提高。民族解放战争背景下的社会生活和人们的思想面貌在这些小说中得到了真切的反映。长篇小说《山野》围绕着一个小山村的生活和人物关系，展现了抗战中错综复杂的民族矛盾和阶级矛盾，对农村的社会关系有比较深刻的描绘。

艾芜在新中国成立之前的作品，大都取材于社会下层的生活。这构成了其创作的一个特色。他的创作思想，和他早年的流浪生活有密切关系。他曾和下层劳动者一同受到生活的重压，描写他们的时候，他的笔是不平静的，他总是情不自禁地抒发自己的爱和恨，痛苦和悲愤。加上传奇性的故事，绮丽的地方色彩，带有神秘性的边疆生活和人物，赋予了他的作品鲜明的抒情风格。艾芜有较强的艺术概括能力与处理题材的魄力，善于把平淡的情节写得娓娓动人，以色彩明丽的景物和环境，烘托出人物的内心活动，让形象逼真感人。艾芜还习惯用人物之间频繁的对话声景刻画人物并推进故事发展。

中华人民共和国建立后，艾芜当选为中华全国文学艺术界联合会委员和中国作家协会理事。曾经先后到鞍山钢铁基地、大庆油田和少数民族聚居的小凉山等地体验生活，创作了一批反映新的社会现实的作品。长篇小说《百炼成钢》（1958）是新中国最早取材于现代大工业的作品之一。

《南行记续篇》是艾芜1961年冬至1962年春重返云南边地之后所写，反映边地的新生活，1964年出版。这是在完全不同的时代和社会条件下的一次旧地重游，作家感觉的变化也是巨大的。作品采用了新旧时代对比的手法来结构故事，灌注着作者强烈的感情色彩。南国边地的风光景物、民情风俗的描绘，在作品中占有极大的比重。作者不是单纯地描绘景物，而是把自己热烈的感情融入景物之中。

"文革"结束，艾芜在中断创作近10年之后，重新拿起了笔。

《南行记新篇》（1983）是艾芜第三次南行归来陆续写成的关于此次南行的作品结集。这次南行与二次南行时隔二十年，中间经历了"十年浩劫"。"新篇"也因此充满了对这段历史的反思，可以说是老作家对中国当代历史的沉思录。这些作品几乎每篇都表现了人物对于祖国、故土的挚爱。另一个重要内容是揭露极左路线和封建迷雾给各族人民带来的不幸。"新篇"除了具备前两本《南行记》那种清新朴实的特点外，思想内容更深刻，风格更沉实老到。

1980年代，艾芜还完成了长篇小说《春天的雾》（1985）、中篇小说《风波》（1987）。

艾芜已出版的作品集共40余种。除前面提到的以外，还有短篇小说集《夜景》（1936）、《秋收》（1942）、《童年的故事》（1945）、《我的旅伴》（1946）、《夜归》（1958），中篇小说《我的青年时代》（1948），散文集《漂泊杂记》（1935）、《缅甸小景》（1943）、《欧行记》（1959），理论著作《文学手册》（1946），论文集《浪花集》（1959）等。

已经行动不便的艾芜先生近年来写了大量的回忆资料。最近又忙着协助四川省电视台拍摄纪实回顾性电影《南行记》。年已老迈的艾芜先生在剧中将重新出现在青年时代到过的地方。

回顾一生，艾芜先生感慨万千。他说青年时代酷爱俄国作家契诃夫、高尔基，法国作家莫泊桑，英国作家狄更斯等人的作品，至今提起，还能娓娓道来。艾芜先生经常追念中国现代文学的伟大奠基者鲁迅，在那风雨晦暗的民族启蒙的年代里，曾指引无数青年走上光明的道路。

告别了艾芜，我也告别了巴山蜀水。在这片天府之国，曾诞生大诗人李白、苏轼，现代著名作家郭沫若、巴金、沙汀、艾芜，而后三位竟出生于同一年。

1991.7.7

参考文献

《中国大百科全书中国文学卷》

《中国现代文学三十年》(上海文艺出版社1987年版)

《艾芜评传》(张效民著,西南财经大学出版社1988年版)

诗学札记 [1]

该不该对过程有所关注，像《神曲》、弥尔顿的故事、乔叟的宣叙，这是个疑问。

但无论如何，我已对纠缠发生兴趣，冲突—对话—和解，即刻而没有时间感的场景，而其中的独白也省略任何过程。

于平淡细琐物象之中、之上、之内、之外、之表皮，现幻想的征兆，暗示、象征、否决、通感出言外之意，而正是所欲言。

对于声音，我是如此关注。尤其是无声的对白，私语，急促的谵言，加快奔跑式的外部声和乐。因为它通向仪式的内部冲突，加剧精神的搏斗。

仪式，我想得太少，今后将从多走向更多。

关于仪式的切入以及两个仪式之间的关联，两个子仪式的联络，是依据主体的指引、抒发，还是依靠别的？这个"别的"对我来说魅力无穷，我仿佛发现了它的渊面和涵义。

---

[1] 戈麦1990—1991年使用过一个标为"诗学札记·诗学笔记"的笔记本，还有一个标为"诗学笔记"的笔记本。前者记载了戈麦个人的诗学思考和写作计划，后者主要是摘录他人观点。本文主要采自第一个笔记本，也从其他笔记本中摘录了部分具有诗学札记性质的内容。

过程之中的元素，我肯定叙述而放弃自动化。叙述既不背离最终迷幻的景象，又不却除隐喻和暗示。

急于要写的诗：①由《神曲》中"鹰的言语"著大诗。②仿莎士比亚的短诗。③乔叟的启示，写一系列诗，包括几部大诗。

对于搏斗，最激烈的莫过于语言相反。

※ 要写一部长诗，幻想来世。

※ 写神父与一位处女的对话。
神父说："你如此珍惜着鸽子一样少女的心房。"

※《星宿》《北风》《彗星》

※《克瑞西达仵望特洛亚》(独白诗)

※《朝霞》

※《用鸟占卜的人》(自白式)

※《圆梦者》(独白式)

※《占星术》(启悟消解式)

※《一个蒙古人的梦》(独白式)

※《卡桑德拉》

※《锦绣前程》

······

※《重建家园》(长诗，受埃涅阿斯重建特洛亚——罗马城的
启示)

※《狄多》(短诗，受伊尼德的悲惨故事启发)

※《屋大维》(短诗，参见《伊尼德》与《安东尼与克里奥佩
特拉》)

※《维吉尔》

"元素诗"继续

《光》

《煤》

《木材》

《雪》

······

待写篇目

《希望你能理解》

《我要挽回世界的损失》

《羞愧吧，与我同龄的诗艺建设者》

《黎明》

《松柏》

《天马》

《天女》

《长空》

《理想》

《标志》

《海市蜃楼》

《天堂》

长诗《澎湃》

《噢，阿列克托·阿列克托》

《彗星（或将军之死）》

《神秘的生物》

《原生水的镜面》

《在你的无尽的秋天黄叶里……》

《祝辞（向艰苦的诗人预见未来的一切）》

长诗《天使到人间》

一些诗歌篇目 ①

《不祥的预兆》、《一个雷电的夜晚背对上帝的独白》、《请不要指出后来的神示怎样和那先前的一致》、《村庄》、《用鸟占卜的人》、《老虎》√、《天堂》(诗剧)、《灯光一步步爬回旷地》、《让从未发生的发生》、《粮食》√、《浩良河》②、《秋天》√、《(红)果园》√、《黑夜火把》、《深渊》、《爱琴海》、《悲哀的潮水流遍未来的年代》

关于歌德（一）

《歌德诗集》中最有价值的为：悲歌、杂诗中的颂歌和自由体、西东合集。

《歌德谈话录》中提出的戒律：

△不要成天构想大部头，从日常小的方面做起。

△要关注具体细节。

△莎士比亚的惊世之作，要有良好(安宁、纯然)的写作环境。

△诗的形式可能影响内容。

△俗套是想把工作搞完，对工作本身并不感到乐趣。

△专注于搞诗，其他只是为此。

△很多人足够聪明，有满肚子的学问，可是也有满肚子的虚荣心，为着让眼光短浅的俗人称赞他们是才子，他们简直不知羞耻。对于他们来说，世间没有什么东西是神圣的。

---

① 这个诗歌篇目见于一本封面写有"维多利亚时代的诗选"的最后一页。打"√"的篇目应该是已完成的。《老虎》《粮食》《秋天》《(红)果园》均写于1990年8月16日，《深渊》写于1990年12月6日而未打"√"，其他篇目均未见于现存诗作。由此可见，戈麦写下这个篇目的时间在1990年8月到12月之间，或与《铁与砂》的写作时间相当，早于《诗学札记·诗学笔记》。诗歌篇目的前一页为小说篇目，列入计划中的五篇小说:《黑海遗书》《玩笑》《地铁车站》《详梦》《事件》。

② 浩良河，黑龙江省地名，位于小兴安岭脚下，汤旺河畔。

△诗人和批评家应有高尚的人格。

△对于莎士比亚这样的高山，不得过于崇拜，否则就无法写作。莎翁无限丰富，无限伟大。他把人类生活中的一切动机都画出来和说出来。

关于歌德（二）①

诗集中，悲歌、颂歌（在杂诗中）、《西东诗集》有极大价值，特别是后者。

《浮士德》的第二部，三、四、五幕，尤其是第五幕，对白的抽象化与形象化，值得重视。如：

靡非斯特

……

时间占了胜利，老人死在地上。

时钟已经停止——

合唱之群

停止了！这如夜半无声。

指针已经坠落——

靡非斯特

坠落了，事功已经告成。

合唱之群

那是过去了。

靡非斯特

过去了？这话太蠢！

为什么说是过去？

---

① 这一段摘自另一个笔记本。

过去和全无，完全一体！ ①

　　我更爱歌德的小说，睿智与激情，难以想象的激情。

　　与抒情诗不同，歌德的小说更适合于勘引人的成长，《少年维特的烦恼》《亲和力》是这样，更不用说《威廉·麦斯特的学习时代》和《威廉·麦斯特的漫游时代》了。

　　诗句《伊菲革涅亚在陶里斯岛》不错。

席勒的抒情诗

　　（《席勒诗选》，钱春绮译，人民文学出版社1984年版）

　　《希腊的群神》

　　《孔夫子的箴言》

　　《理想和生活》

　　《欢乐颂》

　　《理想》

关于海涅

　　我用纤细的芦管在沙上写着：

　　"阿格，我爱你！"（《诗歌集·北海·告白》）

读《乔叟文集》

　　（上海译文出版社1979年新1版，方重译）

　　①对诗，或一首诗，可命名为××之书。

　　②一座空气中的城堡或水上的真空（封闭型），从那里面不断传出审判式的私语，虽轻微、细碎、急促，但严厉、不断深入（有

---

① 　引自郭沫若译《浮士德》第二部"宫中广大的前庭"一场。

如钢锯直切圆木的心脏）、沉重。我要为此写首长诗。形式待定。

这座屋子（城堡）是空的，没有任何类似嗓子和嘴的东西，也没有器皿和气流，没有动作和人物，没有仪式，缺乏仪式备有的一切，一切和一切。

但这个设想要被推翻，"没有"不解决问题，甚至连展示也无法实现。设它为"有"，但决不能表演出来，而是激励在纸上，在仪式的外围，声音的诞生和搏斗不能为世人所见。

关键还要处理好声音的听不清楚。"听不清楚"怎样用听得清楚，有意义、涵养的词句表现出来，这才是技艺之高峰。

声音之内是否要把一定的仪式让与谎言和实话，甚至完全让与谎言，涉及船手和游僧，赦罪僧、信差、使者，涉及谎言行走、蹦跳的盒子，像瓶罐一样的盒子。

③录一注释。

《恩纳丽达与阿赛脱》：这篇未完成的作品可以肯定是在《众鸟之会》《特罗勒斯与克丽西德》和《坎特伯雷故事集》首篇《武士的故事》等诗之前所写。其部分内容取自意大利卜迦丘所著长诗 *Teseide*。女王恩纳丽达的《怨诗》本身似较完整，并在当时所流行的怨诗体裁中独创一格，不但包括丰富的叙述成分，且在诗的形式上具有诗人其他作品所罕见的复杂性。

女王恩纳丽达的怨诗精微：

A. 诉词：这一具有法律效力的词语，我会将它在未来的诗歌中发扬。

B. 一个男人在两个女人之间的思索，正如一个女人的诉词中的矛盾一样，有着永久的诱惑。

④《众鸟之会》：因仪式的暗示而闪光的诗名。

A. 西塞罗《论西地渥之梦》：由马克罗卑阿斯加以诠释而保存于世，在中世纪文学中影响很大。西地渥在纪元前150年拜望了努米底亚国王马新尼萨，整天谈及先人阿非利堪诺斯，当夜就梦见了他。

关于惠特曼

惠特曼首先给我们"开阔的蟹爪"的启示。在他每一个爪的尖部，我们都可以因之写上一段惊人的想象。

惠特曼的叙述极为可贵，这是深入语言的另一个门径。他的散文体，他的联络与他的脱离。他对事物的认识，他对于事物的说法。

《自我之歌》要更好一些。

惠特曼成功的另一个基点是对肉欲、肉体、性的讴歌。这可以成为一个可靠的载体。臧棣的诗歌之舟的几个木排中，就有肉与性的一根。

他的《候鸟集》有一《我自己和我所有的》中有一段：[①]

> 在我之后，好一个远景！
> 啊！我看到了生命并不短促，它有不可限量的前程，
> 我从今以后要纯洁而有节制地活在世上，坚定地成长，每天早起
> 因为每个小时都是许多世纪又许多世界的精液。

《当紫丁香最近在庭院中开放的时候》中有一段：

[①] 这一段和下一段译文均出自惠特曼《草叶集》，楚图南、李野光译，人民文学出版社1987年版。

1

当紫丁香最近在庭院中开放的时候
那颗硕大的星星在西方的夜空陨落了，
我哀悼着，并将随着一年一度的春光永远地哀悼着。

一年一度的春光哟，真的，你带给我三件东西：
每年开放的紫丁香，那颗在西天陨落了的星星
和我对我所敬爱的人的怀念。

5

……
经过开着红白花的苹果树的果园，
一具尸体被搬运着，日夜行走在道上，
运到它可以永远安息的墓地。

《在蓝色的安大略湖畔》
《啊，法兰西之星》
《向印度航行》
《睡眠的人们》
《歌唱那神异的正方形》
《草原之夜》
《脸》
《七十生涯》中的所有作品
《哥伦布的一个思想》

华兹华斯的诗

（《湖畔诗魂——华兹华斯诗选》，人民文学出版社1990年版）

《水仙》《坚毅与自立》《鹿跳泉（第二部）》《廷腾寺》《无题（这世界拖累我们可真够厉害）》《无题（别小看十四行）》《无题（怀着沉静的忧思）》《11月1日》《作于风暴中》《无题（牧人翘望着东方）》《无题（月亮呵！你无声无息）》《致海登，观其所绘〈拿破仑在圣海伦娜岛〉》《无题（阿尔法秀丽的教堂）》《哀歌》《永生的信息》

关于拜伦

（《拜伦诗选》，查良铮译，上海译文出版社1982年版）

※ 拜伦的八行体

※ 叙述与讽刺（产生更高的东西）

短诗

《洛钦伊珈》《想从前我们俩分手》《只要再克制一下》《无痛而终》《你死了》《给一位哭泣的贵妇人》《温莎的诗艺》《拿破仑颂》《她走在美的光彩中》《野羚羊》《我看过你哭》《伯沙撒的幻象》《失眠人的太阳》《西拿基立的覆亡》《乐章》《书寄奥古斯达》《普罗米修斯》《致托玛斯·摩尔》《威尼斯颂》《今天我度过了三十六年》

长诗选段

《亲人的丧失》（《恰尔德·哈洛尔德游记》第二章第九八节）

《自然的慰藉》（《恰》第三章第一三～一五节）

《我没有爱过这世界》（《恰》第三章第一一三～一一四节）

《意大利的一个灿烂的黄昏》（《恰》第四章第二七～二九节）

《罗马》（《恰》第四章第七八～八二节）

《荒墟》（《恰》第四章第一三零～一三一节）

《东方》（《阿比杜斯的新娘》第一章第一节）

《诗人自讽》（《唐璜》第一章第二一三～二二〇节）

《哀希腊》(《唐璜》第三章)

《时光不再》(《唐璜》第十一章第七十六～八十六节)

济慈的诗

（《济慈诗选》，朱维基译，上海译文出版社1983年版）

《恩狄芒》《拉弥亚》《海璧朗》《夜莺颂》《"有多少诗人把流逝的时间镀了金!"》《"彻骨的阵阵寒风"》《初读查普曼译的荷马》《致科修斯古》《"英格兰是快活的"》《致幻想》《美人鱼酒店》《罗宾汉》《关于乔叟的故事〈花与叶〉末页的空白处》《"哦! 我多么喜爱"》《"在黑暗的雾气笼罩了我们平原"》《海》《我担心在我的笔拾完了……"》《断片》《本·尼维斯》《致睡眠》《近代的恋爱》《最后的十四行》

雪莱的诗

（《雪莱抒情诗选》，查良铮译，人民文学出版社1987年版）

《十四行二首》（《装载知识的气球》《将装载知识的瓶子浮在布里斯托尔海峡》）、《咏死》、《夏日黄昏的墓园》（"风儿静止了，否则就是那枯草 / 在教堂尖顶山没感到风在飘"）、《给华兹华斯》、《赞精神的美》、《在那不勒斯附近沮丧而作》、《颂天》*、《西风颂》、《印度小夜曲》、《给索菲亚(斯泰西小姐)》、《含羞草》、《给云雀》、《自由颂》、《自由》、《阿童尼》[①]

关于莱蒙托夫

（《莱蒙托夫抒情诗集》(1、2)，余振译，浙江文艺出版社1985年版）

[①] 本篇内篇目后右上角 "*" 为戈麦自标，加此符号的篇目当为戈麦格外重视者。

悲观的金子

《黑眼睛》(P260)^①、《致愚蠢的美女》(P264)、《战士的坟墓》(P265)、《死》(P268)、《我的家》(P302)、《1831年6月11日》(P359)、《希望》(P382)、《致天女》(P384)、《致友人 B.Ⅲ.》(P388)、《天空与星星》(P421)、《致 *** ("啊,不必隐瞒我!你是在哭他")》(P434)、《"谁在冬天的严寒的清晨"》(P437)、《天使》(P439)、《"她像在南国的阳光照耀下的"》(P489)、《"八点钟;已经黑了;城门附近"》(P497)、《"像夜半的流星的火焰"》(P501)、《"高加索蓝色的群山,我向你们致敬"》(P509)、《十四行诗》(P525)、《"从前我把一个个甜蜜的吻"》(P531)、《战斗》(P537)、《题肖像》(P712)、《"在荒野的北国,在光濯的山顶"》(P739)、《悬崖》(P752)、《叶》(P770)、《"我独自一人走上广阔道路"》*(P774)、《悬崖上的十字架》(P785)、《"没有人听取我的语言……我孤身独自"》(P791)、《致多多》(P819)

关于雨果

优秀诗歌(《雨果诗选》,张秋红译,上海译文出版社1986年版)

《光影集》:《奥林匹欧的悲哀》《写在海边一个小孩子的墓上》《阿黛尔·莱奥波尔迪娜》《碧海》

《沉思集》:《昔日篇·我的女儿》《昔日篇·致一位盲诗人》《昔日篇·寒冬》《今日篇·当计算距离而疑惑不决的水手》《今日篇·明天清晨,当发白的原野一迎来黎明》

《咏史集》:《女子的出现》《长空》*《大地颂》*《海边的农民》

---

① 括号内为诗作在《莱蒙托夫抒情诗集》的页码。

《林陌集》:《信》

《凶年集》:《啊，查理》

《怜孙集》:《有时，我为这个世界而突然感到害怕》

俄国的未来主义

谢维里亚宁《沸声如雷的酒杯》《金竖琴》《香槟酒里的菠萝》《古典玫瑰》

赫列勃尼科夫《1907—1914年诗集》《村女》《и 和 з》《维拉和村妖》《石女》《堑壕之夜》。长诗:《诗人》《奴隶的岸》

诗歌写作笔记 ①

几组相近的作品

①▲眺望时光消逝 ②

▲沧海

▲浮云

▲大风

▲天象

▲佛光

● 1991 年 9 月 1 日前结稿

②△美

▲梦见美

△梦想成真

△让不可能的成为可能

● 1991 年 9 月 30 日前结稿

③△天国之花

△萨利之花

△樱花

---

① 摘自戈麦1991年前后所用的多个笔记本。这些笔记记录了戈麦当年乃至更长远的
诗歌、小说写作计划，一些具体篇目的构思，其中很多篇目未及完成。这些笔记
的写作时间晚于《诗学札记》一篇。从这些笔记不但可以了解戈麦最后阶段雄心
勃勃的写作计划、写作笔记时的心境，也可以获得其诗作主题、写作方式等方面
的重要信息。兹据内容分为《诗歌写作笔记》《小说写作笔记》两篇收入。

② "▲"表示当时已完篇目，下文的"△"表示当时未完篇目。

△释迦牟尼

● 1991年11月16日前结稿

零散的诗

△净修林

△幸福女神

④△孔雀

△天鹅

△信天翁

△凤凰

● 1991年12月31日前结稿

⑤△金字塔

△敦煌

△耶路撒冷

△恒河

△爱琴文明

△太平洋

● 1991年12月31日前结稿

零散的诗

△彼岸（属于⑥）

△理想（属于⑥）

△人间

其他未完成篇目：

① 风花雪月；② 异想天开；③ 云雀（华兹华斯、雪莱）；④ 夜莺（华兹华斯）；⑤ 水鸟（华兹华斯）；⑥ 光景；⑦ 相术之歌；⑧ 毛冈；⑨ 上帝；⑩ 美禽；⑪ 天使；⑫ 佳丽；⑬ 故乡；⑭ 小提琴；

⑮ 萨克斯；⑯ 落日；⑰ 玉兰树

散文：陌生的伴侣

一些诗的构思

○关于《明景》

①要体现悲伤之后、沉沦之后的平明感受

②要将"景"幻觉化

○关于《新生》

①要体现"重新做人"

②稍有展望

③稍暗示过去

○关于《盲诗人》

①要体现"盲"的状态下的想象

②所想到的一定要有一种在黑暗中发亮的感觉

③所及意象要美好

○关于《北风》

①不同于其他诗，抒情重于启示（抒情实际上是歌唱——深沉悠远的）

②体现"北"的感觉

③体现"风"中的感觉

※ 一定要有"北风身边那个最可怕的孩子"的句子

○关于《彗星》

①重在闪亮与短促

②不要抒情

③要暗示"彗星"不同于普通星的含义，趋向神秘与超常、幻景

○关于《鲸鱼》

①要体现"大"，体现"神秘"，体现"消逝"感——一种事物的消逝感

②要体现所见的"不全"感

○关于《星象》(一)[①]

①要体现星与人类的关系

②要体现星象本身的魅力，和星与星的魅力

③不涉及命运（个人），但要有"运"感

○关于《星象》(二)[②]

提纲（八节）

清澈的夜空—云图—白色旋涡—大质量的烟—棋子—局象清晰—方的局象—向什么显示

小红马驰过—十二宫—二十八宿—形状—天鹅的形状—大熊的形状—王冠与仙后——一个星座—另一个星座—光的使者—天使的风姿

○关于《朝霞》[③]

---

① 疑即 1991 年 8 月完成的《天象》。

② "关于《星象》"一、二，原稿不相邻。

③ 未完成，有残句，已收入本书。

背景：爱琴海的曙光

地点：亚平宁山脉

人物：病痛中的诗人（抒情主体）

曙光中的猎犬、戴卷檐帽的使者（宽衣戎装）

胡马的感觉

中心：叙述朝霞

映射诗人内心的希望

○关于《梦见美》

①序节：黑夜—闪光的石子（星）—如苞开放的果实—黎明前的一朵小云—我由我进入非我

②奇异的美

③邪恶的美：雪亮的剃刀走进巢穴—树杈中间长出的猴头——一张乖戾的脸被缩小到脚趾大小—北欧少女锁进去的形状

④神秘的美：流星横穿牙齿—植物在舞蹈—一个遥远的声音抵达子夜不眠的人——一个卫生球高挂着

⑤灿烂的美：沁人的花—安慰的棉朵—子弹爆裂出的籽粒—血滴里的乳房—花圈的世界

○关于《大风》

基本设想：

大风的天气、景致。一个人伫立在大风之中，心中悲凉。向往。

限制机制：

迷乱；巨大，不可阻挡；空洞的内涵。

基本线索：

晴日降下黑雨。

○关于《佛光》

基本设想：

屋脊—众山浩渺—云海—佛光

基本线索（每一节都要有光）：

①寒冷—松柏—极顶—谛视众山（一节）

②近处的云：平薄的云，托起脚踵—掠过头顶的云—穿梭在身边的云（二节）

③云海：极目远望—航路清晰—千万朵云朵铺作云海—厚重的云海悬浮于渊海之上（三节）

④佛光出现：暖黄色的光染遍了厚重的云海—盛大的节日晚宴—佛的手掌平铺成天路—让我们会见最光辉的牟尼（四节）

⑤向上—更高的云海—云海无形—光环—最大的光—最大的光环—向四周放射（五节）

○关于《玫瑰》

月光—草丛—半睡中老虎的眼睛—白雀的身段—少女—雪地上的血污—两朵邪恶的姊妹—合二为一——一分为二—无数朵阳光下的花—紫红色的显现—花粉的芳香—自杀者—百年之战—胸前的花环—手执一支—遥望感官的原野—黄昏中的花园—花神迷雾中的歌声—虚无幻灭

加入：人形的玫瑰；早晨的玫瑰；琥珀中的玫瑰；玫瑰鲜红的嘴唇

○关于《牡丹》

一座城—城中的王后—孤独与热恋—恋爱不同于月亮和太阳

的星象—远方的游客—一枝牡丹作为一种邪神—怀念古代—并不希望未来的精神—如今牡丹作为众人向往的花卉—祖国的象征—祖国的悲哀—不育的美妇人的悲哀—悲哀作为泪水—星象的空气—荒凉之都

○关于《眺望时光消逝》

△疾箭后的声响的影子—马的背影留下风声—乌云一样的海兽项背涌起的影子—群籁脱壳而出被曳回天空中的那个大箫—群星寂灭，天堂之光大而无形，载走一箱箱的神器

△天际，数不胜计的"V"号向地缘处的深渊扎着，不断地跳起——时间竖起的脚最后一次显现给世界，带着尖利的欢叫——不断弓起的身影飘浮在天上，向上弓起，又消逝，弓起，又消逝

○关于《沧海》

基本想法：

空泛、宽广、空虚、无定

基本想象：

①绿、青色、镶在星球上 // 一叶孤筏、波纹 // 远离岸上的沙、岸边的芦苇、远离灯盏（三节）

②一尾蓝尾鸟登上枝头、海上唯一的鸟、鸟嘴中的细石、石子的光、鸟的叫声 // 鸟在一滴水上站着、海面上悬起一滴水、它的质量直指星球的核心、鸟在水上看了好久、鸟绝望而死（两节）

③……

〇关于《浮云》

方式一：

基本构想：

△麦垛下眺望云朵。有形、单纯、理想（一节）

△有关浮云。流动、悬浮、游荡（三节）

△霞光的世界、佛光。恢宏、博大、幻境（二节）

方式二：

基本想象：恒河的水；河岸上漫步的白象—自由自在的耳朵—驮着莲花的背；谷仓—稻米之仓；遗忘的神，失恋的王子丢弃的大脑；故乡

基本线索：

①仰望晴空，麦垛的晴空，一只十字在天空漫游，五月的晴空，虎的额头向大地闪亮，额头上的王字向大地闪亮

②恒河之水漂在天上，一只吞食圆木的大象，白得像一朵莲花，莲花在天空漫游

③遗忘之神背着两只大脑，遗忘之脑，落落寡欢的大脑，良知之手托着失恋的王子的大脑，王、王位、银杯在森林中游荡

④心愿的故乡，法官抖动着长袍，一只牧羊犬虔诚地投诉着，泪水的故乡、妄想的故乡

⑤佛光

无题：一个构思

吉尔伽美什怒斥：

一堆在寒风中熄灭的篝火，一扇挡不住风寒的破门；一座害人的宫殿，一只边走边祸害人的大象；一堆污染使用者的沥青，一只漏水的皮囊。你好比一间东倒西歪的破石屋，一只夹脚的鞋

子，一头卖弄风骚、引狼入室的畜生

恩奇都的第一个梦：

梦中，我看见天上的神祇在开会。安努、恩里尔、埃阿、太阳神等在座

小说写作笔记

为了一种新小说

1. 文字本身赋有魔法般的对等力量，这种滥用的文字印入人们的脑，转瞬就变成了历史。

2. 人们总是用更大的失败来掩饰已有的失败。

3. 整天谈论 A，评述种种，终果遇见……涉及：由一本书源起。

提供一点资料："猎人倦睡了，却念念不忘林中的情景，审判官梦见审案，拉车的人梦见拉车；富人梦见金钱，武士梦见敌手；病人梦见饮酒，情人梦见情人。我固然不能断言，我梦见阿非利堪诺斯站在我床边是否因为我读了有关他的书，反正我是听见他这样对我说：'你居然能翻阅我那本残书古卷，这总是一件好事……'"

4. 熊的心中盘算着一件事，但它的老板却在思量另一件事。

关于新小说

※ 有人指出，"幽居或迷宫""现实的图像表现"等同样是新小说惯用的伎俩。

还有"语言的想象"。

※ 总而言之，新小说的想象自我防卫，反抗世界靠的是幽居形象、移植图像表现和语言构成。还补充一点，新小说的想象还要直面一个对手，这个对手就是自我与世界均不存在的感觉。因

此想象就是填补空虚。

※ 一部小说也可以对一个或几个，或一系列文本进行自我方式的述评或改写，进入、逃出等。

※ 罗伯－格里耶对"空白"即"不在场"的处理，值得深思。

※ 以"表层描写"剔除读者对深度的向往，对秘密的静观和对铺陈的追求；以"循环描写"摧毁阅读快感，刚刚描写过的东西立刻全部被否定。

※ 萨洛特指示着在一种常理掩藏下的不明的真实。

写一部书，反映我的生存环境之外的不真实的"常理"。

关于阿斯图里亚斯

《总统先生》的语言极棒。

……扑朔迷离的梦境……一潭潭的樟脑油……款款交谈的星球……看不见、摸不着，但能感觉到带有咸味的空间……套着两副铰链的双手……一双双毫无用处的手……在香皂上……在书架上……在虎穴里……在鹦鹉栖息的远方……在上帝的牢笼里。

……在上帝的牢笼里，一只公鸡在做午夜弥撒，鸡冠上顶着一个小月亮……它在啄食圣饼……一亮一闪，一亮一闪，一亮一闪……它在唱弥撒……原来不是一只公鸡，而是瓶口上的赛璐珞盖子在发出闪光，瓶子被一群小兵包围着……那是圣罗萨街上"白玫瑰"糕点铺里发出来的火光。（P235—236）

他说罢转身向外走去。看到他扭头就走的样子，以及他那木棉树干似的背影，谁都能够感到那个医生的可恶决定是无可挽回的了。（P254）

"不，决不能上当！说什么财主进天国比骆驼穿过针眼还要难。"（P256）

第三十四章《镜中之花》的叙述语言堪称一流。如：

"卡拉·德·安赫尔从床上跳下来。他感到，使他和卡米拉分开的是一种他们两人谁也不应为之负责的过错，也就是他们双方谁也不曾表示过同意的联姻。卡米拉闭上了眼睛，只听见脚步声向窗前走去。"（P319）①

小说提纲的整顿（1990年12月26日）②

《白铁皮屋顶》（《父亲》）

《天边的排浪》

《废园》

※《罗森佐格号列车》③

《黑海遗书》

※《地铁车站》

《玩笑》

※《熊》

《用一个更大的失败掩盖已有的失败》

※《整天谈论 A，评述种种，终于遇见……涉及：由一本书源起》

长制:《CXL》《LQT》

更早的一个写作计划

小说:《天边的排浪》√④

---

① 以上引文见阿斯图里亚斯《总统先生》，黄志良、刘静言译，外国文学出版社1980年版。
② 在题为"维多利亚时代的诗选"的笔记本倒数第2页，戈麦还列过一个包括《黑海遗书》《玩笑》《地铁车站》《详梦》《事件》等五篇小说的写作计划，时间上稍早于本条。
③ 带"※"者应该是马上准备着手写的。
④ 带"√"者应该是准备近期开始写的。

散文:《同学》×

     《天和地》×

小说:《父亲》(《白铁皮屋顶》)√

小说:《昨天的太阳》×

散文:《最后的时刻》×

     《没有尽头》×

     《几度回首》×

     《在去北郊的列车上》×

小说:《圣烛节》×

     《鸣钟节》×

     《罗森佐格号列车》√

     《温泉》×

     《萨》×

     《G 世纪的最后一天》×

     《废园》√

     《疲倦》×

几个小说的构思

△伪证

一、

1. 根与岷在高朋酒家的谈话

根见岷终日无事可干,慵懒无聊,想找几件事乐一乐:A.组织球赛;B.去蓝星公司兜售运动服;C.勾级①。

根一面说一面炫耀打架、神农架之行、休假、与单位姐们儿的关系,将岷作为一个毫无个性发展的旧友。

_____

① 流行于1980年代北大校园的一种扑克牌游戏。

2. 雨与氓在新居，将氓作为一个诗人。

强加氓的生活状态，批判氓的诗歌观念。

3. 浩劝氓不要自我建设，交友、找女朋友，语重心长。

4. 蓁与氓谈话，将氓看成个流氓，做爱的过程。

以上交错也行。

二、聚会、镜子、镜子的裂痕

三、氓的四封信，同样的四封信，出走

△原生水的镜面

他向算命婆提出要求，让她用水为他算命，使有魔力的水显现手心上没有写出的，用纸牌和咖啡渣或其他任何东西算命都无法知道的事，只有原生的水那如镜的水面才能显现生命内在的奥秘。在原生水的镜面上他看到了自己死亡的那一刻，看见他怎样死去，看见了他本人死于自然的死亡。那将是在睡梦中，在会议厅隔壁的房间里，看见自己俯伏着躺在地板上，姿势像自己整个漫长一生中睡着时一模一样，面孔埋在手掌里，就像埋在枕头里似的。

△一个不眠的下午

构想一：

三个兄弟去杀害一个人，阴差阳错分别杀死了另外三个人，最后碰巧在目标的房内相遇。目标揭示出这三个人不是兄弟，而被杀的三个人才是，并揭示出这三个人原是另三个人的嫡弟，皆出自目标的私生，并指明记号。三个人空茫沉寂。目标转过身擦掉一生在绘制的画面。三人皆因喝了三个门的门旁橱子里的水而死。

构想二：

两人写信，臆造出一个人物，接替了邮递员，此后负担日益沉重。这个人其貌不扬，性格要强，臆造之中日趋完美，并勾搭上两人的妻子。这两人皆是半瘫状态，在医院相识后追忆。两人决定将臆造人杀死，但死的方式出乎意外。

构想三：

六十岁的老人听到废墟上的消息，格外震惊。

二十年前开往废墟的车上，遇一二十多岁的年轻人，年轻人要去废墟考察。一个四十岁的人向他讲述二十年前的故事。废墟上的人怪追杀他，但只取走了半副眼镜，头上戴的半副。

年轻人在废墟上遇见了另半副眼镜人，总是无法靠近，迷入石穴，失去半副（眼镜人）。年轻人落荒而逃，进入病院。

六十岁与四十岁在病院相遇。

构想四：

列车上青年遇二人，四十岁和六十岁，四十岁人不出场，只作背景。

最后二十岁的死于非命。

构想五：

采访白玉山案件与四个人谈话，最后证明与他四人有关。

△长篇构想

一个人想逃脱一个家庭（族）的阴影，结果，又陷入了……

一个雅痞喜欢上一个"修女"，但未遂。多年以后，雅痞作为年富力强的中年学者回来，而"修女"已成为舞厅歌女。

一个人回到了阔别已久的城市，回到自己家。过去的家具，过去的人，多了个男人。前夫和后夫。

　　在母亲去世时，一家人之间的心理斗争。

第五编

散文、书信集

第一辑　散文

北方冬夜①

　　转眼间就临近凋敝的深秋。在中原，一个温暖的城市里，我经常在昏暗的灯前闭上疲惫的眼睛，四周的一切都融入了浩瀚的黑暗。我感觉它们像海水，一漾一漾地，在我意识的真空中摇荡。这一次，我没有像往日那样梦见黑浪中的白色花。一种奇怪的思念在心间泛起，我想到了北方的冬夜。

　　北方冬天的夜幕总是下降得很早，尤其是在我生活过的地方，那里靠着西伯利亚的矮树林，一眼就能看到泛着寒冽星光的湖面。这种时刻，我扶在不太高的窗台上，看着外面的一切，白雪、枯枝、萧索的街景、拉紧衣领的行人，他们都被早临的夜幕遮盖起来，仿佛逃到了一种想象的空间。我抚摸着木质的窗台，上面摆了冬天的花。母亲在厨房做饭，我只能听到细微的芦柴折断和燃烧的声音。窗玻璃上积满了室内的热气扑在上面所冷却下来的"泪水"。"不仅仅是黑暗"，我说，还有泪水将外面的一切模糊起来。这时，父亲一定行走在归家的路上。路像冰雪一样反光，路上马的蹄铁叮当作响。马在冬天的呼吸，总让我想起石头，这种感觉止住了幼小的喉咙里的哽咽。冬天的石头装在马车上，又覆盖着雪，世界就像一辆行驶在冰河中的马车。寒冷的阳光和刺骨的风，刮着雪帽。我就这样等着我将要回家的父亲和正在做

---

① 发表于《自学》1989年第10期，署名"戈麦"。这是诗人使用"戈麦"笔名的开始。收入"文学新星系列文学丛书"《中国青春潮·散文卷》(北岳文艺出版社1992年版)。

着晚饭的母亲。

多少年后，在这温暖的城市濒临冬日的时候，我又一次想起童年，那时，我在寒冷的窗前的无边等待。纪伯伦书写北方冬天的诗作不止一次地打动我。我捧着这些冬天的诗，就好像依旧在故乡的冰面上滑行。

多少年我就这样无边地怀恋我那永远逝去的冬天，那些扯人心肺的傍晚。我经常想象自己在冥冥中越过了那片生着枯蒿和白苇的雪地，手里拎着一袋玉米粒，是刚刚从被大雪埋着的玉米秸下面的雪泥中筛选出来的。我独自一人坐在被白昼遗弃的荒土地上，筛玉米，家门像往常一样关着。父亲和母亲的影子，被煞白的烛光印在潮湿的窗上，我看见他们凄凉地坐在我童年的桌旁。清寒的菜色从室内一直透刺在我的身上，而此刻我童年的老钟挂在窗户的一角，我站在寒风透骨的窗外，不知几点。

有的时候，我来到家的墙边，门没有关，冬天的寒气充满了门厅。父亲和母亲，白发苍苍。他们俩人从门外一辆双轮板车上向屋里运着一筐筐冬白菜。他们默默地走来走去，没有看到我。我的脚陷在深深的雪中。

秋末已经来临，我不知怎样打发这个冬季。冬天的早晨引人伤感。那凄茫的晨光洒在薄薄的雪上，而中午只给人一丝倦意。只有晚上，当冬日早早地在雪地上沉了下去，一种无边的困苦就悄悄蔓延。十几年，我学会了忍住悲伤；十几年，我被阻隔在冷暖之外；十几年，我已经受够了。

我想，只要能挨掉今年这个冬天……①

远远地，走到傍晚所不能迫近的地方，去赎罪，从此就可以了结一生，拜念我的父亲。依然是厚厚的陈雪，厚厚的路，厚厚

---

① "挨掉"，《中国青春潮·散文卷》误作"哀悼"（北岳文艺出版社1992年版）。

的雪被席卷在天上；依然是沉沉的暮色，沉沉的夜，沉沉的冰上流着凝滞的星。依然是小小的家门，那破旧的牌号。母亲独坐在窗前，苍老的长发从额头一直垂到我扶过的窗台。母亲的脸让发影遮住。我独自跪在雪里，赎罪。

戈麦自述^①

  和戈麦初次相识的人皆猜不出他的年龄与出生地。戈麦身高中上，瘦骨嶙峋。时而服饰考究，时而衣着破烂。面如峭石，时而乱须满腮，时而一览无余。目光锐利，石头一样的光芒被一副黑色眼镜遮住。言语宽容，又不乏雄辩。不愿好为人首，不愿寄人篱下。不愿做当代隐士，不愿随波逐流。

  其实戈麦出生于三江平原广漠的旷野上，喜欢水，喜欢漫游；厌弃山，但不厌攀登。在戈麦身上看不到东北人的粗砺与世故，看不到乡野人的质朴，看不到都市人的浮滑。在戈麦二十四年的人生经历中，只用六个字就可以概括：成长，求学，工作。戈麦是个文化人，又是一把刺伤文化的匕首。

  戈麦性格刚毅，但时而软弱，经不起很大的折腾。他说："人的一生只可能被砍倒三次，第四次被砍倒，就全完了。"戈麦是个乐观的悲观主义者，看到过人生最为惨痛的一面，摸到过酷似他自己的尸体；但他毕竟熬过来了，他说："遇到过不下去、忍不下去的时候，闭一下眼，就等于又活了过来。"

  戈麦寓于北京，但喜欢南方的都市生活，他觉得在那些曲折回旋的小巷深处，在那些雨水从街面上流到室内、从屋顶上漏至铺上的诡秘的生活中，一定发生了许多绝而又绝的故事。

---

① 这篇自述是戈麦为"文学新星系列文学丛书"《中国青春潮·报告文学卷》（北岳文艺出版社1992年版）而写，原题"一个复杂的灵魂"，署名"北原"。大约作于1991年5月。

戈麦选择写作，有很早的愿望，但开始稍晚，这其中有过极其矛盾的选择。戈麦时间充裕，但善于浪费，许多光阴在饮酒和打牌中流过。戈麦主张艺术家理应树立修远的信念，不必急躁，不必唐突，不求享誉于世，但求有补于文。他说写东西占用不了太多时间，但读书却需要很多精力。他认为一个诗人在写下每一首诗的时候，理应看到自己诗歌的未来。这种说法固然有其夸张的成分，但足以看出他修远的勇气。戈麦觉得诗与小说有其极为不同的思维方式，尤其是现代诗与现代小说更是这样，因而他反对双向修远；但他自己一直考虑一种双向修远的道路，也许有一天张力过大，一根弦就要绷断。

戈麦喜欢一切不可能的事，他相信一位年岁稍长于他的诗人的一句话："让不可能的成为可能。"他喜欢神秘的事物，如贝壳上的图案、彗星、植物的繁衍以及怀疑论的哲学。如果说到他的作品，他总是说：一切刚刚开始。戈麦的诗歌有其深厚的文化功底和语言素养，涉猎的文风并不单一，有抒情诗和非抒情诗。他反对抒情诗歌的创作，他认为那东西可以用歌曲和日记代替。戈麦的小说趋向于现代小说风范，但不乏传统小说所带来的灵感和技巧。他讨厌我来写他，说："这是几十年以后的事。"

戈麦尊敬历史上许多位文学大师，如诗人雨果、庞德，更早的有荷马和英国玄学派诗人，在当代诗人中，他愿读曼杰施塔姆和埃利蒂斯。戈麦有时沉溺在传统小说那种漫长的阅读过程中，尤为愿读福楼拜和麦尔维尔。在当代小说家中，他经常反复阅读克劳德·西蒙和米兰·昆德拉。这种嗜好的广泛性令人瞠目，其中诸位大师的思想、文风迥异，而竟为一个年轻人排列到一种共同的趣味之中，令人困惑。这种宽宏的口味与戈麦的饮食口味大体接近。

戈麦欣赏叔本华的哲学，我怀疑若能从头再来的话，他很可能放弃文学生涯，因为他对哲学和思想史的东西有更大的兴趣。

　　戈麦写起散文信手而来，他觉得至少在写散文的时候可以让人感受到写作并不是一件苦差。他的散文一般是一遍写成，不打草稿，甚至写之前没怎么盘算。但他写的散文数量少得惊人。他为什么不干些省力省心的事情？

　　每次我走进戈麦的书房，书房内总是烟雾缭绕。戈麦嗜烟如命，总想戒，总戒不了。他说抽烟是一件可耻的事情。同样，戈麦厌弃喝酒，他说酒会使一个人丧尽了自尊。戈麦说他只大醉过一次，这已经足够让他讨厌的了。

　　戈麦珍视友谊，但对人世的无常和背弃看得很透。在戈麦短暂的二十几年中，一定经历过许多次灾难，但戈麦对此一向缄口不言。

　　戈麦经常面露倦容，有时甚至不愿想二十五岁之后的光景。

　　在戈麦的方方面面，充满了难以述描的矛盾。我只能说，他是一个谦逊的暴君。

文字生涯①

　　几年之前发生的几件偶然的事件改变了我对今后几十年的看法，这使我重新走入文字生涯，身处书籍与纸张的海洋之中，精神获得了从未有过的自由。在这样一个自由的国度之中，时间的流逝仿佛已经停止，有时还能反向运动，从而延续了我的生命，我从中获得了一种无限的安宁。那几年五光十色的生活，我曾为信仰激动过，并也试图索取过什么，但是现在，我不能不说那是另一个我，他并没有完全死去，而是在另外一个世界继续生活。对于他，我充满了敬意，但已与我无关。

　　在这些浩如烟海的书籍之中，我翻看着有史以来各式各样的书籍，那些夹页中的幽魂往往会自言自语，我将这些言论记入记忆的长河，并未对其中任何一个有过多的关怀。我不信什么。这或许是一种衰老。但谁又能声称，他曾经真正生活过。朋友 H.Z②每每光临寒舍，谈及各种文坛轶事，讲述一段日子以来作品发表的成绩，我为他青春的气息所感动，并自愧不如。

　　人们往往把对某些事物的执着看作与热和光相关的事情，比如将理想和偶像比作太阳。对于太阳，我日夜熟识，并不陌生。熟悉的事情往往过于疏远，如同我们身边的世界。谁又能说他已窥见了生活的真谛。在我过去那颗幼小的心灵之中，从未有过什

---

① 曾收入《90年代校园文化新潮丛书·无穷的覆盖——影响我们一生的人和事》(北京师范大学出版社1992年版)。

② H.Z，洪烛。

么偶像占据了它的空间，倒是有过一些个凌空飞扬的天使精灵，但她们过于飘浮，过于欢乐，从未走进过我的宅邸。与太阳不同，我宁可相信月亮，相信它的皎洁、空蒙，相信它的真实和梦幻。我常常在夜里坐在庭院之中空望明月，直到曙光升起。我将一轮明月看作一面虚幻和真实世界的镜子。有时，从它的面庞上还能看到一些不可思议的事情，还有我。

这种习惯与死亡相通，我在过着一种无死无生的日子。有时，我对这样一种文字生涯有些惶惑。面对大千世界的繁荣，有时，也不免感喟一番。就在这样一种怀疑自身的危险境界之中，我得到了一个人的拯救。这个人就是豪尔赫·路易斯·博尔赫斯。

月亮是他常常在诗中提到的事物，用月来作比，也算不愧对这位盲者。我之所以在一篇有关信仰的文中提到这位20世纪阿根廷文学大师，并以月亮的寒光对抗他人的偶像，是因为我本无信仰，这在前面已经说过。有一段时间，我日夜沉迷于他为我设下的一篇篇陷阱一样的文章(诗、散文、小说)不能自拔。从那时起，我获得了自己和自己所过的生活得以持续的理由，并引其为我人生旅途相见恨晚的知己。我知道这个老博尔赫斯有着无穷无尽对世界和人生的认知，有许多精妙箴言，我好像在什么时候，在大脑内部听到过。

智利的一位学者路易斯·哈斯在一篇题为《豪尔赫·路易斯·博尔赫斯以哲学聊以自慰》的文章中援引了博尔赫斯自己的一句话证明了我现在的状态。这位文学大师说："整个文明的人类是一个神学家，为此目的不需要信仰。"

博尔赫斯就是这样一位文学大师，与梵·高和尼采不同，他给世界带来的是月晕和神秘的背影，而不是燃烧的花朵、火热的太阳。

最初诵读博尔赫斯的作品是在一本《外国诗》上，在同一期上还有一位歌德。这样我读到了《镜子》《另一只老虎》《短歌》和《十五枚小钱》，我立即被诗的另一种写法所吸引。后来，又读到《界》《我的一生》《懊悔》《G.A. 毕尔格》《山峰上的年轻牧人》《业绩》等伟大而深邃的篇章，我为他在诗行中表露出的虚无和相对的意念深深感动了。博尔赫斯洞烛人类的过去和迷离的未来，在他的时间概念之中，人类永远处于循环往复的圆圈之中，今天就是昨天，没有开始，没有终结，我们所能生存的日子，是所有时间的全部。博的诗有一种清楚的质感，这种质感是柔软但却成形的，能够铺张，也可凝缩，调子是灰色的，正适合于启发生命中的神秘。

博在一生漫长而紧张的研究过程中，研究了大量的哲学、语言学资料，对人类的各个时代的经典了如指掌，涉猎历史、神话、哲学等诸领域，他将这些浩远的世界编入他的作品。他的诗是浩渺的。他热爱着月亮和海洋，因为它们能够指向对无穷尽的灵感的启发。

后来我又接触到他的小说，不禁更加为其玄妙的哲理和语调所折服。博尔赫斯的短篇小说对于20世纪是一个无法估量的遗产，对于 21 世纪来说，是无法估量的源泉。他小说的贡献主要在语言上，语言的革新导致了情节的扑朔迷离和人物的生死轮回，导致了对世界本质的暗示、追问，导致了在一种灰蒙的色调中蕴含着的血红色的激情。这种激情是低缓的，不明朗的，犹如地下的河流，火的河流。

关于他的诗歌和小说的文学成就及其含义，许多学者、诗人、小说家挖掘、发现得够多了，关于他的论文，在这些年来比比皆是，而我关心着这位神秘的幻想文学大师的生活，它比那些超绝的作品更令我感动。

与很多文学大师不同，博尔赫斯颂扬生活琐事：面包和盐、季节、社交艺术、咖啡的味道、梦、风俗习惯、差异与忘却。他喜欢地图、词源学、国际象棋、经典著作、代数学、18世纪的活版印刷术、沙漏。博尔赫斯在这样一种隐士一样的生活中，面对每一件小事，开始了他对时间和永恒的研究，这种研究是冒险的。但他并不觉得。

博的一生很多时间在图书馆度过。在他父亲死后，博结束了早年的求学和文学活动，在布宜诺斯艾利斯的一家图书馆内工作，从此他与那些圆形回廊内密集的藏书结下了不解之缘。有一次，博正在和他的同事整理书目卡片，他的同事不无惊奇地告诉他，竟有一本书的作者的名字与博的名字完全相同，博不以为然，那个作者正是他自己。这则轶事在我的心中停留很久，我崇尚那些做出过极大成就却仍默默无闻的人。这像是一种神秘的游戏，用平淡无奇的日常生活衬托出了一个人思想的巨大力量。博尔赫斯后来成为国立图书馆馆长，而那时他仅有的一只眼睛早已失明，而这正是他一生执着的一个题目：命运的嘲弄。不幸得很，他之前的那一任馆长也有类似的命运。

博尔赫斯的一只眼睛很早就已失明，而另一只在他中年之后也日益衰微。他后来只能由别人帮着阅读，博躺在宽大的靠椅上，聆听着某一本书的声音，他从一本书里走向了更多的书籍。在博的家中，在他的书斋，同样挤满了成千上万的书籍，业已盲目的博尔赫斯可以随时用手摸索到他所要找的书。他有一首诗叫《一个盲人》，里面讲到："我反复地说：我失去的仅仅是／事物毫无意义的外表。／这句慰藉的话来自密尔顿，那么高尚，然而我依然想着文字，想着玫瑰。／我也想着，如果我能看见我的脸，／我就知道，在这个难得的傍晚，我是谁。"这个密尔顿，也是一个盲人，他晚年的《复乐园》和《力士参孙》是口述由别人记录下来的，是来自幻想的黑暗的音乐。我有时想，文字生涯与明目的丧失有着不解的姻缘。写过一本自叙传《文字生涯》的让 - 保罗·萨特历尽失明的危险，而那个有着洪亮嗓音的人类第一诗人荷马同时也是文字世界中的第一个盲人。

在他的一生中，崇拜他的女人很多，可他一直没有结婚。青年时代他在一首诗中说道："我呈献给你一个男人的痛苦，他曾长期观赏过孤独的月亮。"这是他隐约提到过的一次失去的爱情。博到过世界上很多国家，但除了布宜诺斯艾利斯姑娘的脸庞外，对其余一切都视而不见了。

在人类的精神史上，卓有成就的文学大师可区分为圣徒和天才。前者血液之中流动着对某种神圣事业不懈的追索，像梵·高、里尔克和卡夫卡，他们的生活充满了苦难，他们靠着黑暗中一线天光不懈地在冰河之上难辛地跋涉，在世俗的眼里，他们是不幸的，他们的幸福只有上帝知道，只有上帝懂得。后者表现出的才气是热情洋溢的，像大海，像山峦，澎湃而宏大，如惠特曼、雨果、李白等人，他们的成就仿佛自然天成，这与他们的天质有关。而那些更高一层的大师们，但丁、莎士比亚、歌德等人，有着一种顶峰式的自制力，但丁趋向于圣徒的天性，歌德是一位理想的天才，而莎翁能够逃脱这样的判定。我想说，博尔赫斯既不属于圣徒式的人物，也不属于天才式的人物，他属于生命之外、自然之外、宗教之外的事物，如同棋子、时间，如同矿产资源和一切客观的东西。

这个外表敏捷、一辈子从事研究的文学家平静地说道："在我的生命中，缺少生命和死亡。"博尔赫斯的确已经历经典文牍的磨练，达到了洞悟万物的境界，这位叔本华的学生，对于死亡有自己的理解，他认为"所有的过失都是蓄意，所有偶然都是约定，所有屈辱都是悔罪，所有失败都是神秘的胜利，所有死亡都是自杀"，"无论生命如何长久和复杂，实际上都只是一瞬间：此刻，人是永远知道他是谁"。①

在他的晚年，他回忆了他短暂，同样也是永久的一生："我踏上过很多块土地；见过一个女人和两三个男人。/我爱过一个高傲的白人姑娘，她有着拉丁美洲的宁静。/我看到过一望无际的郊野，那里，落日未完成的永恒已经完成"，"我深信那就是一切，而我也将/再看不到再做不出任何新鲜的事情。/我相信我贫困和富足的日夜/与上帝和所有人的日夜相等"。只有一个因痛苦而幸福，因沉湎于细琐而抵达了无限的人，才能这么说。

贝克莱、叔本华的唯心主义，休谟的怀疑论，古罗马文学家奥维德、斯塔提乌斯、塔西坨等人的思想，对这位阿根廷散文家和诗人有很大的启发，霍夫曼、爱伦·坡、唐西尼②、卡夫卡等人的幽灵式的小说，开拓了博尔赫斯的眼界，使他对世间的混乱、孤独、无指望有更深刻的认识。博尔赫斯酷爱古代印度、古希腊罗马、古代中国的文明，并从中吸取了丰富的养料，还喜欢读但丁与莎士比亚以及狄更斯的作品。他早年对于诗歌艺术的探索，很大程度上受西班牙极端主义的启发。一位塞尔维亚的散文家埃西诺斯最初给极端主义下了这样一个定义："极端主义是要冲决一切经院式的羁绊的宏大意愿。它有志于不断地推陈出新，永葆文学的青春，向一切新的模式、新的思想敞开大门。"博尔赫斯是拉美极端主义的创始人，他说："塞尔维亚的极端主义表现了一种革新的愿望；而布宜诺斯艾利斯的极端主义派表现出一种革新的对艺术的渴求。"他在一个叫《我们》的杂志上发表了关于他的极端主义的四点说明：（一）浓缩诗句，只留下最基本的要素——比

---

① 后一句出自博尔赫斯的小说《塔德奥·伊西多罗·克鲁斯小传》，引文稍费解。王永年译为："任何命运，无论如何漫长复杂，实际上只反映了一个瞬间：人们大彻大悟自己究竟是谁的瞬间。"
② 唐西尼（1878—1957），爱尔兰诗人、剧作家。

喻;(二)舍弃无用的承启句、连接词和形容词;(三)摒除一切浮艳矫饰、剖白心曲、状写环境、训诫说教和晦涩冷僻的文字;(四)将两个和更多的形象合而为一,以扩大其启发驰骋联想的功能。这种勇敢创新的责任感,让我们想起20世纪初的查拉与布勒东。

智利的"创造主义之父"维多夫罗(1893—1948)认为诗人应具有双重的人格,或是单一、唯一真正的人格,因为完全的人格包括四分之三的天生人格和四分之一的后天获得人格。博尔赫斯就是这样一位诗人,其天生聪敏的智慧携着一支刻意求新的火箭,反叛了以往任何时代的文学。如果说维多夫罗在某些方面还带着较为浓重的欧洲先锋文学的风范,那么博尔赫斯则更带有布宜诺斯艾利斯的情致与格调。拉丁美洲是一块巨匠辈出的新大陆。

在博尔赫斯之后,我感到还有许多未了的事情等待我们继续完成。在这篇短文里,我纪念了一位五年前刚刚停止呼吸的文学大师。我谈的不是什么信仰,而是道路。

1991.2.12,北京海淀

第二辑　书信

致褚福运（19封）^①

1985年10月24日

哥：

你好。收信之后于午饭后空闲的半小时给你回信。得知家里农田收获已毕，亲人皆好，欣欣然，心里颇得安慰。

大学生活，在我眼中，已暴露出一个重要特点：如若不奋斗，但有腐与朽。如今的大学生腐朽的一面很严重，进入大学之后，随波逐流，为一张文凭和一个职业而混日子的人实在为数不少。晚间楼内自九点以后开始沸腾，直至十一点停电以后还有人在嚎叫，让人不得安宁。所以，大学早晨想早起是非常困难的。当然，这种"不进取"也许在我眼里是"腐朽"，而有些人看来是现代化的现象。不过北大主流仍是好的，从自习座位紧张不堪，可以看出还有大批学生在拼搏。

其实，"腐朽"也罢，"现代化"也罢，与我何干？对于我，关键是适应晚睡晚起的时间，以便在二十四小时内获得更大效益。不过我现在还没有找到一个最好的时间安排，也没有搞通，到底是听经济系的数学和政经，还是去听本专业的通史和现代汉语，效益最大。也就是说，哪边只有上课听才好，哪边只有下课

---

① 褚福运，戈麦兄长，生于1947年，长戈麦20岁。他对戈麦成长有很大影响，戈麦曾称他为"我终生唯一的导师"。

看更省时间，要从整体上看。要解决这一问题，我还得首先问清楚，究竟转系是否对本专业要求很严，要求的严格程度，以及转系究竟要考些什么科目，哪科更重要，还有我要转进的专业能接收多少，外系名额有多少等等。不过，我还没去问呢。

我现在和大连工学院的杜国栋、上海机械学院的吕发泉、重庆西南政法的高培正、吉林大学的刘加友、石家庄铁道的米江、本市中国政法的王力民等人通信。他们对我的友情，我都应珍惜，并且发展下去。唉！茫茫人海，如有几个知音，该有多好。但这几位中，并非都真正知我，我也非真正知他们。然而，我希望通过互相通信，达到互知。

我们在京的二十八人，除了上一次集合了十五个外，以后再也没有超过三人的聚会，各忙各的。我和黄跃武也不常见面，也是各忙各的。隔一段时间，他才到我这儿，或者我才到他那儿。我想，我应该多去看看他。

我担任班级团支部的组织委员，每星期五晚上还得上团干部课，也是个麻烦事。不过，该干的，还得干，有什么办法呢。时间已是一点，我该睡午觉了，下午两点还有古代汉语课。别不多说，下次接着说。

祝爸、妈身体健康，精神愉快。

祝哥学习顺利。

弟　军

1985.10.24 中午

对了，我把重要的事忘了。

告诉家里一个好消息，我拿到了一等助学金，每月 18 元。

让二十四连开一个证明，如果我过去没有物价补贴，就说没有；如果有，就写月有多少，发到哪个月。有没有都没关系，照实证明即可。不管过去我有没有物价补贴，到这都有物价补贴，只要开来一个证明，我每月就能拿到九元的北京市物价补贴。凡大城市的大学生，可能都有。

再见

1986年3月23日

哥：

你好！

我上封信所说的情况，你似乎稍有误解，以后再解释，不过你对我讲的那些也都切中肯綮，更重要的是使我感觉到，我是不孤独的。

哥，我感觉到像我们这样的高中毕业生，懂事太晚了，对社会、对生活的认识在高中时几乎没有，只是凭一腔稚气和热情观察世界，追求理想，不知是坏事还是好事。

哥，我的口才不行，这使我很伤脑筋，不知是心理作用还是先天造成，如果是心理作用，那么就有可能是性格所致，而性格又是长期环境所致。这种心理作用不予变更，性格一时也不好改变。也许性格是没必要改变的，只须寻找出一个促使其与环境适应的方式便可。然而，在趋于适应的过程中，语言的地位是何其重要。这真是一个迷宫。

童年，之所以被世上每一个人怀念，就在于她无忧无虑和对环境极大的兴趣。虽说对过去美好的回忆不宜过多，但每一次回忆我都在不同程度上得到满足，其中有许多情节是有哥哥的身影的。

按理说，像我们这样一个"贫"农家庭，我"爬"到这步田地，也该满足了，不是吗？刘乃锐、袁玉梅、马战红、黄耀武[①]、王力民多少都是知识分子家庭或干部家庭出身，我能与他们同样进入了好大学，可说是该满足了。然而，不能，绝不能，人的价值是一个不断升华、完善的过程，休管它是不是马列哲学，我追求的就是价值的完善。当然，要解释这个完善与升华也不容易。但在这个追求过程中，我绝不要别人失去什么，因为这个过程是一个自我实现的过程。哥不必为"文理"之事[②]难过，只是解释一下即可，再说当时（高三寒假）我的行为也不符合"发挥即成优势"的成才之路，是的，走文学之路，我会成功的，不过现在既已如此，我就要矢志不移地去转系，转不成再当别论。

哥，你也许觉得我这个人很怪，有时好像心胸豁达，有时又心胸狭窄，或许以为我两面三刀，其实不是。目前现状，我的基本生活态度是积极乐观的，只不过长期养成习惯喜欢抓住一个小问题分析开来罢了。总之，我可算作一个喜欢分析事情的开朗者。

上封信，我"失望"不是因为专业的事，而是指另一件事，等回家后再说，先忘掉它。

傅雷家书，我想读，总没时间读，这儿的图书馆内也有。希望哥能经常给我写信。

我吃好吃坏都不要紧，关键是当我想到父母是因为我才缩食减衣地生活，我觉得我反而多余。谁让父母四十多岁才生了我呢？我要能为父母尽孝或者说自己养活自己还要等四年，到那时父母双双年近七十，那么老人家养我兄弟五人还有何用？！尤其是这次寒假，这个印象给我更深，子孙满堂，而二老清贫如旧。我想还是让父母一边供我上学，一边享福为好，可这又怎么可能？

---

① 即黄跃武，戈麦信中有时写为"黄耀武"。下文不再一一加注。
② 指高中文理分班，戈麦文理兼优而终于报了文科，高三后想留级学理未得到哥哥和学校的支持。

父母手头钱也不多。我虽感不安，不过也没办法。

我想，在我们的家史里，我们还没有超越艰苦时期，从饥饿的山东到劳苦的山西，从荒僻的窑地到拓荒的连队。我没有在生活上大度的权利，有责任在这方面，即钱上考虑，不过也不至于形成压力。

哥的考试成绩不错，也使我内心很兴奋，选哥当"优秀学生"这是理所当然，对于一个年近中年、家务不减的学生，应当得到这样的荣誉。我们不是名利主义者，然而能获得的东西，尽量去争取，这是我的小小的见解。

弟　军
3.23

祝平平学习上进，天真活泼。

祝娟娟大胆实践，找到专长。[①]

她们比我更幸福。

祝妈爸健康，莫念于我，我会料理自己。

1986年4月10日

哥：

你好。问爸、妈好。

来信昨日收到。每次接到家里的信，就仿佛心里垫上了一层舒适、松软的棉絮，得到许多安慰和满足，一切心理摩擦则荡然无存。我想，这并非是弱者的表现，此乃人之常情。强者表现在对内心的控制能力，然而对于亲人，大可不必控制什么。

---

① 平平，即褚平岳，褚福运之女。娟娟，褚晓娟，褚福运次女。

上封信最后长篇地谈到顾虑家里的心情，倒也是实话，不过不是我全部的压力，而是我归纳出来的四大心理矛盾之一。话虽有些吓人，其实也并不是什么"天"大的矛盾，人们就生活在矛盾之中，烦恼时刻多层次地涌现；或许还有几个长期起作用的。对于喜欢剖析矛盾的我来说，把它们或其中一个吐露出来，大概也属借题发挥。然而心中有什么不吐露出来也不好，说出来心里总会舒服些。看问题有不同的角度，但都有不同的必要性。那么，另外三个"大矛盾"又是什么呢？也不妨吐露一下，当然这也不是严重的：1. 志向与现状（即两个专业）。2. 精力不足与繁杂的学习需要。3. 日益增长的社交能力的需要与自幼形成的自谦、胆小、口才不好。具体详情和计划可待和哥见面后再谈。我当然喜欢必要的矛盾，因为它们可以鞭挞我前进，但矛盾过重，未免令人不高兴。

关于我对北大的看法，哥或许还不清楚。总的说来，我越来越喜欢北大了。当然，过去也是喜欢的，只是由于专业不对口，思想有些抵触，但慢慢辩证地分析一下，再把专业问题抛开，就能得出北大还是文科生最理想的学府的结论。从经济系就可以看出，除国家几个经济科研单位和部委外，就属北大权威了，各专业都有几个顶梁柱，如果得到他们的栽培，实乃万幸。

哥提到"……家"的事。的确，我是梦寐以求地想成为"家"，但随着年龄的增长，纷繁世界对我不断提出要求以及现实的坎坷，我虽未放弃成"家"的愿望，但也形成了另一个轨迹——作一个幸福的平常人，也就是说，在奋斗过程中，采用双轨制不是不可的，一个轨是成名，一个轨是成人。

转系之事，对别人可瞒，对哥则不必。3月31日，经济学院内贴出告示，阐述了院领导对转系的要求。我首先就被报名条件卡住了，它要求文科537分的才能报名，更别说什么录取了。这闷头一棒，我并没有惊慌，思索了一会儿后，就去找教务室的主管人员，申明情况，她们说要跟领导说，我接着去找学院主任，主任说可以考虑，但要直接找系主任。我就写了一封信给教务室，让她们交给经济学系主任，正的不在北京，交给副的，不过副的不管教学，只好等了。我又去找管理系主任，一提起话，他就说他不主管，去问院里等。这几天来，我一直一边备考一边努力报名。今天我又去了，教务室的人说先不必着急，已经报了的几个也得到月末办，我觉得有门儿。姑且等待十天，下旬一定要争取报上名。没有看到告示前，学得没有目标，不知考些什么，这回看了后，虽然受到一击，但心里亮了些，并且有了勇气，干脆直接报经管系，第二志愿报经济学。

总之，我一边准备考试，一边争取报上名，一边准备迎接失败。说不怕失败，那是假话；但真的失败了，或是没报上名，或是没考上，也没办法，也不必沮丧。

哥，你在追求理想的道路上也可算历经坎坷。有人说，"诗歌的功夫在诗外"，此言颇有理，凭哥对生活的理解和热情及中年人特有的深沉基调，这便是创作的基础吧？我想倘若在表达方法上有所突破的话，那将是成功之时。表达方式的突破，我想不能只靠练笔，还得多看有关书籍，尤其是新出版的。哥正好是学中文，有关书籍能打听到，我不太了解这方面道道，不过看别的学文学的人平时看或者开课——文艺心理学（美学）、西方哲学等，不知道是否有用（得上）的书。

你说让我轻装上阵，我想装是轻不了，但阵还得上！

接到信时，钱恰巧还剩五元。（去了一趟长城，花了十元，倒霉！）请转告爸妈，给我寄一百元。

弟　军

4.10

1986年5月21日

哥：

你好。

我们年级（中文）八名东北同学前几天想起来成立一个"东北帮"。当然，这种帮派是与现代化风尚相违背的，但一个识时务者在一件事情发生的时候，要善于利用这个机会锻炼自己，而不必过多考虑它的本身好坏。适才我们八大金刚，才喝酒回来，回到宿舍就看到了哥的信，哥也许会从这字里行间看出一些醉意。

昨天在经济系同学那儿看到一篇文章，文章不短，主要论述青年期的心理矛盾，尤其指出青年大学生由于追求知识造成对社会冷漠、陌生，自我发现之后又出现种种苦恼。我觉得这篇文章对于我，再好不过，它给我指明了今后作人的一个主要方向——社会化。是的，回顾十八年生涯，我几乎对社会、人际无所了解，更谈不上游刃有余地自由处世。尤其是，学经济的不懂社会，更为可悲。所以我觉得过去的探索，由于没有从外界接受一些或是对的或是错的答案而陷于迷茫，至此，有些明了了。

转系考试定于六月一日，正当平平等欢度自己的节日的时候，我却在"生死场"（当然不至于）上拼搏。我感到过去的欢乐夹带着孩提美妙的幻想已经离我远去，这并不可怕、可悲，人总是要走向成年、老年的，在这一进程中，逐渐成熟的人渐渐面向现实、考虑现实，虽然如此，真正辩证的人是不会否定过去的，现实中包含历史。还是那句话，考试把握不大，这没什么，尽力而为就是了，得讲究具体方法。

你推荐的那篇文章，我想设法看到。其实如果发给我们的是《文汇报》也就早看到了，但我们寝室发的是《人民》和《参考》。

哥，据我的情况来讲，成不了一个经济学家，但正像您说过的，何必非要成名成家？注重现实，不断强化自己就是了。

哥，有时我想，如果我在北大中文系文学专业的话，那将为哥提供多少信息呀，可现在我提供不了有关文学新思潮的信息。那么我想，哥只有少买些名著，多订些有关刊物。这样获得的收益将大几百几千倍。

估计我"七一"能在家里过，学校可能提前放假。

我觉得哥哥关于"平庸"的阐述很有道理，对我也有很大刺激，是的，"平庸"等于无能，我要牢记。

由于喝多了，文字没有条理，颠三倒四，而且字迹潦草，今日也算即兴写信吧，或许发有狂言，更求包涵！

希望下封信能夹一封平平的信，让她谈谈自己的情况，还有王静[1]。哥，你最好在王静身上发现平平所不具备的东西，让平平经过锻炼也具备。如能从现在炼起，这才算有战略眼光。

好长时间没专门给爸爸妈妈写信了，祝爸妈好。代问三姐好。

邮回几张去年的照片给爸妈。

弟　军

5.21.8'37"[2]

---

① 王静，戈麦大姐褚东云之女。
② 末尾数字应是晚上八点三十七分之意。

1986年6月22日

哥:

你好。

上封信来了后,正好转系考试考完,想立即写信汇报情况,最后还是没写。13日知道没考上的消息后,立即挥笔以述哀痛,其辞激烈,写后览之,不忍发出,恐伤哥哥的心,更怕影响哥的期末考试。近日来,心情愈加沉闷,总有想讲的话,今天索性写起信来,后果也不顾了。

转系的失败以前也曾料想过,但现在身处其境才感到真是糟糕透顶了。你或许会说:"生活的路还很长。"但我想,沿着没有希望的路走下去,哪怕多么神秘,我也不愿走了。

的确,转系没转成,我可以学双学士(假如下学期有的话),我还可以忍过四年,分配时再作打算,但基于我现在的情况,这两条路我都不愿意走。我现在不知出于什么原因,对古文献恨之入骨,如果继续学下去的话,我觉得简直是被剥夺人性地活着,如同奴隶一样为家庭、所谓的文献事业消耗日月。除了思想上的(痛苦)外,由于神经衰弱的折磨,我对我的智力缺乏自信,对过量的学习任务厌倦,这怎能让我学双学士和继续文献事业?

是的,过去稍微有点头痛,这或许是许多高中生共同具有的,但关键是进入大学后,我仍负担着转系的压力,欢快的时候又少,所以没有治掉这个病。相反,如果专业一般或称心,一方面精神愉快,一方面负担轻,我现在不会这样的。

鉴于对本专业学不下去,我想到了退学、重考,但这首先被我自己否定了——家里不能允许。像咱们这个家庭,一方面没有力量再供我上一年高三和多上一年大学,另一方面我晚毕业两年就少给家里提供两年经济收入。你曾说过我,不要总考虑家里,但这又怎能让我不考虑呢？我这一年里幻想过某位巨富会资助我多少钱，我便可摆脱家庭的压力，可是没有这样的便宜事。

我承认，有时我很任性，比如曾请求留级学理，现在看来是不必要的。但高考填志愿，家里为什么那样干涉我，我又为什么那样怕家里呢？想报吉林大学国管（国民经济管理）系，父母不懂吉大的地位反对我，我不怪，而你不是不知道这是一个行得通而又可行的方案，为什么偏偏让我冒险？或许你会说报北大是我最后决定的，但倘若没有这么多压力，我无论如何不可能报北大，而正是在您的说服下，我越估分数越高。相反，如果你早早放弃只重文史轻视财经法律的观点，引导我从事社会最需要的事业，你绝对不会让我报高不报低的，而也会像我自己当时那样寻找一个稳妥方案。

我现在不明白我到底属于我，还是属于家庭。按现在思潮来看，我当然属于我自己，但事实上我属于家庭。就算我属于家庭，我也认了，可父母究竟需要过上什么样的生活，还是安于现状或略有提高？这都不清楚！父母究竟考虑的是我的幸福、前途或者说一家人的幸福、前途还是他们个人的脸面、虚荣？记得我不想来报到时，父母曾讲："你要不去，让人家一看，这不是穷折腾嘛，会笑话的。"那么，我现在退学，不更是让人笑话吗？

我对自己出身贫寒，不怪；对自己自小的娇生惯养，也不怪；对哥哥略有偏差的多年引导，也不怪（更多的是感激），只怪报志愿和来报到这两件事。将错就错的确是个"好"办法，平安无事，安于现状，但这平安有如白刃钢刀，一块块一片片地切食着我。

我不明白我过去的选择！

我不明白家庭的想法，想与父母交流一下！

我不明白我和家庭的关系！是利用还是互爱！

我不明白……

哥，看到这，请不要以为事情如何厉害而弄得心神不定，我们回家再谈也不迟。也不要告诉别人这些事，包括你最近的人。

不过我是真哭了，在写这封信的时候。幸亏他们都在睡觉，否则看到我哭还以为咱家死人了呢。

总之我很绝望。希望本来可能就是骗人的。

祝哥期末顺利。

弟　军
1986.6.22

我处于个人与家庭、能力与欲望、现实和幻想的强烈冲突中。还有两点须说明：

所谓属于自己，并不是说不要家庭，不要情义，而是指自主。

退学重考是一个在夹缝中寻出的方案。

最令人头痛的是咱家的经济条件和舆论忍受力。

1986年11月20日

哥：

毛衣收到了。在此之前，北京天气并不暖，我借别人的军大衣穿了几天，毛衣现已穿身上，很合适，也较漂亮，并且不流俗气。向三姐致谢。并转告三姐，小提琴教程磁带争取寒假带回去，不会误事吧？还有，三姐明年春节是否结婚？如果是，这样我自然有回去之大必要，否则，我如有事于京，看是否有回去的必要。

与哥谈文学、诗歌已是很遥远的事了，今日提起，未免有羞愧的感觉，再者文学也搁置很长时间了，许多东西等于不知。想弟身处中文系，这些事情不能道一二出来，实乃荒唐。好在这学期以来，倒也看了一点，不过还不能说懂。据说诗坛今日已发展到了第三代，而北岛之流只算作第二代，第三代诗人大多为大学在校生或毕业生，我们年级文学班有几人组成了一个诗社，[①]我想他们就是所谓的第三代诗人，第三代诗人更要狂妄，诗歌更加难懂。我系一文学刊物《启明星》乃是他们大显身手的地方，吾阅之后方解其诗并非难懂之诗，于是想看一些诗歌理论、诗话方面的书，在增强对诗歌艺术理论认识水平后，凭着所剩无几的一点儿诗的灵感也创作它几首。这时我才真正意识到哥哥对我自幼培养出的一种"雄心惯性"是多么宝贵，没有这样一种惯性的雄心，我可能考不上好大学，可能没有今天的我。说实在的，我自我感觉：今天，我又可以蔑视我的周围了。在日常生活的辩论中，在对具体问题的接受理解上，我感到了我的优势。农村有才气的孩子到城里后，大多被无情地淹没了，虽然我已被淹得留下了"肺充水"等不治之症，但我终于没死。哥哥仍对诗歌十分执着地追求，这使我欣慰，也没有想到。我本以为哥哥下一步的作法可能是在书法上专攻而争一席之地，并且毕业后寻一好的归宿。既然这样，我希望我们兄弟二人在诗歌道路上互相促进，互相学习，当然哥哥这方面条件要比我好，有三十年艰难的阅历和生活的磨炼，有十年有余对诗歌的理解，而我没有。自然，对经济学、社会学、心理学、中国文化的了解，我也不会放弃。对于这些知识的了解，无论是出于什么目的，对于将来的我来讲都是有用的。

---

① 北大中文系1985级的郁文（文学专业）、紫地（汉语专业，1986年秋转入文学专业）、西塞（古典文献专业，1986年秋转入文学专业）、西渡（编辑专业，1987年秋转入文学专业）于1986年初成立蓝社，在1986年11月出版的《启明星》第14期上首次以"暗蓝的光：蓝社四人集"的名义亮相。《启明星》第13期（1986年10月出版）也发表了四人的诗作，但未以蓝社名义亮相。

十年之后，当我们这一代人走向工作岗位时，全才的要求会更为明显。哥哥对暮年的感慨不禁使我想起，我应为哥哥做些什么？我觉得在北京买些有关诗的书籍是对你最大的帮助。如果哥能在宝泉岭报销那更好不过了。所以说哥可以汇款给我，我当尽力为哥买些好书。

最近，我被北大军乐团录取，主管人员称我的乐感、手指等条件实为难得，把大提琴这唯一的名额留给了我。我的老师是一个高年级的理科生，北京人。

入党申请书今天发下来了，让我填表，我很高兴。

今天对诗我没写多少，只因了解太少，以后再谈吧。

弟　军
11.20

1987年4月8日

哥：

你好。

接到你的信，无疑像沙漠之中发现了一潭清水。我把它拿到食堂去看的，一边吃宫爆肉丁，一边品尝价值万金的家书。毕竟，我是比以前大了，随着人世炎凉的领略，我真的懂得了什么是感情，就像现在真的懂得了什么是人格一样，也同我现在真正开始喜爱生命意义的探寻一样，我感到了我已艰难地向前迈了一步，带着苦闷、焦虑、冲动之后的沉重感和忧患意识，更重要的是产生了一种朗悟之后的深邃的愉悦和历史感。说了这么多废话，我不过是说一个疲惫的生命主体偶遇相契的知己来信，不知该怎样表达他的欣慰。

…………

我在3月份参加了已成立一年之久的文化学会（学生社团），估计能当上学会杂志主编。文化学会与校内外文化名人有紧密联系。中国文化书院（民办文化院校，函授聘请中国学界名流），在暑假要在各地面授，书院负责人之一，北大哲学系一位副教授向文化学会要人帮忙，事务性的，我想，有此机会，不如公费出去旅游一趟，一可增长见识，二可增长知识，三又有报酬。话说回来，我还是希望回家的。

也许我应该谈谈思想界的新动向，怎奈时间太少了，马上要熄灯。关于我自己的事，本不应该谈得很多，因为没什么可自夸或自贬的。有关"团结"问题，我也不想谈什么。可以含蓄地讲一下：生活对我来说仍不充满阳光，我就像黎明大地上的一个犁地者，艰难地走过每一个脚印（每一天）。关于学业线索，也没什么可说的。……有一句话："只管耕种，不问收获。"这或许不含现代精神中的急功近利主义，无奈我只好相信他的话了。我想先不要对未来作过分明确的设想为好。

下次再谈。向辛辛苦苦的父亲母亲致敬！

我热切希望哥对《文学评论》……《作品与争鸣》等杂志顾盼一下，那里有你需要的东西。

……不必寄来了。我在这儿完全可以去图书馆查阅。我需要二百块钱。

向刚刚丧母的嫂子问候，对伯母的去世表示哀悼。

弟

4.8晚11点42分

1987年10月18日

哥：

闻舅父去世，甚哀。

人生于世，只以头、脚、手等器官组合成的身体和经历、资质、教育复合而成的独特内心区别于山川草木、禽兽虫鱼和森森耸立的他人世界，能有父母、兄妹无间的关照，实属上帝造人中偶然一幸。母，三十余岁携家带口闯了地狱之门的关东，逆风雪、忍寒饿，实属孤身一人地生活于他乡异地（相对于姥姥、姥爷、舅等人）。几年前，外祖父老去，母大悲，而今舅父亦远去另一个世界，母真正孤独了。人，到了这般年纪，可以想象得出，暮年之感极其残忍，吾思老人家内心深处必极其痛楚。

贫穷，我们家一直为贫穷而活着，这是我们兄弟姐妹们命运荒唐之处，亦为悲壮之处。哥，你总想逃离目前的自己，但为伦理、心理许许多多的因素束约着，其中经济因素更令人无奈；三姐，本可以买许许多多的服饰，本可以有许许多多的爱好，但，钱是冷酷的。我们为贫穷而忏悔。当我们买了某物亏了的时候，我们后悔；当我们不当吃得太好的时候，我们后悔。父母辛勤劳作，钱，成为终生不得不背负的生活目的，我们没理由评三论四，我们也只能面对长辈的悲壮而忏悔。父母为儿女而活着，这是老一代人的悲剧，也将是我们这一代人的悲剧。爱，成为一种报和回报，我们为此默哀。父母为给儿女物质享受不足而忏悔，儿女为自己的"奢求"而忏悔。这是为什么？

从鲁西南到北大荒，偶然？必然？荒原，实际是人的坟墓，因而活得清醒；华北，文化如黄河淤塞，因而活得糊涂。寒冷，让人认识到死的锤炼，然而凄凉；温暖，让人迷惑于浮华的欺诈，然而平静。由一棵绿柳上鲜嫩的脆叶到遗失于沃原的石子，也抛弃了许多，抛弃是无意而充满遗憾，但重新获得又能有什么欣喜。唯一可以留恋的乃是不可归还人的足迹。

吾深感由彼及此，由彼时及此时的代价，遂不再做什么举目展望的无用功，或有用者，亦无意思。只好默然让该留下的留下，该溜走的溜走。久厌烦之，乃生憎恨，继而对自己极其残酷，贬抑自己的情感，自我亵渎，自我折磨，甚至阻止别人对自己的爱。

世人有安然尽兴者，有钱即花，有衣即穿，有笑即享；亦有宁然度日者，心在天外；最苦的是心虑智愁、追求名利的，若求有所获则欣然未徒度一生；最可悲的是坚守独见、独辟蹊径的，始终处于自我体验之中，喜怒哀乐皆出自内心之逆顺兴抑。艺术家大都可悲（现代中国没有几个真正艺术家），吾亦以为其有极大价值；但睡梦之中，常听到门外拾金者细碎清脆的脚步声，此时星光阑珊，血红的路灯正在哭泣；有时听到的是得志者的噫嘻快意。于是疑惑于诗人先穷后工还是工而后穷，无论哪一种，与夜间的门外人声皆不可同日而语了。也许精神价值要大，但人死后，还要什么精神价值遗与后者。我有时羡慕那种痞子精神，无忧无虑，尽情玩闹。

兄之儒气甚重，对吾亦有很大影响。儒气可成人之美，亦可毁人于漫漫修远之道；兄之意志中人民性为要，吾以为此念能使人正直，亦能使人平庸。

由于你我同辈而年岁相去甚远，我常以为悲，共同忍受各自的孤独。小时候，看到别人兄弟之间并踵嬉笑，吾则泫然欲泣。我虽如今在一般人看来显然可喜，但过去未得到的毕竟太多了。这种年岁之间的距离却始终不变。"等待我成年的人 / 在我成年之后 / 等待着我的衰老"（弟之诗《哥哥》）。

我记得大学一年级时，你有一封信批评我"自我意识于信中太多"。自那以后，我懒于向你剖析我自己的思想，我觉得陌生还不可悲，交流思想却遭指责就太惨了。今天写这封信之前给同学写了两封，借着那股劲写了这封信，如若哥又以之为弟之内心可鄙之细腻的宣泄，亦不怨，该发生的，都发生吧。

这封信，各段之间没有联系。随意而泄，混乱，贵在混乱。

弟草于熄灯前

10.18.

1987年11月11日

哥：

你好。

听说家已经搬了，不知父母现住谁家，记得说是要去二姐家。

二十多年了，终于搬出了那个村西南头的老房子，我生在那，长在那，我所有童年的回忆都栖居在那儿。现在失去了那个家，我不能不难过。

从我记事的时候起，家西面就是一片怡人的草甸子，我一生的视野便从这儿开始了。每当草原所固有的那种沉郁宏大的黄昏降临的时候，我一定在门口守望着这片神秘的荒原。光阴易逝，而荒凉依旧，北大荒培育了我的孤独和悲观，也培养了我人性的冷酷。

我沉醉在童年的快乐之中，每当操劳的父亲农闲之际（哥那时恐怕不在），几个姐姐同老父一同去草甸子里捕鱼。草甸的南端那时有条大沟，里面的水和大河相通。远远的我看见父姊们的身影消失在芦苇丛中，白鹳从四处飞起，我的心中升起无限的向往。一切离我那么近，同时又那么远。

在所有猎获的鱼物之中，我最喜欢吃泥鳅。那种香甜细腻的口味不知怎的长大以后再也没尝过。草地的鱼类大概过了几年就没有了，河道的阻塞，气候的风干，农田的开垦……每年只有望着黄海般的劲草品味着大西北风的号叫了。

在童年的种种乐趣中，鹅鸭们算得我最亲密的伙伴。每当春夏之交，成群毛茸茸的小鹅小鸭从温暖的草筐中跳了出来，从此，放养家禽更使我同草地池塘联系到一块。

生命是一种劳累的过程，从小学起，我即俨然有一种成才的使命感。我常引为骄傲。是的，如若没有儿时理想主义（确切地说是个人理想主义）的教育，也就没有今天的我了。也许我们内在生命的质地较为合适于奋斗之类的事情。多少春夏秋冬，风雪雷电过后，我感到欣慰。童年只有一次，给我留下的记忆又是这样美好，感谢童年，感谢我们的故居。

而现在故居已归他人，亲人们已各立门户，每每念起，总不胜伤感。我开始隐约感觉到我们这个家将不复存在了。恰好我已成年，失去精神的家园也无所谓了。

哥寄来的几首诗，我已看过。我最喜欢《不堪回首》一首，无论在情感色调还是诗歌技巧上都堪称当代佳品。其次是《偶然的觉醒》，较纯真。《黑色的启迪》中那种乐观的趣味我不喜欢。《自画像》的两首有些生硬，《错所在》不能算诗。

哥，你有四十余年艰辛酸楚的过去，本可以创作出极好的东西的。关键是抛开一切别人灌输的固有观念，用肉体、神经末梢去感知作为一个生命个体的真实经验。

有空再谈。

弟

11.11

1987年12月22日

哥:

两次寄书、寄信皆已收到。由于生活杂芜无序,一拖再拖遂至今日。我今天特别疲乏,不想多说。新年快到了,祝哥嫂侄女龙年嘉祥。我手头积有《启明星》十五期(弟暑假所忙)、十六期(方出)。^①暑假曾与哥说过主编约我当编委一事,早已黄了。主编与我关系不甚好了,没什么。本想把这两期寄回去,一想快放假了,还是亲自带回去吧。下面的东西都是我的《衰亡的海流》中的诗。^②

经　历

独自一个人走过
三千里销魂的冬夜
二十个年头
没有一个响亮的早晨
……

---

① 据此信,戈麦似参与了《启明星》第15期的编辑工作。查《启明星》第15期,出版时间为1987年6月17日,在暑假之前。或实际出刊日期要晚于扉页所载日期,6月17日只是刊物开始编辑的日期,戈麦"暑假所忙"正是此后的排版、校对工作,但未署名。该期刊有戈麦诗作《平原》,署名"江雪"。在戈麦所藏该期《启明星》目录下、主编姚献民名字之后,戈麦手写了"更新而不换代"的批语。
② 《衰亡的海流》,今不存。所引三首收入本书第一编第六辑,《中国诗人》标题改为《憾事》。

金　色

……大理石和松坨的后面
太阳没有记性似的爬起
疯狂的冬日像一件破旧的衣裳
金色从袖子里伸出手掌，悄然
……

中国诗人（节选）
——致 M.R

……
陌生的雨淋湿了海边
困顿的船
……
你不愿曾住过的小屋
坍陷之后沉重的骨架
压在所有女人的肩上
……

1988年4月9日、12日、13日

哥：

　　来信早已收到，那二百块钱也早已于之前一个星期收到，可一直没有回信。

　　生活是一场在纷乱中暗暗展开和静静收场的竞争，谁能在流逝和噪音面前保持清醒的头脑和稳定的秩序，谁就会超乎他人而

夺取胜利。我生活在这团巨大的生活载体中，经常感到的疲倦，是表面的精神亢奋和内心的缥缈无期的巨大反差。作为人，不得不作一个常人，而"常人"缔造平庸。我经常用认同世俗的常情来抚平内心种种不安现状的欲望，而这恰恰构成了压抑，自我的压抑。我渴求作一个平平常常的人，虽庸碌，而别无失去，然而我不能忘记曾有过的成名成家的理想。这是我的悲剧。"理想"一方面在我内心深处已然厌之，另一方面又一次一次地冲击我麻木的神经，催我奋起。但目标为何？年至廿余，仿佛生活的路走到了一块圆形的广场，周围远远地望到了一圈高高的墙。不需要走近，也不需要越过，因为越过之后还会看到周围的墙的。我真想写部心史，把一切困惑一切心绪书之于纸面。然而，在中国，没有宗教，向谁倾诉。任何人都不可能作为倾诉的可信任的对象，把自己的全部生命交给别人去"理解"、裁判，这是不公平的。也许文学便是人的情绪抒发的公平的方式，只因为报刊方面付与稿费，可怜的交换。我不会写的！时至三年级，面对大学生在中国的尴尬处境，面对自己的末路穷途，我再次感到文学的孱弱。文学是一种神圣美好的职业。然而，我要作一个俗人。文学是富人所为，然而我还没有立锥之地。多么可笑。

近二十天来忙一篇论文《北岛研究》，今天下午就要写完了，近两万字。由于写的过程中困难重重，拖延至今，还误了不少功课，更觉无聊得很，因而一直没有抽出时间去帮你查找关于从维熙的评论（时间或许能抽出点，只是耗过去了）。

有关从维熙评论的专著，是没有的，要找的话得先查全国报刊总目，包括近七八年的，非得用上十天全日工作不可，如果随便翻阅单独的、评论较集中的刊物倒也可查到一两篇，我没去做。尤其是近两三年关于从维熙，已经很少有人注意了。

他的小说我只看过《大墙下的红玉兰》。他的小说在我们的当代文学课上受到了洪子诚老先生的贬责，我本人也不喜欢从维熙，平时关于他的评论很少注意。现在让我推荐关于他的评论，也说不出来。

为了哥哥能安心写完论文，我看我还是先不谈我的看法为好。

也许实际是因为我太懒了、太累了，或者也说不出什么吧。无论如何，从维熙那一代人对"人"的看法很难打动青年一代了。"人"是人，已不再服从某个外在的目的。悲剧是令人敬慕的，但人要摆脱一切悲剧，尽管人类的生存本身并不让人心安理得，但宁可玩味生存的荒诞，也不会勉强地去掉下几滴廉价的眼泪了。

我说不发表意见，结果还是发了。不过，我还是想说，哥，你还是按照你原来怎么想的去写吧。追逐新观点、新思想本不是生活的目的，生活（包括作文）的价值在于真诚，书写自己。

有时，我想"理解万岁"纯属空话。是的，充分的理解是不可能达到的，但这种愿望是应当珍惜的。我现在这样想。

一个男人经常流露出感伤的情绪并不耻辱，可耻的是经常包得像铁罐车一样严密。

哥，我是极易动感情的，这你是熟悉的，但我又是极冷酷的或曰冷漠。是奔波至今的个人生活所致？是寻求现代灵魂所致？还是生理神经方面所致？不得而知。有的时候，我觉得我对我自己是陌生的，读不懂自己这本书，于是过去那种对别人解析的态度改变了，整个世界更是不可驾驭。

生活，就是密密麻麻写着一些无谓的符号的破纸，人与人之间乃是一片蒙蒙的浮空掠过的晨雾，却永不消散。

在中国，没有宗教，我决不诉说。

是呀！何必想得太多，何必抛扬廉价的"多思"的破烂。

祝好。

弟88.4.9

《异端的火焰——北岛研究》已经写成，二万七千字，递交一年一度的"北大五四科学论文"评奖组委会。

1988.4.12

…………

1988年4月17日

哥：

前几日写了一封回信，今日看仍未发，遂继续写了下来。上封信写得太混乱，然而混乱也有好处，可以表现复杂混乱的心境。

时至三年下半学期，我几乎骇怕与过去的同学通信，也说不出为什么。时间把人们安排到各自的位置，通信只能增加对时空限制的种种惆怅。个人对一生的感觉也与过去不同了。过去一直向往着将来某一天能够出人头地，每天早上像迎着一顶辉煌的王冠一样出航，未来的天空上呈现出一片紫金色的祥云，空气中似乎总有一些让少年感到兴奋的分子游动。然而又是时间，这个恶魔把人推到了中年的平坛，是啊，道路终究平坦了，却一片荒凉，有意味的东西几何。昔（日）望到的那一座座巍峨耸立的群山，有的踏在脚下，有的虽仍然赫赫有声，但其所能致者也一目了然。茫茫平原之路，无边无际。好在总有日落西山的时候。

我对自己的能力不再相信，我不相信我有什么理由去攀登什么宝座。

我也不希望生活对于我，是一片沙漠，我对于沙漠是一只出水的鱼。当我极力爬回生活的岸时，干涩窒闷的心理感觉难以忍受，我明白了生活已经久久地抛弃了我，就像我从早些时候就把生活忘记了一样。我厌倦了一种背向绿色、走向冰山的意志反抗，渴望被绿色吞噬，以赎回对生活的种种欠缺。生活却依旧那么陌生。

当我还没有准备好适宜的笑容去迎接春的到来，各种树木上大大小小的树叶就争先绿了起来。我想那盛夏的燥热会让我受不了，就像我同样忍受不了酷寒一样。我被季节搁浅在一片没有动力的黄尘土路上。

有时，我简直不相信，我的一切就如此下去，也许转机是有的，却在来世。

多次，我想把这些废话一样的信给烧了，但一考虑哥来信至今已有数天，如仍不回信恐伤情谊，只好寄去。

我觉得我活得越发软弱，有时不信现在的我竟是原来的我的成品。我觉得我无法塑造自己。有时觉得到自己是扒在峭立的海岸上的挣扎者，我不知道这一线希望的力气从何而来，不知为何竟握住"生"不放，死死地苟延残喘。

"生活"对于我是一道难题，是一个必须弓着可怜的身体钻过去的狗洞。我看得清楚，故没有办法缔造那种高扬着喜悦和幸福的篇章。（今后保留我的信件，且不要随便置放。）

第四次下笔。写于4.17

1988年4月22日

哥：

信还没有发出去。

《异端的火焰》评出来了，获二等奖。这次"五四"科学论文奖是这样：文理分开，本科、研究生分开，一等各五名，不论系别。二等各十名，没有三等，有数名鼓励奖。

我是多么自私呀，置哥的论文于不顾，总谈自己的论文。不知为何，获奖这事总是令我高兴的。

咱家的牛生产了吧，不知吉凶如何。

最近一直晚起，只因晚睡。我现在的宿舍虽人少省心，然每晚有电（从走廊偷电），来访者（没什么屁事）迟迟不归，自家四人又每每有夜读习惯（环境使然），因而十二点以后睡觉成为惯例。

北大要举办校庆90周年隆重纪念活动，最近一星期为电影周，几乎每晚有电影。

那两本小说早已收到。今寄去去年文化节的纪念刊物《在流放地》一本，请评阅。

三姐的事怎么样了？

想必哥的论文已经写成。哥马上面临毕业。弟从小学到大学，已经历过三次毕业。第三次毕业（高中）给我留下的印象最为深刻。每当毕业的时候，总有一种轻松感，恍然几个春秋过去了，入学时的情景依稀眼前，此时此刻又有多少收获，有多少失落，春草夏日未变，未来路途何方。毕业，是一个重新选择的机会。在中国，这样重新选择的机会是很少有的，哥也一定会有十字路口的兴奋与哀愁吧。无论如何，毕业应当是一美好的时辰，我宁愿浮游在这个静止的冰块上永远静观大海的沉浮。毕业时节，所有如潜流般流淌的日子，皆与自己无关，人仿佛跳到了生活之上，天空上乃有佛的神光。

妈说春天去检查一下身体。黑龙江的暖日恐怕要在五月，这样的话，恐怕妈还没有去。

人世间无奈之事十八九，也许便产生了"文学"。上几封信只谈及一点，其他也不说了。

我经常陷于几种价值取舍的矛盾之中。"过程"和"目标",是侧重过程,还是侧重目标;存在主义只重视过程与选择,而儒学便只强调道德的目标——境界。"读书"还是"玩世","玩世"无用,"读书"又何尝有用。世上又有多少人不读书,却能痛快地活着,无数!

精神不好,我不想对家里多说"精神"病灶。任何个人的哀愁、无奈诉与他人,是一个男子的耻辱,男人应把自己的痛苦埋于心里。但这不行。有时候家里人会觉得我有些时候不太好理解,可能有时是我个性使然,有时是理性主义的固执,有时却是神经方面的苦恼。我不愿多谈个人的隐痛,我不愿以此作为让别人同情的缘由,更不愿别人(包括你)只对或只能对此报以"得知"或"咀嚼"乃至揣测等让人讨厌的态度,因而我有时对家里不想说什么,有什么用啊,没人能够帮助。

高三的时候,有一阵子,我几乎厌倦看课本,成天烦躁得要命,那时离高考还有半年多。我看到像我这样读书—考学—上学的中学生们都在作着无用功,逐渐觉得我这样复习功课乃是受一种洋罪,不如像别人一样活着好。我那时似乎已经察觉到我只是在追求一种空泛的东西。"空泛"对于我们这样的平民是多么陌生。那时,我的头正痛,我跟母亲说"妈,我不想上学了",妈立刻说我不懂事。什么是"事",我要懂什么"事"。

我不是不知道"我"是全家的希望,大家疼我,让我学好,这些首先是对我好,其次是全家的利益,但一想到我仿佛是一家"工厂"的产品,就不免感到悲哀。当谣传我被"开除"一事时,父母首先考虑的是家里的"名誉""名声"。我感到一阵阵恐怖,我只是一个符号一个招牌。我理解,父母几十年生计不容易,好不容易把五个子女拉扯大,父母把价值愿望寄托在子女身上,子女的成功也是父母的成功,这都是极正常的。但是我又无法对

"别人把我当作飘带"完全漠然视之。多少次我总幻想着爸妈哥姐能把儿子、弟弟的成长当作一回事。

可是，没人管我。回想起来，十二岁以后，爸妈几乎没有问及过我的学习，更别提"儿子会有什么烦恼"之类的想法。多少次课堂上，我出神地回忆童年时候，和爸一起去马车班的情景。爸给我讲关于马、关于牛的种种事情。至今我还能记起爸爸把我抱到马背上，牵着马缰绳，黄土路像当时那美好的生活一样呈现甜蜜的色泽。我出神地回忆每年春天，当母亲把一筐筐鸡蛋变成小鸡时，我的喜悦有如三月。我和母亲共同关心着小鸡的成长。当天和日暖，斜阳静静地垂在南天，整个村落唯有鸡鸣。我走进放置鸡窝的窗前小院，那时空气中弥漫着一种快悦的神秘。我捧着一捧鸡蛋跑回房间。母亲坐在炕上，以期待的目光注视着我——她的儿子。而所有这些，十二岁以后只变成"钱币"，爸妈给我"钱币"，让我完成我自己，也完成一个家庭的一件事。这些钱是炽烫的。我知道它来得不易，渐渐养成了节俭的习惯。除了这些，似乎父亲总是默默地走出门去，或走进寒冬，或走进酷暑，无息地劳作。幼小的心灵时常自问："这都是为什么？"初二时，母亲每天早晨四点半起来给我单独做饭——油黄的鸡蛋饼，做好之后或是默默地继续上炕躺下，或是默默地看着儿子把香美的早餐吃下，仿佛辛勤的泪水在黎明的黑暗中渐渐化为一条为儿子铺下的金光闪闪的路途。

父母没有文化，但在其他方面给我丰厚的馈赠，这已足够了。但漫长十个春秋冬夏，儿子在外面闯荡，那种孤独的寒冷，父母不会理解的。有时，我真想与爸妈直接通信，这辈子，这恐怕是最高的奢求了。现在，放寒暑假，我总能听到爸的一句话："在外面，万事要小心，干事要专心。"哥，你想象不到，弟曾多次为之暗自流泪，儿子成年了，能得老父亲这种关照有多不易。我非常珍惜这句话。想起它，总想起父亲那风雪中冻得通红的粗大的手。哥，你也想象不到，当去年暑假，妈破口大骂我时，我的精神几乎到了崩裂的地步。一想起母亲恶狠狠地骂我的情景，我就再次感到活得无意思。

（刚才吃饭去了。）

我觉父亲有时还是能理解我的，也许男人和男人之间情感的沟通较为容易。父亲爱发脾气，的确对子女的身心健康有影响。由幼及大，每每受到父亲训斥而发生饭食哽咽、大脑压抑的现象。但我尊重父亲，父亲以一个男子汉的刚强从生死存亡的生命线上把全家拉了出来。父亲做事务实，我力争继承父亲的这一品质。高三毕业的时候，当我面对纷繁的经济社会时，我要选择我的职业，这时，我又一次想到父亲，也许是父亲的务实精神又一次在我的血液里升起。这时我甚至以为哥哥的做人准则、人生信条是极其背时的。在人的生存、吃、穿都成问题的家庭状况下（70年代），哥哥的歌德、席勒的精神与父亲的务实相比，简直太渺小了。至今我仍在想一个问题：

文学，是否意味着逃避生活？

这封信终于要发出去了。我要声明，无病呻吟是可耻的，以思维能力加以炫耀也是可耻的。这些我都不是。我说了这么多，只是迫不得已。

4月28日，三年级学生义务献血，每人200cc。

6月底，三年级学生出去实习，我们专业去长白山和广西两地，二选一。

祝诸侄甥佳胜，父母好。

弟

4月22日

1988年12月25日 ^①

给我的哥哥：

一个人注定不能被岁月的风沙所埋没。多年的时间流走了，而我将走向我早已渴望的海洋，明天那沸然的、冷酷的、精美的、被糟蹋得不成样子的生活。我将在走进它时回过头来。我终生唯一的导师——你，伫立在遥远的地平线，注视我，这是我一生的幸福。

弟

1988.12.25

1989年9月25日

哥：

信收到了。

上班近两个月了，现在主任让我负责期刊的文学评论和现代小说栏目。每期需要的篇目虽不多，但选题面较广，另外我还在协助部主任编社史（很快就完）。我刚到，能委以重任，还是很不错的。应该满意了。

也许是刚刚参加工作的原因，总是感到不太适应，包括各方面，也许以后会好的。人总是把希望寄托给未来，很可贵，也可怜。

小黑到我这来过一次，我也常去他那儿。^② 他鼓励我猛攻外

---

① 此信写于一张贺岁卡上。哥哥褚福运对戈麦的成长影响至巨。戈麦曾对人说："身体是父母给的，精神是哥哥给的。"此信则称哥哥为"我终生唯一的导师"。

② 小黑，即下文之李庸生。北京人，1954年生，1969年到宝泉岭农场插队。与戈麦兄褚福运相善。1978年回京。1990年移居澳大利亚。

语，准备出国。对于这个，虽然以前有过想法，但尚无充分的心理准备。我的情况你也知道，身体原因不可能玩命地学习，何况每天工作八小时，已经够累了。我想，我还是应该听从他的劝诫，只不过不能太急。小黑够意思，把我当作自己的弟弟，但我的性格你知道，我在最大限度上不依靠别人。

最近发疯地看了一些作品，也写了一些东西，觉得很愉快。但经小黑不断地劝告，我想，以后还是不把精力放在创作上，转攻出国。其实两条路都很渺茫，国内没有充分的文艺环境，而我又崇拜颓废、悲观、否定性的东西，因而在国内小有名气会受到很大程度的制约。出国也很遥远。首先是复习、考试，就算考试成功，这还仅仅是百分之三十的成功，因为在没有国外的人帮助的情况下，要自己写信联系，将来还要申请奖学金，申请不到还要自费，申请到了，以后也保不准。不过，我想，我现在应该做的就是复习，强攻外语，其他会解决的。

所有的一切，都只是向哥谈心，希望一切都不要给你带来什么负担、顾虑。

人生真不是什么轻松的，不是一蹴而就的。也许人的希望值过高。我现在的状态是可以承受一切的苦难，一切的不幸。多少次困苦和悲伤，有时几乎使我陷入不能自拔的境地。我体验过疯狂边缘的恐怖。

有时候，我简直觉得活下去真是一种浪费。这是过去的感觉。我想以后不会再有。

我想把阅读放下来，创作放下来，玄思苦想、放浪嘲谑放下来，倒可以轻松地活着。本来，人是一件简单的东西，吃饱喝足、愉悦、求功利。

英语放的时间长了，也该拣拣了。明年李庸生出国后，他想把一些托福复习资料和听力磁带给我。

人活着，就像在跑道上一样，不能自主地飞翔，纳入轨道，也许是一种幸福。

有人曾警告我：走进单位，要忘掉学生的生活，我真正地了解了。

兴之所至，随便说的，请哥不要有什么担心。

希望常常收到家里的信。向父亲、母亲致敬！

小军

9.25

1989年10月30日

哥：

你好。

近几日工作相当忙，我和另外一个同事接了一个任务：二十多天内编出一本北京文化旅游方面的书。现尚处于查资料和写提纲时期。晚上还算有空，等几日开始写的时候，恐怕就没有什么空余时间了。

我现在逐渐了解到工作之后，再想搞点东西（比如创作、读书、钻研）是多么不易，也渐渐理解到哥十几年不辍的努力是多么可贵，同时也觉得过去我对您"要有紧迫感"的忠告不太合适。总之，越来越品味到生活的辛酸和艰难（虽然现情况还好）。

小黑那儿，我并不是常去。一是我们各自皆忙，我不想打扰他。二是我每去，他必筹备酒菜，总去的话，也够他破费的。三是去他那儿，我不会有轻松感。要么纠缠在人生观念上，要么就听他催我奋斗。你知道，我只是闲暇时间才出去玩的，要的是休息，而不是躲闪不过的回答。不过，小黑这人还很不错的，属于极富个性那种，某些方面很有志气。他有时过度地夸奖自己，很可能以前即如此，因而有时有点言过其实（我猜）。小黑这些年来一直在学功课、技术、外语，因而对一些人的细致的东西可能没什么探究，哥若给他写信，不必直抒胸臆，太坦露心境，因为他可能理解不到，这是事实。虽然如此，在异地客留，有一个能鞭策自己的长者，总不算一件坏事吧，也可以说是幸运。我一直很尊敬地和他讲话，你放心。

最近在《自学》上发了一篇散文。我想接着写下去，虽然每天时间极有限，但我还是想把写作放在首位，其次是读书和外语。因为有能力去写而不去写，我认为这是贻误战机。

最近，我一直感到生活没有尽头。小的时候盼长大，高中的时候盼着上大学，上大学的时候盼着毕业，那么现在盼什么呢？什么也没有。这里面可能蕴含着某种生存的危机。我经常期望着生活能有所变化，或是政变，或是战争或是星球的毁灭。我总觉得人不应该是现在这样子，生活不应当是现实这个样子。

《文学自由谈》4、5、6，我手头有，但这是社里的（归我负责阅读），我正留心街上或邮局哪儿有卖，买了后给你寄去。我又想起暑天里没有去工艺美院给杨家的二儿子（？）打听面授的事，我食言了。我现在越来越怕食言。一个成年人想在别人心中立得住，不是容易的。

一同寄去给平平和爸妈的信，请转交。

就谈这些吧。祝一切好！

弟　军

1989.10.30 晚

1989年11月24日

哥：

你好。

毛衣裤和信及时收到。

这封信好像没什么可说的，只不过衣物等收到多时，应提笔回信了。

一切如旧。

新毛衣、毛裤我还没穿，试了试还行。新毛裤因为较暖，预备严冬再穿。新毛衣形状瘦长，且薄，只偶尔穿一下。现在我上身穿一件旧毛衣、一件腈纶毛线衣，套着穿，合身、暖和。

小黑那儿有一个半月没去了，他的条件很优越，有老母亲养着，不上班，天天游泳、学外语。如果不出成绩，反倒是奇迹了。

生活像撕不破的网，可能不会有那么一天，能够飞出嘈杂和丑恶，不会有那么一天人能够望到明亮的花园和蔚蓝色的湖。

很多期待奇迹的人忍受不了现实的漫长而中途自尽，而我还苟且地活着，像模像样，朋友们看着，感觉到我很有朝气，很有天赋，其实我心里清楚，我的内心的空虚，什么也填不满。一切不知从何开始，也不知如何到达。我不能忍受今天，今天，这罪恶深重的时刻，我期望着它的粉碎。我不能忍受过程，不能忍受努力和奋斗。

节日，总是彩艳地悬挂在人类的谎言簿上，记载着可怜的欢笑。人们聚集在生活厚厚的墙下，带着空空的脑壳敲击，敲击着空洞的声音。他们瞪圆呆板的双眼盲目地准确地捕捉到了幸福。

我不是人类的强者，不是。强者是掠夺一切的人，走山跨海的人，是霸占着财富和幸福的人。强者是书本上的字，是人类行为的规则，是其他人生活的不幸。

我从不困惑，越来越是如此，只是越来越感受到人的悲哀。

做人要忍受一切，尤其是做理智、恻隐的圣者。要忍受无知的人在自己面前卖弄学识，忍受无耻的人在身后搬弄机关，忍受无智的人胡言乱语，忍受真理像娼妓的褥子一样乌黑，忍受爱情远远地躲在别人的襟怀。

以上真是胡言乱语，权且当作无话找话吧。

向爸、妈问好。

谢谢大姐殷勤的编织，日后报答。

1989.11.24

1990年11月5日

哥：

你好。

很久没写信。来信得知，回哈一事已办得差不多了，很好！若最终办成，还望来信告我，以防寻不到踪影。

我现在情况还可以。除上班之外（上班也是与文学有关），每天规定自己看多少页的书，写多少字的作品，但基本上时间被学习占去了，很少写作。对于读书，我有一系列的想法，想系统研究一下历史上所有的文学，越古越要重视，比如《圣经》、各民族史诗、神话。金字塔需要一个宽广的底座，正确的航线源于丰厚的学识。但不能等读完、研究完再写，那样就晚了。一边研究，一边写一些，日后终会有所结果。此外还写点赏析，为赚钱糊口之用。

我现在除基本工资（助理职称，82元）外加补贴和20元月奖之外，年半、年终还有几百元的奖金。逢年过节，工会还发个几百元，维持一人的生活（吃饭、买衣、抽烟、交往）是绰绰有余。但我买了一些书，书这东西不起眼，看似十来本书不过一尺高，但其价格抵一个月的生活费。这一年多，我买了近三百本书，大学时代的书毕业时挑不再用的贱卖了，留下二百本。新买的这三百本是绝对有用的，但这远不够。平时，我也常从外文局图书馆、北京图书馆、北大图书馆借书，买的书有的要留到以后再看。一年来使我感受最深的是：借书与拥有书有极大的不同，借了必然要还，还了什么时候又想翻看，书和书还要对比、联系，才能发现东西。所以，我仍痛感自己手头书太少。现在对于我来说，饭可以吃清煮挂面，烟可以抽两块以下的，汽车可以不坐，但书要买。写东西太少，目前还不能用文字来赚钱，今后绝对可以。这三四年是我一生的关键，能否挺过去，能否完成学习和研究，能否忍得住痛苦和寂寞，决定我一生的幸福。我现在自己找房子住，不再和庸人们虚度光阴，不再在日常心理的劳累中顾左顾右。研究生我绝对不去上，既然出来了就不再回去。学校生活对人的损害也很严重，在无用功课和同学之间所耗时间不亚于我坐班虚度的时光，学校的风气还给人带来虚无和偏颇。况且我工作着，总可以挣到我买书的钱。我相信我自己。我相信，你并没有从我的话里听到什么狂妄，我已经度过了空想和狂热的学生时代，我冷静而不沉沦，我已经能够看到未来的生活和末日的景象。我所说的都是实话。结婚、恋爱是应该有的，但一定要等到二十七岁以后再结婚，那时我已经工作满五年，或找机会出洋，或留在祖国，再作决定。对于父母对儿子早婚的盼望，我只能弃之不顾，天下的事多了，哪能什么都加以考虑。

上次来信言及两千元钱的事，我不知父亲意下如何，不知姐姐们怎么想。如果是作为避人耳目暂移款于我名下以防父亲再婚后又有不测，那此款自然仍属全家；若父亲将两千元留作我将来结婚急需之用，我深表感激。母亲去世之后，爸曾和我谈过，恐怕是倾向于后者。若果真如此，我想先移用一些。

哥，您可能不理解。其实结婚和结婚之后的日子比单身要好过一千倍，对做学问、搞创作的人更是这样。我将来一定找一个知识型女性，很可能就是同学中的一个。和许多知识分子的夫妻一样，我将来的家庭不需要事先把一切置办好，一点一点慢慢来。半年或一年买一大件，三四年就可凑齐。所以说，两千元钱并不一定对我结婚有什么太大用处。哥，你可以嘲笑我，说我现在又穷、又能花钱；你可以指责我，说我将父亲辛苦的血汗作为暂时满足某种欲望的工具。但我想表明，如果家庭想帮我，不如在我需要帮助的时候。我知道你也很缺钱。那么，总之，如果爸的意思是想将来用两千来帮我，他老人家再婚又不太缺钱，姐们又不太有意见，请你寄给我那两千元的一部，但不要让爸、姐和一切人知道。并不是说这是什么见不得人的事，而是没有必要告诉别人，没有必要惹麻烦。

我终于在贫穷面前变得软弱了。过去我一直坚守宁可饿死也不让家人失望的想法，主要是世人对一个人的要求，使他感到太重的缘故。但今天，我确实觉得我不能因没有更多的钱去营造书籍和安静的环境而失去更多。如果有一天，我发现自己浪费了钱财而毫无用处，我毫不后悔，我可以自食其果。有道是可以先向朋友贷款，但总是要还的，一年压一年，我恐怕承受不住。我左思右想，想到了可怜的父亲的可怜的爱，和可怜的一点家资。恕弟不孝。

小军

11.5

上封信中谈到要来我这的那几个人，一个也没到。

1991年8月28日 ①

哥、嫂：

你们好！

哥，《发现》第二期印出，给你寄一份。

上次寄给平洋父亲的八十首诗②，我又打听了一下，听说，还在佳木斯的一个人手里，他叫任歌（笔名），真名叫 × 长伐（姓忘了）。该人在农垦报工作，参与编那套诗丛。哥若有闲心可过问一下出版前景，也可以不去管它。总之，能出更好，暂时出不了也不忙。

回哈一事办得怎么样了？嫂子和平、娟都好吧？1992年2月至3月回黑省休假。

祝一切平安、顺利。

弟

1991.8.28

---

① 这是戈麦最后一封家信。
② "八十首诗"即戈麦自编诗集《彗星》，列入《北大荒文学》拟出的一套诗丛。此诗集戈麦生前未能出版。戈麦去世后，西渡编辑的戈麦第一本诗集（漓江出版社，1993年）沿用了"彗星"作为书名。

致褚凤英（2封）^①

1987年4月23日

三姐你好。

二百块钱已收到，十分感谢，向爸妈哥姐问好。

本月中旬三天时间，我们班十几名男女生去京冀交接的野三坡玩去了。从学校三点半出发，骑车两小时到永定门火车站，天还没亮。我们乘上六点零七的火车，行程三个小时，沿途城市村庄荒野尽览眼底，过十渡、上庄到苟各庄下车。此地乃野三坡六大风景区之一。野三坡绵延数百华里，方圆很大，位于太行山翼，地貌属喀斯特地形，石灰岩等在形成时期受风水侵蚀，山高路险，悬崖壁立，山岩层次分明。苟各庄附近有三个峡谷，均幽深荒僻，头顶两侧岩壁几乎靠拢，处处可见"一线天"的奇观，脚下青石时而平展无坎，时而类似瓮底，圆滑，可进不可出。时逢旱季，谷内无水，若逢雨季，遇大雨，非为谷中之蛙不可。我们一行十二人住在老乡开的破旅店里，庄上土里土气，一派农村落后景象。大人弓腰耸肩，面目呆滞；小孩鼻涕拉沓。土窝里打转，见到石磨、石桥，和鹅卵石中浅而猛的小河流水。我骑了马，马瘦得要命，狂跑起来，犹如就要散架。不远的距离，要费一元。旅店内乃土炕，被子褥子有些黑灰，甚者惨不忍盖，夜间时而幻想

---

① 褚凤英，戈麦三姐，生于1964年。

有跳蚤缠身，不热而出汗。

下榻那天下午，我们先拣近处逛了一下，顺小河而下，沿途风光属余生二十年未见，山高而耸，拔地而起，其色棕黄，石壁犹如土层，或倾斜令人惊叹，或平稳予人壮美安详。传闻壁上有狐妖洞，若逢刮风下雨，大小妖精敲锣打鼓，兴风作浪，好不热闹。又闻近年有一旅游局局长前去探洞，脱衣解带方挤身过去，洞内昏暗，须松明照亮，行进几十华里方能出洞，那已是另番世界了。我们试图探一下险，手持四五把手电，刚进洞口不到十米，只见石洞变为石缝，越来越窄，简直连小狗都钻不进去，不禁觉得传说全为扯淡。问至农家，他们兴致很高地前来证明，结果也不得进入。原来他们也没试过。小河行至前面山崖下转了弯，我们大声呼叫，山间传来阵阵回声，妙趣横生。又见一崖犹如夜幕从天而垂，好不惊叹，人顿时变得很小很小，与河中之鱼无他差别。随即我独自攀上这面的群山，妄图当同学们往回走的时候，我从山上回去。山上路漫漫，歇了几次，终于攀上最高峰，举目下望，同学小如米粒，正向农庄移动，待继续前行，才发现处处悬崖绝壁，回庄无路，眼看苟各庄在下而不得回，无奈顺原路返回，至庄已晚八时许，同学正在洗漱。

第二天，我们准备远行。三峡谷择其一名曰"海棠谷"，因传闻海棠女峡谷救父而得名。一行十二人，带足面包，提着一台大录音机，峡谷应声而震荡，纯粹一个天然大音箱。峡内最新鲜的要数崖壁上的小白花，好不肃穆。我们经过老虎嘴、一线天、金线悬针、四瓮子、下天桥，已行约三个小时。路窄时，只能通行一人，有爬坡处，须双手为爪，抓住岩石爬行几步。行至两点半，终点遥遥无期，实际上也不可能有终点了，再往里去非顺太行山谷南下黄河不可（夸大了）。心知路遥，但总以未曾见到"望京坨"而遗憾。据说，站在上面（此地最高峰）可看到北京北海白塔，多么诱人的传说。不管怎样，总要爬上一座方解人心头之闷。于是四五人准备爬上近处一峰。上山之路极陡，极为小心，中途只剩下我和另一同学，绕了一个弯，从后面钩住树，登上峰顶，算完成了一个过程。不料下山之路没选对（因为在上面看不清山下情况），我们下至半途不敢再下，欲上不行，欲下不能，痛感人生之困境艰辛难忍，生死只在一刹之间，醒悟只在一寸之内，天堂遥遥，人生苦闷，解脱之时又这样伤心。犹豫彷徨之际，踩松一块风化石，掉下悬崖，飞行过程中，神志极其清醒，感觉到了天门之路上的快乐，天地人融为一体，生命顿时得到证明。好在坠落处至地面仅四五米，颈部顶到一棵树上，安然无恙，只左手中指指甲前缘折掉，血流不止，现已痊愈，但仍不能用力，洗衣只好推迟。

旅游回来，心境大变，心里顿觉舒展，已非往日焦虑心情，自己的事、学习的事、人际之事一下子轻松起来。上课再不心烦意乱，行走再不匆匆忙忙，言语举动轻松了许多，处事变得冷静又无所谓的样子。我由一个自在之物变成了自为之人。

上面的话或许有夸大其辞的地方，不过真言总占大半，权当小弟闲扯。

祝

好。

军

4 月 23 日晚

1987年11月3日

三姐：

你好。二百元钱和哥寄来的书皆已收到，来时带的钱还没有用完。收到书的事转告哥，不另发信。

我想，前两年用的钱有些地方用得不当，今后尽量弥补。最近，把录音机又拿去修了，修好之后准备卖掉。

咱家秋收已经结束了吧，听说刚到十月中旬就下上雪了。至于过去是什么时候下雪，我已记不得了，所有的记忆都仿佛已存入画中。

咱妈、爸的身体情况怎么样？

北京前几天刮冷风，今天又转暖了。前天下了一场雨夹雪，树叶都落了。但走到湖边，仍存有许许多多的金黄色树叶在高出常青松许多的大树上闪闪发亮，在过去，每到秋天，风景总是这样。可城市中却很少见，处处是灰色的水泥堆积而成的大楼和人工培植的盆景，如此灿烂的秋景在我到这第三个秋天才找到。我怀疑过去我是否没有想到过应当寻找这样的景色。三年级了，后路已被封死，前途仍很渺茫，所以经常想到过去的事。而这种情况，往往是年近暮岁时发生的，莫非我真的未老先衰了。希望来信。

本来应该经常给爸妈写信，但即便写了也需姐念，话不知到底用什么口气说才是。代问候诸家人。

11.3

致褚平岳（1封）^①

1989年10月30日

平平：

你好。

这可能是我给你写的第二封信。第一封是两三年前写的，夹在给你爸的信里面，你大概已经忘了。你现在可以说已经长大了，可以看信和写信了，我很高兴。你很小的时候，我就认识你，看着你一点点由小变大。你有一个很好的爸爸和一个很好的妈妈。这是一个人最宝贵的财富。人从小到大要经过很多阶段，每一个阶段、每一次环境的变化，都需要勇气。平平，你知道"勇气"是什么吗？勇气简直太重要了，要勇敢地面对困难、挫折，勇敢地克服一些障碍，包括自己的缺点和弱点。许多人失败了，并不是因为他们没有才能，而是因为他们没有勇气。

学习紧吗？数学一定要学好，它可以奠定一个人的未来。要相信自己。对于你这个年龄的学生来说，应该相信自己有潜力。世上没有做不到的事，因为你现在还小，一切刚刚开始。不像大人有来不及一说。记住：童年意味着一切的可能。

你还在写日记吗？日记一定要坚持。老师检查日记吗？最好不检查。日记是一个人私有的东西，别人没有权力看。如果老师

---

① 褚平岳，戈麦长兄褚福运长女。

不检查的话，你就应该学会在日记中不作假，真实地抒发自己的感想。

还锻炼身体吗？我说的是早晨。早晨是属于小学生们的，应该珍惜它。

应该珍惜童年时代的每一片阳光，每一丝欢乐，因为时间很快就会流走，再过几年就不是现在的阳光、现在的空气了。

叔叔

1989.10.30

致西渡（2封）

1990年1月1日

陈渡①：

你好。

我十二月二十二日下午到家，母亲于二十三日凌晨去世。由于哥姐已成家另立门户，家中只剩老父亲孤身一人，需我陪伴一段时间。发生如此重大的变故，又有许多事情需要我们兄弟姐妹商量安排。因而暂时不宜归京，不过，无论如何归期不逾正月初十。

编书一事，想来还很重要，②你就多费心了。还是按既定方针办。先试探导师们的意思，首要目标对准北大出版社，如若不行，文联出版公司和漓江出版社（北大桃李③在那儿）可后继之。无路可走之时，再考虑筹款出版。

在京诸同学元旦过得都很好吧。我这里每夜黑室孤灯，明如残豆，心里很乱。代我向龙清涛④问好。

---

① 陈渡，西渡大学时曾用笔名。
② 当时戈麦与西渡正合作编辑"北大诗选"。此书后来由南海出版公司出版，名"太阳日记"。该书版权页出版时间为1991年5月，实际出版时间要晚。戈麦生前未及见此书出版。编者见到样书是在1992年元月。
③ 桃李，北大出身的诗人、翻译家莫雅平（北大西语系1983级）大学时期所用的笔名。
④ 龙清涛，诗人紫地本名。本科毕业后继续在北大读研、读博，博士毕业后留校任教。

走时匆忙，启程前一日自行车坏于甘家口，后推至邵平 ^① 宿舍楼所在院内，左手车棚稍远离大门处，已上锁。车后轮滞涩已不能行走，况钥匙已不知所在。烦你闲时光顾一阅，若棚内车水马龙，可不必管它；若灿然独卧，则烦你砸锁修车，将车骑走代存，以防遭劫。深知你日理万机，然此事唯你处理较为妥当。若去时车已不见，不必放在心上。车乃"28"飞鸽，无（站立）支架，后车座系镀锌明光（非黑漆所染），全包链盒，有加快轴，后轮系涨刹。

祝冬顺笔安

老褚

1990.1.1 晚

1991年5月16日

西渡：

《现代汉诗》第一期已出，有西渡大作《但丁，1321在阿尔卑斯山巅》。戈麦劣作未能得到青睐，甚悲，甚好笑。一切都理当如此。戈麦在病中。《现代汉诗》在林莽那儿，过些日子他寄过来。

戈麦

1991.5.16

---

① 邵平，北大中文系中国文学专业1985级学生，毕业后到中国新闻社工作，住处在甘家口附近。

致凌亚涛（1封）[①]

1990年6月27日

阿旺：

　　近来一切可好？

　　你的珍宝保存完好。去年杨冰去你处，我没让他带，恐有闪失。后来收到你的信，由于笔懒，没回，但心中一直念念不忘此事。当时准备过年后你弟回家时让他带上，不料一封催命电报把我召回东北，没来得及向你弟交代，回来也没急着去找你弟，只等暑假来临。一星期前，与你弟接头，已商量妥当，定于七月初几日把东西交给他，让他带给你。请放心。

　　我这里一切尚过得去。终日庸碌平淡，适逢世界杯，稍有消遣。与阿渡、阿沛[②]有所往来，北大已不常去。同学各据一方，偶尔一聚，情态各具。有沉默不语者，有得意忘形者，有随遇而安者，有愤世嫉俗者，有厌世宽豁洞烛世态者，有保持青春继续革命者。人聚菜凉。

　　偶尔与阿渡交换一下笔头产品，聊以度日。时日漫长，望老兄保重，幸福将会降临你的头上。

福军　敬上

6.27

[①]　凌亚涛，北京大学中文系1985级学生，同学昵称阿旺。1989年毕业后到江苏工作。
[②]　阿渡，即西渡。阿沛，本名陈朝阳，北大中文系1985级学生，毕业后留京工作。

致某编辑（1封）^①

1990年12月23日

编辑先生：

　　你好！

　　谢谢惠顾，八十首诗抄完寄去。数量要嫌多，可去掉第一辑中的篇目，二、四辑内的东西最好能保留。由于时间仓促，字迹稍草，请原谅。另外诗后的写作日期，应删去。诗集的名字就叫《彗星》吧。

　　顺祝编安！

褚福军敬上

1990.12.23

　　另外，诗中有些句子超过二十字，希望在排版的时候一直排到头，不要折回。谢谢！

　　联系地址：100037，北京百万庄路24号中国文学出版社褚福军

　　电话：8315599-304

---

① 经赵玉祥、赵平洋父子推荐，《北大荒文学》拟出的一套诗丛中列入戈麦的《彗星》。这是戈麦给诗丛编辑寄去《彗星》原稿时所附的信。另页有戈麦手写作者简介：戈麦，原名褚福军，1967年8月8日生于黑龙江省宝泉岭农场。1985年考入北京大学中文系。1989年获学士学位。现在外文局《中国文学》杂志社任编辑。

致四川友人（1封）^①

1991年5月9日

××：

你好！

上封信所谈译艾芜先生作品并出书一事，已开始进行。那七篇中短篇已交给外籍翻译去搞了。

1992年第1期杂志，准备上其中两篇：《山峡中》《芭蕉谷》。为此，还要写一个采访记。我想去一趟四川，不知你们是否方便接待，请回信。去四川之后，顺便将出书的具体事宜商量一下。另外，我对艾芜先生仰慕已久，这次去，也算是拜谒看望。

敬礼

褚福军

1991.5.9

---

① 此信由陈越、徐志东两兄分别提供电子图片文件，原件于2017年12月10日在孔夫子网站拍卖。图片文件中受信人姓名被隐去，或为四川省作家协会工作人员。1991年中国文学出版社计划出版艾芜中短篇小说选《芭蕉谷》(英文版)，安排戈麦担任责编，同时在《中国文学》杂志先行刊出部分作品和访问记。戈麦此信即是与四川方面商量入川访问艾芜一事。戈麦去世后，由孙国勇接任《芭蕉谷》责编，1993年出版。

附 录

不灭的记忆
——我与戈麦

褚福运

一

我比戈麦（褚福军）大二十岁。有些人以为我们兄弟是两辈人。除岁数因素，他们的根据就是出头露面领着小军联系转学、开家长会等情况多是我。父母没文化，大妹褚东云已上班，在三八红旗包车组，忙，二妹三妹都在上学，我又在学校，这样关注小军成长，我便责无旁贷。实际我很早就开始潜心培育弟弟、妹妹了。

1965年8月我在宝泉岭农场八队（改兵团后称九连）参加工作。经过一段劳动，受到队领导的器重。当时连里已有1965年来的北京知青，1966年来的哈尔滨知青，加上老职工的子女，在几十个小青年中挑上我去卫生所，跟转业军医李其友先生学医。这确实让我感到很幸运。就在很用心学医的时候，我罹患上了胸膜炎。病愈后，工作调到机务排，跟张宪洲师傅检修开封号收割机，继而调到连里最好的机务组（大家认为）——胶轮车组，跟德高望重的胡文富师傅学徒。"文革"开始，因家庭出身、派别，受排挤，1969年早春，我被派往一个更远的原始荒岛上参加创建军马场（34连），一时情绪坠入低谷。可没想到，我迎来了"柳暗花明又一村"。

军马场知青占九成，有相当一部分知青不甘心虚度青春，在繁重的体力劳动之余努力学习自己选定的学问、技艺。学习氛围浓郁，甚至不乏头悬梁、锥刺股般刻苦学习的感人细节。我跟19岁的温州知青陈嘉勉老师学习二胡，不久参与知青们排练的《智取威虎山》全剧（仅百余战士职工的连队，一个音符不缺、一句唱腔不差地排练演出"全剧"，应该是"绝无仅有"）。伴奏乐队中，我是唯一的本地人，但那时我只是滥竽充数的南郭先生。与出身书香门第的上海高中生陈申生搭伙吃饭好一阵子，从他身上学到坚持健身和刻苦读书的良好习惯。跟小我七岁的六九届北京知青李庸生学习小提琴，聪慧刻苦的他在八小时体力劳动之外，每日站立练琴累计四小时雷打不动，不出三年就达到管弦乐团水准。跟小我六岁的北京知青吕北生学习历史，看过他购置的范文澜主编的《中国通史简编（上）》《中国近代史》等书。他有两种抗拒夜读时困乏的手段：一是嚼红辣椒，二是站着面对墙壁练习演讲（曾被更夫发现）。读过小我六岁的北京知青杨建民珍贵的手抄本《名言录》。目睹老同学马伟忠对天文学、数学、外语的执着钻研，在下地劳动的羊肠小道上边走边背记俄语单词，在数九寒天的夜里仰读星空。这就是我那几年生活的人文背景。

知青们新异的生活方式像春水一样冲刷了我所固有的农家子弟的陈习陋俗，也强烈刺激了我麻木悲观的思想意识。穷则思变，我要努力重塑自己。同时意识到引导弟弟妹妹学习更要紧，他们才有无限的可塑性。我打内心里希望能在他们身上实现自己的人生抱负。

古希腊哲人柏拉图在《理想国》中借苏格拉底的口说："音乐教育比起其他教育都要重要得多。"阿根廷诗人博尔赫斯说："音乐可以不依靠世界，即使没有世界，也能有音乐，音乐是意志，是激情。"许多名人大家都十分认同音乐可以开发儿童的智力。

自1973年早春，我在自家举办了一个只有三个学生的器乐班。弟弟小军五岁半，二妹三妹分别是十二岁、九岁。器乐也凑了三件：一把小提琴，一把二胡，临时买了一架拨拉琴(玩具琴)。起初我安排小军学拨拉琴，待他熟悉简谱后改教他二胡，二胡表现力要强许多，而且成年人的二胡只要向下调一调"千金"，一样适合儿童，弓子长点不妨。成人小提琴二妹练习凑合，三妹练非常勉强，单练运弓倒还可以。不久我托好朋友李庸生从北京买回一把尺寸适合三妹的小提琴。三人乐队装备齐全。先各练各的，熟练后合奏。为了刺激他们的兴趣，我找来简短的二重奏谱子，小提琴奏一部，二胡奏二部，或者再调换过来奏。就这样变换着花样练习，效果很好，不断让他们收获些许成就感和自信心，同时也建立起了较比浓郁的家庭学习氛围。私下里我有个粗线条的规划：

根据两个妹妹大致情况培养方向是业余爱好，学好了可考个基层宣传队；小军小，而且已经显出些许灵性，他有无限可能，想以音乐教育为切入点，开发其智力，挖掘其潜能。

学器乐时，小军识字的工程已在路上。我知道识字是提前进入阅读的必经之路。我就参考一、二、三年级语文教材上的生字给小军制作生字卡。起初将纸壳剪成乒乓球直径大小的圆形卡片，一字一卡。不久就教给他汉语拼音，在生字卡片背面注上拼音，便于自学。参考一、二、三年级语文教材上的生字，突击识字的同时引导他按课后练习要求熟读或背记教科书上的课文。到他上学时，小军已有了一定的阅读能力，借助字典看了不少儿童读物。提前进入阅读的愿望基本达成。

不足六岁的小军，手臂还难以将二胡弓子运至弓尖。我告诉他能运多长就运多长。可他偏偏挑战似的尝试着将弓子运满，哪怕是向左移动一点点承托二胡的左大腿，甚至向左扭动一下身子，也要将琴弓运到弓尖。我察觉出小军内心里有一种勇于挑战的意志。我告诉他，一支小曲，音符的数量非常有限，可每一个音符的音响质量要求却是无限的。如果你的平弓运好了，即使左手按音没有花样，你的演奏也会征服听众。歌唱家一张口，弦乐大师一引弓便能动人心弦，就是这个道理。他流露出听懂的表情，深知运好平弓这一基础环节的重要。不久，他奏出的音质就很饱满、扎实、纯正。快弓奏得准确清晰也很难，也须下大功夫。我把练小提琴三慢一快的方法移植到小军的二胡练习中，比如，把十六分音符当作八分音符练，甚至当作四分音符练，十分熟练后，再按乐曲要求的速度练习。先是教他最基础的刘天华"四十七首二胡练习曲"，后又买来王国潼《二胡练习曲选》，选其简单的短弓练习。

曾被黑龙江省歌舞团聘为临时二胡独奏员的少年才俊，当时在15团宣传队的刘宏斌，是我的朋友李庸生的同事。一天，庸生邀宏斌一同到我家考察小军的二胡练习。他说："六岁的乡下孩子，练到这么个水平，我还没见过。"这对我是个鼓励。当然，我还是清醒的：在穷乡僻壤教弟弟妹妹学乐器，主要目的是开发智力，拓宽他们的审美领域，提高他们的生活品质。

实践证明，我的器乐教育达到了预定的目标。小妹褚凤英中学毕业考取宝泉岭农场宣传队（原二师15团宣传队）任小提琴琴师。二妹褚东凤中学毕业正逢农场创办为期一年的医务人才训练班，每个连队一人。二妹褚东凤诸方面都符合文件要求，被连领导选中（犹如当年八队领导选中我学医一样幸运）。结业后在连里任卫生员，后在农场医院做护士。每逢节日联欢她都能奏上一两支小曲，她曾告诉我，每当这种场合，同事们都由衷羡慕她。

可以想象那一时刻，她应该会滋生些许愉悦和自豪。

我对弟弟褚福军的引导、培育、关注、鼓励更多。我关注小军，出于以下几种心理：一、自小就背着沉重的家庭成分包袱，梦想找个替代者冲出桎梏，找回自尊。二、尚未成家的我有精力有信心引导培养他，把一块璞玉雕琢成卓然之器。三、从小看得出他有些许灵性。四、古今中外许多贤哲、大家的人生让我坚信，及早地实施教育意义深远。

由于我对小军布置的作业样数多，他成了二十四连最忙的儿童。别的孩子老远见他坐在栅栏门前小糖槭树下大青石头上读书学习，或者练琴，就不好意思再去打扰了。加上我家在四方形家属区的西南角上，平常干扰就很少，非常利于小军的学习。我曾这样想：小军专注学习的原因之一是怕哥哥，哥布置的作业马虎不得；二是他两个姐姐写完作业、练完琴，每天还得完成爸妈安排的打猪菜或捋草籽的繁重任务，而他自己不参加劳动，在家学习理应多用些功。其实，也不尽然，后来我翻阅他的日记时，见到他有这样的描述：

"真想出去和小朋友玩玩的时候，我就向妈请假说去谁那儿借本书或者去还本书，或者办点别的事。一玩起来时间过得非常快。见我迟迟才匆忙归来，还满头大汗，也没见手里有书，妈就很严肃，带着生气的口吻说我：'你哥不在家，你就撒野了！'"

这类事，妈从没说给我。1989年初夏他回家多住了些日子。一次晚饭后聊天，小军问我："哥你还记不记得，有一次你突然回家了，在检查我的作业时，表扬了我的诗词背诵和我的练琴，批评了我的画画？""记得，记忆犹新。"我不加思考地随意回应，"因为你从来都是完满完成作业，未曾发现你偷过懒。见到你那幅对着小圆镜子画的自画像浮躁、潦草，没有以前画得好，觉得很意外。""是这样，"小军道出了原委，"那一次你突然回家，可把我吓坏了，好在你先去挑水了。我就趁你挑两挑水的工夫把那幅自画像赶画出来的。给你看画的时候，我的心正怦怦怦跳得快着呢，怕你看出破绽。""那时候你那么怕我吗？""怕得很，怎么不怕。"那是我和小军次数不多的面对面心理上的沟通，"曾有人问我，是不是你哥对你影响很大。我就跟他说，肉身是父母给的，英雄主义奋斗精神是哥哥给的。"

由此我想起来了，就在那之前的一张节日贺卡上他写道，说我是他"终生唯一的导师"。这话颇有些过头了。可能那一时那一刻他很兴奋，在北大几年里切身体验了这所学校自由民主生活的氛围，他已经深深爱上了北大，觉得哥当年劝他上北大是对的。他在给我的信中说这个意思。或者是刚喝过酒，褒奖我的句子里一定是多了许多酒水的成分。不管怎么样，很少褒奖他人的褚福军，把一个无以复加的赞语寄给了我，让我觉得自己那若干日月的努力是值得的。

小军对我也有不满，甚至还有让我难以接受的痛斥，但也都是通过书信表达的。

一封信中赞扬了爹的务实，批评我的"务虚"。

他是想刺激一下我，希望我尽快走出生活的窘境。爹的吃苦、耐劳、勤俭，尤其是爹果断将一家人从饥饿中带出来，辗转河南、山西，直至定居黑龙江萝北宝泉岭的那种果断，都是我所不及的。爹的这一"务实"之举，彻底改变了我们一家人的生活状况，我当然知道。然而，存在决定意识，我有自己独有的经历，以及在这样的经历中滋生出来的只有我才有的观念。

温饱固然是人的第一需求，但在温饱之后，还有追求知识、艺术、自由、自尊、美学、哲学等诸方面的需求。这种想进取的思想常常是不可遏止的。"人"与牛马的本质区别就在这。我这个曾被饥荒驱赶，在爹那辆木质独轮车前面拉着麻绳套，时不时还得承受爹粗言叱骂，在关公故里走村串巷乞讨被狗咬过的弱小孩童，那时候我的奢望是挣断肩头上的麻绳套子，中午能有半个黑面苜蓿菜团，晚上有一小竹碗玉米面稀粥。

到宝泉岭后，又遭遇了来自各个方面的歧视。比如政治上，由于家庭出身，不知遭遇了多少不公；比如生活上，你身体弱小就免不了遭受相对强横者的嘲弄、凌辱；比如在愚昧中，一群愚昧者相安无事，如若其中一个不甘心永远愚昧，在那个群体里踮起脚、探出头来望望风，向文明靠近一点点，看看书、练练琴，把工作服洗得干净一点点，都会遭到妒恨、讽刺、打击、说三道四，即使被嫉妒者听不清背后有人说了什么，但也不难从那些一闪的眼白里读出其中的恶意。我恰恰把这些都看作一种向文明靠拢的推动力。不但我自己向往文明，还要执着地带领妹妹弟弟一同前行。

教育人或自我教育可不是一蹴而就的事，它得一点一滴地积累。从数量的积累到质的升华，那可是一个漫长的过程，没有耐力是不行的。就像腌咸鸭蛋，咸鸭蛋要想腌好了，就得想方设法让盐紧紧包裹着鸭蛋，或调和一坛盐水，将鸭蛋浸泡其中，上面再压上块木板，让鸭蛋完全浸在咸水中；或将和有盐的草木灰、黄泥包住鸭蛋，码到瓷坛里，再封严坛口，让草木灰、黄泥保持湿润；若要使鸭蛋成为松花蛋，除了用盐还要添加别的材料。我的知青挚友李庸生在20世纪70年代初就感慨万分地说与我："在北大荒想培养出卓然不俗的孩子，最起码的条件是一大堆书。"我很理解他说的"起码条件"，那就得去营造一个文化氛围浓郁的家庭环境。不久前，一位我所熟识的教授也不约而同地主张"要为孩子准备一面书墙"。他们说的书就是上面我说的"盐""环境氛围""风雨气候"。

鸭蛋、鹅卵是没有思想的，也没长眼睛，没长腿，它们任人腌渍。可孩子不同，他们有腿有眼，他们会被五彩斑斓的世界吸引，即使他们没有动用腿和眼，也不能保证他们的心不飞走。我的经验是：抓紧孩子听话的那么一个黄金时段，实施比较合理的早期引导，使之及早地品尝到学习的甜头和趣味，养成爱读书的习惯。

"兴趣"是个上好的早期教育切入点。教小军识字时，我就先从有意思的象形字开始。开始教他弹奏拨拉琴时，我用的是最简单的小曲《两只老虎》，果然激发了他学习音乐的兴趣。继而转用二胡奏《两只老虎》，他感觉二胡比拨拉琴更高级，声音更动听。

近日有位北大物理学教授讲少年儿童智力开发要抓住三个开窍的"黄金时段"：一是两三岁之间的背记；二是二三年级时的阅读；三是初中二年级时的理性思维开发。回头自省，对小军的启蒙教育中，第一个时段错过了，但也可以说只是拖后了点，后两个时段算抓住了，基本符合教授说的智力开发规律。

由于超前识字，小军二三年级时的阅读兴趣已经很浓厚，《水浒传》是他自己抱着字典啃下的第一个大部头读物。小军就是从那时起逐步涉猎大部头作品的阅读的。

记得在他二年级的时候，我教他看地图——地形图，如果按部就班，那得四五年级才能接触到这一知识。面对五彩斑斓的地图，他很好奇，我先通俗地告诉他以下几个概念：海拔，平原，高原，等高线，江河等。在看地图的基础上，我引导他在我家房山偏厦屋檐下较比平展的地上摆沙盘。这一课外活动非常适合小军的兴趣，他先用柔软的棕色麻绳当作陆地国界线，白色毛线表示海岸线。他对照地图反复调整麻绳和毛线使国境线接近合理。第二步就是高原撒黄沙，平原铺绿色葵花叶子（上面撒些许沙子防止被风吹跑），河流用从妈那要来的废旧蓝色毛线，自南向北标识了珠江、长江、淮河、黄河、松花江、黑龙江几条主要河流。另有一条京杭大运河。在这里我还给他讲解一下"运河"这个小军尚未遇到的概念：人工挖凿的河道（非自然形成的）。光是"摆沙盘"这一道作业，就给小军带来了不少的快乐。简单的沙盘可能用不了多少时间就能摆好，复杂一点点可就要费很多气力。有一次他把全国地图中的省、直辖市、自治区的界线、铁路线，以及省会级城市都标示出来了。待他弄懂了地图中的等高线之后，还要添加山脉。没想到半夜一场暴雨将费了许多时间摆的沙盘冲刷得面目全非，没有了参照物的两块砖头也看不出它们分别是台湾和海南岛。标着省市名称的纸片统统被卷进泥沙里带进草丛。于是小军顺着沙土流失的方向找回了国境线，找回了黄河长江（绳子和毛线）。摆大的沙盘很是费时费工。之后，他想摆个黑龙江省的。我建议他在筛沙子的筛子框里头摆个宝泉岭地形沙盘。西边的梧桐河他知道，碉堡山他也上去过，周围的几个高地他也熟悉，东山东有嘟噜河他也知道，我想摆这些内容他会更有兴趣。果然小军非常感兴趣，平常都是他等着妈妈"掀锅"（掀开锅盖，山东农家开饭的信号），急着吃饭（小孩饿得快），这回喊他吃饭，他还恋恋不舍地回头再看上一眼他的沙盘。之后，他说给我："我明白了，战斗故事片里，指挥官围着摆有山头山沟还插着小旗子的桌子，给大家讲在哪儿埋伏，怎么进攻，怎么防守，那张桌子上就是摆的沙盘。"

小军能够联想到沙盘的军事作用，在我意料之外。看地图，摆沙盘，着实让小军提前掌握了一些地理方面的基本常识。这样当真正进入地理学科学习的时候，他一定会感觉出比别人轻松有趣。也就在这个时候，他的二胡练习也有了质的提升。

1976年，小军在宝泉岭文化宫演奏《洪湖水浪打浪》。当时我在观众席，他的演奏虽然没有更多花哨的技巧，但他奏出了成人演奏的那种准确、干净、洪亮和大气。读初中时，他是宝泉岭一中民乐队的活跃分子。到北京大学后，他对器乐的兴趣并未泯灭。在一封信中，他兴奋地说与我，他已被北大业余军乐团录取。乐团负责人是位理科学长，北京人。学长说他听觉、乐感都不错，手指条件也很难得，再加上有二胡演奏基础，学大提能上得很快，于是把唯一的一把大提琴安排给了他。那字里行间流露出他难得的好心情——抑或是自豪感。也不知他们那个业余军乐团后来有没有具体活动。之后几次放假回宝泉岭我都忘了问他了。

二

小军的数学成绩从初中到高中都不错，不知与音乐教育开发智力有无关联。在他五年级第一学期后（五年制小学）那个寒假，我安排他往前学，并制定了一个阶段性奋斗目标：力争在寒假期间，完成五年级下学期数学课课程和初中一年级上学期数学课课程的自学，以便在五年级下学期衔接初中一年级下学期数学课程的自学，并准备参加农场初中一年级统一验收测试。现在回头看，很有点苛刻了。但那是我继对小军实施提前识字、学习二胡之后，在天才教育上的进一步尝试。姐姐们读过的书都还在，有了书就有了引导小军有计划自学的科学依据，这样就避免了学习上不合实际的盲目的冒进，就是说即使想往前学，也得有个"适度"的原则。我引导小军超前学文化课有两个理由：一是他一至四年级的文化课学习加上我布置的练琴和画画的作业，一直处于吃不饱的状态；二是"中科大"招收少年大学生的几则通讯，让我坚定了天才教育的信心——培养孩子可以不按部就班。我深信小军能够完成我布置的作业。我的活儿——只是制订宏观上的规划，准备算草本，及时验收自学成果。宝泉岭中学初中一年级月考、期中考试我都让他同步参加。辛苦的当然是小军，可看不出他有丝毫的疲倦和厌烦，实际上，他学得津津有味，常常忘记吃饭时间。代数作业本用完就撂在后窗台上。我只是偶尔抽出一本翻翻，看看格式和卷面情况。从来没有拿给代数老师批阅，只有阶段性测试试卷才拿回学校请代数老师批改打分。记不清都打了多少分，只知道成绩在我们学校大约二十名初一学生里排第一。农场一中初一下期末统一验收测试，我们二十四连学生数量不够规模，要求到邻近的二十三连参加测试，另有三十三连的学生，共五十人左右。结果，小军语文、数学总成绩依然名列第一。一个五年级孩子，半年里自学了初中一年级的全部课程，获得这个成绩，让许多老师惊讶。我想，即便成绩比不上在农场一中的初一学生，也已经很让我满足了。我的又一次启蒙教育实验也达到了预期效果。我的所谓"启蒙教育"，实际上只是"启蒙引导"，就是说只是把褚福军这只羊牵到某山坡一片五花草地里，松开缰绳，任其自由觅食。面对成绩，在小军面前我没有多说什么，因为这仅仅是一个开始，还远远不值得飘飘然。我估计尽管我不说，小军本人也会享受到些许努力后的收获感，继而也会让他感悟到——许多知识可以自学获取，自学能力是在自学中形成的。

我的邻居、同事、教数学的李智老师，他是恢复高考后第一届大学毕业生，毕业后在鹤岗市教书。李老师放假回来用他们学校"提高班"试卷考察过小军的自学成果，结果是65分（我记得非常清楚）。这让小军感到很不好意思。但李老师有话：这已经很好了，你要知道，一个不满十二岁的孩子在学习小学课程的同时，仅仅半年的时间，靠自学完成初中一年级全部课程，确实已经非常不一般了，不能和我们那些学生比，给我们那些学生讲课的都是最有经验的老师，课时多，训练多，还有不少课外的东西。听了李智老师的评语，小军的心情像是平和了些许。当然，这也让他知道了——天外有天。

语文学科的自学能力小军似乎是自动获得的。因为小军刚刚上学就有一定的阅读能力、理解能力，在学习小学语文的同时，他把初中一年级语文课本当作课外读物读的，没有任何障碍。有的诗文他早已熟背。写日记的习惯已经养成，作文常被老师当作范文讲评。接下来，我就领着小弟去农场一中咨询，像小军这种情况，该怎么处置，是按部就班读初一好，还是跳一级好。

恰好我初中毕业时的班主任，来自开封师院的吴本祥老师，任一中主管教学的副校长。吴先生知道后马上安排有关学科的权威教师分别对小军进行认真考察。最后吴老师告诉我：孩子情况很好，跳一年级完全可以，但是为了珍惜这棵好苗子，老师们觉得还是保守处置更理性，以免弄巧成拙。就这样小军被安排在初一第七班，班主任、青年才俊卢明教语文。期中考试之后学校号召有关学科组建特长小组，主要有写作小组、绘画小组和器乐小组。组建方法是自愿报名和老师点名。小军只报了器乐组。公布名单时，这三个小组的指导老师都钦点了褚福军。这让小军受宠若惊。之后他这样告诉我：阅读写作是我每天正在做的事，画画很费时间（他的意思是尚无志向于绘画，不能浪费时间），我只能报个能让身心放松的器乐一项，以便调节以后紧张的学习生活。他的话很让我刮目相看。

愉快轻松的学习生活大约只有半年的样子。有几个淘气爱玩、懒于思考的同学开始骚扰他了。随着教学的深入，数学课程的内容难免增加些难度，上课不大注意听讲的同学，有的习题就做不出来，于是那几个做不出来的同学就指望抄作业混日子。小军是学习委员兼数学课代表，于是那几个淘小子就瞄准了小军的数学作业本。抄作业是哪科老师都严禁的。作为课代表理应替老师监督同学们独立完成作业，这着实让他很苦恼。如果身大力不亏也好，哪个不服气就揪着他的耳朵去见老师。可小军当时在班里是最瘦小的，做广播体操都是站在最前面。不让人家抄作业，自己的耳朵就有被人揪拽的可能。我们家离学校十里地，小军都是中午带饭，一般都是吃了午饭就做作业，而作业中又以数学为重，当然得先做数学作业。这一来，一个下午就给抄作业的那几个淘小子带来了许多方便，一开始小军根本不知道自己的作业本经常被传抄。知道后，小军中午不做数学作业了，改记日记、背诗文、看看课外书。晚上在家做数学作业，早上到学校就收作业本，连自己的作业一同交送到老师那儿，不给抄作业的留一点机会。这表面上是小军胜利了，可接下来小军经受了各式各样的报复。比如趁下课都往外挤的时候，嬉皮笑脸狠狠地掐上一把小军瘦小的胳膊，或者冷不防故意撞小军一个趔趄，或者把小军堵到一个没有人的犄角里鬼祟地放狠话威胁，或者在围成一圈托排球时故意不把球传给小军，使其遭遇合伙孤立戏弄的滋味。

　　记得一次小军曾与我笑谈他们班某某纨绔子弟，不学无术，专攻抄袭（作业、测试试卷）技巧，以维系一个虚假的成绩去欺骗他的父母。大约就是从那时起，直到生命的最后，小军对那些以家庭条件优越自居、以小聪明自居、以帅哥自居等庸俗浅薄之徒，一概持不屑的态度。后来我看到他那时的日记，才得知那个时候他着实苦恼了好一阵子。大约初中二年级下学期开始，他增加了体育活动的时间投入。我推测他在经历了一段体力上弱势的压抑和苦恼之后，已经清醒地意识到增强体魄的意义。托排球、打篮球、踢足球、天天早上跑步都被列入了他生活的日程里。我发现他学什么都要比别人快上那么一点点，也许是做事专注的关系。他做事确实很专注。也是在这个时候，他的课外阅读（文史类居多）更有紧迫感了。就是说这之前，他的阅读是遇到什么读什么，处于闲散的状态。比如，我那儿有什么书他就看什么书，我给他买了什么书他就看什么书，或者我发现我们学校进了什么新书适合他，就借回家推荐给他看。比如我将我们学校的旧报纸借回家推荐他浏览，并启发他，对感兴趣的内容可做些剪报，后来收拾他的书籍日记，发现有个六十四开尺寸草绿色塑料皮本子，上面粘贴着六十余幅中国古代文史哲人物剪报，一人占一页，上有画像下有传略。从春秋时期的李耳老聃开始，依次有孔子、庄子、屈原、司马迁、李白、杜甫……直至清代的龚自珍、孙中山等。由这个绿皮剪报本子，可以发现小军那个时候的人生审美趋向。

小军高中以前就已经阅读了《安徒生童话选》《格林童话全集》《唐诗一百首》《宋词一百首》《唐诗三百首》《李白与杜甫》《骆驼祥子》《第二次握手》《官场现形记》《钢铁是怎样炼成的》《家》《春》《诸葛亮》《三国演义》《小贝流浪记》《忏悔录》《古文观止》《中国小说史》《儒林外史》《荒野的呼唤》《李有才板话》《茶花女》《青春之歌》和《李自成》等中外文学作品。还有一些记不太清了，也都属于闲散状态下的阅读。虽然阅读无序，碰到什么读什么，但我觉得只要养成一个爱读书的习惯就已经够了，至于系统不系统，在他那个岁数上是无所谓的。要知道，哪本书里都有知识和智慧，它能拓宽人的视野，帮助人辨别是非曲直，提供人生楷范，丰富语言，提高审美层次。

直到今天，我依然认为让儿童及早识字，及早进入阅读的海洋，从承载几千年人类文明的书籍中汲取营养、促进智育发展的意义深远。

小军从一开始到农场一中一年级七班读书，就非常注重向好同学学习。他在日记中多次写到后来考入兰大的刘克军，说他在写诗，说他有思想，说他字写得也好。小军的语气里明晰地表达了对刘克军同学由衷的敬慕。小军自上学就是学习委员直到考大学，可他从未以学习好自居，他一直在寻觅更好的、更美的、更高雅的，作为自己努力学习的方向。相反，他嫉庸俗如仇，嫉无所作为如仇，嫉骄傲自大如仇。凡是熟悉小军的同学或是同事仿佛都有一个共同的评价：他"眼毒"。这里的意思不外乎眼光敏锐、独到，看人准确透彻；眼光挑剔，让他瞧上眼的少；高傲……以上评价中，我以为唯有"高傲"不够准确。我以为他从未"高傲"过，他无心"高傲"。母亲仙逝后，到他回京前那段时间，我们闲聊了许多，话语中流露给我他评价人的原则，他鄙视高傲自大者，把高傲者视作浅薄的、俗不可耐的、摆不上台面的。还有一点，小军近视度数高，不戴眼镜时，看人必须眯着眼睛，不知这一点的人，也难免产生某些误会。他对人、对诗文的挑剔与文人相轻无关，只与他审美眼光的层次有关。他犀利的目光应该源于他有质量的广泛阅读。如果说小军初中二、三年级至高中一年级那段时间的阅读，尤其是上高中后疯狂阅读世界名著只是一场博览群书的演习，那么进入大四后（毕业要求的学分，已略有超出），到1989年年底，那一年半时间的再次疯狂阅读名作，可算是更加系统深入、更加有质量、更加有目的性的阅读了。小军就是在这些认真的阅读中获得了创作的灵感和较高层次的评价眼光。

也是在母亲走后的那年年底，他说给我："我的阅读应该超过了对硕士生的要求。"我肯定这话他不会给第二个人说。小军是个很内敛的人，他决不轻易把内心里的所有存储都一览无余地示人。给哥哥说，是因为我是对他持续关注、始终期待的人，也可能他觉得哥哥理应知道他的基本状态。一天晚饭后，他还较比详细地向我介绍并略加评议了北京、上海、四川、天津等地的民间诗社的兴起。由宏观到微观，最后着重讲到他身边同学的创作状态。除了跟他关系密切又勤于创作的西渡等几位接触频繁的诗友之外，他还特别提到已经回到上海非常自信的郁文和他的诗。

那年（1989年）初夏，学校放假，假期间我们兄弟俩交流较多。当时他对自己的前程很不乐观，甚至对刚刚签约的用人单位是否会执行合约也感到没有把握。我也没有什么高招可支，只好建议他回京后继续深入、扎实、广泛地阅读，勤奋创作。可撺掇几个道合志同者办个诗社，或将同学们的自选诗篇编辑成册，便于交流、提高。

我万万没想到几天之后，邮局退回一封未发出的信给我。收信人是"陈国平"，就是小军的同学西渡。收信人地址是"黑龙江萝北县宝泉岭农场职业高中"，发信人地址是"北京大学"。当时职业高中与北京大学有点关联的只有我，所以邮递员将信退给了我。小军的字体我熟悉。由此我判断，小军在那一段时间里，他是人在农场心在北京。写错了地址，那一定也是理性被感性的波澜吞没了。继而打开封口，抽出信瓤，我发现小军还真的采纳了我的某些建议，并把我俩私下议论的一些内容及时地说给了他的好友西渡。我立即更换信封，重写地址，再去投进邮筒。

他那次回家可能是仓促的关系，也没带什么书，见我那有本《萨特自述》（天蓝色封皮平装本），拿去没事就翻。很遗憾，后来那本书不知遗失在哪里了。有一天他逛新华书店买回一本淡黄封皮的意大利三诗人合集——《夸齐莫多、蒙塔莱、翁加雷蒂诗选》，到家后递给我，并惊喜地说与我："万万没想到咱们这小地方还能见到这本书，我寻找它许久了！"我整理他的书籍时，又特别翻了翻那本书，发现在那几页的诗篇目录边边上，用墨蓝色钢笔一一注明了每首诗的出处。由此我估计他回北京后又很投入、很用心地研读了那本诗集。小军对现代派诗歌、小说的阅读欣赏有极大的兴趣，也有一定的剖析批评深度。

早在大学三年级下（1988年），他就尝试着写了诗评《异端的火焰》，一举获得当年北大"五四"科学论文奖二等奖。（评奖规则：文理分开，本科、研究生分开，一等奖各五名，不论系别。二等奖各十名，没有三等奖，有数名鼓励奖。）事后，小军又特别当面征求了黄子平老师的意见。黄先生肯定了他用心的阅读和条理的评析，剖析也有一定深度，"只是结尾部分显宽泛松散，不然，我……"小军转述了黄老师的话给我，后一句话我印象很深。

大四下学期，他只须写一篇毕业论文。他的选题是残雪小说研究。小军也曾这样给我说：有人写港台文学，有人写伤痕文学，有人写古典，或者选题于现代文学……我觉得那样不是显得小家子气，就是话题陈旧难出新意，所以我选了现代派前卫作家残雪。开始他很想拉开架子好好写的。为此，他在北京图书馆、北大图书馆，以及他能够出入的资料馆室翻阅期刊，广泛收集文献，大有把残雪的所有作品、评论一网打尽的劲头。后来竟然把网撒到佳木斯《北大荒文学》编辑部。他断定那里会有省外主要文学期刊。为此，我特别去了佳木斯《北大荒文学》编辑部。杨孟勇老师很热情地接待了我，应我的要求，给复印了一大摞子有关残雪的资料，我把它们寄给了小军。后来因为大环境的变故，这一精心设计、充分准备、本可以期待出色完成的毕业论文，不得不虎头蛇尾地煞笔了。

对创作，小军自始至终都是自信的，他以为只是需要一个较比漫长的辛勤劳作过程。翻阅他初中时期的日记，就不难发现时不时弄出个"幽默专栏"或"讽刺专栏"，竟然也都能连续写上几期。尽管还比较粗糙稚嫩，但也是很可贵的创作冲动和尝试。初中三年级至高中一年级这段时间，在疯狂阅读的同时，小军在日记中几次对小说创作跃跃欲试。用粗线条勾勒了从几个农场考来的、同一宿舍的几名新同学的面貌；还写到宝泉岭农场一中物理老师戴云岭先生传奇的经历。我猜他对戴老师还远远达不到了解的程度，语言也颇为粗糙，但从中能察觉出他渴望创作的心理波动。

小军曾说给我他们上高中后的第一个初冬订阅杂志时的一幕：

大多数同学都是订各学科练习册，唯有他订了本《俄苏文学》。几个同学的目光不约而同看向褚福军。这着实让小军尴尬了那么一刹那。"啊！"不会撒谎的小军吞吞吐吐地解释，"是，给我哥订的。"（之前，我订过一年《俄苏文学》）可见刚上高中时小军就有了拓宽阅读视野方面的渴求。

到北大之后，他为要从古典文献转入经济系，很是忙碌了阵子。常常是兼听两个系的课程，如果两个科目的课碰上同一时间，他就舍去容易自学的那一科。有一年我从什么报刊上看到一位北大经济系同学回忆小军去经济系听课时的情景，以及课下如何虚心请教的细节。虽然他花费了不少的精力，结果还是失败了。之后，小军退而求其次，大三转到"文学专业"。这个班里头不是诗人就是作家，小军也回归了他夙有的愿望——文学殿堂。他在十五岁上的一篇日记中曾写道："首先当诗人。"西渡先生曾评说他的诗：一出手就不凡。经过两年多北大大环境气氛的熏陶，他走出了之前迷茫的苦恼。大约就在那时，小军写信给我："看来高考前闹着要考理科是没必要的。"看到他有了这样的思维转变，着实让我如释重负。

说到这，我觉得有必要说明当初小军那次闹情绪的前前后后，以免对小军感兴趣的学者误解其中的原委。

对小军学文学理，我并无偏向，我自己也一直崇尚科学，敬仰詹天佑、茅以升、华罗庚、李四光、钱学森、钱三强、钱伟长这些大师，更不存在将自己的意愿强加给他的情况。他在高三学年的那个寒假中，突然闹起情绪来，说不想参加当年的文科高考，要降一年级来年参加理科高考。听到这一消息，真的像一个炸药包塞进了我的耳洞，随时都有爆炸的可能。他把他的想法告诉我，甚至不容我劝解就想拉着我去找他们班主任、去找他们校长。我私下里想，假如我是老师、校长，也不会轻易顺着他。

之后，我曾几次苦苦地反省自己，想不起来有哪件事可能误导他学文了。直到小军走后，我翻出他小学阶段的日记，找出一条证据，可还是稍偏向理工科的：某次我去哈尔滨探亲回来给他买了6本小读物，其中三本属于理科，两本属于文科，另有一本还属于文理兼备。

另外，凡是见到报纸上有关于中科大招收少年大学生的通讯，我都会把报纸拿回家给他看，那几个少年可都是学理学工的。

考高中后，见他的成绩不孬。我顺口甩给他八个字："努力三年，考入北大。"难道，他把我说的"考入北大"中的"北大"和文科画上等号了？如果这也算作"误导"那我确实脱不掉干系。

实际上，小军的兴趣一直在文学上，高中一年级大约一整年，他都在疯狂地阅读世界文学名著。他有一则日记，就写到时任教导主任的吴本祥，也就是小军上初中时特别关注他的那位吴副校长发现他名次下滑，出于特别器重和爱护，把褚福军叫到主任办公室劝告他：

不要偏科，各学科知识都是相辅相成的。

无疑，那时小军学文科是如鱼得水的。高中二年级分科的情形，我一无所知。选择文理科的事他都没有告诉我。若干日子后我才知道的，也没在意，我以为小军报文科是顺理成章的事，他那么喜欢诗歌、小说。后来才知道，进入高三年级后，学校有过一场关于学文学理的讨论。同学们关心的是：文科理科，二者在社会主义"四个现代化"建设中，哪个贡献大？哪个更直接？

第一问不好回答，科学技术的发展受政治体制的制约，政治体制的更新与守旧将影响科学技术的发展或停滞。用笨脑子也想得出，经济体制改革需要政治体制相应的改革来保驾护航，否则前者的努力就会夭折。孰轻孰重？可抽象为相互依存，形象一点如人的左右腿。是右腿贡献大呢还是左腿贡献大呢？行外人的我是这样想，不知道他们是如何讨论的。第二个论题浅显到了不用讨论的程度。理科当然占了上风。当时报名学文科的学生多是数、理、化三学科中有缺腿现象，而小军不是，他是文理兼长的。他的数学成绩曾在文理科统考中列第一。闭目一想，少不了有人拿小军当例子——如若考理科优势如何如何。

看来小军当时的思想觉悟还真是不能低估。处在混沌中的他，能舍弃一己喜好，转向学理，要到社会主义"四化"建设的最前沿建功立业，报效国家和人民。他的这种想法没有一点错，但站在教育工作者的角度上，不管是谁都不大可能答应一个文科尖子生临考前忽然提出降一级考理工的请求。任谁都会以为是突发奇想。可以说在备考的最关键阶段，小军的情绪一直处于波动中。关于报考北大经济系还是报考"辽财"（辽宁财经大学），他也纠结了一阵子。我建议他选择"北京大学"。我的理由是北大的师资水平、学术层次、民主氛围别的学校无法替代。我认为如果能在北大生活学习四年肯定是很幸运的一件事。关于在第一志愿——北京大学世界经济后面填不填"服从分配"的问题上，小军是很想填"否"的，他的意思要是考不上北大经济系，与其服从分配，去一个不是自己心仪的专业，不如去辽宁财经大学，实现他的实业兴国梦。

我此先就在《光明日报》上看到过教育部颁发的有关大学教育中设"双学位制"细则。我把它说给了小军，意思非常明确，我是为了小军的前程。作为学校他们努力说服小军考北大肯定有为学校争光的因素，当然也不能排除学校领导们的善意成分。

果然第一志愿落空，小军被北大中文系古典文献专业录取。小军颇为沮丧，很想拒绝北大的录取。接下来我是这样劝慰小军的：不必沮丧，北大经济系在黑龙江只收四名学生，恐怕全省得有上千人填这个志愿。后来我才知道北大中文系那年招生（只有文献专业、编辑专业、文学专业三个班）总共也才百人（如果按三十个省市算，每省市也只招三四人）。我的意思是先去报到，看看能否转系，然后再作下一步打算。就这样，劝小军去北大的思想工作勉强做通了，估计他也确实是勉强接受的。从他那少言寡语，愁眉不展的表情，我看得出他的勉强。

　　那一年（1985年）秋我也开始了为期三年的脱产学习——"黑龙江电大中文专科"。不久，小军在百忙中给我寄来了老木编的《新诗潮诗集》上下两册。他到学校后便四处打听可否转系、如何转系、何时转系测验，接着便是兼听两个系的课，可以想象得出他当时是很辛劳的。那么忙，还急着给我寄诗集——其实他完全可以等到寒假带给我的。从中也可以看出，诗依然是他割舍不下的钟爱。

　　从那时起，寄书、通信、放假期间的面聊、推荐书目，成了我们兄弟沟通了解的渠道方式和习惯。我从中获得了许多来自北大的新思潮、新观念、新信息。诸如弗洛伊德、荣格的心理学著作，萨特的存在主义哲学戏剧，尼采的美学诗歌，卡夫卡、伍尔夫、尤利西斯、普鲁斯特、杜拉斯、福克纳、海明威、马尔克斯、略萨等小说家的小说，叶芝、波德莱尔、泰戈尔、茨维塔耶娃、博尔赫斯、聂鲁达等诗人的诗作，可说这些人的创作多是非传统范畴的。没有小军在北大读书，穷乡僻壤的我哪里知道这么多。小军小时，我是他的引路人，我推荐书给他；待他上了北大，倒过来他推荐书给我。为此，我很欣慰，也不止一次想找个机会去北京看看小弟，看看北大校园里的"未名湖""博雅塔"，看看那个自由民主氛围浓郁的校园里有多少鲜为人知的"别样"。当时两个女儿还小，岳父岳母都已年迈，平日里我们在农场没法顾及他们，放假多是合家省亲于哈尔滨，家里没有积蓄，故一直未能成行。

三

就在我们仓促迁居省城，尚未站稳脚跟之际，一个不祥的信息辗转传到了我这儿。开始，中国文学出版社办公室副主任张春福先生写信到宝泉岭农场24队我父亲处，打听褚福军是否在家。当时我父亲已经在场部居住三年，于是"查无此人"，信退北京。于是再电话农场机关，好在机关人员都知道小军的三姐褚凤英在农场宣传队，接着就是三妹电话哈尔滨香坊农场。待我接到电话已是1991年10月21日上午。当天晚上我便乘火车赶往北京。

23日拂晓，我找到了外文局所在的百万庄。外文局的门卫室设在大门外。看门的打开小窗查问，接着把我让进门卫室。看门的老人家曾是个干部，离休后身体尚好，找了个看门的活，贴补家用。他告诉我中国文学出版社办公区在三楼右侧。[①]

小军是《中国文学》编辑部中文选稿人之一，同时也撰写文学评论、推介文章。

出版社第一个上班的是办公室副主任张春福。就是他寄信、打电话联系我们的。他把我领进他的办公室，让我坐下后，又给我倒了杯水。"您先喝口水，昨天的水，已经不烫了。"张副主任温和又善解人意的目光仿佛滞留在某条椅子腿上，他把语速放

[①] 《中国文学》英文版创刊于1951年，法文版创刊于1964年，是我国对外的文学艺术刊物。1954年由丛刊改为季刊，中国作家协会主席茅盾任主编。80年代开始出版熊猫丛书，扩建为中国文学出版社，隶属外文局。2002年并入新世界出版社。

慢，对我说，"你可能已经有所预感，褚福军——没了。我真的不愿意把这么个结果告诉你，可这是事实。"接着他又把事情的原委一一地叙说与我：

"9月23日。上面有个通知，为纪念鲁迅先生诞辰一百一十周年，怀仁堂有个为期三天的文艺工作者座谈会，会上可能还有领导接见与会者。问他能否参加，福军很平静地作了个肯定的回应。我随手将入场券放到他的办公桌边边上。我们编辑部只有两张票，一张是给领导的，另一张领导特别叮嘱我给褚福军。可见我们领导是非常器重褚福军的。这可是许多文艺工作者梦寐以求的机会，在某些人眼里这可是个莫大的荣誉。可万万没有想到褚福军竟然一天也没去座谈会会场。接着也不见他到单位上班，座谈会入场券只是挪了个地方，还在桌子上。我猜想，他可能是想来想去，觉得在那么个场合，也没有什么好谈的，又不会违心地附和，索性借机会躲到哪个清净的地方读书创作去了。这很符合他褚福军的秉性。单位也确实是欠了他一些休假。过了国庆节还不见人，领导着急了，开始想在电视台发一条寻人启事的，再一想，不行。褚福军没准哪天就回来了，他可是不会承受这样的屈辱。但也不能这样拖下去，领导安排我往黑龙江宝泉岭写信。就这样，事情拖到10月17日。这一天北大外文系的一个学生在学校北边一个较比偏僻的厕所里发现一个被遗弃的书包，捞上来，继而见到有栗色封皮银色'中国文学'字样的工作手册。学生将自己的发现告知他们老师。恰巧这位老师有个叫李子亮的同学在中国文学出版社工作，于是他就打电话问李子亮。这才算是找到了褚福军的书包。书包里头有他新近的诗作。有了这个线索，我们就以它为圆心，逐渐扩大搜索半径，向周围开展深入细致的排查，寻觅新线索。"

张春福副主任接着说："就这样我们找到了下落，是在清华园派出所发现的。1991年9月26日中午，有人发现万泉河（水泥结构，堤岸直上直下的水渠，经过北大北边界，再往东流入清华园）水面上有一具男尸。于是派出所派人把尸体打捞上来，送到西苑医院尸检。无外伤痕迹，胃里有酒精成分，上衣兜里有串钥匙，零钱若干。结论：四十八小时内溺水身亡（自尽）。因为没有查出身份，就冷冻起来，等待认领。19日下午我带着褚福军的同事好友李子亮等前去辨认，确认就是小军。顺便取回零钱和钥匙。"

张春福副主任还透露给我一个信息：管理高校治安的是北京市公安局第××处，可能是他们怕有负面影响，这类事件不向社会公布。

同一时间，小军的同学挚友西渡、陈朝阳就在西渡的办公室忙着誊抄被粪便污损的诗稿。10月25日我到西渡单位，西渡就把放在办公室窗外晾晒的诗稿拿进来给我看，那时依然有呛人的粪便味。可以想象一周来他们是在一个什么情况下誊录诗稿的。

在我写这篇文章的时候，西渡根据当时的日记向我介绍了寻找小军的情况：（10月）18日，出版社派人从北大取回小军的书包。19日上午，李子亮打电话给西渡，西渡赶到出版社，和李子亮及办公室的人（可能是孙玉厚）一起去北大。先找到北大派出所，在那里了解到清华派出所9月26日打捞过一具男尸。中午，西渡给北京公安局侯马打电话，下午侯马第一次回电话说，26日打捞的男尸是酒后意外落水，不是戈麦。不久，侯马第二次打电话来，说戈麦在北京市公安局刑侦科工作的同学吴春旗去清华看了照片，觉得人很像。随后，出版社派李子亮等去西苑医院辨认，确认了身份（西渡日记所记情况和张春福主任的介绍吻合）。

本来张副主任给我安排了住处，可我很想离北大近一点更多接触接触小军的朋友们，以便多了解一些情况，就选择挤在小军的好朋友赵平洋、蓝强合租的北大西南角一间民房里。屋子很窄，两张窄窄的铺，我占一铺，他俩又都是大个子，一颠一倒地睡也非常勉强，不能翻身。后来每每想起来那次打扰，我都很是觉得对不起蓝强、赵平洋二位小兄弟，着实给他们添了不小的麻烦，又恰在他俩准备考研的关键时段。

根据张春福副主任说的地点，我一个人茫然地沿着万泉河走了挺长一段路，找到了清华园派出所，寻访了打捞小军的当事人。他们说，当时河水不是很多，水流也不急，也许溺水时河水稍多一些，不然漂不到清华园里来。

我无话可说。难道命该如此，还是巧合？我是笃信唯物论的。高考前小军确曾闹着要降级考理工，我想他当时的目标肯定是清华，这清华没读成，肉体生命的句号却甩在了清华园里。我怅然地返回住处，一路上唯心地胡思乱想了许多。

第二个找我谈话的是办公室孙玉厚主任，后来才知道他是部队转业的干部。褚福军散漫、高傲、桀骜不驯。这是孙主任对小军的概括性评价。接着他说了些具体情况：

"上班初期，迟到早退家常便饭，坐不稳板凳。不虚心向老同志学习，目无领导。有一次我批评他，他竟然非常愤怒地对着我大声喊着说：'孙主任，你让我向他们学习什么？啊？他们会的我会，他们不会的我也会……'就这样，后来主编竟然还建议我给褚福军调一个单人间宿舍，说他的工作有些特殊，需要相对打扰少些的空间。你要知道，在编辑部里他的资历是最浅的，岁数是最小的，可以说我舍弃了自己的固有看法，破例地调给他一个单间……"

我非常理解孙玉厚主任对小军的不满。从说话看得出他在部队是位非常干练的军官。他试图用部队带兵的方法管理编辑部的年轻人，那确实有些勉为其难了。本来小军对某某可能就有某些不良的看法，又碰到劝他向某某学习，在这种情况下产生消极的抵触情绪也在情理中。在一个大办公室里头，难免相互干扰，人可能是八个小时坐在办公桌前，工作效率有多高却很难说。编辑的工作多是脑力方面的，需要静下心来独立思考的，也可能头天晚上熬了个夜，已经完成了第二天的任务，在这种情况下早上上班晚了点，也不能算多大的错误。我没有替小军辩解的意思，我是说领导士兵挖战壕和领导文人写文章是相差很大的，这也需要更新观念转变思维的。我从孙主任不短的谈话中，没有听到小军身上有一点点闪光的地方。

中国文学出版社主管《中国文学》编辑部的副社长吴旸先生，她对小军的看法与孙主任就有很大不同：

"褚福军是我接收的。事先我们俩谈了三次话，感觉良好，我就决定要他了。完成任务情况比我想象的还要好，只是开始一段时间有些坐不住板凳，估计他在北大四年自由惯了，不习惯八小时坐班制。但后一年多很好，工作主动，任务完成的质量高。关于鲁迅先生的作品，我们社里以前曾经多次推介过，可他竟然还能够从一个崭新的视角又向西方推介了一组先生的文章。这让我很满意。我先后派他一个人去上海采访施蛰存，去成都采访艾芜。任务完成得都很完满。在这之前，我从没有派过一个二十多岁的小青年单独下去采访。我感觉自己当初决定接收褚福军是对的。以前我们单位接收新人，多是硕士以上学历的，但他们在一两年内能做出点成绩的还不多。为了表彰小军的工作成绩，我想出了一个办法：创设一个'青年进步奖'。奖金虽然只有大几百元，可却引起了编辑部里某老同志不小的意见。"

最后吴旸先生把她准备好的季刊《中国文学》1991年第四期递给我，并说道："这里有褚福军的最后一篇文章。"

在八宝山与小军遗体告别的有：从宝泉岭农场回城的知青，中国教育报编辑、记者高明生，小军的中学同学、北大同学黄跃武，也是来自宝泉岭的北大学弟赵平洋，中国文学出版社的领导吴旸、小军的知音良师青年作家野莽，好友同事李子亮、雷鸣、李博贤、郭林祥、孙玉厚、张春福、徐慎贵、高维民、王瑞林、赵学龄，大学、中学同学有陈朝阳、遇凯、李东、张大禾、谭新木、杜英莲、郭利群、王少华、马战红、吴春旗、赵从月、梁启泉等三十多人。野莽在现场泣不成声。

"告别仪式"之后西渡对大家说了为褚福军出诗集募捐之事。野莽先生抽抽搭搭地首先拿出一百元，接着先生与我久久泣拥在一起。当时我就觉得野莽先生和小军关系非同寻常。接着，马战红也向到场的高中同学每人收五十元，另给未到场的四位同学各垫五十元。

后来野莽先生在给我的信中谈到他和小军的交往，还提到小军共有两个静态独腿木雕鸟（腿长长的——比筷子细，下边插入半个卵形木墩上），一只落在他办公桌底下，说我就留下作个永久的纪念吧。在母亲仙逝后，临回北京前，小军就给我说过他们单位的青年作家野莽。小军一向尊重才华卓尔不群者，他希望有朝一日野莽先生能在单位主事，彻底改变编辑部陈腐的运作理念，简化审批程序。野莽先生的来信也谈到同样的内容，这就佐证了他们曾经默契的沟通和交流。我知道作家的时间总是宝贵的，不忍再打扰，于是和野莽先生失联30年。

因为有个疑问要咨询，西渡帮助我重新联系上野莽先生。先生看过拙文后，连夜（7月1日零时）发给我微信语音若干条。第二天我才听到，其中说道：

"小军结识了化工学院那位女生之后，一度挺高兴。有段时间，我俩常利用午休时间打一局康乐球，或者到楼下人行道散步聊天。有一回他告诉我，他有女朋友了，话语间显出几分羞涩。我看得出在谈恋爱上，他不是'老到'的那一类。

"另一次，打完球他笑嘻嘻问我：'您什么时候当头？'当时我背着两年前的一个'不听话的不是'，还在领导的考核中。第二年我真的破格升职了，先是副主任，接着是主任。我升职就是要实行在宿舍上班，在家里写东西。那样就免去了迟到挨批评之苦。遗憾，他没有赶上啊。

　　"我和小褚是知音。我的中篇小说集《野人国》，他拿到手就贴着脸看（他近视度高），很专注地一气看了几十页。看到他那么专注，我心里感觉：了不起。

　　"他知道我熟识史铁生，一定要我带他见见史铁生（延安知青），我带他到了史铁生家。他确实很敬重才华卓异者。

　　"一次，作家残雪到了社里。一听说残雪来了，他急切催促我'你赶快让我认识她'。他很尊重、敬慕她。恰好小褚的诗文也都是采用现代派手法。

　　"小军欠我一个感谢。是这样，我是社里的工会委员，过'十一'分福利由我管，其他东西我不在意，唯有分鱼我很是重视，是上秤的，就是说鱼大，条数少。我挑了大小差不多的六条，图个吉祥。又找了个脸盆，接了水，把活鱼放进去，端到他的办公桌下。心想，晚上他和女朋友一来就能看到，他们就会拿回去。不料，节后上班时，鱼已臭了。"

　　李子亮也是小军的同事、兄长、相互交心的朋友。小军走后他给我来过两封信。可能因为岁数差不大，又都是单身，他们的交流就更随意、更深入、更频繁。子亮在电脑上找到了小军的几篇文章，并且打印出来寄给了我。他在信中谈到他俩曾讨论过人生。豁达的子亮主张随遇而安，顺其自然，小军则主张要有个目标，有所作为。小军买单放录音机，还征求过他子亮兄的意见。我很了解小军的秉性，他是不轻易坦露内心与人的。可见小军和他子亮兄相处之亲近已不一般。

四年后，子亮兄弟的深情思念让我感动。

福运兄：

我们认识四年整了。我知道我们是不会互相忘记的，我可能记不住我的公历生日、父母的年龄、今天是星期几等，但我不会忘记你，虽然我们未聊过多少，只写过一次信。

整整四年了……

整整四年了，我几乎没有离开过他（福军），他也没有离开过我。我记不清读过几遍他的诗集，但我从未和他人谈过他，我谈不出来。偶尔提起，我也很少多说一句话，因为我认为别人说不出什么来，我也不愿意和别人分享我的感触。我只想告诉你，我，四年了，一直默默地，沉重地追念着，思考着，认真地活着属于我的每一个日子。四年了，我总觉得他是我周围的一部分。这一状况将伴随我后面的日日夜夜。我常常梦见他，尤其是前两年，醒后我都静静地思考每一个细节，直到想清楚，想明白……

顺致冬安。

子亮敬上

1995 年 12 月 17 日

近日托黄跃武又联系到当时在北京的几位福军的同学，他们各自忆述了对福军去世的深情慨叹：

"由于褚福军所在的中文系提前军训，我也跟着他提前到校，在他们宿舍住了一个星期。"计算机软件专业的黄跃武回忆道，"大学期间，有一阵子对哲学感兴趣。我还在未名湖边跟福军探讨尼采。感觉研究生命太可怕，后来就变成了俗人。他大学毕业，我还在读研。福军工作之余到我们宿舍找过我。看到我们打麻将，觉得太无聊，不愿多待就走了。其实，诗人的他已经离我很远，很远……如今五十多岁的我特别有感触，可用我刚离开学校时校友的诗句来表达：

> ……
> 面向阳光，面向斯卡布罗
> 墓前，请你亲手放下一束
> 迷迭香
> 再斟满两杯啤酒
> 一杯
> 为我死活挣脱不了的苟且
> 一杯
> 为我死活不屈的灵魂"

"我当时出差没在，回来听到消息无比震惊。"袁玉梅这样回忆，"我跟褚福军初中高中都是同学。当时男生女生好像没有什么深的交流。感觉他极聪明，又是谦谦君子的样子，让我很钦佩。大学我们邻校，毕业后工作单位也近，往来也不少。记得我还常偷偷下班后帮他复印，但没有深聊过，当然也没有认真读过他的诗。完全不了解他的精神世界，所以听到消息才无比震惊……诗人与俗人的距离曾经那么近，又那么远。"

接着袁玉梅又补充道："经过三十年岁月的洗礼，我理解尊重他的选择。人生的意义不仅在于长度。璀璨的流星从夜空划过，被无数人看到也刻在某些人心底。有限相遇，无限怀念……"

"福军是一个充满理想主义情怀，内心清澈透明的人。"这是梁启泉同学对小军的评语。

　　"福军他们单位维修宿舍，当时没找到合适的住处，来到我这。"马战红回忆道，"我在我们宿舍给他找了个床位，住了三个月。后来，他还专门请我吃了饭。那之后，应该是不到半年，他就走了。"

　　"当时我还在公安局，是'老武'（跃武）告诉我的消息，我去我们法医室查到了福军的资料。"这是吴春旗的回忆。在福军高中同学中，除了北大的黄跃武，吴春旗是我比较熟悉的，当时他跑前跑后，我们碰面的频率比较高。我知道他是北理工定向爆破专业的。春旗接着说："后来我有一次去重庆出差，见到高培正，聊起福军。培正说福军出事前去了一趟重庆（应该是成都采访作家艾芜后，取道重庆回京，主要是想看看同学高培正），还专门找了他聊侃。当时培正没太在意，福军回北京后就出事了，让培正后悔不已。"

　　借春旗的话茬，我对培正同学说声："谢谢你，你不必自责。他的走，恐怕不是谁的几句话就能挽留得住的。你们的倾诉聊侃，已经给了他快乐了。"

　　1991年10月31日，由李子亮带路去小军宿舍收拾遗物的有西渡、陈朝阳、赵平洋等几个。我看了小军独居的那个"单间"，感觉还是很不错的。面积不大但物品井然有序，一张单人床，床头有一简易书架，一头沉的办公桌沉的一端靠墙，桌子前面是他上学时从家带去放衣服的橡木箱子，里头放满了书。箱子盖上也能放东西的，但他没有放任何东西，看样子箱子盖和桌子面都是经常擦拭的，上面很干净。同一面墙上有一根晾衣绳，被两个遥遥相望的铁钉松松地牵着，上面板板正正地搭晾着一件白背心，一件灰蓝色针织短裤。收拾被褥的时候，西渡说："这被子是我的，他的被子两年前捐出去了。""两年前？"我先是愣了一下，但马上就明白了（心里感叹：小军已成为名副其实的无产者了），"那你抱回去，得好好地拆洗一下了。"我的意思是早就该拆洗了。抽屉里有一盘声乐磁带，赵平洋看到了，说那磁带是他的，就顺手塞进了自己的衣兜里。这些细节，让我想象到他们平日里亲密无间的相处和审美品味上的一致。

小军的遗物，除了诗文草稿，就是书籍。那一木箱子书，着实为难了我们几个。准备挪动箱子时发现，箱子底木板两端铁钉有承受不了重压而脱落迹象，没法抬起来。于是又四处找木方横在箱子底下，再用行李绳捆绑，下楼梯不是走平地，加上楼梯窄，可是费了劲了。也不知那箱子有多重，反正四个人将箱子弄到楼下个个汗流满面。

《中国文学》编辑部办公室还有小军一个上了锁、约一米高的书橱（张春福副主任说是单位借给他使用的）。我们打开书橱门锁准备将书倒到麻袋里的时候，一位个子不矮肩背微驼的老者，过来拦住我们说："书橱里可能有社里的书。"（原话）于是我们就任凭老先生查看吧。抽出一本，不是，再抽一本还不是，第三回仿佛还弯下腰扫视了一番书脊，依然没发现公家的书。也不知这位先生在这个大办公室里担任什么职位。他没有致歉，只是带着些许尴尬的表情离开了。由此我想到小军曾给我说过的话："我不知道我们办公室的某些人整天都想啥，只要你一转身，他就会走近你的桌子，看你正在看的是什么书、正在写的是什么文章（意思是：是不是在工作），那种情况就让我发现过。这真让我很讨厌。"最后小军还强调说"我们办公的环境很恶劣"。

1991年11月2日晚出版社派车，西渡、陈朝阳二位好兄弟送我到永定门火车站。途中就一直交谈，到了候车室两位又陪我聊了三个小时，句句话语贴肺暖心。

3日凌晨1点13分的火车。初冬的北京凌晨已有寒意，列车一直向东北开，很快进入了寒天冻地。我断梦北京的寒遇上了大自然的冷，我的肉体我的灵魂都像冻结了。别了西渡、朝阳，我已无人倾诉失去小军的沉哀和悲恸。内心里头的痛在不断地发酵，我应该把自己那种痛诉诸文字，以便释放心里头坏情绪的压抑，解除灵魂上的苦楚。

四

三十年过去了，我曾若干次提笔，但都是有头无尾。我食言了，虽然我并没有向谁允诺，可我没有兑现自己对自己内心的誓言。原因就是我越来越感觉到力不从心。写一个普通劳动者可能容易些，写一个诗人难。不但要熟知他的生活，还要深入地研读这个人的所有文字，较比透彻地领会文字里头的审美内涵、价值，还要有与诗人相匹配的现代文学理念和与之相当的文史哲经典著作的阅读以及相仿的理解能力和相近的审美眼光。否则，很难进行关于"这个诗人"的写作。

如今，我已七十有四。在这个随时都有可能死去的年龄里，我得尽我微薄的能力把小军的肉体生命轨迹如实地勾勒出来，哪怕是避难就易，挂一漏百，很浮表很浅显地勾勒。因为有一些关注小军生平又喜欢小军诗歌的朋友们，可能早就期待着有个人围着小军写出点什么他们尚未知晓的细枝末节。就在这么个思想背景下，我又开始了拙劣的文字之旅，拄着湘竹杖，溯着时光流，以蹒跚碎步和昏花老眼去寻觅小弟身后那浅浅的足迹和淡淡的身影。即使文章拙劣到不堪入目，也可以给关注小军又对他的诗歌感兴趣的朋友们一个应有的交代。

小军1967年8月8日生。当时"文革"两派斗争最激烈。对峙的两派各有据点和枪支弹药。枪，多是猎枪，自制的手榴弹，装甲车是由洛阳产东方红拖拉机改装，交通不畅。9月底我才得以回家为小军报上了户口。和二妹三妹起名一样，也是我拟定的。"福"是辈分，"军"字是我名字中"运"繁体的删削。

母亲生小军时已43岁，"多子多福"的俗谚让她很是高兴了一阵子，但操劳只有增加，积劳成疾的趋势不可逆转。二十年后，五个孩子也算各有所长，和邻居相比之下，也算让母亲欣慰了一番。母亲也只是享受了那么一点点精神上的慰藉。她老人家在六十六岁上走了——永远地走了。

母亲出生在一个物资稍微宽裕的农家，虽处孔孟之乡，可父母开明晓理。她曾向爹娘申请去济宁读女子学校，苦于无伴作罢。母亲秉性桀骜不驯，再碰上我那性格暴躁的爹，她是真的没有品尝到多少生活的温馨。我看到的都是文弱小脚的母亲踩高跷似的身影下地种庄稼，后来和公社社员们一同像伏尔加河上的纤夫一样弯着腰——拉犁、拉耙。

小军的日记书信中也不止一次写到母亲如何天天早上为他备好"金黄色的煎鸡蛋"。

小军成长中渐渐凸显的聪明和桀骜不驯，多是来源于母亲的基因。小军性格中夹杂些许暴躁，那应该是来自父亲的基因。我多少也有这一基因，但我仇恨它。我默默发誓要用理智、要用读书冲刷洗涤这一不良基因。经过一生的努力，我以为自己做到了。由母亲的生存我联想到许多母亲的生存，认为天下的母亲是最最辛劳的，母亲理应受到格外的敬重。丈夫对妻子理应相敬如宾，父辈对子女理应宽厚温和。

二十多年中，小军直面顶撞我只有一次，大约在他五六岁的时候。我们一家七口围着一张小炕桌吃饭。两个菜，一个是比大碗大点的搪瓷盆素菜（不是白菜萝卜就是茄子土豆），另一个是蘑菇炖鸽子肉（两只鸽雏）。当时妈在厨房还没完活。我们的习惯是，做饭的妈妈没来不开吃。可盘腿坐在炕里头的小军却一筷子连着一筷子地夹鸽子肉先吃上了。我忍不住冒出一句："就小军馋！""你——才馋呢！"小军狠狠地及时回应我，并附带两道闪电般眼白的光芒。后来，每每想到这一幕，我都感到内疚不已。孩子哪有不馋的，尤其是在那个物资匮乏的岁月里。

不知是我俩年龄差距大的关系，还是我对他要求严厉有加，我俩很长一段时间在心理方面没更多沟通。前面我说过，他在初中低年级因为躲避淘小子抄作业曾多次遭遇威胁欺凌的事，在他生前，我一无所知，都是后来我从他的日记里发现的。日记中也透露出他增强体魄的思路："多参加体育活动，不失时机地参加课间10分钟几个同学围成一圈托排球；中午抽出一部分时间打篮球，力争提高弹跳力，力争增强抢球能力；上学放学加快骑车速度。"上高中之后他练了一阵子拳击——避开人们视线的地下秘密行动。据说鼻梁伤过，还不轻，有人忍不住告诉了他三姐了。我知道后也没追问这件事，我以为孩子大了，大约都需要有个自我摔打锤炼的空间吧。经过两年多有意识的锻炼，个子高起来了，肌肉隆起来了，成了班级里的篮球主力。从他的日记内容可见，他还有很强的集体主义荣誉感。比如篮球输给别班了，他竟然在日记里认真分析失败的原因一二三条，接着还能很担当负责地写出改进意见。

在他即将毕业的那个春夏之交，我们有过一次较比开心的闲聊。忘了在什么话题下，他抛出了这么一句："哥是个善于表现的人。"这句话说得我这个当哥哥的顷刻间羞得满脸热乎乎的，如果照照镜子，肯定是满脸通红。这让我自省再三。"善于表现"，我理解是"浅薄""外向"，犹如没有深度的溪流假石子激起浪花，刷"存在感"。我觉得他说得很对，这个评价很客观很难得。出自小军之口，我觉得已经没有了贬义色彩。旁观者清，这也让我从小军眼睛里看到了一帧自己灵魂的肖像。确实存在这个问题，我曾许多次（甚至总爱）在人前不自觉地好为人师，动辄谈读书。其实那个时候，不，应该说这辈子自己都没读透几本书，多是一知半解。这句话让我更加认识到小军性格中的内敛、沉稳、老成。水深无波，成熟不在齿老。

下面是小军高中阶段的几则日记，从中不难看出他如痴如醉的阅读的状态：

　　　　1982年11月8日星期一　……看完了《基督山伯爵》（一），心情非常激动……我要列个书单：

　　《基督山伯爵》（四册）［法］大仲马

　　《静静的顿河》（四册）［苏］肖洛霍夫

　　《复活》［俄］托尔斯泰

　　《红与黑》［法］司汤达

　　《高利贷者》［法］巴尔扎克

　　《莎士比亚全集》（十一册）［英］莎士比亚

　　《九三年》［法］雨果

　　《斯巴达克斯》（上下册）［意大利］乔万尼奥里

　　《苔丝》［英］托马斯·哈代

　　《死魂灵》［俄］果戈里

　　《猎人日记》［俄］屠格涅夫

　　《安娜·卡列尼娜》（上下册）［俄］托尔斯泰

　　《我是猫》［日］夏目漱石

　　《铁流》［苏］亚历山大·绥拉菲摩维奇

《老古玩店》[英]查尔斯·狄更斯

1982年12月5日星期日　……想起我看完了《基督山伯爵》(四)，昨天借了《复活》。

1983年1月10日　近几天来情绪不好，一是试没考好，二是对有些问题认识不清。不害怕，不烦恼（他是在自我安慰）。干脆去看看卢明老师（三年初中的班主任）吧……今天早上到哥那去了一趟，经哥一指点，我不怕物（理）、化（学）分低了。决定假期再多读书。我计划看三十本。假期时间安排：

6点半起，跑步，7点回。

8点开始工作，做代数题，学习英语，做语文作业，看点理化书。

下午主要是阅读。历史书和文学书并举，看书时间应达10小时。

记住：10个小时，10个小时，10个小时！（第三个"10个小时！"是另起一行，字大到占四个横格。）

1983年1月6日　……哥哥走了快一个星期了（省亲哈尔滨），两本史书（人民出版社1979年版《简明世界史》近代部分、现代部分两册共七十四万字）才看一本半，发誓今日大看一场。

1983年1月24日　读着《绿衣亨利》，心里凝结了一个愿望：有一天再去图书馆换书时，一定声明，借这样封皮的书，这套书叫"外国文学名著丛书"（人民文学出版社，上海译文出版社分别出版）……《绿衣亨利》《戈丹》都是哥很早就买的书，真为没有早点看而后悔。

一个学着五六门课程的高中生竟然如此痴迷阅读，这应该是不多见的。

> 1983年7月21日　我要偷偷地对自己说，我要首先当诗人。越来越多的现实问题和先辈给了我无与比拟的启示，把我的思想我的本身献给诗歌……

他这样写是发自内心的，虽然是写在日记里，也是没准备让第二个人看的，可他却是认为这是面对天地的庄严允诺。他那时就明晓许多成年人未必明晓的成事哲理。从那时开始到文理分科，不过半年时间，他读了数量不小的大部头名著。高中一年级不顾一切的阅读为来日的创作打下了基础。我可是知道读书中的速度和质量因人而千差万别。小军属于读书速度快、质量高、收获多的那一类。他每读完一部书，总要写几句评论，甚至还有意识地分析比较不同国家文学的特征，比如俄罗斯文学与法国文学等。且不管他的评述有无价值，至少他已经有了从高处俯瞰世界文学的意识。

1988年春他撰写的《异端的火焰——北岛研究》之所以得到老师的赏识，与他初高中时期广泛阅读、认真思考方面的基础建设不无关系。也是在小军的日记里我发现了他借书的源头——宝泉岭农场管理局图书馆（原兵团二师管辖，馆长的眼光不能小觑，又不用担心购书的款项不足）。读电大中文时，我去借过书，确实好书很多。尤其是1980年前后，有成套的"外国文学名著丛书"，另有欧洲的哲学、心理学、现代派文学，拉美的现当代文学等。小军读到的好些书都是从那儿借的。前面提到过小军在参加工作后又狠读了一阵子书。1990年之后他的阅读应该是更加深入更加急迫（他的自我要求）。就在这一年的初冬，他来信费了不少笔墨，劝我做做父亲的工作，把母亲留给他成家的两千块钱，先抽一部分寄给他。理由大致是：我未来成家，不一定需要多少钱，家具不必一下子置齐，可以逐步添加，眼下却很需要钱购置书籍，营造一个"我理想的文学金字塔的塔基"，我可以去北图借书，可以去北大图书馆借书，但自己拥有书的意义不能替代。小军说的这些，我非常理解，爹不一定理解。可听了小军的信，他也同意了。至于数量，我没有再进一步征求老人家的意见。"那就寄一千吧。"我说了这么个数。

收到钱，小军很快回了信，言语之间看得出他的兴奋。我估计他会首先购买几本自己最喜欢又担心售罄的热门书。回头看那时，我国翻译出版业确实处于鼎盛时期，每天都会有若干新书摆到书柜上。小军在信中曾说与我："有些书永远有用。"我懂他。我从许多购书签名上得知（"戈麦91年1月上海"），小军去上海采访作家施蛰存真可谓满载而归。首先是买了许多书。我几度收拾书橱都想把他在上海买的书统计个大概数目，可又都因为时间而半途而废。2012年6月西渡编辑的《戈麦的诗》发布会上，小军的朋友兄长陈建祖提及，大约就是在那个时间小军给了他一部新版的托马斯·曼的代表作《魔山》；朋友同事晓钟也说到小军，知道她喜欢画家，没有买到《梵·高传》，就给她买了一本《伦勃朗传》。另外一个收获，是我从文学期刊《山花》（1994年第5期）上发现的。王干在发表小军《游戏·猛犸》的主持人语中说："1991年夏天，我和戈麦在南京见过一面，我们谈论了半天文学，很愉快。"估计是小军1991年8月去上海采访巴金路过南京时，或者是回北京路过南京时，特意下车拜访了文学批评家王干，他们愉快地交谈了一个下午。我多少能想象出一个渴求新知识又憧憬着创作的小青年聆听长兄良师卓然独到的谈吐后，那种不亦乐乎的感受。

王干先生在主持人语中这样评价戈麦的小说："……戈麦是一

个优秀的诗人，在他辞世之前开始写小说。现在只能看到他的三个短篇（另一个短篇《地铁车站》发表在《钟山》1994年第五期），但他无疑是一个天才型小说家。《游戏》《猛犸》所发出的那种凛然的冷光，抵抗着尘世的庸俗与人间的平凡。这种超凡脱俗的气息让戈麦的小说在超虚构的空间里飞行，《游戏》《猛犸》都是对两种动物的奇异拟想，《猛犸》是对远古消失动物研究者在现实中处境的表现，《游戏》中那个能随着人的朗诵即兴表演舞蹈的动物，既是对书本、知识、文化的一种对应也是一种友善的调侃。戈麦的作品可以称得上'小说的小说'，他在语言间昂扬着的那种智慧的宁谐之美，会让一般的小说家感到惊骇！"

小军非常清楚一个小青年要写出有分量的诗文绝非易事，除了广泛深入阅读之外还一定要注重生活积累，多层次地深入地了解社会。他曾与北大作家班山东籍黑龙江作家孙少山有过较为深入的交谈，他很敬佩孙先生的奋斗精神。小军工作后，与河北作家何香久有过多次的书信往来，看得出他们之间就文学创作话题也有不少交流探讨。还在读大学的时候，他就几次同《北大荒文学》期刊编辑、作家杨孟勇老师聊文学创作。

有人说（忘记信息来源）：戈麦与西川交往后诗艺大长。我也以为那是肯定的。不久，西川转寄戈麦在《花城》期刊上发表两首诗的样书及稿费，我回信试问了一句他们交往的始末。时任新华社记者的西川先生在百忙中给我回了信，并较比详细地谈了他们的相处：

……（1992年）10月29日，北大五四文学社出面组织，由西渡主持，在北大开了一个纪念戈麦逝世一周年的座谈会。我在会上朗诵了一些戈麦的诗——那些诗相当出色。我们大家都再一次深深地感到，戈麦去得太早了。

……戈麦同海子的情况不太一样。海子本来就是诗歌圈子里的人，生前虽不十分有名，但大家都知道他……戈麦属于后起之秀，人们现在已经逐渐认识到了他诗歌的价值，但他被普遍接受恐怕还不是一天两天的事，但我相信戈麦的诗经得起时间考验。

从1989年海子、骆一禾去世以后，我就停止记日记了（今年夏天才恢复），所以说不准他第一次来找我是什么时候。他最后一次来找我大概也就是去年9月。我记得我们谈到了诗歌中的"我"的问题。我对他说，诗中的"我"，必须从"个人的我"走向"一切的我"。他当时似乎在这个问题上有所思考，而且精神上有些苦闷，但当时我没有发现他有自杀的倾向。我们在一起从不谈论个人和生活，只谈诗歌……北京虽称中国文化的中心，但对戈麦来说并不十分合适。他是一个灵魂纯洁的人，但北京这个地方对一个希望成功的人压力太大。

……有些人说戈麦是我的学生，说戈麦自从认识我以后诗艺才有了长足的进步——这话完全不对。他的天才属于他自己，他有些作品是我写不出的。我大概只是第一次和他见面时劝过他，要他系统地阅读西方文学著作，对文学史有一个系统的认识。我劝他从古希腊悲剧读起，后来他向我称赞古希腊悲剧：崇高、丰富。

小军曾在信中给我介绍过北京大学文化学学会主办的《文化》期刊，记得主编是方江山。小军在运作《文化》第一期（《文化》学刊总第一期，1987年5月20日出版）过程中任总干事。我不知那个叫《文化》的期刊有没有第二期，或者后来有没有人依然做那件事。他说《文化》期刊还要利用假期组织团队到外地考察，由专家教授带队。他在言语中流露出一种愉快、自豪和期待。显然《文化》期刊里头有契合小军的审美情趣，同时在那个群体里也能满足他多元化、多层次了解社会的主观需求。遗憾的是，那终究是学业之余的，时间是有限的，圈子很小的社会活动，变数很大。我没有见到下文。后来也没想起来再追问他。

小军颇为重视自己的劳作，比如他创作的诗文、他参与编辑的刊物。记得他给我寄了某一期《启明星》，特别说明了是他的"劳动果实"——我估计这应该是指他参与了编辑、排版、印刷、装订，或者参与了其中某一主要环节的劳作。《发现》第一期印出后也马上寄给了我。《发现》第二期寄给我更为急促。当时我还没有完成调转程序，地址都没有来得及告诉他，他就只好先将《发现》第二期寄至他嫂子所在的单位——哈汽轮机辅机公司。我估计那一组诗，一定是刚刚打印出的校对稿，纸张单面有字，装订时将无字的页面叠在里面，故比第一期厚了一倍，还没有切边。那是最后一次给我寄书，离他去世不足一个月。书中夹有一封短信，信里主要说了两件事：

一是说有八十首诗稿在《北大荒文学》某诗歌编辑手里，他托我再咨询一下，若不用请寄回，也不急。这件事是这样，《北大荒文学》编辑部要出个诗丛，曾约稿赵平洋。平洋读中学时就文采卓然，出版过诗集。正在北大读书的平洋非常喜欢他褚哥的诗，就将名额让给他的学长褚福军。"褚哥的诗好，他出个集子更有意义。"这是我在北京料理小军后事时，平洋说与我的原话。平洋这一"让"，在那个追名逐利甚嚣尘上的人文背景下尤为珍贵。此举让我想到平洋的父亲赵玉祥。赵先生先后出任宝泉岭农场管理局宣传部部长、工会主席。我和赵先生在图书馆有过一次较长的聊天。赵先生谈吐平易、幽默、澹泊，可见平洋义举自有家风渊源。

起初是由赵玉祥先生将戈麦八十首诗稿转给《北大荒文学》编辑。估计不是编辑未读出小军诗作的价值，就是诗的内容不合某方面的要求。小军去世后，那八十首诗稿又辗转至赵先生那里，再由先生退寄至我所在的香坊农场子弟学校。

　　二是打算回黑龙江休假搞点创作，只是没有考虑好落脚点。当时爹已有了后老伴，显然他不愿意常住爹那，三个姐姐各忙着自己的工作，也不想多打扰她们。不多的话语让我读出了当时他复杂的心理状态。我们一家四口当时挤在岳父家，尚未站稳脚跟，当时我真的是无诺可许。

　　前面提到，小军第二次疯狂阅读始于大四，延续至工作两年之后的生命终结。前一段是因为毕业所需学分已足，参加工作后是因为编辑部给他一年的任务，他两个月就能完成。野莽先生的来信也透露了小军工作时间宽松这一信息。阅读、写作是最需要时间的，小军无疑问曾因为这一点而快乐过。和好友西渡创办了几期《厌世者》让他养成了创作的习惯。之后又与几位诗歌兄弟创办了诗歌期刊《发现》。这个刊物让他结交了更多的朋友。小军每每谈起读书、谈起写作，就特别兴奋，言辞滔滔，完全忘记了疲惫和内心里素有的忧悒。

　　小军走后留下一份手写的读写计划，包括休假期间的读书与写作计划（表格式），内容具体到用一周或几周读什么书，写什么文章，二者并非一一对应，多是参差错落地向前延伸至1992年春天。西渡曾将那份表格式读写计划展示给好友、师长，他们也都慨叹其工程宏大，读书的量和写作的量都是一般人想象不到的。他那样一份读写计划，没有一个清静的环境保障，无法完成。如果早点找到读书写作的立脚之地，也许他的情绪会有一个转机，那样也就有可能挺过他那段内心里坎坷黑暗的日子。

五

　　小军虽然拥有一个单间居住，但终究局促于一个大单元中，其余的房间依然住着同一个单位的同事熟人，"三缺一"的情况是常有的，哪好意思在门外面挂个"我要读书写作，请勿打扰"的牌子。小军很要面子的。原本打算二十六七岁再考虑成立小家庭的，可每每遇到被敲门——"三缺一"，他就想到唯有在自己的小家庭里，才能摆脱这类善意的打扰。于是他很想早点找个朋友成家。对此，某领导甚至语带讥嘲地说些……司马迁有言：燕雀安知鸿鹄之志哉。

　　关于小军的恋爱问题，不少人问过我。这确实是个不能回避的问题。大多猜测他的死与失恋有关。我也不敢断然否定。他这个人在这方面很自我封闭，书信里从来不跟我谈这些。同学加挚友的西渡，兄长加好友李子亮，他们也都不很清楚。可以肯定的是，去世前不久有位朋友给他介绍了一个化工学院的在校生，相处了一些日子。据张春福副主任透露，他们也逛过"紫竹院公园"的，只是没有再向前发展。近日野莽先生的微信语音也证实，小军曾有过那么一段快乐的恋爱，只是没有再向前发展。这次失恋无疑对他打击不小，不能排除是他绝望的直接原因之一。从以往同学的来信看，有几位女同学给他写过信，多次写信的有一两位，但多是在大学毕业前的事。从一位外省女同学寄的几封信看，先是围着自己学习方面的通报，之后就转向了学习兴趣和研究方向，进而像是要托小军联系北大或是北京别的学校的研究生导师。事成没成不晓得。但后来的信中有这么一句话，我觉得是个委婉的表白：你的个人问题有着落了没，我已经……对此，我不做任何主观揣测性的想象。小军还留下一个只写了收信人姓名×××仨字的"北大九十年纪念封"（正面封皮之首印有一位北大名人简笔肖像的那种），尚未写收信人地址，也没写寄信人地址。从字迹看，遒劲大气。我这个多年练字的人，自愧不如。这应该是小军大学四年级的事儿。不管是化工学院的那位女生还是外省那位女同学，我在这提到她们，不但没有丝毫的责备成分，相反我还要向她们表达应有的感谢，至少你们的相处或通信曾经给予了小军些许快乐和期待。

谁能够和小军默契地相处一段时光，或者只有短暂的往来，谁就一定有让小军佩服的品格、才华，或者具有让他认同的观念、审美取向。人以群分，这是我的经验判断。他是个追求人格完美的人，对人也是处处以完美苛求。

虽然小军在口头和书信中，不止一次褒奖我，说我是他奋斗的领路人，但是亦有让我不堪承受的苛刻冷酷的批评，用"批判"二字或许更为贴切。

长大以后对我的埋怨，是在高中三年级寒假期间，但那次他又觉得埋怨的理由不够充分，没有用语言表达出来。起因是他在文理选择上的纠结。看出他的抱怨情绪后，我就把我当初的想法说给他：我只是说给他高中三年奋斗目标——考入北京大学，我的话语绝没有局限"文科"的意思。其二，高二分科时，报文科一事我一无所知，是他报了文科若干日子后我才知晓的。他也曾感觉到怨哥有点欠妥，就支吾着说："是你的读书和言谈影响了我，我以为……"直到小军走了二十年后，我才从我的老邻居，时任宝泉岭重点高中副校长李斌老师那知晓了小军在报文科前一天下午的情景。报文科确是他发自内心的选择。

书信中除了批评我"务虚"之外，母亲去世后还冷酷地责备我"冷落了父亲"。对后者我不作辩解。

母亲仙逝到小军回京之前的一段时间里，我们谈论的多是读书，也涉及生活，但后者只是一笔带过。我很清楚，小军读书多，做事是蛮稳妥的，事前多是想得很周全的，无须事无巨细地提示他。大学三年级下学期，他花了不小的气力撰写论文《异端的火焰》就是为了下一步找工作积蓄实力打基础，当然也不排除借此征文活动来向老师汇报，和同学交流自己的学习成果。我想肯定是这样的。大四下学期联系到"《中国文学》编辑部"，也签了约，他怕黑龙江不放人，又去了黑龙江托同学挚友找人把事情做实。据说他还到黑龙江电视台转了一遭，留作退路。这事应该没人知道。我曾说与西渡，西渡回应：小军办事一向沉稳。

上大学之后的某一个假期，小军给我讲了他小学三年级时的老师罗丛芳：

"罗老师很会'弄景'"，小军的意思是罗老师管理班级、教学两方面都有创意。"她每天早上早到班级二十分钟，要求学生提前十五分钟到班级，她每天都给我们读十五分钟《水浒传》。因为书里的故事都是描述惩治恶霸杀富济贫的英雄，同学们非常喜欢里面故事的热闹。"——我估计她是想借此激发小同学们的学习兴趣，收拢他们的玩心。当时，举国上下批判《水浒》，既然批判，那就得印出来给人看，可以说《水浒》是作为批判的靶子，首先重印的古典名著。小军一边想着一边缓缓地说下去："有时候罗老师去办公室忙点别的事，她就让我替她读，她知道我已经抱着字典认真读过一遍《水浒》的。有个星期天她竟然把我们班里的几个班级骨干领到她家玩，然后去登碉堡山——就是如今赫赫有名的尚志公园——讲抗日联军赵尚志将军的故事。"

小军有一则日记这样回忆到罗老师："罗老师考上大学就要走了，不要我们了……"从中不难看出小军对罗老师深深的依恋之情。母亲仙逝那年，小军还专程去宝泉岭中心医院看望了已经在那里担任药剂师的罗丛芳老师。

小军曾写道（忘了是日记里还是书信里）：我很羡慕人家兄弟

之间你追我赶地嬉戏，说笑……我们之间的关系不像一般兄弟，一是因为我们岁数相差过大，我在小军的思想意识里也确实超越了"兄长"的一般概念，我俩实在难有共同语言，二是因为我给他安排的课外学习任务太多，也让他无暇与我嬉戏。细细一想，我们相处二十几年中，只有过一次游玩，不过不是我们哥俩，而是我们四个，另外那俩是我两个可爱的女儿。地点也是尚志公园。玩跷跷板，荡秋千，爬山，照相等。其中有一张我和小军的合照，是我很喜欢的。小军侧坐在草地里一只油漆斑驳的蓝色破铁皮船的船头。船原本是在人工湖里使用的，一定是因为破洞连连难以修补，才置于草坪巧做一景。他面向左（东），有几分逆光，很有点类似剪纸的效果。我坐在船尾，视线向南与小军的视线约呈十字相交，我只留下了右脸腮的轮廓。我们哥俩仿佛在交谈什么。这是我大女儿平儿用傻瓜相机在我身后偷拍的杰作。遗憾的是这张珍贵的照片后来失踪了。

推测，照片中我们哥俩谈论的不外乎读书与写作。纵观小军的一生，就是读书写作的一生。

六

没有纸质书籍的家我不能理解。如果出门，下楼之后发现书包里没带书，我不能容忍，一定拄着手杖登上六楼取一本放到书包里。这书是用来在乘公交车时看的，有座位更好，没座位，我就一只手抓住横梁或者用一手臂搂住某根立柱，另一只手就可以端着书看了，尽管身体随车摇摆也不妨。

书本承载着几千年的文明。我是把自己书架上每一本书都看作是文明的镜子。要想发现自己身上的粗俗和野蛮，就必须读书，照镜子自省。书读多了，久了，就会洗去最初那不堪入目又不自知的野蛮、莽撞、来自祖辈的劣根性基因。

20世纪伟大的存在主义哲学家萨特在他的散文里这样写道："在我看来，没有任何东西比书更为重要。我把书房看作教堂。"我十分钦佩萨特将书房当作教堂的崭新观念。再者，我把小军留存下来的每一本书都看作是他推荐与我的，感觉到那些书本上还留有小军的体温。

"存在决定意识。"作为一个半路入道的教书匠，我理应不遗余力地努力看书学习，力争积蓄比较丰富的知识，不然何以诲人！我不以为这是务虚。虽然我一直处于拮据的窘态中，可我没有觉得自己失掉了自尊。当年跟着爹娘逃荒关公故里（古城安邑郊区）乞讨的时候，我的理想只是冰凉的半个掺苜蓿菜的黑色窝头，晚上有一小竹碗玉米面稀粥。

到宝泉岭第二年，早春一个晚上我家遭遇邻居引发的火灾。当时爹不在家，娘叫醒我，又慌忙抱起妹妹，我一手提着棉裤，一手扯来一床被顶在头上，紧跟着娘逃离火海。再回头时，火蛇已经封门。曾经装下一家财产的那个（山东）大包袱化为灰烬。我没有背心没有衬衣，上身只穿着山东支边来的秦叔叔送给的一件大人的加厚棉袄。棉袄是崭新的，土黄色紧袖口的，大小栗子色扣子上都有"八一"字样的军服。过夏天的时候我依然穿着那件加厚的军服棉袄上学。尽管班主任王老师（忘记了她的名字）允许我上下课都敞着怀，但还是满身汗水。那时候，我的理想只是一件短袖粗布汗衫，哪怕是补丁摞补丁的百衲衣。到了冬天，看到雪地上美丽花纹的胶皮鞋印，我的梦想就是一双带花纹的棉胶鞋。当时我穿的棉鞋是从单身宿舍房后捡来的大人的鞋子，底子已经磨得很薄了，原有的花纹早已荡然无存。

参加了工作，有了工资。除了吃饭、上缴家里的一份之外，另有些余富，我之前的梦逐渐变成了现实。

农场改兵团的那个冬天。我们宿舍五个人，唯有我不会二胡。一天不知谁拿回一把板胡，声音脆亮，引起我的好奇。试奏音阶，竟然有人说"听觉挺好"。于是我学起了板胡。刚刚来到九连的英俊潇洒的哈尔滨知青孟庆祥，闻声而至。芭蕾舞剧《白毛女》那段经典板胡曲，被他演奏得完美无瑕。我暗下决心学学板胡。三个月后，调"军马场"，我改向多才多艺的温州知青陈嘉勉学习二胡。之后又购置了一把小提琴，向小我七岁的北京知青李庸生学习小提琴正规练习法（方法来源于空政文工团首席琴师）。就这样，我才有了教弟弟妹妹学习拉琴的可能。最让我自豪的是1976年十五团宣传队队长（温州知情）带着平日团首长工作用的墨绿色帆布篷吉普车开到我家房山头，请两个妹妹随宣传队去各连队巡回演出。

我能够一直坚持珍惜时间，把时间用于读书、练琴、习字这么一个习惯，都是在军马场那七年里养成的，环境使然。至于进步大小，那是造化的问题。至少我将小提琴的基本演奏的方法传授给了两个妹妹，让她俩都有了些许值得自豪的娱乐爱好，尤其让我引以自豪的是，精心培育的弟弟考进了众人仰慕的大学。

在这里我有必要强调一点，那就是小军的成长绝非我一人之功。小军曾在一则日记中写到他大姐褚东云，经常过问他在学校的生活（她一直在忙），冬天给他买棉帽、织毛衣，经常给他做好吃的，知道他处在长身体期间，怕粮食定量吃不饱，给他弄粮票，上大学期间每个假期回京都给他零花钱。他二姐褚东凤是农场医院护士，是爸妈健康的守护神，尤其是妈妈身体欠佳，有他二姐在爸妈身边，免除了小军的后顾之忧，尤其是爸妈从24队搬到场部的头半年住在他二姐家，爸爸脾气不好，免不了发脾气，大约只有我能想象到，他二姐承受了旁人想象不到的身心两个方面的疲惫。三姐在宣传队，工作清闲一些，也没断给小军织衣裤，帮家里给小军寄钱，邮衣服，代表爸妈给小军写信多是她的事，每次回京也都给弟弟零花钱。可以说，三个姐姐是小军的后勤保障部。三个姐姐后来生活得都挺好，她仁可真是不折不扣地继承了爹的勤劳节俭的务实精神。

当然，从引导培育弟弟妹妹这个角度说，我以为自己也算是务实的。爹的务实让我们一家人甩掉了饥馑，我的务实带领弟弟妹妹走出了愚昧。

注重道德修养和坚持知识积累是我这辈子坚守的人生理念。

我这一理念的形成缘于知青们带来的都市文明之风。他们大方的举止、典雅的言谈、真挚的情谊、高远的志向、坚韧的意志、卓异的才华无一不是推动我的生活之水。他们是我敬慕的青松、红橡、白桦、五花草地、蜿蜒从容超然漫步的溪流、蓝天祥云骄阳下款款的暖风。他们是我头上及时的甘霖，是我脚下肥沃的土地。他们的少年失学青春消损，却成全了我涅槃重生。由此也才有了小弟福军成长的良好环境、适宜的气候和肥沃的土壤。由此也才有了小弟福军生活学习的人文环境。才华卓异的福军——诗人戈麦就是在这么一个独特的环境中成长起来的。

诗人西川评说戈麦："他是一个灵魂纯洁的人。"

也有人说戈麦是个完美主义者。

我也肯定小军这一本质秉性。正因为这一点，他的眼里容不下沙子，他的口舌耻于违心的人云亦云，他纯洁的灵魂里真假美丑黑白分明。小军一生敬慕鲁迅先生，实属秉性使然。

六年的中学同学袁玉梅有这样的慨叹："……经过三十年岁月的洗礼，我理解尊重他的选择。人生的意义不仅在于长度，璀璨的流星从夜空划过，被无数人看到，也刻在某些人心底。有限相遇，无限怀念……"

小军的骨灰和爹娘的骨灰都安卧在宝泉岭"元宝山公墓"。

一西一东，背倚峻岭各居一坡古式亭子下，他们将永远相望。冬天有皑皑白雪烘托下的青松和红橡守灵，夏天有藤萝在古式廊柱上翘首四望，生机盎然。各色蝴蝶、蜻蜓在花叶藤蔓间悠闲地扇着翅膀，左右徘徊、上下翻飞，或许正在为幽魂们传递亲切的问候。没有闹市扰人的喧哗，也不见败人雅兴的腐朽丑态。这里应该就是小军所苦苦觅寻的创作佳境了。

三十年来，小军的同学挚友、现任教于清华大学的西渡老师，北京大学的臧棣老师，还有朝阳等朋友，一直在执着地推介戈麦的作品，遇到了也克服了很多困难。许多事情过后我才知晓一点，或者过后也还是一无所知。尤其是最初，为了找到肯刊行小军诗文的出版社，西渡和朋友们付出了很大的精力，包括有限的积蓄。就在前几天，臧棣老师在转发戈麦作品时透露了一些细节：

"戈麦走后，他的好友西渡默默整理戈麦的诗稿。戈麦告别这个世界时，也很决绝，几乎是将全部的诗稿扔进了厕所。西渡设法将这些遗稿找回，不嫌'麻烦'一页一页清理，重新誊抄。更感人的，那个年代，一万块钱不是小数（老臧当记者的年薪也才3000多）。为使戈麦的诗集尽早出版，西渡自己设法凑足了出版费（确实，他完全可以向朋友们募捐的，但他知道朋友们都很穷，所以，独自承受了所有的压力）。[1]西渡约我为诗集写评论，我写了《犀利的汉语之光》；后来有几个人当我的面议论，对戈麦评价过高（一向爱反驳的我，心里只有一个呸。从此绝交）。"

确实如臧棣老师的慨叹："80年代诗人的友谊，如今很难想象。"

---

[1] 臧棣这里所说不确。事实上有很多朋友为出版戈麦诗集捐助，西渡只是凑足了缺额部分。另外，出版费也不到一万元。——编者注

作家野莽也慨叹不已："西渡对戈麦的情义超越了古人。将从厕所捞出来的诗稿一页一页清洗，誊清，谁能做到？关于推介戈麦诗，我见证，西渡做到了三十年如初。从春秋战国起，那么多文人佳话，没有比得上他俩的。我这样说一点也不为过。"

从广西漓江出版社到上海三联书店，再到人民文学出版社，每次编选，西渡无不殚精竭虑。最近为编辑《戈麦全集》，为了一个字、一个书名的辨认，西渡多次发微信图片与我讨论。愚兄我永远铭记。

2021年4月11日初稿

2021年8月22日修订

今天为什么还要谈戈麦?

——八九十年代社会文化转型期的诗歌四人谈

时间：2017 年 12 月 10 日下午

地点：三联书店海淀分店

主办方：北京大学出版社、北大培文

对谈嘉宾：西渡、张桃洲、姜涛、冷霜

　　西渡：非常高兴在这个寒冷的下午和大家一起来谈一谈戈麦这位天才诗人。其实我更希望听到其他三位嘉宾关于戈麦的看法。因为从戈麦去世以来，我自己关于戈麦已写过不少文章，很难谈出很多新的东西。我可以做的，是给大家介绍一下戈麦的基本情况。

　　首先，戈麦是一个非常有才华的诗人，这一点大家是公认的。但是我觉得戈麦的特殊之处，还不在于他的才华。他在当代诗歌里是一个比较特殊的存在。戈麦的写作时间非常短暂，如果我们忽略他早期的习作，也就是从 1987 到 1991 年，也就短短的四年。但是他在四年里写出了很多优秀作品。就短诗而言，戈麦的一流作品，从数量上和质量上都不亚于海子。但戈麦远没有像海子那样流行。不过，戈麦有自己的铁粉，他们中有的人对我说过："和戈麦比，海子算什么！"在我看来，戈麦、海子都是了不起的天才，但他们个性不同，写作的方法不同，风格也大相径庭。海子的写作比戈麦和我都早，我们都曾经受到海子的感召。

其次，戈麦写作的出发点和一般的诗人，包括我自己这样的写作者，有很大的不同。一般来说，诗人对于诗歌的兴趣，形成都比较早，像我自己，中学时候就迷恋诗歌，也开始尝试写作。这种文青的经历，当然是一种自我训练，但是它也会带来某种文青后遗症。因为你走向诗歌的时候太年轻，你的趣味，你的判断都还不成熟，也就容易被课本的趣味和教师的趣味所诱导。这种后遗症的一个突出表现就是某种美文情结。就像文工团的男女很难摆脱脂粉气一样，文青们也很难摆脱美文情结。而戈麦最初给自己设定的人生目标中，并没有诗歌的位置，或者至少不是他主要的一个追求。戈麦最初的理想是经世济民。他考大学的时候报的专业是北大经济系。后来因为成绩关系，被调剂到中文系古典文献专业。他到北大之后一直还惦记着转系。实际上，一开始他甚至不想到北大来报到，而要去第二志愿的辽宁财经学院。他宁愿去辽宁财经学院而放弃北大的入场券，这在今天是不可想象的。在哥哥的一再劝说下，他才来到中文系报到。在北大前两年，他一直旁听经济系的课程，做着转系的准备。三年级的时候，他才从古典文献专业转到中国文学专业。我也在这时候从编辑专业转到文学专业。这之后，我们俩的交往就比较多了。这样一种背景，也给他的写作，带来某些不同。

还有一个是他的边疆身份。戈麦出生于黑龙江省萝北县——很多人可能都没有听说过这么一个县——宝泉岭农场，这是黑龙江生产建设兵团下属的一个农场。他这种边疆的身份可能对于文化的感觉，对于中心的感觉，和一般大城市的，以及我这样的江南农村的孩子，也会不一样。冷霜老师也是农场系统的，新疆的，一会儿可以请他谈谈这种感受。所以，戈麦的诗歌里从一开始就很少那种温情脉脉的东西，美文对于他也不构成诱惑。为了摆脱这个教材式的或者时尚式的美文倾向，一个写作者往往需要经过漫长的反省，以后才会走上比较自觉的写作道路。实际上，很多写作者终生没有摆脱这个东西，甚至从来没有想到要摆脱，一生都蒙头在脂粉气里自我陶醉。但戈麦似乎先天就对那种美文的、文学化的东西具有一种免疫力。所以，他开始写作的时候，他的诗歌感觉就跟周围的同学非常不一样，一开始就具有非常鲜明的个人特征。

1980 年代中后期，大学校园的写作风气还很盛，中文系的男生几乎都写诗，不写新诗，也写旧诗。女生似乎更倾向于写小说，写散文。我们 1985 级，写新诗的、比较核心的成员，有五六个，当时就成立了一个小社团，叫蓝社。戈麦不在这些人里头。戈麦也不是有意隐藏自己，他读诗也很早，也读朦胧诗，同学读不懂，他可以一句一句解释给他们听。但在 1987 年秋天以前，他没有把写诗，把文学作为自己的志业。他的爱好很多，棋下得很好，围棋他下，象棋也下——围棋他有一个外号叫褚八段，他姓褚——他会拉琴，也打篮球。他平常待人很温和宽厚。但惹急了，也会约人到五四操场决斗。他的交往，并不像我们几个文艺青年总爱抱团取暖，而是跟各类同学都有来往。同学都叫他老褚，实际上他的年龄是比较小的，我跟他同岁，他比我大 20 天，在北方同学里，他年龄是偏小的。1980 年代，北方同学一般 19 岁上大学，他是 18 岁。我们那一届东北一共有八个男生在中文系，八个男生里，他是老六。但是大家一开始就都叫他老褚，看起来老成持重。另外，他看人看事，眼光都很犀利。我的一个同学曾经说，跟戈麦说话的时候都不敢看他的眼睛，因为他的眼神特别犀利，一眼就把你看透了，是那种感觉。

他还有什么特别的地方？他是东北人。他对东北的地域文化有很强的警惕，对东北那种哥们义气，还有某种实利气息，对文化轻蔑，他都有警惕。他是有意摆脱自己身上的这些东西，也包括诗坛的一些习气，诗人的癖性，酗酒放纵啊，自我标榜啊，标新立异啊。他酒量很好，但不纵酒，他说："我一生只大醉过一次，但这一次就足以让我感到羞耻了。"另外，他是一个非常较真的人。他去世以来，我跟他的哥哥一直保持着联系。他家兄弟姐妹是五个，大哥比他大20岁，还有三个姐姐。他的文学爱好多半受他大哥的影响。做人也是。他信中对他的大哥说："你是我唯一的导师。"他对大哥一直是非常膺服的。跟他几个姐姐、姐夫的交往当中，可能也会觉察对方身上的一些缺点，而且他不会隐忍，可能会当场表现出来。在亲人面前，他是有点任性的。

1988年我们毕业实习，我和他两个人在房山做民间文艺调查。我们白天出去调查，访谈民间艺人，晚上回来就住在房山电影院。我到晚上就拉他去看电影，他照顾我面子，也跟着看。毕业以后，有一次我邀他去当时国家计委的红塔礼堂——单位有免费的电影券——看电影，他说："我在房山已陪你看够了，你还拉我去。"调研快结束的时候，我跟他商量到十渡玩一天。他说要赶紧把报告写完，就不去了，让我自己一个人去。那时候交通非常不便，从房山城区到十渡，一天就一趟车。我起晚了，赶到车站，车已经走了，我也没有去成。我从车站回宿舍，他已经在那儿写报告了。实际上，我们两个的报告，基本上都是他完成的。后来北京市文化局发下稿费，他坚持与我平分。

这种认真的、执着的态度，也影响到他的写作方式。一些诗人和批评家很早注意到戈麦诗歌的一些特殊之处，比如他的抒情的强度。北大有一位比戈麦年轻的诗人吴浩，笔名晓归，他也非常喜欢戈麦的诗，曾经把戈麦的抒情特征概括为浓质抒情，一种强烈的情绪被强行压缩后产生的那种浓密、饱胀、随时要爆炸的感觉。海子的抒情强度也很高，但戈麦的强度与海子的强度不一样。海子的抒情是一种发散，把内部的激情通过歌唱、呐喊散发出来。这种方式和郭沫若的《女神》属于一个性质。戈麦的抒情不是这样，我们可以叫它分析的抒情。戈麦曾经说过"逃避抒情"，实际上他的诗应该说还是一种抒情诗。但是他的抒情方式确实与众不同。比如说他90年代初期那一批诗，像《未来某一时刻自我的画像》《梵·高自画像》，确实内蕴了一种非常强烈的、非常有强度的感情在里面。但是他的语调是冷静的，方法是分析的、自我解剖的。这种激情的强度和分析的方法的对比构成了一种非常特别的、高度紧张的、充满张力的风格。戈麦的自我分析跟鲁迅的《野草》有某种程度上的接近，但在风格上，戈麦比鲁迅更紧张。这种风格、这种方法的结合，在当代诗歌中我想不起别的例子。海子有强度，但不自我分析；柏桦紧张，也不自我分析；臧棣有自我分析，但没有那种紧张。臧棣在《犀利的汉语之光》中说，戈麦的写作方式是一种类似工程构筑的方式，先有图纸，然后一步步落实。戈麦1990年以后的写作，大多有周密的写作计划：我这一段时间要写什么，每首诗表现什么主题，采用什么风格，然后这首诗我要用哪些基本词语、哪些基本意象，都预先列出来，完了之后再去组装。先有一个想法，搭出一个框架，然后寻找、准备材料，等一切准备好了，再把它组装到一块儿。这是一种非常特殊的写作方式。爱伦·坡在他的《诗歌原理》中提到过这样一种写作方法——戈麦对爱伦·坡应该很熟悉。很多人认为，爱伦·坡实际上是在故弄玄虚，他自己的诗根本不是这样写出来的。把这种方法应用到写作实践中的有瓦雷里。齐奥朗认为，瓦雷里之所以如此，实际上是因为他作为诗人的才华不够，从而不得不依仗批评的才能来写诗。戈麦的情况也许和齐奥朗说的相反，他恰恰是因为才华太充沛，从而需要用这种方式对他的才华、激情加以抑制，不让它们不加节制地喷薄。也许，戈麦在海子的诗里觉察到了那种不加节制的喷薄给诗带来的损害。这种方式，也把他跟海子、骆一禾区分开了。一般而言，抒情都是外向的，要把东西从内向外抒发出来，而戈麦好像是从外不断地向内走，走进心灵的深处，或者事物的深处，把自我、心灵剖开给我们看，也把事物的内面展露给我们看。戈麦的抒情方向跟我们习惯的抒情方向是相反的，非常不一样。

在诗人跟时代关系上，戈麦也体现了一种非常不一样的东西。我想用一个什么样的话来概括呢？可以叫做"成为时代的肉身"。诗人看待诗歌的方式，可以有几种：一种是纯诗式的，把诗看成自足的，自有目的的东西。第二种，把诗看成语言和世界的一种互动。这种互动可以是赞美的，也可以是批判性的。很多当代诗人从米沃什那里引进了一个观念，把诗看成是对社会、对现实的一种见证，即诗歌作为一种见证而存在。这种见证的诗属于这一类型的一个新的变种。戈麦的诗不是纯诗，它和世界、和现实有非常深刻的纠缠。戈麦的诗有批判性，有见证性，但你很难说它是见证的诗。因为它在见证和批判的同时，却仍然保持了一种奇怪的而充分的自足。或者说，它不是从外部见证时代和现实，而是让时代和现实在诗的内部发生，而诗人自己则成为了时代的肉身，成为时代的痛苦本身。我觉得这里面包含了他对于诗人身份的一种批判的意识在里面。

海子曾经提出中国古代的诗人太过文人趣味了。海子也试图在诗和世界的关系上获得一个突破。海子提出的概念是实体。诗要直取这个实体。骆一禾提出"博大生命"，也包含着这样一种努力。实际上，新诗和时代的关系一直是新诗史上争论不休的一个话题。很多诗人和批评家认为诗人应该成为时代的代言人，或者是成为一个群体、一个阶层的代言人，这个群体、这个阶层掌握了时代真理，或者预示着时代发展的方向。但是，诗人和代言的对象之间往往存在巨大的身份的、精神和心理的鸿沟。你为无产阶级代言，但你是知识分子，不是无产阶级，所以需要改造，但在改造得最好的情况下，你也无法和无产阶级取得完全的一致。即使你出身无产阶级，一旦你开始写作，你的感情和心理就会产生变化，因为你必然受到诗歌这种文体的传统、现实以及形式的牵扯和影响。所以，知识分子的改造是永无尽期的，对诗人的改造尤其永无尽期。抗战时期，一般认为是诗人和时代的关系调适得比较好的时期。诗好像跟时代取得了某种一致性，诗的主题应和了时代的主题。但事实上，即使在抗战时期，我们绝大部分诗人、作家基本上还是处于一种文人的状态吧，多数的时候还是一种旁观。比如老舍《四世同堂》写沦陷时期的北平生活，其实他并没有生活在沦陷的北平，而是早早就转移到了后方。大多数作家都是这样，并没有直接参与抗战。像陈辉那样，一边作战，一边写诗的诗人其实是非常少的。丰子恺有一篇文章，写到他抗战时期携着家眷逃难，从他的缘缘堂逃到兰溪，曹聚仁在兰溪请他吃饭。在饭桌上，他们俩发生了一点不愉快。曹聚仁对于丰子恺这种逃难的状态表示了一种，我不能说是不屑，但是肯定有一种不满。曹聚仁认为在这样一个战乱的年代，有能力的人都应该去参加战斗，携着家眷逃难多少是有一点可耻的。曹聚仁自己就做了一个战地的记者，深入到了抗战的最前线。这顿饭让丰子恺很难下咽。在诗人和时代的关系中，也一直存在某种难以下咽的东西。

那么，诗人到底应该跟时代处于一种什么样的关系？我觉得诗人与时代的关系不应该止于简单的见证。见证的东西还是旁观的。诗人应该成为时代的肉身。如果说，诗应该传达时代的精神，这个时代的精神不应该是诗人身外的东西。真正的时代精神就在诗人的内部。诗人跟时代之间是一种肉身的共鸣。在八九十年代相交之际，一个问题丛生的年代，对知识分子来说也是困扰非常多的年代，戈麦不是"站起来歌唱"，而是成长为时代的肉身。戈麦的写作最敏锐、最深刻地反映了那个时代知识分子精神上的尖锐冲突。或者说，戈麦从他的内部见证了一个时代，让一个时代在诗歌中发生。

张桃洲：读了很多年戈麦，这一次参加活动之前，又把戈麦的作品重新读了一遍。关于戈麦与上世纪八九十年代之交社会文化和诗歌间的关系，应该说已经得到了研究界的较多关注，从这一角度探讨转型期的诗歌及戈麦在当时诗歌里的位置，或者他自身在那个时期表现出来的诗学特质，这种探讨无疑是恰当的、有效的，也是相当重要的。今天我不打算沿这个思路再深入下去，而只想谈一点自己重读戈麦诗歌时的特殊感觉，那就是，我发现过了这么多年，戈麦的很多诗作，以前喜欢的至今仍然十分喜欢，并葆有某种最初的新鲜之感。这跟我重读其他一些曾经比较看好的诗人作品时的感受不大一样，有些是仍然喜欢但没有那么强烈了，有些是根本已经淡化甚至不怎么喜欢了。我在想这究竟是怎么回事呢？这种感觉是怎么来的？真的，戈麦这本集子里的一些篇章，对我而言，经过了这么多年，却仍然散发着一种特殊的吸引力和气息。就好像时间静止了，戈麦就在这静止的时间里保持他青春的容颜，当我们重新发现他时，他还是旧时的模样神采奕奕。他的诗也是，安静地沉淀在那里，周遭有多少喧嚣和时尚经过。当我们重新读到它们时，某种新鲜感油然而生。这是我重读戈麦诗歌时的特别感觉。那些诗篇就一直在那里不曾改变，再次遇见它们好似重温自己经历的那个年代，唤醒了封存已久的记忆。我想，这虽然是我个人的感觉，但似乎也从另外一个方面说明，戈麦的诗歌是能够经得住时间的淘洗的。

这么多年以后重新读戈麦诗歌，真的会产生一种非常难得的清新之感，一种久违的触动。这是一种奇异的感觉。这么多年我也读过很多诗歌作品，年长的或是年轻的诗人的作品，但戈麦的诗歌在它们中间显得很特别。可以想一想，戈麦离开我们已经二十多年，在这二十多年里，当代汉语诗歌已经发生了很大的变化，从写作的路向、技巧、语言、表达方式，当然还有风格等等许多方面，虽说不是天翻地覆，但其中的变化还是有目共睹、非常明显的。只要略微对比一下，随便翻翻近几年的诗歌期刊，看看一些诗人的个人集子，再回看二十多年前一些诗歌刊物、选本或诗集，不难体会到其中的历时性的变迁。可是，戈麦没有变，他的诗歌静止地沉淀在那里。这让我想到一个问题，在这样一个巨大变化的情境下，戈麦的不变意味着什么？戈麦的诗歌代表了什么？他怎么跟当下急剧变化的时代和诗歌潮流形成对话？这是我重读戈麦诗歌时，由自己的特殊感觉想到的一个问题。诚然，当前的诗歌给人的印象是，很多方面似乎变得复杂了，语言啊内涵啊变得深邃，甚至变得晦涩了。但戈麦的诗歌有其非常单纯的地方。它们就静止在那里，没有变化，没有"张牙舞爪"地给读者造成压力。可不可以这么说，正是他的这种不变映照着当下诗歌的急遽变化，提示我们思考这些年诗歌的变化究竟在哪些方面。这里不是要在变与不变之间做出孰优孰劣的比较。我觉得重读戈麦诗歌，恰好可以借此反省一下今天的诗歌写作。我们似乎还是被一种"逐新"的意识形态裹挟着，总在追求诗歌的复杂技巧，或者深邃、晦涩的表达，或者某种难以企及的繁复性，诗人们似乎在比赛着谁更玄妙、谁更驳杂。我不知道这样的"逐新"，究竟要把汉语诗歌带向什么样的轨道上去。

还有与此相关的另一个问题。我们知道戈麦是一个早熟的诗人，在今天我们也能看到不少早熟的诗人。可以看到，一些诗人一出道就显得很成熟，比如一些"80后""90后"诗人出版的诗集，里面的作品给人的印象就是这样。不过我发现自己读到的当下一些活跃的年轻诗人的作品，他们的成熟跟戈麦的成熟很不一样。我不是说不认同、不喜欢当下的这种成熟，而是总感觉到二十多年后今天诗歌的"逐新"趋向，已经深深地影响了一批年轻诗人，渐渐成为了他们写作的指南。这里面可能存在着一些需要我们在更深层面进行思考的问题，要有反思和自我警醒。要从戈麦的不变之中获得某些启示。他显然是一个未及展开的诗人，作为一个独特的存在沉淀在那里，与当下的时代构成一种对称关系，提示着我们的写作处境和写作路向。

我再谈一个感受，也是由戈麦的这种不变引发的。我在设想，假如戈麦没有去世，活到今年刚好50岁，他会怎么看待我们当前的时代、当前的世界？当然还有一个我更感兴趣的问题，就是他会怎么继续写诗？这次重读戈麦诗歌的过程中我就不时想到这些问题。毫无疑问，假设戈麦活到今天，我相信他会一直写作，跟他的同龄人比如西渡他们一样，保持他自己的写作习惯，会一边思考、读书，一边写作；当然他也会适应这样快速变化的时代，会使用微信聊天，会观察现实中的种种景观，会有新的困惑、苦恼和期冀。可是，一个像戈麦那样成长起来的中年诗人，面对这样一个五光十色的世界，应该有很多想要写的东西，那么他会怎么写呢？我头脑里有时就冒出这个问题。戈麦怎么写他置身的这个时代？当然很可能，他的写作会发生变化。

一个诗人在二十多年里的写作不变化，显然是不可能的，也是不可思议的。可他会怎么变化呢？这次重读，我试图在戈麦诗集里，从他的诸多作品中，探寻一些蛛丝马迹，思忖他会朝哪个方向持续，又在哪个向度进行变化。这恐怕涉及一个写作者的不变与变。对于一个写作者而言，不变和变分别意味着什么？在这不变与变之间会发生什么呢？我觉得在戈麦这里，这也许是一个值得寻思的诗学问题。这就要回到戈麦的诗歌，探究其独特的质素。刚才西渡提到，戈麦的诗歌写作同他所处的时代的关系是很特别的，他处在一个与一般人不大一样的位置。可以看到，当时很多人要么是回避的或者遁隐的，要么是趋附的或者介入的。以一种见证式书写与时代产生联系，既是某种外在要求，又构成一些人的内在动力。但戈麦有所不同，他不回避也不趋附，而是自若地置身在时代中，楔入到生活的内里，以切身的自我感觉敏锐地捕捉时代的症候，通过书写释放所感受到的痛楚。他这个状态里完成的诗歌，恰好能够昭示时代的真实境况。

假如戈麦活到了今天，他还会保持这样一种状态吗？是否会成为一个"弄潮儿"？他应该不会做遁世者，大概也不会自甘为时代的遗民。这一切已无从设想，实际的情况当然是，他离开了这个熙攘的世界。那么他的这个状态就变成了一个象征。他好像嵌到时代的肌理去了，在里面沉淀下来，没被纷乱汹涌的水流冲走。在他自成一体的诗歌里，保留着一个时代冲刷一颗敏感的心灵之后留下的刻痕，并由此继续带给我们启迪。

姜涛：刚才张桃洲提到的问题，我也一直在考虑。如果戈麦没有去世，而是活到现在的话，刚好50岁。戈麦这样一个人，怎么样跟我们今天全新的社会现实发生关系，确实是一个特别有意味的话题。刚才西渡和桃洲都讲到戈麦为人非常平和、谦逊，他跟时代的关系好像不是那么紧密，有一点若即若离的感觉，但是他又是一个非常较真的人，较真又若即若离，这样的个体怎么跟时代发生关系，给我们留下很多想象的可能。

所以我们今天在这里谈戈麦，一方面是回顾他的写作，另外一方面，这个话题也不完全是怀旧性的，同时也具有当下性。当初设计这个题目，也是想把戈麦放到八九十年代转型的大背景中去谈。这个转型背景我想有两个方面：一是中国社会的变化，刚才西渡讲到，戈麦的写作主要是在1987—1991年，强度最高的阶段是1989—1991这两年，这恰恰是中国社会发生较大波折的时期，即将进入全面市场化的时期。二是当代诗歌的转型，也大致发生在这个时刻，后来所谓"90年代诗歌"，大致也是生成于1989—1992年这个阶段。我记得西渡在一个演讲中提到，对于这个转折时期当代诗歌的状况，其实我们是缺乏认识的，对于90年代诗歌兴起的内在逻辑，包括到后来形成的当代诗中很制度化的观念，缺乏一个可以反思的向度。桃洲的观点，我很同意，我们今天谈戈麦，在某种意义上可以将戈麦当作一个参照点，来审视当代诗歌后来的展开和历史状态。

但将戈麦放在八九十年代之交的历史背景中去谈，也会遇到一个问题，那就是戈麦的写作本身是比较孤绝的，有点孤悬于历史，不是像同代一些诗人那样，直接地去处理历史变动的经验，他的作品外向的历史感好像也没有那么强烈，一切都是向内部收缩的、凝聚的，像刚才西渡讲到的，他采用的方式，近乎于将历史直接肉身化。所以，讨论戈麦与八九十年代之交这段历史的关系，除了一般的传记式、社会学式的背景分析之外，还需要更多从他诗歌内在的精神气质、语言强度去进入。昨天一直在看《戈麦诗全编》，就是西渡主编的这本书，也勾起了很多回忆。怎么说呢，一看到戈麦的诗，就好像又回到大学一二年级的状态。我是1989年入大学的，戈麦去世的时候，我在读大二、大三，在清华，戈麦的尸体正是在清华的校河里发现的。我对那个秋天的印象很深，好像就在半年前，还在一个朗诵会上见过戈麦一面。现在一读他的诗，感觉又回到90年代初的北京，又回到20多年前的海淀、冬天的校园。今天，我们在五道口谈论戈麦，那个时候我也常在五道口一带混，那时候的五道口还不是宇宙中心，破破烂烂的，什么都没有，就一家电影院、一个百货店，还有几家小饭铺。到了冬天，又黑又冷，街上没有什么人，总有一种没吃没喝，缺衣少穿的感觉。但又依稀记得，那个时候的人，特别是学院里面的人，精神都非常亢奋、专注，经常在宿舍里彻夜聊天，处在一个很高的强度中，但一时还找不到北。

我记得冷霜以前说过，读戈麦的诗，感觉非常亲切。我最初读戈麦的诗，也有类似亲切的感觉，跟读海子的诗不一样。海子的诗让你特别澎湃，特别有崇拜感。但戈麦的诗，好像写的就是自己那个时期的经验，压抑、与环境疏离，但又没有沦入感伤，而是提供特别有力、有造型感的修辞强度。后来跟一些朋友聊天，发现大家的感觉有些接近，戈麦的诗好像是把90年代初，至少把学院里的某种精神氛围给凝聚而且深化了。就是那种破罐破摔的感觉，一切都终结了，但必须在这个终结的前提下，才要在语言中检视人和自我、和世界的关系，这样的诗歌沉重、阴郁，又高度凝练，具有一种时代的严峻性。记得西渡的文章里面提到过这个词，严峻性，这是戈麦面对生活的态度。另外，西渡的回忆文章提到过一个细节，当时你们办杂志的时候，各自为杂志起名，两人各写了一个纸条，戈麦的打开一看，是"厌世者"，西渡的则是"晚期"。当时你俩年纪都不大，只有20多岁，想到的却是"厌世""弃世""晚期"的问题，这本身就很有意味。后来90年代诗歌经常提到"中年写作"，似乎强调一种有别于青春的阅历感和沧桑感，但"厌世"的态度，似乎一下越过了过程，直接在生活的尽头看待现实，这种态度和现代主义式的颓废、消极感受力还不一样，里面好像有一种很激烈的东西，要在语言中决绝地逼视生活和现实的热忱。

与决绝的态度相关的，还有戈麦的语言强度。臧棣在那篇很有名的文章《犀利的汉语之光》中谈到过，戈麦后期写作处在一种加速度之中，这一点和后期的海子很相似，加速度的写作带来的不是意志的乐趣，而是意志的专注，在戈麦诗中的表现就是风格变得越来越彻底、暴烈，语言的扩展过程也是凝聚、浓缩的过程，像最后的《浮云》《沧海》《天象》等，一方面写的是启示性的幻象，另一方面每个词、每个形象，就像一堆石头那样堆在那，取消了句法，是意志的专注带来了修辞的强度。臧棣、西渡在谈戈麦的时候，都会谈到戈麦后期写作的可能性问题，臧棣就说戈麦使用了一种"可能性浓郁的语言"。对于可能性的追求，也是后来90年代诗歌的一大主题，但在戈麦那里，语言的可能性不等同于语言的欢乐，这个立场是和对生活严峻性态度连接在一起的，这是非常特殊、不同于90年代的一面。

刚才谈到过戈麦是一个较真的人。我好像听谁说过，在那一级北大中文系的同学中，有两个人特别较真，一个是戈麦，一个是他同宿舍的贺照田，虽然贺照田后来不写诗，但精神气质上很相同。而且，两个人都是来自东北的建设兵团农场，我认识的来自建设兵团农场的朋友都有一种不同寻常的气质，包括冷霜在内，可能与兵团农场特殊的生活环境、文化氛围和精神氛围有关，包括对于自然、土地的感受，戈麦的性格，西渡也讲过，和一般的东北人是很不同的。

在后来90年代诗歌展开的过程，语言可能性的立场可能得到比较充分的展开，而戈麦那种非常较真的严峻性态度，可能越来越稀见。说到这儿，要提一下臧棣90年代中后期写过一首非常有名的诗，就叫《戈麦》。在那首诗中，臧棣好像在跟戈麦进行一场诗学对话，写到戈麦之死，臧棣有一个判断，他说戈麦是死于"无壳"可脱，还不能掌握"金蝉脱壳"的技艺。后来胡续冬写过臧棣的评论，名字就叫《臧棣：金蝉脱壳的艺术》。"金蝉脱壳"，某种意义上也可以看作是90年代之后某种诗歌自觉的体现，从80年代各种诗歌本体论的执着、焦虑当中解救出来，在一种更有相对性，更具怀疑精神的状态中，充分开掘、享受语言的活力及可能性。这样的"金蝉脱壳"，也连带了一种"轻逸"的美学，这种美学在当下好像更受到大家的欢迎，特别是在文艺青年当中更受到欢迎，其实也构成了某种当代诗歌的风尚。比如诗歌主要是什么功能，是对现实的一种偏离、重构，甚至是逃逸。但是在戈麦那里，在90年代初，那种严峻性跟可能性结合的立场，那种较真的精神气质，并没有被很好的转化、整理，先说到这儿。

冷霜：姜涛刚才说他曾见过戈麦一面，我没有见过戈麦，不过我上大学之后最早参加的一次诗歌活动就和戈麦有关系。我1991年秋天进入北大校园，而戈麦正是在那年秋天去世的，当然我们知道消息要晚一些，第二年秋天，北大五四文学社举办了一个纪念戈麦去世一周年的活动。

我读到戈麦的诗作应该也是在1992年左右，和开始读到海子诗的时间其实差不多。当然那时首先是被海子的诗吸引了一段时间，但是后来我自己觉得真正写出了一些能够成立的诗，和个人的现实感受比较贴近的诗，应该说是从戈麦诗里吸收到了一些东西。他的诗有一种很冷峻、很沉郁，有时甚至可以说是阴郁的气质，这很应和我在北京读大学最初两年的朦胧感受，实际上，他写那些诗时的氛围和我在刚进入大学时所感受的氛围是很接近的。

90年代初北京是一个相当沉闷的城市。直到1993年才出现了一些变化，我记得那年春天万圣书店第一次把流动售书车开到了北大校园里，还有其他一些事，都能让人感觉到一些新的很重要的变化发生了，但在这之前是比较沉闷的。姜涛说读戈麦的诗会唤起很多90年代初的记忆，我也有同感，会重新唤起那个时候的某些精神体验，包括感官经验，比如一种灰蒙蒙的视觉和心理感受。那时候北京给人的感觉是灰秃秃的，尤其是冬天，大街上很多人都穿着那种绿色军大衣，很少鲜亮的色彩。戈麦读大学和开始写诗是80年代中后期，文学热和诗歌热还没有完全消退的时候，但我们这代人开始写诗的时候，即使在大学校园里，也都能感觉到不仅不被理解，甚至被看成某种怪物，这样的精神感受，在戈麦的诗里可以找到一种感觉上的对应。西渡前几年提出过一个很重要的问题，就是我们今天讨论90年代诗歌的时候，所说的往往只是1993年以后的情况，但是1989—1992年的诗歌状况是有所不同的，要理解1993年之后诗歌领域所发生的变化，1989—1992年这一阶段的诗歌也是一个很重要的参照因素。这一期《新诗评论》上吴昊写的文章以戈麦作为个案来讨论，也是对这个问题的展开。

最近重读戈麦的诗，我觉得他的诗最初吸引我们很多写诗的朋友的，与其中所体现的那种感受方式、认知方式和表达方式有一定关系。如果把它说简单一点，就是有一种"或者一切，或者全无"的激越的感受和认识方式。这种感受和认识方式并不能被看成是一种不够成熟的心智状况的产物，它首先是和八九十年代之交特定的时代状况有关，而且背后还有一个更深的脉络，连带着80年代以及之前的精神史。戈麦诗里，最有名的就是《誓言》那首诗的开头："好了，我现在接受全部的失败。"这个"全部的失败"，在他的诗里是可以看到现实的对应的。比如他写到"在每一个世纪即将结束的时候／总会有很多东西被打入过时的行列／我的心凉了，从里到外"，又写到"我，是我一生中无边的黑暗"，还有我印象最深刻的，他赠给西渡的那首《那些是看不见的事物》的结尾："对于我，诗歌是，一场空！"我曾经把它抄写在我买的戈麦诗集《彗星》的扉页上，对于刚刚开始写诗的我，这句诗充满了不可思议之处。一方面他对诗表现出那么强烈的热忱，而另一方面又说诗歌是一场空，诗歌与现实，诗歌与自我之间的关系是处在一个巨大的张力之中。对那一时期的很多写作者来说，可能也同样面对着这样的张力。而"全部的失败"这样峻烈的判断后面，和当代文化中曾经深植在几代人尤其是青年人那里的理想主义的精神结构，以及这种理想主义遭受挫败后的精神状况是有关系的。

我还有一种想法，觉得戈麦应该也深受诗化哲学观念的影响。我很偶然地得知戈麦生前床头常年放着的一本书是刘小枫的《拯救与逍遥》。在诗化哲学观念里，作为艺术的诗歌，和生命的本体，和世界的意义都是要连通在一起的，须臾不可分离。所以，假使这种连通断裂，外部的现实与诗歌的理想之间处在高度紧张对立的情况下，那么一切价值，包括生命的意义也就会遭遇巨大的危机。

从这个角度来说，对照1993年之后的当代诗歌，我们是可以看到这种认识方式是经历了一种调整的。比如后来我们都非常熟悉的诗句："终于能按照自己的内心写作了／却不能按一个人的内心生活"。但在戈麦那里，这两方面是不能够分裂的，按照自己的内心去写作和按照自己的内心生活必须是同一的，否则无法被接受。我觉得这是他诗歌写作潜在的一个观念前提，而我们后来可能都会逐渐接受那种两者相分离的状态。

也是在这一点上，我觉得他在1990—1991年间的写作里展开了很多新的实验，就是他所谓的对可能性的追求。在他的那些充满了幻象的写作里也可以看到他其实要从先前的那种状况里寻求突破。我想，如果戈麦没有去世而继续写作的话，他肯定会面对写作方式的变化。但这个变化在他结束生命之前也许已经开始。我印象很深的是在他生命最后的一首诗结尾的一句："一颗青春的胸怀已将宽广的命运容纳。"这一句非常特别，如果看他1989—1990年的诗，"命运"这个词基本上是一个充满对抗性的词。也就是说，命运是他完全不能去把握的，是跟他处在敌对状况、不得不被它摆布的一个东西，但是在这首诗里却显出新的意味，包括他诗歌的语言面貌，和之前也不太一样了，这说明他已经在展开一些新的尝试，而这个尝试也可能是针对既有的写作方式和认识方式所做的突破的努力，而这种突破的方式有他非常个人化的一面，也就是刚才姜涛说到的，面对着特定的社会和文化的转型，他的方式是把它压缩和凝聚在自己的诗歌表达里，是用一种高度精神化的方式去进行转化。这种诗歌语言方式离开那个语境之后，后世读者阅读时也许不一定能清晰地把握到其中的时代信息，但是对当时的读者来说，这些诗还是有及物性的，能鲜明地感受到他的诗和当时的社会文化处境之间清晰的关联。

所以我觉得戈麦的诗还有更多理解的空间，他的写作尽管只有短短几年时间，但内在有一个漫长的历程，也就是说，他的诗并不是只有一个单一的面向，他在写作中也在尝试着发展出更多的可能，而且也不是简单地只是从诗歌技艺的角度而言来尝试这种可能，就像后来的90年代诗歌中常有的理解那样。他寻求的那种可能，仍然是和具体的精神状况相关联的。在这点上，我觉得戈麦的诗今天仍然很值得阅读。

另外我也说句题外话。戈麦的写作是在八九十年代社会文化转型过程中展开的，但我们也知道，二十多年来，这个转型一直在继续，始终没有完成。也就是说，戈麦的诗尽管产生于一个特定的时代状况，但可能也有着和今天的年轻读者所身处的环境，和他们的意识形成呼应和对话的地方。比如，在戈麦的诗里有一个很突出的"厌世者"的形象，我们也知道在他那里"厌世"这个词的精神内容非常丰富，他不是一般意义上的"厌世者"，他的这种"厌世"的表达本身就带着特定时代的内涵。今天有些年轻人常常说到一个词，一种精神感受——"丧"。据我的接触和观察，这种"丧"不是一种普遍的感受，好像是那些比较聪颖的，对精神生活有比较多的向往和追求，对自己的处境也比较敏感的年轻人，更容易表达出这种感觉。这种感觉背后的处境当然和戈麦所面对的状况是非常不同的，但一样也关涉到生命的意义和精神的出路，有一种受挫感，内含了矛盾和挣扎。所以我想，戈麦的诗对今天更年轻一代的读者也许也有亲切和痛痒相关之处，也能对他们的思考和探求有所启迪。我就说到这里。

西渡：我回应一下张桃洲老师的问题。假如戈麦活到现在，他可能会有一种什么样的写作状态？因为戈麦是一个没有充分展开的诗人，实际上他有多种的才能。像这期《新诗评论》里收入的《北岛论》，就是他本科三年级时候写的。那个时候本科生中间，没有现在这样一种学术的氛围。现在很多同学在本科就决定了要读研究生，要读博士，都有一个比较自觉的学术训练的要求。那时候，北大的本科生中考研的是少数派，学术不是大家的一个主要出路。戈麦那个时候就写了这样一个好几万字的文章，获得了当年的"北大五四文学奖"的批评奖，是本科里唯一一个文学批评类的二等奖。可以看出，戈麦在批评上，很早就有一种自我训练的要求。戈麦一旦决定把文学作为自己的终生志业，他对文学的投入就是全面的。诗歌、小说、批评，哪样他都下了功夫去钻研。戈麦在小说上费的心力也非常多。尽管写北岛这篇论文完全可以作为本科毕业论文，但是他在这之后马上投入了先锋小说的阅读和研究，把先锋小说作为毕业论文题目。尽管因为后来的事件，他对自己的论文并不满意，认为是"准备充分，下笔仓促"。他对小说写作也有很多的考虑。1990年到1991年，他写了三个短篇，也是非常优秀的。他那两年到处租房子，主要也是为了找到一个安静的地方写小说。

如果90年代以后，他还活着，首先我觉得他的批评才能和小说才能可能会得到更充分的展开，也许现在他会以小说家的身份名世。他的诗歌写作速度可能会放慢，量会减少，同时也会有变化，使我们产生惊讶的变化。实际上，在他短暂的诗歌写作生涯中，他的风格就有过几度变化。刚才姜涛也提到，如果戈麦活着，如果骆一禾、海子也活着的话，现在整个诗歌的氛围一定会有所不同。这几位天才诗人身上都有一种非常纯真的东西，不染于尘。这种东西有一种纯洁的能力，可以廓清很多东西。

我再回应一下冷霜说的，戈麦身上那种"要么全有，要么全无"的认知方式。确实在戈麦身上存在这样一种气质和心理倾向。他自己曾经跟我说："你我都是极端的诗人。"但是我想了一下，对他说"你是，我不是"。我非常喜欢歌德，歌德身上有一种自我平衡的要求和能力，我希望自己也拥有这样一种能力。如果我写了一首非常绝望的诗，那么我反过来会写一首非常温暖的诗，把那种绝望的东西平衡掉。而戈麦却是一条道走到黑，从没有回头的打算。

戈麦跟我讲过他对莎士比亚和歌德的评价。对我来说，这两个人都是伟大的诗人；而他对我说，歌德跟莎士比亚相比就是蚂蚁和大象的差别。他特别强调莎士比亚身上那种原生性的创造力。而歌德是在训练中不断成长的一个作家，他在戈麦的眼中，可能根本上还是一个文人，不是那种原生性的、伟大的天才。

戈麦对自己的才华可以说有绝对的自信——他很清楚，他要一直写下去，会成为一个什么样的作家，作为一个作家，会有什么样的前景。他曾经写信给哥哥，说："我现在正在给我的文学金字塔奠基。"写作本身对他来说不是什么问题，但打这个地基是最费时间、最费心力的。他很容易就能写出很好的东西，但那个东西不是他的目标，他的目标要更高远。但是他最后又把这个东西完全废弃了，已经写完的作品也被他扔弃了——我可以全有，我可以有大师的名声，或者一个大作家的前景，但是我不要了，我所有全都不要了，我自愿到这儿就终止了，而且我也不要别人知道这一切。

他后期的一些作品里，刚才冷霜提到的，出现了一些不同的东西。但是我感觉这种东西是他在决定废弃一切的前提下，在这样一种视野下，在这样一种心境当中看到的、体验到的幻象。时间消失，宇宙消失的景象，被肉身化，惊心动魄。

最后向大家报告一下戈麦作品出版的情况。戈麦到现在为止出的东西基本上都是诗。最早的一本诗集是1993年漓江出版社出的《彗星》，北大校友、1987级的张谦担任责任编辑，她为这本书的出版做了很多努力。这本书出版以后还有一个遭遇，就是当年被广西出版局评定为不合格图书。为什么呢？他们认为戈麦的一些诗句不合语法规范，他们认为是病句，所以这是一本有编校质量问题的图书。实际上，这本书的编校质量非常高。第二本是1999年的《戈麦诗全编》，上海三联书店出版。最近一本是2012年人民文学出版社"蓝星诗库"的《戈麦的诗》。这最后一本现在也快成绝版了，旧书网上已经卖到100多、200块。这三本书收的主要都是他的诗歌作品。《戈麦诗全编》里收了诗和部分诗论，因为体例关系，小说没有收，书信也没有收。《海子诗全编》出版的时候，西川耍了一点花招，他说海子的小说《太阳·你是父亲的好女儿》是《太阳·七部书》的一部分，不能分开。用这种方式，把海子的小说也收进去了。而戈麦的小说、文论作品、书信，都没有收。

漓江出版社前段时间告诉我，他们有意把原来的诗选重新做一下，做一个精装纪念版。我跟他们说，戈麦的诗现在市面上这些书里基本上都收了，重新出版不一定有市场，不如出一个全集，把戈麦的小说、文论和日记，都收进去。我觉得这样可能更有意义。因为戈麦的小说虽然发表过——有一篇发在《山花》上，有两篇发在《钟山》上——但是因为时间久远，查找起来很不方便。戈麦还有一些没有发表的文论、小说。现在漓江出版社正在制订明年出版计划，我希望他们可以把《戈麦全集》列入。顺利的话，2018年，我们就可以看到《戈麦全集》的出版。

姜涛：我也补充两句。刚才冷霜提到的戈麦去世一周年的纪念活动，那是一个非常重要的活动，我也参加了，也是第一次见到西渡、冷霜、臧棣，还有胡续冬，那个活动，还是重要的，对我个人也是有特别意义的。冷霜谈到一个话题我很感兴趣的，就是戈麦后期的语言能量和80年代某种精神传统，是联系在一起的，也涉及80年代理想主义被抽空、中断之后，这些能量往哪里去的问题。我们读戈麦的诗，一方面有强烈的弃世之感、态度决绝。但"弃世"在他那里，不是一个无力的、虚无的状态，恰恰是高度凝聚的，绷紧神经的，给人感觉就像一股大的水流到一个地方突然被卡住之后，那个水流没有地方去，盘旋、挣扎，他后期写作的加速度或许与此有关，似乎要通过强劲的风格实验来突破界限，他的语速很快、意象密集，而且经常使用一种步步紧逼的判断句式、否定句式，或者是全部有，或者是全部无。好像有巨大的能量在那里郁积，找不到出口，但在郁积之中酝酿某种可能性。像冷霜说的，那个可能性不是当代诗歌一般重视的语言形式的可能性，而是说语言与精神之关系的可能性，怎么重构那个关系，戈麦的写作还没有找到答案，但写作的加速度包含了重构写作与内心生活统一的诉求。

相比之下，稍后的90年代的诗歌，似乎提供了一些相对可行的方案，来回应这样的问题，这样的方案似乎更明快，也更容易为人接受。王家新老师那句很有名的诗，"终于能按照内心去写作了，却不能按照内心去生活"，在当时引起很多人的共鸣，因为提供了一种化解困境的途径。将生活与写作的二分法，虽然符合现代诗歌的一些基本原则，但似乎过于平顺了，反而把某种能量、焦灼压抑了，或掩饰了。但写作跟生活之间重建关系的要求，其实并没有消失，一直存在，但在当代诗歌中，这个问题后来并没有得到充分的回应。在这个意义上，戈麦当年写作的可能性，作为一种参照，或一种资源，还需要重视，怎么在理想主义以及各种本体论激情被抽空、中断之后，将内部的精神能量合理转化出来，这不光是当代诗歌的问题，也可能当代文学、当代文化建设都要面对。

冷霜：所以后来当"中年写作"逐渐成为一个很有影响力的概念之后，又形成了一个相应的对立的结构，与之相对的一面被称之为"青春期写作"，代表一种不太成熟的写作方式。而这中间就涉及两个90年代诗歌之间的差异，这个对立是后一个90年代诗歌展开的叙述。这个叙述当然是当代诗歌做出了一些调整，在写作中取得了新的进展之后形成的，但它可能也会把先前的当代诗歌，包括90年代初的诗歌写作状况简单化，比如这个"青春期写作"的概念里应该就包含了像海子、戈麦这样的写作。他们写诗的高峰期从生理年龄上说是很年轻，但这并不意味着他们的写作是不成熟的。我觉得这个说法恰好体现了80年代和90年代的两种诗歌认知，或者说两个90年代诗歌的不同认知，是后面一个对前面一个的讲述，也可能构成了一种遗忘。

张桃洲：我觉得今天再谈戈麦的诗歌，的确既有重新解释上世纪八九十年代之交（转型期）诗歌境遇的期待，又能借此重新看待90年代及其后诗歌的某些问题。在这中间，除了戈麦以外，还有刚才西渡提到的骆一禾等也非常重要。其实顾城90年代初期所写的作品也是这样，此外还有不少诗人需要在此框架里重新检视。他们的写作很大程度上被简化了，以至后来在文学史、诗歌史的叙述里面，谈到这一时期诗歌走向的时候，提供的是一种比较简单化的认知。如果我们回过头来再认真地解读这些诗人的作品，那么我们对于诗歌的发展进程，对于诗歌与当时历史时代的关系，也许将会有新的更深入的认识。

西渡：实际上，中国当代诗歌，从第三代诗歌，从韩东、于坚开始有一个非常重要的面相，就是追求诗歌的日常化、世俗化。而在戈麦那里，恰恰是反其道而行之，他是通过诗歌把日常生活给否决掉、废弃掉。我觉得戈麦身上有一种特殊的诗人气质，这可能也是我们北大诗人，包括80年代一些诗人所共有的一种气质，或者可以说是一种纯洁的能力。这种纯洁不是不通人情世故，不是一种因为经验的匮乏而陷入的天真状态，而是说我懂得这个世故，但是我决不做一个世故的人，决不成为一个乡愿的人，而自觉保持精神上的一种纯度。我觉得这也是观察戈麦的一个非常重要的面相。

刚才提到当代一些年轻诗人的成熟问题。我也有一个感觉，我觉得这种成熟可能更多是风格意义上的成熟，也许还是一种借来的成熟。现在的年轻诗人，相比80年代的诗人，拥有巨大的资源优势，他们很容易接触到当代最优秀的作品，包括国内当代诗人的，也包括国外介绍进来的。而在80年代的时候，诗人们能够接触到的资源是非常有限的。每每一本新的译诗集出版，就可以改变一批诗人的风格、写法。这也是很有趣的现象。现在的年轻诗人基于我说的这个资源优势，很容易找到某种有特点的、当代诗歌中不常见的、让自己显得成熟的风格。我觉得这种风格的成熟还不是自身作为一个诗人，内心的、心智的，包括艺术自觉的一种成熟。说到底，这种风格的成熟缺少对于现实，对于诗人个性的一种针对性。实际上，可能还是从别人那里借来的。所以，我觉得对年轻诗人的这样一种成熟，可能还需要进一步观察。从以往的经验，我们也可以观察到很多这样的例子，一些年轻时候写得很好，被认为很有才华的诗人，走出校园以后很快就消失了。我认为，这样的诗人实际上是没有找到他真正的自我。之前的那个写诗的自我，是他从别人那里借用的，之后那个不写诗的自我，才是他的真身。但是不管写不写，找到自己的真身总是好的。不写，也是一种值得尊重的选择。

提问：面对非常切近的，离我们非常近的现实题材，比如一些社会事件，作为一个诗人具体去处理这样题材的时候，可以有哪些方向，或者是路径？

西渡：一旦你把某事作为一个有待处理的题材来看待的时候，我觉得你就已经在某种程度上从现实抽身了。在戈麦的写作中，时代就在他内部，生活就在他的内部。我们要处理一个外在的事件，首先要它在你的内部发生，要化为你内部的事件。汶川地震发生后，产生了很多的诗，这些诗大部分都没有达到我说的这个要求。因为地震发生在诗人的身外，而大多数诗人并没有能力把这样一个事件内在化。我觉得我们对这样的写作应该保持警惕。

我再补充一点。戈麦的自杀，当时我觉得是非常可以理解的。那个时候，年轻的写作者处在一个大致相似的氛围里头，会觉得那样一种选择完全在情理之中。实际上，那几年有好几位年轻诗人自杀了。我曾经说过，戈麦的自杀把我留在了这个世界上。自杀这件事，在当时而言，可以发生在戈麦身上，也可以发生在我身上。因为戈麦自杀了，我只好替他活下去。戈麦去世的时候，完全还是一个默默无闻的诗人，也就发表了十来首诗。如果我再走了，他就完全被湮没了，我有责任把他的诗介绍给世界。我尝试写批评文章，也是为了向读者阐释戈麦。现在我活到50岁，回头再看人生，我要说：自杀完全是一种错误的选择，无论是海子，还是戈麦。海子自杀以后，我记得骆一禾也说过这个话："我绝对反对他的自杀。"无论日子多么艰难，每个人都要珍惜生命，用戈麦自己的诗说："要为生存而斗争 / 让青春战胜肉体，战胜死亡"。从一个普通人的角度说，每个人的命都不全是自己的，我们不要对亲人太残酷。

另外，戈麦的写作也不是没有值得反思的地方。他那样一种极端的态度，或者是绝对的姿态，确实给他的写作带来了很多决绝的，很多严峻的，很多独特的东西。但是这个东西也是有代价的，也会把自己更多的其他的可能性遮蔽掉。实际上，我更希望戈麦能够越过那样一个阶段，展开他整个丰富的写作可能，我觉得这是一个更加吸引人的事情。

严力是朦胧诗人，比我和戈麦年长一辈，1990年代初在纽约办《一行》杂志，知道戈麦自杀以后，写过两篇文章，其中一篇叫《脊背上的污点》，文章第一句就是："如果戈麦能活到三十岁，他也许就不会自杀了。"我觉得这个话是有道理的。我们的人生可能面临各种各样的困境，在当时看来这个困境似乎是无法战胜的，但是一旦走出困境，我们会发现其实人生有广阔的前景。明天是值得拥有的，因为它像诗一样，充满了无尽的可能。

张桃洲：我这里也稍微补充几句。因为我们现在处在各种奇观并存的时代，那么我们怎么看待这个时代，怎么写这个时代，的确很难。我刚才也提到说戈麦如果处在今天，他怎么来写？其实现在也有很多诗人，不管侧面写还是正面写，是在外部抑或在内部写，可能存在着一个共同的问题就是过于标签化，就是把所有的事件、所有的现实问题，都变成了一个外在于己的符号，只停留在表面进行书写，而没有像戈麦那样经历内化的过程，即没有把它们转化成一种个人体验。那样的写作是缺乏力度和效力的。

提问：之前老师也提到，现在青年常用"丧"来表达一种颓唐的、消极的情绪，戈麦的写作或姿态，对我们更好地处理这个"丧"的主题，有什么启示？

冷霜：我没有能力回答这个问题。我想每个人都要自己独立地去找到应对的方式。不过我想，"丧"首先是一种情绪，你提的这个问题是读书然后走上社会过程中可能都会遇到的问题，它需要你更自觉地思考自己的追求和自己所身处的现实结构之间的关系。当你能够认识和觉察到在这个情绪后面是什么东西在起着作用，在左右着自己，你能对此有所反观，就更容易从这种情绪里摆脱出来。另外我觉得，"丧"的感受里有一种对现实的不满，这是它有价值的地方，因为不是所有年轻人都如此，也有很多人会选择主动迎合现实，"丧"是一种消极的感受，但它的背面存在着一种肯定性的东西，它是以一种消极的方式去触及这种肯定性的东西，如果再往前走，就可能从中发展出一种批判性的意识。

西渡：我觉得无论是在80年代末还是90年代，对于年轻人来说日子都是很艰难的。我跟戈麦同一年大学毕业，到单位上班，从学生变成一个职业人，在这个身份转换中有非常大的落差。在学校，你的生活基本上还是靠着父母。生存的压力由父母给你担着。毕业走入社会，这个担子就落到了你自己肩上。对单位来说，你是编辑，你就是一个改稿子的机器，到点你就得把活交出来。现在的编辑，更要紧的是把钱赚回来。在工作单位里，你一下子从一个沉溺于思考和感受的人，落到了一个工具的地位。

我们那个时候，物质方面的享受，大家都非常贫乏。虽然有人收入高一点，低一点，但差别并不那么明显。所以，物质对我们的压迫还不那么明显，我们还可以一边上班，一边写诗，写小说。我自己的感受，从1980年代末到现在，我们一直跟着时代在加速。刚上班的时候，我一年编200万字的稿子，然后300万、400万、500万，不断加码。这个加速，也就意味着物质对我们的压迫越来越重。所以现在的年轻人，需要面对的物质上、精神上的压力更大。尤其在北上广这些地方，那么高的房价，一个刚上班的年轻人得拿出超过一半的工资付房租。我们每年毕业那么多年轻的学生，大部分都没有什么背景，在一个陌生的城市，真如蚂蚁一样渺小。但是我从个人的人生体会来说，无论是作为一个写作者也好，或者是一个不写作的人也好，最重要的是你无论如何要想办法养活自己。这是对人生最起码的承担，也是获得尊严的基础。在这个基础上，我们再去追求写作，再去谈论精神。如果连自己都没有办法养活，连自己的生存都承担不起，你的精神就不可能强大。我觉得这种养活自己，就是为生存而斗争，这是写作的一个基础。

《戈麦诗集》译后记

是永骏　作　沈思远　译

　　戈麦是二十四岁夭折的当代中国诗人。这位当之无愧的奇才诗人的经历就像他的生命一样短暂。

　　1967年8月，他生于黑龙江省萝北县，本名褚福军，1985年考入北京大学中文系，1987年正式开始诗歌写作，1989年毕业之后在中国外文局所属《中国文学》杂志社工作，1991年9月自沉于北京西郊万泉河。

　　这本译诗集从《彗星——戈麦诗集》(西渡编，漓江出版社1993年，收诗138首) 中选译了65首，并从《戈麦诗全编》(西渡编，上海三联书店1999年，收诗257首) 选译了1987年戈麦刚开始写作时的诗作1首 (《戈麦诗集》没有收录1987年的诗作)。[①]

　　戈麦在1987年到1991年的短短四年间写了二百七十余篇的诗歌 (据西渡编《戈麦诗集》后记)，其最后的诗作是仅存残稿的《关于死亡的札记》。他就好像神以意志事先安排好一样，自己结束了生命。[②] 他死亡的"理由"至今不明。即使有类似于证据的

---

①　漓江版《彗星——戈麦诗集》编者后记称收诗140首，实际收诗139首。是永骏此处称收诗138首，可能是由于对某些诗的计数标准不同。上海三联版《戈麦诗全编》编后记称收诗270首，其中误收伊蕾诗10首，实际收诗247首。是永骏所说257首包括了误收伊蕾的10首。——中译者注
②　《关于死亡的札记》是戈麦最后的诗作，在其弃世前，与其他手稿一起被毁弃。现存的残稿系友人根据毁弃的污损手稿整理。——中译者注

东西，人走向死亡的意识之实际情况终究是无法探索的。我说就像神的意志一样，因为对他诗歌语言文本考察的结果让人感觉如此。戈麦常常将自己身体的解体、游离意识化。那是试图超越日常的一切，达到神性的精神跃动，同时也是一种意识的运动。这项运动支配了他的意识，并作为意志发挥了作用，从这种精神跃动的纯净、苛刻来看，我想这是一种可允许的猜想。《戈麦诗集》的编者西渡既是戈麦在北京大学时的同学，又是1990年跟戈麦一起编辑诗刊《厌世者》的挚友。

西渡最后一次与戈麦见面是在1991年9月22日。适逢中秋节，下午四点左右来访西渡的戈麦说，他喝了一瓶半的红酒，躺在房间的另一张床上休息。只是说有烦恼，没有详细的话。不久西渡的室友回来，戈麦要回去。西渡约他去吃饭，但戈麦回绝了，因此西渡认为他喝酒之后不想吃饭。西渡当时想不到这将是永远的离别，就这样分手了。10月10日晚上，西渡得知戈麦失踪，10月19日确认了他的死。据稍后的调查显示，9月22日下午，他曾约女友在某个公共汽车站见面，但她并没有出现在那里。也许这就是他喝酒的原因。23日，戈麦到北京大学访问朋友，给这位女友的家里打电话，但她明显在躲他。晚上，他从女友家附近再次打了电话，但被她的父母冷漠地对待了。之后回到位于花园村的宿舍，戈麦整理了诗稿和书信，装在平时所用的黑色书包里，走出家门。书包以及诗稿等都一起被扔进北京大学校园内未名湖以北的朗润园公厕。然后，他从大学校园里出来，向北走到万泉河。确认戈麦自杀后，西渡曾陪同戈麦的家属到万泉河边。这是一条浅浊的河，很难想象被选为投水的地点。但在戈麦自沉前后，上游曾向万泉河放水，因而当时水位可能高于平日。戈麦的遗体是在清华园发现的，被认为是随水流冲到清华园，但也有可能在清华园内直接入水。(西渡《死是不可能的》《燕园学诗琐忆》)

关于面临死亡的戈麦之心境，西渡认为"对于一个决心把一切都归还的人，我想那一刻一定心静如水，既无怨恨，也无挂念。我相信那一刻他是自由的"。当西渡向戈麦问到海子卧轨瞬间的意识时，戈麦回答说："虽然作为诗人的行为，肯定会有情绪化、非理性的因素，但海子在钻进车轮下的一刹那，意识一定是清醒的。所以他的死是不可避免的。"(《燕园学诗琐忆》)

在北岛、芒克、多多等朦胧诗人之后的众多年轻诗人中，戈麦是将诗歌语言的探索深化到极致的诗人之一。除了戈麦之外，1960年代出生的诗人还有韩东(1961—)、陈东东(1961—)、张枣(1962—)、西川(1963—)、海子(1964—1989)、臧棣(1964—)、西渡(1967—)等著名诗人。1950年代出生的诗人则有翟永明(女，1955—)、顾城(1956—1993，杀妻后自杀)、欧阳江河(1956—)、王家新(1957—)、宋琳(1959—)等俊杰。如果在其中探寻戈麦诗性的独特之处，那就是将人类所有的苦难、苦恼从其存在的深处挖出来，并对此给予烛照的意识深层上的激进主义(radicalism)，以及穿透这种苦恼达到某种神性的精神跃动上的激烈性。

……戈麦的小说有三篇：两个短篇《游戏》与《猛犸》，一个中篇《地铁车站》。其中，《猛犸》由渡边新一翻译成日文，发表在日本季刊《中国现代小说》第二卷十四号（2000年冬）。

西渡有一句话最适合形容这位绝世诗人："戈麦就像一场夏天急骤的雷雨，湿透了世界却神秘地消失了。但我们能从雨后闪闪发光的树叶中找到他之存在的证明。当代诗歌已经受惠于他，还将继续受惠于他。"(《诗歌的校园》)

2000年7月

戈麦创作、评论年表[①]

1967年　8月8日生于黑龙江省萝北县宝泉岭农场[②]，上有兄姐四人。
　　　　母张秀兰（1924—1989），生于山东省嘉祥县核桃园乡大
　　　　山湾张街村（今属巨野县），勤劳、智慧，不识字。父褚
　　　　衍玉（1929—2018），生于山东省巨野县独山乡褚庄，勤
　　　　劳、果决、刚烈，不识字。兄褚福运，生于1947年；大
　　　　姐褚东云，生于1955年；二姐褚东风，生于1961年；三
　　　　姐褚凤英，生于1964年。出生时，母43岁，父38岁，在
　　　　三个女儿之后，又添男丁，父母均极欢喜，母尤珍视之。
　　　　褚家原籍山东，勤劳善作，虽土地不多而家境较好，住
　　　　青砖瓦房、四合院，"在一个黄土墙堆起的村庄中很显
　　　　眼"（褚福运语），土改中被划为地主。从此，"这个抛不
　　　　掉的污点""一直背在"褚家人的身上，"不管你再努力
　　　　工作也评不上先进，甚至在黑龙江组建兵团时，评不上

[①] 本年表系在《彗星——戈麦诗集》（漓江出版社1993年8月出版）所附《戈麦生平年表》基础上扩充而成，除了反映戈麦生活、创作的情况，也力求较为全面地反映戈麦生前身后作品的发表、出版、评论情况，并订正了原年表中的若干误记，同时也把当代诗坛的重要事件作为背景记入年表。原年表署名褚福运、桑克、西渡。本年表编写过程中，得到戈麦兄长褚福运，戈麦生前友好、同事、同学吴晓东、桑克、陈朝阳、野苹、李子亮、雷鸣、王池英、何香久、陈建祖、杨振清、王国山、侯杰、祁继顺等的帮助，特此致谢。

[②] 宝泉岭地处小兴安岭东南麓，属青黑山余脉，岭下有古泉，因之得名。宝泉岭农场1950年建场，占地百万亩。1968年组建黑龙江生产建设兵团，编为第二师第十五团。1976年撤销生产建设兵团，恢复宝泉岭农场名称，隶属宝泉岭农垦管理局。今属北大荒农业股份有限公司宝泉岭分公司。

兵团战士"（褚福运2011年10月1日致西渡信）。在1959年后的困难时期，在家乡难以存活，1960年7月，父母兄姐四人经河南、山西迁往黑龙江省宝泉岭农场。但在迁往东北农场之后，这个家庭依然长期处于贫困之中。[①] 戈麦1986年4月10日致兄长褚福运信中有"去了一趟长城，花了十元，倒霉！"之语。同年6月22日致兄长信中说："鉴于对本专业学不下去，我想到了退学、重考，但这首先被我自己否定了——家里不能允许。像咱们这个家庭，一方面没有力量再供我上一年高三和多上一年大学，另一方面我晚毕业两年就少给家里提供两年经济收入。你曾说过我，不要总考虑家里，但这又怎能让我不考虑呢？我这一年里幻想过某位巨富会资助我多少钱，我便可摆脱家庭的压力，可是没有这样的便宜事。"1987年10月18日致兄长信中谈及贫穷对自己和家庭的影响："贫穷，我们家一直为贫穷而活着，这是我们兄弟姐妹们命运荒唐之处，亦为悲壮之处。哥，你总想逃离目前的自己，但为伦理、心理许许多多的因素束约着，其中经济因素更令人无奈；三姐，本可以买许许多多的服饰，本可以有许许多多的爱好，但，钱是冷酷的。我们为贫穷而忏悔。当我们买了某物亏了的时候，我们后悔，当我们不当吃得太好的时候，我们后悔。父母辛勤劳作，钱，成为终生不得不背负的生活目的，我们没理由评三论四，我们也只能面对长辈的悲壮而忏悔。"

父母均性烈，曾给戈麦的成长带来心理阴影。戈麦1988

[①] 据戈麦初中学籍卡记载，其家庭每月收入47.3元，人口5人。当时戈麦大哥、大姐已成家，户口迁出。

年4月22日致褚福运信中说："当去年暑假，妈破口大骂我时，我的精神几乎到了崩裂的地步。一想起母亲恶狠狠地骂我的情景，我就再次感到活得无意思。"戈麦自认为受到父亲"务实精神"的影响。他说："我尊重父亲，父亲以一个男子汉的刚强从生死存亡的生命线上把全家拉了出来。父亲做事务实，我力争继承父亲的这一品质。高三毕业的时候，当我面对纷繁的经济社会时，我要选择我的职业，这时，我又一次想到父亲，也许是父亲的务实精神又一次在我的血液里升起。"但父亲暴烈的脾气也曾给他带来伤害。他说："父亲爱发脾气，的确对子女的身心健康有影响。由幼及大，每每受到父亲训斥而发生饭食哽咽、大脑压抑的现象。"（以上均见1988年4月22日致褚福运信）

哥哥褚福运受北京、上海、浙江等地知青影响，喜爱文艺。戈麦很小的时候，哥哥就教他识字、读书、画画、拉琴，对戈麦的成长影响极大，戈麦曾称为"我终生唯一的导师"，还对人说过："身体是父母给的，精神是哥哥给的。"

1971年　4岁。在长兄褚福运指导下开始识字。

1973年　6岁，在长兄指导下学习二胡演奏，与二姐、三姐合奏（两位姐姐拉小提琴）。同时学习绘画。褚福运说："他的听觉、乐感良好，手指条件也好，很快就能抒情地演奏简短的民歌，音量饱满，音质纯净。我家住在连队家属区的西南角，西面有十米宽杨树防风林带，林带再往西是原始湿洼草地，盛夏时节雨水没草成湖，延至我家房前五十米处，水下有鱼，水上飘着职工们养的鹅鸭。小军常搬个小木凳去杨树林里练二胡，鹅鸭听见琴声常

扭转长颈做倾听状。"(褚福运2011年10月1日致西渡信)
北大荒的自然环境和漫长的冬日对戈麦的成长有很大影
响，"那里靠着西伯利亚的矮树林，一眼就能看到泛着
寒冽星光的湖面"，"冬天的早晨引人伤感，那凄茫的
晨光洒在薄薄的雪上，而中午只给人一丝倦意。只有晚
上，当冬日早早地在雪地上沉了下去，一种无边的困苦
就悄悄蔓延"(戈麦《北方冬夜》)。在家信中，戈麦说
到这种影响："从我记事的时候起，家西面就是一片怡
人的草甸子，我一生的视野便从这儿开始了。每当草原
所固有的那种沉郁宏大的黄昏降临的时候，我一定在门
口守望着这片神秘的荒原。光阴易逝，而荒凉依旧，北
大荒培育了我的孤独和悲观，也培养了我人性的冷酷。"
北大荒短暂的春夏也给戈麦带来大自然的种种乐趣："每
当操劳的父亲农闲之际……，几个姐姐同老父一同去草
甸子里捕鱼。草甸的南端那时有条大沟，里面的水和大
河相通。远远的我看见父姊们的身影消失在芦苇丛中，
白鹳从四处飞起，我的心中升起无限的向往。一切离我
那么近，同时又那么远。在所有猎获的鱼物之中，我最
喜欢吃泥鳅。那种香甜细腻的口味不知怎的长大以后再
也没尝过。草地的鱼类大概过了几年就没有了，河道的
阻塞，气候的风干，农田的开垦……每年只有望着黄海
般的劲草品味着大西北风的号叫了。在童年的种种乐趣
中，鹅鸭们算得我最亲密的伙伴。每当春夏之交，成群
毛茸茸的小鹅小鸭从温暖的草筐中跳了出来，从此，放
养家禽更使我同草地池塘联系到一块。"(戈麦1987年11
月11日致褚福运信)

1974年　7岁。9月进黑龙江省生产建设兵团二师十五团24连小

学就读，读童话和《水浒传》等名著。戈麦自云："从小学起，我即俨然有一种成才的使命感。我常引为骄傲。是的，如若没有儿时理想主义（确切地说是个人理想主义）的教育，也就没有今天的我了。也许我们内在生命的质地较为合适于奋斗之类的事情。"（戈麦1987年11月11日致褚福运信）

1975年　8岁。就读十五团24连小学，业余喜欢摆沙盘游戏。二姐、三姐被十五团宣传队邀请随队在工人文化宫演出，后下各连队巡回演出。

1976年　9岁。就读宝泉岭农场（1976年2月兵团撤销，恢复"农场"称谓）24队小学。10月，在宝泉岭工人文化宫独奏二胡《洪湖水浪打浪》。[1]

1978年　11岁。就读宝泉岭农场24队小学。暑假起自学五年级数学课程。

上半年　北岛自印诗集《陌生的海滩》。

11月　芒克自印诗集《心事》。

12月　23日，北岛、芒克等创办《今天》，创刊号刊出北岛《回答》、舒婷《致橡树》、芒克《天空》等诗。朦胧诗人开始在该刊周围集结。中国当代诗歌进入迅速发展的时期。

1979年　12岁。上半年就读宝泉岭农场24队小学五年级，9月入宝泉岭农场第一中学。

1月　开始自学小学五年级下学期数学、初中一年级数

---

[1]　宝泉岭工人文化宫建成于1960年，面积3745平方米，可容纳观众1500人，是农场职工文化生活中心。马季、姜昆、唐杰忠、濮存昕、师胜杰等都曾在此登台献艺。

学课程。

6月　参加宝泉岭农场第一中学初一学年统一测试，在三个生产队约50名学生中，语文、数学总成绩名列第一。

9月　进宝泉岭农场第一中学。担任学习委员、数学课代表。报课外器乐班，被美术、写作、器乐班同时录取，因各班指导老师均以为有天分，有意培养。开始写日记，也写了一些小诗。初中学籍卡班主任评语："是一个全面发展的好同学"，"各项活动的积极分子"，"学习上讲究'钻'字……是一名全面发展的小人才"。因拒绝同学抄数学作业，曾有被孤立、欺负的经历，而下决心强健身体："多参加体育活动，不失时机地参加课间10分钟的几个同学围成一圈的托排球；中午抽出一部分时间打篮球，力争提高弹跳力，力争增强抢球能力；上学放学加快骑车速度"，"每天跳跃三百下"。（初中日记）

2月　17日，食指发表《相信未来》。26日，《今天》第2期出刊。福建《兰花圃》《海洋文艺》《福建青年》《绿叶》等刊陆续刊载舒婷的一批诗作。

3月　顾城《无名的小花》（诗集）分三期连载于北京市西城区文化馆刊物《蒲公英》。《诗刊》第3期发表北岛《回答》。

4月　8日上午10：00《今天》编辑部在玉渊潭八一湖东南岸小松林广场举办第一次朗诵会。《诗刊》第4期发表舒婷《致橡树》。《今天》第3期诗歌专刊刊出江河《纪念碑》、北岛《太阳城札记》、食指《鱼儿三部曲》、舒婷《四月的黄昏》、芒克《心事》等诗。

6月　《今天》第4期刊出江河《祖国啊，祖国》、北岛《陌生的海滩》、食指《这是四点零八分的北京》、芒克《秋天》。

7月　《诗刊》第7期发表舒婷《祖国啊，我亲爱的祖国》《这也是一切》。

10月　《星星》复刊号发表公刘评论顾城《无名的小花》文章《新的课题——从顾城同志的几首诗谈起》。

11月　《诗刊》第11期刊发顾城《歌乐山诗组》。

12月　《今天》第6期刊出方含《谣曲》、芒克《路上的月亮》、北岛《候鸟之歌》，辛锋的诗论《试论〈今天〉的诗歌》。

1980年　13岁。就读宝泉岭农场第一中学。

初中期间陆续阅读了《安徒生童话选》《格林童话全集》《小贝流浪记》《木兰辞》《唐诗一百首》《宋词一百首》《唐诗三百首》《古文百篇译释》《古文观止》《陈毅诗词选》《李白与杜甫》《三国演义》《诸葛亮》《官场现形记》《儒林外史》《儿女英雄传》《侠女奇缘》《中国小说史》《骆驼祥子》《第二次握手》《家》(至少看过两遍)《外国短篇小说选》《忏悔录》《钢铁是怎样炼成的》《青春之歌》《李自成》等。听评书《岳飞传》。作小说《归宿》(在日记里用一周写完)《利益之歌》《放牧》等，获语文老师好评。

1月　芒克诗集《心事》由《今天》编辑部印行，篇目较1978年版有所扩增。《文艺报》第1期转载公刘《新的课题——从顾城同志的几首诗谈起》，并加编者按。《福建文艺》第1期发表舒婷诗辑《心歌集》，并从2月号起组织对舒婷诗歌的讨论，发表了周俊祥、孙绍振、燕翼、杨匡汉、刘登翰等多人文章，后由《福建文学》编辑部结集为《新诗创作问题讨论集 附：舒婷〈心歌集〉》，收讨论文章29篇，舒婷诗47首。

3月 《星星》第3期发表顾城《抒情诗十首》。

4月 北岛诗集《陌生的海滩》由《今天》编辑部印行，篇目与1978年版基本相同。《福建文艺》第4期发表孙绍振《恢复新诗的根本艺术传统——舒婷的创作给我们的启示》。7—22日，中国社会科学院文学研究所、中国当代文学研究学会、中国作协广西分会和北京大学、广西大学、广西民族学院联合主办的全国当代诗歌讨论会在广西南宁、桂林举行，顾城、舒婷等人的诗引发热烈争论。

5月 7日《光明日报》发表谢冕《在新的崛起面前》，把关于朦胧诗的论争推向高潮。

6月 江河诗集《从这里开始》由《今天》编辑部印行，收《纪念碑》《我歌颂一个人》《星星变奏曲》《从这里开始》等10首。

7月 《今天》第9期刊出芒克、北岛《答复——诗人谈诗》，徐敬亚评论《奇异的光——〈今天〉诗歌读痕》。舒婷诗集《心歌集（增订本）》由《福建文艺》编辑部印行。

8月 《诗刊》第8期发表章明《令人气闷的朦胧》。《诗刊》社组织首届青春诗会，参加者包括梁小斌、舒婷、江河、杨牧、徐晓鹤、徐敬亚、顾城、王小妮、孙武军等17人。

10月 《诗刊》第10期"青春诗会"专辑发表与会17人作品，包括江河《纪念碑》《我歌颂一个人》，梁小斌《雪白的墙》《中国，我的钥匙丢了》，舒婷《赠别》《暴风过去之后》《土地情诗》，顾城《在夕光里》《远和近》《泡影》《弧线》《感觉》《雨行》等。《人民文学》刊出北岛《宣告——给遇罗克烈士》。15—25日，中国作家协会福建分会、《福建文艺》编辑部在福州召开新诗创作讨论会。

12月　《诗探索》创刊号出版，刊出张学梦、高伐林、徐敬亚、顾城、王小妮、梁小斌、舒婷、江河等八诗人笔谈《请听听我们的声音——青年诗人笔谈》，江河首次提出"史诗"概念。

1981年　14岁。就读宝泉岭农场第一中学。

1月　7日《人民日报》刊出《关于朦胧诗的争鸣》。《福建文学》第1期发表《青春诗论》专辑，作者包括杨炼、徐敬亚、顾城、梁小斌、王小妮等。

2月　甘肃《飞天》开办"大学生诗苑"栏目，自此成为校园诗人的重要发表园地。

3月　《诗刊》第3期发表孙绍振《新的美学原则在崛起》。江西《星火》文学月刊社编印《朦胧诗及其他》，收入朦胧诗论争文章28篇，郭沫若、李金发、徐志摩、何其芳、卞之琳、戴望舒、舒婷、顾城、北岛等9人诗68首，美国意象派诗7首和赵毅衡介绍意象派文章。①

5月　舒婷《祖国啊，我亲爱的祖国》获1979—1980全国中青年诗人优秀新诗奖。武汉大学学生会编印《高伐林 王家新部分诗选（征求意见稿）》。

7月　穆旦、辛笛等著《九叶集》由江苏人民出版社

---

① 老木或许见过这个由其老家刊物编印的集子，并对他编辑《新诗潮诗集》有所激励，《新诗潮诗集》附录部分选辑了部分现代诗人作品，和这个集子的编法也一致。

出版。

本年　顾城自印诗集《悬挂的绿苹果》。

1982年　15岁。上半年就读宝泉岭农场第一中学初中三年级。9月考入宝泉岭农场管理局高级中学，是该校第二届学生。该届一共四个班，分在3班。高中同学杨振清回忆说："由于是宝泉岭农垦分局的唯一一所高级中学，我们是通过全局初中毕业生统考，然后全局排大榜录取，分数是唯一条件。这一届只招四个班。我印象中福军在大榜中是前几名。[①] 高二开始，我们分文理科，一届只有一个文科班，其余三个是理科班。我和福军都学文科……学校的学习氛围特别浓，同学们都一门心思奔个好大学。我和福军共同的目标是北大经济系。为了这个理想，我们常常是班里学习到最晚离开的，也是每天最早到位的。我俩不住一个宿舍，晚上结伴回寝室，早上到对方寝室门口敲几声，压低声音轻轻喊对方一下。在班里，福军的语文很好，作文经常作为范文朗诵给同学们共赏。他的学习成绩很稳定，保持着班里的前三名。"（2021年2月20日杨振清致西渡微信消息）

独立意识较强，热爱阅读。列入其阅读计划的书有：《基督山伯爵》(四册)《静静的顿河》(四册)《复活》《莎士比亚全集》(十一册)《九三年》《斯巴达克斯》《苔丝》《死魂灵》《猎人日记》《安娜·卡列尼娜》(上下册)《我是猫》《铁流》《老古玩店》《绿衣亨利》《戈丹》《简明世界史》等。也喜读武侠小说、欧美侦探小说。订有《俄苏文学》等杂志。私下练习武术、拳击，曾致鼻梁受伤。

---

① 据褚福运回忆，戈麦为第三名。

延续此前的美术爱好。所画马雅可夫斯基肖像曾参加学校美展，引起不小的轰动，自己撰写介绍马雅可夫斯基的文字，题于画像下。

重友情。杨振清同学后来因病休学，戈麦上大学后仍经常写信鼓励他，并多次看望。[①] 上大学后，与宝泉岭高中考到北京的同学多有往来，与不少外地同学保持通信联系。

对生物课有浓厚兴趣。据其侄女褚平岳回忆，戈麦上大学以后假期回家，还常带她到田野捕捉青蛙，教她解剖，以后又缝好青蛙伤口，而不伤及青蛙性命。

春　北大法律系成立晨钟文学社，出版社刊《钟亭》。海子在同学刘广安影响下开始写诗。

5月　西川、一村（傅浩）、堂儿（张凤华）、斐芘（陶宁）、白玄（李东）等五位北大外文系同学合出手刻蜡纸油印诗集《五色石》。海子向中文系《启明星》投稿，获《启明星》编委沈群赞赏。

2月　舒婷诗集《双桅船》由上海文艺出版社出版。

7月　王小龙撰文对朦胧诗的意象写法提出批评，"今天应该再一次提出：新诗必须是白话文的新诗。再也不

---

① 杨振清回忆："八九年他毕业前他来我们学校找我，说他毕业想留京，需要找寻当年的农场知青帮忙办理父母的支边证明。他和我一张床挤了一周，每天他早早出去忙碌，晚上很晚回来。只是临走前一天晚上，他回来早，我俩有机会在我们学校操场上聊天，聊的多是我们的同学，因为我和大多数同学失去了联系，他有心帮我接续上。记得他跟我说：'咱俩都想去北大，我去了，可不理想。你去不了了，这个留作纪念吧。'他送我一张北大五角钱食堂钱票。我当时好像夹在一本书里，到后来再没找到过。"（2021年2月20日杨振清致西渡微信消息）

能容忍那些标签似的术语，褪色的成语，堆砌铺张的形象，和充满书卷气、脂粉气的诗"。①

10月 《舒婷、顾城抒情诗选》由福建人民出版社出版。四川大学胡冬、赵野、唐亚平，西南师范学院廖希，南充师范学院万夏等在西南师范学院的一次集会中喊出"PASS北岛、舒婷"的口号，提出"第三代诗人"概念。宋渠、宋炜兄弟在四川沐川撰写诗论《这是一个需要史诗的时代》。

12月 阎月君、高岩、梁云、顾芳编写的《朦胧诗选》由辽宁大学中文系印行。

本年 北岛自印诗集《北岛诗选》，杨炼自印散文诗集《海边的孩子》。

1983年 16岁。就读宝泉岭农场管理局高级中学。

7月 21日日记："我要偷偷地对自己说，我要首先当诗人。越来越多的现实问题和先辈给了我无与比拟的启示，把我的思想我的本身献给诗歌……"这是戈麦最早表示做诗人的愿望。

9月 文理分科，按自己的意愿进文科班。继续大量阅读中外文学经典。

4月 北大举行第一届未名湖诗歌朗诵会。30日（16日付印），北大五四文学社印行《大学生作品选·1982》（主编胡迎节），骆一禾、王勇、李景强、贺绍俊担任责任编辑。有"首届未名湖诗歌朗诵会获奖作品选""第三代

---

① 王小龙《远帆》，见老木编《青年诗人谈诗》，北京大学五四文学社，1985年，第106页。

人（诗辑）"等栏目。

春　北大计算机系1980级的纪泊（徐跃飞）、岩蚀（严平宜）、兰尘（袁骏）和故筝（杨晓阳）四人自印诗集《西风·沉诵·太阳节》。

6月　海子自印诗集《小站》。

1月　《当代文艺思潮》第1期发表徐敬亚长文《崛起的诗群——评我国诗歌的现代倾向》。花城出版社出版《青年诗坛》创刊号。四川大学赵野、唐亚平，成都科技大学邓翔等成立"成都大学生诗歌联合会"，编印《第三代人》诗集。

2月　《当代文艺思潮杂志社》以当代文艺思潮研究参考资料名义编印《部分青年诗人诗选》，主要据徐敬亚《崛起的诗群》一文所列举的诗篇收入舒婷、北岛、江河、顾城、杨炼、梁小斌、王小妮、徐敬亚、孙武军等诗人作品。舒婷诗集《双桅船》获中国作家协会第一届（1979—1982）全国优秀新诗（诗集）奖二等奖。

10月　4日—9日，诗刊社、重庆市委在重庆召开重庆诗歌讨论会，批判朦胧诗和谢冕、孙绍振、徐敬亚"三个崛起"。

本年　芒克自印诗集《阳光中的向日葵》，杨炼自印诗集《礼魂》。韩东写出《有关大雁塔》《你见过大海》《水手》等诗，显示了一种不同于朦胧诗的美学追求。[①]

1984年　17岁。就读宝泉岭农场管理局高级中学。

---

① 韩东《有关〈有关大雁塔〉》，见《韩东散文》，中国广播电视出版社1998年版，第157页。

5月　海子完成长诗《河流》，写自序《寻找对实体的接触》。

秋　默默、刘漫流、王寅、郁郁、陈东东、陆忆敏等在上海成立海上诗群。

冬　韩东、小海等在南京成立他们文学社，同仁有丁当、于坚、小君、苏童、王寅、吕德安等。

12月　海子自印诗集《传说》，有自序《民间主题》，诗集收入长诗《传说》，以及《爱情故事》《中国器乐》《春天的夜晚和早晨》《黑风》等短诗。

本年　《星火》文学月刊编辑部编印《呼唤时代的史诗》。万夏、李亚伟等在四川南充成立莽汉主义，出版《现代诗》《莽汉》。

1985年　18岁。上半年就读宝泉岭农场管理局高级中学三年级，8月下旬入北京大学。

2月（春节期间）以为发明创造更利于社会，欲降级改读理科，未获学校批准。此前一度厌学。1988年4月22日致兄长信中说："高三的时候，有一阵子，我几乎厌倦看课本，成天烦躁得要命，那时离高考还有半年多。我看到像我这样读书—考学—上学的中学生们都在作着无用功，逐渐觉得我这样复习功课乃是受一种洋罪，不如像别人一样活着好。我那时似乎已经察觉到我只是在追求一种空泛的东西。'空泛'对于我们这样的平民是多么陌生。那时，我的头正痛，我跟母亲说'妈，我不想上学了'，妈立刻说我不懂事。什么'事'，我要懂什么'事'。"

7月　参加高考，根据自己的估分，考虑报吉林大学国民经济管理系，在学校、家庭影响下报了北大经济学院，最终被北大中文系古典文献专业录取。颇沮丧，有意来年再考，在长兄劝说下始接受。①

8月　下旬到北大报到，参加为期三周的军训。

9月　中旬正式开学后，同时修中文系、经济系课程，准备转系考试。某文学史老师见到其第一次作业即赞赏有加，称其"必有锋芒毕露之日"（张新野《回忆北大的几位老师》，载《相约——北大中文八五毕业二十周年纪念文集》）。②买《新诗潮诗集》（上下），寄褚福运。戈麦身体壮实，并非如自述中所说瘦骨嶙峋，经常参加体育活动，爱打篮球。有一次，他与一个校拳击队的同学闹意见，两人相约到操场打了一架。北大中文系1985级编辑专业同学陈朝阳对戈麦有这样的印象："在同学和友人的心目中，戈麦是一个宽容大度，有兄长风度的人，他的脸上总带着宽厚的笑容，他的浑厚低沉的嗓音更加重了这种印象。一开始和戈麦相处并不容易，交往多了，就会发现他是一个很照顾别人的人。同学们都叫他'老褚'——他后来认识的许多朋友也都这样称呼他——其实他的岁数在友人中并不算大。当时同学中下围棋的人颇多，戈麦也喜和人对弈。我给他取过一个外

---

① 戈麦因未能按自己意愿报考吉林大学国民经济管理专业对家庭、学校一度抱有怨气。杨振清回忆，1987年夏天两人一起去看望文科班班主任黄迎老师，"那天也许喝了酒的原故，因为毕业时的某件事，福军和老师争辩了起来，我急忙劝阻，福军冲我喊道：你就知道和稀泥"。（2021年2月20日杨振清致西渡微信消息）某件事主要是填报高考志愿的事。

② 张新野记述如下："入学后第一次交作业，我写了一篇关于浪漫主义的长篇大论，蛮指望能得到他（老师）的赏识。他却在批语中委婉地告诉我，浪漫主义不是那么简单的东西。当时老褚还在文献班，我们两个互换作业，阅读对方得到的评语。老师对老褚大加赞赏，称他必有锋芒毕露之日。慧眼识真才，惺惺惜惺惺。"张新野文中未提供老师的姓名。这一节标题为"较现代文学史的老师"。编者曾向当日多位同学求证，未能确定这位老师的姓名。或并非现代文学史老师。

号'褚八段'，后来许多同学干脆叫他'八段'，他也乐意答应。"（陈朝阳《怀念戈麦》，《诗探索》1997年第2辑）[①]编辑专业另一位同学杨冰则说戈麦"眼毒"，"不敢看他的眼睛，在他面前，似乎什么都被看穿了"。汉语专业崔士鑫同学回忆："老六和我不是一个班级，但平时交往不少，因为他也是学生干部。他给人的印象，是非常憨厚且富于幽默感的，在我的感觉里，他倒貌似比我大些，说话比我更有权威性。不过，在骨子里，他似乎有一点反叛的冲动，见不得虚假的东西。比如，他是系里较早加入组织的学生[②]……加入了组织，当然有时要说些似真似假的官话，开些有用没用的会议，老六却一直很抵触，有时干脆不参加，结果在转正时，就被延长了一年，等于是犯了错误，这是很少见的。"（崔士鑫《清明时节忆故人》，《相约——北大中文八五毕业二十周年纪念文集》）戈麦给高两级的阿忆留下的印象是"不耻下问""热情洋溢""乐于助人"："无数次，我被他在水房里、厕所里、楼道里问个不停。后来，他得知我在法律系听课，连那边的事，他也想知道，而且常常在大热天里，钻进我的帐篷。他乐于助人，也像他酷爱提问一样，很是知名。"（阿忆《怀念故人》，《北大往事》中国文学出版社1998年版）因经常戴一副黑框大眼镜，戈麦还有一个外号"黑猫警长"。

[①] 戈麦甚好围棋，曾与紫地一日连下十盘。85级与83级围棋擂台赛，85级主将谭新木客场作战，戈麦代表85级作战司令部前往支招。谭新木说："老褚过来坐在我身边，在桌子底下拿着我左手，在手心里画了几个字，我能感觉到是'点三三'三个字，知道这是组织的决定，就点了对方的三三。"

[②] 戈麦1986年11月20日填表加入组织（同日致褚福运信）。

戈麦的大学生活大约并不快乐。这一点他在致兄长的信中曾反复谈及。除了专业不符合的原因外，也有思想的因素。他似乎很早受到虚无思想的困扰。他在1988年4月9日致兄长的信中说："年至廿余，仿佛生活的路走到了一块圆形的广场，周围远远地望到了一圈高高的墙。不需要走近，也不需要越过，因为越过之后还会看到周围的墙的。"同年4月17日信中说："'生活'对于我是一道难题，是一个必须弓着可怜的身体钻过去的狗洞。我看得清楚，故没有办法缔造那种高扬着喜悦和幸福的篇章。"同年4月22日信中又说："我经常陷于几种价值取舍的矛盾之中。'过程'和'目标'，是侧重过程，还是侧重目标；存在主义只重视过程与选择，而儒学便只强调道德的目标——境界。'读书'还是'玩世'，'玩世无用'，'读书'又何尝有用。"另外，也不排除神经、生理方面的因素。4月22日信中，他提到"神经方面的苦恼"："精神不好，我不想对家里多说'精神'病灶。任何个人的哀愁、无奈诉与他人，是一个男子的耻辱，男人应把自己的痛苦埋于心里。但这不行。有时候家里人会觉得我有些时候不太好理解，可能有时是我个性使然，有时是理性主义的固执，有时却是神经方面的苦恼。我不愿多谈个人的隐痛，我不愿以此作为让别人同情的缘由，更不愿别人（包括你）只对或只能对此报以'得知'或'咀嚼'乃至揣测等让人讨厌的态度，因而我有时对家里不想说什么，有什么用啊，没人能够帮助。"1986年6月22日给褚福运的信中也说到："由于神经衰弱的折磨，我对我的智力缺乏自信。"戈麦给哥哥的信中常有"疲倦""太累了"的话。这种"神经病灶"

可能常让他感到疲倦，并容易和难以摆脱的虚无感造成一种恶性循环。

上半年　老木编《新诗潮诗集（上下）》《青年诗人谈诗》由北大团委下属三三公司投资，作为北京大学五四文学社"未名湖丛书"之一种印行。上卷收入朦胧诗人北岛、舒婷、江河、芒克、顾城、杨炼、食指、多多、方含、严力、林莽、晓青、肖驰13人作品，下卷收入梁小斌、牛波、王小妮、吕贵品、徐敬亚、李钢、韩东、小君、吕德安、张枣、王家新、骆一禾、白马（老木）、西川、王小龙、王寅、陆忆敏、张真、陈东东、翟永明、欧阳江河、柏桦、车前子、小海、谢烨、黑大春、马高明、宋渠宋炜、潞潞、石光华、海子、于坚、岛子、林贤治等73人作品，合计两万余行。前有谢冕的序言《新诗潮的检阅》，后有老木的后记，附录收入中国现代诗20首。《青年诗人谈诗》收入北岛、舒婷、江河、顾城、杨炼、严力、林莽、田晓青、肖驰、梁小斌、王小妮、徐敬亚、王小龙、崔桓、牛波、韩东、一平、王家新、孙武军、柏桦、翟永明、骆一禾、岛子、张小川、石光华、海子、宋渠宋炜等28人诗论，展示了朦胧诗、第三代两代诗人的诗观。《新诗潮诗集》《青年诗人谈诗》卷首都有落款北京大学五四文学社、"未名湖丛书"编委会的《"未名湖丛书"编辑说明》。其辞云："我们经常能感到一种期待。每当我们从四面八方回到学校——一所举世闻名的高等学府时，这种信息更为集中，因此，我们觉得，我们有如此优越的条件，这项事业对于我们来说义不容辞。更何况，在今天，我们已经听到了文学繁荣的足音。这是一套有关中外当代文学思潮的教学参考资料，供文学研究人员、大专院校文科师生和文学爱好者参考。我们编选的原则：严肃、认真、客观、精选，尽可能资料详实、有力、充分。我们的目的：提供文学研究的信息，促进文学研究的交流。……在当前较为活跃的气氛中，我们希望看到一种真正自由的文学创作和文学批评，以促进我们文学的发展，以争取她的世界地位。我们期待着中国文学繁荣时期的早日到来！"《新诗潮诗集》《青年诗人谈诗》出版后，在全国范围内产生了巨大影响。戈麦1987年重新关注文学以后，也通过这套书了解当代诗歌的发展趋势。

8月　海子自印长诗《但是水、水》，前有自序《寂静》。

本年　海子自印诗集《如一》。

1月　6日重庆市大学生联合诗社成立(3月25日出版《大学生诗报》第一期，由燕晓东、张建明主编；后由尚仲敏、邱正伦先后接任主编；6月号第4期，也是最后一期，发表尚仲敏、燕晓东《对现存诗歌审美观念的毁灭性突破——谈大学生诗派》)。

3月　7日，《他们》在南京创刊，符力主编。创刊号发表于坚《作品第39号》等5首，小海《搭车》等4首，丁当《房子》等4首，韩东《有关大雁塔》《我们的朋友》《你见过大海》《一个孩子的消息》《水手》《老渔夫》《老婆的拖鞋》等7首，小君《海边》等4首，王寅《英国人》《下雨的时候》《想起一部捷克电影想不起片名》等8首，陆忆敏《美国妇女杂志》《对了，吉特力治》等2首，吕德安《断木》《父亲和我》《路遇》等3首。这些诗采用直接性的口语，一改朦胧诗象征主义诗风。《海上》在上海创刊。西安《长安诗家》编委会编印《中国当代青年诗人丛书》，包括杨炼《礼魂》、王家新《告别》、马丽华《我的太阳》、岛子《北极村梦歌》等8种。杨炼诗集《礼魂》收入《天问》《神话》《陶罐》《墓地》《祭祀》《朝圣》《高原》《飞天》《颂歌》《诺日朗》等10首。

7月　李亚伟、万夏、何小竹等印行《中国当代实验诗歌》。

8月　王家新诗集《纪念》由长江文艺出版社出版。

9月　29日《拉萨晚报》刊出"你最喜欢的中国十大青年诗人"评选结果，依次为：舒婷、顾城、北岛、杨炼、傅天琳、徐敬亚、江河、马丽华、李钢、王小妮和杨牧（后两位并列第10）。

11月　阎月君、高岩、梁云、顾芳编写的《朦胧诗选》由春风文艺出版社出版发行，收入朦胧诗及以后诗人25家199首，谢冕作序《历史将证明价值》。

12月　在北京青年诗人沙龙的一次聚会上，刑天喊出"打倒北岛"的口号。①

本年　《现代诗内部交流资料》在成都出刊，万夏主编。"亚洲铜"栏刊出海子《亚洲铜》。"第三代人诗"刊出杨黎《怪客》、张枣《苹果树林》、胡冬《我想乘上一艘慢船到巴黎去》、李亚伟《硬汉门》、万夏《黥妇》等。

1986年　19岁。就读北大中文系古典文献专业。逐渐喜欢上北大："总的来说，越来越喜欢北大了。当然过去也是这

---

① 　隐南《纪念圆明园》。

样认为的，只是由于专业不对口，思想有些抵触，但慢慢地辩证地分析一下，再把专业问题抛开，就能得出北大还是文科生最理想的学府的结论。从经济系就可以看出，除国家几个经济科研单位和部委外，就属北大权威了，各专业都有几个顶梁柱，如果得到他们的栽培，实乃万幸。"（1986年4月10日致褚福运信）

年初　中文系1985级的郁文（文学专业）、紫地（汉语专业，1986年秋天转入文学专业）、西塞（古典文献专业，1986年秋天转入文学专业）、西渡（编辑专业，1987年秋天转入文学专业）成立诗歌社团蓝社。

春　海翁（臧棣）编《未名湖诗选集（1980—1985）》油印本出版，前有编者序言《未名湖诗歌面面观1980—1985》，总结了北大新时期诗歌的小传统。第一辑《先锋》收入海子（10首）、骆一禾（9首）、纪泊（8首）等16人44首；第二辑《南国的马》收入西川（17首）、白玄（5首）、清平（11首）、陶宁（9首）、海翁（12首）、缪哲（9首）、徐永（3首）、野渡（2首）、恒平（4首）等20人90首。

5月　8位来自东北的北大中文系男生成立"东北帮"，戈麦在其中排行老六，故同学常以老六呼之。21日晚8人一起吃饭。当晚致兄长信说："当然，这种帮派是与现代化风尚相违背的，但一个识时务者在一件事情发生的时候，要善于利用这个机会锻炼自己，而不必过多考虑它的本身好坏。"

6月　1日参加经济学院转系考试，13日知道没考上，情绪低落，一度产生退学的想法，顾虑家庭的经济负担而放弃。22日致兄长信云："转系没转成，我可以学双学士（假如下学期有的话），我还可以忍过四年，分配时再作打算，但基于我现在的情况，这两条路我都不愿意走。我现在不知出于什么原因，对古文献恨之入骨，如果继续学下去的话，我觉得简直是被剥夺人性地活着，如同奴隶一样为家庭、所谓的文献事业消耗日月。除了思想上的（痛苦）外，由于神经衰弱的折磨，我对我的智力缺乏自信，对过量的学习任务厌倦，这怎能让我学双学士和继续文献事业？""我处于个人与家庭、能力与欲望、现实和幻想的强烈冲突中。"对家庭、学校之前干预自己填写报考志愿，这时也深有抱怨："我承认，有时我很任性，比如曾请求留级学理，现在看来是不必要的。但高考填志愿，家里为什么那样干涉我，我又为什么那样怕家里呢？想报吉林大学国管（国民经济管理）系，父母不懂吉大的地位反对我，我不怪，而你不是不知道这是一个行得通而又可行的方案，为什么偏偏让我冒险？或许你会说报北大是我最后决定的，但倘若没有这么多压力，我无论如何不可能报北大，而正是在您的说服下，我越估分数越高。相反，如果你早早放弃只重文史轻视财经法律的观点，引导我从事社会最需要的事业，你绝对不会让我报高不报低的，而也会像我自己当时那样寻找一个稳妥方案。我现在不明白我到底属于我，还是属于家庭。按现在思潮来看，我当然属于我自己，但事实上我属于家庭。就算我属于家庭，我也认了，可父母究竟需要过上什么样的生活，还是安于现状或略有提高？这都不清楚！父母究竟考虑的是我的幸福、前途或者说一家人的幸福、前途还是他们个人的脸面、虚荣？父母曾讲：'你要不去，让人家一看，这不是穷折腾嘛，会笑话的。'那么，我现在退学，不更是让人笑话吗?"

9月　重新对文学产生兴趣，开始大量阅读当代文学作品和文学批评，接触朦胧诗，推崇北岛、多多、食指的创作。

10月　6日，《启明星》第13期出刊，1985级接管《启明星》编务，姚献民（郁文，1985级）任主编，孔书玉（1984级）、杜丽莉（杜丽，1985级）任副主编，1984级王华之、白玉刚，1985级的龙清涛（紫地）、熊大勇（白鸟）、沈涛、孙翔、刘剑梅任编委。本期头条为《海翁（臧棣）专辑》，刊出小说《让魔鬼穿孝服去吧》、《四月风神》（诗九首）。"未名湖诗会"栏刊出西川、海子、清平、徐永、野渡（麦芒）、杜拉（洛兵）、林东威、彼得、BC-1等21人73首。1985级郁文（5首）、西渡（6首）、西塞（3首）、紫地（4首）、白鸟（1首）首次在《启明星》亮相。"未名新小说"栏刊出亦舒（后改"亦抒"，即杜丽）《玻璃房子》（中篇）、白冰《轶事（一）》（中篇）、北冥（孙翔）《溺殇》。"译诗二束"刊出西川译"J.K.巴克斯特诗选"，叶田译"译自里尔克"。散文栏刊出亦舒、刘利散文各一篇。本期卷首有"中国当代新诗潮诗歌11人研究会"成立公告，名誉会长谢冕，会员李书磊、骆一禾、于慈江、老木、西川、海子、张旭东、海翁、洛兵、张伟、郁文等11人，常务秘书长海翁，联系地址为北京大学五四文学社。其公告云："中国当代新诗潮诗歌11人研究会旨在精通中国当代诗歌本质主流，把握其最有发展前途的流向，限定其内涵丰富的艺术特征，强调并赞赏对诗歌的语言而非语言的诗歌的探索，因为这种探索的最终结果意味着已经复活的中国当代诗歌具有一种真正的生命力。今后每年该会还将披露一份具有说服力的既有宏观透视又有微观释析的研究论文，并推选该会认为能够代表中国当代诗歌希望的若干优秀的青年诗人。"

11月　被北大军乐团录用，拟任大提琴手。20日致褚福运信云："与哥谈文学、诗歌已是很遥远的事了，今日提起，未免有羞愧的感觉，再者文学也搁置很长时间了，许多东西等于不知。想弟身处中文系，这些事情不能道一二出来，实乃荒唐。好在这学期以来，倒也看了一点，不过还不能说懂。据说诗坛今日已发展到了第三代，而北岛之流只算作第二代，第三代诗人大多为大学在校生或毕业生，我们年级文学班有几人组成了一个诗社，我想他们就是所谓的第三代诗人，第三代诗人更要狂妄，诗歌更加难懂。我系一文学刊物《启明星》乃是他们大显身手的地方，吾阅之后方解其诗并非难懂之诗，于是想看一些诗歌理论、诗话方面的书，在增强对诗歌艺术理论认识水平后，凭着所剩无几的一点儿诗的灵感也创作它几首。这时我才真正意识到哥哥对我自幼培养出的一种'雄心惯性'是多么宝贵，没有这样一种惯性的雄心，我可能考不上好大学，可能没有今天的我。说实在的，我自我感觉：今天，我又可以蔑视我的周围了。在日常生活的辩论中，在对具体问题的接受理解上，我感到了我的优势。农村有才气的孩子到城里后，大多被无情地淹没了，虽然我已被淹得留下了'肺充水'等不治之症，但我终于没死。"

《启明星》第14期出刊，郁文主编，杜丽莉、孔书玉、白玉刚、郁文、刘剑梅、孙翔、龙清涛、沈涛任编辑。

本期头条为徐永专辑，刊出《水上的孤独者——徐永诗二十九首》。诗歌栏刊出于慈江《文化反思的缩影与人格嬗变的圆雕——未名湖学院诗歌略观》、《燕园当代诗论》（海翁编，收入西川、孟昕、清平、徐永、绿影、野渡、蔡恒平诗论随笔）、清平《乱谭——为文八五诗友助兴》等论诗文章，以及西川、海翁、清平、娜日斯、野渡、绿影、郁文、西塞、紫地、李彤、程力、白鸟、锦辉（雷格）、淡色儿等16人诗作59首。郁文、西塞、紫地、西渡以"暗蓝的光：蓝社四人集"名义集体亮相。小说栏刊出白冰《轶事（二）》、北冥《无路可逃》、曹永平《夜遇》、萧梧《一天》。"散文·散文诗"栏刊出亦抒（杜丽）、王竞、王芫等6人7篇。

12月　北岛、顾城、多多参加北京大学第一届文学艺术节活动，与学生对话，有学生向北岛发难，在小型讨论活动中，刑天再次向北岛发难。

3月　《昌耀抒情诗集》由青海人民出版社出版。顾城诗集《黑眼睛》由人民文学出版社出版。

5月　《北岛诗选》由广州新世纪出版社出版。海子自印长诗《太阳·断头篇》，有后记《动作》，提出小诗和大诗之分，"这一次是在中国，伟大诗篇的阵痛中"。4日，周伦佑、蓝马、杨黎、何小竹、李亚伟等在四川成立非非主义，旋出版《非非》创刊号，刊出《非非主义宣言》，杨黎《冷风景》、何小竹《鬼城》等诗，提出"逃避知识、逃避思想、逃避意义""超越逻辑、超越理性、超越语法"等所谓"前文化还原"的诗歌主张。

8月　上海文艺出版社出版《探索诗集》。

9月　江河诗集《从这里开始》由花城出版社出版，杨炼诗集《荒魂》由上海文艺出版社出版。

10月　安徽《诗歌报》和《深圳青年报》联合举办了"中国诗坛1986现代诗群体大展"，在21日《诗歌报》(第一辑)《深圳青年报》(第二辑)和24日《深圳青年报》(第三辑)上介绍了100多名"后崛起"诗人、60余"诗派"，刊载各派宣言和诗作等。舒婷诗集《会唱歌的鸢尾花》由四川文艺出版社出版。《北京青年现代诗十六家》由漓江出版社出版，收入食指、北岛、江河、芒克、多多、田晓青、严力、顾城、杨炼、黑大春、牛波、维维、马高明、阿曲强巴等16家作品。

12月　作家出版社出版《五人诗选》，收入杨炼、江河、北岛、舒婷、顾城五位朦胧诗人代表作。

1987年　20岁。上半年就读于北大中文系古典文献专业，9月转入中国文学专业。

3月　参加1986年成立的北京大学文化学会(学生社团)，任会刊《文化》创刊号总干事(5月20日出版)。广泛关注当代诗歌、小说的创作和批评状况；阅读李泽厚著作，尤其关注其美学思想。20日在方立天《佛教哲学》(中国人民大学出版社，1986年版)题写如下文字："吾唯恐哲学欲淹吾躯体于荒诞超然的净届，而不能痛痛快快享受人间的快乐，欲罢不能，欲从也不能，何如？——福军87.3.20北大书市人流中。"

4月　中旬与文献班十几个同学一起游野三坡。中文系1983级诗人臧棣、清平、徐永、恒平合印诗集《大雨》。本学期末　参加中文系转专业考试，获通过。

6月　17日，《启明星》第15期出刊，刊出戈麦诗作《平原》，署名"江雪"。这是戈麦现存诗作中写作日期可推的最早一首，"江雪"当是他最早使用的笔名。姚献民任主编，杜丽莉、孔书玉、王华之、龙清涛、沈涛、姚献民任编辑。[①]本期头条为清平专辑，刊出清平《魔头——清平诗十首》和恒平评论《也有风雨也有晴——清平其人其诗》。诗歌栏刊出"蓝社四人集"：紫地《情诗》(5首)、西渡《神女》(6首)、西塞《因为关东》(6首)、郁文《玻璃的城堡》(选集)。"未名湖诗会"刊出骆一禾等12人37首，其中骆一禾(3首)、海子(7首)、老木(2首)、徐永(6首)、绿影(5首)、雷格(3首)。小说栏刊出甦甦《昨夜》、桑桑(杜丽)《在流放地》、斯夫《故里》(中篇)。散文栏刊出桑桑《明天早晨太阳升起的时候》、甦甦《昨天已经古老》、然然《幻想的年代》(外一篇)。本期刊物末页为"中文系首届学术论文和创作双奖征文"获奖名单，落款"中文系团学联"。创作一等奖：郁文《玻璃的城堡》(诗集)；创作二等奖：徐永《水上的孤独者》(诗集)，北冥《无路可逃》(小说)，桑桑《在流放地》(小说)；创作三等奖：紫地《主题中的情调》(诗集)，西塞《十月》(诗集)，西渡《回声》(诗集)，甦甦《昨夜》(小说)，甦柏《轮奏》(小说)，白鸟《流逝》(小说)。论文一等奖：吴晓东《走向冬天》；论文二等

---

① 1987年12月22日戈麦致褚福运信，有"我手头积有《启明星》十五期(弟暑假所忙)、十六期(方出)"之语。按此，戈麦似参与了《启明星》第15期的编辑工作。查《启明星》15期，出版时间为1987年6月17日，在暑假之前。或实际出刊日期要晚于扉页所载刊日期，6月17日只是刊物开始编辑的日期，戈麦"暑假所忙"正是此后的排版、校对工作，但未署名。在戈麦所藏该期《启明星》目录下、主编姚献民名字之后，戈麦手写了"更新而不换代"的批语。该信中，戈麦还说："暑假曾与哥说过主编约我当编委一事，早已黄了。主编与我关系不甚好了，没什么。"

奖：刘洪涛《新观念的探索和探索中的新观念》。戈麦所藏本期刊物，清平诗《魔头》有戈麦批语，第一节之右批"迟到的悲壮"，第二节之右批"强悍的人生"，第三节之右批"无端的负担"，第四节之右批"得到证明"，第五节之后批"虚无中独存生命的冲动"。

6月　海子、西川自印诗合集《麦地之瓮》。

7月　在宝泉岭农场开始诗歌写作，留下了最早的一批作品。对此，他在《核心》自序中说："生活自身的水强大地把我推向了创作，当我已经具备权衡一些彼此并列的道路的能力的时候，我认识到：不去写诗可能是一种损失。"

9月　与西渡、贺照田、杨光一起转入中国文学专业。

11月　《启明星》第16期出刊，主编郁文，副主编杜丽莉、龙清涛，编委孙翔、熊大勇（白鸟）、李晓彤、陈渡（西渡）、邓锦辉、汤军、沈涛。有编者前言。本期头条"五人诗选"刊出1985级5位诗人诗作30首：郁文《第一场雪》（7首）、《关于传说》（5首）、紫地《花的回忆》（5首）、西渡《悟雨》（8首）、白鸟《形形色色》（5首）。"未名湖诗会"栏刊出麦芒等10人35首：麦芒（10首）、臧力（3首）、清平（3首）、恒平（5首）、程力（5首）、雷格（3首）、杜拉（2首）。"译诗一束"刊出郁文译路易斯·辛普森诗9首。另有桑桑、郁文、然然、沈石、斯夫等五人的短篇小说。戈麦所藏本期扉页有批语"象征即：使我们躲避和否认的景象化为记载我们自己和历史的符号。而此本中没有"，署名白宫。

12月　自编诗歌小集《衰亡的海流》，今不存。22日致褚福运信中摘录了其中《经历》《金色》《中国诗人》（标题后改为《憾事》）三首的片断。31日晚，由贺照田陪同，到研究生宿舍拜访麦芒。戈麦在大学期间先后结识臧棣、清平、徐永、恒平、西渡、西塞、郁文、熊原、紫地、雷格等一众诗友，与作家班的陈建祖、非默、何香久、孙少山等亦相善。与西川的见面当在海子去世之后。与骆一禾可能没见过面。

冬　北大举行首届文化艺术节，贺照田编选《在流放地——燕园86、87年文学作品选》，第四辑"在流放地"中收入戈麦《金山旧梦》《七月》两首，署名白宫。收入同一辑的还有中文系1985、1986两级的7位作者：郁文（3首）、西塞（4首）、西渡（2首）、紫地（3首）、白鸟（3首）、丁冬（杨光，2首）、雷格（2首）。该书第一辑收多多、张真、童蔚、骆一禾、西川、海子、骆驼等校外或已毕业的北大诗人作品，第二辑收臧力、清平、麦芒、孟昕、绿影、恒平、程力、徐永等中文系1983、1984级诗人作品，第三辑收彼得、D.S.B.、BC-1、石丑、桃李、杜拉等外语系诗人作品。

年底　编选夏天以来所作《乌篷行旅》①一集，收诗22首，署名松夏。篇目如下:《已故》《遗憾》《失望》《游森》《刑场》《井》《青楼》《流年》《十七岁》《经历》《颜色》《假日》《乐章第333号》《末日》《衷曲》《悼师》《情绪》《隆重时刻》《MALCOLM 的启示》《零度》《哥哥》《歌手》。多数诗后有戈麦自画插图。在《哥哥》一首后，画一直角三角形，长边上有一大一小两个球，小的（代表自己）在上，大的（代表哥哥）在下，意谓哥哥未能攀到更高处乃因儒

---

① "乌篷"，戈麦手稿误为"乌蓬"。编者酌改。

性太甚，阻碍了攀登。本年10月18日致褚福运信说："兄之儒气甚重，对吾亦有很大影响。儒气可成人之美，亦可毁人于漫漫修远之道；兄之意志中人民性为要，吾以为此念能使人正直，亦能使人平庸。"并说："由于你我同辈而年岁相去甚远，我常以为悲，共同忍受各自的孤独。小时候，看到别人兄弟之间并踵嬉笑，吾则泫然欲泣。我虽如今在一般人看来显然可喜，但过去未得到的毕竟太多了。这种年岁之间的距离却始终不变。'等待我成年的人／在我成年之后／等待着我的衰老'（弟之诗《哥哥》）。"以《金山旧梦》一诗参加未名湖诗歌朗诵会。

1月　14日《文汇报》笔会专刊发表程蔚东文《别了，舒婷北岛》并诗①。

4月　江河诗集《太阳和他的反光》由人民文学出版社出版。

6月　春风文艺出版社出版唐晓渡、王家新编选《中国当代实验诗选》。周伦佑主编《非非》第2期（非非主义诗歌资料2号）出版。《关东文学》刊出"第三代诗专辑"，发表陈东东、韩东、李亚伟的诗和李亚伟、朱凌波诗论。

7月　宋琳、张小波、孙晓刚、李彬勇诗集《城市人》由学林出版社出版。

---

① 很多论文引用此文时注明出处为1985年3月（或6月）《大学生诗报》或《鸭绿江》1988年第7期，均不确。这一错误源于对吴开晋主编《新时期诗潮论》（济南出版社1991年版）204页一个注解的误读，吴著在引用了徐敬亚《圭臬之死》的一段引文后，加注说"参阅《大学生诗报》（1985.6）以及徐敬亚《圭臬之死》，见《鸭绿江》1988年第7、8期"，而在随后引用原文时又没有注明出处，致使一些作者误以为程文出于《大学生诗报》，另一些作者又误以为出于《鸭绿江》——都是未细读原文又未查核原始文献造成的错误。还有的误为《文汇报》1987年1月24日。

11月 《诗刊》第11期刊出"青春诗会"专辑，发表西川《挽歌》、欧阳江河《玻璃工厂》、陈东东《即景与杂说》等诗或组诗。

1988年 21岁。就读北大中文系中国文学专业。

元旦 给初中同学侯杰、高中文科班同学王国山等寄明信片。给侯杰明信片写："你的全部生命沉浸在如火如荼的浓云郁松般的现实生活中，我羡慕，可望而不可及。祝一切如你所愿。福军八八·元旦"。给王国山明信片写："你是我现在和今后经常想起的不多的过去的同学之一。你是我的哥哥。告别了北大荒，把阴冷的冬夜留下了，还能经常回去看看那一排排雪地里红彤彤的砖瓦房吗？祝88年给你带来昌达的运气。天又下雪了，我经常想起过去的事。顺便说一句：我在攻读文学专业。"

年初 编选此前习作为《金山旧梦》一集，收《乌篷行旅》之外上年夏天到本年1月诗作10首，署名松夏。篇目如下:《黄豆》《金山旧梦》《七月》《梦游》《黄太平》《红狐狸》《金色》《虚假的归宿》《寄》《远航》。除《七月》《虚假的归宿》《远航》三首，诗后均有戈麦自画插图。

3月 下旬开始写作《异端的火焰——北岛研究》。

4月 5日，《启明星》第17期出版，主编龙清涛，副主编杜丽莉、陈渡，编委西塞、郁文、白鸟、北冥、刘剑梅、沈涛。"未名湖诗会"栏刊出戈麦诗作《冬天的对话》《二月》《结论》等三首，署名松夏。"暗蓝的光"栏刊出蓝社五人作品：郁文《无形之手》（组诗13首）、西塞《故乡》（7首）、西渡《关于鹿》（6首）、白鸟《最后的布鲁斯》（6首）、紫地《爱情玄学》（8首），附西渡评论《迷人的礼物——紫地和他的诗》。小说栏刊出桑桑《毕格太太》、北冥《黑暗的意象》、西塞《夜河》、恒平《雪意和五点钟》、余荒《大钟》。散文栏刊出秦瑟（陈朝阳）散文3篇。"未名湖诗会"栏除戈麦诗作外，还刊出臧力（5首）、清平（4首）、麦芒（4首）、徐永（4首）、程力（3首）、丁冬（1首）、蒙夫（汤军，2首）、伊泓（2首）、橡子（蔡方华，2首）、雷格（4首）等10人31首。"论坛"栏刊出梅沙《超越中介》、蓝野《人生、艺术与爱》。"译诗"栏刊出郁文译《罗伯特·柯律利诗十二首》。12日，完成《异端的火焰——北岛研究》，约两万五千字。下旬，本年度"北京大学五四科学论文奖"评奖结果公布，戈麦《异端的火焰》获二等奖。[①]22日，致褚福运信介绍评奖情况说："这次'五四'科学论文奖是这样：文理分开，本科、研究生分开，一等各五名，不论系别。二等各十名，没有三等，有数名鼓励奖。"本月，上海人民出版社出版刘小枫《拯救与逍遥——中西方诗人对世界的不同态度》，戈麦大学毕业以后此书一度成为他的床头书。

6月　下旬与西渡到京郊房山区做民间曲艺调查，住房山区电影院。戈麦此前此后都很少看电影，这次住电影院，陪西渡看了不少电影。期间曾有艺人为其看相。临近结束，西渡提出一起去十渡玩，戈麦以撰写调查报告为由婉拒。调查报告主要由戈麦执笔完成，但坚持与西渡平分稿费。

7月　上旬与中国文学专业部分同学赴吉林长白山地区做民间文学调查。月底与西渡、西塞、丁冬、贺照田、

---

① 获奖后，戈麦曾征求评委黄子平对《异端的火焰》一文的意见，黄肯定了文章的论述深度，但认为结尾部分稍显宽泛松散，不然或可评一等奖。

郭新孝搬入38楼四层同一间宿舍。

暑假　在宝泉岭农场潜心诗歌写作，将较满意的十首汇为一组。篇目如下：《瞬间》^①《选择之门》《无题》《"可憎的是八月"》《坏天气》《透明的沉默》《设身处地》《永恒》《生命之门》（即《门》）《B城》《总统轶事》。褚福运先生在抄稿后附注："作者曾说，这十首诗可以作为这一段时间创作的代表。当时，他草拟了许多诗，我看了一些，后来他抄了十首给我看。叮嘱母亲把其他草稿都烧掉。那是在没搬家的最后一个夏天（1988年）。"

9月　20日，完成论文《起风和起风之后》，评析艾青、九叶诗人的创作。

11月　5日，《启明星》第18期出版，"未名湖诗会"栏刊出戈麦诗作《瞬间》《太阳雨》《克莱的叙述——给塞林格》等三首，署名松夏。该栏本期设《蔡恒平诗小辑》，其他作者还有清平、臧棣、麦芒、杜拉、西塞、西渡、郁文、紫地、白鸟等。本期起，《启明星》编辑工作交1986级，主编邓锦辉，副主编汤军、王学军。

12月　《滇池》12月号（诗专号）"第三只眼"栏刊出《艺术》一首，署名松夏。这是戈麦第一首公开发表的诗作。

2月　梁小斌诗集《少女军鼓队》由中国文联出版公司出版。

3月　漓江出版社出版陶梁主编《青年诗丛》，包括食指《相信未来》、多多《行礼：诗38首》、芒克《阳光中的

---

① 原稿无标题。此标题据《启明星》第18期。褚福运手抄《戈麦诗草若干》标题作"比如说"。

向日葵》、柏桦《表达》、马高明《危险的夏季》、吕德安《南方以北》、田晓青《失去的地平线》、洋滔《驭马手》、摩萨《第三极牧歌》、童蔚《马回转头来》、翟永明《女人》、维维《念珠·击壤》、阿曲强巴《涸鲋》、朱光天《爱的化石》、牛波《河》、黑大春《圆明园酒鬼》等19种。

4月　《关东文学》第4期刊出"中国第三代诗"专号，发表李亚伟、杨黎、宋琳、陈东东、郭力家、万夏、朱凌波等诗辑。

春　陈东东、西川、欧阳江河等创办《倾向》。扉页印庞德的话："因为艺术家一定要有所发现——"

5月　《北岛诗选》获中国作家协会第三届全国优秀新诗（诗集）奖。《文学评论》第3期刊出于慈江评论《朦胧诗与第三代诗：蜕变期的深刻律动》。

6月　青海人民出版社出版《昌耀抒情诗集》第2版。

7月　《他们》文学社内部交流资料之四刊出韩东诗论《三个世俗角色之后》。

9月　同济大学出版社出版徐敬亚、吕贵品等编《中国现代主义诗群大观1986—1988》，以"中国诗坛1986'现代诗群体大展"为基础而有所增删。台湾新地出版社出版《北岛诗集》《顾城诗集》《朦胧诗选》。

11月　《非非》第3期（1988·理论卷）、《非非》第4期（1989·作品卷）印行。

12月　多多获首届今天诗歌奖，印行获奖作品集《里程：多多诗选1972—1988》。伊蕾诗集《独身女人的卧室》由漓江出版社出版。

本年　骆一禾自印诗集《徒手（诗12篇）》，收1986—

1988年诗12首，即：《辽阔胸怀》《云岭》《凉爽》《乌鸦》《月亮》《对话》《黑暗》《黑豹》《灵魂》《眺望，深入平原》《非人》《为美而想》。

1989年 22岁。上半年就读北京大学中国文学专业，8月起就职于中国文学出版社。

1月6日，《北京大学校刊》第四版诗歌专辑《雨或阳光：北大诗坛1988》刊出《坏天气》一首，署名松夏。《十月》第1期发表海子诗剧《太阳》。

3月 《十月》第2期发表海子诗剧《太阳》（诗剧选幕·续完）。26日，海子（1964—1989）在山海关卧轨。

4月 1日，西川到戈麦所在宿舍通报海子自杀的消息（同宿舍西塞时任五四文学社社长）。几天后，戈麦赴山东老家探亲，行前将捐给海子家属的10元委托西渡交五四文学社。7日晚上，北大五四文学社在29楼和31楼之间的空地上（五四纪念雕像附近）举行了纪念海子诗歌朗诵会，西川、骆一禾、臧棣、蔡恒平等出席。当时戈麦已赴山东，未出席。《文学评论》第4期刊出吴晓东、谢凌岚《诗人之死》。

5月 31日，骆一禾（1961—1989）因脑溢血去世。上半年拟完成关于残雪的本科论文，"准备充分，写得仓促"。对上研究生没有兴趣。

6月 11日回到宝泉岭农场。在当地新华书店买到《夸齐莫多、蒙塔莱、翁加雷蒂诗选》（外国文学出版社1988年版），十分惊喜。细心阅读此书。在该书目录页上详尽地标注了每首诗的出处。兄长褚福运建议他联络同道办同仁刊物，戈麦乃致信西渡，收信地址误写为"萝北宝泉岭农场职高"，褚福运见信后改换信封后重新寄出。因当时西渡回浙江老家，未收到此信。

7月　下旬从北大毕业。西渡记当时情景云："7月的最后一个星期，毕业生所住的38楼像一艘即将沉没的航船，满载着绝望的哭号和抽泣。我并不是一个感伤的人，但在一片哭泣声中，也禁不住涕泪滂沱。而戈麦是唯一忍住没有哭的人。在同学的纪念册上，戈麦留下了很多即兴发挥的警句。他给一位女同学的留言是：'做党的好女儿'。……他给陈朝阳的留言抄录了弗兰西斯·史加弗的诗句：'在神圣的厨房里 / 我在睡眠的家中 / 拖着瞎了的夜晚 / 我把世界抓在手中 / 如今我老了 / 我能用诗句丈量出生活'。在'志趣'一栏，他写的是'崇尚暴力，无事生非，无病呻吟，无事可做'。他在我的纪念册写的是：'是自由 / 没有免疫的自由 / 毒害了我们'。志趣栏上写着：'狩猎、滑雪、爬山、赛车、阅读、胡说八道'。"（西渡《燕园学诗琐忆》）

8月　月初到中国文学出版社上班。臧棣自印诗集《需要多远，需要多久》。戈麦曾对此集认真研读，并向西渡推荐。

戈麦在中国文学出版社主要负责《中国文学》杂志现代文学及评论栏目，也做一些图书编辑工作，协助部主任编辑过社史。工作很出色，期间编写了《北京旅游点的传说》，编选了《鲁迅小说选》、扎西达娃《西藏：系在皮绳扣上的魂》《扎西达娃小说选》等，撰写了《三位现代女作家》《狮子座流星——记作家施蛰存》《漂泊者的黄昏——关于艾芜与〈南行记〉》等文章。单位业务领导很欣赏他，第二年专为他设立了"青年进步奖"，引起年长同事不满。时任《中国文学》副主编吴旸（分管中文部）1991年10月23日与戈麦兄长褚福运的谈话："褚福军是我接收的。事先我们俩谈了三次话，感觉良好，我就决定要他了。完成任务情况比我想象的还要好，只是开始一段时间有些坐不住板凳，估计他在北大四年自由惯了，不习惯八小时坐班制。但后一年多很好，工作主动，任务完成的质量高。关于鲁迅先生的作品，我们社里以前曾经多次推介过，可他竟然还能够从一个崭新的视角又向西方推介了一组先生的文章。这让我很满意。我先后派他一个人去上海采访施蛰存，去成都采访艾芜。任务完成得都很完满。在这之前，我从没有派过一个二十多岁的小青年单独下去采访。我感觉自己当初决定接收褚福军是对的。以前我们单位接收新人，多是硕士以上学历的，但他们在一两年内就能做出点成绩的还不多。为了表彰小军的工作成绩，我想出了一个办法：创设一个'青年进步奖'。奖金虽然只有大几百元，可却引起了编辑部里某老同志不小的意见。"（褚福运《不灭的记忆——我与戈麦》）

同事中，与野莽（彭兴国）、李子亮等相善。经常与李子亮一起散步，谈论自己的写作，并鼓励后者投入写作。野莽第一本小说集《野人国》1989年7月由中国文联出版公司出版，寄给作者20本样书。野莽回忆在办公室收到样书的情景，戈麦"一下抓到手，贴着眼睛就看啊，读了几十页，真叫如饥似渴。一下子我觉得这个人不一般，他对书的这种喜爱，对学问的这种痴情，确实了不起"。（野莽2021年7月3日致褚福运微信）通过野莽的引介，拜访过史铁生，也与到编辑部访问野莽的残雪见过面。史铁生、残雪都是戈麦喜爱并敬重的作家。

但出版社俗人俗事也不少，使戈麦深感苦恼。曾经发生办公室的人早上到年轻人集体宿舍堵门捉人的事情。①戈麦曾向哥哥抱怨："我不知道我们办公室的某些人整天都想啥，只要你一转身，他就会走近你的桌子，看你正在看的是什么书、正在写的是什么文章，那种情况就让我发现过。这真让我很讨厌。""我们办公的环境很恶劣。"（褚福运《不灭的记忆——我与戈麦》）当时与戈麦同室办公的野莽说他"与全部单位的人格格不入，喝了酒只会把无限烦恼诉与我一个局外人听"（野莽《众尸中最年轻的一个》，载野莽《此情可待》，地震出版社2014年版）。

在时任中国文学出版社办公室主任孙玉厚眼中，戈麦"散漫、高傲、桀骜不驯"，"上班初期，迟到早退家常便饭，坐不稳板凳。不虚心向老同志学习，目无领导。有一次我批评他，他竟然非常愤怒地对着我大声喊着说：'孙主任，你让我向他们学习什么？啊？他们会的我会，他们不会的我也会……'就这样，后来主编竟然还建议我给褚福军调一个单人间宿舍，说他的工作有些特殊，需要相对打扰少些的空间。你要知道，在编辑部里他的资历是最浅的，岁数是最小的，可以说我舍弃了自己的固有看法，破例地调给他一个单间……"（褚福运《不灭的记忆——我与戈麦》）②

---

① 事情发生在1990年夏天意大利世界杯期间。几位年轻人因晚上看球，早上起不来，办公室就去他们住的百万庄旅社抓现行。

② 同学崔士鑫的回忆可以为戈麦的不耐世故（并非不通世故）提供另外的例证。毕业后，崔士鑫与另一戈麦同班同学都分到人民日报，在首钢实习，戈麦有事相访，三人一起吃饭。席间戈麦当面说那位同班同学分到人民日报工作并非靠自己的才学，只是因为与班主任关系好，而更有资格分到人民日报的另一位同学却落选了。

由于对环境不满，戈麦一度产生出国的想法。1990年9月25日致褚福运信中说："小黑到我这来过一次，我也常去他那儿。他鼓励我猛攻外语，准备出国。"并就此与西渡讨论。西渡以"诗人不出国"，打消了戈麦的念头。

上班以后，戈麦的经济状况仍然拮据。戈麦刚上班的时候基本工资58元，两月后调为70元，一年后定助理编辑职称调为82元，月奖20元，加十几元的物价补贴，全月收入百元出头；年底有一笔几百元的奖金。这个收入水平仅够日常开销。戈麦的额外支出包括房租（自己在外面租房）①、办刊物经费、买书。买书是最大的一项支出。到月底，戈麦有时需要向同事、朋友借钱。在其上班以后所用的一个笔记本中，有一个向亲友借钱的清单。在这张清单中，共计向11人借款861元。这张单子的名字和数字除"黄跃武50元"都划去，说明都已还清。当揭不开锅的时候，他会向西渡打电话："我到你那儿吃饭。"1990年11月5日，戈麦曾致信长兄，要求提前预支家里为他成家准备的钱，用于买书。后来家里给他寄了1000元。1991年8月20日，西渡从宿舍下楼去上

---

① 住所问题一直是困扰戈麦生活的一个重要方面，因为他需要个人的空间以便阅读和写作。戈麦1989年7月底到中国文学出版社工作，初住外文印刷厂职工宿舍（与同年分到出版社的同事李子亮、雷鸣同住），1990年春因外文厂宿舍装修，单位在百万庄旅社租了一个房间，仍与李子亮、雷鸣同住，直到1991年4月。因旅社条件不好，1990年冬天，戈麦先后租住南池子、北大东门附近民房，或借住北大研究生宿舍，直到1991年4月出版社在外文局青年公寓为他单独安排了一间宿舍。李子亮回忆与戈麦初见的情景："记忆中，我和雷鸣先入住，随后，我帮小褚搬运他简单的行李入住。第一次见到小褚时，他看我的眼神，我依旧非常清晰，略带有审视、怀疑、距离感的色彩。只是简单的寒暄，没有过多的交流。"（2021年7月2日李子亮致编者微信消息）

班，在楼下迎面碰见戈麦，西渡向他谈起前一日苏联发生的事件，戈麦似乎毫无兴趣，只是着急地说能不能借点钱，他要去看牙。当时西渡的收入倍于戈麦，但工作五年后，也几无储蓄。

10月　编辑自选诗集《核心》，收1987年秋天至1989年秋天习作100首，前有写于10月8日的自序。原稿在1991年弃世时毁弃，友人从残稿并其他渠道中录得81首。[1] 存诗篇目如下:《末日》《衷曲》《悼师》《情绪》《乐章第333号》《颜色》《假日》《哥哥》《歌手》《十七岁》《经历》《流年》《隆重的时刻》《MALCOLM 的启示》《零度》《七月》《梦游》《黄太平》《金色》《井》《青楼》《刑场》《已故诗人》《憾事》《失望》《寄》《冬天的对话》《二月》《结论》《秋天的呼唤》《七点钟的火焰》《太阳雨》《克莱的叙述——给塞林格》《夏的印象》《艺术》《星期日》《北窗》《寄英伦三岛》《坏天气》*《门》《水》《无题》《总统轶事》《颤抖的叶子》《无题》《这个日子》*《一九八五年》*《一九七五年的一只蛋糕》*《鸽子》*《此时此刻》*《我的告别》《徊想》*《给〈今天〉》《望见大海》*《愿望》《杯子》《人群》《根部》《孤独》《从沉默的纱布中》《迎着早晨的路》*《美妇人》《安外》《记忆》**《在春天的怀抱里去逝的人》**《游泳》《弱音器》《记忆》《美术馆》《逃亡者的十七首》《罪》《不是爱》《秋天来了》(即《不会这样快》)**《风》《深夜》《九月诗章》《十月诗章》*《无题》《遗址》*《生活》《方向》。[2]

---

① 原年表说《核心》存82首，是将《秋天来了》和《不会这样快》误作两首，实际上两者是同一首诗。

② 此目录中带"*"者后收入戈麦自选诗集《彗星》，带"**"者系从《彗星》转录。

今存戈麦手书残本，自《末日》至《刑场》22首共35页。有封面，戈麦手书"《核心》(1987. 秋—1989. 秋)共一百首"，未署名。完成评论《中国当代新潮小说》。《自学》第10期刊出散文《北方冬夜》，首次使用"戈麦"笔名。

秋冬　经西渡介绍，结识仍滞留学校的北师大85级诗人桑克、徐江、侯马等。

12月　18日，《启明星》第19期"未名湖诗会"栏刊出《戈麦诗二首》(《九月诗章》《十月诗章》)。这是首次在诗歌作品上使用"戈麦"的笔名。本期该栏作者还有蔡恒平、西塞、西渡、伊泓、伊川、韦予、蓝强、铁军等。下旬母病危，22日返回家中。23日母去世。

年底　作《圣马丁广场水中的鸽子》《家》《游泳》《岁末十四行》《三首》《死亡诗章》等。与西渡筹编《北大诗选》，约西川、海子、臧棣等稿子(此书1992年元月由南海出版公司出版，版权页出版时间为1991年5月，署"西渡编")。蔡恒平自印诗集《接近美：蔡恒平诗选(1988—1989)》。

戈麦上班以后，在阅读上投入了更多精力。1990年11月5日给褚福运的信中说："金字塔需要一个宽广的底座，正确的航线源于丰厚的学识。"《戈麦自述》中说："写东西占用不了太多时间，但读书却需要很多精力。"戈麦有抄诗的习惯，留下了十几个抄诗笔记本。计有：

《中西现代诗抄》，22开硬皮本，1987年所用。原本无标题。首页写"我是沉入在苍白的梦里 / 哑了似的音乐"(出自李广田《唢呐》)。该本抄录的内容包括：1. 抄自臧棣《未名湖诗选集》的诗片断(海子、骆一禾、纪泊、西川、清平等）。对清平评曰："清平的诗是最值得推敲而又最不吸引人的"，"燕园少有的生活诗人"。2.北岛、舒婷、江河、芒克、顾城的诗片断，北岛、舒婷居多。对北岛评曰："北岛前期的诗给我们以行者的坚定、斗士的冷漠，北岛后期的诗给我们未来主义的神秘（现代悟性）和巧妙的通感本领。后期我们又发现印象派艺术特点，不再是冬天的意识，而是死亡意识。"对舒婷评曰："坚定理念、惆怅失去、别致爱情、秋夜迟暮。"对江河评曰："前期抒发其政治理想，后期投机取巧地进行二度创作。"对芒克评曰："在忏悔之后，发现这世界是一团'他妈的'，讨厌，达到了一种对生的把握，但还不是荒诞，是'杂乱、荒唐'。这是殿堂倒塌之后的感觉。"对顾城评曰："都是一些无谓的想象，甚至连一点情绪也没有。"评杨炼"真他妈的臭"，评多多"也他妈的臭"。3.抄自中国象征派的诗片断。首页有摘自蓝棣之《现代派诗选·序言》对现代派的评价，其中也渗透戈麦自己的理解："现代派有象征主义的含蓄而无神秘玄虚，有古典主义的典雅、理性而无刻板，有浪漫主义的奔放、热情而无无羁狂放"；"李金发←魏尔伦 李商隐温庭筠"；"戴望舒←魏尔伦 瓦雷里、古尔蒙、耶麦、艾吕雅、须拜维埃尔（苏佩维艾尔）、西班牙现代派"；"徐志摩的《泰山》《渺小》《卑微》《黄鹂》《季候》：神秘微妙的情绪"；"孙大雨《自己的写照》：现代人的错综意识"；"南星、玲君、路易士：伟大"（最后一条纯是戈麦的判断）。次页在李金发、王独清、穆木天、冯乃超名字下写的一段关于象征派的评论收入本书第四编文论集（《关于象征派》）。对冯乃超评曰："标准的象征派，但情态不如李金发丰蕴，言语不如李金发惊人。"对蓬子评曰："（孙）玉石说他语句欧化，我觉其意念古典。"对卞之琳评曰："卞的诗常采用偶合意象，帮助读者把握含义。《音尘》等作品价值并不高，前半截废话，后半截无非显露时空怅远。《距离的组织》伤史之逝，伤世之灭，寒意迟暮。《鱼化石》很好解，爱情往往是伤无情，无恨处，只有鱼化石。《旧元夜遐思》：悠悠无可为之事，无可寻之力共愁，互为浓梦，消失在别人的祝福里，不必哀伤。《半岛》：泉至，涌起怅距的念头，此中又有无尽的慰、怨、坦然。"4.《西方现代派诗抄》（艾略特、索德格朗、洛尔迦、布洛克、米斯特拉尔、泰戈尔、艾吕雅、波德莱尔、阿赫马托娃、聂鲁达、博尔赫斯、魏尔伦、弗罗斯特等）。在洛尔迦、聂鲁达、布勒东、罗伯特·勃莱名字下（每人名字左上均画圈），抄录了一段出自爱德华·B.杰曼《超现实主义诗歌概论》的论述："超现实主义精神已经变成了现代诗歌的精神：它主要包括寻求新奇；力图打破主观和客观、意愿和现实之间的界限；认为必须创造一种比无比丑陋的现代文明更高的意境。超现实主义永远坚持使语言充满活力，这样，过去大家所知道的一切范畴都会瓦解，人的意愿将显露出那些范畴所不能显露的美。诗人们相信这种美。"[1] 5. 在《西方现代派诗抄》之间还杂入徐志摩、冯至、闻一多、朱湘的诗片断，海子、西川诗各两首，普鲁斯特、纪德、圣埃克苏佩里

---

[1] 这段话出自爱德华·B.杰曼《超现实主义诗歌概论》（黄雨石译）的最后一段，见《外国诗（二）》，外国文学出版社1984年版，第233页。此文为杰曼为其所编《英美超现实主义诗选》所写的序言。参照戈麦的笔记可知，诗人后来按照此文提供的线索对英美、拉美超现实主义诗歌做了较为广泛的阅读。

的小说片断，莫利亚克、马丁·杜·加尔、波伏娃、马尔罗、萨特、毛姆等的小说书目。

《西方现代派诗抄》，32开硬皮本，1989年所用，末页写"薇克"两字。原本无标题。内容包括:《魏尔伦诗抄》(罗洛译)《夸西莫多诗抄》《钱鸿嘉译》《蒙塔莱(诗抄)》《庞德(诗抄)》《里尔克(诗抄)》《帕斯(诗抄)》。后面还有《臧力(诗抄)》，包括《刀》《码头》《詹姆斯·鲍德温死了》《歌手之死》《结局》《镜像》《寓言里的数字之歌》《燕》《夏天里的自画像》等9首。最后是戈麦自己作于1988年底到1989年3月的诗11首（即"1989年抄稿"）。

《中国当代诗抄》，22开学生练习本，1989年所用。前抄帕斯、萨巴、卡博隆尼、麦克纳尔、恩赖特各1首，后面主要抄录中国当代诗人作品，包括杨炼、尚仲敏、开愚、大仙、王家新、宋庆平、一平、多多、刑天、海子、车前子、于坚、伊甸等。

《超现实主义·未来主义·布莱克》，北京大学22开硬皮笔记本，起用于1989年5月。第一页抄聂鲁达《群禽飞临》片断；后两页为残雪小说和评论目录，首书"毕业论文"四字。以后依次为：法国超现实主义理论、布勒东诗、艾吕雅诗、阿拉贡诗、超现实主义渊源、美国的深层意象派、未来主义、布莱克诗。

《里尔克诗选》3本（22开学生练习本）：第一本为杨武能译诗，第二本为李魁贤所译《杜伊诺哀歌》，第三本为其他各家杂译。

《美国现代诗1》，22开软皮本，1989年以后所用。抄录内容：从赵毅衡《美国现代诗选·序》摘录的美国现代主要诗歌流派（意象派、芝加哥诗派、传统形式诗人、艾略特和新批评派、现代派、中间代、黑山派、垮掉派、自白派、新超现实主义）的艺术主张；普拉斯诗作《晨歌》《拉扎勒斯女士》《高烧103°》《慕尼黑女模特》《十月的罂粟》《边缘》《浮雕》《图腾》《巨像》《玛丽的歌》《燃烧的女巫》《巴西利亚》《榆树》等13首和若干摘句。另有克里斯托弗·梅克尔诗《早安》《没人知道》，西川诗《乡村四季》（未抄完），《关于里尔克》。

《美国现代诗2》，22开软皮本，1989年以后所用，抄录庞德、威廉斯诗作若干。另有曼杰斯塔姆、帕斯捷尔纳克摘句若干。

《博尔赫斯》，22开北京大学硬皮本，1990年左右所用。内容包括：博尔赫斯作品目录、（博尔赫斯）短篇小说艺术特点、《博尔赫斯的小说》（评析）、诗抄、路易斯·哈斯评论《豪尔赫·路易斯·博尔赫斯以哲学聊以自慰》、博尔赫斯的启示（"巧合、虚构、荒诞、宿命、预感、还乡、柏拉图的影子说、机巧、撮合、虚假的回忆——变更事实、叙述角度的意外、死亡的证明、非人所控的事件"）、（博尔赫斯）研读目录。还有数页记录了魔幻现实主义、结构现实主义的艺术特点，阿斯图里亚斯、鲁尔福、卡彭铁尔、科塔萨尔等拉美作家的作品目录、艺术特点。

《德俄诗选》，22开软皮本，1989年左右所用。主要抄录马雅可夫斯基、叶夫图申科、荷尔德林、歌德、普拉顿等人诗作。

《维多利亚时代诗选》，22开软皮本，1989年左右所用。抄录丁尼生、斯温彭、哈代诗作若干。

《希腊·罗马》，22开软皮本，1990年左右所用。抄录内容：希腊神话和传说句摘；欧里庇得斯句摘；卡图卢斯简介；亚历山大诗体介绍；关于史诗；维吉尔、塔索介绍；维吉尔诗摘。

《圣经·神曲》，22开软皮本，1990年左右所用。抄录内容：《圣经》幻象、《神曲》幻象、但丁介绍。

《弥尔顿·莎士比亚》，22开软皮笔记本，1990年左右所用。抄录弥尔顿诗作、莎士比亚剧作片断。

《歌德·席勒·海涅·雨果·拜伦·雪莱·济慈·惠特曼·华兹华斯·柯尔律治》，22开软皮本，1990年左右所用。抄录以上诗人诗歌片断、重要诗歌篇目，有简短评论。

《罗摩衍那笔记》，22开学生笔记本，1990年左右所用。主要为《罗摩衍那》摘句。

《蓬斋书目》，22开学生笔记本，1990—1991年所用。所列书目，当是戈麦喜爱或重点阅读者，计54种。具体如下：《伊索》《索福克勒斯悲剧二种》《古希腊罗马美学》《一千零一夜》《古希腊抒情诗选》《希腊罗马神话词典》《变形记》《罗摩衍那》(童年、森林)《德拉克罗瓦日记》《罗丹艺术论》《博尔赫斯短篇小说集》《拉丁美洲文学史》《简明东方文学史》《快乐的科学》《上帝死了：尼采文选》《瞧！这个人》《查拉斯图拉如是说》《莎士比亚箴言录》《思想录》《贝克莱》《卡莱尔》《蒙田》(以上三种工人出版社外国思想家译丛)《悬疑与宁静——皮浪主义文集》《英雄和英雄主义崇拜——卡莱尔演讲集》《人性的高贵与卑劣——休谟散文集》《我知道什么呢——蒙田随笔集》《悲剧的诞生：尼采美学文选》《意欲与人生之间的痛苦——叔本华随笔和箴言集》《叔本华论文集》《生存空虚说》(叔本华)《人生的智慧》(叔本华)《普希金抒情诗选》《英国浪漫派散文精华》《卡夫卡短篇小说选》《歌德的格言和感想集》《歌德谈话录》《白朗宁夫人抒情十四行诗集》《弥尔顿十四行诗》《当代欧美诗选》《狄兰·托马斯诗集》《艾略特诗学文集》《斯蒂文斯诗集》《拆散的笔记簿》《英雄挽歌》《从莎士比亚到奥斯丁》《英国维多利亚时代诗选》《叶夫图申科诗选》《莎士比亚全集1—11》《西方超现实主义诗选》《十九世纪文学主流1—6》《奥瑞斯提亚》《亲爱的提奥》等。

《古诗源》，22开软皮本，1990—1991年所用。内容包括：法国诗摘句，英国诗、美国诗摘句，印度古代诗选。[在《阿耆尼（火）》《朝霞》《雨云》《水》《蛙》《风》《反诅咒》各篇名后批"极棒！"，另一处写："《婆楼那》《造物者》《原人歌》《因陀罗》《有转神》，这几篇具有创世篇的意味，如同对神的颂诗。"]

《诗学札记·诗学笔记》，22开普通练习本，1990—1991年所用。内容包括：《为了一种新小说》《读乔叟文集》《诗学札记》。相关内容收入《戈麦全集》中的《诗学札记》《小说写作笔记》。

《诗学笔记》，22开软皮本，1991年所用。主要内容：海伦·加德纳《宗教与文学》摘录；帕斯关于死亡的一段论述；陈东东关于三种诗人论述摘录（《像巴赫那样》，载《诗歌报月刊》1991年第4期）；俄国的未来主义（谢维里亚宁、赫列勃尼科夫重要篇目）；阿斯图里亚斯小说摘句。

2月　《芒克诗选》由中国文联出版公司出版。《读书》第2期发表老木《美人、怪客或别的东西——〈灯芯绒幸福的舞蹈〉编后》，介绍第三代诗歌的兴起和各流派情况，文后预告《灯芯绒幸福的舞蹈》（八十年代文学新潮丛书之一），"老木、唐晓渡编，将由北京师范大学出版社出版"（此书实际出版在1992年，署名唐晓渡选编，篇目也与老木的预告有不少出入）。

3月　刑天诗集《隐痛》由中国文联出版公司出版。于坚诗集《诗六十首》由云南人民出版社出版。

4月　2日首届幸存者诗歌艺术节在北京举行。徐敬亚诗论集《崛起的诗群》由同济大学出版社出版。

7月　王小妮《我的诗选》由时代文艺出版社出版。姚家华编《朦胧诗论争集》由学苑出版社出版。

8月　杨炼诗集《黄》由人民文学出版社出版。

9月　王家新诗论集《人与世界的相遇》、唐晓渡诗论集《不断重临的起点》由文化艺术出版社出版。

12月　肖开愚、孙文波在成都创办《九十年代》。1989年12月至1993年3月共出四期。

1990年　23岁。在中国文学出版社工作。

1月　编成《戈麦诗选：我的邪恶，我的苍白》，收1988年4月至1989年12月诗65首。[①] 此集原稿轶失，仅存目录和13首近作的抄稿。[②] 篇目如下：《七点钟的火焰》《太阳雨》《克莱的叙述——给塞林格》《艺术》《星期日》《瞬间》《无题》《坏天气》《沉默》[③]《意象》*《总统

[①] 《戈麦诗全编》编后记说《我的邪恶，我的苍白》收诗70首，统计有误。

[②] 或戈麦当时就只抄写了未见于《核心》的13首近作。现存抄稿从《打麦场》开始，标为第1页，共18页，页码连续。这13首是：《打麦场》《疯狂》《死亡者的爱情》《渡口》《一个人》《未完成诗章》《冬天的热情》《女人》《夜晚，栅栏》《白天》《叫喊》《我知道，我会……》《开始或结局》。

[③] 疑即《透明的沉默》。

轶事》《颤抖的叶子》《无题》《一九七五年的一只蛋糕》《一九八五年》《鸽子》《这个日子》《此时此刻》《我的告别》《给〈今天〉》《徊想》《短诗五首》《愿望》《人群》《根部》《迁连》*《女人》**)《望见大海》《杯子》《迎着早晨的路》《孤独》《安外》《碗》①《游泳》《美术馆》《记忆》《弱音器》《逃亡者的十七首》《在春天的怀抱里去逝的人》《未来》*《毁掉路》*《罪》《风景》*《不是爱》《有时》②《不会这样快》③《风》《深夜》《无题》《遗址》《九月诗章》《十月诗章》《生活》《方向》《打麦场》**《疯狂》**《死亡者的爱情》**《渡口》**《一个人》**《未完成诗章》**《冬天的热情》**《夜晚，栅栏》**《白天》**《叫喊》**《我知道，我会……》**《开始或结局》**。④

4月 5日（清明节），参加在诗人一平家里举行的海子纪念会。参加活动的诗人有西川、邹静之、唐晓渡、刑天、西渡等。30日（或5月1日），西渡到百万庄旅社宿舍访戈麦，聊天中间，戈麦曾对西渡说："今天我差点自杀了，李子亮救了我一命。"⑤中旬起，与西渡合出《厌

---

① 疑即《拒绝之水》。
② 疑即《生活有时就会消失》。
③ 即《秋天来了》。
④ 此目录中带"*"者已轶失，带"**"者为现存的13首抄稿。抄稿从《打麦场》开始，标为第1页，可见戈麦并未抄写目录中的全部诗作，而仅仅抄了13首近作。最后一首目录中标题为"开始或结局"，正文仅写"开始"。
⑤ 我1991年日记回忆到这件事，但近日向李子亮问及，他说对此毫无印象。另一位与戈麦同住的中国文学出版社同事雷鸣也说未闻此事，则阻戈麦自杀的或另有其人。也或此事仅是戈麦的内心事件。

世者》(半月刊)，到6月中旬共出五期。① 这个阶段是戈
麦诗艺上飞跃的时期。《厌世者》五期共刊出戈麦诗作
47首和28首2—4行的短诗。

《厌世者》第一期于4月中旬出刊，刊出戈麦诗作10首。
篇目如下：《雨后树林中的半张脸》《谨慎的人从来不去
引诱命运》《未来某一时刻自我的画像》《黑夜我在罗德
角，静候一个人》《我在她心中的位置》《献给黄昏的星》
《爱情十四行》《三劫连环》《命运》（3行）《癫狂者言》。
这些诗作全部作于4月10日到4月14日之间，前五首作
于4月10日，其后两首作于4月11日，《爱情十四行》
作于4月13日，最后三首作于4月14日。

《厌世者》第二期于5月初出刊，刊出戈麦诗作10首。
篇目如下：《眺望时间消逝》《没有人看见草生长》《如果
种子不死》《儿童十四行》《我们日趋渐老的年龄……》《厌
世者》《界限》《我是一根剔净的骨头》《我坐在黑暗中，
看到……》《我要顶住世人的咒骂》。这些诗均作于4月

---

① "厌世者"的名字出自戈麦。戈麦的悲观、厌世倾向形成很早。1987年11月11日
致褚福运信云："北大荒培育了我的孤独和悲观，也培养了我人性的冷酷。"1988年
元旦致高中同学侯杰明信片云："你的全部生命沉浸在如火如荼的浓云般松般的现
实生活中，我羡慕，可望而不可及。"1989年11月24日致褚福运信说："很多期待
奇迹的人忍受不了现实的漫长而中途自尽，而我还苟且地活着，像模像样，朋友
们看着，感觉到我很有朝气，很有天赋，其实我心里清楚，我的内心的空虚，什
么也填不满。一切不知从何开始，也不知如何到达。我不能忍受今天，今天，这
罪恶深重的时刻，我期望着它的粉碎。我不能忍受过程，不能忍受努力和奋斗。"
他曾对西渡说："悲观主义总是有道理的……你的贡献主要还在那些悲观的东西上。
你是一个极端的诗人。"当西渡说"我不是。你才是一个极端的诗人"，戈麦回答
说："我是。"他还要西渡向他推荐"世界上最悲观的作家"。但他也曾劝西渡"还
是不要自杀吧"，当时他认为西渡比他还要悲观，"我对生活还抱着一些希望"。
戈麦曾问西渡如果有唯一一次出国机会，愿意去哪里，西渡选择希腊，戈麦自己
则选择耶路撒冷。桑克《1991年秋天纪事》中说："2日是埃利蒂斯80岁生日，戈
麦特别喜欢他。戈麦还喜欢耶路撒冷，我问他原因，他说是因为它黑暗。"《厌世
者》之所以只有两个同人，因为他只发现他和西渡两个"厌世者"。

28日至5月2日之间。

《厌世者》第三期于5月中旬出刊。刊出戈麦诗作有：《凌晨，一列火车停在郊外》《孩子身后的阴影》《查理二世》《南极的马》《帕米尔高原》《浴缸中的草药水》《我感到一切都已迟了》《那些是看不见的事物——给西渡》《欢乐十四行》《短诗一束》（包括《写作》《先哲》《莎士比亚》《知识》《诗歌》《造纸术》《罗盘》《卫生》《医学》《猫》《政治》《战争》《凯旋门》《参考消息》等2—4行短诗14首）。这些诗均作于5月9日—14日之间，其中12日作《凌晨，一列火车停在郊外》《孩子身后的阴影》《查理二世》《南极的马》《帕米尔高原》等5首。

《厌世者》第四期于5月底出刊。刊出戈麦诗作有：《十四行：存在》《海上，一只漂流的瓶子》《四月的雪》《现实一种》《生命中有很多时刻》《空虚是雨》《尝试生活》《送友人去教堂的路上》《短诗一束》（包括《历史》《经典著作》《运动》《死亡》《白血病》《外国语》《冷漠》《友谊》《婚姻》《夜晚》《午后》《节日》《张思德》等13首2—3行的短诗）《梵·高自画像》。这些诗均作于5月下旬。

《厌世者》终刊号于6月中旬出刊。戈麦解释终刊的原因是"写作的习惯已经养成"，此外也考虑到正式发表渠道阙如，《厌世者》的私下流布不利于保护作者的著作权。终刊号刊出戈麦诗作10首：《雨幕后的声响》《妄想时光倒流》《黄昏时刻的播种者》《悲剧的诞生》《远景》《我们背上的污点》《海滨怅想》《难以想象的是》《空望人间》《幻象》。

5月 《启明星》第20期出刊，由1987级孙承斌主编。"燕园诗坛十一家"栏刊出韦予、吴昊、海客、姜蓓、李方、贺雷、蓝强、老溪、麦芒、伊泓、臧棣诗作。其中，臧棣《雪地里的道路》含诗作11首。"诗论"栏刊出蔡恒平《需要多远，需要多久》、贺照田《札记：关于诗》。蔡恒平的文章分析批评了臧棣、麦芒、伊泓、韦予、吴昊、海客、姜蓓、李方、贺雷、蓝强、老溪等北大诗人，文后题词云："此文献给北大的诗歌劳作者"。

初夏　到《环球》杂志编辑部拜访西川。读到《倾向》第二期。

6月　《上海文学》在《骆一禾诗选》总题下发表骆一禾《修远》《为美而想》《黑豹》等3首。

7月　与西渡、桑克、徐江合印诗集《POEM·斜线》，印40册。前有叶秋短序，收入戈麦《我要顶住世人的咒骂》《我们日趋渐老的年龄……》《没有人看见草生长》《如果种子不死》《献给黄昏的星》《爱情十四行》《黑夜我在罗德角，静候一个人》《界限》《三劫连环》《雨后树林中的半张脸》等10首。《十月》第4期发表海子组诗《农耕之眼》。

8月　完成《三位现代女作家》。此文由李国庆翻译，发表于《中国文学》1991年第2期（夏季号），是为配合当期杂志的三位女作家短篇小说专辑而作，署名Chu Fujun。①

9月　臧棣自北大中文系硕士毕业，到中国新闻社上班，与戈麦交往渐频繁。与阿吾等发起创办《尺度》；与臧棣等发起创办《发现》。《尺度》同人以在京诗人为主，《发现》同人均毕业于北京大学。

秋　应桑克之邀，为一本新诗鉴赏辞典撰写香港部分，

---

① 据野荠记忆，当初编辑部只给戈麦的文章署名"小编"，经抗议才给署名。

交稿时署名"薇"。1990年11月5日致褚福运信中说"此外还写点赏析,为赚钱糊口之用",当指此事。书稿未能出版,稿子轶失。在此前后,也是应桑克之邀,撰写过德语文学词条,稿子现存桑克处。

冬　为了集中精力写作,租住东城区南池子附近平房。房内无暖气,寒冷难挡,自己感觉身体大受损害。《发现》第一期出刊前后,臧棣、西渡、清平等曾到此聚会。

12月　《发现》第一期在臧棣、戈麦的努力下出刊,刊出戈麦《诗七首》(《大海》《黄金》《镜子》《月光》《老虎》《玫瑰》《牡丹》)。其作者介绍说:"戈麦:1967年8月生于黑龙江。狮子座人。1989年7月毕业于北京大学中文系。现为某杂志社文学编辑。"目录页印有"瞧!这些人"。当友人对此表示疑问时,戈麦回答说:"我就是'这个人'!"〔见晓钟《我有自己的纪念方式》,载《北大往事(二)》,新世界出版社2001年版〕译勃莱诗5首、博尔赫斯诗10首。将6月以来所作40首编为诗集《铁与砂——献给孤寂的岁月》,有11月3日简短后记,每首诗有序号;委托大学同学张卫打字、印刷。① 其中36首作于7月和8月,例外的4首为:《新一代》作于4月29日;《火》作于6月24日;《陌生的主》《海子》作于12月2日。篇目(原集无目录)如下:《火》《石头》《铁》《沙子》《镜子》《月光》《黄金》《大海》《老虎》《黄昏》《刀刃》《献给黄昏》《昨日黄花》《陌生的主》《麦子熟了》《故乡·河水》《粮食》《骑马在乡村的道上》《红果园》《往日的姑娘》《蝴

---

① 张卫当时在西城区邮局编一份内宣小报,办公室有一台四通打字机,经常帮戈麦、西渡打印诗稿。戈麦失踪前,给张卫打过电话,似有告别之意。

蝶》《绵羊》《秋天》《最后一日》《工蜂》《青年十诫》《劝诫》
《通往神明的路》《有朝一日》《金缕玉衣》《谜》《事物》《寒
冷》《哭》《银币上的女王》《和一个魔女度过的一个夜晚》
《夜歌》《死后看不见阳光的人》《新一代》《海子》。

《北大荒》文学编辑部拟出当地作者的一套诗丛，计划
中有当时就读于北大中文系1988级的赵平洋一本，赵
平洋把机会让给了他认为创作成就更高的戈麦。戈麦遂
开始诗集编选工作，12月23日完成寄给编辑，为诗集
取名"彗星"，包括四辑80首，收诗起于1988年11月，
止于1990年12月。未出版。戈麦逝世后，此集由戈麦
长兄褚福运先生从编辑手上索回，得以完整保存。戈麦
自编《彗星》目录如下：

第一辑《迎着早晨的路》，计20首。篇目如下：《一九七五
年的一只蛋糕》《一九八五年》《鸽子》《徊想》《望见大海》
《迎着早晨的路》《这个日子》《此时此刻》《坏天气》《在
春天的怀抱里去逝的人》《记忆》《遗址》《秋天来了》《生
活有时就会消失》《圣马丁广场水中的鸽子》《十月诗章》
《岁末十四行》(一、二、三)《死亡诗章》。

第二辑《献给黄昏的星》，计23首。篇目如下：《四月的
雪》《我在她心中的位置》《生命中有很多时刻》《黑夜，
我在罗德角……》《三劫连环》《我们日趋渐老的年龄》《帕
米尔高原》《南极的马》《献给黄昏的星》《爱情十四行》
《十四行：存在》《没有人看见草生长》《如果种子不死》
《妄想时光倒流》《黄昏时刻的播种者》《凌晨，一列火车
停在郊外》《孩子身后的阴影》《悲剧的诞生》《我要顶住
世人的咒骂》《我们背上的污点》《界限》《未来某一时刻
自我的画像》《梵·高自画像》。

第三辑《陌生的主》，计16首。篇目如下:《故乡·河水》《粮食》《绵羊》《蝴蝶》《红果园》《往日的姑娘》《骑马走在乡村的道上》《秋天》《工蜂》《最后一日》《金缕玉衣》《死后看不见阳光的人》《通往神明的路》《谜》《青年十诫》《劝诫》。

第四辑《元素及其它》，计21首。篇目如下:《石头》《铁》《沙子》《火》《刀刃》《镜子》《月光》《黄金》《大海》《老虎》《黄昏》《献给黄昏》《玫瑰》《牡丹》《鲸鱼》《天鹅》《彗星》《命运》《明景》《盲诗人》《新生》。

1月　肖开愚、孙文波在成都创办《反对》(1990年1月—1992年7月共出14期)，提出"中年写作"的概念。

春　《倾向》印行"海子、骆一禾一周年祭"专号，刊有《海子诗文选》《骆一禾诗文书信选》等。

4月　《伊蕾爱情诗》由作家出版社出版。

8月　伊蕾诗集《女性年龄》由人民文学出版社出版。

10月　伊蕾诗集《叛逆的手》由北方文艺出版社出版。

19日，浙江诗人方向(1962—1990)在家乡淳安服毒身亡，遗言"想写一首诗"。

11月　海子《土地》、骆一禾《世界的血》由春风文艺出版社出版。

12月　肖开愚自印诗集《前往与返回》。

本年　陈东东编印《长诗与组诗》，收海子《抒情诗》(选自《大札撒》)，骆一禾《世界的血》(节选)。

1991年　24岁。在中国文学出版社工作。

1月　23日启程到上海采访施蛰存，2月3日回到北京;访在上海百家出版社工作的大学同学郁文，并把自己保留的郁文诗抄件交还对方。①《尺度》创刊号出版，报纸形式，4开8版。6版刊出《戈麦诗两首》(《癫狂者言》《献给黄昏的星》)。头版头条为臧棣《新纯诗选：孩子·麦子·海子：三姐妹之歌》。②纽约《一行》第12期刊出戈麦《如果种子不死》《献给黄昏的星》两首。

2月　租住北大东门外民房，后又在高中同学马战红的北大研究生宿舍借住三月，直到单位分给一间单人宿舍（外文局青年公寓）。在租屋完成《地铁车站》《猛犸》《游戏》三篇小说，《眺望南方》等诗作，以及随笔《文字生涯》，并有《伪证》《原生水的镜面》《一个不眠的下午》等小说的构思。戈麦早有写作小说的雄心，试图在诗歌、小说创作上达到"双向修远"的目标；还有在哲学和思想史上努力一番的打算（参见《戈麦自述》）。从其已完成的小说和未完成的构思，可见其对小说叙事和文体试验的热衷。19日，完成施蛰存访问记《狮子座流星——记作家施蛰存》。此文由陈海燕译为英文，发表于《中国文学》1991年第4期（冬季号），署名 Ge Mai，英文标题 the Modern Writer Shi Zhecun。

①　在戈麦的一个笔记本里记有上海的行程计划：（1月）24日晚，陈东东。25日上午，南京路、福州路；下午，施蛰存。26日，《上海文学》《收获》；格非。27日，海滨、城隍庙。28日，姚（献民）、闵（卫国）；买票。29日，买书。30日，上车。31日，沧州何香久。3日，北京。

②　《尺度》因1991年冬阿吾到深圳工作，仅出一期。阿吾离开北京前，曾考虑将编务交给戈麦，因戈麦去世而作罢。

春天　经人介绍，与化工学院某女生交往。①

5月　《启明星》第21期出刊，刊出臧棣诗论《霍拉旭的神话》。《中国青春潮文学新星系列文学丛书》通过洪烛约稿，其中报告文学卷要求一篇他人写的作家印象记，戈麦乃以第三人称自写一篇，标题"一个复杂的灵魂——戈麦印象"。

春夏之交　手抄《诗三首》(《大海》《四月的雪》《空虚是雨》)赠同事李子亮。

6月　9日，赴成都采访艾芜，月底返京；返程过重庆访高中同学高培正。山东《海鸥》5、6期合刊刊出《孩子身后的阴影》一首。《诗歌报》第6期"探索诗之页"刊出戈麦组诗《火》，包括《火》《月光》《黄金》《大海》等四首，前有诗观"关于诗歌"，后有作者简介，并配有照片。② 作者简介下有注："城父选稿"。③ 台湾诗之

---

① 戈麦很少对人谈及个人的情感经历，他的兄长，身边的朋友、同事都不了解他这方面的情况。大学期间，与女同学交往不多，以至一些同班女同学回忆没有跟他说过话，也不知道他写诗。同班女同学杜丽说："戈麦内向寡言，我几乎记不起作为同班同学和他有什么交往，只记得大学毕业后一次班级聚会上他说我嗓音听不出性别。"(杜丽《谁比谁活得更长》)但1991年夏天，戈麦曾对北京周报的朋友说"交了女朋友"，此"女朋友"应即指化工学院的这位女生。戈麦当时急于找朋友成家的一个原因是集体宿舍干扰太多，不利于阅读、写作。他对婚后生活有一种天真的期待。1990年11月5日致兄长信中说："其实结婚和结婚之后的日子比单身要好过一千倍，对做学问、搞创作的人更是这样。我将来一定找一个知识型女性，很可能就是同学中的一个。"大学期间，与戈麦保持联系的高中同学有几位。大学毕业前夕，戈麦曾到访某位高中女同学的学校，对她说："跟我走吧。"可惜这位女同学当时已有男友。《戈麦自述》中说，"人的一生只可能被砍倒三次，第四次被砍倒，就全完了"；又说，"戈麦短暂的二十几年中，一定经历过许多次灾难"。据此，戈麦或经历了不止一次情感上的挫折。
② 诗人吕游称戈麦这张留长发的照片"长相酷似台湾歌手张宇"，"表情平和，目光纯净，目光中有着青年人的纯净和真诚……照片照得一本正经，好像是工作证上的一寸或者二寸照"(吕游《我是一根刷净的骨头——献给诗人戈麦》)。
③ 城父，即《诗歌报月刊》主编蒋维扬。

华出版社出版《我已歌唱过爱情——两岸青年诗人情诗选》，收入戈麦《四月的雪》。《发现》第2期出刊，刊出《戈麦诗八首》(《北风》《大雪》《黄昏》《沙子》《鲸鱼》《梦见美》《命运》《狄多》)、译作《博尔赫斯诗三首》(《月亮》《沙漏》《天赋之歌》)。本期《发现》编辑工作主要由戈麦承担。

上半年 参加在清华举行的诗歌朗诵会。

7月 7日，完成艾芜访问记《漂泊者的黄昏——关于艾芜与〈南行记〉》。此文由雷鸣翻译，发表于《中国文学》1992年第2期（夏季号），署名 Ge Mai，英文标题 A Profile of Ai Wu。纽约《一行》第13期刊出戈麦《我们背上的污点》《献给黄昏的星》两首（《献给黄昏的星》第12期已登过）。

8月 作《浮云》《沧海》《大风》《天象》《佛光》《眺望时间消逝》等。下旬，到上海采访巴金，听老人谈"文革"往事，深受触动。返程经南京，访王干。[1]26日经沧州，访何香久。与何在文联大楼彻夜谈诗，也谈到访问巴金的事。送何打印诗集《铁与砂》，并说："真想挣点钱，把它印出来。"第二天返京。[2]

9月 5日晚，因台湾诗人杨平来京，西川、臧棣、阿吾、清平、西渡、桑克等诗友在戈麦办公室聚会。戈麦和西

---

[1] 王干在发表戈麦《游戏·猛犸》的主持人语中说："1991年夏天，我和戈麦在南京见过一面，我们谈论了半天文学，很愉快。"

[2] 参见何香久《一苇渡江》自序（1991年年底或次年香港出版）。何香久后来回忆："1991年8月26日，戈麦从上海出差返京，到沧州下车看我。那时通讯不方便，他来时我正好出差开会，回来后崔秀兰大姐说，有个小伙子，说是你朋友，整整等了你一个上午。她又问，你这朋友是不是精神方面有什么问题？他一来就坐在办公室，问什么也不说，水也不喝，就那样愣怔地坐着，有点怪怪的。我到了办公室，才知是戈麦。"（2021年7月9日致西渡微信消息）

川商讨准备发表在《中国文学》上的西川诗的英译文。其间，戈麦和桑克出去买烟，路上告诉桑克："我要改变写法了。"也谈到西渡最近的想法和作品，谈起《发现》第2期。桑克叮嘱戈麦看紧西渡，戈麦说："你也得看紧他，你自己也多注意。"（见桑克《黑暗中的心脏》《1991年秋天纪事》）作《关于死亡的札记》，具体日期不明。此为戈麦最后的诗作。何香久来京，请何香久、野莽在即将拆迁的百万酒家吃饭，费67元。22日下午，访西渡于三里河宿舍，晚间访化工学院女生未遇。23日上班，社里给了他一张第二天在中南海召开的鲁迅诞辰110周年纪念大会的票（数日后，此票仍放在其办公桌上）；晚上，再访女生于化工学院，复不遇，转至其家（崇文门附近），求见未果，在其楼下徘徊久之。[①]24日自沉于北京西郊万泉河，未留遗言，之前将大部分诗稿与其他稿件装在一个书包内扔弃于北大朗润园（未名湖

[①] 野莽曾回忆说："九月里的一个只有两人的夜晚，这位狂妄却又羞涩的青年，曾低了头对着玻璃茶几说，他喜欢的女孩儿是我妻子的同校。我动员他喜欢就去把她擒来，他的一双近视眼倏忽抬起，夜灯下发出闪闪的光芒。"野莽文章接下来说："他第二天失踪了。"（野莽《众尸中最年轻的一个》）如野莽所记不误，此处所记述的"九月的夜晚"，也就是9月23日的夜晚。也许就在跟野莽谈话之后，戈麦再次去了化工学院。何香久来京，戈麦请吃饭的时间有可能是同一天。当时野莽经济情况稍好，抢先结账，但被戈麦拦住。国庆节之前数天，出版社分鱼，因戈麦不在，野莽特意为他挑了六条鱼，用清水养在脸盆里。国庆节后上班，办公室都是死鱼的臭味，证明其间戈麦一直未到过办公室，成为同事最早意识到戈麦失踪的信号。

北边）的一间公厕。^①包内物品包括：戈麦本人自写诗以来几乎全部诗稿；《发现》第1期、第2期；臧棣诗集《需要多远，需要多久》；海子诗复印件；《幸存者》诗刊；西渡《晚期》；非默等朋友诗稿、信件；英汉词典一本；中国文学出版社建社35周年褐皮纪念本。^②

10月 19日，确认9月26日清华园内所发现死者为戈麦。26日，在京诗友于中关村88楼举行纪念活动。褚福运、西川、臧棣、阿吾、斯人、清平、麦芒、洛兵、西渡、紫地、桑克、橡子、雷格、海客、蓝强、赵平洋、胡树嵬、简宁、邹静之、洪烛、冰马、黄祖民、蒋谈、龙烈生、李广利等约30人参加。27日下午，中学和大学

----

① 戈麦遗体于1991年9月26日在清华园内万泉河折而向北的位置发现（投水地点当在北大北侧围墙外万泉河），由清华派出所送西苑医院尸检。尸检结果，尸表无外伤痕迹，胃里有酒精成分，上衣兜里有钥匙一串，零钱若干。结论：四十八小时内溺水身亡（自尽）。因身上无证件，直到10月19日才确定身份（10月11日，西渡、李子亮在戈麦宿舍找到工作证、身份证）。戈麦9月23日还到单位上班，当天晚上还找过化工院的女生，24日本应出现在纪念鲁迅诞生110周年纪念会议的会场而未到，推测投水时间大约为9月24日凌晨。书包内的诗稿等物很可能是他23日晚从崇文门返回花园村宿舍后装的，之后到北大。李子亮回忆，9月某日（可能就是23日）深夜，戈麦回到青年公寓宿舍，过一会儿背着书包离开，进出都未与人打招呼。赵平洋回忆最后一次见到戈麦的情景："晚上应该是10点左右或更晚。他到我宿舍，我已在床上准备睡觉，上铺，他站在床边拍了拍我，我说：褚哥，有啥事？他微笑：没事没事。就走了。当时我感觉他是去校内找别人了。"赵平洋记得这是9月某晚的事，但不确定是不是23日晚。根据野荞文章记载，警察曾在北大北边万泉河边发现一辆倒下的自行车和一只酒瓶，可能为戈麦遗物（参见野荞《众尸中最年轻的一个》）。化工学院女生曾对中国文学出版社负责寻人的办公室同事说，10月5日、7日都曾在化工学院校园看见戈麦，因不想见面，老远就躲开了。这大概是女生的错觉。后来，西渡、桑克也都有类似经历，有不可解处。西川《生命的故事》还有一段记载："戈麦去世以后——为了收水电费我敲开了一户人家，这家里忽然冒出来一个我以前没太注意过的女孩，她问我：'你是不是西川？'我感到诧异，没想到在我的邻居中还有人知道我的笔名。那女孩接着问：'你认识戈麦吧？'这使我越发诧异。'那么你是谁？'她说你别问了，以后再说。可以后再也没见过这个女孩。"当时西川住崇文门附近。那么西川见到的或正是戈麦交往的化工学院女生。

② 最后两项据李子亮记忆，其他据西渡日记。

同学在北大出版社李东办公室商量筹集戈麦遗作出版资金。《诗刊》1991年10月号"校园红叶"栏刊出《诗三首》（《大海》《四月的雪》《空虚是雨》），署名"北京大学中文系 戈麦"。纽约《一行》第15期刊出《未来某一时刻自我的画像》。31日，李子亮、赵平洋、陈朝阳等陪同褚福运到外文局青年公寓收拾遗物。①

11月 1日，遗体在八宝山火化。参加告别仪式的有兄长褚福运，中国文学出版社同事吴旸、野莽、李子亮、雷鸣、孙玉厚、张春福、李博贤、徐慎贵、高维民、王瑞霖、赵学龄、郭林祥等，诗人朋友西川、臧棣、西渡、雷格等，中国教育报记者高明生，大学、中学同学陈朝阳、遇凯、李东、张大禾、谭新木、杜英莲、郭利群、王少华、马战红、吴春旗、黄跃武、赵丛月、梁启泉等30多人。野莽在现场泣不成声。西渡提议为戈麦遗作出版募捐，野莽、西川、王少华、马战红、黄跃武、吴春旗、赵丛月、梁启泉等当场捐款。马战红还代垫了四位未到场的中学同学的捐款，野莽把给孩子买生日礼物的

---

① 遗物中有《星星》拟发表戈麦《往日的姑娘》的用稿通知单，未查到后来具体发在哪期。在戈麦1991年所用的一个笔记本中（与记载上海行程同一本），在《星星》名下列出《刀刃》《有朝一日》《夜歌》《和一个魔女度过的一个夜晚》四首，应该是投给《星星》的稿子。前一页在何香久《诗神》名下列出《献给黄昏》(后划去)《麦子熟了》《昨日黄昏》(后划去)《粮食》《骑马在乡村的道上》《红果园》《往日的姑娘》《绵羊》《秋天》等篇名，应该是通过何香久投给《诗神》的；同页在非默名下列出《献给黄昏》《昨日黄昏》《蝴蝶》《最后一日》《工蜂》《海子》，应该是托非默投稿的。这些诗均出自《铁与砂》。可见戈麦对发表这些诗抱有期待。

100元全部捐出。①2日晚（发车时间3日凌晨），褚福运携骨灰从永定门火车站返黑龙江。6日，骨灰葬于宝泉岭农场东山南麓附近小岛（2002年8月12日迁葬至宝泉岭农场元宝山公墓古园墓穴西区四级三排46号）。碑文书"褚福军之墓（旁注'戈麦'二字）生于一九六七年八月八日，卒于一九九一年九月二十四日"。随葬希尔顿香烟一盒，钢笔一支，高中时订阅《俄苏文学》双月刊六期。21日，山东《作家报》第四版刊出《戈麦诗两首》（《大雪》《老虎》）。22日，《启明星》第22期（诗专号）刊出戈麦遗作《烈士和凶手的七日书》（《死亡诗章》《家》《誓言》《游泳》《金缕玉衣》《死后看不见阳光的人》《海子》等7首），以及西渡《戈麦的里程》。"烈士和凶手的七日书"题下有"戈麦遗作"字样，后有编者按语："戈麦（1967—1991），原名褚福军，曾用笔名白宫、松夏等。黑龙江萝北县人。1989年7月毕业于北大中文系，就职于外文局中国文学出版社。于1991年9月不幸身亡。他是《启明星》的老作者。毕业后在短暂的两年间创作了

---

① 野莽事后在《北京青年报》发表《生日礼物》，记述了当日为戈麦捐款的事情。文章还说道："这天中午，一位青年诗人手里端着一叠电脑打印的宣传单，为他死去的诗友奔走呼号，募捐出版诗友的诗集。死者也是一位青年诗人，名叫戈麦，一个月前曾是我的同事，每日都坐在我的背后默默地读写文章，可惜直到死后，我才看到他发表在《诗刊》上的调子极其悲凉的诗。这些天里，我正后悔，后悔过去在一起的时候，忘了与他多说一些对生命和爱情的见解，装作闲聊似的启蒙他，影响他，或许能够使他错过年轻的生命中的最是晦暗的某个情结。如今一切可以做补的，恐怕只剩下帮助一个已死的作者出版未死的诗集了。于是我将给儿子买衣服的钱全部捐给了这位青年诗人，作为第一位捐助者。"（文章后来作为《幼儿园寄语》的一部分，收入野莽主编《我和我的孩子·谢谢你来到人间》，中国工人出版社2020年10月版）——从野莽的记述可以知道，戈麦把写诗这件事瞒得很紧，连要好的同事也不知道。而他也曾批评西渡的"知音"情结。——戈麦大学同学后来陆续捐款。诗人桑克、徐江等多人捐款。西渡中学同学和朋友楼月希、俞旭雄、金平、张文兵、付文军、钱敏华等也都有捐款。

近百篇优秀的抒情诗。他的作品具有纯粹的品质，并在形式诸方面作了卓有成效的探索。另外，他还留下若干小说稿和一些很有价值的札记。"本期主编杨铁军，有杨铁军后记（后记落款日期1991年11月22日）。

12月　10日，《中国军转民报》刊出戈麦《麦子》《红果园》两首，多有不当修改。《花城》第6期刊出戈麦《北风》《妄想时光倒流》两首。《山东文学》第12期刊出《诗二首》（《黄昏时刻的播种者》《南极的马》），署名褚福军。西安诗友拟举办戈麦作品朗诵讨论会，因故未果。

2月　牛汉、蔡其矫编《东方金字塔：中国青年诗人十三家》由安徽文艺出版社出版。入选13家诗人为：于坚、王家新、西川、伊蕾、岛子、骆一禾、张子选、阎月君、胡鹏、钱叶用、唐亚平、海子、翟永明。

5月　2日北大召开"中国现代诗的命运与前途"讨论会，谢冕主持，牛汉、孙玉石、西川、唐晓渡、岛子、张颐武等在京的20多位诗人、批评家与会。部分发言稿发表于天津《诗人报》（1991年6月25日）。

7月　南京出版社出版周俊、张维编《海子、骆一禾作品集》。

8月　《倾向》第3期在上海出刊，刊出柏桦、欧阳江河、肖开愚、陈东东、西川、王家新等人诗作。

1992年　1月　南海出版公司出版西渡编《太阳日记》（收北大出身的诗人诗作170余首，作为"SJM大学生校园诗歌系列"的一种，版权页出版时间为1991年5月），内收戈麦《克莱的叙述——给塞林格》《游泳》《节日颂歌》（节录）《逃亡者的十七首》（节录）《家》《二十二》《圣马丁广场水中的鸽子》《岁末十四行》等8首。《葵》创刊号出刊，扉页印"谨向《葵》成员之一戈麦的死表示深切的哀悼！"，刊出《戈麦诗五首》（《誓言》《红果园》《陌生的主》《浮云》《佛光》），以及西渡《戈麦的里程》、严力《脊背上的污点》、徐江《戈麦》等悼念、评论文章。

2月　台湾《联合报》刊出杨平纪念文章《年轻的盗火者》。

3月　26日，海子逝世三周年，北京大学五四文学社举办了海子、戈麦作品朗诵讨论会。

4月　纽约《一行》第16期刊出《秋天的呼唤》《克莱的叙述——给塞林格》《艺术》《家》《死亡诗章》《誓言》等六首（目录为"戈麦诗5首"），以及桑克《黑暗中的心脏——回忆1989—1991年的戈麦》、严力《脊背上的污点》《一个诗人的创新》等纪念和评论文章。严力文后有作者介绍："戈麦，中国现代派年轻诗人，1967年出生，北京大学毕业，1991年9月24日自杀于清华大学湖池之中。""自杀于清华大学湖池"不确。

5月　台湾《新陆现代诗志》总第9期刊出戈麦《天象》。

8月　《诗林》第3期刊出《浮云（外一首）》（《浮云》《佛光》）。《葵》第2期刊出《戈麦诗七首》（《梦见美》《梦见美（之二）》《目的论者之歌（青草）》《大风》《沧海》《天象》《眺望时光消逝》）。

9月　台湾《现代诗》复刊第18期从纽约《一行》转载严力《脊背上的污点》、桑克《黑暗中的心脏》，严力文后附戈麦诗《我们背上的污点》《未来某一时刻自我的画像》。北岳文艺出版社出版《中国青春潮文学新星系列文学丛书》，"诗歌卷"收入戈麦《北风》《风烛》，"小说卷"收入戈麦《猛犸》，"散文卷"收入戈麦《北方冬夜》，"报告文学卷"收入北原《一个复杂的灵魂——戈麦印象》（戈麦自撰）。

10月　25日，《北京大学校刊》第四版刊出《誓言》1首，附有西渡《关于戈麦》短文。29日，北京大学五四文学社举办戈麦逝世一周年纪念朗诵会，西川、臧棣、麦芒、清平、西渡等参加。① 《诗歌报月刊》第10期"1992年中国民间诗歌报刊暨自编诗集专号"刊出《发现》同人臧棣、恒平、戈麦诗作，戈麦的诗是《命运》。《读书》第10期刊出李超《形而上死》。

12月　《发现》第3期出刊，扉页印"向戈麦致敬！"，内刊出《戈麦诗六首》（《浮云》《沧海》《大风》《天象》《佛光》《眺望时光消逝》），西渡《戈麦的里程》、严力《脊背上的污点》、臧棣《犀利的汉语之光——论戈麦及其诗歌精神》。本期臧棣诗中有《咏荆轲》一首，题记云："为一九九一年秋天的死亡和梦想而作，或纪念戈麦"；西渡诗《云中君（代挽歌）》系仿戈麦晚期诗风写成。②
北京师范大学出版社出版洪烛、西马编《无穷的覆盖：影响我们一生的人和事》，内收戈麦《文字生涯》。山西高校联合出版社出版黄祖民编《当代先锋诗人四十家》，内收戈麦《献给黄昏的星》《没有人看见草生长》《如果

---

① 北大五四文学社举行戈麦逝世一周年纪念朗诵会的日期，原年表记为11月。据西川1992年11月11日致褚福运信，为10月29日。西川信中说："10月29日，北大五四文学社出面组织，由西渡主持，在北大开了一个纪念戈麦逝世一周年的座谈会，我在会上朗诵了一些戈麦的诗——那些诗相当出色。我们大家都再一次深深地感到，戈麦走得太早了。"
② 西渡仿戈麦之作还有《天国之花》，最早发表于《声音》1994年第3期，后收入西渡诗集《雪景中的柏拉图》（文化艺术出版社1998年）。西渡的悼诗有《秋》《挽诗》，收入西渡诗集《草之家》（新世界出版社2001年）。

种子不死》《我们背上的污点》《金缕玉衣》《死后看不见
阳光的人》《最后一日》《梦见美》《大风》《天象》等10首。

1993年　1月　《花城》第一期刊出《沧海》《佛光》两首。

5月　《诗林》第2期（夏季号）刊出组诗《恒星的热量》
（《北风》《大雪》《狄多》等三首），以及西渡《戈麦的
里程》。

6月　台湾《新大陆诗志》总第10期刊出戈麦《新一代》
《海子》等2首。

8月　漓江出版社出版《彗星——戈麦诗集》（西渡编），
收诗139首，分为五辑。[①] 前有《戈麦自述》（即《一个
复杂的灵魂》）；附录收入西渡《死是不可能的》，徐江
《戈麦》，桑克《黑暗中的心脏》，杨平《年轻的盗火者》，
严力《脊背上的污点·一个诗人的创新》，臧棣《犀利
的汉语之光——论戈麦及其诗歌精神》，褚福运、桑克、
西渡《戈麦生平年表》；后有编者的《跋》。该书出版后，
《人民日报》《诗歌报月刊》等曾发书讯。

12月　9日，《太原日报》第八版刊出臧棣《犀利的汉语
之光——论戈麦及其诗歌精神》。

1994年　1月　上海三联书店出版麦童、晓敏编《利斧下的童话》，
内收西渡悼念戈麦文章《死是不可能的》。《新青年》第
3期刊出高星《艺术家总是和人不一样——关于海子、
戈麦、顾城自杀的报告》。

5月　《北大荒》第5期刊出褚福运《二十四岁的诗句——
我与戈麦》。

9月　《钟山》第5期刊出短篇小说《地铁车站》。有编

---

① 《戈麦的诗》编后记说《彗星》收诗140首，统计有误。

者前记："读者读到这篇小说时，青年诗人戈麦已去世三周年。我们和《山花》一起发表戈麦仅有的三篇小说（《猛犸》、《游戏》载《山花》1994年第9期），以纪念这位壮志未酬、才华卓尔的诗人，并向提供遗作的戈麦生前好友阿渡、杜立（杜丽）表示感谢。"《山花》第9期刊出短篇小说《游戏》《猛犸》。王干在"主持人语"中说："戈麦是一个优秀的诗人，在他辞世之前开始写作小说，现在只能见到他的三个短篇（另一个短篇《地铁车站》发表在《钟山》1994年第5期），但他无疑是一个天才型的小说家。《游戏》《猛犸》所发出的那种凛然的冷光，抵抗着尘世的庸俗与人间的平凡。这种超凡脱俗的气息让戈麦的小说在超虚构的语言空间里飞行，《游戏》和《猛犸》都是对两种动物的奇异拟想，《猛犸》是对远古消失动物研究者在现实中处境的表现，《游戏》中那个能随着人的朗诵即兴表演舞蹈的动物，既是对书本、知识、文化的一种对应，也是一种友善的调侃。戈麦的作品可以称得上是'小说的小说'，他在语言间昂扬着的那种智慧的宁谐之美，会让一般的小说家感到惊骇！"

1995年　9月　上海文艺出版社出版陈思和主编《逼近世纪末小说选·卷二·1994》，内收戈麦《游戏》《猛犸》。

12月　黑大春编《蔚蓝色天空的黄金——当代中国60年代出生代表性作家展示·诗歌卷》出版，内收戈麦创作自白《不去写诗可能是一种损失》摘编自《核心·序》《戈麦自述》《文字生涯》)，诗作《献给黄昏的星》《黑夜我在罗德角，静候一个人》《凌晨，一列火车停在郊外》《红果园》《陌生的主》《金缕玉衣》《死后看不见阳光的人》《海子》《当我老了》《彗星及其他》(组诗)《黄金》《大海》

《老虎》《玫瑰》《牡丹》《天鹅》《彗星》《命运》《夜歌》《南方》《大雪》《天马》《浮云》《沧海》《大风》《天象》《佛光》等26首，后附《戈麦自述》《主要作品目录》。

1996年　4月　《湖南文学》第4期刊出《戈麦诗六首》（《故乡·河水》《粮食》《绵羊》《蝴蝶》《红果园》《往日的姑娘》）。《天津社会科学》第2期刊出王岳川《90年代诗人自杀现象的透视》、肖鹰《无限的渴望——诗人之死》。

5月　《文学自由谈》第2期刊出王岳川《诗人退场与诗意消隐》，讨论海子、戈麦等诗人自杀现象。

6月　《诗探索》第二辑刊出"关于戈麦"专辑，内含西渡《拯救的诗歌与诗歌的拯救——戈麦论》、桑克《第二次来临》、陈朝阳《怀念戈麦》三篇文章。

8月　《湖南文学》第8期刊出《戈麦诗二首》（《火》《沙子》）。

11月　14日北京大学五四文学社举行纪念戈麦逝世五周年朗诵会，胡续冬主持，西川、王家新、黑大春、王艾等诗人参加。

1998年　1月　《北京文学》第1期刊出西川《生命的故事》。其中说："戈麦的诗歌使我惊讶。他一拿起笔来就是个成熟而且优秀的诗人。他的诗歌广阔而深远，展现出对于本体、精神、时间、现象的关怀；他的语言丰富而肯定，将世界和生命转化成棱角锋利的语象。戈麦生命中唯一的问题是，未能以成熟的诗歌换来成熟的心智。他年轻且敏感，无力面对生活的压力，并因此怀疑自己的价值。""有一回，北京大学作家班的人请吃饭，戈麦也去了。他坐在我身边，小声对我说：'在座的不是名人就是教授、博士，只有我什么也不是！'戈麦想过一种诗人的生活，但自觉此路走不通；他又想过一种普通人的生活，但为他所爱恋的女孩所拒绝。"

2月 中国文学出版社出版橡子、谷行主编《北大往事》，西渡在《燕园学诗琐忆》中回忆了与戈麦的交往，阿忆《怀念故人》记录了大学时期的戈麦给他留下的印象。

5月 中国文学出版社出版臧棣、西渡编《北大诗选》，内收戈麦《克莱的叙述——给塞林格》《献给黄昏的星》《界限》《厌世者》《没有人看见草生长》《如果种子不死》《我们背上的污点》《鲸鱼》《青年十诫》《和一个魔女度过的一个夜晚》《死后看不见阳光的人》《目的论者之歌》《梦见美》《浮云》《沧海》《大风》《天象》《佛光》《眺望时光消逝》等19首。中国社会科学出版社出版汪剑钊编选《中国当代先锋诗人随笔选》，内收戈麦《一个复杂的灵魂》。

8月 臧棣在《天涯》第4期发表诗作《戈麦》。

9月 广西教育出版社出版吴晓东点评《20世纪中国文学名作·诗歌卷》，内收戈麦《大海》《南方》等2首。

10月 25日，"蓝色老虎现代诗歌沙龙"在好月亮酒吧(北大西门附近)举办纪念诗人戈麦、方向作品朗诵专场，袁始人、姚汝今、西渡、胥戈主持。

1999年 1月 上海三联书店出版《戈麦诗全编》(西渡编)，收诗247首(《给今天》组诗计1首，《短诗一束》两组计2首)①，译诗15首，诗论5篇，分为七辑(诗五辑、译诗一辑、诗论一辑)。其中第一辑误收伊蕾《野餐》《女性年龄》《你在隔壁房间》《桌上的野菊花》《杯子》《台阶》

① 《戈麦诗全编》编后记说收入诗作270首，统计有误。

《影子》《金黄的落叶》《流动的河》《那扇门》等10首（已从247首总数中剔除）。前有代序一《死是不可能的》（西渡）、代序二《黑暗中的心脏》（桑克）；附录收入臧棣《犀利的汉语之光——论戈麦及其诗歌精神》、西渡《拯救的诗歌与诗歌的拯救——戈麦论》，后有西渡编后记。

3月　5日《芙蓉》1999年第2期发表朱大可《先知之门——海子与骆一禾论纲》（写于1991年8月19日），文章从文化神学意义上探讨了诗人自杀的意义。中国文联出版社出版崔卫平编《不死的海子》，也收入了朱大可《先知之门——海子与骆一禾论纲》。《不死的海子》中多篇文章涉及对诗人自杀意义的探讨。

6月　《牡丹江师范学院学报（哲学社会科学版）》第3期刊出赵思运《世纪末 回眸诗人之死》。

9月　北京师范大学出版社出版《九十年代文学潮流大系》，唐晓渡编选"先锋诗歌"卷收入戈麦《界限》《大风》《天象》《佛光》等4首，吴思敬编选"主潮诗歌卷"收入戈麦《大海》。作家出版社出版卞之琳主编《中华人民共和国五十年文学名作文库·新诗卷》，内收戈麦《大海》。北京出版社出版谭五昌编《中国新诗三百首》，内收戈麦《誓言》《黑夜我在罗德角，静候一个人》《当我老了》等3首。

2000年　1月　中国青年出版社出版牛汉、谢冕主编《新诗三百首》，内收戈麦《天象》。

5月　大众文艺出版社出版牛汉主编《中国当代文化书系1949—1979·风中站立》，内收戈麦《大海》1首。

8月　中国少年儿童出版社出版岑献青编《中国现当代文学名篇佳作选·诗歌卷》，内收戈麦《南方》《沧海》

等2首。

11月　是永骏日译《戈麦诗集》由日本书肆山田出版，收诗66首，分为五辑，前有《戈麦自述》，后有译者后记。译者认为，戈麦是"当之无愧的奇才诗人"，"戈麦是将诗歌语言的探索深化到极致的诗人之一"，"戈麦诗性的独特之处，那就是将人类所有的苦难、苦恼从其存在的深处挖出来，并对此给予烛照的意识深层上的激进主义（radicalism），以及穿透这种苦恼达到某种神性的精神跃动上的激烈性"。对于戈麦的自杀，是永骏认为戈麦"就好像事先安排好的神的意志一样，自己断绝了生命。他死亡的'理由'至今不明。即使有类似于证据的东西，人走向死亡的意识之实际情况终究是无法探索的。我说就像神的意志一样，因为对他诗歌语言文本考察的结果让人感觉如此。戈麦常常将自己身体的解体、游离意识化。那是试图超越日常的一切，达到神性的精神跃动，同时也是一种意识的运动。这项运动支配了他的意识，并作为意志发挥了作用，从这种精神跃动的纯净、苛刻来看，我想这是一种可允许的猜想"。第一辑收《末日》《太阳雨》《秋天的呼唤》《徊想》《白天》《未完成诗章》《渡口》《打麦场》《逃亡者的十七首》（节选）《游泳》《家》《誓言》《岁末十四行》（一、二、三）等15首；第二辑收《献给黄昏的星》《生命中有很多时刻》《我是一根剔净的骨头》《十四行：存在》《那些是看不见的事物》《界限》《厌世者》《眺望时间消逝》《悲剧的诞生》《孩子身后的阴影》《帕米尔高原》《凌晨，一列火车停在郊外》《四月的雪》《雨幕后的声响》等14首；第三辑收《石头》《火》《沙子》《镜子》《月光》《刀刃》《玫瑰》《牡丹》

《鲸鱼》《天鹅》《命运》《高处》《盲诗人》《新生》等14首；第四辑收《故乡·河水》《麦子熟了》《粮食》《红果园》《蝴蝶》《昨日黄花》《骑马在乡村的道上》《秋天》《绵羊》《寒冷》《青年十诫》《通往神明的路》《献给黄昏》《谜》《陌生的主》《海子》等16首；第五辑收《风》《南方》《南方的耳朵》《天马》《梦见美（二）》《浮云》《关于死亡的札记》等7首。

12月　中国少年儿童出版社出版胡旭东选编《高校文学经典读本丛书·北京大学卷·影子的素描》，内收戈麦《如果种子不死》《克莱的叙述——给塞林格》《献给黄昏的星》《我们背上的污点》《沧海》《青年十诫》等6首。

冬，日本季刊《中国现代小说》第二卷十四号刊出戈麦小说《猛犸》（渡边新一译）。

2001年　1月　北京大学出版社出版曹文轩主编《20世纪末中国文学作品选》，"诗歌卷"收入戈麦《打麦场》《最后一日》《死后看不见阳光的人》《骑马在乡村的道上》《凌晨，一列火车停在郊外》等5首。

2月　《广西民族学院学报（哲学社会科学版）》第4期刊出鲁西《新诗潮诗人与死亡意象》，以海子、戈麦、顾城为例，探讨诗人自杀的因由和死亡意象的诗学意义，称"戈麦是一位迷恋神秘事物并奋力冲击汉诗语言极限的诗人"。《长江文艺》第2期刊出沈强诗《九月的嘴唇——致殉诗者戈麦》。

7月　复旦大学出版社出版张新颖编《中国新诗1916—2000》，内收戈麦《献给黄昏的星》《界限》《死后看不见阳光的人》等三首，前引戈麦《关于诗歌》、西渡《死是不可能的》（片段）。辽宁人民出版社、辽海出版社出版王岳川《本体反思与文化批评》，上编《世纪末诗人之死的文化症候分析》一篇，以海子、戈麦、顾城、徐迟、王小波等为例分析诗人之死与当代社会氛围之间的相关性和差异性。文中论及戈麦之死时说："这位北大诗人在个体生存价值危机中毅然选择了个体生命的毁灭……诗人并不是死于物质上的匮乏艰难，也不是死于关于'类'的形而上思考，更不是死于心灵过度的敏感和脆弱。相反，诗人死于思维、精神、体验的极限的冲击中那直面真理后却只能无言的撕裂感和绝望感。他在人类精神的边缘看到了诗'大用'而'无用'的状况，而毁掉了自己大部分诗作，以此使诗思的沉默变为大地的窒息。"

9月　新世界出版社出版橡子、谷行主编《北大往事（二）》，内收晓钟《我有自己的纪念方式》，文章第三部分"迟来的怀念"回忆了与戈麦在中国文学出版社共事的经历。24日，北京大学五四文学社在三教105室举行纪念戈麦逝世十周年活动。臧棣、西渡、桑克、王家新、胡续冬以及部分诗歌爱好者参加。西渡、桑克、臧棣和胡续冬分别发言并朗诵了戈麦的诗。臧棣说："戈麦给我们留下了珍贵的诗歌遗产。有人说他的精神让人钦佩，诗歌、语言本身却存在问题。我不这么看。我认为戈麦是中国诗歌阶段性的代表。海子和戈麦他们对诗歌的态度在90年代是不可能存在的。他们把诗歌放在与生命对立的位置上，用生命去换取诗歌。很多人包括我自己都不会这么做。戈麦的诗歌和他对诗歌的态度一直默默地启示着我。有人让我举一首戈麦最好的诗，我在不同的时期曾开列了不同的最好的诗。现在我认为他最好的诗是《冬日的阳光》。"西渡说:"戈麦的死让我活下去","我比戈麦多活了十年,也比他多写了十年,但是我写的总量没有他多,算得上好的东西也远不及他"。桑克说:"我和戈麦都是黑龙江农场出来的,心胸似乎开阔些,但也单调些,所以很容易被一些东西所左右。我们俩都向往南方那种阴雨绵绵的日子。我曾经想培养他庸俗的意识,我建议他去看电影,但是他从来都不去看。他也不太愿意跟别人来往。"胡续冬说:"第一次把我吸引到诗歌的活动就是纪念戈麦的活动。当时戈麦的诗集还没有出版,大家手里的都是些手抄的、零星的诗稿。就是那种氛围那种场面把我带进了北大的写作生涯。"①

10月 11日,胡续冬在《科学时报》B3版发表《戈麦,或不死的种子》。文中说:"几乎所有在九十年代初期开始写作的诗人,特别是在各大高校依靠一种近乎于兄弟情谊的帮会伦理来相互砥砺的习诗者,都有一段迷恋在那时刚刚逝去的海子和戈麦的时期。我也不例外。在习诗的早期生涯里,海子和戈麦总是成为朋友们之间谈论诗歌的中心话题,关于他们的诗歌理想、他们的才能和禀赋、他们的死亡和他们留给我们的可供汲取的技艺。我记得当时我还曾经为无法在海子和戈麦之间确认最喜爱的一个而苦恼终日——因为虽然海子的作品凭借其剧烈的情感强度和诡异的想象力可以让我烂熟于心,但戈

---

① 许晓辉《迷失在阅读中:北大考研日记》记述了这次朗诵会的一个有趣细节:"纪念活动行将结束的时候,一名站在讲台旁仰望天花板的男生走上台,拿起板擦,擦掉了黑板上'纪念诗人戈麦'中的'戈麦'两个字,其间他在说什么我无法听清。'纪念诗人',在诗人缺席的年代,的确需要纪念了。然后,他又擦掉了'人',黑板上赫然留下了'纪念诗'。"

麦作品中的纯正、绝望、谦逊和强大的表意密度也在我脑中挥之不去。""随着习诗阶段对戈麦其人其事其诗的逐步深入了解，我越来越觉得，我和这个在我考上北大的同时悄然逝去的诗人之间，似乎有一种超出了阅读、领悟、技艺承传的神秘的联系。""戈麦的很多'写作性格'被当时的我们当作'遗训'草草继承了起来。譬如'逃避抒情'的理念下进行更谨慎和隐秘的抒情；譬如在'厌世者'的自况之中为诗歌开辟另一个自足的想象世界；譬如在'诗人是发现奇迹的人'的信条之下在各种习以为常的表达素材中挖掘'元素态'的诗意；譬如书写一种铿锵、缜密、具有戏剧对白性质的'无韵体诗'。""我总是将每年自己在诗歌上新的想法和做法和海子、戈麦所形成的某种不定形的'传统'相比较。我发现其中的继承还是远远大于断裂和背离。海子，尤其是戈麦，他们作品中的某些品质已经成为我们写作中牢固的后景，成为我们理解诗歌的某种前提，就像我们日常的言谈无须逐个用拼音拼读出来一样，他们的写作抱负、写作伦理、写作技艺已经深入到我们的常识和'前理解'之中了。这不是'过期'，而是更深的渗透，一种不被察觉的敬意。我曾经不止一次地说过，面对戈麦（包括海子），我永远怀着一个离乡别井闯世界的人对他的乡村启蒙教师所怀有的难以言传的感激之情。""在我看来，戈麦的诗歌正是一粒不死的种子，它在汉语的土壤里和所有其他怀着伟大的诗歌理想的汉语诗人所留下的未竟事业一道，在后来者写作行为的深层驱动空间释放着隐秘的力量，这力量终将促使迟到的现代汉语诗歌以复仇者的身份向古典、向世界诗歌索取它应有的成熟。"

11月　南海出版公司出版西渡编著《新概念语文·初中现代诗读本》，内收戈麦《献给黄昏的星》。

2002年　1月　中国工人出版社出版林贤治编选《自由诗篇》，内收戈麦《疯狂》《圣马丁广场水中的鸽子》《悲剧的诞生》《我们背上的污点》《黄昏》等5首。现代出版社出版朱家雄编《北大情诗》，第一辑收戈麦《四月的雪》《岁末十四行（三）》《蝴蝶》《桌上的野菊花》《空虚是雨》5首，其中《桌上的野菊花》为伊蕾诗作误收。广西教育出版社出版钱理群主编、吴晓东等点评《中国现代文学名作互动点评本·诗歌卷·面朝大海，春暖花开》，收入戈麦《南方》。

6月　上海社会科学出版社出版孙琴安选评《朦胧诗二十五年》，"沉思"卷收戈麦《命运》《当我老了》，"漂泊"卷收戈麦《南方》。

2003年　1月　春风文艺出版社出版王家新编《中国当代诗歌经典》，内收戈麦《圣马丁广场水中的鸽子》。

2月　南京大学出版社出版高永年主编《二十世纪中国文学作品选·诗歌卷》，内收戈麦《献给黄昏的星》。

4月　《文学界》第2期刊出章启群《诗人自杀究竟有什么意义——评刘小枫先生的一个观点兼谈海子自杀事件》，否定诗人自杀的超越意义。

10月　华龄出版社出版朱大可《话语的闪电》，其中《死亡的寓言》分析海子、骆一禾、戈麦、顾城之死的文化、人类学意义。文中说："戈麦是海子和骆一禾所构筑的死亡链锁中比较不引人注目的一环。一方面缺少海子式的巨大天赋，一方面却拥有同样令人心碎的贫困和对于生存意义的痛切眷注，因找不到人性的出路而选择了死亡。在河流吞噬掉年轻面容的瞬间，他说出了针对实存世界的严厉宣判，他要通过死亡粉碎'灵魂爬行'的罪恶深重的时刻。""这样一种诗意的、本体的和形而上的死亡话语，超越了人们用哀怜和回忆所勾勒出的意义轮廓，也就是超出了诗人自身的命运，超出了诗歌和私人情感经验的限度。"

2004年　6月　人民日报出版社出版阎立钦主编《新课标新语文读本》，七年级卷收入戈麦《事物》。中国计划出版社出版王尚文、西渡主编《现代语文初中读本》，第4册收入戈麦《工蜂》。

7月　《中国诗人》第4期（吉林摄影出版社）"纪念"栏刊出桑克回忆戈麦散文《1991年秋天纪事》。长江文艺出版社出版陈均编选《诗歌北大》，第五辑收入戈麦《眺望时光消逝》《献给黄昏的星》《界限》等3首，臧棣《戈麦》一诗也收在同一辑。

2005年　8月　《社会观察（北京）》第8期刊出西渡《诗歌之殇——戈麦和一段历史的记忆》。《阴山学刊》第4期刊出吕周聚《戈麦自杀的"内部故事"解读》。

11月　《现代语文》第11期刊出李雪《向死亡张开年轻的翅膀——戈麦诗歌中的精神气质与意象分析》。

12月　2日，西渡应中国人民大学文学社同学之邀，在人大作纪念戈麦讲演《诗人与生活》（讲演稿收入西渡诗论集《灵魂的未来》，河南大学出版社2009年版）。

2007年　6月　三联书店出版《现代汉诗100首》，内收戈麦《青年十诫》。

12月　《福建论坛》（人文社会科学版）S1期刊出黄昌华

《诗人的主体意识：戈麦的谦卑——戈麦的诗歌悲剧与诗歌精神》。

俄罗斯圣彼得堡东方学中心出版社出版刘文飞编《亚洲铜：中国当代诗选》(俄语)，收入戈麦《献给黄昏的星》《海子》两首。

2008年　3月　15日，复旦诗社、复旦学院志德书院在复旦大学本部10号楼(复旦学院)2楼219会议室举行第五期"在南方"诗歌沙龙。本期主题为"寻找失去的未来——纪念海子和戈麦"。诗人叶丹主持并做报告。主题报告后为朗诵环节。

7月　30日，豆瓣贴出 horisure《献给黄昏的星——读戈麦》。其中云："从他保留在此岸世界中的两百多首作品来看，那其中不仅毋庸置疑地蕴含着很强的创造力，而且分明地如旗帜般标识出他对于当代汉语诗思考与努力的方向。他尝试着将多种不同的题材和意象引入诗中，那其中有些甚至是对于诗歌而言极为危险的东西，然而这正是他在以火中取栗的精神竭力地摸索着诗与非诗的界限，他为了丈量山峦的范围而行走于千寻危崖的边际，全不顾可能由此引致的粉身碎骨的后果；他又尝试着以不同的形式、不同的意象去抒写同一题材，在形式、意象、内容三者的极限张力间寻求着和谐的最大化，并且更引导读者由此深探现象与理念、意志与世界、天道与物象与人心相互间的本然与应然的度数。""就在结束了《十四行：存在》写作之后没有几天，《雨幕后的声响》这样指向一种新风格的作品就诞生了，并且沿着《天鹅》《玫瑰》《陌生的主》突出于破晓，终于铸就了《南方》《天象》和《眺望时光飞逝》这样想象力完全挣脱束缚凌空腾舞而无不绚烂的作品，来自于东西方历史及浩瀚天地的纷繁意象和词汇都在他从容而冷峻的表达中最大限度地担当起它们各自的职责，并没有一个显出丝毫力不能及的疲惫。这是1991年的初秋，一种风格的成熟是否正预示着迫于眉睫的诗人的末日？或者，人之在世只是为了无论什么的一种成熟的完成?"

9月 《名作欣赏》第17期刊出胡少卿《只有自由与平等——读戈麦小说〈游戏〉》。浙江人民出版社出版王尚文、西渡主编《大学语文》，内收《戈麦自述》。

12月 华文出版社出版王锐《波光洞穿：名诗人自杀揭谜》，研究了叶赛宁、马雅可夫斯基、茨维塔耶娃、普拉斯、闻捷、海子、戈麦等十二位诗人自杀的经过及原因。

2009年 3月《齐齐哈尔师范高等专科学校学报》第2期刊出耿艳艳《论戈麦诗歌中的死亡意识》。《黑河学刊》第2期刊出薛惠《浅谈戈麦的诗歌创作》。上海文艺出版社《中国新文学大系1976—2000·诗卷》，内收戈麦《渡口》。

5月 同济大学通过韩玮硕士论文《精神与肉体的双重放逐——以戈麦为例分析诗人之死》。

6月 《通化师范学院学报》第6期刊出陈增福、项喜岩《失重的诗歌——论戈麦及其诗》、葛胜君《戈麦:〈野草〉之后的诗人》。

7月 《阜阳师范学院学报》第4期刊出郝海洪《从"孤独"到"涅槃"的生命轨迹——论戈麦诗歌的情感蕴含》。

10月 《名作欣赏》第24期刊出"戈麦诗歌研究专辑"，内含张立群《用"语言的利斧"归还一切——析戈麦的〈最后一日〉兼及其他》、马知遥《宿命的呐喊和可畏的现实——戈麦诗歌臆解》、赵思运《关于〈戈麦诗全编〉的考证》三篇。《海南大学学报》(人文社会科学版)第5期刊出张文刚《戈麦诗歌中的"死亡"意象解读》。《诗选刊》第10期刊出戈麦诗作《鲸鱼》。

2010年　4月　《名作欣赏》第12期刊出邓晓成《神性与诗性的拯救——戈麦〈大海〉解读》。

5月　华文出版社出版《中国最美的诗歌·世界最美的诗歌大全集》，收入戈麦《南方》。

10月　广西师范大学出版社出版钱理群、洪子诚主编《诗歌读本》，"初中卷"收入戈麦《献给黄昏的星》，"大学卷"收入戈麦《沙子》。

12月　四川《青年作家》刊出王锐《诗人戈麦之死》。

2011年　2月　19日，拾默在豆瓣小组发布《读戈麦和戈麦的诗歌》，中云："我始终觉得在现代汉语的诗歌史上，无人能够代替你的位置，尽管你至今鲜为人知，不过这也许更符合你的愿望，你曾说过你'崇尚那些作出过极大成就却仍默默无闻的人'"，"你的文字容易使人变得沉重，使心灵无法回避对于最深刻的问题的思考。我想在这其中，不仅仅是你所创造的汉语的组合带来的异样的力量，也是生命本身的绝望之美，在你的语言中，有一种少有的节制，和趋于完美的追求"，"你冷峻的诗行在选择'拒绝抒情'时却不由自主地将那些最深邃悠远的情感溶于每一词每一句中，语言在此已不愿再充当枷锁，而是叛逆的'合谋者'，文字在一种对'拒绝'的挣脱中拥有了自己的生命和自我独立的意识。语言也不再统率情感，而是将它们置于和自己同等重要的位置——个体的自由，一个词便是一个拥有独立生命的个体。语言和情感在此是彼此融合共生的","在你的诗中，每一事每一物都是立足于时间的捶打之中的神秘的思考。仿佛在你那里，任何的微小之中都蕴藏着一个巨大的宇宙，物的存在不再单纯地以生命的有无为判断标准，而是它们每一种都在语言之中独有地存在着，在语言之中它们被解禁，获得新生，释放最原始的被禁锢的自由之美"。

4月 9日，药王子在豆瓣读书发布《唯一的目击者——〈戈麦诗全编〉书评》，称《戈麦诗全编》为"我的诗歌圣经"，并说："诗人自杀，自从海子之后似乎就成为一种现象。然而，正如人们活着的姿态各个不同，选择死亡的姿态也是不尽相同。有的人的自杀，让我惋惜；有的人的自杀，让我鄙夷；而戈麦的自杀，赢得我最大的尊敬。在他的诗歌里，有全部的答案，虽然我从来未能解读出来。我只知道，那正如他的诗歌一样，并不是源于一时的激情，而是有着最精准的算计、最冷峻的决断。"

9月 《黑龙江省文学学会2011年学术年会论文集》收入李雪《人与"绝对"的较量——戈麦用诗歌与人生演绎死亡》。30日，《深圳晚报》刊出纪念戈麦专辑"诗人为何怀念戈麦"，内含刘莉所写前言、桑克《怀念戈麦》，以及《戈麦自述》《戈麦年表》《他们的纪念》（西渡、胡续冬、叶匡政）等。

10月 15日《广州日报》刊出驻京记者谢琦珊采访西渡文章《如果戈麦在，诗歌界不会是现在这样——纪念诗人戈麦离世二十周年 生前好友、著名诗人西渡说》。诗生活网站同日转载，标题改为"西渡忆戈麦：人应该有更高尚的生活"。

11月 《诗林》第6期刊出桑克《纪念戈麦》。《考试周刊》第88期刊出韩振宇、贲彩虹《语言利斧激起的体悟与思考——戈麦〈大风〉赏析》。《青年文学》刊出吴震寰诗《水伤——给诗人戈麦》。

2012年 4月 人民文学出版社出版《戈麦的诗》(西渡编),正文收诗199首,编年排列,不分辑。附录收入早年诗作10首。有西渡编后记。漓江出版社出版《现代语文中学读本》,第四册收入戈麦《工蜂》。

5月 曲阜师范大学通过薛龙硕士论文《结局或开始——守望渡口的戈麦》。《剑南文学(经典教苑)》刊出孙佃鑫《戈麦诗歌色彩论》。

6月 8日首都师范大学中国诗歌研究中心举行戈麦诗歌研讨会,陈家坪、陈建祖、陈朝阳、陈均、褚福运、姜涛、敬文东、冷霜、清平、秦晓宇、宋琳、王东东、王晓、西渡、席亚兵、晓钟、张光昕、张洁宇、张桃洲、周瓒、周伟驰等20多人参加。录音整理稿《"不能在辽阔的大地上空度一生"》发表于《诗探索·理论卷》2013年第4辑。《西昌学院学报》(社会科学版)第2期刊出孙佃鑫《怀抱我光辉的骨骼——戈麦诗歌意识及意象研究》(本文同时刊于《宁波广播电视大学学报》2012年第2期)。10日诗人吕游在其新浪博客"沧州吕游"发布随笔《我是一根剔净的骨头——献给诗人戈麦》,13日新浪"诗人文摘"博客转载。

7月 13日,拾默在新浪博客、豆瓣"戈麦小组"发布《论戈麦诗"玫瑰"的罂粟性——试析〈玫瑰〉》。

2013年 1月 《通化师范学院学报》第1期刊出葛胜君《奔突的熔岩遭遇隐藏的火山——比较诗学中的海子与戈麦》。

5月　9日，"读首诗再睡觉"推送祭祀朗诵戈麦《生命中有很多时刻》，范致行推荐点评。

6月　长江文艺出版社出版《生于60年代：中国当代诗人诗选》，下卷收入戈麦《誓言》《献给黄昏的星》《我要顶住世人的咒骂》《如果种子不死》《没有人看见草生长》《界限》《我们背上的污点》《陌生的主》《死后看不见阳光的人》《浮云》《大风》等11首。

7月　长江文艺出版社出版洪子诚、程光炜主编《中国新诗百年大典》，第19卷（本卷主编冷霜）收入戈麦《誓言》《岁末十四行（之一）》《死亡诗章》《谨慎的人从来不去引诱命运》《黑夜我在罗德角，静候一个人》《未来某一时刻自我的画像》《献给黄昏的星》《我要顶住世人的咒骂》《没有人看见草生长》《我们日趋渐老的年龄……》《厌世者》《界限》《那些是看不见的事物——给西渡》《我们背上的污点》《青年十诫》《彗星》《狄多》《梦见美（一）》《眺望时光消逝（二）》《天象（二）》等20首。

12月　《文学教育（上）》第12期刊出吴昊《戈麦诗歌语言张力论》。21日，"读首诗再睡觉"推送风尘俗吏、wangkui、亢霖朗诵戈麦《大风》。

2014年　1月　《楚雄师范学院学报》第1期刊出周俊锋《20世纪80年代末诗歌精神书写的"光晕"——从西川、戈麦、多多、王家新诗歌文本解读出发》，文章第三部分"戈麦：我是天空中唯一一颗发光的星星"分析了戈麦诗作《献给黄昏的星》。

2月　《诗探索》2013年第4辑刊出"关于戈麦"专辑，内含颜炼军《痛苦的血肉与黄金的歌唱——戈麦诗歌论》、林东《对岁月的怅望与告别——戈麦〈我们日趋渐老的年龄……〉解读》、西渡等《"不能在辽阔的大地上空度一生……"——戈麦诗歌研讨会录音整理》三篇文章。《祖国·教育版》第2期刊出杨晓宇《在词语的燃烧中——从写作的角度看戈麦诗的意义》。

3月 20日,"好诗选读的博客"发布马云飞《戈麦:幻想诗歌之王——读戈麦的诗〈当我老了〉》。

4月 《红河学院学报》第2期刊出龚有盛《腾空颉颃的诗歌之灵——海子与戈麦诗论比较》。

7月 25日,十月的天空(October Sky)在360个人图书馆贴出《十六首极品现代诗》,列入徐志摩《再别康桥》、卞之琳《断章》、北岛《回答》、戈麦《献给黄昏的星》、海子《面朝大海,春暖花开》等16首。该帖文后以"十六首中国现代诗巅峰之作""中国最美十六首现代诗""中国现代抒情诗歌十六首"等名义被一再转发。有的版本入选篇目稍有增减。

8月 21日,"读首诗再睡觉"推送槐乡子朗诵戈麦《命运》,亢霖荐诗。

9月 26日,"荔枝"推送华子朗诵戈麦《献给黄昏的星》。

12月 《金田》第12期刊出张芮《另一种幻想——读戈麦〈玫瑰〉》。

2015年 5月 西南大学通过周俊锋硕士论文《戈麦诗歌艺术研究》。

6月 《江汉学术》第4期刊出吴昊《当代诗歌的"南北之辩"与戈麦的"南方"书写》。16日,"朗诵哥"推送朗诵哥朗诵戈麦《献给黄昏的星》。

7月 三联书店出版洪子诚、奚密等编选《百年新诗选》,

内收戈麦《誓言》《未来某一时刻自我的画像》《那些是看不见的事物——给西渡》《我们背上的污点》《梦见美》等5首。编者导读说："戈麦的诗最初追求'智慧的机锋和淳厚的情感向束'的融合，以此摆脱同时代诗歌中泛滥的抒情方式，很多诗表达了他对这个世界，对人性，也对自己的深刻的失望，有浓重的厌世色彩，在冷峻的反讽与时而流露的感伤之间，构成了一种极具张力的抒情品格。逝世前一段时间的写作更富于实验性，不仅认为'诗歌直接从属于幻想'，而且每每把语言本身作为体验的对象，在繁复致密的语象所构建的幻想性空间中，映射出超迈而动荡的精神世界。戈麦诗的主要价值之一，是他那种对精神自由的渴求和对现实的尖锐感受，连通了20世纪八九十年代之交社会文化转折期人文知识者普遍的心灵境遇，在看似'不及物'的表象之下，有着痛切、感人至深的力量。"北岳文艺出版社出版胡亮编《永生的诗人——从海子到马雁》，内收戈麦《克莱的叙述——给塞林格》《誓言》《死亡诗章》《献给黄昏的星》《厌世者》《界限》《梵·高自画像》《和一个魔女度过的一个夜晚》《彗星》《梦见美（一）》《当我老了》《大风》等12首。

9月　《河北科技师范学院学报》（社科版）第3期刊出吴昊《1989—1992中国当代诗歌转型与青年精神裂变——以戈麦〈誓言〉为个案》。

2016年　6月　《短篇小说（原创版）》第17期刊出朴香玉《孤独的守望——解读戈麦〈黑夜我在罗德角，静候一个人〉》。

7月　《短篇小说（原创版）》第20期刊出葛胜君《在天地之大美中的蓬勃与孤寂绽放——解读戈麦的两首诗歌

〈大雪〉》、朴香玉《永无回转的决绝：解读戈麦的〈誓言〉》。5日，中国诗歌网发布刘慧朗诵戈麦《当我老了》。11日，喜马拉雅推送小桥流水朗诵戈麦《南方》。17日，喜马拉雅"有声书"逊芝朗诵《戈麦的诗》(《金缕玉衣》《牡丹》《陌生的主》《浮云》《天象》《圣马丁广场水中的鸽子》《献给黄昏的星》《沧海》《彗星》《红果园》)。

9月　23日，"荔枝"推送浅吟低唱朗诵戈麦《献给黄昏的星》。

11月　吉林大学出版社出版葛胜君《戈麦诗歌论稿》，内含七辑。第一辑为戈麦综论，第二辑为意象爬梳，第三辑为死亡主题研究，第四辑为比较研究，第五辑为作品解读，第六辑为参考文献，第七辑为附录。附录收入戈麦《戈麦自述》《文字生涯》，西渡《死是不可能的》《拯救的诗歌与诗歌的拯救——戈麦论》，臧棣《犀利的汉语之光——论戈麦及其诗歌精神》。前有自序，后有后记。《短篇小说（原创版）》第32期刊出应学凤、何宏宇《基于数据分析的戈麦诗歌语言研究》。

12月　北京大学出版社出版王曙光《燕园读人》，内收作者文章《扶柩高歌的圣徒：戈麦五十诞辰纪念》(文作于1993年)。

2017年　1月　13日初岸文学推送戈麦《献给黄昏的星》，标题"钟鸣大野，海子之后另一位以命写诗的杰出诗人"。配有西渡朗诵和点评。

3月　《北方文学》第9期刊出花靖超《论戈麦诗歌的悲剧意识》。

8月　3日，"荔枝"推送饵梦朗诵戈麦《妄想时光倒流》《生活有时就会消失》。

10月　《新诗评论》总第21辑刊出"戈麦研究专辑"，内含吴昊《青年意义危机与精神裂变——戈麦与1980—1990年代转型期诗歌》、王辰龙《冷的诗学与孤悬的时刻》、周俊锋《戈麦诗歌的语言试验与意象集成》、戈麦《异端的火焰——北岛研究》四篇文章。

11月　《通化师范学院学报》第11期刊出葛胜君《诗歌的幻境与心灵的守护》。15日，古塔朗诵艺术平台推送戈麦，和子妈妈朗诵《献给黄昏的星》。

12月　10日北京大学出版社、北大培文邀请西渡、张桃洲、姜涛、冷霜在三联书店海淀分店举行"今天为什么还要谈戈麦？——八九十年代社会文化转型期的诗歌"讲谈会。西渡认为，在戈麦身上，诗人成为了"时代的肉身"。戈麦的诗不是纯诗，它和世界、和现实有非常深刻的纠缠。戈麦的诗有批判性，有见证性，但很难说它是见证的诗。因为它在见证和批判的同时，仍然保持了一种奇怪而充分的自足。或者说，它不是从外部见证时代和现实，而是让时代和现实在诗的内部发生，而诗人自己则成为了时代的肉身，成为时代的痛苦本身。戈麦从他的内部见证了一个时代，让一个时代在诗歌中发生。戈麦的写作最敏锐、最深刻地反映了那个时代知识分子精神上的尖锐冲突。张桃洲认为，戈麦的诗有一种奇特的再生的能力，让它们在时间的淘洗中保持新鲜。就好像时间静止了，戈麦就在这静止的时间里保持他青春的容颜，当我们重新发现他时，他还是旧时神采奕奕的模样。戈麦是一个未及展开的诗人，作为一个独特的存在沉淀在那里，与当下的时代构成一种对称关系，提示着我们的写作处境和写作路向。姜涛认为，戈麦的诗把90年代初，至少把学院里的某种精神氛围给凝聚而且深化了。一切都终结了，但却要在这个终结的前提下，在语言中检视人和自我、和世界的关系，这样的诗歌沉重、阴郁，又高度凝练，具有一种时代的严峻性。戈麦写作的加速度带来的不是意志的乐趣，而是意志的专注，在戈麦诗中的表现就是风格变得越来越彻底、暴烈，语言的扩展过程也是凝聚、浓缩的过程，像最后的《浮云》《沧海》《天象》等，一方面写的是启示性的幻象，另一方面每个词、每个形象，就像一堆石头那样堆在那，取消了句法，是意志的专注带来了修辞的强度。冷霜认为，戈麦的诗中有一种"或者一切，或者全无"的激越的感受和认识方式。这种感受和认识方式并不能被看成是一种不够成熟的心智状况的产物，它首先是和八九十年代之交特定的时代状况有关，而且背后还有一个更深的脉络，连带着80年代以及之前的精神史。在戈麦那里，按照自己的内心去写作和按照自己的内心生活必须是同一的，否则无法被接受。这是其诗歌写作潜在的一个观念前提。讲谈会记录稿发布于搜狐"文化观微"。

2018年　5月　首都师范大学通过吴昊博士论文《20世纪80—90年代中国诗歌转型研究》，其中第三章"诗歌中的青年议题：人生意义危机与精神裂变"，重点论述戈麦1989—1991年的创作。四川人民出版社出版臧棣、西渡主编《北大百年新诗》，内收戈麦《誓言》《献给黄昏的星》《如果种子不死》《没有人看见草生长》《未来某一时刻自我的画像》《陌生的主》《眺望时光消逝（二）》等7首。

8月　北京大学出版社出版洪子诚编《阳光打在地上：

北大当代诗选1978—2018》，内收戈麦《打麦场》《圣马丁广场水中的鸽子》《梵·高自画像》《刀刃》《事物》《金缕玉衣》《最后一日》《梦见美》等8首。

10月　《南方文学》刊出侯倩《诗三首》，含《语言里亡命天涯——致戈麦》一首。26日初岸文学推送晓钟《迟来的怀念》，标题"'发现'诗人戈麦：你不该是一闪而过的'彗星'"。

11月　《上海文化》第11期刊出何炯炯《他们的期限只是一个短暂的日子——戈麦的诗及改稿》。

2019年　1月　4日，"甄子读诗"推送甄子朗诵并赏析戈麦《献给黄昏的星》。20日，喜马拉雅"情感生活"推送姜白桦朗诵《青年十诫》。

2月　1日，蜻蜓FM听文化马斌朗诵推送戈麦《当我老了》。19日，喜马拉雅推送莫渔樵朗诵戈麦《献给黄昏的星》。

4月　6日，"为你读诗"推送成知默朗诵戈麦《南方》。

5月　27日，Queering在豆瓣读书发布《岁末的清算——读〈戈麦诗全编〉》。文章说："有人说戈麦的诗歌是'浓质的抒情'。当我们纵观他所有的诗歌，他身上所体现的似乎更是'时代的浓缩'，时代精神的裂变在戈麦每一年的岁末的挣扎中内化成自我解剖，戈麦从他的内部见证了一个时代，最敏锐、最深刻地反映了那个时代知识分子精神上的尖锐冲突。戈麦在《核心·序》中说'我只是肯于背叛自己的人'，但是偏爱怀疑论的哲学、自诩谦逊暴君的戈麦，在与时代保持紧张关系，用严峻的态度'成为时代的肉身'这一点上，他却永远不允许自己轻易地背叛。"江苏凤凰少年儿童出版社出版《未名诗歌读本·中学卷1》，收入戈麦《献给黄昏的星》。

8月　16日，"为你读诗"推送袁弘朗诵戈麦《最后一日》，有评析。"为你读诗"微博推送消息，"@袁弘说这首诗很适合自己在@电影送我上青云 中饰演的角色刘光明，这也是刘光明会读的诗"。姚晨留言云："好诗，刘光明读得忧伤。"18日，"荔枝"白鹭鸶FM推送白鹭鸶朗诵戈麦《最后一日》。

9月　太白文艺出版社出版《戈麦诗选》，列入"常春藤诗丛·北京大学卷"，收诗126首，分为五辑。^①本书以漓江版《彗星》为底本，删减了13首，删去了卷首《戈麦自述》和附录。前有丛书北大卷总序。5日，"午夜读诗"推送江小北朗诵戈麦《深夜》。18日，"荔枝"（"夜读·诗"）推送篁竹瑾朗诵戈麦《最后一日》。

10月　12日，喜马拉雅推送北岸朗诵《没有人看见草生长》。31日《泛诗刊》第16期（总第40期）推出戈麦专辑。内容包括：1.开卷诗人：戈麦的诗（《秋天的呼喊》《这个日子》《誓言》《圣马丁广场水中的鸽子》《黑夜我在罗德角，静候一个人》《献给黄昏的星》《没有人看见草生长》《空虚是雨》《死后看不见阳光的人》《玫瑰》等10首）。2.诗界观察：臧棣《犀利的汉语之光——论戈麦及其诗歌精神》。3.圆桌谈话：西渡《人应该有更高尚的生活》（即2011年10月15日《广州日报》谢琦珊对西渡的访谈）。

11月　14日，"荔枝"推送暖小时朗诵戈麦《界限》。

2020年　4月　16日，喜马拉雅推送高原声音朗诵戈麦《献给黄昏的星》。

---

① 版权页出版时间为2019年1月，实际9月出版。

5月 29日，"读首诗再睡觉"推送张铎翰朗诵戈麦《新生》，巨型号角荐诗。

6月 21日，读睡文化推送《诗人戈麦现代诗歌精选七首》(《如果种子不死》《没有人看见草生长》《黑夜我在罗德角，静候一个人》《献给黄昏的星》《死后看不见阳光的人》《彗星》《眺望时光消逝》)。

7月 13日，喜马拉雅"情感生活"推送 L 有乐朗诵戈麦《新生》。14日，"为你读诗"推送李光洁朗诵戈麦《新生》，有评析。

8月 9日—26日喜马拉雅推送洪恩_浩荡朗诵《戈麦的诗》(《誓言》《红果园》《陌生的主》《末日》《已故诗人》《坏天气》《秋天的呼唤》《冬天的对话》《这个日子》《迎着早晨的路》《圣马丁广场水中的鸽子》《家》《黑夜我在罗德角，静候一个人》《献给黄昏的星》《界限》《没有人看见草生长》《如果种子不死》《我要顶住世人的咒骂》《空虚是雨》《远景》《我们背上的污点》《和一个魔女度过的一个夜晚》《老虎》《玫瑰》《天鹅》《牡丹》《鲸鱼》《高处》《彗星》《陌生的主》《盲诗人》《新生》《金缕玉衣》《黄金》《大海》《有朝一日》《眺望时光消逝（二）》《浮云》《当我老了》《南方(二)》《南方的耳朵》《沧海》《大风》《天象》)，计44首（喜马拉雅网站目录为46首，《盲诗人》《新生》各重复一次）。

9月 24日，喜马拉雅推送麦芽朗诵戈麦《黑夜我在罗德角，静候一个人》。

10月 7日，喜马拉雅"十点读诗"推送楼兰先生朗诵戈麦《这个日子》《秋天的呼唤》。28日，喜马拉雅"情感生活·阅读名诗品味人生"推送夕阳下的米粒朗诵戈麦《献给黄昏的星》。

11月　商务印书馆出版蔡天新主编《地铁之诗》《高铁之诗》，《地铁之诗》收戈麦《深夜》1首，《高铁之诗》收戈麦《有朝一日》1首。5日，"为你读诗"推送章宇（沉睡玉壶）朗诵戈麦《我的告别》；喜马拉雅推送慕风朗诵戈麦《青年十诫》。

2021年　1月　《上海文化》第1期刊出胡玉鋆《1990年代初新诗语言"可能性"探析——以戈麦〈沙子〉为例》。2日，喜马拉雅推送戈麦《如果种子不死》，大喜朗读。17日，喜马拉雅"入夜读诗"推送 wublub 朗诵戈麦《献给黄昏的星》《黑夜我在罗德角，静候一个人》《没有人看见草生长》《如果种子不死》《冬天的对话》《戈麦三首》（《已故诗人》《末日》《坏天气》）。31日，大音希声在朗诵网发布戈麦《如果种子不死》朗诵音频。

4月　《文艺争鸣》第4期刊出西渡《历史的终结与最后的人——细读戈麦〈献给黄昏的星〉》。28日，喜马拉雅推送赫鲁胖虎朗诵戈麦《最后一日》。

5月　11日，大音希声在朗诵网发布戈麦《我的告别》《最后一日》《劝诫》《生命中有很多时刻》朗诵音频。

6月　24日，《小鸟文学》网刊推出"戈麦别册"。其引言说："戈麦（1967—1991）是划过当代文学天空的一颗夺目的彗星。在短短四年的写作生涯中，戈麦显示了诗歌、小说、批评等多方面的才能。臧棣说他是'有绝对天赋的诗人'；王干说他的小说是'小说的小说''会让一般的小说家感到惊骇'；他在本科期间的论文就已显示成熟的批评才能。他在20世纪八九十年代之交的创作是那个时代人的内在处境最出色的文学表现。今年是戈麦逝世三十周年。为了纪念这位夭折的天才诗人，本刊特邀请戈麦生前好友、诗人西渡精选戈麦诗歌、小说、散文、文论代表作以及相关回忆、评论，编为'别册'推出。首期推出西渡先生撰写的《纪念戈麦：一个诗人的时间线》。其余诗文随后推出，敬请期待。"25日，《小鸟文学》刊出《"像一笔坚硬的债，我要用全部生命偿还"——戈麦诗选（一）》（《打麦场》《誓言》《未来某一时刻自我的画像》《献给黄昏的星》《我要顶住世人的咒骂》《如果种子不死》《没有人看见草生长》《我们日趋渐老的年龄……》《梵·高自画像》《空望人间》等10首）。29日，《小鸟文学》刊出《"所有的时光滑向命运的狭谷，黑暗的长河"——戈麦诗选（二）》（《我们背上的污点》《死后看不见阳光的人》《事物》《金缕玉衣》《最后一日》《陌生的主》《北风》《梦见美（一）》《浮云》《眺望时光消逝》等10首）。

7月　1日，《小鸟文学》刊出褚福运《我的弟弟小军——回忆戈麦（一）》。4日，《小鸟文学》刊出褚福运《我的弟弟小军——回忆戈麦（二）》。6日，"南方诗歌"公号推送《戈麦诗选》（《秋天的呼唤》《未完成诗章》《游泳》《白天》《叫喊》《疯狂》《圣马丁广场水中的鸽子》《家》《死亡诗章》《那些是看不见的事物》《妄想时光倒流》《冬日的阳光》《关于死亡的札记》等13首）。8日，《小鸟文学》刊出戈麦《异端的火焰——北岛研究》。12日，《小鸟文学》刊出戈麦《中国当代新潮小说》。13日初岸文学推送戈麦诗选（16首）。16日，《小鸟文学》刊出戈麦小说《地铁车站》。19日，《小鸟文学》刊出戈麦小说《游戏》。24日，《小鸟文学》刊出戈麦散文《北方的冬夜》。28日，

《小鸟文学》刊出《戈麦自述》。30日,《小鸟文学》刊出戈麦散文《文字生涯》。

8月　8月3日《小鸟文学》刊出戈麦书信之一。7日《小鸟文学》刊出戈麦书信之二。11日《小鸟文学》刊出戈麦书信之三。31日《小鸟文学》刊出是永骏《戈麦诗集·译后记》(沈思远译),西渡《戈麦:以死亡突破悖论》。

(西渡)